Barbara Goldstein studierte Philosophie und Soziale Verhaltenswissenschaften, arbeitete als Managerin in der Personalabteilung einer Bank und verfasste zwei Sachbücher. *Das letzte Evangelium*, ein neues Abenteuer der Buchhändlerin Alessandra d'Ascoli, ist ihr achter Historischer Roman bei Bastei Lübbe.
Besuchen Sie auch ihre Website: www.barbara-goldstein.de

Weitere Titel der Autorin:

Die Kardinälin
Der Herrscher des Himmels
Der vergessene Papst
Der Gottesschrein
Der Ring des Salomo

Titel in der Regel auch als E-Book erhältlich

Barbara Goldstein

Das letzte Evangelium

Historischer Roman

BASTEI
LÜBBE
TASCHENBUCH

BASTEI LÜBBE TASCHENBUCH
Band 16615

1. Auflage: Dezember 2011

Bastei Lübbe Taschenbuch in der Bastei Lübbe GmbH & Co. KG

Originalausgabe

Textredaktion: Dr. Lutz Steinhoff, München
Titelillustration: © Plainpicture/Arcangel/© Archiv/
Geviert – Büro für Kommunikationsdesign, München
Karte: Illustration aus der Schedel'schen Weltchronik,
Blatt 129v / 130r (Konstantinopel)
Umschlaggestaltung: Geviert – Büro für Kommunikationsdesign, München
Autorenfoto: Privat
Satz: hanseatenSatz-bremen, Bremen
Gesetzt aus der Adobe Garamond
Druck und Verarbeitung: GGP Media GmbH, Pößneck
Printed in Germany
ISBN 978-3-404-16615-2

»Was für ein erschreckendes Gefühl, wenn dein Leben
erst vor einer Stunde begonnen hat.
Wenn du dich an nichts erinnern kannst,
was vor diesem Erwachen war.«

Vom Tod ins Leben zurückgekehrt,
hat sie ihr Gedächtnis verloren.
Sie will wissen, wer sie ist. Und was sie getan hat.
Und warum sie ermordet werden soll.
Sie darf niemandem trauen, am wenigsten sich selbst.
Ihre Suche nach der Wahrheit ist eine Reise
in die eigene Vergangenheit.
Und eine Reise in die Hölle.

Ecclia sancte sophie

Prolog

In einer verlassenen Abtei in den verschneiten Abruzzen
22. Dezember 1453
Kurz nach zehn Uhr morgens

»Auferstanden von den Toten«, hat er soeben gesagt. Jetzt schlägt er mein Notizbüchlein auf und zeigt mir den letzten Eintrag. Mit dem Finger deutet er auf mein Gekritzel. »Hast du das geschrieben?«

Ich nicke.

»Was ist geschehen?«

Die Frage ist nicht, was geschehen ist, sondern was noch geschehen wird.

Ich blicke zum Fenster hinüber. Es schneit wieder in dicken Flocken. Wie spät ist es? Der Schrecken der letzten Stunden hat mir jedes Zeitgefühl geraubt. Die Ahnung einer drohenden Gefahr ist jedoch geblieben.

»Ich weiß es nicht«, gebe ich mit erstickter Stimme zu. Das Eingeständnis meiner Schwäche fällt mir schwer, weil ich nicht weiß, ob ich ihm trauen kann. »Ich weiß nicht, was mit mir geschieht.«

Vom Tod ins Leben zurückgekehrt, habe ich mein Gedächtnis verloren. Ich will wissen, wer ich bin. Und was ich getan habe. Und warum ich ermordet werden soll.

O Gott, was für ein Schrecken!

Bedächtig mustert er die nahezu unleserliche Handschrift in meinem kleinen Notizbuch, dann die fünf Tage alte Wunde an meinem Kopf. Er gibt sich einfühlsam.

Als wüsste er, wie ich empfinde!

»Wieso hältst du dich für verrückt?«, fragt er schließlich.

»Ich kann tote Menschen sehen«, quäle ich hervor.

Er hebt die Augenbrauen und legt den Kopf schief. »Du meinst den Toten in der Abteikirche, den du gerade eben …?«

»Nein, ich meine Menschen, die schon lange tot sind«, sage ich. »Menschen, mit denen ich eben noch gesprochen habe, verschwinden spurlos, als wären sie nie da gewesen. Gegenstände, die ich eben noch in der Hand gehalten habe, sind plötzlich nicht mehr da. Spuren im Schnee verschwinden. Gräber lösen sich in Luft auf, und die Leichen darin auch. Ach ja, und da sind noch die Skizzen in meinem Notizbuch, die ich nicht gezeichnet haben kann, weil die Perspektive falsch ist.«

Er sieht mich an, als hätte ich den Verstand verloren. Aber vielleicht habe ich das ja …

Mit einem Ruck, sodass der Stuhl beinahe umfällt, springe ich auf, beuge mich über den Tisch und entwaffne ihn. Mit seinem Dolch lasse ich mich zurück auf meinen Stuhl fallen. Entsetzt beobachtet er, wie ich mir die scharfe Klinge in den linken Unterarm bohre.

Der Schmerz schießt mir bis in die Schulter.

Ich muss mir selbst Schmerzen zufügen, um mir zu beweisen, dass ich noch am Leben bin und nicht unter Trugbildern leide. Ich habe das entmutigende Gefühl, vieles wieder zu verdrängen und zu vergessen, woran ich mich gerade erst erinnert habe. Die Wahrheit ist zu schrecklich, um sie anzunehmen. Das Gefühl, nicht zu wissen, wer du bist und was du getan hast, das Gefühl, dass du keine Macht über das hast, was um dich herum geschieht oder eben nicht geschieht, das Gefühl, immer wieder von vorn anzufangen, ist furchtbar wie die Hölle. Fast so schlimm wie die Qualen der letzten Stunden: Kopfschmerz, Übelkeit, Schwindel, Schweißausbrüche, Ohnmachtsanfälle. Und eine lähmende Erschöpfung, körperlich und geistig.

Bin ich verrückt?

Diese Frage brauche ich ihm nicht zu stellen. Ich kenne doch die Antwort: O ja, und wie!

Er hebt beschwichtigend die Hände. »Bitte, leg den Dolch weg!«, fleht er mich eindringlich an und streckt die Hand danach aus. »Gib ihn mir zurück!«

»Nein!« Ich lege den Dolch vor mir auf den Tisch.

Wenn er nicht der ist, der zu sein er vorgibt, werde ich ihn töten. Und wenn es ihn gar nicht gibt, wie die anderen, die ich gesehen und mit denen ich gesprochen habe, dann ist es sowieso egal.

Fröstelnd ziehe ich meine verkrampften Schultern hoch. Es ist so kalt!

»Frierst du?«, fragt er fürsorglich und deutet auf den Kamin, wo ein Feuer prasselt. »Soll ich noch ein Scheit nachlegen?«

»Nein.« Die Kälte kommt von innen, aus der Leere in mir.

»Was ist geschehen?« Mit väterlicher Geste, die seine Verunsicherung überspielen soll, deutet er auf die offene Wunde an der rechten Seite meines Kopfes, auf den bleifarbenen Bluterguss auf meiner Wange, auf den verschorften Riss auf meiner Stirn, auf die anderen Wunden.

Er ist so entsetzt wie ich, als ich gestern zum ersten Mal in den Spiegel sah und mich selbst nicht erkannte. Eine Fremde blickte mir blass und erschöpft entgegen. Nur mühsam unterdrückte ich ein verzweifeltes Schluchzen. Mein ganzes Leben ist mir entrissen worden.

Er deutet auf mein wirres und blutverklebtes Haar. »Deine Verletzungen – wie ist das geschehen?«

Ich zögere einen Augenblick. »Das war ich selbst.«

Es ist nur ein Teil der Wahrheit. Der andere würde zu viele Fragen aufwerfen, die ich nicht beantworten kann. Noch nicht.

Nach einem langen Blick zieht er das Notizbuch zu sich heran, schlägt es auf und zeigt mir zwei leere Seiten in der Mitte, zwischen den Notizen, die ich am Anfang niedergeschrieben habe, und den Eintragungen, die ich vorhin am Ende des auf den Kopf gestellten Buches gemacht habe. Die beiden nähern sich von vorn und von hinten einander an. Was wird geschehen, wenn die Gegenwart in der Mitte des Büchleins auf die Vergangenheit trifft? Wenn ich mich endlich erinnern kann? Wenn ich begreife, was um mich herum vorgeht? Wenn ich weiß, was meine düsteren Vorahnungen bedeuten?

Ich betrachte die leeren Seiten und nicke.

Ja, so fühle ich mich, denke ich traurig. Wie eine unbeschriebene Seite, irgendwo zwischen der Vergangenheit, die sich mir entzieht, und der Gegenwart, die ebenso wenig greifbar ist. Weil ich verrückt bin. Oder auch nicht. Weil die Geschichte, in der ich feststecke, verrückt ist. Oder auch nicht. Meine Lebensgeschichte, die gestern erst begann, besteht aus wenigen hastig hingekritzelten Eintragungen in meinem Notizbuch. Sie handelt von Dingen, die gestern und heute geschehen sind. Oder auch nicht. Sie handelt von einer Frau, die allmählich den Verstand verliert. Kein ›oder auch nicht‹.

»Ich habe gelesen, was du vor einigen Stunden geschrieben hast. Erzähl mir, was dort nicht steht.«

Die längste kürzeste Lebensgeschichte aller Zeiten – aber bleibt mir noch so viel Zeit, um sie zu erzählen?

Wieder irrt mein Blick zum Fenster. Wie spät ist es? Wie lange war ich ohnmächtig? Wie viele Stunden sind vergangen, seit der andere fort ist? Und wenn er mit den beiden anderen, die vor ihm verschwunden sind, zurückkommt, um es zu suchen? Bisher haben sie es nicht gefunden. Aber sie wissen, dass ich es in mir trage. Nur dass ich mich nicht daran erinnern kann …

Ich bin in großer Gefahr. Und ich bin gefangen in diesem Kerker des Geistes, aus dem es kein Entkommen gibt.

Ich mustere den Mann, der mir gegenübersitzt. Seine mit Ringen geschmückten Finger hält er flach auf dem Tisch, damit ich sie sehen kann. Erst jetzt fällt mir der Siegelring auf. Das Wappen kann ich nicht erkennen.

Langsam atme ich aus. Kann er mir helfen, das Rätsel zu lösen, von dem mein Leben abhängt? Kann ich ihm vertrauen? Oder gehört er zu den anderen, die mein Leben bedrohen, die mich verwirren und verängstigen? Soll er mich dazu bringen, dass ich mich erinnere? Und das tödliche Wissen preisgebe, das ich in mir trage?

Nur diese Erinnerung hält mich noch am Leben. Auch wenn ich sie vergessen habe. Widersinnig? O ja, und wie!

Wenn ich mich ihm anvertraue, wenn ich ihm das Geheimnis offenbare, vertraue ich ihm mein Leben an, und davor fürchte ich mich. Die Vorstellung, mein Schicksal in die Hände eines anderen zu legen, den ich nicht kenne, den ich nicht einschätzen kann, dem ich nicht vertrauen kann, ist mir unerträglich. Aber habe ich denn eine Wahl?

Ja, die habe ich: Ich kann ihn töten.

Ich glaube, er spürt, wie aufgewühlt ich seit seinem plötzlichen Auftauchen in der Abteikirche immer noch bin. Denn er bedrängt mich nicht, sondern wartet geduldig ab, bis ich bereit bin, zu erzählen. Meine Hände, die neben dem Dolch auf dem Tisch liegen, lässt er nicht aus den Augen. Er hat doch gesehen, was ich mit dem Menschen in der Kirche gemacht habe, dessen Blut an meinen Händen klebt. Er weiß, dass ich ihn töten kann.

Ich atme tief durch, um mich zu beruhigen. »Ich traue meinen Erinnerungen nicht mehr.«

»Was meinst du damit?«, fragt er behutsam.

»Ich traue mir selbst nicht mehr.«

Er nickt versonnen. Er hat meine Notizen gelesen. Aber offensichtlich nicht verstanden.

»Ich muss von Anfang an erzählen, sonst begreifst du nicht, was in den letzten Tagen in dieser Abtei geschehen ist.«

Er lehnt sich zurück, faltet die Hände vor der Brust und blickt mich auffordernd an. »Ich bin gespannt.«

»Meine Geschichte beginnt mit ihrem Ende«, warne ich ihn. »Mit meinem Tod.«

Wie entsetzt er mich ansieht! Hielt er mich denn nicht auch für tot und begraben?

»Wie es ist zu sterben? Ich sage es dir. Sterben ist wie Schlafen. Wie Vergessen. Es gibt keine Worte, um dieses herrliche Empfinden zu beschreiben. Aber um das Gefühl wiederzugeben, das dich durchzuckt wie ein Schmerz, wenn jemand dich für tot erklärt, obwohl du noch lebst, atmest und fühlst, reicht ein einziges Wort: Hölle.«

Noch zwei Tage …

Alessandra

Kapitel 1

In der Zelle des Abtes
21. Dezember 1453
Nach dem Stundengebet der Laudes im Morgengrauen

Schlaf, dem Tode nah …

Die Finsternis des Vergessens umgibt mich wie ein undurchdringlicher Nebel. Zwei Hände ragen daraus hervor. Blut rinnt von ihnen herab. Sind es meine Hände? Eine Hand wühlt in Fleisch und Blut, die andere umklammert den blutigen Dolch. Jemand schluchzt und schreit. Bin das ich?

Und wer ist der andere, dessen Körper verdreht auf dem Marmorboden liegt? Was ich da vor mir sehe, wird auch mit mir geschehen.

Wie ein scharfer Schmerz durchzuckt mich die Ahnung der Gefahr, die hinter mir lauert. Mein Blut gefriert zu Eiskristallen. Mit dem Dolch in der Hand wirbele ich herum. Ein schwarzer Schemen, der die Finsternis in sich aufzusaugen scheint, kommt langsam und bedrohlich auf mich zu …

Mit einem Ruck werde ich fortgerissen. Wohin jetzt? Ich weiß es nicht. Wieder nur Finsternis um mich herum. Und immer noch das zutiefst verstörende und doch befreiende Gefühl, keinen Körper mehr zu haben, der Schmerz empfinden kann, die Qualen des Todeskampfes oder die Wonnen der sinnlichen Vereinigung mit dem Geliebten.

Ist Sterben wie Einschlafen ohne Träumen? Aber was war das eben? Eine Erinnerung? Oder ein Albtraum?

»Komm zurück!«

Wie dieser Zustand angefangen hat? Es begann mit einem Schmerz, der mich durchzuckte und dann ganz plötzlich verschwand. Dann hatte ich das Gefühl, über einem finsteren Abgrund zu schweben, erfüllt von einem überwältigenden Empfinden von Wärme, Freude und Zufriedenheit. Ich kann mich erinnern, dass ich dachte, ich wäre tot.

»Komm zurück!«

Woher kommt die Stimme? Ich lausche, doch außer dem leisen Glockenläuten, das wie von einem Wind aus weiter Ferne zu mir herübergeweht wird, kann ich nichts hören. Abwartend schwebe ich in der schwarzen Leere.

»Komm zurück! Du kannst es, wenn du es willst!«

Da ist es wieder!

Eine tiefe, samtige Stimme. Eine tröstende Stimme, in die man sich einwickeln könnte wie in eine wärmende Decke, um sicher und geborgen darin zu sein.

Ein Mann, er ist ganz nah. Als ob er neben mir steht. Als ob er mich gleich berührt. Doch ich kann nichts spüren. Wo ist er? Ist er auch gestorben?

»Komm zurück zu mir!«

Wieder ein Ruck. Dann habe ich das Gefühl, aus großer Höhe zu fallen. Von panischem Schrecken ergriffen, denke ich: Ich stürze ab!

Der Schmerz des Aufpralls lässt mich aufstöhnen. Von den herrlichen Gefühlen von Frieden und Ruhe, die mich dort erfüllt hatten, bringe ich nichts mit zurück. Sie sind fort, geblieben sind nur die Schwere und der Schmerz.

»Dieu soit avec nous!«, ruft eine andere Stimme. Sie ist rau und durchdringend wie eine knarrende Tür aus altem Holz. »Fra Gil, sieh doch nur!«, wechselt er ins Lateinische. »Sie hat die Augen geöffnet!« Leise raschelt Stoff. Bekreuzigt er sich?

Wie kann er mich sehen?, frage ich mich verwirrt. Es ist doch noch immer finster um mich herum! Ich kann keinen Lichtschimmer erkennen. Ein leises Knacken und Knistern, der Duft von brennendem Holz und eine glühende Hitze lassen mich auf ein flackerndes Kaminfeuer schließen, das die eisige Winterkälte vertreiben soll. Das Gemäuer oberhalb meines Kopfes strahlt eine feuchte Kälte aus, die ein entsetzliches Gliederreißen verursacht. Ein eisiger Luftzug dringt vom Ende meines Bettes zu mir. Wo bin ich?

»Allahu akbar!«, flüstert die sanfte Stimme, die offenbar Fra Gil gehört. Wieder raschelt Stoff. Bekreuzigt er sich auch? Dann kann ich einen warmen Atem auf meinem Gesicht spüren. Jemand beugt sich über mich.

Seine Stimme klingt sanft und tröstend, doch ich spüre seinen Hass und seine Verachtung. Wieso hasst er mich? Was habe ich ihm getan? Panik steigt in mir auf, und ich atme tief durch, um mich zu beruhigen. Ich versuche mich zu bewegen, aber ich schaffe es nicht. Sind meine Hände gefesselt?

»Kannst du mich hören?«, fragt Fra Gil auf Kastilisch mit leicht maurischem Akzent. Woher kenne ich seine Stimme?

»Ja«, antworte ich und versuche zu nicken. »Wer bist …«

»Sie scheint mich nicht zu verstehen«, murmelt Fra Gil enttäuscht, jetzt wieder auf Lateinisch. Er klingt … angespannt? Ungeduldig? Beunruhigt? Und irgendwie hoffnungslos. Aber wieso? Ich verstehe nicht, was hier vorgeht!

»Doch, ich kann dich hören!« Ich will die Hand heben, aber ich schaffe es nicht. »Entzünde bitte eine Kerze, sei so gut. Es ist so dunkel hier. Ich kann nicht sehen, wo ich …«

»Aber ihre Augen sind doch offen!« Noch eine Stimme. Sie spricht Lateinisch mit italienischem Akzent. Wie viele Männer sind denn hier? Drei? Oder noch mehr?

»Ihre Pupillen reagieren nicht auf den Schein der Kerze. Es scheint, dass sie uns weder sehen noch hören kann.« Das ist wieder der Franzose. Der süße Geruch von heißem Bienenwachs dringt mir in die Nase. Die Hitze der Flamme kann ich auf meinen Wangen spüren. Offenbar leuchtet er mir ins Gesicht.

Wer sind die Männer? Wo bin ich? Was geht hier vor?

»Ich kann euch verstehen«, sage ich auf Lateinisch. Als ich keine Antwort erhalte, wiederhole ich den Satz etwas lauter, diesmal auf Italienisch. Keine Reaktion. Dann auf Französisch. Wieder nichts, obwohl ich schreie, so laut ich kann. Also auf Arabisch. Nichts.

»Ist sie tot?«, fragt der Italiener.

O Gott, was ist das für ein Albtraum?

»Nein, ich bin nicht tot!«

Verflucht, sie hören mich nicht!

Ein warmer Atem streicht mir über die Wange. Jemand scheint sich über mich zu beugen. »Sie sieht traurig aus.« Das ist wieder Fra Gil.

Seine Stimme kommt mir bekannt vor. Warum spricht er so leise? Fürchtet er, ich könnte ihn erkennen? Was habe ich ihm getan, dass er mich hasst? Wie hieß er, bevor er Fra Gil wurde? Wie lautete sein maurischer Name? Wenn ich doch sein Gesicht sehen könnte!

»Traurig?«, wiederholt der Italiener.

»Ich bin nicht traurig!«, rufe ich so laut ich kann. »Ich bin verzweifelt! Ich habe furchtbare Angst! Und so langsam werde ich wütend! Wieso hört ihr mich denn nicht?«

»Ihr Gesichtsausdruck hat sich verändert. Sieh doch selbst.«

Der weiche Untergrund, auf dem ich liege, schwankt ein wenig, als Fra Gil aufsteht und dem Italiener Platz macht. Liege ich im Bett? Stoff raschelt, als der Italiener sich über mich beugt. Ich kann seinen Geruch wahrnehmen: Schweiß, Metall, Leder, Pferd. Er riecht nicht so angenehm nach Moschus, Zimt und Pfeffer wie Fra Gil. Der Maure verströmt einen exotischen Duft, der mich an irgendetwas erinnert. An sinnliche Verführung? Oder an eine Person. Aber wer war das? So sehr ich mich auch bemühe, ich kann mich nicht entsinnen.

»Sie sieht nicht traurig aus«, sagt der Italiener. »Sondern verwirrt. Und ängstlich. Seht mal die Falte zwischen ihren Augenbrauen.« Ganz sanft berührt ein tastender Finger meine Stirn und fährt an den Augenbrauen entlang. »Woher mag diese Narbe stammen? Von einem Kampf? Sie reicht von der Augenbraue bis zum Haaransatz.«

»Fra Adrian! Du vergisst dich!«, ermahnt Fra Gil den Italiener in scharfem Ton. »Muss ich dich an deine Gelübde erinnern?«

Fra Adrian schnaubt wütend. »Fra Gil, wer von uns beiden hat sie entkleidet, um ihre Wunden zu versorgen? Wer von uns beiden hat ihr das Blut abgewaschen und sie dabei an ihren intimsten Stellen berührt? Wer von uns beiden war stundenlang mit ihr allein?«

»Fra Adrian! Ich …«

»Mon Dieu! Seht mal, jetzt sieht sie aus, als ob sie angestrengt zuhören würde. Als wollte sie uns etwas sagen«, wirft der Franzose ein.

»Versteht sie uns?« Als der andere nicht sofort antwortet, fragt Fra Gil nach: »Fra Lionel?«

»Ich weiß es nicht.«

Fra Gil, Fra Adrian, Fra Lionel. Ein Maure, der Kastilisch spricht. Ein Italiener. Ein Franzose. Alle drei sind Fratres, also Mönche. Aber von welchem Orden? Wo bin ich? In einer Abtei?

»Was hält sie da eigentlich in der Hand?«, fragt Fra Lionel.

»Wo?« Fra Adrian lehnt sich über mich. Ein leises Klirren lässt mich aufhorchen. Du lieber Himmel, was ist denn das? Es fühlt sich hart an. Und schwer. Trägt er ein Kettenhemd unter seinem Habit?

»In der linken Hand«, ertönt Fra Lionels knarrende Stimme.

Gar nicht so leicht, die drei Stimmen auseinanderzuhalten. Schon gar nicht, wenn ich zu verstehen versuche, worüber sie eigentlich reden.

»Das ist ein Schlüssel«, sagt Fra Gil. »Ich habe versucht, ihn ihr zu entwinden, aber sie hielt ihn fest, als hinge ihr Leben davon ab. Ich hätte ihr die Finger brechen müssen.«

Wovon, zum Teufel, redet er? Ich spüre nichts. Was für ein Schlüssel?, frage ich mich verwirrt. Und warum habe ich ihn in der Hand?

»Dio del Cielo – Gott im Himmel! Sie hat drei Tage lang den Schlüssel in der Hand gehalten?«

Drei Tage? Liege ich schon so lange hier?

Und vorher? Was war vor der undurchdringlichen Mauer aus Schmerz und Vergessen? Was war vor dem bestürzenden Gedanken, dass ich tot bin?

Drei Tage!

»Richtig.«

»Ist das der Schlüssel, den wir suchen?« Ich spüre den Schmerz, als Fra Adrian versucht, meine verkrampften Finger mit Gewalt aufzubiegen. Ich warte auf ein Knacken, wenn die Finger brechen, aber ich höre nichts. Dann lässt der Schmerz langsam nach.

»Ich weiß es nicht«, sagt Fra Gil. »Es ist ein Schlüssel dieser Abtei, so viel ist sicher.«

»Sie muss es hier versteckt haben.«

Was muss ich versteckt haben? Vor wem? Vor den drei Mönchen? Ich kenne sie doch nicht einmal! Oder doch? Sie scheinen allerdings zu wissen, wer ich bin …

Ich muss in Ruhe darüber nachdenken.

Ich weiß nicht, wer ich bin. Ich kann mich nicht erinnern, an gar nichts. Wenn ich in die Zeit vor meinem Erwachen zurückblicken will, ist da nur Finsternis. Und Blut. Und Schmerz. Was habe ich getan? Habe ich jemanden getötet? Wieso bin ich hier? Und was habe ich versteckt?

Und was war dann?

Nichts. Keine Erinnerungen. Nur die Finsternis des Vergessens.

Ein scharfer Schmerz durchzuckt meine Hand, als Fra Adrian mir den Schlüssel mit Gewalt entreißt. Ich will die Finger bewegen, aber es gelingt mir nicht. Und die Füße? Ich versuche zu strampeln, um die Decke, die auf mir zu liegen scheint, wegzutreten, doch es geht nicht. Wie gelähmt liege ich auf dem Bett, auf dessen Rand die Fratres sitzen. Und der Kopf? Nein. Ich kann nicht einmal sagen, ob ich liege oder ob ich in den Kissen lehne.

Was ist geschehen?, denke ich entsetzt. Bin ich gestürzt? Habe ich mir das Genick gebrochen? Kann ich mich deshalb nicht bewegen? Fra Adrian sprach eben von Wunden, die Fra Gil versorgt hat, von Blut … und ich spüre auch Schmerzen, die wie Meereswogen immer wieder durch meinen Körper branden. Habe ich drei Tage lang in tiefer Ohnmacht gelegen? Bin ich erwacht? Oder träume ich? O Gott, lass es ein Albtraum sein, aus dem ich gleich erwache!

»Ein großer Schlüssel, wie zu einem Gewölbe.« Fra Adrian scheint den Schlüssel zu betrachten. Der Stoff seines Habits raschelt leise, als er ihn schließlich weiterreicht.

»Wir müssen es finden«, drängt Fra Gil. »Die Zeit zerrinnt uns zwischen den Fingern. Sie suchen bestimmt schon nach ihr.«

Wer sucht nach mir? Mein Vater? Ich denke angestrengt nach, doch außer ihm fällt mir niemand ein. Habe ich einen Ehemann? Ich weiß es nicht. Ein Fetzen Erinnerung formt sich zu einem Gesicht, das sich ständig verändert, als würde ich es in einem Spiegel betrachten, über den eine klare Flüssigkeit träge hinabrinnt, die die Gesichtszüge, die Augen, die Nase, die Lippen, die Haare verzerrt. Oder als wären es verschiedene Männer. Drei? Vier? Oder fünf? Gott, ist das enttäuschend!

Dann sehe ich plötzlich Blut, eine große Lache auf einem glänzenden Marmorboden. Daneben liegt ein Mann. Sein Gesicht kann ich nicht erkennen, aber ich weiß, dass er tot ist. Wer ist er? Einer meiner Ehemänner, an deren Gesichter ich mich nicht mehr erinnern kann? So viel Blut! Schluchzend weiche ich einen Schritt zurück, fahre mir mit einer blutnassen Hand über das Gesicht. Mit der anderen umklammere ich den Dolch, von dem das Blut tropft …

Dieselbe Erinnerung wie vorhin. Was habe ich getan?

»Wie kommst du darauf, dass sie nach ihr suchen?«, fragt Fra Lionel mitten hinein in meine verstörenden Visionen.

»Während des Schneesturms vor vier Tagen hat sie einen alten Schäfer nach dem Weg gefragt, nachdem sie und Fra Galcerán sich in den tief verschneiten Bergen um den Gran Sasso hoffnungslos verirrt hatten. Vielleicht hat er sie erkannt …«

Wir sind also in den Abruzzen. In einer Abtei unweit des Gran Sasso. Bis Rom sind es sechzig oder siebzig Meilen durch das verschneite Gebirge. Gut zu wissen. Wieso? Ich weiß es nicht. Ich weiß auch nicht, warum Rom wichtig für mich ist. Wenn ich versuche, mir Rom vorzustellen, denke ich an einen Thronsaal und einen majestätisch wirkenden Mann in weißer Soutane, der mich mit väterlichem Gestus zu sich winkt und der mich mit einem verschwörerischen Augenzwinkern auf den Stufen zu seinem Thron auf einem purpurnen Samtkissen sitzen lässt. Wie alt war ich damals? Acht? Oder neun? Und wer ist der Mann? Mein Vater?

Und wer ist eigentlich Fra Galcerán? Ein vierter Mönch, dem Namen nach aus Aragón? Ist er auch hier? Ich lausche, aber ich kann nur drei Männer hören. Wo ist Fra Galcerán?

»Wie ärgerlich!« Fra Adrian knirscht mit den Zähnen. »Es kann sein, dass der Alte wusste, wer sie ist, auch wenn sie ohne ihre Eskorte bewaffneter Bravi unterwegs war. Die Abtei liegt auf ihrem Hoheitsgebiet.«

»Und Rom ist nur zwei Tagesritte entfernt«, ergänzt Fra Gil. »Ich möchte nicht wissen, was geschieht, wenn der Kardinal sie in diesem Zustand findet.«

»Er wird uns exkommunizieren«, prophezeit Fra Adrian düster.

»Mit päpstlichem Segen. Papst Nikolaus selbst wird ihm die Glocke, die Kerze und die Heilige Schrift reichen.«

»Der Großmeister wird uns aus dem Höllenfeuer retten!«, wendet Fra Adrian ein.

»Fra Jean Bonpart de Lastic?« Fra Gil lacht trocken. »Verehrter Bruder, diese Geheimoperation hat *nie* stattgefunden! Fra Diniz ist *nicht* in der Schlacht gefallen. Und Fra Galcerán ist *nicht* von ihr ermordet worden.« Er klingt verbittert.

Wen meint er? Von wem ist Fra Galcerán ermordet worden? Und wer ist Fra Diniz? Ein fünfter Mönch? Der Name klingt portugiesisch. Du lieber Himmel, welchem Orden gehören sie denn an? Sie tragen Kettenhemden unter ihren Habites. Sind die Tempelritter wiederauferstanden?

Was habe ich mit alldem zu tun? Der Schlüssel in meiner Hand … Was geht hier vor?

»Wie ärgerlich!«, wiederholt Fra Adrian.

»War der Einsatz in Konstantinopolis denn nicht vom Papst befohlen worden?«, fragt Fra Lionel verwirrt. »Ich dachte, der Großmeister hat …«

»Seine Heiligkeit weiß nichts davon«, gesteht Fra Gil.

Interessant! Ich vermute, dass die drei sich erst seit wenigen

Stunden kennen. Hat Fra Gil die anderen um Hilfe gebeten? Es scheint so. Ist er in ein nahe gelegenes Ordenshaus geritten, nach Rom oder Orvieto oder Capua oder Atri oder wohin auch immer, um sie hierherzuholen? Fra Gil scheint zu wissen, worum es geht – die beiden anderen nicht. Nimmt Fra Gil einen höheren Rang im Orden ein? Trotz seiner maurisch-muslimischen Herkunft? Vorhin ist ihm das ›Allahu akbar!‹ herausgerutscht, und sein Kastilisch klingt, als stamme er aus Granada. Woher weiß ich das? Vielleicht habe ich ja dort gelebt?

»Allmächtiger Gott! Papst Nikolaus weiß nichts davon?«, stöhnt Fra Adrian. Seine Stimme klingt dumpf, als berge er das Gesicht in beiden Händen.

»Und was jetzt?«, fragt Fra Lionel. Seine Stimme klingt gepresst, als fürchte er den Zorn des Papstes. Wieso ich das denke? Ich habe das Gefühl, dass ich oft gezwungen bin, Menschen nach dem ersten Eindruck einzuschätzen. Dass ich ihnen vertrauen muss, ohne sie zu kennen.

»Wir machen weiter wie besprochen«, entscheidet Fra Gil resolut. »Wir müssen die Reliquie finden, bevor der Kardinal oder der Papst hier auftauchen.«

Schweigen.

»Und was heißt das?«, fragt Fra Lionel.

Jemand atmet langsam durch die Nase aus. Ist es Fra Gil?

»Sie ist tot«, sagt er schließlich leise. »Lasst sie uns begraben.«

Kapitel 2

In der Zelle des Abtes
21. Dezember 1453
Kurz nach halb acht Uhr morgens

Nein, das ist alles nicht wahr!, rede ich mir ein, um mich zu beruhigen. Das geschieht nicht wirklich!

Verzweifelt versuche ich mich gegen die Hände zu wehren, die mich jetzt packen und vom Bett hochheben. Ich höre das Rascheln des Lakens und frage mich, ob ich nackt bin. Nein, ich trage ein langes Gewand. Ein Nachthemd? Einen Habit? Hat Fra Gil ihn mir angezogen, nachdem er mich gewaschen hat?

Ich kenne seine Stimme. Ich weiß, ich bin ihm schon einmal begegnet. Aber wo? In Rom? Oder in Granada? Aber wer ist er? Ich kann mich nicht an sein Gesicht erinnern … oder doch? Kurz geschnittenes, in der Sonne hell schimmerndes Haar, gestutzter Bart, blaue Augen. Unverkennbar maurische Gesichtszüge. Trug er nicht eine Djellabiya aus saphirblauer Seide und einen weißen Turban? Sein Name war … Ich weiß es nicht, ich habe ihn vergessen. Wie ich mein ganzes Leben vergessen habe.

Das Gefühl, dass ich von ihm bedroht werde, wird immer greifbarer.

Gibt es denn kein Erwachen aus diesem Albtraum?

»Lasst mich in Ruhe!«, schreie ich. »Ich bin nicht tot! Ihr könnt nicht einfach so tun, als wüsstet ihr das nicht! Mein Herz schlägt! Ich atme! Ich empfinde! Ich spüre, was ihr mir antut! Ihr dürft mich nicht lebendig begraben! Legt mich zurück auf das Bett, *sofort!*«

Die Ohnmacht, dass ich mich nicht gegen sie wehren kann, und die rasende Wut lassen mich aufschluchzen. Heiße Tränen steigen in meine Augen. Ich will sie fortblinzeln, doch es geht nicht. Als ich hochgehoben werde, fließt eine Träne aus meinem Augenwinkel, rinnt über meine Schläfe hinunter bis in mein Ohr.

»Seht doch, sie weint.« Sanft berührt Fra Lionels Hand mein Gesicht und wischt die Spur der Träne fort. »Sie lebt.«

»Nein, sie ist tot.« Das ist Fra Gils Stimme, ganz nah. Ich glaube, er hält mich in seinen Armen.

Fra Lionel ergreift meine linke Hand, die kraftlos herabzuhängen scheint, und dreht sie um. »Als Fra Adrian ihr den Schlüssel gewaltsam abgenommen hat, hat er sie verletzt. Sie blutet, seht ihr? Ihr Herz schlägt. Sie ist nicht tot.« Er tritt so nah an mich heran, dass ich seinen Atem auf meinem Gesicht spüren kann. Er riecht nach Brot und Wein. »Kannst du mich hören?«

»Ja!«, rufe ich. »Ja, ja, ja!«

»Kein Lebenszeichen«, sagt Fra Gil.

Der französische Mönch packt meine Hand. »Wenn du mich hören kannst, dann drück meine Hand so fest du kannst.«

Mit aller Kraft drücke ich zu und warte auf sein gequältes Stöhnen. Nichts – er schnauft nicht einmal!

»Was habe ich gesagt?«, faucht Fra Gil. »Und jetzt geh mir aus dem Weg! Ich bringe sie in die Krypta der Kirche.«

Doch Fra Lionel gibt nicht auf. »Kannst du blinzeln?«, fragt er mich. »Wenn du mich verstehen kannst, dann blinzele.«

Ich weiß nicht einmal, ob meine Augen offen oder geschlossen sind. Wie soll ich da blinzeln?

»Sie sieht so schön aus, so voller Leben«, sagt Fra Adrian und streichelt meine Wange. Sein Ring zerkratzt mir das Augenlid.

»Na, seht ihr? Sie bewegt sich nicht«, nuschelt Fra Gil. »Kommt jetzt, in diesem Zustand nützt sie uns nichts. Sie kann uns nicht verraten, wo sie die Reliquie versteckt hat. Sie ist so gut wie tot. Was guckt ihr so? Ihr wisst doch, wer sie ist. Und ihr kennt ihren Rang. Sie muss verschwinden, bevor der Papst uns alle exkommuniziert.«

Das ist mein Todesurteil.

Kapitel 3

In einer Grabnische der Krypta der Abteikirche
21. Dezember 1453
Kurz nach Sonnenaufgang, gegen acht Uhr morgens

Das Erwachen ist schmerzhaft.

Wie schwer bin ich verletzt?

Wer hat mir die Wunden zugefügt?

So viel Blut! So viel Schmerz! So viel Trauer! So viel Leid! Wer war der Tote? Was habe ich getan?

Wann werde ich mich erinnern?

Wenn ich so weit bin …

Die Erkenntnis trifft mich schmerzhaft wie ein Hieb.

Wenn ich mich erinnern möchte …

Was ist denn nur geschehen? Ist das Vergessen all meiner Erinnerungen, der Verlust meines ganzen Lebens, durch ein verstörendes Erlebnis verursacht worden?

Mein Herz rast, als würde ich panisch vor irgendetwas fliehen, und ich zittere am ganzen Körper.

Ich muss tief durchatmen, um mich zu beruhigen. Wo bin ich? Ich kann immer noch nichts sehen. Ein Lufthauch weht mir ins Gesicht. Mein Atem?

Ich ahne, wo ich bin. Von Todesangst erfüllt, versuche ich, mich zu bewegen, mich aufzurichten, um zu fliehen. Es geht nicht.

Ich liege in einer engen Grabnische – ja, so muss es sein. Die Decke ist so niedrig, dass mir mein eigener Atem entgegenweht.

Ein Schauer läuft durch meinen Körper, als ich einen süßlich dumpfen Geruch wahrnehme. Es riecht nach faulendem Laub. Nach welkenden Blumen. Oder nach … Mein Gott, hilf mir!

Mein Herz pocht, meine Zähne klappern vor Kälte, mein Atem geht stoßweise, dieAngst kriecht mir den Rücken hoch.

Neben mir liegt eine verwesende Leiche!

Ich halte den Atem an, um die mit Moder und giftigem Schimmel verpestete Luft nicht einatmen zu müssen. Doch ich muss weiteratmen. Röchelnd ringe ich nach Luft.

Während ich versuche, mit den ausgestreckten Fingern der rechten Hand über den Boden der Grabnische zu tasten, stelle ich mir vor, worauf ich gleich stoßen werde: eine stark verweste Leiche. Die von Fäulnisgasen aufgequollene Haut ist vermutlich bläulich grün verfärbt. Und so durchscheinend wie weiches Wachs, durch das sich wie eine grüne Marmorierung das Geflecht der Adern zieht. Maden wimmeln in den Löchern der Haut. Milben haben sich in den Haaren gebildet. Während ich versuche, meine Hand zur Seite zu schieben, befürchte ich, jeden Augenblick die Feuchtigkeit aus verflüssigtem Fleisch zu ertasten, die sich unterhalb der Leiche in einer Lache sammelt. Aber – kann ich meine Hand überhaupt bewegen? Ich kann keine Bewegung spüren …

Das Blut rauscht in meinen Ohren und schwillt zu einem dumpfen Dröhnen an, wie von Hunderten Kirchenglocken, die zum Sturm geläutet werden. Und da ist noch ein anderes Geräusch. Ein lautes Donnern, wieder und immer wieder. Glockenläuten und Kanonendonner, so laut und durchdringend, dass es in meinen Ohren unaufhörlich sirrt.

Wo bin ich? In Helm und Harnisch und mit einem Schwert in der Hand stehe ich an der Brüstung einer Stadtmauer aus rotem Stein. Keine drei Schritte entfernt schlägt ein Felsbrocken mit Donnergetöse in die Mauer. Scharfkantige Steinsplitter fliegen durch die nach Feuer und Schwefel riechende Luft und prasseln auf mich herab. Schreiend werfe ich mich auf den Boden. Mein Helm und mein Harnisch dröhnen vom Aufprall der Bruchstücke. Steinstaub und unerträglicher Durst zwingen mich zum Husten. Neben mir kreischt ein Mann mit blutüberströmtem Gesicht und presst sich die Hände gegen Stirn und Augen – einer meiner Bravi?

Keuchend springe ich auf und sehe mich um. Vor mir wogt das Schlachtengetümmel, es ist ein Sturmangriff der Yeniçeriler. Die grellen Mündungsfeuer der Kanonen, die auf die Mauer gerichtet sind, blenden mich. Neben dem Purpurzelt des Padişah flattern Standarten im Wind. Bis zum Horizont nehme ich Feuer, Rauch, Getöse und Geschrei wahr. Dazwischen höre ich Trommeln und Trompeten, Pferdewiehern und Waffenklirren, gebrüllte Befehle und schrille Schmerzensschreie. Welch furchtbarer Anblick!

Und hinter mir die Stadt. Ich wende mich um. Die Glocken läuten Sturm, um uns Mut zu machen. Unter gewaltigem Kanonendonner, der die Luft um uns herum erzittern lässt, fliegen Felsbrocken über uns hinweg und prallen bis zu eine Meile entfernt auf Häuser, Paläste und Kirchen, deren Mauern zerbersten und einstürzen. Der Boden unter meinen Füßen bebt. Schwarze Rauchwolken von feuernden Kanonen und brennenden Häusern, Obstbäumen und Weinbergen rauben mir den Atem. Das ›Kyrie eleison‹ der blutüberströmt umherstolpernden Menschen und das Dröhnen der großen Glocken, die den Allmächtigen um Barmherzigkeit anflehen, machen diese Nacht zur Hölle …

Doch da ist plötzlich noch etwas anderes.

Leiser Psalmengesang? Lateinisch, nicht griechisch.

Nein, der Gesang gehört nicht zu meiner Erinnerung. Ich lausche angestrengt und ziehe meine Augenbrauen zusammen.

Jetzt kann ich es deutlicher hören!

»De profundis clamavi ad te Domine …«

Der 130. Psalm – das Totengebet!

Halten die Fratres das Stundengebet der Prim? Oder feiern sie schon meine Totenmesse, während ich noch in meinem Grab liege und darauf warte, dass sie mich lebendig einmauern?

Gott verfluche sie! Ich muss weg von hier – sofort!

Aber wie?

»Domine exaudi vocem meam fiant aures tuae intendentes in vocem deprecationis meae ...«

Leise dringt der getragene Gesang der Mönche zu mir, ein unheilvoller Cantus choralis.

Von Todesangst erfüllt, versuche ich wieder, mich zu bewegen. Ich konzentriere mich auf meine linke Hand. Mit aller Kraft schiebe ich sie zur Seite, dorthin, wo ich die Öffnung der Grabnische vermute. Bewegt sich die Hand? Ja? Nein? Ich kann nichts spüren ...

»Si iniquitates observabis Domine? Domine quis sustinebit?«

Noch einmal!

Meine Fingerspitzen bewegen sich nicht!

»Quia apud te propitiatio est propter legem tuam sustinui te Domine sustinuit anima mea in verbum eius.«

Noch einmal!

Angenommen, ich schaffe es, mich aus der Grabnische zu ziehen, dann werde ich aus drei oder vier Ellen Höhe hart auf die Steinfliesen fallen – und was dann? In welche Richtung soll ich wegkriechen? Ich muss mich an den Wänden entlangtasten, um das Gewölbe zu verlassen. Ich kann doch nichts sehen!

Nicht aufgeben! Und jetzt die Hand!

»A custodia matutina usque ad noctem speret Israel in Domino.«

Halt! Das kann nicht sein! Der Text stimmt nicht. Was ist aus dem ›Speravit anima mea in Domino‹ geworden? *Meine* Seele hofft noch auf den Herrn! Ich bin nicht tot!

»Quia apud Dominum misericordia et copiosa apud eum redemptio ...«

Die Hand – ich muss mich konzentrieren!

Wieder nichts! Die Zeit zerrinnt mir zwischen den Fingern. Gleich werden sie zurückkommen, um die Grabplatte vor die Nische zu schieben.

Lebendig begraben! O Gott, hilf mir doch!

»... et ipse redimet Israel ex omnibus iniquitatibus eius.«

Plötzlich wird es still. Das Gebet ist beendet.

Kurz darauf kann ich ihre Schritte durch die Abteikirche hallen hören. Sie kommen eine lange Treppe herunter in die Krypta, ein Gewölbe unterhalb der Basilika.

Panisch schiebe ich meine Hand zum Rand meiner Grabnische. Und ich erschrecke beinahe zu Tode, als ich plötzlich eine leise Berührung unter meinen Fingerspitzen spüre. Meine Hand hat sich bewegt!

Weiter! Beeil dich!

Da! Noch ein Fingerbreit in Richtung der Kante!

Trotz der sich rasch nähernden Schritte lächle ich triumphierend, ich kann nicht anders. Ich bin ja so froh, dass ich mich doch bewegen kann! Dass ich nicht ganz hilflos bin! Nicht ganz hoffnungslos!

Die Schritte hallen im Gewölbe der Krypta bedrohlich nahe wider – sie kommen!

Die Vorstellung, dass sie die Grabplatte einsetzen – o mein Gott!

Ich muss weg von hier, sofort!

Ich achte nicht auf die Schmerzen in meiner Schulter und in meinem Arm oder auf das Zucken meiner überreizten Nerven. Weiter. Nur weiter.

Da ist die Kante! Meine Finger gleiten darüber hinweg. Ganz deutlich kann ich spüren, wie der Stein senkrecht nach unten abfällt.

»Ich habe es geschafft!«, seufze ich erleichtert. »Ich habe es wirklich geschafft!«

Die Schritte hören auf. Erst bleibt einer der Männer stehen, dann die anderen.

»Was ist?«, fragt Gil angespannt.

»Was war das?« Lionels Stimme klingt beunruhigt.

»Was meinst du?«

»Das Stöhnen.«

»Ich habe nichts gehört«, wendet Adrian ein.

»Sie hat gestöhnt«, beharrt Lionel.

Er hat mich gehört? O nein!

»Dio mio!« Adrians Kettenhemd klirrt leise. Er scheint sich zu bekreuzigen. »Und jetzt?«

»Holt mich aus der Grabnische, sofort!«, schreie ich, aber keiner hört auf mich.

»Helft mir!«, bittet Gil die anderen. »Die Marmorplatte ist sehr schwer. Aber wenn wir sie gemeinsam hochwuchten, können wir sie in die Öffnung schieben.«

Wie sehr musst du mich hassen, um mir das anzutun!

»Ihre Augen sind geschlossen!« Lionel ächzt. »Vorhin waren sie offen!«

»Gib mir die Fackel!« Schritte kommen hastig näher. Ganz deutlich kann ich das Blaken der Fackel hören. »Ihre Augen sind tatsächlich geschlossen.« Adrian atmet tief durch. »Sie sieht aus, als ob sie schläft. Und sie lächelt.«

Schweigen. Dann poltern schwere Schritte auf mich zu. »Ihre Hand, sie hat ihre Hand bewegt!«, stöhnt Lionel. »Die Finger ragen über die Kante!«

»Schieb sie zurück, damit wir die Grabkammer versiegeln können!«, befiehlt Gil barsch.

Du kaltblütiger Mörder! Was habe ich dir getan, dass du mich so sehr hasst?

Ich spüre eine Berührung an meiner linken Hand, zuerst sanft, dann immer heftiger. Lionel zieht erschrocken die Luft ein, als ich mit aller Kraft dagegenhalte. Es gelingt ihm nicht, meinen erstarrten Arm in die Nische zurückzuschieben.

Gil stößt einen arabischen Fluch aus. Wütend fleht er mit den Worten der elften Sure Allah an, mich vom Höllenfeuer der Djahannam, der muslimischen Hölle, vernichten zu lassen.

Woher weiß ich, dass es die elfte Sure ist? Und woher kenne ich den lateinischen Text des Totengebets? Bin ich Christin oder Muslima? Ich weiß es nicht. In Gedanken sage ich den Text des Credo auf: ›Credo in unum Deum, patrem omnipotentem, factorem caeli et terrae, visibilium omnium et invisibilium. Et in unum Dominum Jesum Christum, Filium Dei unigenitum.‹ Das christliche Bekenntnis zu dem einen Gott geht mir genauso leicht über die Lippen wie die muslimische Schahada: ›Ashadu an la ilaha illa-llah, wa Muhammadan rasulu-llah. Es gibt keinen Gott außer Allah, und Mohammed ist der Gesandte Gottes‹. Und das hebräische Schma Israel? ›Schma Yisrael Adonai Eloheinu Adonai Echad. Höre, Israel, Adonai ist unser Gott, Adonai unser Herr allein. Und du sollst den Herrn, deinen Gott, lieben mit deinem ganzen Herzen und mit deiner ganzen Seele und mit deiner ganzen Kraft.‹ Wieso weiß ich das alles?

Und warum spreche ich so viele Sprachen? Italienisch, Französisch, Kastilisch, Arabisch, Lateinisch, Hebräisch und Griechisch? Ich verstehe sogar ein paar Worte Englisch und ein bisschen Portugiesisch. Und ich kann Aramäisch lesen, die Sprache Jesu, das weiß ich genau! Und Türkisch? Ich weiß es nicht, mir fällt kein einziges türkisches Wort ein. Um Gottes willen, wer bin ich denn?

»Seht euch ihre Muskeln an!«, staunt Adrian. »Sie hat eine unglaubliche Kraft!«

Gils Fluch würde Allah erblassen lassen. »Sie hat mit ihren Bravi gegen die Türken gekämpft. Ich habe gesehen, wie sie mit einem einzigen kraftvollen Hieb einem Janitscharen den Kopf abgeschlagen hat. Er fiel direkt vor ihre Füße.«

»Dio mio! Und dann?«

»Im Blutrausch riss sie ihm die weiße Haube herunter, packte ihn an den Haaren und stopfte ihn in die Kanone. Dann gab sie den Befehl, Feuer an die Lunte zu legen. Der Kopf des Janitscharen zerfetzte die Purpurseide von Mehmeds Zelt einige hundert Schritte vor den Toren der Stadt und blieb den Gerüchten nach direkt vor seinem Thron liegen. Mehmed soll bleich geworden sein wie eine Hostie.«

Adrian stöhnt auf.

»An diesem Tag, einundzwanzig Tage vor der Eroberung der Stadt, gab er den Befehl, sie gefangen zu nehmen und zu ihm zu bringen. Er wollte zusehen, wenn sie hingerichtet wird. Er wusste, wer sie ist.«

Du warst also auch dort, Gil? Das ist ja interessant. Fast so spannend wie die Frage, wer eigentlich Mehmed ist.

»Dio mio!« Der Stoff von Adrians Habit raschelt. Er bekreuzigt sich.

»Ich hatte euch vor ihr gewarnt«, sagt Gil ernst. »Sie ist gefährlich. Und sie kennt keine Skrupel.«

Erschöpft liege ich in meinem Grab und versuche, meinen rasenden Herzschlag zu beruhigen.

»Los jetzt, die Grabplatte!«, befiehlt Gil.

Ächzend heben die drei Fratres die schwere Steinplatte an, die offenbar vor der Grabnische lehnte, und wuchten sie vor die Öffnung. Ich schreie auf vor Schmerz, als meine Finger eingequetscht werden.

Rasch ziehe ich die Hand zurück, als die Marmorplatte mit einem lauten Rumpeln eingesetzt wird – meine Finger brechen nicht!

Aber das Grab ist jetzt geschlossen.

Mit aller Kraft stemme ich die linke Hand von innen gegen die Platte. Sie bewegt sich nicht.

Langsam balle ich meine Hand zur Faust und schlage dagegen.

Zu schwach, zu leise.

Noch einmal, stärker!

Ich halte den Atem an und lausche in die Stille meines Grabes.

Kein Geschrei. Sie haben mich nicht gehört.

Noch einmal!

Nichts.

Noch einmal!

Wieder nichts.

Es hat keinen Sinn.

Mein Herz krampft sich schmerzhaft zusammen. Und ich ringe mit den Tränen.

Das ist also das Ende.

Was für ein erschreckendes Gefühl, wenn dein Leben erst vor einer Stunde begonnen hat. Wenn du dich an nichts erinnern kannst, was vor deinem Erwachen war.

Aber das ist nichts im Vergleich zu dem Gefühl, dass mein Leben in einer Stunde schon wieder zu Ende sein wird – sobald die Luft in meiner engen Grabkammer aufgebraucht ist. Mein Atem weht mir ins Gesicht.

Tränen brennen hinter meinen Lidern. Ein Schluchzen entringt sich meiner Kehle, ein verzweifelter Aufschrei angesichts des nahen Todes. Als schließlich die Anspannung von mir abfällt, weine ich mit zuckenden Schultern.

Ich schaffe es, meine Augen zu öffnen.

Kein Licht. Nur Finsternis um mich herum.

Lebendig begraben!

Ich will schreien, meine ganze Hoffnungslosigkeit und meine Schmerzen hinausschreien!

»Ich lebe! Ich bin wach! Holt mich hier raus!«

Doch kommt überhaupt ein Laut über meine Lippen? Niemand kann mein Weinen hören …

Plötzlich erbebt die schwere Marmorplatte unter einem wuchtigen Hieb.

Ich erstarre.

Mit einem Krachen folgt der nächste Schlag. Dann ertönt ein unerträglich lautes Knirschen. Es schwingt durch meinen ganzen Körper, das Sirren in meinen Ohren wird immer lauter.

Ich ziehe mich in mich selbst zurück und versinke wieder im finsteren Abgrund des Vergessens, der so schön war und friedlich und still war. Ohne das Dröhnen von Kirchenglocken, die Sturm läuten, ohne den explosionsartigen Donner von Kanonen, ohne das Getöse einstürzender Mauern und ohne knirschende Marmorplatten, die mein Grab versiegeln.

Kapitel 4

In der Zelle des Abtes
21. Dezember 1453
Kurz nach elf Uhr morgens

»… zwischen Leben und Tod.«

Wer sagt das? Ich öffne die Augen. Wer schwebt zwischen Leben und Tod? Ich? O nein, ich lebe! Ich habe Schmerzen, also lebe ich!

»Sie hat die Augen geöffnet!«

Verwirrt starre ich zum Himmel. Schwarze Rauchwolken flackern im Schein lodernder Feuer. Der Gestank von heißem Pech dringt mir in die Nase.

Wann bin ich verwundet worden? Und wie?

»Haltet durch, Euer Gnaden!«, schreit mich jemand an, den ich nicht sehen kann, weil er hinter mir steht. Arme packen mich grob an Schultern und Knien und heben mich auf eine Trage an der Mauerbrüstung. Dann liege ich in meinem Blut, das unter meinem blutglänzenden Harnisch hervorrinnt. Zwei meiner Bravi tragen mich im Laufschritt zur Treppe. »Ihr seid schwer verletzt, Euer Gnaden. Ein Steinsplitter ist Euch in die Schulter gedrungen. Wir liegen immer noch unter schwerem Feuer. Es wird immer schlimmer. Federico Tannhäuser und ich – wir bringen Euch von hier weg«, keucht der Bravo. Als ich den Kopf zurücklege, sehe ich, dass der Schweiß ihm über das Gesicht rinnt.

Wo bin ich?

Ich sehe mich um. Eine Festungsmauer. Glockenläuten und Kanonendonner, Geschrei, Leichen, Feuer, Rauch, Blut. Eine Schlacht. Wie lange dauert sie schon? Welchen Tag haben wir?

Gedanken wirbeln durch meinen Kopf. ›Und ich sah, als das Lamm das vierte von den sieben Siegeln öffnete, ein fahles Pferd. Und der darauf saß, dessen Name war: Der Tod. Und die Hölle folgte ihm nach.‹

Der Tod sieht aus wie Mehmed. Wie lange noch, Gott, wie lange noch?

Um mich herum hasten Männer in Helm und Harnisch, mit eingezogenen Köpfen und Schultern, tief am Boden, in Deckung vor den Kanonenkugeln und den Brandpfeilen. Es sind meine Bravi. Sie fliehen nicht zu den Schiffen im Hafen, wie es so viele andere tun. Sie bleiben bei mir, trotz des schweren Feuers, mit dem uns die Türken auf diesem Mauerabschnitt unweit des Kaiserpalastes eindecken, trotz der aussichtslosen Lage, trotz des sicheren Todes.

Das verschwitzte, blut- und rußverschmierte Gesicht eines Mannes mit schulterlangem kastanienbraunen Haar taucht neben mir auf. Mit erhobener Hand hält er die Bravi an, dann beugt er sich über mich, streicht mir eine schweißnasse Strähne aus der Stirn und gibt mir einen zarten Kuss auf die Lippen. »Halte durch, mein Schatz!«

Ich knirsche mit den Zähnen und nicke nur.

Mit Donnergetöse explodiert etwas in unserer Nähe. Steinsplitter, Holz und Sand prasseln auf uns nieder.

Ungestüm wirft er sich auf mich und reißt mich mit der Trage zu Boden, während wieder eine Kanonenkugel in die Mauer kracht. Der Boden bebt. Ein Schwall heißer Luft fegt über uns hinweg.

Keuchend rappelt er sich auf. »Du musst weg von hier!« Wieder küsst er mich.

»Aber ich ...«

»Du tust, was ich dir ...!« Ein Kanonendonner übertönt ihn. »Ich bin dein Ehemann!«

»Bist du nicht! *Noch* nicht.«

»Aber heute Abend.« Er atmet tief durch. »Wie lange habe ich gehofft, dass du mich eines Tages heiratest. Unsere Hochzeitsfeier wird unvergesslich bleiben, glaub mir! Wer hat schon einen Kaiser als Trauzeugen? Und dann dieses Feuerwerk?« Hasserfüllt deutet er über die Mauer hinweg zum Purpurzelt vor den Toren der Stadt. »Konstantin ist heute Abend unser Gast. Was meinst du, sollten wir Mehmed der Form halber auch einladen?«

»Er kommt bestimmt.« Ich lächele matt.

Er grinst. »Das glaube ich auch. Er will dich kennenlernen. Er will wissen, wer ihm die Köpfe seiner Janitscharen vor die Füße schießt.« Dann wird er wieder ernst. »Du lässt dich jetzt in den Blachernen-Palast bringen und deine Wunden versorgen. Dann holst du die Reliquie und versteckst sie in unseren Räumen im Palast. Hast du den Schlüssel für den Schrein?«

Ich ziehe ihn unter dem Harnisch hervor und halte ihn hoch.

»Du kommst nicht zurück, hast du mich verstanden?«

»Und du?«

»Ich bleibe hier.«

Ein Bote stürmt heran. »Euer Gnaden?«

Der Condottiere des Papstes wendet sich zu ihm um, während ich mich mühsam auf der Trage aufrichte. »Ja?«, sagen wir beide gleichzeitig.

Der Junge blickt erst ihn verwirrt an, dann mich. »Der Kaiser ist verschollen, Euer Gnaden. Der Megadux sucht nach ihm. Der Kardinal ist auf der Seeseite, nahe der Akropolis. Und Giovanni Giustiniani ist verwundet. Eine Kanonenkugel hat ihm fast die Schulter weggerissen. Er blutet stark. Er hat die Mauer verlassen, damit er versorgt wird. Bei den Genuesen geht das Gerücht um, dass ihr Kommandeur überstürzt zu einer italienischen Galeere im Hafen geflohen ist, weil die Türken durchgebrochen sind«, stöhnt er. Dann besinnt er sich. »Nachdem der Kaiser verschwunden ist, habt Ihr …« Er wirft mir einen unsicheren Blick zu. »… ähm … Ihr beide das Kommando über die Verteidigung der Stadt. Gott steh uns allen bei!« Tränen rinnen ihm über das Gesicht. »Wie lange können wir noch standhalten?«

Ja, wie lange können wir noch leben im Schatten des Todes? Wie lange noch können wir Angst, Raserei, Erschöpfung und Schmerz ertragen? Diese unerträgliche Hoffnungslosigkeit, die wir alle hinter einem verbissenen Lächeln verbergen?

Was ist das?

Trotz des Lärms kann ich plötzlich leise Musik hören. Ich lausche angestrengt. Tatsächlich, eine schöne, tröstende Melodie dringt zu mir.

Ich schließe die Augen und versuche mich zu entspannen.

Schlafe ich? Träume ich? Hat der Medicus mir schon das Opium gegen die Schmerzen gegeben? Bin ich noch auf der umkämpften Stadtmauer, oder liege ich schon in meinem Bett im Kaiserpalast? Woher kommt diese wundervolle Musik? Von sehr weit her … von jenseits der Finsternis.

Langsam schwebe ich durch die Leere und folge der verlockenden Melodie. Woher kenne ich dieses arabische Lied?

Habe ich es im Garten der Alhambra gehört? Oder im Löwenhof, während eines Abendessens mit dem Sultan? Jemand, der neben mir auf einem Diwan hockt, singt. Ich versuche, sein Gesicht zu erkennen, aber es liegt im Schatten der Säulen.

Diese Stimme – ich kenne sie!

Ich blinzele in das düstere Licht. Verwirrt halte ich den Atem an und schließe wieder die Augen.

Der Gesang verstummt. Mein Bett schwankt.

»Auferstanden von den Toten. Hast du geträumt? Du warst in

den letzten Stunden so unruhig. Ich habe so sehr gehofft, dass du die Musik hören kannst, damit du ruhiger wirst.«

Erschrocken zucke ich zusammen. Es ist Gils Stimme. Er redet Kastilisch. Er spricht langsam und ruhig, doch er wirkt angespannt, denn seine Stimme klingt gepresst.

Ein Gedanke durchzuckt mich schmerzhaft: Was ist geschehen? Wo sind die anderen – Adrian und Lionel?

Panisch bewege ich meine rechte Hand und kann grobes Leinen unter meinen Fingern spüren. Darunter pikst das Stroh der Matratze. Ich versuche den Arm zu heben, aber etwas hindert mich. Eine Bettdecke? Ich strecke die Beine aus. Auch dort habe ich das Gefühl von kühlem Leinen auf meiner Haut. Neben meinem Bett knackt und prasselt ein Feuer in einem Marmorkamin. Über mir erkenne ich ein weiß verputztes Tonnengewölbe, die groben Steinwände sind leicht nach innen geneigt. Die Stimmung in diesem Raum ist erdrückend, als ob das Gewölbe gleich auf mich herabstürzen und mich unter den Trümmern begraben würde.

»Wo bin ich?«, krächze ich. Ist das wirklich meine Stimme? Sie klingt so fremd in meinen Ohren. Wegen des Kastilischen? Wegen des weichen Akzents, mit dem ich spreche – ist er arabisch oder italienisch? Oder wegen des panischen Zitterns?

»Im Bett.« Gil streicht mir eine Strähne aus der Stirn und beobachtet mich aufmerksam. »Wie geht's dir?«

»Ich lebe noch«, presse ich hervor, irgendwie erleichtert, dass er mich endlich hören kann.

»¡Gracias a Dios!«, seufzt er, bekreuzigt sich und küsst seine Fingerspitzen. Dann nimmt er einen Zinnbecher vom Nachttisch und hält ihn mir an die Lippen, damit ich trinken kann. »Du warst drei Tage lang wie tot. Und trotzdem scheinst du Träume oder Visionen gehabt zu haben, Erinnerungen, die dich zutiefst aufgewühlt haben. Ich wusste nicht, was ich tun sollte.« Er atmet tief durch. »Heute bist du zum ersten Mal aufgewacht.«

Ein kalter Lichtstrahl dringt durch einen Spalt des hölzernen Fensterladens und fällt auf sein Gesicht. Wieso wendet er es ab?

Ich trinke. Das Wasser ist kühl und frisch wie geschmolzener Schnee.

»Danke«, murmele ich.

»Schon gut.« Was geht in ihm vor?

Er ist mir viel zu nah!, denke ich plötzlich. Wie soll ich mich gegen ihn wehren? Ich bewege meine Hand unter der Decke. Aber da ist nicht wie sonst ein Dolch …

Woher ich das weiß? Vielleicht, weil ich mich ohne Waffe nackt und hilflos fühle.

Aber wenn ich das weiß, denke ich, und mein Herz beginnt zu pochen, dann muss ich auch noch andere Dinge von mir wissen. Ich muss mich nur daran erinnern.

»Bleib still liegen, du musst dich ausruhen«, ermahnt er mich. Wieso spricht er so leise, dass ich seine Stimme kaum hören kann? »Du bist schwer verletzt.«

Ich zögere einen Augenblick, dem Todfeind meine Schwäche einzugestehen, aber dann frage ich doch: »Was ist geschehen?«

Langsam dreht er sich zu mir um und wendet mir sein Gesicht zu. Kurz geschnittene Haare, gestutzter Bart, blaue Augen, sinnlich geschwungene Lippen. So wie ich ihn mir vorgestellt habe – nur dass der Mann, an den ich mich erinnere, einen anderen Namen hatte.

Gil trägt eine schwarze Jacke und enge Hosen in hohen Reitstiefeln, die seine schlanken Beine gut zur Geltung bringen. Seine Kleidung ist schlicht, aber sehr elegant. Und sie sieht neu aus, als habe er sie erst gestern gekauft. Kein Haar, kein Fussel, kein Staub hängt im schimmernden Samt. Das einzige Schmuckstück ist eine lange Kette mit einem gläsernen Anhänger, in dem ein winziger Holzsplitter steckt. In das Glas eingraviert ist das Gotteslamm. Der Holzsplitter scheint ein Stück vom Heiligen Kreuz zu sein.

»Erinnerst du dich nicht?«, fragt er leise.

Ich schüttele den Kopf.

Eine steile Falte bildet sich zwischen seinen Augenbrauen. Trotz seiner Anspannung wirkt er erleichtert. »Schlaf noch ein bisschen. Du bist erschöpft. Und du zitterst.«

»Sag mir erst, was geschehen ist.«

Er sieht mich lange an. »Das weiß ich nicht«, gesteht er, und ich glaube, er sagt die Wahrheit. »Im blutigen Schnee habe ich dich gefunden. Du warst verletzt, und ich dachte, du wärst tot, so wie Gal …« Er besinnt sich und schüttelt den Kopf. »Ich habe gehofft, du könntest mir sagen, was geschehen ist.«

»Nein.«

»Du hast einen schweren Schock erlitten, verursacht durch deinen Sturz und die Verletzungen an deinem Kopf. Oder durch etwas anderes …«

»Du denkst, ich verdränge etwas.«

»Etwas Schreckliches. Etwas, das du getan hast.«

»Aber was?«

Wie ein Blitz taucht plötzlich ein Bild vor mir auf: Ich sehe mich selbst im Schnee liegen, der von meinem Blut getränkt ist. Ich habe das Gefühl, über meinem Körper zu schweben. Schnee rieselt auf mich herab und legt sich wie ein weißes Leichentuch auf meine geschlossenen Lider und meine zu einem stummen Schrei geöffneten Lippen. Meine langen dunklen Haare bilden einen Fächer wie aus Pfauenfedern um meinen Kopf, aus dem das Blut in den frisch gefallenen Schnee sickert.

Blut und Schnee.

Und ein Schlüssel, den ich in meiner Hand halte.

»Was ist das Letzte, woran du dich erinnerst?«, fragt Gil.

Soll ich mich ihm anvertrauen? Ich kenne ihn doch nicht. Und ich misstraue ihm. Er hat versucht, mich zu töten – lebendig zu begraben. Aber er hat mich auch ins Bett gebracht und meine

Wunden versorgt. Das behauptet er!, ermahnt mich eine leise Stimme, das behauptet er! Woher weißt du, dass *er* dir die Verletzungen nicht beigebracht hat, als er dir den Schlüssel entreißen wollte? Woher weißt du, dass er dich nicht gestoßen hat, sodass du gestürzt bist? Ich weiß nicht, ob das, was er sagt, auch nur einen Funken Wahrheit enthält. Ich darf ihm nicht trauen, wenn ich überleben will. Ich darf nicht!

»Es war ein grauenhafter Schmerz. Und das Gefühl, zu sterben.«

Er hält den Atem an. »Und davor?«

»Nichts.«

Er atmet tief durch. »Dann weißt du nicht, wo wir sind? Und wieso?«

Ich schüttele den Kopf. »Könntest du bitte die Fensterläden öffnen? Es ist so dunkel.«

Und ich fürchte mich im Dunkeln, füge ich im Stillen hinzu. Ich habe Angst vor Bedrohungen, die ich nicht sehen kann.

Gil erhebt sich, geht zum Fenster am Fußende meines Bettes und klappt die Innenläden zurück. Graublaues Licht fällt ins Zimmer. Durch das bleigefasste Mosaik der Scheiben, auf denen Eisblumen blühen, kann ich schemenhaft einen dunkelgrauen Himmel erkennen. Es schneit in dicken Flocken.

Fröstelnd schmiege ich mich ins warme Bett.

Gil setzt sich wieder zu mir. Wie selbstverständlich legt er seine Hand auf mein Bein. »Sagt dir das Wort Mandylion etwas?«

Verwirrt schüttele ich den Kopf.

Er zieht einen zerknüllten Zettel aus seiner Jacke, faltet ihn auseinander und zeigt ihn mir. Er ist so oft zusammen- und wieder auseinandergefaltet worden, dass er an den Kanten schon brüchig wird und Risse aufweist. Eine Seite ist mit Blut getränkt, das sich beim Trocknen schwarz verfärbt hat. In griechischen Lettern steht dort:

Μανδηλιον

»Mandylion«, lese ich. »Was ist das?«

»Weißt du, was ein Acheiropoieton ist?« Gil dreht den Zettel um. Dort steht:

Αχειροποιητον

»Das ist Griechisch. Ein Acheiropoieton ist ein nicht von Menschenhand gemachtes Bild.«

Er nickt.

»Wer hat das geschrieben?«

»Du.«

Gil faltet den Zettel zusammen und will ihn wieder einstecken, doch ich lege ihm die Hand auf den Arm.

»Kann ich ihn haben?«

Gil zögert einen Augenblick, dann gibt er ihn mir. Während ich die Pergamentseite betrachte, die offenbar aus einem Notizbüchlein herausgerissen wurde, fragt er:

»Sagt dir der Name Fra Galcerán de Borja y Llançol de Romanì etwas?«

»Nein«, lüge ich.

Während eines Schneesturms vor vier Tagen haben Fra Galcerán und ich uns in den tief verschneiten Abruzzen hoffnungslos verirrt – das hat Gil vorhin seinen Freunden erzählt. Woher kamen wir? Wohin wollten wir? Warum ritten wir zusammen durch die verschneite Einsamkeit? Und warum wurde Fra Galcerán ermordet? Das muss kurz vor meinem Sturz gewesen sein. Hat es einen Kampf gegeben, bei dem ich verletzt wurde? Ging es um den Schlüssel, den ich während meiner Ohnmacht in der Hand hielt, als hinge mein Leben davon ab?

»Wer ist das?«, will ich wissen.

»Fra Galcerán de Borja y Llançol de Romanì war ein hochrangiger Ritter des Johanniterordens von Rhodos. Und ein Verwandter von Kardinal Alonso de Borja aus Xàtiva bei Valencia in Aragón, der sich in Italien Alonso Borgia nennt. Der Kardinal hat einen dreiundzwanzigjährigen Neffen, der in Bologna studiert. Roderic de Borja y Llançol – Rodrigo Borgia.«

»Der Name sagt mir nichts. Weder der katalanische, noch der italienische.«

»¡Por Dios!«, flüstert er. »Das sollte er aber. Rodrigo Borgia ist dein Cousin.«

Ich schüttele den Kopf. Ich kann mich nicht an Rodrigo erinnern. Er ist dreiundzwanzig. Und ich?

»Galcerán war mein bester Freund«, sagt Gil traurig und fährt sich mit beiden Händen über das Gesicht. »Weißt du denn, wer *ich* bin?«

Ich beiße mir auf die Unterlippe. Was soll ich antworten? Wenn ich zugebe, dass ich den Namen kenne, den er jetzt trägt, könnte ich ihm verraten, dass ich ihn und seine Freunde vorhin gehört habe. Und wenn ich ihm gestehe, dass ich alles, mein ganzes Leben, vergessen habe? Die Folgen kann ich nicht absehen …

Wer ist er? Woher kenne ich ihn? Warum will er mich töten?

Gil beobachtet mich aufmerksam. Seine Schultern sind hochgezogen, die Falte auf seiner Stirn hat sich noch tiefer eingegraben. Er wirkt angespannt. »Du erinnerst dich nicht an mich.«

»Nein«, hauche ich so leise, dass ich mich selbst kaum verstehen kann.

Enttäuscht … nein, traurig senkt er den Blick, und seine Gefühle, gespielt oder ehrlich empfunden, versetzen mir einen Stich ins Herz. Er birgt sein Gesicht in den Händen, als spräche er ein muslimisches Gebet. Dann sieht er wieder auf, nimmt meine Hand und spielt mit einem Ring an meinem Finger. Es ist ein Saphirring, der mir seltsam vertraut erscheint.

»Ich bin Gil Alvarez«, sagt er mit fester Stimme und sieht mir dabei in die Augen. »Dein Ehemann.«

Kapitel 5

In der Zelle des Abtes
21. Dezember 1453
Viertel nach elf Uhr morgens

Ich schlucke trocken. »Mein … Ehemann?«

Ist Gil der mit Blut und Ruß verschmierte Mann, den ich eben in meiner Erinnerung an die Schlacht gesehen habe? Ich betrachte sein Gesicht, und er weicht meinem Blick nicht mehr aus, während er in die Tasche seiner Jacke greift und einen goldenen Ring mit einem funkelnden Rubin hervorzieht.

Wieso trägt er den Ring nicht am Finger?

Als ich nichts weiter sage, liest er mir auf Arabisch den eingravierten Text vor: »›Leg mich wie ein Siegel an dein Herz! Denn stark wie der Tod ist die Liebe, wie die Feuergluten der Hölle ihre Leidenschaft. Nichts vermag ihr Lodern auszulöschen.‹ König Salomos Lied der Liebe. Und weißt du noch, wie die nächsten Verse lauten? ›Mächtige Wasser können sie nicht löschen, und Ströme schwemmen sie nicht fort. Doch wenn einer alles für sie geben wollte, würde man ihn nur verachten.‹«

»Es tut mir leid, ich … ich erinnere mich nicht an dich …«, stammele ich mit erstickter Stimme. »Ich meine … ich empfinde nichts … O Gott, es tut mir wirklich leid …«

»Wir sind verheiratet, mi corazón, du musst dich erinnern.« Gil wirkt traurig, hoffnungslos. »Der Kaiser war unser Trauzeuge.«

Glockenläuten und Kanonendonner.

In meinem Kopf dreht sich alles. Als die wirbelnden Bilder endlich stehen bleiben, sehe ich die Hochzeit in der gewaltigen Kirche vor mir, in der in einer Stunde die Totenmesse für ein sterbendes Weltreich gehalten werden soll. Gil nimmt meine Hand und steckt mir den Ring an den Finger.

Auf dem aus grünem, rotem und schwarzem Marmor gearbeiteten Ornament zu meinen Füßen steht seit Jahrhunderten der Kaiserthron. Dessen weißer Marmor schimmert im warmen Licht der Kerzen und im goldenen Schein der untergehenden Sonne. Über mir funkelt das goldene Mosaik Jesu Christi.

Am Altar hebt der Kardinal in goldbesticktem Messgewand die Hand. Auf Lateinisch und Griechisch segnet der Gesandte des Papstes die Ehe. Vielleicht ist sie die letzte, die in der belagerten Stadt geschlossen wird …

Neben mir steht Konstantin – ohne Perlendiadem und ohne Schwert. Das Blut, das über sein Gesicht rann, als er vor einer Stunde aus der Schlacht zurückkehrte, hat er abgewaschen. Er sieht müde aus, erschöpft, abgekämpft. Wie wir alle. Aber er ist gekommen.

»Ihr dürft die Braut küssen.« Der Kardinal lächelt matt. Er weiß genau, dass wir seit Jahren, seit meiner Rückkehr aus Granada, miteinander schlafen.

Konstantin ist schneller als mein Gemahl, der immer noch meine Hand hält. Er umarmt mich herzlich und küsst mich auf beide Wangen. »Er hat mehr Glück als ich. Er bekommt dich, nicht ich.«

»Ich liebe ihn. Und er liebt mich.«

Er nickt. »Eine große Liebe. Größer als das ganze Byzantinische Reich.«

»Ich will nicht Kaiserin werden, Konstantin. Nicht mit und nicht ohne Mehmed vor den Toren.«

Er atmet langsam aus und nickt traurig. Dann reicht er meinem Gemahl die Hand. »Viel Glück, Euer Gnaden.«

»Danke, Euer Majestät. Lange genug habe ich auf diesen Augenblick gewartet.«

»Wie lange?«

»Vierzehn Jahre, zwei Ehemänner, zwei Aufsehen erregende Affären, einen päpstlichen Dispens zur Scheidung meiner eigenen Ehe und ich weiß nicht wie viele Anträge, die sie alle in den Wind geschlagen hat.«

»Ihr gebt nie auf, nicht wahr, Euer Gnaden?«

»Seine Heiligkeit der Papst hat mich nicht zu seinem Condottiere ernannt, weil ich in dem Ruf stehe, in ausweglosen Situationen aufzugeben.«

Ich versuche sein Gesicht zu erkennen, denn in meiner Erinnerung verändert es sich immer wieder.

Wer ist er? Gil?

Gil, der mich töten will, ist mein Ehemann? Gott, steh mir bei! Panisch richte ich mich auf. Mein Blick huscht durch den Raum: ein Himmelbett, ein Tisch mit zwei Stühlen, eine Waschschüssel mit Wasserkrug, zwei Reisetruhen – aber außer einem gusseisernen Schürhaken neben dem Kamin keine Waffe. Wie kann ich mich gegen ihn wehren?

Gil hat mich nicht aus den Augen gelassen. Jetzt beugt er sich über mich und küsst mich sanft auf die Stirn. Den Rubinring hat er sich an den Finger gesteckt.

»Um Himmels willen, Gil. Wer bin ich?«

»Adriana de Zafra y de Borja, eine Reliquienhändlerin aus Córdoba. Seit einigen Monaten bist du Adriana Alvarez, meine Frau … ¡Por el amor de Dios! Du bist plötzlich so blass, Adriana …«

»Sind wir …« Ich zögere zu fragen. »Sind wir … glücklich?«

»Wir sind glücklich«, beteuert er.

»Ich möchte alles über mich wissen.«

Er lächelt matt. »Du bist intelligent, entschlossen, mutig, manchmal ziemlich resolut …«

»Resolut?«

»Eher stürzt der Himmel ein, und die Engel gehen in die Hölle ins Exil, bevor du auch nur ein Mal nachgibst.«

»Tut mir leid.«

»Ich liebe dich, wie du bist.«

Kraftlos lasse ich mich ins Kissen sinken. »Hast du einen Spiegel?«

Er haucht mir einen zärtlichen Kuss auf die Wange, springt auf, reißt die Tür auf und verlässt mit großen Schritten den Raum.

Interessant, denke ich, wir sind verheiratet und haben getrennte Zimmer?

Hastig ziehe ich die herausgerissene Pergamentseite unter der Bettdecke hervor und betrachte sie.

Αχειροποιητον

»Acheiropoieton. Ein nicht von Menschenhand gemachtes Bild.« Ich wende den zerknüllten Zettel und lese: »Mandylion.«

Μανδηλιον

Keine Erinnerung, kein Gefühl, nichts.

Ich habe das geschrieben, sagt Gil. Ich bin Reliquienhändlerin, sagt Gil. Das nicht von Menschenhand gemachte Mandylion – ist das nicht eine Reliquie? Ist es der Schatz, den Gil und seine Henkersknechte suchen und den ich irgendwo in dieser Abtei versteckt haben soll? Diese Seite stammt aus einem Notizbüchlein … Gibt es noch mehr Aufzeichnungen? Eine Beschreibung? Eine Skizze? Eine Schatzkarte? Wo ist das Büchlein? Und wo ist der Schlüssel, den ich drei Tage lang in der Hand hielt, als hinge mein Leben davon ab?

Rasch sehe ich mich im Zimmer um. Dort liegt er, auf dem Tisch in der Mitte des Raums.

Als ich den Schlüssel sehe, überwältigt mich wieder die Erinnerung. Ein großer nasser Blutfleck an einer mit hellem Marmor verkleideten Wand … Rinnsale von Blut fließen hinunter und sammeln sich in einer Lache neben einer Leiche … So viel Blut! Dann sehe ich den anderen, der mit verdrehten Gliedern auf dem glänzenden Marmorboden liegt. Blicklos starren seine Augen zur Kuppel hinauf. Neben ihm liegt ein Pergamentzettel, der aus einem Notizbüchlein herausgerissen wurde. Die griechische Schrift kann ich nicht lesen.

Ich betrachte meine Hände. Sie sind rot und nass vom Blut. So wie der Dolch, den ich umklammere. Was habe ich getan? Jemand schluchzt und schreit. Bin ich das, oder ist noch jemand hier, der das Mandylion sucht? Wie ein scharfes Schwert durchfährt mich plötzlich die Ahnung einer Gefahr, die hinter mir lauert. Panisch reiße ich den Dolch hoch und wirbele herum. Ein schwarzer Schemen kommt unaufhaltsam auf mich zu. Auf seiner Brust leuchtet ein weißes Kreuz … in der Hand hält er ein Schwert …

Gil reißt mich heraus aus diesen albtraumhaften Bildern. Mit einem kleinen Handspiegel, kaum größer als eine Scherbe, steht er auf einmal in der offenen Tür und beobachtet mich mit einem Stirnrunzeln. Wie lange steht er schon dort?

Hastig lasse ich den Zettel wieder unter der Bettdecke verschwinden.

Fra Gil geht, als lehne er sich gegen einen Sturm, der ihm entgegenweht – als sei er bereit zum Kampf. Er ist ein Krieger. Ein Ritter und ein Mönch.

Als er seinen schwarzen Habit ablegte, zog er gleich wieder

schwarze Kleidung an. Aber ich vermute, dass er unter der Samtjacke das weiße Tatzenkreuz mit den acht Spitzen trägt.

Ich glaube, er ist ein Johanniter. Er untersteht dem Großmeister in Rhodos und gehört zur spanischen Zunge – der Orden ist in Landsmannschaften aufgeteilt, in Zungen: also in die Sprachen der Provence und der Auvergne, in die französische, die englische, die deutsche, die italienische und die spanische Sprache. Ein Johanniter mit kastilischem Namen, der in Granada als Muslim geboren wurde? Interessant! Wenn ich nur wüsste, wie sein Name lautete, bevor er Fra Gil Alvarez wurde … Gil ist kein maurischer Name.

Der Mann, der sich als mein Ehemann ausgibt, setzt sich wieder neben mich auf das Bett und gibt mir den kleinen Spiegel, der einen Sprung aufweist.

Ich bin entsetzt, denn ich erkenne mich selbst nicht. Eine Fremde blickt mir entgegen. Wie eine frische Narbe reißt der Sprung mein Gesicht in zwei Teile, die nicht zusammenpassen.

Wer ist diese erschöpfte, abgemagerte Frau, der die Strapazen der letzten Monate ins Gesicht geschrieben sind? Lange dunkle Haare, wirr und blutverklebt. Blaue Augen, matt und glanzlos. Sinnliche Lippen, vor Schmerz verkniffen und blass. Die Haut ist aufgeschürft und zerkratzt, wie vorhin, in meiner Erinnerung an den Sturz, als ich im blutigen Schnee lag.

Mit den Fingerspitzen fahre ich über eine Narbe auf meiner Stirn. Woher stammt sie? Sie endet in einer offenen Wunde an der rechten Seite meines Kopfes. Und dieser bleifarbene Bluterguss auf meiner Wange? Und dieser verschorfte Riss?

In den Augenwinkeln und neben den Lippen erkenne ich erste Fältchen. Wie alt bin ich? Achtunddreißig? Vierzig?

Nur mühsam unterdrücke ich ein Schluchzen. Mein ganzes Leben ist mir fortgerissen worden, meine Erfahrungen, meine Erinnerungen, meine Hoffnungen, meine Ängste und Sehnsüchte … Ich bin eine Gefangene im Kerker des Vergessens, und um mich herum ist es finster wie in Dantes Inferno.

Ein Leben ohne Erinnerung ist kein Leben. Es ist ein verzweifelter Blick in einen dunklen Spiegel. Es ist das entsetzliche Gefühl, alles verloren zu haben, auch sich selbst.

Es ist die Hölle.

Mein Blick irrt hinüber zu den beiden Reisetruhen. Ich muss wissen, was da drin ist!

Gil, der zu spüren scheint, was in mir vorgeht, nimmt mir sanft den Spiegel aus der Hand und legt ihn auf den Nachttisch. Dann küsst er zärtlich meine Hand. »Du wirst dich erinnern, Adriana. An jeden Augenblick deines Lebens. Ich werde dir dabei helfen, mein Schatz«, sagt er sanft und küsst mich auf die Lippen. »Ich liebe dich, Adriana. Ich liebe dich so sehr. Alles habe ich für dich aufgegeben. Meine heiligen Gelübde habe ich gebrochen.« Er umfasst die Reliquie auf seiner Brust, als ob er einen Schwur leisten wollte. »Was ich getan habe, würde ich wieder tun. Gemeinsam werden wir noch einmal ganz von vorn anfangen.«

Heiße Tränen steigen in meine Augen. Tränen der Rührung? Oder Tränen der Verzweiflung?

Alles ist erschreckend und beängstigend zugleich. Niemandem darf ich trauen, am wenigsten mir selbst.

Welches tödliche Wissen trage ich in mir?

Meine Suche nach der Wahrheit ist eine Reise in die Vergangenheit. Und es ist eine Reise in die Hölle.

Kapitel 6

In der Zelle des Abtes
21. Dezember 1453
Gegen halb zwölf Uhr mittags

»Was hast du gesagt?«, frage ich verwirrt. Bin ich wieder aus der Zeit herausgefallen? Wie lange schon? Das darf nicht geschehen! Nicht, wenn Gil im Raum ist. Du musst wach bleiben!

»Ich habe dich gefragt, ob du aufstehen und zum Fenster gehen willst.« Lauernd sieht er mich an. Hat er bemerkt, was mit mir los war? Wie habe ich ausgesehen? Als träumte ich mit offenen Augen?

Ist das eine Falle? Will er sehen, in welcher körperlichen Verfassung ich bin?

Also schön, du kaltblütiger Mistkerl! Du wirst schon sehen …

»Komm, ich helfe dir!« Gil springt auf und zieht mir schwungvoll die Decke weg.

Gerade noch rechtzeitig kann ich den Zettel mit der griechischen Schrift zwischen den Falten des Lakens rund um das Kopfkissen verschwinden lassen. Gil darf ihn mir nicht wegnehmen. Ich spüre, dass der Pergamentfetzen ein Geheimnis birgt, dass er der Schlüssel zu einer Erinnerung ist. Ich will ihn mir nachher noch einmal in Ruhe ansehen. Vielleicht erinnere ich mich, was dieses Mandylion ist …

Gil packt meine Fußgelenke und schwingt meine Beine über

die Bettkante. Dann reicht er mir die Hand, damit ich mich aufsetzen kann. Ächzend ziehe ich mich hoch. Meine nackten Füße berühren den eiskalten Parkettboden.

Gil kniet sich vor mir hin, nimmt meine Hand und sieht zu mir auf. »Geht es?«, fragt er besorgt.

Dieser Blick!

Wie rührend!, denke ich zynisch. Wenn ich gerade erst erwacht wäre, würde ich dir glauben, du verdammter Mistkerl!

Das Gefühl der Hilflosigkeit schnürt mir die Kehle zu. Warum bin ich nur so abhängig von ihm!

»Kurze Verschnaufpause«, keuche ich.

Was du kannst, kann ich schon lange! Du täuschst mich, ich täusche dich, du belügst mich, ich belüge dich. Wir werden sehen, wer als Erster die Wahrheit ans Licht bringt … und wer als Erster das Mandylion findet …

Gil streicht mir eine lange Strähne aus der Stirn. »Du siehst blass aus, mein Schatz. Du bist noch sehr schwach. Und du zitterst. Willst du dich nicht lieber wieder hinlegen?«

Nein! Genau wie du will ich herausfinden, was ich kann und was nicht. Ob ich aus eigener Kraft stehen kann – und gehen und laufen und flüchten und kämpfen. Mein Leben hängt davon ab.

»Nein, ich möchte aus dem Fenster sehen.«

»Wie du willst.« Gil zieht mich auf die Beine. »Leg deinen Arm um mich. Ja, genau so. Siehst du, es geht doch.« Als ich mich gegen ihn lehne, haucht er mir einen Kuss auf die Wange. »Nicht so schnell!«

Schritt für Schritt stolpere ich, von ihm gestützt, über den knarrenden kalten Parkettboden am Tisch vorbei zur Fensternische.

Das Fenster reicht vom Boden bis zur Decke des gewölbten Raumes und sieht aus wie eine zweiflügelige Tür aus Glas. Die beiden hölzernen Innenläden sind zur Wand der tiefen Fensternische zurückgeklappt.

Gil führt mich bis an die Glasscheiben, so nah, dass ich die Kälte des mit feinen Eisblüten bedeckten Glases auf meiner Haut spüre. Dann drängt er sich von hinten gegen mich und gibt mir Halt. Ich lehne mich gegen ihn, während ich das dichte Schneegestöber betrachte. Denn ich habe Angst, dass er mir einen kräftigen Stoß versetzt, ich durch die Scheiben krache und in die Tiefe falle.

Vorsichtig luge ich hinunter. Sofort wird mir schwindelig. Das muss ich Gil nicht einmal vorspielen. Er legt seinen Arm um mich und hält mich fest.

Einen Sturz aus dieser Höhe würde ich wohl nicht überleben. Aber Neugier macht mutig: Ich lehne mich ein wenig nach vorn und spähe nach unten. Ich erkenne einen Felsvorsprung neun oder zehn Ellen unterhalb des Fensters, der wie die knorrige Wurzel einer Eiche aus dem massiven Mauerwerk herauswächst. Darunter ragt eine Wehrmauer auf. Und noch etliche Ellen tiefer führt ein treppenartiger Weg über die steilen Felsen zu einer Terrasse links vor mir herauf. Von dort führen Stufen in ein Gebäude hinein. In eine Kirche? Überall entdecke ich verwehte Fußspuren.

Kein Blut in der hohen Schneewehe direkt unter meinem Fenster. Aber auch keine Spuren, dass die Absturzstelle geräumt wurde. Keine verwehten oder zugeschneiten Fußstapfen, kein Blut, kein zerwühlter Schnee, nichts. Vor drei Tagen bin ich vermutlich nicht aus diesem Fenster gestürzt.

Ich lehne mich noch ein bisschen weiter vor. Woher sonst? Ich muss herausfinden, was geschehen ist. Ob ich angegriffen und gestoßen wurde.

Der Schnee hat ein Gedächtnis – ich nicht. Er bewahrt Spuren, die nur schwer verändert oder verfälscht werden können. Fußtritte bleiben erhalten, selbst wenn es stundenlang schneit. Ebenso Blut. Oder andere Dinge, die unentdeckt im Schnee versinken. Ich muss mir das Gedächtnis des Schnees zunutze …

Eine Bö weht den Schnee gegen die Scheibe. Ich weiche erschrocken zurück und pralle gegen Gil. Der Sturm, der um das Gemäuer fegt und an den Scheiben rüttelt, klingt auf einmal wie das entfernte Dröhnen von Kirchenglocken. Und ist das nicht Kanonendonner? Plötzlich schießt aus der Tiefe eine grelle Stichflamme hervor. Eine Wolke aus orangefarbenem Feuer und schwarzem Rauch steigt auf und hüllt die verschneiten Treppenwege unter mir ein. Und plötzlich habe ich wieder den Gestank der Schlacht in der Nase. Pulverdampf. Heißes Pech. Blut. Und Tod.

Seit siebenundvierzig Tagen liegen wir unter schwerem Feuer. Und ich habe das entsetzliche Gefühl, dass der nächste Einschlag aus einer Kanone der Türken die Stadtmauer unter mir endgültig zerstören könnte.

Ich taumele. Hastig breite ich die Arme aus, um mich an den Zinnen der Brüstung festzuhalten …

»Keine Angst, ich halte dich!«, sagt Gil und reißt mich aus meinem Albtraum. Er legt seinen Arm fester um mich und küsst mich in den Nacken.

Sein Atem streicht mir warm über die Haut. Ich erschauere und nehme die Hände von der Einfassung der Fensternische, an der ich mich festgehalten habe.

»Erkennst du etwas wieder?«, fragt Gil leise.

Ich lasse meinen Blick über die tief verschneiten Abruzzen schweifen. Den Gran Sasso kann ich im dichten Schneegestöber nicht sehen. Ebenso wenig das Tal, denn es ist nebelig. Die Abtei oder Burg liegt inmitten von Schneewolken auf einem hohen Berg, dessen Felsflanken beinahe senkrecht abfallen.

Eine Flucht ist ausgeschlossen. Der Berg ist zu hoch, der Felssturz zu steil und der Weg vermutlich vereist und tief verschneit. Ich bin eine Gefangene. Mit drei Henkersknechten, die meinen Kerker bewachen.

Wie in meinen Visionen. Nur ist hier kein Feuer, sondern

Schnee und Eis. Und kein dröhnender Kanonendonner, sondern Stille und Einsamkeit.

Die Apokalypse geht weiter. Die apokalyptischen Reiter haben gesiegt, die Engel haben ihre Posaunen weggeworfen, das Neue Jerusalem ist niedergebrannt und zerstört. Und jetzt? Die geschlagenen Engel greifen zum blutigen Schwert.

Ich atme tief durch. Gott im Himmel, wie soll mich hier irgendjemand finden und retten? Falls überhaupt jemand außer dem alten Schäfer nach mir sucht …

Unwillkürlich ziehe ich die Schultern hoch.

Gil legt seinen Kopf zärtlich an meine Wange. »Hast du gehört, was ich gerade gesagt habe?«

»Was?«, frage ich verdutzt.

Du hast nichts gesagt. Das weiß ich genau. Ich bin wach. Rede mir nicht ein, dass ich es nicht bin.

»Ich habe dich etwas gefragt.«

Nein, das hast du nicht! Hör auf damit! Willst du mich in den Wahnsinn treiben?

»Alles in Ordnung?«, flüstert er sanft. »Komm jetzt, ich bringe dich wieder ins Bett. Du zitterst ja vor Kälte.«

Nicht vor Kälte, Gil. Vor Angst. Und vor Wut.

Ich lasse mich von ihm in die Arme nehmen und lege meinen Kopf an seine muskulöse Schulter, während er mich über den entsetzlich knarrenden Parkettboden zum Bett zurückträgt.

Schwungvoll legt er mich in die Kissen, dann deckt er mich zu und küsst mich auf die Lippen. »Kann ich dich eine Weile allein lassen?«

»Wohin willst du?«

»Ich muss unsere Pferde versorgen und Holz fürs Kaminfeuer hacken. Dann werde ich dir etwas kochen, damit du wieder zu Kräften kommst. Du hast seit drei Tagen nichts gegessen.« Er lacht verschmitzt. »Gestern habe ich eine Gämse geschossen.

In der Küche der Abtei habe ich Steingutkrüge mit Lorbeerblättern, Thymian, Nelken und Wacholderbeeren gefunden. Und im Weinkeller gibt es noch ein Fässchen Rotwein, das die Fratres zurückgelassen haben, als sie die Abtei verließen. Wir haben noch einen Kanten hartes Schwarzbrot in den Satteltaschen, der kommt in die Sauce. Das gibt einen schönen Gämsenbraten.«

Die Abtei ist verlassen? Dann bin ich also allein mit Gil, Adrian und Lionel. Gut, dass ich das weiß.

»Du kommst doch bald wieder?«

Ich bemühe mich, ängstlich, verstört und erschöpft zu klingen.

Er schüttelt den Kopf. »Ich lass dich nicht lange allein.«

Ich ziehe die Bettdecke bis zur Nasenspitze hoch. »Kannst du noch ein Holzscheit nachlegen? Ich friere, und ich will noch ein bisschen schlafen.«

Er geht zum Kamin hinüber und stapelt noch drei Holzscheite ins Funken sprühende Feuer. Dann kommt er zu mir zurück. »Bis bald, mein Schatz.«

Ich lächele matt.

Deine Drohung habe ich sehr wohl verstanden, Gil. Ich weiß, was du mit mir vorhast. Aber du weißt nicht, was ich tun werde. Denn sonst hättest du keine Holzscheite ins prasselnde Feuer gelegt.

Ich bin nicht so ohnmächtig, wie du denkst, Gil. Du wirst schon sehen. Du denkst, weil ich mit dem Tod gerungen habe, bin ich schwach. Du denkst, weil ich mein Gedächtnis verloren habe, bin ich nicht so gerissen wie du. Du denkst, weil ich allein bin, kann ich mich gegen euch drei kampferprobte Mönchsritter nicht wehren. Du denkst, du kannst mich besiegen. Unterschätz mich nicht! Du wirst nie wissen, ob ich mich nicht doch erinnere. Und mit den Holzscheiten hast du gerade deinen ersten Fehler gemacht. Ich werde dich überleben, du Mistkerl. Du wirst nicht an meinem Grab stehen! Ich werde an deinem Grab stehen, Gil! Du wirst schon sehen.

Sobald er die Tür hinter sich geschlossen hat und seine Schritte im Gang verklungen sind, schlage ich die Bettdecke zurück, ziehe den zerknitterten Zettel zwischen den Falten des Lakens hervor, stopfe ihn unter das Kopfkissen und setze mich auf.

Ich habe keine Zeit mehr zu verlieren.

Kapitel 7

In der Zelle des Abtes
21. Dezember 1453
Viertel vor zwölf Uhr mittags

Die beiden Reisetruhen neben dem Tisch ziehen mich geradezu magisch an. Ich bin mir sicher, dass ich darin etwas finden werde, das mir verrät, wer ich bin und was geschehen ist.

Ich brauche Antworten, weil ich nicht glaube, dass ich das noch lange aushalten kann, ohne verrückt zu werden.

Adriana de Zafra y de Borja.

Zugegeben, ein klangvoller Name. Er klingt nach kastilisch-aragonesischem Adel, nach befestigter Burg, nach eigenem Heer, nach Macht und Einfluss der Familie bei Hofe. Aber ist es wirklich meiner? Ich empfinde nichts, wenn Gil mich Adriana nennt.

Plötzlich kehrt der Schwindel zurück. Ich taste nach dem Zinnbecher auf dem Nachttisch und leere ihn in einem Zug. Das kalte Wasser belebt mich.

Behutsam stehe ich auf. Vorsichtig setze ich einen Fuß vor den anderen, als beträte ich eine dünne Eisfläche, die jederzeit einbrechen kann. Das Knistern und Knacken der Funken stiebenden Holzscheite im Feuer übertönt meine Schritte auf dem knarrenden Holzboden. Ein triumphierendes Lächeln kann ich mir nicht verkneifen, als ich mich zum Pfosten des Himmelbetts vortaste, um mich kurz daran festzuhalten und auf Gils Schritte zu lauschen. Aber alles bleibt ruhig.

Die Dielen vor dem Fenster knarzen durchdringend, sie würden das prasselnde Kaminfeuer übertönen. Ich muss also sehr vorsichtig sein, sonst kann Gil mich wahrscheinlich bis in die Küche der Abtei hören.

Weiter!

Zwei, drei, vier schlurfende Schritte, dann fassen meine ausgestreckten Hände den wuchtigen Eichentisch. Mein Gott, bin ich schwach!

Vorsichtig lasse ich mich auf die zitternden Knie sinken und krieche auf allen vieren zur ersten Truhe. Erschöpft hocke mich davor auf den Boden.

Es ist eine kleine Reisetruhe, die man auf einem Packsattel festschnallen kann. Ich hebe den Deckel an und klappe ihn zurück.

Kleidung.

Als ich mich über den Rand der Truhe beuge, um darin zu wühlen, beginnt es in meinem Kopf zu pochen. Stöhnend vor Schmerz betaste ich die Wunde an der rechten Seite meines Kopfes.

Weiter! Ich darf keine Zeit verlieren. Gil kann jeden Augenblick zurückkommen mit einem Korb voller Holzscheite.

Unterwäsche. Gewaschen und gefaltet. Meine? Ich rieche daran. Ein Hauch von Lavendelseife.

Eine enge Hose. Zu klein für Gil, aber mir würde sie passen. Ich bin verwirrt. Ich trage Hosen? Ich kleide mich wie ein Mann? Obwohl die Kirche das verbietet?

Ein Hemd. Schlicht und weiß. Gewaschen und gefaltet. Das Band der Halsverschnürung fehlt. Den großen Blutfleck, der den Stoff von der rechten Schulter bis zur Brust getränkt hat, konnte Gil mit der Lavendelseife wohl nicht auswaschen. Die rötlich braunen Flecken sehen immer noch so aus, als hätte er mit dem Stoff ein rostiges Schwert poliert. Entsetzt starre ich das

Hemd an, das ich bei meinem Sturz getragen haben muss. So viel Blut!

Gil muss mich für tot gehalten haben, als ich im blutigen Schnee lag. Wie lange haben die dicken Schneeflocken ein Leichentuch über mich gebreitet? Wo war Gil, als ich gestürzt bin? Und Galcerán?

Die Erinnerung kehrt mit atemberaubender Wucht zurück. Ich schwebe über meinem Körper, der wie ein aus dem Himmel gestürzter Engel unter mir im verharschten Schnee liegt, die Arme weit ausgebreitet, die Beine gespreizt. Schneeflocken legen sich auf mein Gesicht – wie ein weißes Leichentuch, das sich von meinem Blut rot verfärbt.

Schnee und Blut.

Und ein Schlüssel, den ich in der Hand halte.

»Was ist das Letzte, woran du dich erinnerst?«, hat Gil vorhin gefragt.

Das Gefühl, tot zu sein.

Nein, da war noch etwas anderes.

Die niederschmetternde Erkenntnis, dass ich versagt habe.

Aber wobei, frage ich mich.

Ich lege die Sachen zurück in die Truhe, schließe den Deckel, krieche zurück zum Tisch und ziehe mich hoch auf einen Stuhl.

Mein Blick fällt auf den Schlüssel, den ich drei Tage lang so fest in der Hand gehalten habe. Warum liegt er ausgerechnet hier? Ich greife nach dem Seidenband, an dem er hängt, und lasse es durch meine Finger gleiten. Es ist zerrissen und steif von getrocknetem Blut. Ich glaube, es stammt aus der Halsverschnürung des blutigen Hemdes. Habe ich den Schlüssel um den Hals getragen?

Wohin führt der Schlüssel? Haben Gil, Adrian und Lionel in den letzten Stunden, während ich schlief, das passende Schloss gesucht? Wenn Gil den Schlüssel hier so offen hingelegt hat, können sie das Versteck des Mandylions noch nicht gefunden haben.

Ist der Schlüssel eine Falle? Will Gil, dass ich ihn zum Mandylion führe?

Wo ist Galcerán de Borja y Llançol de Romanì? Dem Namen nach muss er mit mir verwandt sein. Was ist bloß geschehen? Das Blut auf meinem Hemd – ist das meines oder seines? Ist er einer der Toten, die in meiner Erinnerung auf dem glänzenden Marmorboden liegen? Und wer ist der andere? Was habe ich getan?

Ganz tief in mir regt sich etwas. Eine Ahnung. Dass etwas Schreckliches passieren …

Ein Geräusch lässt mich aufhorchen. Knirschende Schritte. Kommt Gil zurück? Ich halte den Atem an und lausche. Nein, die Geräusche kommen von draußen. Ich lege den Schlüssel zurück auf den Tisch, stemme mich an der Kante hoch und taumele zurück zum Bett. Tief durchatmen, dann weiter! Ich mache einen großen Bogen um die knarrenden Dielen, stolpere zum Kamin hinüber und taste mich an der Wand entlang zur Fensternische.

Ein Blick durch die Eisblumen nach unten genügt: Ein wenig rechts von mir steht Gil im dichten Schneetreiben und spricht mit einem Mann, dessen Kleidung schneebedeckt ist – ein langer schwarzer Mantel mit weißem Kreuz über dem Herzen. Darunter trägt er ein Schwert. Jetzt habe ich Gewissheit: Fra Gil, Fra Adrian und Fra Lionel sind Johanniter!

Ich sehe an mir hinunter. Jetzt erst erkenne ich, dass das weite Gewand aus ungebleichtem Leinen kein Nachthemd ist, sondern das Untergewand von Gils Habit. Fröstelnd ziehe ich den groben Stoff enger um mich und blicke wieder nach draußen.

Was haben die beiden zu bereden? Leise öffne ich das Fenster und lehne mich so weit wie möglich hinaus. Dicke Flocken wehen mir ins Gesicht und bleiben in meinen Haaren hängen.

»… ist aufgewacht? Wie geht es ihr?«, fragt der Mönchsritter und zieht die Kapuze seines Habits vom Kopf. Schnee fällt auf seine breiten Schultern.

Ich erkenne seine raue Stimme wieder. Es ist Lionel. Haare und Bart kurz und silbergrau, schmale Lippen und eine entsetzliche Narbe vom linken Mundwinkel bis zur linken Augenbraue. Um ein Haar hätte er im Kampf ein Auge verloren. Dann wird der wirbelnde Schnee wieder dichter, und ich vermag kaum noch etwas zu erkennen.

»… sich an nichts erinnern … weder wer sie ist … Reliquie …« Ich kann Gil kaum verstehen, weil er mir den Rücken zuwendet.

Lionel atmet tief durch. »Und Fra Galcerán?«

Gil schüttelt den Kopf.

»Sie wird ihrem Ruf gerecht. Gott verfluche sie.« Lionel spuckt aus.

»Was machst du hier oben? Habe ich nicht befohlen, ihr sollt in der Priorei bleiben?«

»Verehrter Bruder, ich habe gerade einen Ballen Stroh heraufgeschleppt und die Pferde versorgt. Weißt du eigentlich, wie vereist der steile Weg inzwischen ist? Das ist lebensgefährlich!«, faucht Lionel erbost und klopft den Schnee von seinem schwarzen Habit. »Fra Adrian ist auch hier. Er hackt Feuerholz. Sobald er fertig ist, wollen wir uns aufwärmen und die Sext feiern. Kommst du zum Gebet?«

»Natürlich. Ihr könnt zum Essen bleiben. Wir brechen das Brot gemeinsam.«

Lionel nickt. »Wie steht es um deine Vorräte? Bei dem Wetter ist es schwierig zu jagen. Und in der alten Templerkomturei im Tal gibt es …«

»Die Gämse reicht noch für drei Tage. Bis dahin müssen wir sowieso verschwunden sein.«

»Glaubst du, er kommt hierher?«

»Ich vermute, er will sie wiederhaben.«

»Das kann ich mir denken. Ihr hat er es zu verdanken, dass er vor sechs Jahren beinahe Papst geworden wäre.«

»Im Konklave fehlten ihm nur zwei Stimmen, ich weiß.«

»Oh, bevor ich's vergesse.« Lionel zieht etwas unter seinem schon wieder zugeschneiten Mantel hervor. Eine kleine Kapsel aus Metall. »Ein Brief vom Großmeister.«

»Aus Rhodos?«

»Eine Brieftaube brachte Fra Jeans Brief in die Großpriorei von Rom. Der Bote brauchte zwei Tage bis hierher. Er wartet im Tal auf deine Antwort.«

Gil nickt. »Was gibt es Neues aus Rom?«

»Alles ist ruhig. Ihr Cousin ist nicht dort.«

»Wo ist er dann?«

»In Orvieto. Beim Papst.«

»Und ihre Feunde?«

»Ludovico Scarampo, Domenico Capranica, Guillaume d'Estouteville und Basilios Bessarion sind am päpstlichen Hof in Orvieto. So wie Prospero Colonna und Latino Orsini. Und Alonso de Borja soll mit seiner Eskorte auf dem Weg dorthin sein. Weiß der Himmel, was Seine Heiligkeit vorhat. Der Großprior von Orvieto hat vom Großprior in Rom den Befehl erhalten, alle zu überwachen.«

»Gut.«

»Zwei Großprioren überschlagen sich, um deine Wünsche zu erfüllen. Und der Großmeister schreibt dir einen Brief. Sag mal, Fra Gil, wer bist du eigentlich?«

»Das willst du nicht wissen.«

»Will ich nicht?«

»Nein.«

»Bist du ein Hashishin? Ein Assassine? Der Orden hatte früher Verbindungen zu den Assass…«

»Ich bin … ibn Hafiz al-Gharnati. Ich stamme aus Gharnata, nicht aus Masyaf in Syrien.«

Also kenne ich Gil doch aus Granada! Wenn ich seinen Namen

doch nur richtig verstanden hätte! Gil ist ein Assassine, ein Meuchelmörder? Was habe ich getan, dass er mich derart hasst? Und was hat er getan, dass ich ihn derart fürchte?

Das Blutbad auf dem glänzenden Marmorboden, das ich immer wieder sehe – gibt es in der Alhambra einen solchen Mosaikboden? Im Harem? Im Hamam? Im Thronsaal? Im Löwenhof? Ich kann mich nicht erinnern. Oder hat die Große Moschee von Granada einen solchen Boden?

Gil, wer bist du? Was haben wir einander angetan?

Gil öffnet die Kapsel, die am Fuß einer Brieftaube befestigt war, und zieht einen winzigen aufgerollten Zettel hervor. Rasch entfaltet er ihn und liest die wenigen Zeilen. »Verflucht!« Er stampft mit dem Fuß auf.

»Was schreibt der Großmeister?«

»Wir sollen die Reliquie nach Rhodos bringen. Fra Jean Bonpart de Lastic fürchtet einen neuen Angriff der Mamelucken. Wenn Sultan Uthman al-Mansur von Ägypten aus die Insel erobert, verlieren wir unser Hoheitsgebiet. Du weißt, was das bedeutet.«

»Ich weiß, was mit den Templern geschehen ist, die kein souveränes Reichsgebiet hatten.« Lionel nickt. »Und was ist mit unserer schlafenden Schönen?« Er deutet auf das Fenster, hinter dem ich mich verberge, sieht aber nicht zu mir hoch. »Wir wollen doch nicht warten, bis ein Prinz sie in ihrem Turmzimmer wachküsst? Oder ihr Cousin? Dann gnade uns Gott der Allmächtige. Oder bist du ihr Prinz?«

Mein Herz schlägt bis zum Hals, als ich mich noch ein wenig weiter hinauslehne. Wieso bezeichnet Lionel den maurischen Ritter als Prinzen?

»Die gescheiterte Geheimoperation muss unbedingt vertuscht werden«, sagt Gil. »Das Ansehen des Ordens steht auf dem Spiel. Wir waren dort, aber wir haben die Eroberung durch die Türken nicht verhindern können.«

»Und was heißt das nun?«, fragt Lionel.

Gil zögert. Er wischt sich die Schneeflocken von der Stirn. »Sie muss sterben, sobald wir die Reliquie gefunden haben.«

Lionel bekreuzigt sich langsam und küsst seine Finger.

Kapitel 8

In der Zelle des Abtes
21. Dezember 1453
Kurz nach zwölf Uhr mittags

Genug gehört! Ich brauche eine Waffe, ein Schwert, einen Dolch, irgendwas!

Als ich mich umwende, um das Fenster zu schließen, sehe ich zwischen den Eisblumen mein Spiegelbild. Im Glas spiegelt sich eine hochgewachsene, schlanke Frau, deren Gesichtszüge jedoch unscharf sind. Ich sehe angespannte Schultern, im Wind wehendes Haar, geballte Fäuste. So schwach, dass sie sich kaum auf den Beinen halten kann, so müde, dass sie einfach nur ins Bett fallen möchte, aber nicht wehrlos.

Nach einem letzten Blick auf Gil und Lionel unten im Schneegestöber schließe ich das Fenster und verriegele es. Den hereingewehten und in der Hitze des Kaminfeuers geschmolzenen Schnee wische ich rasch mit dem Saum meines Habits auf. Leider bleibt der durch das Feuer rußschwarze Staub daran hängen. Gil wird merken, dass ich das Bett verlassen habe! Egal, weiter! Ich habe keine Zeit zu verlieren. Ich hangele mich von Bettpfosten zu Bettpfosten und taumele hinüber zum Tisch. Schwer atmend lasse ich mich auf einen mit rotem Leder bezogenen Stuhl sinken.

Ich bin zum Umfallen müde. Aber ich darf nicht schlafen. Ich muss wach sein, wenn mein Prinz zurückkommt.

Ich schüttele den Gedanken an Gil ab. Zeit zu handeln.

Mein Blick irrt durch den Raum. Das Bett, der Tisch, die Stühle, die beiden Reisetruhen. Keine persönlichen Gegenstände, die mir verraten könnten, wer ich bin. Gil hat also aufgeräumt, nachdem er meine Wunden versorgt, mich ins Bett gebracht, das Blut aus meinen Sachen gewaschen und mir seinen Habit übergezogen hat. Außer dem Schürhaken, der neben dem Kamin an der Wand lehnt, werde ich wohl keine Waffe finden.

Ich lasse mich zu Boden gleiten und krieche zu der Truhe zurück, in der ich vorhin meine Kleidung gefunden habe. Ich klappe den Deckel auf, wühle mich hastig durch Unterwäsche, Hemd und Hose und ertaste Reitstiefel aus weichem Leder. Der Größe nach könnten es meine sein. Ich betrachte beide Stiefelschäfte von allen Seiten – kein eingesticktes oder eingepunztes Wappen, kein Name, nichts. Ich lege die Stiefel auf den Boden und spähe wieder in die Truhe. Was ist denn das?

Ich hole eine silberne Zunderdose heraus und öffne den Deckel. Ein Feuerzeug ist darin, außerdem Zunder, Kerzenstummel, Pinzette, Federmesser, Damasthandschuhe.

Ganz unten in den Truhe finde ich ein in Leder gebundenes Notizbüchlein. Mit zitternden Fingern klappe ich es auf.

Kein Name auf der Innenseite des Buchdeckels.

Ich schlage die erste Seite auf. Kreise, Striche, Kreuze, Punkte … Die Schrift, die sich über mehrere Seiten erstreckt, kenne ich. Es ist nicht Lateinisch, nicht Griechisch, nicht Hebräisch, nicht Arabisch. Es ist ein Geheimcode.

Die Sache wird immer rätselhafter.

Was haben diese kryptischen Notizen zu bedeuten? Woran habe ich gearbeitet? Wie lautete mein Auftrag?

Ich überfliege den Text, der immer unleserlicher wird. Und immer wirrer. Worte und Sätze reihen sich ohne Punkt und Komma aneinander.

Ich kann mich nicht erinnern. Und ich kann nicht verstehen, was ich da eigentlich lese. Nur so viel: Mein Auftrag ist geheim.

Aber das hilft mir nicht weiter. Ich brauche einen Hinweis, ein Bild der Reliquie, irgendetwas!

Bebend vor Aufregung blättere ich um …

Kapitel 9

In der Zelle des Abtes
21. Dezember 1453
Kurz nach zwölf Uhr mittags

… und starre die Skizzen an. Darunter stehen meine handschriftlichen Kommentare: *Johannes der Täufer, Pharos-Kapelle, 5. Dezember 1452. Jesus Christus, Hagia Sophia, 7. Dezember 1452.*

Byzanz also!

Neben den beiden Zeichnungen der byzantinischen Ikonen von Jesus und Johannes erkenne ich ein verwischtes Abbild eines männlichen Gesichts, schattenhaft, düster, geheimnisvoll. Daneben entziffere ich eine nahezu unleserliche Notiz: *Welche Ähnlichkeit zwischen dem Tuch und den Fresken, obwohl man das sepiafarbene Bild auf dem Linnen kaum erkennen kann! Ich bin so glücklich, dass Konstantin mir die Reliquie gezeigt hat. Ich glaube, so hat er ausgesehen.*

Am Rand des Büchleins finde ich eine Tagebucheintragung: *9. Dezember 1452. Langer Spaziergang an der Stadtmauer mit Konstantin. Ohne Gefolge. Wir sprachen über die Kirchenunion. Ich denke, er wird zustimmen. Er hat keine andere Wahl, als sich Rom zu unterwerfen. Eine lateinische Messe in der ehrwürdigen Hagia Sophia – noch in diesem Jahr? Ich glaube schon …*

Drei Kreuze habe ich aufs Pergament gemalt.

Konstantin.

Sein Gesicht taucht wie aus einem dichten Nebel vor mir auf.

Dann seine Gestalt: groß, schlank, ein Kämpfer im Kaiserornat, mit Purpurstiefeln und Perlendiadem. Aber ich kenne ihn auch anders. Still und verzweifelt. Warum hat er mir einen Antrag gemacht? Und warum habe ich ihn abgelehnt?

Sanft gleiten meine Fingerspitzen über das von der Tinte wellige Pergament.

Am Ende der Seite habe ich zwei Abendmahlskelche skizziert. Kostbare Gefäße aus Achat und Gold, verziert mit Perlen und Juwelen. Mein Kommentar: *Chora-Kloster. Dezember 1452. Orthodoxe Messe mit Kardinal Isidor und den Mönchen. Tommaso reißt mir den Kopf ab.*

Wer ist Tommaso?, frage ich mich verwirrt.

Ich schließe das Büchlein. Irgendetwas habe ich übersehen. Ich habe gerade eben etwas gesehen oder gelesen, und das hat mich stutzig gemacht. Aber was? Ich kann mich nicht mehr erinnern. Aber ich weiß, dass ich recht habe. Da war etwas! Etwas Wichtiges, Entscheidendes. Aber was?

Ich lege das Notizbuch auf den Tisch. Dann krieche ich zur nächsten Reisetruhe, um hineinzuspähen.

Bücher. Drei schwere Folianten. Zwei auf Griechisch, einer auf Arabisch. Noch etwas liegt in der Truhe, eingewickelt in ein Tuch. Wieder ein Buch. Arabische Schrift. Herrliche Buchmalereien auf glänzendem Blattgold. Das Buch ist ein kostbarer Schatz.

Ich horche in mich hinein. Keine Erinnerung. Also weiter.

Zwei kostbare Kelche aus Gold und Achat. Mit Juwelen und Perlen verziert. Ich erkenne sie wieder. Ich krieche zurück zum Tisch und schlage das Notizbuch noch einmal auf. Da! Am linken unteren Rand. Es sind eindeutig dieselben. Sie müssen aus dem Chora-Kloster stammen.

Wieder betrachte ich die Seite mit den Skizzen der Ikonen und Reliquien. Das Unbehagen kehrt zurück. Die Erinnerung leider nicht.

Ich lege das Büchlein neben mich auf den Boden und durchsuche weiter die Truhe. Als Nächstes entdecke ich eine mit goldenen Kreuzen verzierte Schatulle aus Rosenholz. Auf dem Deckel schimmern Darstellungen von Engeln. In der Mitte thront Jesus Christus als byzantinischer Kaiser mit dem Evangelium im Arm. Den Rand zieren funkelnde Juwelen: Rubine, Saphire, Topase, Amethyste, Perlen. Ich hebe den Deckel an und spähe hinein. Ein schweres Tuch aus Goldbrokat liegt darin, bestickt mit blutroten Kreuzen. Wie seltsam! Was war darin eingewickelt?

Als Nächstes finde ich eine Ikone von Jesus Christus als Pantokrator, als Weltenherrscher, im kaiserlichen Purpurgewand mit dem Evangeliar auf den Knien. Die geschliffenen Juwelen auf dem gemalten Buch sind ein Vermögen wert. Die Ikone auf Blattgoldhintergrund ist einzigartig. Woher stammt sie? Ich drehe sie um und betrachte die zerborstene schlichte Holztafel, auf die das Heiligenbild gemalt wurde. Keine Inschrift.

Und keine Erinnerung.

Noch ein Buch. Winzig klein. Zwei Finger breit, drei Finger hoch. In Gold gefasst und mit einem Rubin und einem orthodoxen Kreuz verziert. Ich schlage es auf. Die griechische Schrift ist ohne Brille kaum zu lesen. Ich blinzele. Dieses Buch, das kaum größer ist als ein Amulett, enthält das gesamte Neue Testament! Unglaublich!

Weiter! Zwei silberne Dosen und ein silbernes Handkreuz, deren Wert sich mir nicht auf den ersten Blick erschließt. Sind es Reliquiare? Habe ich die Überreste von Heiligen vor der Vernichtung bewahrt?

Immer noch keine Erinnerung.

Ein schlichtes Leinensäckchen enthält fünf kieselsteingroße Saphire. Verwirrt starre ich die glitzernden Steine an. Halte ich etwa die Kronjuwelen von Byzanz in der Hand?

Ganz unten in der Truhe finde ich eine Pergamentrolle. Es ist ein Stadtplan von Konstantinopolis. Das Meer, die Berge, die Befestigungen. Die Kuppel der Hagia Sophia, die Türme des Blachernen-Palastes, das Hippodrom. Sogar die gewaltige Sperrkette über das Goldene Horn ist zu erkennen. Habe *ich* die Karte gezeichnet? Was bezeichnen die beiden blutroten Kreuze? Das eine markiert eine Kirche im Nordosten der Stadt, das andere einen Turm im Südwesten. Was hat die Karte zu bedeuten? Ich weiß es nicht. Ich rolle den Plan wieder zusammen und lege ihn zurück in die Truhe.

Und was ist das? Ein kleines Kästchen, das mit purpurnem Samt bezogen ist, enthält ein goldfarbenes Glasfläschchen. Darin ist ein bräunliches Pulver. Und ein winziger silberner Löffel. Was ist das? Es sieht aus wie karamelisierter Zucker oder wie zerstoßener Weihrauch.

Unter dem Fläschchen ragt ein gefalteter Zettel hervor. Ich ziehe ihn heraus und falte ihn auseinander. Die griechischen Worte sind mit Purpurtinte geschrieben worden.

Es wirkt schnell und zuverlässig. Du wirst nichts spüren. Nimm es, falls die Türken in die Stadt eindringen. Mehmed wird dich bis in die Hölle jagen.

Leb wohl,
28. Mai 1453

Konstantin

Gift?, denke ich bestürzt. Konstantin hat mir Gift gegeben? Als letzte verzweifelte Flucht vor Mehmeds Zorn.

Ich öffne das Fläschchen und rieche daran. Den Duft kenne ich aus Granada. Die Wirkung auch. Es ist Haschisch.

Verdrängen, verleugnen, vergessen. Die schreckliche Wahrheit nicht akzeptieren. Träume und Visionen anstelle von Erinnerungen. Was ist wahr und was nicht? Was ist in Byzanz wirklich geschehen? Und was sind wahnhafte Fantasien im Haschischrausch, die ich für Wirklichkeit halte?

Ich weiß, wie viel Haschisch ich nehmen muss, um die Strapazen einer monatelangen Belagerung durchzustehen, das Glockenläuten, den Kanonendonner, das Geschrei, den Gestank, den Hunger, den Durst, die Erschöpfung, die Hoffnungslosigkeit und die Todesangst. Und ich weiß, wie viel ich von diesem Gift nehmen muss, um in Würde zu sterben. Um nicht misshandelt zu werden, gedemütigt, verschleppt, versklavt, vergewaltigt oder gepfählt.

Erschüttert lege ich das Fläschchen zurück in das purpurne Samtkästchen. Meine Hände zittern, als ich mich auf den Rand der Reisetruhe stütze, um noch einmal hineinzuspähen.

Eine Phiole aus Glas und eine gespitzte, aber unbenutzte Schreibfeder – die Spitze ist nicht tintenschwarz. Verwirrt ziehe ich den Korken aus der Phiole und rieche an der trüben Flüssigkeit. Zitronensaft? Merkwürdig. Mit der Zungenspitze lecke ich vorsichtig am Korken. Sauer und bitter. Zitronensaft, tatsächlich. Eine Geheimtinte? Auch die Feder riecht säuerlich. Also gut, ich habe mit Geheimtinte geschrieben, die nur in der Flamme einer Kerze sichtbar gemacht werden kann. Was habe ich geschrieben? Wann? Wo? Ich schlage mein Notizbüchlein auf und rieche daran. Kein Zitronenduft. Falls ich eine geheime Notiz verfasst habe, dann nicht in diesem Büchlein.

Versonnen betrachte ich die leere Schatulle mit den kreuzförmigen Beschlägen aus Gold. War sie einst ein Reliquiar? Ich nehme sie aus der Truhe und betrachte sie noch einmal von allen Seiten. Außer dem zerknüllten Brokattuch, das wohl einst eine Reliquie verhüllte, ist sie leer. Ich schüttele sie, untersuche auch alle Seitenwände. Kein doppelter Boden. Das Reliquiar ist leer.

Die Erkenntnis trifft mich wie ein Schlag. Das Reliquiar enthielt das Mandylion. Ich habe es herausgenommen und …

Schritte im Gang lassen mich aufschrecken.

Gil!

Kapitel 10

In der Zelle des Abtes
21. Dezember 1453
Viertel nach zwölf Uhr mittags

Ist das Stundengebet schon vorbei? Oder bin ich wieder einmal aus der Wirklichkeit herausgefallen?

Hastig lege ich das leere Reliquiar zurück in die Truhe, das Fläschchen mit der Geheimtinte daneben, schließe den Deckel und greife nach meinem Notizbuch.

Zurück zum Bett!

Auf allen vieren krieche ich um den Stuhl herum. Da ist der Bettpfosten. Als ich mich aufrichten will, verliere ich das Büchlein, und mit einem lauten Knall landet es auf dem Boden.

Nein, bitte nicht!

Ich mache einen Schritt zur Seite, um es aufzuheben, doch da stoße ich es versehentlich unter das Bett.

Ich sinke auf die Knie und versuche, es mit dem ausgestreckten Arm zu erreichen, aber ich schaffe es nicht.

Die Schritte werden immer lauter.

Ich will schon ins Bett kriechen, da erinnere ich mich an den rußigen Saum des Habits.

Auch das noch!

Schwer atmend und schweißnass vor Anstrengung ziehe ich mir das lange Gewand über den Kopf und schleudere es vor das Kaminfeuer, wo es als zerknüllter Haufen auf dem Boden liegen bleibt.

Ich habe keine Waffe, schießt es mir durch den Kopf. Der Schürhaken? Nein, ich lasse ihn besser stehen. Gil wird es merken, wenn er fehlt.

Nackt krieche ich ins Bett, lasse mich auf die Seite fallen und ziehe die Decke hoch bis zur Schulter, als würde ich entspannt schlafen.

Gerade noch rechtzeitig!

Mit geschlossenen Augen lausche ich den Geräuschen.

Jemand tritt leise ein und schließt die Tür hinter sich. Dann kommt er langsam zum Bett herüber. Gil? Ja, ich bin mir sicher, es ist Gil.

Metall schabt auf Holz. Wahrscheinlich ein Zinnteller, der auf den Nachttisch gestellt wird. Es duftet verführerisch nach gebratenem Fleisch in dunkler Weinsauce. Wann habe ich das letzte Mal etwas gegessen? In Byzanz?

Dann ist es still. Er atmet.

Was tut er denn?, frage ich mich unruhig. Sieht er mich an, ob ich wirklich fest schlafe? Oder blickt er sich im Zimmer um, ob ich irgendetwas berührt und verrückt habe? Seinen zerknüllten Habit vor dem Feuer kann er unmöglich übersehen.

Du lieber Himmel, habe ich den Deckel der Truhe geschlossen? Ich weiß es nicht mehr …

Vor Schreck zucke ich schmerzhaft zusammen. Plötzlich eine Bewegung an meiner Bettdecke! Als ob eine Maus von meiner Schulter über meine Hüfte die Beine hinunterläuft.

Es ist seine Hand. Er streicht mit seinen Fingern über die Decke, während er zum Fußende des Bettes geht.

Aber warum?

Feine Schweißperlen rinnen über meine Haut.

Was tut er denn?

Will mein orientalischer Märchenprinz mich wachküssen?

Nicht in Panik geraten! Ganz ruhig bleiben!

Die Bettdecke bewegt sich. Ein Luftzug streift meine nackten Füße. Sein Atem?

Ich erstarre.

Und zucke erschrocken zusammen, als seine warmen Hände plötzlich meine eiskalten Füße packen und sie sanft reiben.

Der Kerl ist gerissen!, denke ich. Vermutlich sind meine Füße rußig schwarz vom Staub vor dem Fenster – so wie der Saum des Habits, mit dem ich den getauten Schnee aufgewischt habe. Gil weiß also, dass ich das Bett verlassen habe. Dass ich ihn und Lionel im Schneegestöber belauscht und die Reisetruhen durchwühlt haben könnte.

»Adriana?«

»Hmmm …«, murmele ich verschlafen ins Kopfkissen und trete nach seinen Händen, die noch immer über meine Füße reiben.

»Adriana, schläfst du?«

»… bin so müde …«, nuschele ich.

Gil lässt meine Füße los und legt die Bettdecke zurück.

»Adriana, mein Liebes, ich habe dir etwas gekocht …«

»Hmmm …«

Ich spüre seinen Atem auf meinem Gesicht. Und seine Hand auf meinem Haar.

»Adriana?«, flüstert er sanft.

»Hmmm …«

»Kann ich dich eine Weile allein lassen, mi cariña?«

Plötzlich kann ich seinen Atem auf meinem Gesicht spüren. Seine Hand legt sich auf meine Schulter. Er beugt sich über mich und wühlt in den Falten des Lakens rund um das Kopfkissen.

Er sucht den gefalteten Zettel mit der griechischen Schrift, den ich vorhin unter das Kopfkissen gestopft habe!

Er schnauft unwillig, als er ihn nicht finden kann.

»Was ist denn …?, stöhne ich.

Sanft zieht er mir die Bettdecke über die nackte Schulter.

»Schlaf gut und träum was Schönes, mein Liebes.« Gil küsst mich zärtlich.

Wie ich ihn hasse!

Träge räkele ich mich ins Kissen und nuschele ein arabisches »Ich liebe dich auch.«

Meine Hochachtung, Gil! Die Rolle des liebenden und sorgenden Ehemanns spielst du sehr überzeugend. Wie kannst du das mit deinen Gelübden vereinbaren? Gehorsam, Armut, Keuschheit.

Ehrlich, Gil: Hätte ich nicht erlebt, dass du mich lebendig begraben wolltest, hätte ich dir jedes Wort geglaubt.

Die Matratze schwankt, als Gil sich aufrichtet, und die Dielen knarren, als er einen Schritt zurücktritt und auf die Knie geht. Ob er unter das Bett spähen will?

Er sucht den Zettel, den ich mittlerweile in meiner Hand halte, die ich unter das Kopfkissen geschoben habe.

Kein Zettel – aber das Notizbuch!

Ich könnte schreien vor Wut!

Gil hat es gefunden. Ich kann hören, wie er mit den Fingern über den Ledereinband streicht. Dann knistert das Pergament. Gil blättert durch die Seiten.

Plötzlich ein helles Klimpern.

Irgendetwas scheint aus dem Büchlein auf den Boden gefallen zu sein. Eine Münze? Ein Ring? Es rollt unter das Bett und bleibt dort liegen.

Der Stoff von Gils Hemd raschelt, als er sich noch einmal unter das Bett schiebt. Doch offenbar kann er den Gegenstand nicht finden, denn er kommt wieder hoch und flucht leise auf Arabisch.

Der Gegenstand bleibt unter dem Bett.

Gut!, denke ich erleichtert. Sollte es ein Ring sein, könnte er mir verraten, wer ich bin …

Ein leises Rascheln. Blättert Gil in meinem Notizbuch? Dann

ächzen die Dielen – Gil steht wieder auf und geht hinüber zu den Reisetruhen.

Ein leises Quietschen. Öffnet er den Deckel einer Truhe? Will er sehen, ob ich darin gewühlt habe?

Eiskristalle rieseln über meinen Rücken.

Er selbst muss das Büchlein in die Truhe mit meiner Kleidung gelegt haben!

Angespannt lausche ich.

Ein scharfes Ratschen lässt mich zusammenzucken. Reißt er eine Seite aus dem Notizbüchlein heraus? Wozu? Ein Knistern. Als ob er sie zusammenfaltet.

Und jetzt?

Er holt etwas aus der Truhe. Ein Rascheln, wie von Samt. Ein Knistern, wie von Papier. Was tut er denn? Ein feines Quietschen. Er zieht einen kleinen Korken heraus. Aber …

Das Fläschchen mit dem Haschisch!, durchzuckt es mich vor Schreck. Was hat er vor?

Ein Zischen, dann wieder ein Knistern. Er lässt ein wenig Haschisch in das gefaltete Pergamentbriefchen rieseln.

Will er mich vergiften?

Der Korken wird zurückgestopft, die Pergamentseite zusammengefaltet, das Notizbüchlein zugeklappt.

Dann rumpelt der Deckel der Reisetruhe.

Das ist mein Todesurteil.

Gil kommt zu mir zurück. Den Schlüssel auf dem Tisch hat er nicht angerührt.

Was jetzt?

Ein metallisches Schaben. Der Löffel auf dem Zinnteller? Wahrscheinlich öffnet Gil das Briefchen und lässt etwas von dem bräunlichen Pulver in den Löffel rinnen, dann steckt er es wieder ins Notizbuch. Ein Klappern verrät mir, dass er den Löffel in die Hand nimmt. Dann ist es eine Weile still, bis plötzlich ein leises Fauchen ertönt, ein Zischen, ein Brodeln. Gil erhitzt das Haschisch in der Flamme der Kerze auf meinem Nachttisch. Er kennt sich also aus damit.

Ein Rumpeln. Der Duft wird intensiver, berauschender. Gil nimmt die Kerze vom Tisch und hält mir den Löffel mit dem siedenden Haschisch vors Gesicht.

Ich atme ganz flach, doch ich muss den berauschenden Duft einatmen.

Das Klappern, das kurz darauf folgt, ist eindeutig: Gil mischt das zubereitete Haschisch in mein Essen. Wie hoch ist die Dosis? Reicht sie für einen langen Rausch? Für Atemnot und Herzrasen? Oder für schreckliche Visionen?

Gil, wenn du weißt, wie Haschisch wirkt, musst du doch auch wissen, dass du mich damit nicht umbringen kannst!

Es sei denn … Konstantins Nachricht! Es sei denn, es enthält ein tödliches Gift.

Gil, weißt du, was du da tust? Willst du mich töten, bevor ich dich zum Versteck des Mandylions geführt habe?

Benommen umklammere ich den Zettel in meiner Hand und warte ab.

Ich darf jetzt nicht einschlafen!

Ich spüre seinen warmen Atem auf meinem Gesicht. Er küsst mich sanft auf die Wange.

»Schlaf gut!«, flüstert er auf Arabisch. »Und träum was Schönes. In ein paar Stunden bin ich zurück.«

Wohin will er? Ins Tal? Will er mit dem Boten aus Rom reden? Und den Brief des Großmeisters beantworten? Und dabei sichergehen, dass ich das Bett nicht noch einmal verlasse?

Ein Plan beginnt in meinem Kopf Gestalt anzunehmen … irrsinnig und gefährlich … aber es ist ein Hoffnungsschimmer …

Ich fühle mich, als wäre ich in Watte gepackt. Weich. Warm. Keine Schmerzen mehr.

Ich darf nicht einschlafen!
Schritte bewegen sich zur Tür.
Ein Quietschen.
Ein Rumpeln.
Dann ist es still.
Gil ist weg.
Ich darf nicht einschlafen … muss … wach … bleiben …

Kapitel 11

In der Zelle des Abtes
21. Dezember 1453
Kurz nach halb ein Uhr mittags

Stille.
Finsternis.
Wohlige Wärme.

Ein betörender Duft.

Schwerelos. Entspannt. Verwirrt.

Bin ich wieder tot?

Ist dies der Himmel? Oder die Hölle?

Oder ein finsteres Grab?

Gierig atme ich ein durch die halb geöffneten Lippen. Ich kann hören, wie es in meinem Inneren widerhallt.

Blut rauscht in meinen Ohren wie ein tosender Fluss, der sich ins Meer der Stille ergießt.

Wirbelnde Farben und Formen, die sich zu wabernden Gestalten verdichten, flüchtig wie Gespinste aus Nebel. Eine Ahnung. Ein Traum. Eine Vision im Haschischrauch.

Ich lausche in die Stille, die mich samtig einhüllt.

Nein, es ist nicht still, da sind Geräusche.

Jemand spricht.

Wer? Wo ist er?

Niemand zu sehen.

Was sagt er?

»… Acheiropoieton …«

Ich lausche angestrengt.

»… ein nicht von Menschenhand gemachtes Abbild …«

Wessen Abbild?

Ein Gesicht taucht aus der Finsternis auf, wie in einem dunklen Spiegel, schemenhaft. Eine Mozzetta aus rotem Samt über einem langen Gewand aus weißem Brokat. Ein Brustkreuz aus Gold, mit Rubinen besetzt. Jemand legt seine Hand darum, während er mich ansieht. Mit der anderen reicht er mir einen Zettel. Ich kenne ihn, ich habe ihn schon einmal in der Hand gehalten. Darauf steht in griechischer Schrift:

Μανδηλιον

Wer ist das? Warum gibt er mir den Zettel?

»Rette das Mandylion!«, bittet er mich.

»Was ist das?«

»Das geheime Evangelium.«

Er hebt den Arm und deutet über meine Schulter. Ich wende mich um.

Eine Gestalt, auch sie nur schemenhaft zu erkennen, steht hinter mir. Perlendiadem, Prunkgewand, Purpurstiefel. Sie deutet wiederum auf etwas, das hinter ihr ist. Ich blicke über ihre Schulter, kann aber in dem schwarzen Nebel, der uns einhüllt, nichts erkennen.

»Rette das Mandylion!«, fleht Konstantin mich an.

»Was ist das?«

»Das letzte Evangelium. Von Gott selbst verfasst.«

Plötzlich sehe ich, dass wir uns in einer Kathedrale befinden. Goldenes Abendlicht rinnt durch die Fenster in der gewaltigen Kuppel und sinkt als glühender Goldstaub auf den glänzenden Marmorboden nieder. Tausende knien vor dem Altar, wo ein Kardinal im Purpurornat die lateinische Messe zelebriert, nicht die griechische.

Eine Totenmesse für ein sterbendes Weltreich.

Jetzt erst bemerke ich das Blut an meinen Händen. Und den bluttriefenden Dolch. Blut rinnt von den Marmorwänden der Hagia Sophia und sammelt sich in einer großen Lache. Mit erhobenen Armen weicht Konstantin vor mir zurück. Im Schein eines auflodernden Feuers kann ich hinter ihm jemanden erkennen.

Er liegt auf dem Boden und starrt ins Leere. Er ist tot.

Mein Entsetzen weicht grenzenloser Traurigkeit.

Wer ist das?

Was habe ich getan?

Zu Tode erschrocken beobachte ich, wie der Leichnam sich mit einem Ruck aufrichtet und mich ansieht. »Rette das Mandylion!«, keucht er mit einem Gurgeln. Blut schwappt ihm über die Lippen und tropft auf seinen Harnisch, aus dem auf wundervolle Weise eine rote Rose emporwächst. Oder ist es eine tiefe Wunde an seiner Seite, die unter dem langen weißen Gewand, das er unvermittelt trägt, wieder zu bluten beginnt?

»Tu es um meinetwillen.«

»Wer bist du?«

»Du weißt, wer ich bin.«

»Ich erinnere mich nicht.«

Mit der blutigen Hand tastet er nach der Rose, die aus seiner Brust hervorrankt, reißt sie ab und hält sie mir hin.

»Nimm sie. Die Rose gehört jetzt dir, wie die Säule. Die ganze Macht und Herrlichkeit von Rom … Nimm das Schwert und verteidige sie …«

Während er mit einem erstickten Röcheln wieder in sich zusammensackt, deutet er auf Rose und Schwert in meinen blutigen Händen und flüstert mit letzter Kraft: »Rette das Mandylion! Du kannst es!«

Bevor er in der Blutlache versinkt, verändert sich sein Gesicht. Ein wundervolles Leuchten umgibt es. Mandelförmige große Augen, eine lange Nase, schmale Lippen, gescheiteltes Haar, das im Strahlen des Heiligenscheins wie Gold glänzt.

Er sieht aus wie … Nein, das kann nicht sein!

Er sieht plötzlich aus wie die Ikone Jesu Christi auf dem Goldmosaik in der Hagia Sophia! Wie die Skizze in meinem Notizbüchlein …

Wenn nur das viele Blut nicht wäre …

Kapitel 12

In der Zelle des Abtes
21. Dezember 1453
Kurz nach vier Uhr nachmittags

Mit einem erstickten Schrei schrecke ich aus dem Schlaf und fahre auf.

Mein Kopf schmerzt. Sogar die Zähne tun mir weh. Mein Herz klopft. Mein Atem geht schwer. Mein Gesicht glüht.

Dieses Gesicht …

Ich werfe den gefalteten Zettel, den ich die ganze Zeit umklammert hielt, auf die Bettdecke und fahre mir mit beiden Händen über das Gesicht. Es ist feucht vom Schweiß. Habe ich Fieber? Meine Augen … Ich betrachte meine nassen Hände. Ich habe im Schlaf geweint.

Dieses Gesicht, das mich in meinem Traum verfolgt hat … nur ein blasser Schemen … die Gesichtszüge kaum zu erkennen … aber so lebendig!

Es hat mich verfolgt, hat mich eingeholt, hat mich zu Boden geworfen und hat sich wie ein Leichentuch über mich gebreitet!

Was für ein Albtraum!

Ich lasse mich ins Kissen zurücksinken, atme tief durch und wische mir mit dem Handrücken die Tränen aus dem Gesicht.

Ein dumpfes Hämmern hallt durch die Abtei. Metall stößt auf Stein. Mit großer Wucht. Die Fundamente der Abtei scheinen wie eine Glocke zu schwingen.

Ich halte den Atem an und lausche.

Jetzt ist es wieder ruhig.

Oder war es der Wind, der einen losen Fensterladen klappern ließ? Oder eine abgerissene Regenrinne, die den Schneemassen nicht standhielt? Oder eine Glocke des Campanile? Nein, das war es nicht. Es klang nach einem schweren Werkzeug, das mit großer Wucht gegen einen Steinquader prallt.

Ich fasse mir an die glühende Stirn. Ja, ich glaube, ich habe Fieber. Eine Folge des Sturzes, der meinen ganzen Körper schmerzen lässt, der Verletzungen, der Erschöpfung? Oder eine Nebenwirkung des Haschischs, das Gil mich vorhin einatmen ließ? Dass das beigemischte Gift das Fieber verursacht haben könnte, daran will ich lieber nicht denken …

Wie lange habe ich geschlafen?

Der wolkenschwere Himmel hinter dem vereisten Fenster hat sich bläulich verfärbt. Es schneit noch immer in dicken Flocken, die im böigen Wind herumwirbeln. Die Abenddämmerung hat schon begonnen.

Gil!, durchzuckt es mich. Wann ist er ins Tal hinuntergegangen? Wie lange braucht er, um in die Abtei zurückzukehren?

Ich darf keine Zeit verlieren!

Dann erinnere ich mich an den Zettel. Er ist ganz feucht und zerdrückt. Ich falte ihn auseinander und lese die griechischen Worte.

Acheiropoieton. Mandylion.

Das ist nicht die Handschrift in meinem Notizbuch, das Gil vorhin mitgenommen hat. Ich habe den Zettel nicht geschrieben. Aber wer sonst?

Ich muss das Notizbuch zurückbekommen. Meine Notizen sind der Schlüssel. Zu dem, was in Konstantinopolis geschehen ist. Und zu dem, was hier in dieser verlassenen Abtei in den Abruzzen noch geschehen wird.

Und da ist noch etwas: der Ring, der vorhin aus dem Büchlein fiel, als Gil darin blätterte.

Ich setze mich auf, rutsche zur Bettkante und lasse mich auf den eiskalten Boden sinken. Auf allen vieren krieche ich unter das Bett.

Nichts zu sehen.

Mit ausgestrecktem Arm fahre ich über die unebenen Dielen. Staubflocken. Späne von den Holzscheiten im Kamin. Eine alte Ledersandale. Ich taste weiter. Nichts. Also lege ich mich flach auf den Boden. Dadurch kann ich den Bettpfosten erreichen.

Da ist er!

Ich krieche zurück und richte mich auf, um den Ring im Schein des Feuers zu betrachten. Es ist ein goldener Ring mit einem eingravierten sechszackigen Stern. Es ist das Siegel Salomos.

Verwirrt stecke ich mir den Ring an den Finger. Er passt.

Eine Erinnerung überwältigt mich wie eine brandende Meereswoge, und ich habe das Gefühl, in den wirbelnden Gefühlen zu ertrinken.

Wo bin ich? Ich hebe den Blick und lasse ihn über den Campo schweifen. Ich sehe in die entsetzten Gesichter, die zu mir aufschauen. Ein Auto da Fé auf dem Campo dei Fiori? Verwirrt blicke ich an mir hinunter. Ich trage ein mit Pech getränktes Büßergewand und stehe auf einem lodernden Scheiterhaufen. Meine Hände sind hinter mir um einen Pfahl gefesselt.

Der Inquisitor lehnt sich über seine hölzerne Kanzel, von der aus er nach meinem Tod eine flammende Predigt halten wird. Er lauscht auf das brüllende Tosen des Feuers und das dumpfe Dröhnen der Glocken und blickt mich unverwandt an. Wartet er darauf, dass ich schreie, dass ich tobe, dass ich ihn verfluche?

Was habe ich getan?

Die Flammen schlagen immer höher. Die Hitze des Feuers hat den Raureif auf den Holzscheiten schmelzen lassen und das Reisig getrocknet. Funken stieben auf. Das Tosen ist ohrenbetäubend laut, die Luft um mich herum flirrt glühend heiß. Ich ringe nach Atem. Meine Lunge brennt. Meine Augen tränen.

Jetzt dauert es nicht mehr lange. Das lodernde Inferno frisst sich unaufhaltsam durch das Holz. Meine Haut glüht schmerzhaft. Schon bald wird mein Büßergewand Feuer fangen. Nein, jetzt dauert es nicht mehr lange.

Plötzlich ein Schrei.

»Il nuovo papa!«

Ein Aufruhr wogt durch die Menge. Dann steht er vor mir und sieht zu mir auf.

Die brennenden Holzscheite werden weggerissen. Dann werden meine Fesseln vom Pfahl gelöst, und ich werde vom Scheiterhaufen hinuntergehoben. Im dichten Schneetreiben hocke ich zitternd und weinend im Schneematsch des Campo dei Fiori.

Ein weißer Ornat mit schlammbespritztem Saum taucht neben mir auf. Jemand kniet sich neben mich in den Schnee und schließt mich unendlich behutsam in die Arme. Er sagt meinen Namen, aber ich kann ihn nicht verstehen. Das Feuer des Scheiterhaufens tost noch in meinen Ohren.

Er ist es!, denke ich jetzt, während ich, noch ganz in meiner Erinnerung gefangen, den Ring mit dem Siegel des Königs Salomo betrachte. Er ist derselbe Mann im weißen Ornat, der mich in meinem Albtraum angefleht hat, das Mandylion zu retten. Wer ist er? Il papa – der Papst?

Höchste Zeit, dass ich mich erinnere.

Gil wird bald zurückkehren.

Ich muss mein Notizbuch suchen. Auf den ersten Seiten hatte ich in kodierter Geheimschrift etwas über meinen Auftrag geschrieben. Ich muss wissen, was das Mandylion ist. Und wo ich es vor Gil und Galcerán versteckt haben könnte.

Plötzlich befällt mich wieder ein dumpfes, lähmendes Gefühl. Etwas wird geschehen, etwas Schreckliches.

Ein Echo aus der Vergangenheit – der Widerhall einer Erinnerung im Haschischrausch?

Oder eine Vorahnung?

Es gibt Geschichten, beunruhigend und bedrohlich, deren Ende man so sehr fürchtet, dass man es nicht hören will.

In so einer stecke ich fest.

Kapitel 13

In der Zelle des Abtes
21. Dezember 1453
Kurz nach vier Uhr nachmittags

Bestimmt gibt es eine Logik in diesem Durcheinander. Es muss eine geben, und ich werde sie finden!, rede ich mir ein, während ich mich hastig ankleide: Hemd, Hose, Jacke, Reitstiefel. Den zerknitterten Zettel stopfe ich in den Stiefelschaft.

Es wird Zeit, dass ich wieder auf die Beine komme. Ich brauche Bewegung. Unbedingt! Das merke ich, als ich hinüber zum Tisch taumele, wo noch immer der Schlüssel liegt. Er führt zur Lösung der Rätsel, aus denen mein Leben besteht – das ahne ich.

Gil hat kein Schloss gefunden, das mit dem Schlüssel geöffnet werden kann. Sonst hätte er ihn mir nicht zurückgegeben.

Ich hänge mir den Schlüssel um den Hals und mache mich auf den Weg.

Langsam taste ich mich zur Tür vor, damit das Knarren der Holzbohlen mich nicht verrät. Die Klinke quietscht leise, als ich sie hinunterdrücke und die Tür öffne.

Ich blicke nach draußen: ein düsterer, unbeleuchteter Gang, der zu einer Treppe nach unten führt. Offenbar bin ich im obersten Stockwerk.

Da vorn, wenige Schritte entfernt, ist eine Tür!

Während ich mich vorwärtskämpfe, stütze ich mich an der

Wand ab. Mein Herz rast, und mein Kopf dröhnt vor Anstrengung. Wieder kann ich das Glockenläuten und den Kanonendonner hören. Feuer lodert vor meinen Augen. Und die Erde bebt so stark, dass mir schwindelig wird.

Nein, keine Erinnerung, nicht jetzt!

Ich konzentriere mich auf den Weg zur Tür und kämpfe gegen die scharfkantigen, blutigen Erinnerungssplitter an, die sich schmerzhaft in meinen wundgedachten Verstand bohren.

Durch beißenden Pulverdampf und lodernde Flammen taumele ich bis zur Tür und stoße sie auf. Hastig stolpere ich in den Raum, schließe die Tür hinter mir und lehne mich schwer atmend dagegen. Der Blutrausch der Schlacht bleibt draußen.

Der Kopfschmerz, die Übelkeit, der Schwindel, die fiebrigen Schweißausbrüche … all die Symptome, die die psychischen Qualen der letzten Stunden noch verstärkt haben … Ich habe das Gefühl, dass ich von Stunde zu Stunde schwächer werde. Als würde ich mich mit letzter Kraft durch eine zähflüssige Masse kämpfen, die langsam zu Eis erstarrt. Ich bin so müde, so unerträglich müde …

Ich atme tief durch.

Im bläulichen Licht der Abenddämmerung sehe ich mich um.

Es ist das Dormitorium der Mönche. Unverputzte Steinwände, grob zusammengefügt, darüber ein Gewölbe aus schweren Holzbalken. Reihen von Zellen aus weißen Stoffbahnen, die von aufgestellten Eisenstangen herabhängen, zu beiden Seiten eines langen Mittelganges. Am hinteren Ende des Ganges erkenne ich eine Statue des heiligen Benedikt von Nursia aus dunklem Holz, der zum innigen Gebet niedergekniet ist. Zu Benedikts Füßen, unterhalb der beiden spitzbogigen Fenster, die mit einer Schicht aus Eis und Schnee bedeckt sind, stehen der Tisch und der Scherenstuhl des Significator Horarium, der im Schlafsaal mit der Stundenkerze die Nachtwache halten soll. Die Ordensregel der Benediktiner ist streng.

Die meisten Vorhänge zwischen den schmalen Betten sind zurückgezogen. Ich zähle achtunddreißig Zellen. Aber wo sind die Mönche? Wieso ist die Abtei verlassen?

Nicht lange nachdenken, weiter!

Das erste Bett in der Reihe gegenüber der Tür wurde benutzt. Die Wolldecke und das Federkissen sind zerknittert und wieder glatt gestrichen. Die Kerze auf dem Brett neben dem hölzernen Crucifixus ist bis zum Ende des Dochtes heruntergebrannt.

Wer schläft hier?

Ich setze mich auf das Bett, ziehe die Tasche darunter hervor und wühle in den wenigen Habseligkeiten eines Mönchsritters. Ich brauche eine Waffe.

Lavendelseife. Rasiermesser. Nähzeug. Ein ordentlich gefalteter Waffenrock, schwarzer Stoff, weißes Johanniterkreuz. Ein leichtes Kettenhemd. Eine Cotte, ein Hemd aus festem Leinen. Ein Gambeson, eine wattierte und gesteppte Tunika, die unter dem Kettenhemd oder der Rüstung getragen wird. Ich bin erstaunt, wie gut ich mich damit auskenne. Warum bin ich mit dem Waffenhandwerk vertraut? Wieso habe ich in der Schlacht um Byzanz wie ein Ritter gekämpft? Warum kann ich mit dem Schwert so gut umgehen, dass ich einem Janitscharen den Kopf abschlagen konnte? Woher diese unglaubliche Kraft? Woher dieser Blutrausch, diese Wildheit? Ich atme tief durch und wühle weiter. Kein Helm, kein Harnisch, keine Beinschienen, keine Waffen wie Schwert, Dolch, Streitkolben, Streitaxt, Armbrust, und auch kein Schild. Hat er seine Kampfausrüstung in Byzanz gelassen und bei der überstürzten Flucht vor den Türken nur seinen Habit mitgenommen?

Ganz unten finde ich ein Brevier für die Stundengebete. Der abgegriffene Ledereinband und die Seiten sind aufgequollen und aufgefächert, als hätte das Büchlein stundenlang im Wasser gelegen. Ich schlage es auf. Auf der Innenseite des welligen Einbandes steht ein Name. Die Tinte ist so blass, dass ich den Schriftzug kaum noch entziffern kann.

Fra Galcerán de Borja y Llançol de Romanì

Ich blättere durch das Brevier und finde auf der Innenseite des Einbandes ganz hinten im Buch eine grob skizzierte Karte. Hat Galcerán sie abends am Lagerfeuer gezeichnet? Habe ich ihm dabei zugesehen? Zwei Orte auf der Karte sind dunkler verfärbt als der Rest, einer am linken Rand, einer am rechten: Rom und Rhodos. Haben wir mit den Fingern auf der Karte unsere Flucht geplant? Haben wir uns dabei gestritten?

Eine Linie – vermutlich unsere Reiseroute – führt von Konstantinopolis mitten durch türkisch besetztes Gebiet über Thessaloniki nach Athen, weiter nach Mistra, das noch griechisch ist, dann über das Meer nach Ephesos, an der türkischen Küste nach Süden, an der Insel Rhodos vorbei nach Kreta. Von dort aus an der griechischen Küste entlang nach Norden, dann durch die Straße von Otranto die italienische Küste hinauf bis Ancona. Dann wieder nach Süden, durch die tief verschneiten Abruzzen bis zu dieser verlassenen Abtei auf einem Berg unweit des Gran Sasso. Irgendwo zwischen Ascoli und Aquila.

Ascoli? Das Städtchen sagt mir etwas. Ich denke angestrengt nach. Nein, da ist keine Erinnerung, nur ein vages Gefühl. Eine Ahnung, dass ich der Wahrheit auf der Spur bin. Haben Galcerán und ich in Ascoli übernachtet? Hat mich dort der Schäfer erkannt?

Ich weiß es nicht. Zurück zur Karte.

Eine ziemliche Odyssee!, denke ich, während ich noch einmal mit dem Finger unseren Fluchtweg nachzeichne. Zweitausend Meilen, wenn nicht mehr, übers Land und übers Meer. Und ganz nah an Rhodos vorbei. Der Großmeister muss unser Segel schon am Horizont gesehen haben. So nah, und doch unerreichbar fern!

Gil muss ihm von Kreta aus nach Rhodos geschrieben haben, um ihm mitzuteilen, dass wir nach Italien weiterreisen – mit dem Mandylion. Andernfalls hätte Fra Jean Bonpart de Lastic nicht nach Rom geschrieben, um Gil zu antworten.

Wieso eigentlich Gil? Wieso nicht Galcerán? Weil ich mit Galcerán gereist bin, während Gil uns gefolgt ist? Vielleicht.

Ich starre auf Galceráns Karte. Unsere Reise muss Monate gedauert haben. Wie habe ich es geschafft, so lange am Leben zu bleiben? Was hat mich mit Galcerán verbunden, der denselben Namen getragen hat wie ich? Zumindest behauptet das Gil.

Galcerán de Borja y Llançol de Romanì.

Ein aragonesischer Professritter des Johanniterordens von Rhodos. Ein Verwandter von Kardinal de Borja.

Und Adriana de Zafra y de Borja.

Eine Reliquienhändlerin aus Kastilien. Die von einem Mann im Papstornat den Auftrag erhalten hat, das Mandylion aus Byzanz herauszuschaffen. Die mit dem Schwert umgehen kann. Die eine Streitmacht von Bravi kommandiert. Die die abgeschlagenen Köpfe von Janitscharen ins Zelt des Sultans schießt.

Nein, nein, nein! Irgendetwas stimmt nicht an dieser Geschichte, die ich mir aus Erinnerungssplittern mühsam zusammensetze. Die Splitter passen nicht zusammen. Sie ergeben kein Bild.

Warum hat Galcerán mich in dieser Abtei angegriffen? Worum haben wir gerungen? Um den Schlüssel, den ich bei meinem Sturz in der Hand gehalten habe? Ich ziehe ihn unter meinem Hemd hervor und betrachte ihn von allen Seiten. Abgesehen davon, dass er nach rostigem Metall und Zitronensaft riecht, fällt mir nichts auf. Keine Erinnerung, kein Widerhall unseres Kampfes auf Leben und Tod, kein Herzrasen, nichts. Warum ist Galcerán tot, und warum lebe ich noch?

Wo ist sein Leichnam? Ich muss wissen, ob ich ihn getötet habe. Und wo ist sein Schwert?

Also weiter!

Mit Ausnahme des Rasiermessers, das ich in meinem Stiefelschaft verschwinden lasse, stopfe ich alles zurück in die Tasche und schiebe sie wieder unter das Bett. Schwankend rappele ich mich hoch und torkele zur nächsten Zelle, die durch einen Vorhang von Galceráns Bett getrennt ist.

Noch ein benutztes Lager!

Auf dem Regalbrett oberhalb des Kopfkissens finde ich ein Brevier. Ich schlage es auf. Kein Name. Aber ich vermute, es gehört Gil. Ebenso wie das arabische Buch, das darunter liegt. Abu Muhammad Ali ibn Ahmad ibn Sa'id ibn Hazm, genannt Ibn Hazm al-Andalusi hat dieses Buch geschrieben. Ich blättere darin. Ein Traktat über die Liebe? Auf Arabisch? Woher hat Gil denn dieses Büchlein über die Kunst des Liebens? Doch nicht aus der Bibliothek dieses Klosters!

Seltsam für einen maurischen Prinzen, der der orientalischen Sinnlichkeit entsagte, um ein christlicher Mönchsritter zu werden! Und der ein orientalisches Parfum benutzt. Ich nehme das Fläschchen vom Regal, ziehe den Korken heraus und rieche daran. Moschus, Zimt und Pfeffer.

Woran erinnert mich dieser sehr männliche Duft? An Granada. Und an … an … Ich suche in meinem Gedächtnis nach einem Gesicht, nach einem Namen, nach einer Erinnerung, aber da ist nichts. Nur Gil.

Das größte Rätsel von allen bist du, Gil Alvarez, früher bekannt als Ibn Hafiz al-Gharnati, Prinz von Granada.

Wer bist du?

Warum gibst du dich als mein Ehemann aus? Wieso rettest du mir nach meinem Sturz das Leben, bevor du mich lebendig begräbst? Warum küsst du mich sanft, bevor du mich vergiftest?

Und wieso bringst du mein Herz zum Rasen, wenn du in meiner Nähe bist? Ist es Angst? Oder Wut? Oder Hass? Oder etwas anderes?

Wieder greife ich zum Brevier, schlage es auf und schüttele es. Eine gefaltete Seite fällt heraus. Und ein zerknitterter Zettel.

Ich streiche ihn glatt.

Der Brief des Großmeisters Fra Jean Bonpart de Lastic.

Ich überfliege die wenigen Zeilen in winziger Schrift: der Befehl, mich zu töten und das Mandylion nach Rhodos zu schaffen. Fra Jean fürchtet einen erneuten Angriff der Mamelucken unter Sultan Uthman al-Mansur.

Unvermittelt taucht ein Bruchstück meiner Vergangenheit auf. Ein im Wüstensand verschüttetes, vergrabenes, vergessenes Fragment. Ägypten. Die großen Pyramiden. Ein Sandsturm. Eine Grabkammer, schwarz, düster, erdrückend. Ein Totengott mit der schwarzen Schakalsmaske des Anubis, der sich über mich beugt, um mich bei lebendigem Leib zu mumifizieren. Finsternis. Schmerz. Angst. Tod. Dann ist Uthman neben mir. Er schiebt mir etwas in die Hand. Das Siegel des Imhotep, flüstert er mir zu. Das Siegel der Unsterblichkeit …

Ich lasse den Brief fallen und fahre mir mit beiden Händen über das Gesicht. Ich schwitze. Und ich zittere. Ich glaube, ich habe Fieber.

Wie kann ich unterscheiden, was wirklich geschehen ist und was nicht? Was mir irgendjemand erzählt hat oder was ich irgendwo gelesen habe? Was ich mir ausdenke, um mich vor den schmerzhaften Erinnerungen an das zu schützen, was ich getan habe? Was ich mir im Fieberwahn falsch zusammenfantasiere, weil ich die Menschen, die mir nach dem Leben trachten, nicht einschätzen kann, weil ich das, was sie tun, missverstehe?

Gil, was tust du mir an? Du fälschst mein Gedächtnis! Du treibst mich in den Wahnsinn!

Ich darf ihm nicht trauen. Aber was noch schlimmer ist: Ich darf mir selbst nicht mehr trauen.

Kapitel 14

Im Dormitorium
21. Dezember 1453
Gegen halb fünf Uhr nachmittags

Ich falte das Pergament auseinander, das aus Gils Brevier gefallen ist. Es ist eine Vollmacht des Großpriors von Rom. Ich überfliege die wenigen Zeilen … Fra Adrian d'Ivrea … Fra Lionel de Châtillon … Unterschrift und Siegel des Großpriors als Stellvertreter Seiner Exzellenz des Großmeisters Fra Jean Bonpart de Lastic. Gil hat also den Rang eines Kommandanten …

Ich schiebe die Vollmacht zurück ins Brevier und lege es wieder auf das Regalbrett.

Wo ist mein Notizbuch? Hat Gil es mitgenommen, als er ins Tal hinunterging?

Ein Geräusch lässt mich zusammenzucken.

Ein Knirschen.

Ich halte den Atem an und lausche auf Schritte, die näher kommen. Doch außer dem Heulen des Windes kann ich nichts hören.

Nein, alles ist still. Ich bin allein.

Ich nehme mir Gils Satteltaschen vor. Es ist wie bei Galceráns Gepäck: Ich finde nichts, was ein Mönchsritter den Ordensregeln gemäß nicht besitzen dürfte. Nichts, was mir verraten könnte, wer er ist oder war. Nicht einmal eine Erinnerung an Granada.

Du hältst dein Leben in Ordnung, Gil. Und bringst eine ziemliche Unordnung in mein Leben.

Wieder schrecke ich auf.

Donnernd schlägt irgendwo in der Abtei eine Tür zu.

Der Wind? Ich horche hinein in das Rauschen der Bäume vor den Fenstern des Dormitoriums.

Keine Schritte, kein Rufen, kein Quietschen einer Tür.

Es muss der Wind gewesen sein.

Ich schiebe Gils Satteltaschen wieder unter das Bett und schüttele die Bettdecke. Nichts. Dann hebe ich das Kissen an.

Mein Notizbuch!

Ich setze mich auf das zerwühlte Bett und schlage es auf.

Skizzen und Notizen.

Ein lesender Mönch in schwarzem Habit mit hochgezogener Kapuze. Mein Kommentar: *Pantokrator-Kloster, 12. Januar 1453. Ich bin oft hier, um über Konstantins Bitte nachzudenken. Alles erinnert mich schmerzhaft an Niketas, der hier Abt war. Wie lange ist das her …*

Am unteren Rand der Seite, neben der Zeichnung eines orthodoxen Mönches mit einem Semantron, einer hölzernen Stundentrommel, sehe ich eine Tagebucheintragung. Ich muss das Büchlein drehen, um die Notiz lesen zu können: *Hagia Sophia, 29. Januar 1453. Langes vertrauliches Gespräch mit Konstantin. Er gibt nicht auf, er hat mich wieder gefragt. Ich ahne, wie verzweifelt er ist. Er braucht das Bündnis mit dem Papst. Er braucht die Genueser und die Venezianer, und er braucht meine Bravi. Was auch immer in den nächsten Wochen geschieht, ich werde die Stadt nicht …*

Kapitel 15

Im Dormitorium
21. Dezember 1453
Kurz nach halb fünf Uhr nachmittags

Erschrocken fahre ich zusammen, als eine Tür aufgestoßen wird, die ich zwischen den Vorhängen bisher nicht bemerkt habe – sie muss zur Kirche führen. Wegen der nächtlichen Stundengebete befindet sich der Schlafsaal der Mönche immer in unmittelbarer Nähe der Kirche.

Der Wind stößt die Tür gegen eine Wand. Laut hallt das Donnergetöse durch das hölzerne Gewölbe des Dormitoriums. Die weißen Vorhänge zwischen den Betten der Mönche bauschen sich im Lufthauch. Vermutlich wirbeln Schneeflocken herein. Die eisigen Böen wehen das Geräusch von schweren Stiefeln in den Schlafsaal.

Gil!

Ich dachte, er wäre mit Lionel ins Tal hinuntergegangen!

Gedanken schießen mir durch den Kopf, während ich das Notizbuch zuklappe. War er in meinem Zimmer? Hat er das leere Bett gesehen? Weiß er, dass ich hier bin, um das Büchlein zu suchen? Was wird er mit mir tun, wenn er mich hier erwischt?

Hastig werfe ich das Notizbuch auf sein Bett und flüchte unter dem vorgezogenen Vorhang hindurch in die nächste Zelle. Gehetzt blicke ich mich um. Wohin jetzt? Die Vorhänge der Zelle sind offen!

Die Schritte nähern sich rasch. Gleich wird er hier sein!

Zitternd stehe ich neben dem Bett und presse mich gegen die Wand hinter mir. Ich sitze in der Falle.

Rasch ziehe ich Galceráns Rasiermesser aus meinem Stiefel und wickele mich in den Vorhang zwischen den Zellen. Wie in ein Leichentuch. Zum Glück hat Gil die Tür offen gelassen, sodass der Wind hereinfegt und die Vorhänge bewegt.

Er kommt.

Nur nicht bewegen! Nur nicht vor Schwäche in die Knie sinken! Oder vor Angst keuchen! Mein Herz pocht so laut, dass ich denke, er muss es hören. Mit angespannten Schultern spähe ich durch den schmalen Schlitz.

Da ist er.

Meine Finger verkrampfen sich um den Griff des kleinen Messers. Ein Blick in meine Richtung, und ich …

Doch Gil stapft an mir vorbei und bleibt vor seinem Bett stehen.

Dann ist es still.

Was tut er?

Gil steht noch immer reglos vor seinem Bett.

Die Bettdecke ist zerwühlt! Das Kopfkissen … Ich habe das Notizbuch einfach auf das Bett geworfen, es nicht unter das Kissen geschoben.

»Fra Gil?«, ruft Lionel von draußen.

Knirschende Schritte. Er scheint eine verschneite Treppe zum Dormitorium heraufzusteigen.

»Fra Gil!«

»Was ist denn?«, antwortet Gil wütend.

»Nun mach schon, es wird bald dunkel! Der Weg ist tief verschneit!«

Gil antwortet nicht. Reglos verharrt er keine drei Schritte von mir entfernt vor seinem Bett.

Wenn ich ihn doch nur sehen könnte! Aber das Licht kommt von der falschen Seite – kein Schemen schimmert durch das weiße Leinen.

Lauscht Gil auf ein Rascheln von Stoff? Auf ein Knirschen von Leder auf Stein? Auf das Schnaufen eines tiefen Atemzugs, den ein Mensch in seiner Todesangst macht?

Nicht bewegen! Nicht atmen! Nicht nachdenken und auf keinen Fall in Panik geraten!

Mein Herz klopft bis zum Hals. Ich halte die Luft an. Und warte ab.

Schließlich macht Gil einen Schritt auf das Bett zu und zieht die Bettdecke glatt. Dann nimmt er den Mantel seines Habits vom Haken, zieht ihn an und geht um das Bett herum.

Was tut er denn?

»Fra Gil!«, ruft Lionel ungeduldig. »Komm endlich! Der Abstieg dauert länger als eine Stunde. Und es schneit in dicken Flocken. Lass uns gehen!«

Gil steckt etwas ein, das kann ich hören. Sein Brevier?

Es muss sein Brevier sein, denn das nächste Stundengebet ist die Vesper, die in ein oder zwei Stunden gefeiert wird.

Dann verlässt er mit großen Schritten das Dormitorium.

Erleichtert atme ich auf, als er die Tür hinter sich zuschlägt und mit Lionel die verschneite Treppe hinunterpoltert. Er hat nicht nachgesehen, ob ich fest schlafe!

Ahnt er denn nicht, dass ich das Bett verlassen habe? Oder weiß er, dass ich hier bin, und lässt mich gewähren? Das Notizbuch lag nicht dort, wo er es hingelegt hatte …

Ich lausche auf das leise Rieseln des Schnees gegen die spitzbogigen Fenster am Ende des Dormitoriums.

Das Knirschen der Schritte im verharschten Schnee wird leiser und verstummt schließlich.

In der Abtei ist es still.

Ich wickele mich aus dem Vorhang und schlüpfe unter dem Leinen hindurch in Gils Zelle.

Ich muss das Büchlein …

Entsetzt bleibe ich stehen. Gil hat nicht sein Brevier eingesteckt …

… sondern mein Notizbuch.

Kapitel 16

In der Zelle des Abtes
21. Dezember 1453
Irgendwann vor fünf Uhr nachmittags

»… hast du vor?«, fragt Lionel und deutet auf etwas, das Gil in der Hand hält.

»… muss sich erinnern …«, antwortet Gil, als die beiden unter mir vorbeistapfen. Der fauchende Wind reißt ihm die Worte von den Lippen, sodass ich nicht alles verstehen kann, was er sagt. Also lehne ich mich noch weiter hinaus ins Schneegestöber. »… noch mehr Tote.«

»Dieu soit avec nous!« Lionel bekreuzigt sich und küsst seine Fingerspitzen.

Sobald die beiden im dichten Schneetreiben verschwunden sind, schließe ich das Fenster, taumele zum Bett hinüber und sinke erschöpft auf die Matratze. Der Weg in mein Schlafzimmer hat mich so sehr angestrengt, als wäre ich den Gran Sasso hinaufgestürmt.

Schließlich wische ich mir die geschmolzenen Schneeflocken aus dem Gesicht und rappele mich ächzend auf.

Keine Zeit!

Gil hat sein Brevier zurückgelassen. Er wird zur Vesper wieder hier sein! Er kann mich nicht stundenlang allein lassen, zumal er jetzt ahnt, dass ich eben im Dormitorium war …

Ich verlasse das Zimmer, schließe die Tür hinter mir, gehe den

Gang entlang und steige die Treppe hinunter. Meine Knie zittern so sehr, dass ich beinahe stürze. Mir ist schwindelig. Erschöpfung. Hunger. Anspannung. Ist Adrian in der Abtei zurückgeblieben, um mich zu überwachen?

Ich habe das Ende der Treppe erreicht. Fünf hölzerne Stufen führen einen gemauerten Absatz hinunter. Von dem verwinkelten Gang aus grob gemauerten Bruchsteinen vor mir zweigt eine Tür in einer tiefen Nische ab. Eine schmale Wendeltreppe führt dorthin.

Die unregelmäßig geformten Wände, die massiv gemauerten Bögen und Halbbögen, die die wuchtige Decke stützen, das nackte Gestein, der Fels, der an einigen Stellen zwischen den Bruchsteinen aufscheint, als breche er mit elementarer Gewalt durch, das düstere Licht – ich habe das Gefühl, im Inneren einer archaischen Höhle zu sein. Das stetige Tropfen, das ich hören kann, verstärkt diesen Eindruck noch. Ich fröstele. Ich hätte mir Galceráns Mantel holen sollen.

Die Abtei am Ende der Welt hat mich in ihren Bann gezogen. Meine Stimmung wird immer düsterer. Eine Weile bleibe ich auf der untersten Stufe stehen und lausche auf das Tröpfeln und das Rascheln, das aus den Tiefen der Abtei zu mir dringt, dann kann ich meine Neugier nicht mehr zügeln.

Ich gehe die gewundene Treppe hinunter. Die Tür ist von der Feuchtigkeit des Winters aufgequollen und schabt kreischend über die Steinfliesen.

Eine Werkstatt. Die eine Seite aus Bruchsteinen gemauert, die andere Seite schroffer Fels. Das Gewölbe wirkt so erdrückend, als würde es jeden Augenblick über mir zusammenbrechen. Der muffige Geruch nach feuchtem Staub, getrocknetem Leim und rostigem Metall dringt mir in die Nase.

Eine Werkbank. Nägel und Haken aus rostigem Eisen. Darüber, an einem Brett an der Wand, Sägen, Bohrer, Hämmer, Meißel,

Hobel, Stemmeisen, Winkel. Alles ordentlich aufgereiht und mit Haken befestigt. Alles rostig und mit Spinnweben bedeckt. Ein Kohlenbecken. Ein Amboss. Eine Schleifmaschine mit Schleifstein. Ein aufgerolltes Seil. Ein Korb mit Holzabfall als Kaminanzünder. Eine Schale mit eingetrocknetem braunen Knochenleim für das Binden von Büchern. Ein Reibstein für Farben, in dessen rauer Oberfläche noch feine karmesinrote Pigmente schimmern.

Auf einem anderen Tisch, der auch mit einer dicken Schicht Staub bedeckt ist, liegt ein Stapel vorbereiteter Pergamente zur Herstellung von Codices. Daneben stehen etliche Schalen mit gemahlenen Farbpigmenten für die Buchmalerei, die offenbar hier in dieser Werkstatt gerieben wurden, und ein Zinnbecher mit Federn und Pinseln. Ein kleiner Fetzen Blattgold liegt in diesem Durcheinander. Er sieht aus wie trockenes Herbstlaub.

Wieso sticht mir dieser winzige glitzernde Schnipsel ins Auge? Ich weiß es nicht. Vielleicht hat Gil recht, und ich bin doch eine Reliquienhändlerin …

Auf einem Teil der Tischplatte liegt kein Staub. Wurde hier vor Kurzem noch gearbeitet? Stirnrunzelnd lasse ich meinen Blick über den Werktisch schweifen. Mit Blattgold und Farben? Ich blicke zum anderen Tisch hinüber. Und mit Leim?

Ich wende mich wieder dem Werkzeug zu.

Keine Laterne. Und nichts, was mir als Waffe dienen könnte.

Also weiter!

Ich gehe die schmale Treppe wieder hinauf in den Gang und dringe tiefer in dieses Höhlenlabyrinth vor. Etliche Schritte weiter stoße ich wieder auf eine Tür. Auch sie quietscht in ihren rostigen Angeln.

Das Scriptorium.

Ein langer, tunnelartiger Raum, der sich unter einem niedrigen Tonnengewölbe duckt. Die Schreibpulte der Mönche stehen in einer langen Reihe vor den Fenstern, die aussehen, als wären sie mit schwerem Werkzeug aus der grob gemauerten Wand herausgehauen worden, um ein wenig Licht in diese Höhle zu bringen. Ein Fenster ist zerborsten, Schnee wirbelt herein und sammelt sich in einer kleinen Verwehung zwischen zwei Stehpulten. Kein Kamin, denn die gegenüberliegende Seite besteht aus schroffem Fels. Der Stein glitzert, als sei er mit Raureif bedeckt.

Diese Abtei ist die Vorhölle. Da wo die Seelen eingesperrt sind, bevor sie befreit und erlöst werden. Ein düsterer und geheimnisvoller, ein schattenhafter und bedrohlicher Ort. Die Vorstufe zu Dantes Inferno.

Nein, verbessere ich mich, als ich den benachbarten Raum betrete, diese Abtei *ist* Dantes Inferno. Über dem Höllentor, das in die Bibliothek führt, müssten Dantes Verse stehen: *Durch mich gelangst du zur Stätte des Grauens. Gib, wenn du eintrittst, alle Hoffnung auf!*

Ein Anblick, der mich ins Herz trifft: Die durchhängenden Regale an den schroffen Wänden, die einst wohl Hunderte von kostbaren Folianten bargen, sind geplündert. Keine Bücher. Nur Staub und Spinnweben. Einige Regalbretter liegen auf den Bodenfliesen verstreut. An der Steinwand schimmert eine einsame Ikone im bläulichen Licht des schwindenden Tages.

Ein unerwartetes Lebenszeichen: Eine Maus flitzt zwischen meinen Stiefeln hindurch und verschwindet unter einer Tür auf der linken Seite des Raums.

Das Bild der Verwüstung drückt mich nieder.

Durch die erschreckende Vision eines Feuersturms, eines Scheiterhaufens aus brennenden Büchern, Instrumenten und Ikonen, die mich plötzlich wie unter Schmerzen aufstöhnen lässt, kämpfe ich mich mit geschlossenen Augen zu der Tür vor. Taumelnd pralle ich mit der Schulter dagegen und warte, bis das Feuer meiner Erinnerung ausgebrannt ist. Dann versuche ich, die Tür zu öffnen.

Sie ist verschlossen.

Ich ziehe mir das Band mit dem Schlüssel über den Kopf und stoße ihn in das Schloss. Er bewegt sich nicht. Ist das Schloss verrostet? Oder nur verklemmt?

Ich drücke, drehe, zerre, bis der eiserne Schlüssel schließlich zerbricht. Nein, er zerbricht nicht. Er bricht in zwei Teile auseinander. Der Schaft mit dem Bart bleibt verkantet im Schloss stecken, während ich plötzlich nur noch die verzierte Reide, also den Griff, in der Hand halte.

Nein!

Umständlich fingere ich den Schaft aus dem Schloss und betrachte beide Teile. Die verzierte Reide hat einen hohlen Schaft mit einem Innengewinde. Auch der Bart hat einen hohlen Schaft mit einem Außengewinde. Durch mein gewaltsames Zerren an dem Schüssel sind beide Gewinde ausgerissen. Die beiden Teile des Schlüssels lassen sich zusammenschrauben und bilden auf diese Weise ein Versteck für den kleinen zusammengerollten Pergamentzettel. Mit spitzen Fingern zupfe ich ihn aus dem Schaft heraus und rolle ihn auseinander.

Verwirrt starre ich den zerknitterten Zettel an.

Er ist leer.

Intermezzo 1

In der Zelle des Abtes
22. Dezember 1453
Gegen halb zwölf Uhr mittags

»Er war leer?«, fragt mich der Kardinal, der in den letzten anderthalb Stunden, während ich erzählte, unruhig auf seinem Sessel herumrutschte.

Ich nicke.

»Was soll das?« Verwirrt starrt er auf den Schlüssel, der neben dem Reliquiar des Mandylions auf dem Tisch liegt. »Wer hat den Zettel in den Schlüssel geschoben? Einer der Mönche? Oder Gil? Oder du?«

»Wenn ich es war: Wieso stand keine Nachricht auf dem Zettel, keine Skizze, keine Schatzkarte? War der Zettel für mich bestimmt? Oder für Gil?« Ich atme tief durch. »Das sind die Fragen, die mich in diesem Augenblick umtreiben: Hat Gil den Zettel gefunden? Kennt er das Geheimnis dieses Schlüssels? Hat er ihn mir deswegen zurückgegeben? Damit ich ihn zum Versteck des Mandylions führe?«

Er verzieht die Lippen. »Und dann?«

»Ich drehte den zerknitterten Pergamentfetzen um.«

»Und?«

»Nichts.«

»Gar nichts?«, fragt er ungläubig.

»Kein Tropfen Tinte. Ich wollte den Zettel schon in den Schlüsselschaft zurückschieben, als ich – ich weiß nicht, warum – dran roch. Zitrone.«

»Die Geheimtinte in der Truhe in deinem Schlafzimmer.«

»Richtig.«

»Ich kann mir vorstellen, wie aufgeregt du warst! Eine fiebrige Erregung hatte dich gepackt, ein Herzklopfen, ein Schatzsucherfieber, das deine Hände vor Aufregung und Ungeduld zittern ließ.«

»Ich habe mich gefragt, ob Gil recht hat. Dass ich eine Reliquienhändlerin und eine Schatzsucherin bin. Warum eigentlich nicht? Ich sollte das Mandylion, eine nicht von einem Menschen hergestellte Reliquie, aus dem brennenden Byzanz retten …«

»Und? Hast du die Nachricht entschlüsselt?«, fragt er gespannt.

»Nein, ich brauchte eine Kerze, um die geheime Nachricht in der Hitze der Flamme sichtbar zu machen. Und ich war zu aufgeregt, um mich daran zu erinnern, dass in meiner Zunderdose ein Kerzenstummel steckt.«

Er nickt. »Aber mittlerweile hast du die Schrift sichtbar gemacht.«

Ich zögere einen Augenblick. Soll ich ihm das Geheimnis anvertrauen? Ist er derjenige, der zu sein er vorgibt? Kann ich ihm trauen? Aber wie soll ich es anders herausfinden? Schließlich nicke ich. »Gestern Abend.«

»Und seitdem suchst du das Mandylion.« Er mustert mich aufmerksam. Angespannt. Immer wieder irrt sein Blick zu dem zerbrochenen Schlüssel, der zwischen uns auf dem Tisch liegt.

Vertraut er mir ebenso wenig wie ich ihm?

»Ja«, nicke ich voller Argwohn.

»Darf ich den Zettel sehen?« Ohne meine Antwort abzuwarten, zieht er den Schlüssel zu sich heran, schraubt den unteren Teil ab und sucht die geheime Nachricht. »Wo ist der Fetzen?«, fragt er.

»Ich habe ihn nicht mehr.«

»Willst du damit sagen, dass er ihn …«

»Ja.«

»Verdammt!«, flucht er und schlägt mit der Faust auf die Armlehne. »Was stand dort?«

Wortlos nehme ich das Notizbuch vom Tisch, ziehe den gespitzten Silberstift aus dem Buchrücken und schlage die letzte Seite auf, wo ich erst vor wenigen Stunden verzweifelt geschrieben habe: ›Ich bin nicht verrückt, denn ich kann klar denken und vernünftige Entscheidungen treffen. Und trotzdem geschehen immer wieder erschreckende Dinge, die ich mit meinem Verstand nicht begründen kann. Aber ich werde schon noch dahinterkommen, was mit mir geschieht …‹

Auf der nächsten Seite skizziere ich, was auf dem zerknitterten Zettel aus dem Schlüssel zu sehen war. Das Kreuz zeichne ich besonders deutlich – der gespitzte Silberstift zerreißt beinahe das Pergament.

Es kann nicht schaden, wenn er die geheime Nachricht sieht. Vermutlich wird er sie ebenso wenig entschlüsseln wie ich. Oder Gil. Oder wer auch immer sie inzwischen in den Händen hält …

Unruhig nimmt er mir mein Notizbuch aus der Hand und betrachtet die grobe Zeichnung.

»Dio del Cielo!«, seufzt er, als er mir das Büchlein schließlich zurückgibt. »Weißt du, wie zwei Menschen ein Geheimnis bewahren können?«

»Einer von ihnen muss sterben.«

»Galcerán.«

Ich nicke versonnen.

»Erzähl weiter!«

»Also, ich vermute …«

Kapitel 17

Vor der Tür der Geheimkammer in der Bibliothek
21. Dezember 1453
Kurz vor fünf Uhr nachmittags

… der Schlüssel in meiner Hand birgt ein Geheimnis. Und was ist mit dem Schloss?

Ich knie mich davor hin und betrachte es genau. Das Holz der Tür ist weich und verquollen, das Schloss ist rostig. Der Schließmechanismus dürfte klemmen.

Alles eine Frage des richtigen Werkzeugs, denke ich und gehe in die Werkstatt zurück, um ein Brecheisen zu holen.

Nach einem entsetzlich lauten Krachen gibt das Schloss schließlich nach. Die Tür fliegt auf und knallt mit Donnergetöse gegen die Wand.

Ich knie über einer Wendeltreppe, die vor langer Zeit zugemauert wurde. Die Stufen, die in die Tiefe führen, enden vor einer massiven Wand. Drei Stufen unter mir ist die Treppe mit Büchern übersät, einer jahrhundertealten Schicht aus Pergament, Papyrus und Papier. Ich gehe drei Stufen hinunter, um das Durcheinander besser überblicken zu können.

Hunderte Bücher, ermordet und begraben. Ein richtiges Gemetzel, so empfinde ich den Anblick der Folianten, Codices und Schriftrollen: zerfetzte Bücher, zerknickte Papyrusrollen, herausgerissene Seiten mit verblassten Illuminationen, ein wüster Haufen von braunem und vergilbtem Pergament, teilweise zusammengeklebt wie Pappmaché, teilweise noch gut erhalten und lesbar, von Mäusen angefressene und vollgeschissene Papyrusfetzen. Der Gestank ist furchtbar.

Und diese zugemauerte Treppe? Ist es eine Genisa, wie in einer jüdischen Synagoge – eine verborgene Kammer, in der Schriften begraben werden, die nicht mehr verwendet werden? Ruhen hier zerfetzte antike Manuskripte und zerfallene Codices von der Jahrtausendwende, die nicht mehr ausgebessert werden konnten?

Eine goldglänzende Ikone ragt aus dem stinkenden Haufen heraus. Eine Maus klettert über das Antlitz Jesu Christi und bedeckt das Blattgold mit ihrem Kot.

Aus irgendeinem Grund bin ich beunruhigt. Wegen der Ikone? Oder wegen der Maus? Oder ist es wegen des Geruchs?

Ja, das wird's sein. Ich wage mich nicht weiter vor. Der Schimmel auf dem Papyrus könnte giftig sein. Woher ich das weiß? Als Reliquienhändlerin muss ich mich damit doch auskennen, oder nicht?

In diesem Büchergrab werde ich wohl keine Klosterchronik finden, die mir verrät, in welcher Benediktinerabtei ich mich befinde. Mit spitzen Fingern wühle ich mich trotzdem durch die Schichten der Jahrhunderte und lese die Pergamentfetzen. Schließlich stoße ich in einem Brief, der in einer Sammlung liturgischer Texte aus dem neunten Jahrhundert liegt, auf einen Namen:

… *Sacra di Sant'Angelo, l'abbazia affidata ai Benedettini* …

Der Name der Abtei, die den Benediktinern anvertraut wurde, sagt mir nichts.

Ich werfe den Brief zurück, stütze mich auf die Stufen hinter mir und rappele mich ächzend wieder hoch. Sobald ich die aufgebrochene Tür wieder geschlossen habe, hänge ich mir den Schlüssel mit dem gerollten Pergamentzettel im hohlen Schaft wieder um und verlasse die Bibliothek.

Die Geräusche, die aus den düsteren Gewölben plötzlich zu mir heraufdringen, machen mir Angst. Ein Kratzen, ein Knurren. Als lauere dort unten etwas Gewalttätiges, Blutgieriges.

Mein Mund ist auf einmal ganz trocken, nicht nur weil ich seit drei Tagen kaum etwas getrunken habe. Ich muss schlucken.

Gott im Himmel, was erwartet mich dort unten?

Langsam gehe ich weiter …

Kapitel 18

Auf der Treppe
21. Dezember 1453
Eine Viertelstunde nach fünf Uhr nachmittags

… und plötzlich steigt mir der Geruch von Blut in die Nase. Und da sind wieder diese wilden Geräusche.

Ich bleibe stehen. Die Stufen unter mir winden sich ins Ungewisse. Meine Nackenhaare stellen sich auf. Mein Atem geht stoßweise und bildet in der eisigen Kälte einen dichten weißen Atemhauch. Steht irgendwo eine Tür offen, die nach draußen führt?

Ich habe Angst!

Was lauert dort unten?

Ich ziehe Galceráns Rasierklinge aus dem Stiefel und gehe leise weiter.

Am Ende der Stufen betrete ich einen Gang. Er ist verwinkelt und mit Bögen und Halbbögen überwölbt. Ein eisiger Wind weht den Schnee bis in diese düstere Höhle, denn das Portal am Ende des Ganges steht weit offen. Durch das dichte Schneetreiben kann ich im schwindenden Licht der Abenddämmerung einen Weg erkennen, wo der Schnee zerwühlt und zertrampelt ist. Dahinter ragt eine Fassade aus glatt behauenen Steinquadern mit einem Portal auf. Auch dieses steht offen. Ein leises Wiehern verrät mir, dass es der Pferdestall ist.

Als ich hinter mir ein tiefes, kehliges Knurren höre, erstarre ich zu Eis. Meine Nerven sind zum Zerreißen gespannt.

Dann hallt das dumpfe Geräusch eines Aufpralls durch den Gang. Die Tür weiter vorn scheint in die Küche zu führen – daher kommen der Blutgeruch und der Feuerschein, der den Gang in ein bläulich goldenes Licht taucht.

Mit der Faust umklammere ich das kleine Messer und nähere mich der Küche, in der es plötzlich ruhig geworden ist. Die Stille ist so intensiv, dass ich unwillkürlich den Atem anhalte und lausche. Nur das Knacken der Holzscheite im Kamin ist zu hören. Gil hat das Feuer nicht gelöscht. Er will wohl bis zur Vesper, die in einer Stunde gefeiert wird, zurück sein.

Ich bleibe stehen, lehne mich mit der Schulter gegen den Türrahmen und spähe um die Ecke.

Tatsächlich, die Küche.

Entsetzt zucke ich zusammen.

Ein Rudel Wölfe hat sich über die aufgebrochene Gämse hergemacht. Die Wölfe haben den Kadaver vom Eichentisch vor dem großen Kamin gezogen, zerren daran herum und reißen große Bissen heraus.

Plötzlich fliegen vier Köpfe in die Höhe. Sie haben mich weder gerochen noch gehört und sind ziemlich erschrocken. Witternd stehen die Wölfe mit gespreizten Beinen, gespitzten Ohren und zitternden silbergrauen Flanken vor mir, sehen sich unruhig auf allen Seiten nach einem Fluchtweg um und rühren sich nicht von der Stelle. Sie haben mehr Angst als ich. Obwohl sie meine offenen Wunden bemerkt haben.

Ich bleibe ruhig, denn ich weiß, dass Wölfe keine Menschen angreifen.

Kurzer Blick in die Runde: grobe Steinwände, ein großer Kamin mit einer Vorrichtung zum Drehen eines Bratspießes, ein eisernes Kaminbesteck mit Schürhaken, Regale mit Töpfen und Pfannen aus Kupfer und Eisen, ein Schrank mit schweren Steinguttöpfen, in einer Ecke ein Stapel brüchiger Weidenkörbe und ein Fass mit Sand, in dem vermutlich die Eier gelagert wurden.

Ich wende mich wieder den Wölfen zu, die mich nicht aus den Augen lassen.

»Raus hier! Das ist *mein* Abendessen!«, schreie ich. »Verschwindet!«

Der Wolf, der mir am nächsten ist, blickt mich an. Seine Augenbrauen heben und senken sich wie bei einem Hund, der unschlüssig ist, was nun von ihm erwartet wird – von mir und seinem Rudel. Er ist der Leitwolf. Der andere, der sich hinter ihm versteckt, gibt sich mutiger. Er stellt seinen Schwanz auf und sträubt die Nackenhaare, um größer zu wirken als er eigentlich ist. Weil dieses Imponiergehabe bei mir keine Wirkung zeigt, zieht er die Lefzen hoch, zeigt mir seine Zähne und knurrt mich an.

Als ich drohend die Hand hebe, hört er sofort auf, zieht den Schwanz ein, winselt leise und duckt sich unterwürfig.

Mit einem schrillen, panischen Jaulen prescht jetzt der Leitwolf, der mir am nächsten ist, auf mich zu. Während ich hastig zur Seite springe, um den Fluchtweg für das Rudel freizumachen, flitzt er durch die Tür, schlittert mit knisternden Pfoten um die Ecke und ist im Dämmer des Korridors verschwunden.

Die anderen sind nicht so mutig. Mit zitternden Flanken und eingeklemmten Schwänzen lassen sie mich nicht aus den Augen, als ich einige Schritte zur Seite trete, bis der Tisch zwischen uns steht. Dann prescht ungestüm der zweite los, gefolgt vom dritten.

Ein Wolf bleibt zurück, ein kräftiges, silbergraues Tier mit dichtem Winterpelz. Er hat seine Zähne in das Fleisch der Gämse geschlagen und zieht den Kadaver rückwärts von mir fort. Er will seine Beute verteidigen. Sein Atem geht stoßweise.

Ich nehme das lange Küchenmesser vom Tisch, mit dem Gil offenbar die Gämse aufgebrochen hat, und gehe langsam um den

Tisch herum, auf dem Steingutkrüge mit Gewürzen und Töpfe und Pfannen aus Kupfer stehen.

Der Wolf zieht sich mit seiner Beute noch weiter in die Ecke zurück, duckt sich und knurrt mich an. Er gibt nicht auf.

Während ich auf ihn zugehe, nehme ich eine kupferne Pfanne vom Tisch und schleudere sie mit aller Kraft gegen die Steinwand hinter ihm. Mit einem Scheppern kracht die Pfanne gegen die Wand und poltert neben dem Wolf zu Boden.

Panisch lässt der Wolf die Gämse los, springt mit einem schrillen Jaulen auf, flitzt schlitternd mit eingeklemmtem Schwanz über den glatten Steinboden zur Tür und ist in der Dunkelheit jenseits des Lichtscheins des Kaminfeuers verschwunden. Draußen im Schnee höre ich ihn noch knurren, als berichte er den anderen über seine heldenmütige Verteidigung der Beute, dann ist das ganze Rudel verschwunden. Kurz darauf höre ich ein durchdringendes Heulen – die Wölfe markieren ihr Revier.

Das kann eine unruhige Nacht werden!

Entschlossen packe ich die Gämse an den Hinterläufen, ziehe sie zurück zum Tisch und wuchte sie mit letzter Kraft hoch auf die Platte. Mit dem scharfen Küchenmesser schneide ich einen Bissen rohes Fleisch heraus und stecke ihn in den Mund. Ich habe Hunger. So wie damals, während der Belagerung von Byzanz.

Während auf einem Spieß im Feuer meine Abendmahlzeit einen anregenden Duft verbreitet und in der Asche darunter in einem Topf Eiszapfen zu Wasser zerschmelzen, entzünde ich mit einem Kienspan ein Talglicht. Gil wird bald zurückkehren – ich muss endlich die geheime Botschaft aus dem Versteck im Schlüssel sichtbar machen.

Kapitel 19

In der Küche
21. Dezember 1453
Kurz vor halb sechs Uhr abends

In der Flamme der Kerze verfärbt sich die Geheimtinte schemenhaft braun. Ich nehme das Pergament aus der Flamme, streiche es glatt und betrachte es.

Eine Karte der Abtei. Die Ställe für die Pferde, daneben ein Innenhof, der zu den Stufen führt, wo ich Gil und Lionel vorhin gesehen habe.

Das abgewinkelte Gebäude neben der Kirche beherbergt im obersten Stockwerk das Schlafzimmer des Abtes und das Dormitorium der Mönche. Darunter befinden sich die Werkstatt, das Scriptorium und die Bibliothek mit der Geheimkammer, darunter wiederum der Keller, die Lagerräume und die Küche.

Das Portal, das ich vorhin geschlossen habe, nachdem das Wolfsrudel geflüchtet ist, mündet auf einen Hof. Der endet vor dem Aufgang zum Châtelet und der Kirche.

Das kleine Kreuz nahe der Einsiedlergrotte macht mich stutzig.

Ist dieser Zettel eine Schatzkarte? Welcher Schatz liegt bei dem Kreuz vergraben? Das Mandylion?

Ich zögere.

Wer einen Schatz vergräbt, zeichnet keine Karte, damit er gefunden wird. Das Kreuz muss etwas anderes bedeuten. Noch ein Rätsel …

Sobald ich das gegrillte Fleisch gegessen und die Spuren meines Aufenthalts in der Küche beseitigt habe, breche ich auf.

Mit der Karte in der Hand trete ich hinaus ins Schneegestöber und schließe die Tür zum Aedificium hinter mir. Dann gehe ich einige Stufen hinunter in den Hof, der nach wenigen Schritten auf die gestuften Rampen mündet. Nach links führen verschneite Stufen hinauf zum Châtelet, dem befestigten Eingangsportal der gewaltigen Abteiburg, die an eine Templer- oder Johanniterfestung erinnert, an Krak des Chevaliers in Syrien oder an Tomar in Portugal. Majestätisch ragt der schwarze Schattenriss der Abteikirche über mir auf.

Die Kirche an der höchsten Stelle der wie aufeinandergestapelten Gebäude, Kapellen und Türme scheint aus dem schroffen Fels des Berges emporzuwachsen. Sie wird von Fialen gestützt. Wie gewaltige Torbögen, die jeweils übereinander errichtet wurden, überragen die Fialen die steilen Stufen, die zwischen Aedificium und Kirche in den Himmel hinaufzuführen scheinen, denn das Ende der Treppe kann ich wegen des niedersinkenden Nebels und des dichten Schneetreibens nicht erkennen. Die Fialen der Stützkonstruktion sind nicht so elegant und prächtig wie die von Notre-Dame de Paris, aber der Anblick der mit Schnee und Eis verzierten Bögen ist trotzdem beeindruckend.

Wieso ist diese Ehrfurcht gebietende Abtei verlassen worden?

Mit dem Blick auf meinen Plan, den ich mit der Hand vor dem Schnee schützen muss, steige ich hinauf zu einer Terrasse vor dem Eingang des Châtelets unterhalb der Abteikirche. Die Plattform endet an einer Brüstung, die in einer Schneeverwehung versinkt. Ich kämpfe mich durch den tiefen Schnee, lehne mich gegen die Mauer und blicke hinunter in den Abgrund.

Durch die dunklen Wolken kann ich die umliegenden Berge und Schneefelder nicht erkennen. Doch hinter den Baumwipfeln am steilen Felsabhang erahne ich das Tal, wo es schon Nacht geworden ist. Dort unten liegt die verlassene Templerkomturei, wo sich Adrian und Lionel verbergen. Ich stelle sie mir vor wie einen befestigten Gutshof, mit Wehrmauer und Turm und einer kleinen Kirche, die zum Teil eingestürzt ist.

Aus dem Tal dringt ganz leise Glockengeläut zu mir herauf. Und Kanonendonner. Ich halte den Atem an. Der Donner wird immer lauter.

Glockenläuten und Kanonendonner.

Ein tosender Feuersturm – der Lärm der Schlacht sirrt in meinen Ohren. Ich bin so angespannt, so konzentriert, dass ich beinahe zu Tode erschrecke, als sich plötzlich eine Hand auf meine Schulter legt.

Ich wende mich zu ihm um.

Kapitel 20

Vor dem Portal des Châtelets
21. Dezember 1453
Kurz vor sechs Uhr abends

Es ist Konstantin. Wie ich trägt er Helm und Harnisch. »*Deckung!*«, brüllt Tannhäuser hinter mir.

Konstantin packt mich an der Schulter und reißt mich zu Boden, als wieder ein Pfeilhagel auf uns niedergeht. Brandpfeile sirren über uns hinweg, prallen auf den Wehrgang und setzen die Holzbalken in Brand. Ein Pfeil kracht in ein Pulverfass neben einer Kanone. Es explodiert mit einem dumpfen Knall und einer schwarzen Rauchwolke. Ein kleiner Junge, sieben oder acht Jahre alt, der beim Nachladen der Geschütze hilft, bricht zusammen. Sein abgerissener Kopf rollt über die Holzplanken. Gequält wende ich den Blick ab.

Konstantin sieht mich von der Seite an. »Dein künftiger Gemahl hat mir gesagt, was du vorhast.«

Die Mauer zittert und bebt unter dem ohrenbetäubenden Aufprall einer neuen Kanonenkugel. Steinsplitter und Staub prasseln auf uns nieder und rauben uns den Atem. In meinen Ohren sirrt es laut und schrill. Ich bin beinahe taub.

War das der letzte Schuss? Nein! Ich lehne mich über die Brüstung und beobachte aufmerksam die Türken, die den Belagerungsturm näher heranschieben. Jetzt ist er nur noch fünfzig Schritte von der Mauer entfernt.

Während der Nacht haben die Türken den gewaltigen Turm, der die Bastionen der Außenmauer überragt, bis an den Graben herangerollt. Mein Blick gleitet über den hölzernen Rahmen, der mit steifen Kamelhäuten und eisernen Schutzschilden behängt ist. Sie schützen die Besatzung, die auf Leitern im Turm hinauf- und hinunterklettern kann, vor den Bolzen aus unseren Armbrüsten. Vorhin habe ich einige Schuss abgefeuert, doch die Bolzen, die sonst einen Stahlpanzer durchschlagen können, prallten an den Kamelhäuten ab. Von der Plattform auf dem Turm kann eine Zugbrücke zur Erstürmung der Mauer heruntergelassen werden. Der untere Teil des Turms ist mit Baumstämmen, Reisig, Steinen und Erde gefüllt und daher so stabil, dass selbst unsere Kanonen ihm nichts anhaben können. Damit schütten die Türken den Graben vor unserer Mauer zu, während ein dichter Pfeilhagel der Bogenschützen, die den Grabungsarbeitern Deckung geben, uns daran hindert, sie aufzuhalten.

Die Türken bereiten sich also auf einen Sturmangriff auf den Mauerabschnitt vor, der unter meinem Kommando steht. Schon heute Nacht kann die Stadt fallen. Daher ist es mein Plan, den Turm zu sprengen.

»Ich will nicht, dass du gehst!«, ruft Konstantin. Er ist genauso taub wie ich. »Viel zu gefährlich.«

Ich lache. »Ist das ein Sprüchlein für meine Sammlung berühmter letzter Worte?«

Er atmet tief durch. »Du könntest sterben.«

»Auf dem Weg in die Hölle nehme ich ein paar Türken mit.«

Er ringt die Hände und stöhnt verzweifelt. »O Gott, Sandra!«

»Konstantin, lass mich! Du glaubst doch nicht im Ernst, dass Mehmed dich oder mich am Leben lässt, wenn er die Stadt erobert?« Ich deute hinüber zum Padişah, der gerade an den Reihen seiner vorrückenden Männer vorbeigaloppiert, um sie anzutreiben.

Konstantins Blick folgt meinem ausgestreckten Arm. Langsam schüttelt er den Kopf. »Die venezianische Flotte wird nicht mehr rechtzeitig kommen. Unsere Vorräte an Waffen, Munition und Lebensmitteln reichen nur noch für wenige Tage. Die meisten Verteidiger sind verwundet, Männer, Frauen, Kinder und Greise. Byzantiner, Venezianer und Genuesen. Keiner deiner Römer ist unverletzt.«

»Die Hoffnung stirbt zuletzt.«

Er lacht verbittert. »Sie ist schon tot, Sandra. Und mit ihr die katholisch-orthodoxe Kirchenunion.«

»Konstantin ...«

»Wozu hat sich der allerheiligste Kaiser des Imperium Romanum, der Stellvertreter Christi auf Erden, dem Bischof von Rom unterworfen? Sag's mir! Wozu habe ich mich gedemütigt, wenn der römische Bischof sein Versprechen nicht hält, mich gegen die Feinde des christlichen Glaubens zu schützen?«

Ich weiß, wie er sich jetzt fühlt: verraten und verkauft. Ich bin genauso enttäuscht wie er.

»Sechstausend römisch-katholische und griechisch-orthodoxe ... bitte verzeih ... *unierte* Christen gegen hunderttausend Muslime.« Er deutet über die Mauer auf Mehmeds Truppen. »Wann wird das Banner des Propheten über der Kuppel der Hagia Sophia wehen? Wann werden die Gebetsrufe der Muezzins über Konstantinopolis ... bitte entschuldige ... Istanbul erklingen?« Er schnaubt verächtlich.

»Papst Nikolaus wird Schiffe entsenden, um uns zu retten.«

»Glaubst du noch daran?«, fragt mein Schwager so leise, dass ich ihn in dem Geschrei, das uns umgibt, kaum verstehen kann.

Seine Frage ist berechtigt, nachdem gestern im Marmarameer ein Schiff gesichtet wurde, das von einem Geschwader türkischer Galeeren verfolgt und beschossen wurde. Im Schutz der Dunkelheit wurde die Sperrkette über das Goldene Horn geöffnet, um den Segler in den Hafen zu lassen. Zwanzig Tage zuvor hat er sich auf der Suche nach der Flotte des Papstes mit einer türkischen Flagge an der Mastspitze durch die Linien der türkischen Schiffe gemogelt. Er hatte die Inseln der Ägäis nach venezianischen Galeeren abgesucht – vergeblich. Daraufhin hatte die Besatzung wieder Segel gesetzt: zurück nach Byzanz. Konstantin hatte Tränen in den Augen, als er gestern erfuhr, dass wir nicht gerettet werden.

»Dum spiro spero«, sage ich. »Solange ich atme, hoffe ich.«

Glaube, Hoffnung und Gottvertrauen klingen anders.

Das dumpfe Grollen einer heftigen Explosion lässt den Boden unter unseren Füßen erbeben. Selbst der gewaltige Belagerungsturm schwankt und droht umzukippen. Die Türken versuchen immer noch, mit tief unter der Erde vorangetriebenen Stollen die Blachernen-Mauer zu untergraben. Vermutlich haben es meine Männer geschafft, den Stollen zu sprengen. Aber wie lange wird die Innenmauer diesen Belastungen noch standhalten, bevor sie einstürzt? Der wochenlange Dauerbeschuss durch Mehmeds Kanonen hat sie brüchig gemacht. Die Außenmauer liegt schon in Trümmern, die erste Bresche für den Sturmangriff ist geschlagen.

Ich blicke über die Mauerbrüstung nach unten. Der Belagerungsturm rumpelt unaufhaltsam näher. Die Türken legen sich mit aller Kraft in die Seile. Ein Pfeil trifft einen von ihnen ins Gesicht. Mit einem Aufschrei taumelt er zurück, direkt vor die Rollen des Turms, die ihn langsam zerquetschen. Ein anderer Türke hängt sich in das herabhängende Seil.

»Feuer!«, brüllt Tannhäuser hinter mir.

Ein grelles Licht flammt auf, als ein Katapult ein irdenes Gefäß mit Griechischem Feuer auf die Angreifer schleudert. Die Mischung aus Naphtha, Pech und Schwefel gerät sofort in Brand und verwandelt die Türken dort unten in menschliche Fackeln, die sich kreischend auf dem Boden winden.

»… für uns arme Sünder«, betet eine Venezianerin in meiner

Nähe und bekreuzigt sich. »Dein Wille geschehe! Jetzt und in der Stunde unseres Todes. Amen!«

»Nachladen!«, kommandiert Tannhäuser, während ein Bote ihm hastig Bericht erstattet.

Die junge Frau wuchtet mit letzter Kraft ein neues Geschoss mit Griechischem Feuer in die Schleuder des schon wieder gespannten Katapults.

»Feuer!«

Der Funkenschweif einer brennenden Lunte zischt über mich hinweg.

»Federico!«, brülle ich.

Friedrich von Tannhausen, genannt Tannhäuser, der deutsche Kommandant meiner Bravi, stürmt in geduckter Haltung herbei. Er nickt dem Kaiser zu, dann sieht er mich an. »Euer Gnaden?«, brüllt er gegen den unablässigen Kanonendonner an.

»Wie ist die Lage?«

»Johannes Grant, der deutsche Baumeister, scheint den Verlauf des türkischen Stollens so genau berechnet zu haben, dass wir mit unserem Gegenstollen hineinstoßen konnten, um das Stützwerk in Brand zu stecken und den Gang zu sprengen«, berichtet er. »Er ist über den Türken eingestürzt.«

»Wie geht es dem Conte Orsini?«

»Seine Gnaden sind unverletzt.« Tannhäuser grinst. »Alle wichtigen Teile sind noch dran.«

Ich lächele matt über seine respektlose Bemerkung, die Konstantin verletzt haben muss. »Tut mir leid.«

Konstantin winkt müde ab. »Er schenkt dir seine Liebe. Ich hatte dir nur ein Kaiserreich anzubieten.«

»Das Letzte, was ich in meinem Leben besitzen werde, ist meine Freiheit. Du weißt, unter welch großen Verlusten ich sie errungen habe. Für keinen Schatz, keine Macht und keine Krone dieser Welt werde ich sie jemals aufgeben.«

Mein Schwager atmet tief durch und nickt stumm.

Ich wende mich an Tannhäuser. »Los jetzt!«

Der schwäbische Ritter, der schon seit meinem Abenteuer in Ägypten vor drei Jahren in meinen Diensten steht, hastet über den Wehrgang. Er trommelt ein paar Männer zusammen.

Ich verabschiede mich von Konstantin. »Du hältst die Stellung.«

Er umarmt mich und hält mich fest. »Ich werde für dich beten.«

»Ein Gebet kann nicht schaden. Aber Sperrfeuer auf die türkischen Linien wäre wirkungsvoller.«

Konstantin eilt in geduckter Haltung über den Wehrgang zur Treppe. Dann ist er hinter einer Kanone verschwunden.

Tannhäuser kommt zurück. »Wir sind bereit!«

»Wie viele?«

»Achtundzwanzig. Alle, die noch leben. Keiner will zurückbleiben. Und da sind noch zwei Hospitaliter von Rhodos, die um Eure Erlaubnis bitten, uns zu ...«

»Ich wusste gar nicht, dass Johanniter in der Stadt sind.«

»Nur drei, Euer Gnaden. Fra Diniz aus Portugal und Fra Galcerán aus Aragón. Beide haben in Rhodos gegen die Mamelucken gekämpft, als der ägyptische Sultan die Festung der Johanniter erobern wollte. Fra Galcerán ist ein Kommandant des Ordens. Der dritte, Fra Gil, wird seit gestern vermisst. Vielleicht ist er gefall...«

Ein erneuter Einschlag direkt unter uns übertönt seine Worte. Wie eine glühende Woge brandet die heiße Luft über uns hinweg und wirft mich um. Hart pralle ich mit dem Kopf auf die Holzbohlen des Wehrgangs und bleibe benommen liegen. Abgerissene Glieder, an denen noch Kleiderfetzen hängen, Knochensplitter, Mauerreste und Blut regnen auf mich herab. Mehr ist von dem jungen Mann, der drei Schritte neben mir stand, nicht übrig geblieben.

Mehmed, du verdammter Mistkerl! Ich weiß, der Schuss galt mir!

Mit dem Handrücken wische ich mir über das Gesicht und

richte mich auf. Das Donnern Tausender Stimmen, die in tosenden Jubel ausbrechen, bestätigt mir, dass wir schon wieder einen schweren Treffer abbekommen haben. Vermutlich ist ein Stück aus der Mauer herausgebrochen.

»Sag den Fratres, sie können uns begleiten«, keuche ich. Die Staubwolke raubt mir den Atem, und ich muss husten. »Wir können jeden Mann gebrauchen. Und sag ihnen, die Befehle gebe ich.«

»Das wissen sie.«

»Dann los!« Ich ziehe das Fläschchen mit dem Haschisch hervor und trinke es halb leer. Dann reiche ich es mit zitternder Hand an Tannhäuser weiter.

Er nimmt einen tiefen Schluck. Dann gibt er mir das Fläschchen zurück. Mein Zittern kommentiert er nicht – er ist ein feiner Kerl. Manchmal eigensinnig und widerspenstig, manchmal vorlaut und frech, aber immer zuverlässig. Und immer in meiner Nähe, um mein Leben mit seinem zu schützen. So mag ich meine Jungs, hart und entschlossen.

Ich stopfe den Korken zurück und schiebe das Fläschchen wieder unter meinen Harnisch. Die berauschende Wirkung wird bald einsetzen. Sie wird mir helfen, das Blut, das Feuer, die Schreie, den Donner, die Angst und die Schmerzen zu ertragen. »Komm jetzt!«

Kurz darauf hasten wir die Treppen hinunter zur verborgenen Ausfallpforte, die die Türken noch nicht entdeckt und in Brand geschossen haben.

»Gott sei mit euch!«, ruft irgendjemand hinter mir. »Eine Minute!«

Als die Pulverfässer rumpelnd über das Kopfsteinpflaster des Hofes gerollt werden, sehe ich mich um und blicke in die angespannten Gesichter der Byzantiner, die die Pforte hinter uns schließen werden. Hochgezogene Schultern, die gespannten Armbrüste im Anschlag. Kein Türke wird heute Abend hier eindringen.

»Gianantonio! Stefano! Giulio! Ihr nehmt die Sprengladungen!«, kommandiere ich. »Die anderen stellen sich in zwei Reihen auf! Rückt so schnell wie möglich vor bis zum Graben! Und zieht den Kopf ein!«

»Und dass ihr mir gefälligst Abstand haltet!«, brüllt Tannhäuser die Jungs an, die sich im Laufschritt in zwei Reihen formieren. »Für fünf Männer lohnt sich ein Schuss aus der Kanone. Für einen Mann wäre das Verschwendung von Munition. Sobald wir über die Geröllhalde geklettert sind, bleibt ihr in Bewegung. Also los. Wir sehen uns am Graben.«

Giulio bekreuzigt sich, Gianantonio murmelt ein Ave Maria, Stefano pinkelt an die Festungsmauer. Die anderen starren in nervöser Erwartung nach vorn und bereiten sich innerlich auf den Kampf vor.

»Es geht los, Jungs. Haltet euch bereit!« Tannhäuser sieht mich an und feixt. »'tschuldigung, Euer Gnaden. Ist mir so herausgeruscht.«

»Schon gut.« Ich winke lässig ab.

Tannhäuser weiß, was König Alfonso von Aragón vor Jahren, als ich mich entschloss, nach Granada zu gehen, über mich gesagt hat. Er bedaure meine Entscheidung, Rom zu verlassen, aufrichtig, denn ich sei der einzige Mann im Vatikan gewesen! König Alfonso und mich verbindet seit Jahren eine aufrichtige, innige und treue Feindschaft. Nachdem er das Königreich Neapel erobert hatte, ließ er wohl alle seine Landkarten verbrennen. Und so standen eines Tages seine Truppen auf meinem Hoheitsgebiet und belagerten eine meiner Burgen. Ich habe ihn wissen lassen, was ich davon halte. Der Kanonendonner war bis in den Vatikan zu hören. Der Papst hat versucht, zwischen Alfonso und mir zu vermitteln, um einen Waffenstillstand zu erreichen, hat aber irgendwann aufgegeben und mit der Faust auf den Tisch gehauen: »Schluss jetzt, alle beide! Wer welches Lehen der Kirche regiert, bestimme ich. Ich bin der Papst!« Mein Sieg über Alfonso, der meine Macht in Rom noch weiter gefestigt hat, imponierte Federico Tannhäuser. Er mag mich. Und er gibt gern ein bisschen mit mir an.

Das Tor wird geöffnet.

Mit gesenktem Kopf stürmen wir durch das Ausfalltor und hasten im Schutz des Gerölls von der eingestürzten Außenmauer nach Nordosten, in Richtung Goldenes Horn. Sobald wir uns den wegrutschenden Mauerschutt hinaufkämpfen, empfangen uns die Brandpfeile der türkischen Bogenschützen im Turm.

Der Gedanke an meinen Tod lässt mich nicht mehr los. Bis mich ein lauter Donnerhall aus meinen düsteren Gedanken reißt. Mein Helm erzittert. Der Kinnriemen, den ich nicht festgezurrt habe, weil ich dann das Gefühl habe zu ersticken, schlägt mir ins Gesicht.

Der Bravo neben mir – ich glaube, es ist Giulio – wird getroffen und geht zu Boden. Das Pulverfass rollt den Hang hinab, doch ein anderer hält es mit dem Fuß auf, hebt es hoch und schleppt es weiter.

Ein Pfeil kracht schräg gegen meinen Harnisch und fällt zu Boden, ohne mich zu verletzen. Pfeile zischen über mich hinweg.

Tannhäuser stolpert vor mir her und raubt mir die Sicht auf den Belagerungsturm. Zwei Schritte, drei, vier, dann haben wir den Graben erreicht, den die Türken mit Baumstämmen, Steinen und Erde schon fast aufgefüllt haben, um den Turm über die Geröllhalde bis zur Innenmauer zu schieben. Überall liegen schwelende Gestalten herum, die einmal Menschen waren. Schwarz verkohlte Leichen, vom Griechischen Feuer verbrannt.

Wieder eine Salve Pfeile. Ihr Zischen zerfetzt die Luft. Ich werfe mich auf den Boden und suche Schutz hinter einer Leiche. Die Erde ist nass. Sofort saugt sich meine Kleidung voll und klebt an meinem Körper. Ich zittere vor Anspannung, während ich darauf warte, dass einer der Pfeile meinen Harnisch durchschlägt.

Tannhäuser taucht neben mir auf und zupft mich am Ärmel.

»…?«

Ich verstehe kein Wort. Der Kanonendonner und das Geschrei übertönen ihn.

»*Was?*«

»…?«

Ich zucke mit den Schultern und hebe beide Hände.

»Seid Ihr verletzt?«, brüllt er mir ins Ohr.

Ich schüttele energisch den Kopf. Alles in Ordnung. »Ihr solltet hierbleiben, Euer Gnaden!«

»Wieso?«

»Weil's da vorn ein bisschen gefährlich werden könnte!«

»Ha!« Ich lache, dann springe ich auf und renne in geduckter Haltung weiter. Tannhäuser weicht nicht von meiner Seite.

Eine Kanonenkugel fliegt mit einem schrillen Pfeifen über uns hinweg und kracht in die Geröllhalde hinter uns. Der Boden schwankt wie bei einem Erdbeben. Steinsplitter spritzen in alle Richtungen und reißen tiefe Wunden. Zwei Männer, die vor mir her laufen, stürzen verletzt zu Boden.

Einer ist Gianantonio. Ich packe ihn am Halsloch seiner Rüstung und ziehe ihn hinter mir her in Deckung. Er blutet an der Schulter. Tannhäuser will mir den Schwerverletzten abnehmen, doch ich winke ab. »Das Pulverfass, Federico! Nimm es! Ich kümmere mich um …«

Der Aufprall einer Kanonenkugel reißt die Worte von meinen Lippen. Eine Woge von glühend heißer Luft brandet über uns hinweg, gefolgt von einer Salve scharfkantiger Steinsplitter. Einer bohrt sich in Gianantonios Stirn, als er sich aufrichten will. Mit einem erstickten Keuchen sinkt er zurück in den Schlamm des Grabens. Er ist tot.

Fluchend springe ich auf und renne weiter, meinen rasch vorrückenden Bravi hinterher.

Wieder ein Donner! Ich blicke zurück. Das Geschoss bohrt sich genau an der Stelle in den Graben, wo ich eben noch gelegen habe. Gianantonios Leiche ist verschwunden. Entsetzt blicke ich mich um, kann sie jedoch nirgendwo entdecken.

In diesem Augenblick fällt mir sein zerfetzter Körper vor die Füße. Ich zittere. Nicht vor Angst, sondern vor Wut. Sein Herz, aus dessen abgerissenen Adern immer noch das Blut rinnt, liegt vor mir im Dreck. Ich hebe es auf und stopfe die blutige Masse in die Tasche. Ich werde Gianantonio, der mir so viele Jahre treu gedient hat, begraben – wenigstens sein Herz.

Tannhäuser packt mich am Arm und zieht mich weiter. Seine Augen sind weit aufgerissen vor Entsetzen. Er zittert. Was hat er gesehen?

Brandpfeile bohren sich vor uns in den Boden, aber wir springen in vollem Lauf darüber hinweg und rennen so schnell wie möglich zum Turm hinüber. Die Wucht unseres Angriffs, mit dem niemand gerechnet hat, treibt die türkischen Arbeiter zurück. Sie flüchten hinter den Turm.

Zwei meiner Bravi kauern mit einem Pulverfass unterhalb des Turms, direkt vor den großen Baumstämmen, über die er vorwärtsgerollt wird. Der eine hat seinen Helm verloren, der andere reißt seine Arme hoch, um sich vor den Pfeilen zu schützen, die von oben auf ihn herabprasseln. Die Bogenschützen dort oben müssen sich weit hinauslehnen, um die beiden zu treffen, und werden so zum Ziel der Männer auf der Innenmauer. Einige Türken stürzen getroffen zu Boden.

Ein Geschoss mit Griechischem Feuer kracht hinter mir in den Sand und zerbirst in einem gewaltigen Feuerball. Ich weiche zurück, springe über die Leichen und flüchte zum Turm, wo ich erschöpft, an einen Baumstamm gelehnt, zusammensinke. Dann blicke ich zurück.

Eine menschliche Fackel stolpert aus der Feuerwand. Sie schreit vor Schmerzen. Es ist Giacomo. Er stürzt zu Boden und stirbt unter Qualen.

Gott sei dem gnädig, der den Feuerbefehl gegeben hat und der für seinen Tod verantwortlich ist.

Ein lautes Dröhnen hallt in meinem Kopf wider. Das ist das Blut, das in meinen Adern rauscht, die Anspannung, die Angst, die Wut. Denn ich bin schon wieder taub.

Ein Johanniter taucht neben mir auf und wirft sich in den Schlamm. Sein schwarzer Habit mit dem weißen Kreuz über dem Herzen ist blutig und zerfetzt.

»…«

Nichts verstanden.

»…«

Ich schüttele den Kopf.

Er hat begriffen, dass ich ihn nicht hören kann. Wortlos deutet er auf die beiden Bravi, die neben mir kauern. Sie sind tot.

Der Johanniter rückt näher. »Ich bin Fra Galcerán, Euer Gnaden!«, brüllt er mir ins Ohr. »Es ist mir eine Ehre, unter Eurem Kommando in die Schlacht zu ziehen.«

»Ihr kennt mich?«

»Wir sind uns schon begegnet, Euer Gnaden. In Ägypten. In der Zitadelle von Kairo. Vor drei Jahren.«

Ich erinnere mich an ihn. »Der Sultan wollte Euch kreuzigen lassen.«

»Und Ihr habt mir das Leben gerettet.«

»Seid Ihr immer noch ein Geheimagent des Großmeisters?«

Er blickt nach oben, brüllt »Deckung!« und wirft sich auf mich. Dann klettert er umständlich über mich hinweg zu den beiden toten Bravi und zerrt sie vom Pulverfass weg. Schließlich wendet er sich wieder zu mir um. »Ich bereite jetzt die Zündung vor. Dann bringe ich Euch hier raus.«

»Oder ich Euch.«

Er lacht. »Von mir aus.«

Tannhäuser wirft sich neben mir auf den Boden. »Wir sind so weit.«

Ich nicke. »Dann verschwindet. Worauf wartet Ihr noch?«

»Auf Euch!«

»Ich komme gleich nach.«

»Aber …«

»Nun mach schon, Federico!«

Er springt auf, winkt den Männern, ihm zu folgen, und rennt in geduckter Haltung zurück zum Graben.

Fra Galcerán dreht sich zu mir um. »Habt Ihr Feuerzeug bei Euch? Ich kann keinen Funken in den feuchten Zunder schlagen.«

Ich nestele den Feuerstein, ein Zündschwämmchen und einen Kerzenstummel aus der silbernen Zunderdose an meinem Gürtel und schlage mit meinen schweißnassen Händen etliche Funken, die aber alle verglühen, ohne dass der Zunder Feuer fängt. Doch schließlich brennt er und entzündet den Docht der kleinen Kerze, die Fra Galcerán mit beiden Händen festhält, als sei sie eine kostbare Reliquie. Dann wälzt er sich herum und hält die Flamme an die Lunte. Zischend flammt sie auf.

Er packt mich am Arm, reißt mich hoch und zerrt mich hinter sich her. »Lauft!«

Ein ohrenbetäubender Donner lässt die Luft erzittern. Die Erde bebt. Grassoden, Sand, Schlamm und Blut regnen auf uns herab. Und noch etwas anderes. Etwas Klebriges.

Verflucht!, denke ich schaudernd. Das ist Fleisch!

Nimmt der Horror denn kein Ende?

Da ist der Graben.

Fra Galcerán lässt meine Hand nicht los, als wir über die Baumstämme springen, die eine Straße für den Belagerungsturm bilden sollen.

Wie lange noch bis zur Explosion?

Nur noch wenige Augenblicke.

Weiter!

Dann geschieht es.

Mit einem Donnergetöse, als stürze der Himmel über uns ein, gehen nacheinander die drei Sprengladungen hoch. Zerborstene Holzbalken, Steine, Erde, Sand, Knochen, Fleisch, Blut, alles prasselt wie in einem Herbststurm, der das vertrocknete Laub aufwirbelt, auf uns nieder.

Irgendetwas bohrt sich durch den Harnisch in meine Seite. Der Schmerz raubt mir den Atem. Ich spüre, wie das Blut aus der Wunde rinnt.

Mit letzter Kraft stolpere ich die Geröllhalde der eingestürzten Außenmauer hinauf, rutsche auf der anderen Seite wieder hinunter, verliere auf dem rutschigen Untergrund das Gleichgewicht und stürze schwer atmend zu Boden.

»Ihr seid verletzt.« Tannhäuser hockt sich neben mich und untersucht mich.

»Es geht schon«, presse ich mühsam hervor. »Der Turm?«

»Der Sultan dürfte vor Zorn toben. Die Überreste kann er als Beißholz benutzen«, scherzt er. »Könnt Ihr Euch aufrichten? Ich will Euch den Harnisch ausziehen.«

Er hilft mir auf, zerrt an den Lederriemen und Schnallen herum und nimmt mir den schweren Brustpanzer ab, damit ich leichter atmen kann. »O Gott!« Er richtet sich auf und winkt hektisch hinauf zur Mauerbrüstung. »Eine Trage!«, brüllt er. »Und einen Arzt! Wir haben eine Verwundete!«

Meine Bravi scharen sich um uns und bilden einen Kreis.

»Wer war es?«, keuche ich und lasse mich zurücksinken.

»Unsere beiden Brüder.«

»Beide?«

Tannhäuser nickt nur.

»Unzertrennlich, im Leben wie im Tode.« Ich seufze. »Gott sei ihrer Seele gnädig.«

Meine Bravi bekreuzigen sich still.

Tannhäuser gibt mir zwei Briefe. Er hat sie aus den Taschen der beiden toten Brüder geholt, die eben eine Kanonenkugel erwischt hat. Ich falte sie auseinander und starre auf die ersten Worte, ohne sie wirklich zu lesen. Ich werde diese Abschiedsbriefe ihren Eltern geben. Wenn ich überlebe. Wenn ich nicht gefangen, gefoltert und hingerichtet werde. Wenn ich entkommen kann. Und wenn ich es bis nach Rom schaffe. Dann werde ich ihrem Vater und ihrer Mutter in die Augen sehen und sagen: Es tut mir leid, dass ich nicht besser auf Eure Söhne aufgepasst habe.

Heiße Tränen steigen mir in die Augen, und ich presse die Lippen zusammen, damit ich nicht aufschluchze, während ich die blutverschmierten Briefe zusammenfalte und sie in die Tasche stecke.

Ich ertaste etwas Warmes, Nasses … Was ist das? Das Herz … ich habe Gianantonios Herz vergessen …

»Was ist?«, fragt Tannhäuser besorgt. Die Adern an seinen Schläfen treten hervor. »Weint Ihr?«

»Ach, Quatsch.« Mit dem Handrücken wische ich mir die Tränen ab. »Ist nur die Anspannung.«

»Wir bringen Euch von hier weg. Ihr blutet stark. Ein Medicus wird Eure Wunde versorgen.«

Ich nicke. »Gut.«

Tränen über mein erhitztes Gesicht. Sie fühlen sich ganz kalt an. Ich wische sie weg.

Tatsächlich, ich weine!, denke ich erstaunt, während ich mit geschlossenen Augen auf dem Boden liege, um ein bisschen auszuruhen. Ich bin zu Tode erschöpft. Ich fühle, wie mit dem Blut das Leben aus mir herausrinnt.

Und ich kann die eisige Kälte spüren, die sich durch meinen

Körper frisst. Es fühlt sich an, als läge ich in einer tiefen Schneewehe. Als breite der rieselnde Schnee ein Leichentuch über mich. Ist das eine Nebenwirkung des Haschischs? Oder …

Ich öffne die Augen.

Es ist dunkel. Und kalt. Und stürmisch. Und es schneit in dicken Flocken.

Ich zittere am ganzen Körper. Wie gelähmt vor Entsetzen bleibe ich liegen. Versuche zu verdrängen, zu vergessen. Doch immer wieder tauche ich in die Erinnerung ein, als wolle ich mich vergewissern, dass das alles wirklich geschehen ist. Es ist wie mit einer schmerzenden Wunde oder mit einem Splitter im Fleisch, man rührt immer wieder daran, um den Schmerz zu spüren.

Wie lange liege ich hier schon?, frage ich mich benommen.

Erschrocken richte ich mich auf den Ellbogen auf und sehe mich um.

Ich bin allein.

Wo ist Tannhäuser, der eben noch neben mir kniete? Wo sind meine Bravi? Haben sie mich zurückgelassen, weil sie denken, ich sei tot?

Kapitel 21

Vor dem Portal des Châtelets
21. Dezember 1453
Viertel nach sechs Uhr abends

Dann erst bemerke ich den silbergrauen Wolf, der drei Schritte entfernt neben mir im Schnee liegt und mich hechelnd beobachtet. Mit ihm habe ich um mein Abendessen gestritten. Als ich mich aufrappele, springt er auf und sieht mich erwartungsvoll an.

»Ich bin Sandra«, sage ich. »Und wer bist du?«

Er legt den Kopf schief und guckt mich an, als sei ich nicht ganz bei Trost. Und genauso fühle ich mich. Als verliere ich langsam den Verstand.

Sandra, ist das mein richtiger Name? Heiße ich Alessandra? Oder Cassandra? Und weiter? Wie heißt mein Vater? Meine Familie? Der Ort, in dem ich geboren wurde?

In den Tiefen meines Gedächtnisses nach meinem Namen zu suchen gleicht einer Schatzsuche im Treibsand. Je tiefer du gräbst …

Also, zurück zu Frage eins: Cassandra? Oder Alessandra?

Mir ist plötzlich so schwindelig, dass ich taumele. Ich muss mich setzen. Sofort. Sonst kippe ich um. Ich lasse mich wieder in den Schnee sinken. Wie lange ich dort mit angewinkelten Beinen hocke und völlig benommen vor mich hinstarre, ohne irgendetwas wahrzunehmen, weiß ich nicht.

Irgendwann stupst der Wolf mich an. Sanft. Gefühlvoll.

Ich sehe ihn an.

»Es geht mir gut«, versichere ich ihm. »Alles in Ordnung.«

Ganz in der Nähe ertönt ein durchdringendes Heulen.

Der silbergraue Wolf richtet sich auf und antwortet.

Dann sieht er mich wieder an. Mein Zustand scheint ihm keine Angst zu machen. Mir dagegen schon.

Ich rappele mich hoch. »Na los, verschwinde.«

Als ich mich an ihm vorbeidränge und über die kleine Terrasse gehe, um zu den von verwilderten Lorbeerbüschen eingefassten Stufen zum Châtelet zu gelangen, folgt er mir. Und als ich im dichten Schneetreiben blinzelnd die dunklen Kirchenfenster hoch über mir betrachte, um herauszufinden, ob ich von dort oben abgestürzt bin, bleibt er abwartend neben mir stehen.

Das wuchtige Châtelet hat zwei hohe Stockwerke. Darüber ragt die gewaltige Kirche auf, von der ich jedoch nur drei runde Apsiden sehen kann, aus deren Fenstern Kerzenschimmer dringt. Ist das dort oben die Chorapsis mit dem Altar?

Wäre ich aus dem Fenster der Apsis gestürzt, wäre ich fünfzig Ellen tiefer auf die Stufen zum Châtelet geprallt. Das hätte ich bestimmt nicht überlebt. Ich grabe den aufgewühlten und niedergetrampelten Schnee mit dem Fuß um, kann jedoch keinen dunklen Blutfleck entdecken. Nein, hier war's nicht …

Seitlich vom Portal befindet sich eine kleine Treppe, die sich zu einem versetzt angelegten Gärtchen oberhalb der Terrasse hinaufwindet. Die Stufen weisen Spuren auf, die der Schneesturm beinahe zugeweht hat. Wer ist hier hinaufgeklettert? Ich? Galcerán? Gil? Ich trete in die Spuren, steige die Treppe hinauf zum Gärtchen und spähe um die Ecke. Da ist der Campanile.

Die hinter wild wuchernden Lorbeerbüschen versteckte Pforte ist vermutlich schon lange nicht mehr benutzt worden. Das Holz ist feucht und aufgequollen und mit gelben Flechten bedeckt. Ich klettere über die Pforte, stapfe durch das verwilderte Gärtchen und gehe den steilen Abhang hinauf, bis ich endlich den Glockenturm in seiner ganzen Größe sehen kann. Ganz in der Nähe heult das Rudel.

Mein Herz klopft bis zum Hals, nicht weil der Wolf den Kopf zurückwirft und dem Heulen antwortet, sondern weil ich plötzlich das Gefühl habe, dass ich auf dem richtigen Weg bin. Der Wind bläst mir die Haare ins Gesicht, als ich mit zitternd hochgezogenen Schultern zum Glockenturm hinaufsehe.

Er ist aus Bruchsteinen gebaut und gleicht einem wuchtigen Wehrturm, der aus einer karstigen Felszinne emporwächst. Drei hohe Stockwerke mit doppelten Spitzbogenfenstern unter einem flachen Giebeldach mit Glockenstuhl darunter. Ich stapfe weiter durch den tiefen Schnee, bis ich direkt vor der schroffen Felszinne stehe, die das Fundament des Turms bildet.

Der Schnee war aufgewühlt, bevor der Schneesturm einsetzte. Überall sind Spuren. Aber kein Blut.

Gil war hier, so viel ist sicher. Aber es ist unmöglich, seinen Spuren zu folgen, denn der Schnee ist weitläufig zertrampelt.

Ich lasse den Anblick des verschneiten Gärtchens auf mich wirken, aber er ruft keine Erinnerung hervor. Also stapfe ich in Gils Spuren weiter nach rechts hinüber, wo ein steiler Felsgrat wie eine Mauer das Ende des Gärtchens bildet. Ich lehne mich gegen den mit Schnee bedeckten Fels und spähe hinunter in den Abgrund. Ein schmaler Wehrgang. Eine Brüstung mit Zinnen. Diese Abteiburg der Benediktiner dürfte so uneinnehmbar sein wie die Abbazia di Montecassino. Als ich anerkennend durch die Zähne pfeife, spitzt der Wolf die Ohren und legt den Kopf schief.

Er folgt mir an der Felszinne entlang, bis ich stehen bleibe und mit beiden Händen den Schnee vom Felsen fege.

Plötzlich halte ich inne und spähe über den Abgrund hinweg hinauf zur Terrasse neben dem Glockenturm. Aus den Augenwinkeln habe ich eine Bewegung über mir wahrgenommen. Einen Schatten vor dem hellen Hintergrund der vom Vollmond beleuchteten Schneewolken, eine schemenhafte Gestalt, die über die Brüstung zu mir herunterblickte.

Gil?

Ich wische mir die Flocken aus dem Gesicht und blinzele hinauf. Kein Schattenriss vor den Schneewolken. Eine Sinnestäuschung?

Es war der wirbelnde Schnee, rede ich mir ein. Es muss der Schnee gewesen sein. Aber das beunruhigende Gefühl, dass ich von dort oben beobachtet werde, bleibt. Ein Schauer läuft mir über den Rücken. Hastig blicke ich mich im Gärtchen um, ob sich einer der Johanniter von hinten anschleicht, um mich zu überwältigen. Aber dort ist niemand.

Langsam atme ich aus, um mich zu beruhigen.

Nach einem langen Blick hinauf zur Terrasse neben dem Campanile und weiter zur Turmruine, wo sich das Versteck befinden muss, das ich in der Karte mit einem Kreuz markiert habe, fege ich wieder den Schnee vom Felsgrat.

Da ist es.

Das Gedächtnis des Schnees. Die im Eis eingefrorene Erinnerung an das, was ich vergessen habe.

Gefrorenes Blut.

Kapitel 22

Im verwilderten Gärtchen unterhalb des Glockenturms
21. Dezember 1453
Kurz vor halb sieben Uhr abends

Erschüttert blicke ich hinauf zu den Fenstern im Glockenstuhl des Campanile. Von dort oben bin ich heruntergefallen? Ungefähr zwanzig Ellen, bis ich auf einem vorspringenden Felsgrat aufgeprallt bin? Und noch mal zehn Ellen tiefer, bis ich mich auf dem karstigen Fels überschlagen habe und schließlich in dieser Nische des Gärtchens im Schnee liegen geblieben bin?

Ich knie mich hin und fege mit beiden Händen den Schnee zur Seite.

Blut.

Hastig fege ich weiter. Der Wolf nimmt die Witterung auf und buddelt mit. Im hohen Bogen fliegen Schnee, Gras und Erde hinter ihn.

So viel Blut.

Ich habe die Stelle gefunden.

Wie ein greller Blitz taucht plötzlich ein Bild vor mir auf: Mit weit ausgebreiteten Armen liege ich im Schnee, der von meinem Blut getränkt ist. Ich habe das Gefühl, schwerelos über meinem toten Körper zu schweben, der mit aufgerissenen Augen in den Himmel hinaufstarrt. Schnee rieselt herab und deckt mein Gesicht zu.

Blut und Schnee.

Und eine erfrorene rote Rose.

Unvermittelt taste ich nach dem Schlüssel, den ich um den Hals trage.

Dann erst bemerke ich die Rose, die sich in der finsteren Felsnische hochrankt. Ich ziehe sie aus den Schatten. Eine erfrorene blühende Rose. Wie in meinem Haschischrausch. Mit der blutigen Hand tastete der Sterbende in meinem Traum nach der roten Rose, die aus seinem Harnisch hervorrankte, und riss sie ab, um sie mir zu geben.

Ist die Rose ein Symbol für das vergossene Blut? Für das Blut, das in meiner Erinnerung von meinen Händen tropft? Oder für das Blut Christi? Enthält das Mandylion, das ich retten soll, das Gottesblut?

Oder ist die Szene eine verschlüsselte Vision im Haschischrausch? Ein Rätsel, das ich lösen muss? Der Papst, der Kaiser und der Sterbende, die mich alle auffordern, zum Schwert zu greifen, um das Mandylion zu retten …

Oder ist die Rose einfach nur das Letzte, was ich bewusst wahrgenommen habe, bevor ich starb, um nach drei Tagen von den Toten wiederaufzuerstehen?

So viel Blut. So viele Rätsel.

Eine Weile starre ich wie benommen auf den aufgewühlten Schnee, dann blicke ich hinüber zur Gartenpforte, über die ich gestiegen bin. Der Eingang des Châtelets ist von hier aus nicht zu sehen, und der Campanile und der Felsgrat, auf dem er steht, sind von der Terrasse aus nicht zu sehen.

Wie hat Gil mich hier gefunden?

Mein Blick wandert nach oben zu den Fenstern des Campanile. Nur von dort oben aus kann er mich gesehen haben.

War Gil auch dort?, durchzuckt es mich schmerzhaft. Meine Hand verkrampft sich um den Schlüssel. Habe ich gegen *beide* gekämpft?

Ich kann mich nicht erinnern.

Es gibt nur einen Weg, um herauszufinden, was da oben wirklich geschehen ist: Ich muss dort hinauf.

Ich schlittere durch das abschüssige Gärtchen, klettere über die Pforte und gehe hinunter zur Terrasse. Der Wolf folgt mir. Als ich stehen bleibe, guckt er erwartungsvoll zu mir hoch.

»Du kommst nicht mit hinein.«

In den zertrampelten Spuren gehe ich zum Portal hinauf. Der Wolf folgt mir.

Ich lehne mich gegen das wuchtige Portal. Es ist nicht verschlossen und öffnet sich mit einem leisen Quietschen.

Der Wolf will sich an mir vorbeipirschen, doch ich stelle mich ihm breitbeinig in den Weg.

Er senkt den Kopf und legt die Ohren an.

Ich trete einen Schritt zurück in die tiefe Finsternis und lasse das Portal ins Schloss fallen. Ein kurzes Kratzen an der Tür, dann ist es still.

In der Dunkelheit nestele ich das Feuerzeug aus der Silberdose an meinem Gürtel, schlage einen Funken in den Zunder, entzünde den Kerzenstummel und sehe mich um.

Ein gewaltiges Treppenhaus, dessen Gewölbe sich in der Dunkelheit über mir verliert. Eine Treppe, die aus dem Fels herausgehauen wurde, windet sich steil nach oben. Ich mache mich auf den beschwerlichen Weg. Schon nach wenigen Stufen muss ich mich hinsetzen. Keuchend nach Atem ringend, muss ich mich an der felsigen Wand festhalten, weil ich vor Erschöpfung am ganzen Körper zittere. Aber bald geht es weiter die wuchtige Wendeltreppe hinauf. Noch eine Biegung, dann noch eine. Kleine Brocken Schnee liegen jetzt auf den Stufen. Gil und Lionel müssen vorhin hier heruntergestapft sein – der Schnee kann nur von ihren Stiefeln stammen.

Eine letzte Kehre, dann sehe ich vor mir den gewölbten Torbogen mit der Tür, die zur Freitreppe hinausführt.

Das Portal ist nur angelehnt. Ich trete hinaus ins Schneetreiben und stehe auf einer kleinen Terrasse. Der böige Wind bläst die Kerze aus, bevor ich die Flamme mit der Hand schützen kann. Ich stecke den Stummel zurück in die Zunderdose. Dann sehe ich mich um. Links von mir, hinter der niedrigen Brüstung, gähnt der Abgrund. Vor mir gibt es eine kleine Tür, die ins Aedificium führt. Nach rechts führt die verschneite Freitreppe hinauf zur Kirche. Wie gewaltige Torbögen überragen die Fialen der Kirche die Treppe. Das Ende kann ich im dichten Schneetreiben nicht erkennen. Es geht also noch weiter hinauf.

Keuchend vor Anstrengung kämpfe ich mich in Gils und Lionels Fußstapfen durch den tiefen Schnee nach oben, und ich fühle mich dabei, als besteige ich den Gran Sasso. Mit zitternden Knien lasse ich mich in den festgefrorenen Schnee sinken. Bis zur Kirche sind es noch etliche Stufen. Und dann ist da noch die Wendeltreppe im Glockenturm. Und ich bin jetzt schon abgekämpft …

Tief durchatmen, dann muss ich weiter. Ich habe nicht die ganze Nacht Zeit. Gil wird bald zurückkehren.

Taumelnd schleppe ich mich weiter die Stufen hinauf, bis ich schließlich das Portal der Abteikirche erreiche. Hinter mir befindet sich die Tür zum Dormitorium, durch die Gil vorhin hereingepoltert ist. Wo sind er und Lionel gewesen? In der Kirche!

Ich schiebe das Portal auf und trete ein.

Die riesige Basilika ist schlicht, kalt und dunkel. Der schwache Lichtschein der flackernden Kerzen kämpft vergeblich gegen die Finsternis, in der ich das niedrige Kreuzgratgewölbe und die wuchtigen Pfeiler, die die drei Schiffe tragen, nur erahnen kann. Der schwere, süße Weihrauchduft sieht aus wie dichter Nebel und schlägt sich wie Raureif an den romanischen Steinwänden nieder. Das Weihwasser im Steinbecken neben dem Portal hat eine Schicht aus Eis.

Ich zerschlage sie, aber ich bekreuzige mich nicht. Aber wieso?

Ich weiß es nicht. Meine nassen Finger wische ich an meiner Jacke ab, während ich langsam durch den Mittelgang zum Altar und zur Chorapsis gehe. In beiden Seitenschiffen führen Treppen hinunter zu den Krypten. Eine von beiden ist von flackerndem Kerzenschein düster erleuchtet.

Ich lausche auf ein Geräusch, aber alles bleibt still. Ich werde später dort hinuntersteigen, um Galceráns Leichnam zu suchen.

Der Altarraum bietet ein Bild der Verwüstung.

Entsetzt blicke ich mich um.

Der wuchtige Altar aus Stein steht schief, als wäre er verschoben worden. An der Ecke der massiven Altarplatte ist ein Splitter herausgebrochen. Ein hölzernes Altarkreuz liegt auf den Stufen vor dem Altar. Ein gusseiserner Kerzenständer ist über die Stufen ins Hauptschiff gerollt. Zwei Kerzen liegen über den Boden verstreut. Der andere Leuchter liegt in einer Nische des Chors – er ist verbogen, als wäre er mit Wucht gegen die Wand der Apsis geschleudert worden. Oder gegen den Altar. Der geschnitzte Prunksessel des Abtes ist umgestürzt.

Ein Kampf auf Leben und Tod, schießt es mir durch den Kopf. Galcerán und ich haben um den Besitz des Schlüssels gerungen. Aber wieso ist der Altar verrückt worden? Hat Galcerán dort nach dem Versteck des Mandylions gesucht?

Ich empfinde nichts, obwohl ich mich auf meine Gefühle konzentriere, auf meine Schmerzen, meine Angst, meine Wut. Dieser Ort hat keine Ausstrahlung mehr, die meine Erinnerungen zurückbringen könnte. Ist er verändert worden?

Die bewegten Bilder, die sich vor mein geistiges Auge schieben, sind verschwommen. Voller Gewalt. Und erschreckend. Aber nicht so bestürzend wie die Frage, warum Gil und Lionel in den vergangenen drei Tagen seit diesem Kampf die Spuren nicht beseitigt haben.

Oder hatte Gil den Altarraum aufgeräumt, nachdem er Galcerán und mich gefunden hatte? Hat er dann, nachdem ich aufgewacht war, ohne mich zu erinnern, alles wieder so arrangiert, wie es vorher war? Damit ich mich erinnere?

Ich atme tief durch. Ich muss auf den Campanile.

Der Weg zur Tür im linken Seitenschiff ist leicht zu finden: Eine Spur aus Blutstropfen, vermutlich das Blut der Gämse, führt mich dorthin.

Wieder entzünde ich die Kerze und gehe langsam eine endlose enge Wendeltreppe hoch. Schließlich erreiche ich durch eine Falltür das oberste Stockwerk mit dem Glockenstuhl. Der Wind, der den Schnee in den niedrigen Raum unter dem Dachgestühl wirbelt, bläst meine Kerze aus. Ich stecke sie zurück in die Zunderdose und sehe mich um.

Große Glocken, die so tief hängen, dass ich um sie herumgehen oder mich unter ihnen hindurchducken muss. Niedrige Deckenbalken. Herabhängende Seile, steif gefroren vom eisigen Wind, der durch die Kammer fegt. Und was ist das? Ich blinzele nach oben. Irgendetwas bewegt sich dort oben, irgendetwas Lebendiges …

Fledermäuse!

Reglos hängen Hunderte von diesen Viechern von der Decke des Turms herab und halten mit eingefalteten Flügeln Winterruhe. Der Wind versetzt sie in leise Schwingungen.

Schaudernd taste ich mich zwischen den Glocken hindurch und zucke erschrocken zusammen, als ich plötzlich etwas Gefrorenes ertaste. Fledermauskot? Ich rieche an meinem Finger. Nein, es ist Blut.

Wer hat sich während des erbitterten Kampfes an dieser Glocke den Kopf blutig geschlagen? Galcerán? Oder ich? Vorsichtig betaste ich die Wunde an der rechten Seite meines Kopfes. Stammt sie von dem Aufprall auf den Rand der Glocke? Oder von dem Sturz aus dem Fenster?

Mein Herz rast, als ich mich zwischen den matt schimmernden

Glocken hindurch zum Fenster schiebe. Weiße Atemwolken hüllen mich ein. Panik steigt plötzlich in mir auf, und ich muss stehen bleiben, um mich zu beruhigen. Ich zittere am ganzen Körper und kann mich kaum noch auf den Beinen halten.

Trotzdem taumele ich zum Fenster, lehne mich über die Brüstung und spähe hinunter. Zwanzig Ellen unter mir kann ich im dichten Schneegestöber einen Mauervorsprung ausmachen. Der Schnee sieht zerwühlt aus. Darunter ragt der schroffe Felsen vor, über den ich noch weiter in die Tiefe gestürzt bin. Erst in der Felsnische im verwilderten Gärtchen bin ich aufgeschlagen.

Dass ich diesen Sturz überlebt habe! Und dass ich diesen Kampf auf Leben und …

Plötzlich prallt jemand von hinten gegen mich und stößt mich beinahe aus dem Fenster. Im letzten Augenblick kann ich mich festhalten, bevor ich auf der Schneeverwehung unter der Brüstung ausgleite und stürze.

Ist es Gil?

Zu Tode erschrocken wirbele ich herum.

Nein, es ist Galcerán.

Kapitel 23

Im Glockenturm
21. Dezember 1453
Viertel vor sieben Uhr abends

Mit Wucht wirft er sich gegen mich, legt seinen Arm um meinen Hals, um den Schlüssel unter meiner Jacke hervorzuzerren, und drückt mich mit seinem Gewicht unerbittlich gegen die Fensterbrüstung.

Er will mich hinabstürzen!, denke ich panisch.

»Wo hast du es versteckt?«, brüllt er wieder und zerrt am Band um meinen Hals.

»Lass mich los!«

»Wo hast du das Mandylion versteckt?« Mit einem Ruck zerreißt das Band, an dem der Schlüssel hängt.

»Ich habe gesagt: Lass mich los!«, keuche ich, noch ganz außer Atem von unserem Kampf unten in der Kirche. Mit einem heftigen Stoße ramme ich mein Knie in Galceráns Unterleib und stoße ihn mit beiden Händen zurück. Nach Luft japsend taumelt er rückwärts gegen eine der Glocken, die zu schwingen und unter dem Aufprall dumpf zu dröhnen beginnt. Galcerán blutet aus einer Wunde am Kopf.

»Galcerán, ich hab dich gewarnt. Ich dulde keinen Verrat. Ich bringe das Mandylion zum Papst nach Rom, nicht zum Großmeister nach Rhodos.«

Er schnaubt verächtlich.

»Du weißt, was ich mit Verrätern mache!«, warne ich ihn und hebe meinen Dolch.

»Du richtest sie hin, wie Kardinal Vitelleschi.« Er wischt sich das Blut aus dem Nacken. Der Schlag hat ihn benommen gemacht.

»Er hat mich auch verraten, Galcerán. Er hat meinen Vater ermordet. Und meinen Bruder. So wie du meinen Ehemann getötet hast. Und beinahe mich. Ich dulde keinen Verrat.«

Mit einem zornigen Schrei stürzt er sich auf mich. Mit einer geschmeidigen Bewegung springe ich zurück bis zur Fensterbrüstung, reiße meinen Dolch hoch und ramme ihm die Klinge mit aller Kraft in die Halsschlagader.

Mit aufgerissenen Augen blickt er mich erschrocken an, während ich mit der einen Hand den Dolch herausziehe und ihm mit der anderen den Schlüssel entreiße. Blut spritzt aus der Wunde bis in mein Gesicht. Röchelnd sinkt er gegen meine Schulter. Er rutscht an mir herunter und reißt mich mit seinem Gewicht um, sodass ich auf der Schneeverwehung ausrutsche, gegen die Brüstung stolpere und … rückwärts aus dem Fenster stürze.

Der Schrei … der Sturz … der harte Aufprall auf dem schmalen Sims unterhalb des Turms … das Herumwirbeln im Schnee … das Abrutschen über den schroffen Felsgrat … die Stöße und Schläge gegen meinen Kopf und meine Glieder … der schmerzhafte Aufschlag unten im Garten. Und dann …

… der Tod.

Kapitel 24

Im Glockenturm
21. Dezember 1453
Viertel vor sieben Uhr abends

Bebend vor Entsetzen halte ich mich an der Fensternische fest, um nicht noch einmal zu stürzen. Erschöpft sinke ich auf die Knie, drehe mich um, rutsche mit dem Rücken an der Wand hinunter und bleibe benommen auf dem Boden des Glockenstuhls sitzen.

Ich nehme nichts mehr um mich herum wahr. Wie lange dieser Zustand dauert? Ich weiß es nicht. Als ich schließlich blinzelnd die Augen aufschlage, fühle ich mich zu Tode erschöpft. Wie lange halte ich noch durch? Und was dann? Wieder eine Ohnmacht?

Hoffentlich nicht!

Mit zitternden Fingern ziehe ich den Schlüssel unter meiner Jacke hervor, halte ihn am ausgestreckten Band und betrachte ihn im düsteren Licht der Schneewolken. Dann nestele ich umständlich die kleine Schatzkarte aus meiner Tasche.

Reiß dich zusammen, Sandra! Du hast schon ganz andere Strapazen überstanden. Zweitausend Meilen hast du geschafft, die letzten achtzig bis nach Orvieto zum Papst schaffst du auch noch. Im Stall stehen Pferde. Du musst nur hinunter ins Tal. Ist doch ganz einfach, Sandra!

Ich werde fliehen. Aber nicht ohne das Mandylion.

Entschlossen schiebe ich den Schlüssel wieder unter die Jacke und stehe ächzend auf. Meine Glieder schmerzen vor Kälte, und ich zittere am ganzen Körper. Das ist nicht mehr der Haschischrausch. Ich habe Fieber. Ich muss so schnell wie möglich zurück ins Bett und ein paar Stunden schlafen, bevor ich aufbreche.

Aber was, wenn ich nicht wieder aufwache? Was, wenn ich dieses Mal wirklich sterbe?

Ich atme tief durch.

Mit der Karte in der Hand schiebe ich mich durch die Falltür und taste mich die Wendeltreppe hinunter bis zum Portal, das ins Seitenschiff der Kirche führt. Einige Stufen tiefer öffnet sich eine Tür auf die Terrasse unterhalb des Campanile. Vorhin habe ich geglaubt, dort den Schemen gesehen zu haben, der mich im verwilderten Gärtchen beobachtete. Ich stapfe durch den knietiefen Schnee und blicke hinüber zur Brüstung.

Tatsächlich, da sind Spuren. Noch nicht zugeschneit.

Beunruhigt blicke ich mich um.

Irgendjemand ist noch in der Abtei.

Gil Alvarez und Lionel de Châtillon sind ins Tal hinabgestiegen … Ist es Adrian d'Ivrea, der mich beobachtet? Oder gibt es einen vierten Mann?

Wie es scheint, ist der halbe Johanniterorden hinter mir her.

Also zurück!

Ich schließe die Tür, schiebe mit einem Ruck den Riegel vor, und gehe die Wendeltreppe weiter hinunter. Schon bald sind die Stufen aus dem Fels herausgehauen. Ich habe die Fundamente der Abtei erreicht. Die steinernen Stufen sind noch feucht. Als habe jener vierte Mann den Schnee von den Stufen gefegt, um zumindest im Innern der Abtei keine Spuren zu hinterlassen. Sehr umsichtig. Und sehr gefährlich.

Da ist eine Tür. Ich schiebe sie einen Spaltbreit auf und spähe hinaus. Stützmauern, die bis in den Himmel hinaufreichen.

In der Düsternis zwischen den Mauern erkenne ich Spuren im

Schnee. Sie führen von … Ich werfe einen Blick auf meine Karte. Sie führen von der Einsiedlergrotte zur Tür des Campanile und wieder zurück.

Der vierte Mann. Er ist allein.

Sucht er in den Klosterruinen dort drüben nach dem Mandylion?

Mein Blick schweift über das zerklüftete Gelände bis zu den eingestürzten Ruinen, und dabei drängt sich mir eine Frage auf. Zwei Trampelpfade, einer zum Campanile, einer zurück zur Grotte. Wie lange ist dieser vierte Mann schon hier? Wahrscheinlich erst wenige Stunden! Wie ich scheint er die Abtei zu erforschen …

Der vierte Mann ist kein Johanniter!, schießt es mir durch den Kopf. Er gehört nicht zu Gil, Lionel und Adrian. Nicht der Großmeister hat ihn geschickt, sondern …

Mir stockt der Atem.

… entweder Sultan Mehmed …

… oder Papst Nikolaus …

Der Schäfer, der mich vor vier Tagen erkannt hat, kann es trotz des Schneesturms bis Orvieto geschafft haben. Wenn Gil ihn nicht getötet und im Schnee verscharrt hat.

Gil fürchtet die Rache des Papstes, der ihn und seine Henkersknechte Christi exkommunizieren wird, wenn er herausfindet, was geschehen ist.

Nein, der vierte Mann ist nicht vom Papst entsandt worden, um mich zu suchen und nach Orvieto zu bringen. Er hätte Kontakt zu mir aufgenommen, nachdem er mich beobachtet hat, und würde sich jetzt nicht vor mir verstecken. Nein, er ist nicht hier, um mich zu retten, sondern …

Gott steh mir bei!

Vier Gegner – drei wollen das Mandylion, einer will mich.

Mehmed muss wirklich wütend auf mich sein.

Ich muss unbedingt das Mandylion finden. Und dann so

schnell wie möglich verschwinden. Auf dem Weg, den der vierte Mann genommen hat, um unbemerkt von den Johannitern in die Abtei zu gelangen.

Ein letzter Blick auf die Karte: Das Kreuz befindet sich in der Nähe der Einsiedlergrotte. Ich stecke die Karte ein und mache mich auf den Weg.

In den Spuren des Assassinos stapfe ich zwischen den hohen Stützmauern hindurch und gehe einige Stufen hinunter zur Grotte, die mit einer Steinwand zugemauert und durch eine niedrige Holztür aus dicken Eichenbohlen versperrt ist.

Die Pforte ist verschlossen. Ohne ein Brecheisen komme ich nicht hinein.

Und ohne ein Schwert. Denn die Spuren des Assassinos enden vor dieser Tür.

Also gut. Ich werde einen Fluchtweg suchen über die Flanke des Berges hinunter zur Templerkomturei im Tal.

Ich folge den Spuren durch die unübersichtlichen Ruinen der alten Abteigebäude und suche nach einem Weg zwischen eingestürzten Wänden aus Bruchstein und finsteren Torbögen, die nirgendwohin führen. Wo zwischen den Trümmern kein Schnee liegt, knistert das gefrorene Gras unter meinen Stiefeln wie knackende Glasscherben.

Langsam, Sandra! Nur nicht stolpern und stürzen! Und leise! Der Assassino kann dir in jeder finsteren Nische auflauern. Er hat ein Schwert – du nicht!

Ich betrete einen überwölbten Gang und habe das seltsame Gefühl, eine finstere Höhle zu betreten. Ich taste mich immer weiter durch die Dunkelheit und höre nichts außer meinen eigenen Schritten auf den geborstenen Steinfliesen. Ich halte den Atem an.

Der Gang weitet sich zu einem hohen Gewölbe, das zum größten Teil eingestürzt ist. Über die Trümmer hinweg klettere ich hinüber zum Abgrund, lehne mich über einen Mauerrest und spähe hinunter.

Ein eiskaltes Kribbeln rieselt über meinen Rücken.

Großer Gott, da ist kein Weg. Nur ein steiler Felsabbruch und die verschneiten Baumwipfel von Bergkiefern. Der Assassino ist über den nackten Fels heraufgestiegen.

Ich starre in den Abgrund. Da komme ich niemals hinunter.

Ein Geräusch lässt mich aufhorchen.

Ein leises Knirschen im verharschten Schnee. Hinter mir.

Nicht bewegen. Und nicht atmen, denn die weiße Atemwolke kann mich verraten.

Ich lausche angestrengt.

Endlose Augenblicke vergehen, ohne dass etwas geschieht.

War das der Wolf?

Da ist es wieder! Ein leises Sirren, als ob er sein Schwert aus der Scheide zieht. Bei Frost kann die Klinge manchmal in der Scheide festfrieren. Dann entsteht so ein Geräusch.

Jetzt kommt er langsam auf mich zu.

Hastig blicke ich mich um, aber ich kann ihn im Schneegestöber nirgendwo erkennen.

Zeit zu verschwinden.

Auf allen vieren krieche ich zurück zwischen die Ruinen der Abtei, richte mich auf und flüchte um eine Geröllhalde herum zur Einsiedlergrotte. Schon will ich zu den Fundamenten des Campanile hinüberhuschen, als ich plötzlich innehalte.

Die Tür der Grotte steht einen Spaltbreit offen!

Also habe ich doch richtig gehört. Er ist mir gefolgt.

Ich zögere einen Augenblick. Soll ich?

Kapitel 25

Vor der Einsiedlergrotte
21. Dezember 1453
Kurz nach sieben Uhr abends

Wenigstens ein kurzer Blick? Diese Gelegenheit bekomme ich kein zweites Mal.

Also stoße ich die Tür beherzt auf und spähe in die kleine Einsiedlergrotte, die in den karstigen Felsen geschlagen wurde.

Rasch trete ich ein und sehe mich um. Steinquader dienen als Sitze auf dem unebenen Boden, verzogene Bretter in engen Felsnischen als Regale. Auf einem klapprigen Tisch, aus Holzabfällen gezimmert, steht eine einsame Kerze. Daneben liegt eine Satteltasche. Ein Crucifixus lehnt umgedreht an der Felswand, der Haken darüber ist leer. Hat der Assassino Jesus Christus von der Wand genommen? Oder ich?

Das Kreuz auf meiner Karte – bezeichnet es dieses hölzerne Kreuz? Denn abgesehen davon ist die Höhle leer.

Ich gehe hinüber und drehe das Kreuz um. Ich betaste es. Ich schüttele es. Nichts.

Und der Haken in der Wand? Ich ziehe daran. Kein Geheimgang öffnet sich mit Donnergrollen, kein Fluchtweg aus der Abtei, kein Geheimversteck mit einem Mandylion.

In aller Eile klopfe ich mit einem Kieselstein, den ich vom Boden aufgehoben habe, die Felswände ab und spähe in die Nischen mit den Regalbrettern.

Nein. Das Mandylion ist nicht hier.

Das Kreuz auf der Karte bezeichnet ein anderes Versteck.

Ich atme tief durch.

Aber was ist das dort, auf dem obersten Regalbrett?

Ich stelle mich auf die Zehenspitzen und taste über das in den Felsspalt verkeilte Brett. Holzsplitter, Spinnweben und Staub rieseln auf mich herab. Aber da ist noch etwas anderes. Irgendetwas aus Leder. Ich ziehe es herunter.

Eine flache Dokumententasche.

Hastig nestele ich den Verschluss auf und spähe hinein.

Pergamente, ein ganzer Stapel. Habe *ich* sie hier versteckt? Ich ziehe ein Blatt heraus. Es ist eng beschrieben, aber in der Grotte ist es zu dunkel, um die Schrift zu entziffern. Ich schiebe das Blatt zurück, schließe die Ledermappe und stopfe sie unter meine Jacke.

Nichts wie weg, bevor der Assassino zurückkommt!

Soll ich noch rasch einen Blick in die Satteltasche werfen? Sandra, lass es! Aber meine Neugier siegt. Und ich habe Glück. Der Assassino hat seinen Dolch in der Tasche gelassen. Ich betaste die Klinge. Ist sie byzantinisch? Oder türkisch? Egal, sie wird mich schützen.

Ich stecke den Dolch in meinen Gürtel und verlasse die Grotte. Ich lehne die Tür nur an, bevor ich mich in meinen Spuren auf den Weg durch den Tiefschnee hinüber zur Kirche mache.

Aus den Augenwinkeln nehme ich plötzlich eine Bewegung wahr. Ein schwarzer Schatten gleitet aus den Ruinen auf mich zu. Ein bis auf die Augen schwarz verschleierter Mann mit einem rußgeschwärzten Schwert? Ein Janitschar des Sultans?

Von panischer Angst getrieben, haste ich in geduckter Haltung zur Tür des Glockenturms. Hoffentlich ist sie nicht verschlossen.

Kapitel 26

Vor der Tür zum Glockenturm
21. Dezember 1453
Kurz nach sieben Uhr abends

Nein, die Tür des Campanile ist nur angelehnt.

Ich schiebe mich hindurch, schlage sie mit letzter Kraft hinter mir zu und lege den eisernen Riegel vor. Dann sinke ich außer Atem auf die Stufen der Wendeltreppe, lehne meine heiße Stirn gegen die mit Raureif bedeckten Steine und lausche auf meinen pochenden Herzschlag.

Wie spät ist es eigentlich? Gil will zur Vesper zurück sein. Sein Brevier liegt noch auf seinem Bett im Dormitorium.

Ich muss weiter.

Mit zitternden Knien rappele ich mich hoch und gehe die Wendeltreppe hinauf zur Kirche. Gerade will ich das dunkle Seitenschiff betreten, als ich höre, wie ein Portal zuschlägt.

Ich zucke zurück, verschwinde in der dunklen Türnische und spähe in die Kirche.

Es ist Gil.

Mit dem Brevier in der Hand fegt er sich die Schneeflocken vom schwarzen Habit, den er im Dormitorium angelegt haben muss, und wendet sich dem Weihwasserbecken zu, um sich zu bekreuzigen.

Ich halte den Atem an. Vorhin habe ich die Eisschicht zerschlagen …

Gil benetzt seine Finger und bekreuzigt sich. Dann kommt er mit forschen Schritten auf mich zu, sodass ich fürchte, er hat mich doch bemerkt.

Aber nein! Im Hauptschiff kniet er mit Blick auf den Altar nieder und bekreuzigt sich ein zweites Mal. Dann geht er nach vorn zur Chorapsis, wo er sich mit ausgebreiteten Armen auf den eiskalten Steinboden legt.

Meine Hand tastet zum Griff des Dolches, während mein Blick sich zum Portal auf der anderen Seite der Kirche wendet. Wie kann ich mich durch die Basilika bewegen, ohne dass Gil mich bemerkt?

Gar nicht.

Und wenn ich ihn töte, während er betet?

Auch nicht. Denn er wird mich hören und aufspringen, bevor ich ihn erreicht habe.

Was nun?

Mein Blick irrt durch das dunkle Seitenschiff. Wenige Schritte entfernt führt eine steile Treppe hinunter in die Krypta, aus der ein düsterer Lichtschimmer zu mir heraufdringt. Im anderen Seitenschiff gibt es noch eine Treppe nach unten in eine von Kerzen beleuchtete Kapelle. Liegt Galcerán dort unten aufgebahrt, mit Habit und Schwert?

Vielleicht sind die beiden Krypten durch einen Gang verbunden. Vielleicht kann ich diese Treppe hinuntersteigen und die andere wieder hinauf, um unbemerkt zum Portal zu gelangen …

Hoffentlich! Denn ich muss vor Gil in meinem Zimmer sein!

Der Geruch von Tod, den der kalte Weihrauchduft noch unerträglicher macht, schlägt mir entgegen, als ich lautlos die Stufen zur Krypta hinabschleiche.

Die unterirdische Kapelle, die an eine Gruft erinnert und genauso nach feuchter Erde riecht, ist aus dem Fels herausgehauen. In einer halbrunden Apsis steht ein steinerner Altar. Kein Altarkreuz, keine Kerzen. Kein Heiligenbild, kein Crucifixus an den kalten Felswänden. Sehr schlicht, das alles.

Aber Mäuse gibt es! Fiepend flüchten sie in einen finsteren Felsspalt, als ich den von Kerzenschein erleuchteten schmalen Gang betrete, der in die andere Krypta führt.

Nach wenigen Schritten zweigt nach rechts ein in den Felsen gehauener Gang ab, der mit einem Tonnengewölbe abschließt. Im düsteren Kerzenschein kann ich erahnen, dass der Gang mit Pfeilern und gemauerten Bögen abgestützt wurde. Hinter dem Lichtschein der Kerzen verliert sich der Gang in der Finsternis. Wohin führt er? Zu der Grabnische, in der ich heute Morgen lebendig begraben werden sollte?

Ich betrete die Krypta unter dem rechten Seitenschiff. Tatsächlich, vor dem Altar liegt Galcerán aufgebahrt. Mit geschlossenen Augen und gefalteten Händen, die auf dem Griff seines Schwertes ruhen, liegt er in seinem Habit auf einem behelfsmäßigen Katafalk aus aufgeschichteten Holzscheiten.

Vor dem Leichnam bleibe ich stehen und betrachte ihn.

Ist es die Erschöpfung? Das Fieber? Die Schuld, ihn getötet zu haben? Ich taumele gegen den Katafalk und muss mich an Galcerán festhalten, um nicht zu Boden zu stürzen.

Entsetzt starre ich meine Hände an. Sie sind blutig. Wie der Dolch in meiner Hand. Blut rinnt von den Wänden der Kapelle und sammelt sich in einer schimmernden Lache. Mittendrin liegt ein Mann, dessen Gesicht ich nicht erkennen kann. Er trägt den schwarzen Habit der Johanniter. Ist das Diniz? Habe *ich* ihn getötet? Neben ihm liegt ein zerknitterter Pergamentzettel, der aus einem Notizbüchlein herausgerissen wurde. Die griechische Schrift kann ich nicht lesen.

Ein Geräusch lässt mich herumwirbeln.

Ein schwarzer Schemen kommt aus den Schatten auf mich zu. Auf seinem Habit leuchtet das weiße Kreuz der Johanniter. In seiner Hand hält er ein Schwert, das von Blut trieft. Bedrohlich langsam kommt er auf mich zu.

Als er in den düsteren Lichtschein der Kerzen tritt, erkenne ich ihn. Es ist Galcerán.

»Ein letztes Gebet, Euer Gnaden. Es ist so weit.« Mit einer kraftvollen Bewegung hebt er das Schwert über seinen Kopf.

Nein, nicht auf mich. Sondern auf den Mann, der schwer verletzt zwischen uns liegt und vergeblich versucht, sich aufzurichten.

Ich lasse den blutigen Dolch fallen und ziehe mein Schwert.

»Wo ist das Mandylion?« Galcerán richtet sein Schwert auf die Brust meines tödlich verletzten Gemahls. »Gebt es mir, oder er stirbt.«

»Er ist so gut wie tot, wenn ich nicht sofort seine Wunden versorge. Seht Ihr nicht, wie das Blut aus ihm herausrinnt?«

Galcerán reagiert nicht. Das Blut des Gottessohnes ist ihm wichtiger als das Blut meines Mannes.

Wie ich diese scheinheilige Kreuzfahrerart hasse!

Ich suche mir einen sicheren Stand auf dem blutnassen Marmorboden, spanne meine schmerzenden Schultern an und hebe mein Schwert über den Kopf.

Mit einem Aufschrei stürmt Galcerán um den Katafalk herum und wirft sich mit seinem ganzen Gewicht auf mich. Ich weiche ihm aus, taumele rückwärts, stolpere dabei über den toten Diniz und stürze in die Blutlache.

Dann ist Galcerán über mir … und dann …

Nein, nicht weiter! Das ertrage ich nicht!

Der Schmerz der Erinnerung überwältigt mich. Keuchend richte ich mich auf und lehne mich mit zitternden Knien gegen Galceráns Katafalk, um nicht vor Schwäche umzukippen.

Galcerán hat Cesare getötet, als er mir mit seinem letzten Atemzug und mit seinem letzten Herzschlag beistehen wollte. Mit einem einzigen Hieb hat er ihm den Kopf abgeschlagen. Bis vor meine Füße ist er gerollt.

Stöhnend berge ich mein Gesicht in den Händen. Noch ein Ehemann, der vor meinen Augen starb! Wie viele schon? Drei! Niketas, Yared und Cesare.

Gott verfluche dich, Galcerán! Du verdammter Verräter!

Tief durchatmend streiche ich mir über die schweißnasse Stirn, dann beuge ich mich über Galceráns Leichnam, löse die Schnalle seines Schwertgurts und hänge ihn mir über die Schulter.

Ich versuche, das Schwert zu ziehen, aber die Klinge ist in der Scheide festgefroren.

Ich überlege, ob ich Galceráns schwarzen Mantel mit dem weißen Johanniterkreuz mitnehmen soll. Er könnte mir nützlich sein bei der Flucht. Nein, ich nehme nur sein Schwert mit, dann gehe ich die steile Treppe zur Kirche hinauf.

Ein rascher Blick zur verwüsteten Chorapsis: Gil liegt immer noch vor dem Altar und betet.

Nur fünf Schritte bis zum Portal!

Mit der Hand am Griff des Dolches husche ich bis zu dem Weihwasserbecken. Dann drehe ich mich leise zum Altar um.

Gil hat sich aufgerichtet. Er kniet und bekreuzigt sich.

Gleich wird er sich erheben und dann …

Kapitel 27

In der Abteikirche
21. Dezember 1453
Gegen halb acht Uhr abends

Während Gil mit schweren Schritten zum Altar hinaufgeht, weiche ich rückwärts zum Portal zurück. Doch anstatt so schnell wie möglich zu verschwinden, bleibe ich stehen.

Was tut er denn?

Gil hebt das Altarkreuz auf und stellt es auf den Altar. Dann geht er zu einem der gusseisernen Kerzenständer hinüber und sammelt die Kerzen ein, die über den Boden verstreut liegen.

Er sieht nicht in meine Richtung. Aber ich glaube, er weiß, dass ich ihn beobachte.

Hat er vorhin mein Stöhnen gehört?

Mit der Hand taste ich nach der Klinke hinter mir. Ganz behutsam drücke ich sie nach unten und ziehe die Tür einen Spaltbreit auf, damit ich unbemerkt hindurchschlüpfen kann. Sofort fegt der Wind den Schnee in die Kirche. Ich halte die Luft an.

Kein zorniger Aufschrei, keine Schritte.

Wenn Gil mich gehört hat, reagiert er jedenfalls nicht.

Leise schiebe ich mich hinaus und lasse die Tür ins Schloss fallen, dann laufe ich über die Terrasse und stoße die Tür zum Dormitorium auf.

Schnee liegt auf den Steinfliesen. Bestimmt hat Gil ihn hineingeschleppt. Hastig trete ich ein, ziehe mir die Stiefel aus, schüttele den Schnee ab und hetze an den Zellen der Mönche vorbei durch das Dormitorium. Ich reiße die Tür am anderen Ende auf, haste durch den Gang und erreiche das Schlafzimmer des Abtes.

Das Kaminfeuer ist inzwischen erloschen. Im Raum ist es frostig kalt.

Geschwind reiße ich mir die nassen Kleider vom Leib, lege sie zusammen und stopfe sie in die Reisetruhe. Den Schlüssel werfe ich auf den Tisch, wobei er zerbricht, weil das ausgerissene Gewinde nicht standhält. Egal, irgendwann wäre Gil sowieso hinter das Geheimnis des Schlüssels gekommen. Dann stolpere ich zum Bett hinüber, schiebe Galceráns Schwert unter die Matratze und den Dolch mit der gefalteten Schatzkarte, die ich in der Scheide verstecke, unter das Kopfkissen. Nackt schlüpfe ich ins Bett, drehe mich auf die Seite und ziehe die Decke hoch bis zum Kinn.

Gerade noch rechtzeitig, denn Gil stößt die Tür auf und tritt in den Raum!

Ich schließe die Augen und warte. Langsam kommt er zu mir herüber und bleibt vor meinem Bett stehen. Die Dielen knarren unter seinen Stiefeln, als er sich umwendet und sich im Raum umsieht. Den zerbrochenen Schlüssel kann er unmöglich übersehen.

Mein Atem geht schwer. Und meine Zähne klappern.

Gil setzt sich auf den Rand des Bettes und fährt mir über das Haar. »Ich bin wieder da, mein Schatz.«

Ganz sanft küsst er meine Stirn.

»¡Por Dios!«, murmelt er und legt seine warme Hand auf meine erhitzte Stirn. »Du hast hohes Fieber.«

»Gil?«, murmele ich verschlafen.

»Ja, mein Herz. Ich bin hier.«

»Mir ist so kalt, Gil«, stöhne ich mit zitternder Stimme. »Ich friere.«

Er tut es tatsächlich! Er hebt die Bettdecke an und betastet meine kalte Haut. »Du bist ja wirklich ganz kalt.«

Deine Schlussfolgerung, Gil? Hohes Fieber nach meinem Sturz ins Koma? Oder ein akuter Anfall von Schatzsucherfieber und eine ausgedehnte Expedition durch die Abtei?

Fürsorglich stopft er die Bettdecke fest um meinen Körper, beugt sich über mich, dreht meinen Kopf vorsichtig zur Seite und küsst mich auf die Lippen, zuerst sanft, dann immer leidenschaftlicher.

»Was hältst du davon, wenn ich zu dir unter die Decke krieche und dich ein bisschen wärme? Und später können wir vielleicht noch ein paar andere Dinge tun, die dir immer sehr gefallen haben …«

Ein Versuch, Gil, und du bist ein toter Mann!

Kapitel 28

In der Zelle des Abtes
21. Dezember 1453
Kurz nach halb acht Uhr abends

Ich rekele mich, taste nach dem Griff des Dolches und zwinge mich zu einem matten Lächeln. »Komm ins Bett, mein Liebster.«

»Einen Augenblick Geduld, mein Herz. Ich will erst das Kaminfeuer anzünden.« Er küsst mich voller Leidenschaft.

Sanft lässt er seine Zunge in meinen Mund gleiten. Ich bin verwirrt. Nicht nur, weil sein inniger Kuss mich zutiefst erregt. Sondern auch, weil ich mich plötzlich daran erinnere, dass er mich schon einmal auf diese Weise geküsst hat.

Gil, was ist das zwischen uns? So viele Gefühle stehen zwischen uns. Angst. Zorn. Hass. Wieso bringst du mein Herz zum Rasen, wenn du in meiner Nähe bist? Was ist damals zwischen uns geschehen, in Granada?

Ich beobachte unter gesenkten Lidern, wie er zum Kamin geht, die Asche wegfegt, die Holzscheite aufschichtet entzündet. Als er schließlich zum Bett zurückkehrt, tue ich so, als wäre ich wieder eingeschlafen.

Gil küsst mich sanft. »Ana behibek, Al-Iskandra!«, flüstert er und streicht mir über das Haar. »Ich liebe dich, mein Schatz. Nach all den Jahren und nach allem, was damals geschehen ist, liebe ich dich noch immer!«

Mit angehaltenem Atem lausche ich, wie er sich vom Bett erhebt und zum Tisch hinübergeht. Dort verharrt er kurz, als blicke er zu mir zurück, dann nimmt er die beiden Teile des zerbrochenen Schlüssels, schraubt sie zusammen und verlässt schnell den Raum.

Wie erstarrt liege ich im Bett und starre zur Decke.

Santo Cielo! Gil, was war denn *das*?

Wenn ich mich doch nur erinnern könnte, was damals war zwischen uns! Aber alles, was ich sehe, ist Blut, wie es über die Marmorfliesen im Löwenhof der Alhambra rinnt …

Nein, nein, nein!

Aufgewühlt schlage ich die Bettdecke zurück und schleiche zur Reisetruhe, in die ich vorhin meine Sachen gestopft habe. Ich ziehe die Ledermappe hervor, die ich in der Einsiedlergrotte gefunden habe, und krieche zurück ins Bett.

Fröstelnd lehne ich mich ins Kissen und ziehe das erste Pergament heraus.

Der Brief ist ein Geleitschreiben in kastilischer Sprache. Für Doña Adriana de Zafra aus Córdoba. Ausgestellt von Sultan Muhammad von Granada, gegengezeichnet von König Juan von Kastilien.

Verwirrt lasse ich das Schreiben sinken. Doña Adriana de Zafra. Hat Gil am Ende recht? Aber was ist aus dem *de Borja* geworden? Bin ich denn nun mit Kardinal Alonso Borgia und seinem Neffen Rodrigo, meinem angeblichen Cousin, verwandt oder nicht? Und mit Galcerán?

Ich lege das Schreiben neben mich auf die Bettdecke und ziehe das nächste Pergament hervor.

Noch ein Geleitschreiben. Für Alessia Santori aus Rom, die Reliquienhändlerin Seiner Heiligkeit des Papstes. Ausgefertigt und unterzeichnet von der päpstlichen Kanzlei. Mit einer ganzen Girlande von Amtssiegeln.

Soll ich weiterlesen?

Alys d'Azincourt, ein Findelkind, das am Rand des Schlachtfelds von Azincourt geboren wurde. Dem Schreiben zufolge ist Alys auf der Suche nach ihrer Herkunft. Ist sie die Tochter eines englischen Lords oder eines französischen Soldaten, der in der Schlacht fiel? Eine wirklich anrührende Geschichte: eine Frau auf der Suche nach ihrer Familie. König Charles von Frankreich muss sie geglaubt haben, denn er hat dieses Geleitschreiben unterzeichnet.

Und so geht es immer weiter …

Cassandra Calimani ist eine jüdische Gewürzhändlerin aus Venedig, die mit dem Mameluckensultan in Kairo Handel treibt. Unterschrift und Amtssiegel von Francesco Foscari, Doge von Venedig.

Ein türkisches Geleitschreiben ist nicht dabei, denke ich zynisch. Dafür ein griechisches: Alexandra Palaiologina ist eine byzantinische Prinzessin und die Schwägerin von Kaiser Konstantin!

Interessant!

Alessandra d'Ascoli ist eine Buchhändlerin aus Florenz. Ihr Buchhandelsunternehmen mit einem Scriptorium, einer Buchbinderwerkstatt und einer bedeutenden Bibliothek befindet sich im Palazzo d'Ascoli an der Piazza del Duomo in Florenz, im Schatten von Brunelleschis weltberühmter Kuppel.

Ascoli! Das ist der Name des Städtchens unweit der Abtei …

Aufgewühlt blättere ich weiter.

Al-Iskandra al-Rûmi, Alessandra die Römerin, ist die Gemahlin des Wesirs von Granada, Prinz Yared ben Netanya ben Yoel al-Gharnati.

Yared!

O Gott, ich erinnere mich an ihn …

Entsetzen steigt in mir auf, und plötzlich sehe ich wieder Blut über die Marmorfliesen im Löwenhof der Alhambra rinnen. Ein

Mann im saphirblauen Seidengewand liegt in seinem Blut. Ein weißes Turbantuch verdeckt sein Gesicht und seine dunklen Locken … Neben ihm liegt ein kleiner Junge … Elija … unser Sohn … Auch er ist ermordet worden …

Das Atmen fällt mir schwer, als ich den Dolch in Yareds Brust betrachte. Unwillkürlich fahre ich mir mit dem Handrücken über die Stirn, um das Blut abzuwischen, das mir ins Gesicht spritzte, als die fünf Hashishin auf ihn und Elija einstachen. Der mächtige Wesir von Granada ist tot. Sultan Muhammad, fassungslos über den Tod seines besten Freundes, umarmt mich und murmelt tröstende Worte. Er nennt mich zärtlich Al-Iskandra.

Nannte Gil mich eben nicht auch so, als er dachte, ich höre es nicht?

Ich betrachte den funkelnden Saphirring an meinem Finger. Meinen Ehering. Ich ziehe ihn ab und lese die eingravierte Inschrift: »›Leg mich wie ein Siegel an dein Herz! Denn stark wie der Tod ist die Liebe, wie die Feuergluten der Hölle ihre Leidenschaft. Nichts vermag ihr Lodern auszulöschen.‹«

Der Rubinring, den Gil trägt, gehörte Yared!

Von wem hat er ihn? Von mir! Nach Yareds Tod habe ich als Zeichen meiner Liebe zu ihm, die bis über den Tod hinausreicht, *beide* Ringe getragen …

Gil, du Mistkerl! Du hast mir Yareds Ring vom Finger gezogen!

Meine Hände zittern, während ich schließlich das letzte Schreiben in die Hand nehme.

Alessandra Colonna.

Mein Herz beginnt, schneller zu klopfen.

Als Contessa des Kirchenstaates ist Alessandra Colonna die Vikarin, also die weltliche Stellvertreterin von Papst Nikolaus. Als päpstlicher Legat verfügt sie über Sondervollmachten, die den Befugnissen eines Kardinals entsprechen.

»Alessandra Colonna«, sage ich, doch der Name löst keine Erinnerung in mir aus, und er verflüchtigt sich, ohne ein Gefühl zu wecken. »Ich bin Alessandra Colonna.«

Aber bin ich das wirklich?

Kapitel 29

In der Zelle des Abtes
21. Dezember 1453
Gegen zehn Uhr nachts

Mein Herz pocht, und mein Atem geht stoßweise, als ich endlich stehen bleibe und horche.

Ein leises Rauschen. Ich kann ihn hören. Er kommt näher. Schluchzend weiche ich vor ihm zurück.

Wer ist er? Was will er denn von mir?

Nur sein Gesicht ist in der tiefen Finsternis um mich herum zu erkennen. Ein Gesicht, das trotzdem nur schemenhaft zu erkennen ist.

Bin ich wieder tot?

Ist er hier, um mich zu holen?

Er kommt immer näher. Voller Entsetzen sehe ich mich nach einem Fluchtweg um. Aber es gibt nur die Finsternis. Und die Todesangst. Ich wirbele herum und fliehe weiter.

Ein endloser Gang führt aus der Kapelle heraus, an deren Wänden das Blut herabrinnt. Ein Portal. Ein hohes Gewölbe. Vollkommen schwarz. Eine Krypta. Nein, ein Ossarium. Totenköpfe, aufgestapelt in tiefen Wandnischen. Knochen, aufgeschichtet zu gruseligen Ornamenten. Blut, überall rinnt Blut über die Wände, die mit Donnergetöse einstürzen, während ich hindurchhetze. Knochensplitter, Fleisch und Blut regnen auf mich herab, dazu Schnee in dicken Flocken.

Er ist hier. Ganz nah bei mir.

Mit einem Aufschrei wende ich mich zu ihm um.

Das in der Finsternis schwebende Gesicht kommt unaufhaltsam auf mich zu. Ich weiche zurück und pralle mit dem Rücken gegen eine Wand.

Wir sind wieder in der Kapelle mit den beiden Toten, wo Galcerán sich auf mich stürzte. Es gibt keine Flucht aus diesem finsteren Labyrinth, aus diesem Kerker der Erinnerungen, aus dieser Folterkammer des Geistes, wo mir Wunden zugefügt werden, die nie mehr heilen.

Ich sehe ihm ins Gesicht. Die Finsternis um ihn herum verwandelt sich. Sie faltet sich wie ein Tuch, das sich auf mich herabsenkt, mich umschlingt, mich fesselt, bis ich mich nicht mehr bewegen kann.

Wie ein Leichentuch.

Um mich schlagend kämpfe ich dagegen an. Ich zerre an dem Laken, trete gegen die Bettdecke und werfe mich wie eine Besessene hin und her …

… bis ich schweißnass aus dem Schlaf hochschrecke. Ich zittere am ganzen Körper.

Blinzelnd öffne ich die Augen. Es ist dunkel, wie eben im Traum. Das Kaminfeuer ist wieder erloschen. Wie die Kerze, die noch brannte, als ich vorhin die Geleitschreiben las. Sie muss bis zum Ende des Dochtes heruntergebrannt sein, nachdem ich eingeschlafen bin. Ich hätte sie niemals gelöscht, denn ich habe entsetzliche Angst vor der Finsternis. Schon seit Jahren schlafe ich nicht mehr im Dunkeln ein …

Ein Knarren lässt mich zusammenzucken. Dann ein leises Klirren, wie von einem Kettenhemd.

Ein Schatten lauert am Fußende meines Bettes.

Ein Gesicht, das im Zwielicht der Schneewolken schimmert. Mit einem Körper, ganz in Schwarz gekleidet. Ein schwarzer Mantel mit hochgezogener Kapuze lässt ihn aussehen wie einen Johanniter.

Doch in seiner rechten Hand schimmert matt die gebogene rußgeschwärzte Klinge eines türkischen Kilij-Schwertes. In der linken hält er einen langen und spitzen Khanjar-Dolch.

Ich bin wie zu Eis erstarrt. Die Kälte des Todes kriecht durch meine Glieder.

Das ist also mein Ende. Sultan Mehmed hat mich gefunden.

Ich atme tief durch, schließe die Augen und warte auf den Hieb, der mich töten wird.

Stille.

Leise rieseln die Schneeflocken gegen das Fenster. Der Wind rauscht in den Zweigen der Bäume. Eine Scheibe klappert. Ein Ast knarrt.

Aber kein Schnaufen, das den Todesstoß ankündigt, kein Klirren des Kettenhemdes, kein Sirren des Schwertes, nichts.

Nur die gedämpften Geräusche einer kalten und stürmischen Winternacht.

Mit einem Ruck setze ich mich auf.

Ein eisiger Luftzug streicht durch das Zimmer.

Ich bin allein.

Kapitel 30

In der Zelle des Abtes
21. Dezember 1453
Kurz nach zehn Uhr nachts

Gehetzt sehe ich mich um: Er ist verschwunden.
Aber die Tür ist nur angelehnt. Im Gang brennt flackernd ein Licht, deshalb kann ich die Umrisse der Tür erkennen.

Mit einem Satz springe ich aus dem Bett, husche hinüber, öffne sie einen Spaltbreit und spähe in den von Talglichtern erleuchteten Gang.

Kein Hashishin des Sultans. Keine Schritte, die sich entfernen. Kein Klirren eines Kettenhemdes. Kein Schnarren, wenn ein Schwert in die Scheide zurückgeschoben wird.

Dafür aber leise Stimmen, die der eisige Luftzug über die Treppe von unten heraufweht.

Lionel und Adrian. Es hört sich an, als ob sie sich streiten. Ich kann nicht alles verstehen, nur so viel: Irgendetwas ist bald vorbei.

Aber was?

Und wo sind sie eigentlich? Im Scriptorium? Oder in der Bibliothek? Offenbar suchen sie das Mandylion …

Leise schließe ich die Tür und lehne meine heiße Stirn gegen das Holz. Das ist nur ein Traum, rede ich mir ein. Das Leichentuch, das mich erstickt. Der Janitschar. Die Johanniter. Sind sie Echos aus der Vergangenheit? Ich kann Traum und Wirklichkeit nicht mehr voneinander unterscheiden. Ich habe meine Erinnerungen verloren, und ich leide unter Wahnvorstellungen.

Ich husche zur Reisetruhe hinüber und wühle darin. Da sind die griechischen und arabischen Folianten, die goldenen Abendmahlskelche, das Reliquiar des Mandylions, die Ikone von Jesus Christus, das Leinensäckchen mit den Saphiren.

Ich nehme das mit purpurnem Samt bezogene kleine Kästchen heraus und öffne den Deckel. Konstantins Abschiedsbrief ist noch da. Das Fläschchen mit dem vergifteten Haschisch ist jedoch verschwunden.

Gil war im Zimmer, während ich schlief. Er hat die Phiole genommen. Was hat er damit vor?

Na, was wohl?

Wovor muss ich größere Angst haben? Vor dem Kilij-Schwert des Janitscharen von Sultan Mehmed oder vor Gils bedrohlichen Einschüchterungen? Sein Verhalten wird nicht nur immer mysteriöser, sondern auch immer bedrohlicher. Was habe ich ihm damals in Granada angetan, dass er sich auf so niederträchtige Weise an mir rächen will? Dass er mich hasst, obwohl er mich liebt. Dass er mich töten will, obwohl er mich gerettet hat.

Gil, ich verstehe das alles nicht! Dieses Loch in meiner Erinnerung ist wie eine Wunde, die ausgebrannt werden muss, damit sie heilen kann.

Ich ziehe mir die klammen Sachen wieder an, hole Galceráns Schwert unter der Matratze hervor und hänge mir den Gürtel um, sodass der Griff über meine Schulter hinausragt und die Klinge leicht zu ziehen ist. Die Schneide ist nicht mehr festgefroren. Mit dem Dolch, den ich unter dem Kopfkissen hervorziehe, mache ich mich schließlich auf den Weg.

Kapitel 31

Vor dem Dormitorium
21. Dezember 1453
Viertel nach zehn Uhr nachts

Das Dröhnen der Schläge, Metall auf Stein, die plötzlich durch die Gewölbe hallen, übertönt das leise Quietschen der Tür zum Dormitorium. Die Johanniter klopfen offenbar die Wände ab, um einen Hohlraum zu finden, in dem ich das Mandylion versteckt habe. Ob sie die Geheimkammer schon durchwühlt haben?

In der offenen Tür bleibe ich wie angewurzelt stehen.

Am Ende des Schlafsaals brennt noch Licht! Ich spüre, dass jemand hier ist. Mein Mund wird trocken. Ich halte den Atem an und lausche. Dann ein Rascheln, als ob eine Seite umgeblättert wird. Und ein Kratzen.

Leise husche ich an einem vorgezogenen Vorhang entlang zum Mittelgang und spähe an den Mönchszellen vorbei zum Tisch des Significator Horarium.

Dort sitzt Gil im Licht einer fast heruntergebrannten Stundenkerze, blättert in einem kleinen ledergebundenen Büchlein und kritzelt hin und wieder etwas auf ein Blatt Pergament. Er kopiert offenbar mein Notizbuch. Und das schon seit Stunden, denn neben ihm liegt ein ganzer Stapel Pergamente, die er vermutlich unten im Scriptorium gefunden hat.

Aber wozu?, frage ich mich verwirrt. Was will er mit …

Intermezzo 2

In der Zelle des Abtes
22. Dezember 1453
Viertel vor ein Uhr mittags

»Einen Augenblick, Sandra«, reißt mich der Kardinal aus meinem Bericht. »Er kopierte deine Tagebucheintragungen aus Byzanz?«

»So schien es.«

Er hebt die Augenbrauen und legt den Kopf schief, fragt jedoch nicht nach, was ich damit meine. »Und der zerbrochene Schlüssel, den er aus deinem Zimmer mitgenommen hatte, als er glaubte, du wärst eingeschlafen?«

»Der lag vor ihm auf dem Tisch. Neben einigen zerknüllten und zerfetzten Zetteln. Offenbar hatte Gil versucht, ein zusammengerolltes Pergament in den Schlüsselschaft zu stopfen.«

»Er hat also zu diesem Zeitpunkt geahnt, dass der Schlüssel eine Geheimbotschaft oder eine Schatzkarte enthalten haben konnte.«

»Genau.«

»Und dass du sie gefunden hast.«

Ich nicke. »Meinen Spuren im Schnee konnte er genauso folgen wie ich seinen«, gebe ich zu bedenken. »Als ich mit Galcerán vor dem Schneesturm in diese verlassene Abtei flüchtete, tappte ich selbst in die Falle, die ich Galcerán gestellt hatte, weil ich seinen Verrat vorhergesehen hatte. Finis Terrae – diese abgeschiedene Abtei liegt am Ende der Welt. Die Einsamkeit, die absolute Konzentration auf das Wesentli-

che, das deutet die Ordensregel der Benediktiner an, macht das Beste im Menschen sichtbar – oder das Schlechteste. Ich war Gil ausgeliefert, so wie er mir. Ich konnte nicht fliehen, ohne Spuren zu hinterlassen, denen er folgen konnte. So wie er nicht einfach die Abtei verlassen konnte.«

Er schlägt mit der Faust auf die Armlehne und flucht. »Ash-Shah mat! Ihr habt euch gegenseitig schachmatt gesetzt. Keiner von euch konnte einen Spielzug machen.«

»Nur ein einziger Zug ist jetzt noch möglich. Wer von uns das Mandylion findet, gewinnt das Spiel. Und das ist noch lange nicht vorbei. Die Regeln sind denkbar einfach: Der Sieger gewinnt alles, der Unterlegene verliert alles. Auch sein Leben.«

Er schnauft. »Du meinst es ernst.«

»Todernst.« Ich nicke. »Ich werde Gil töten.«

Er birgt sein Gesicht in den Händen und atmet tief durch.

Wenn er der ist, der zu sein er vorgibt, dann kennt er mich, seit wir beide Kinder waren. Dann weiß er, dass ich nicht zögern werde, Gil meinen Dolch ins Herz zu stoßen.

Und wenn er nicht der ist, als der er sich mir vorgestellt hat, dann darf ich ihm nicht trauen. Dann muss ich auch ihn töten.

Der Kardinal sieht mich wieder an. »Wo ist Gil eigentlich?«

Ich winke lässig ab. »Keine Sorge, dazu komm ich noch, um dich von deiner Ungeduld zu erlösen.«

»He, spann mich nicht so auf die Folter!«, beschwert er sich.

»Tu ich ja nicht! Wenn ich nicht der Reihe nach erzähle, verstehst du die Geschichte nicht. Selbst ich begreife nicht, was alles geschehen ist. Oder nicht geschehen ist.«

Genervt verdreht er die Augen und zieht eine Schnute. »Na gut, wie du willst. Zurück zu Gil: Er wusste also zu diesem Zeitpunkt, dass du in der Abtei unterwegs warst.«

»Und er ahnte, dass meine Erinnerungen an Galceráns Tod zurückkamen. Aus diesem Grund hatte er seinen Freund nach vier Ta-

gen noch nicht begraben, sondern in der Krypta aufgebahrt. Damit ich ihn finde und mich erinnere.«

»Und aus genau diesem Grund hat er Konstantins Fläschchen aus der Truhe geholt.«

»Um mich in Panik zu versetzen und in den Wahnsinn zu treiben. Er wusste, wie erschöpft ich war. Er wusste, dass ich durch meine kleine persönliche Hölle irrte, ohne einen Ausweg zu finden.«

Er schüttelt langsam den Kopf. »Gil macht mir Angst.«

»Und mir erst! Gil hat es geschafft, um mich herum einen Kerker des Geistes zu errichten, in dem ich gefangen war. Er brauchte keine Ketten, um mich an der Flucht zu hindern, keine Wärter, die mich aufhielten. Denn nur hier, in dieser Abtei, konnte ich herausfinden, was wirklich geschehen war. In Byzanz und in Granada.«

»Wie heimtückisch!«

»Du sagst es, Prospero. Denn Gil hatte mein Notizbuch mit all meinen Erinnerungen. Aber das ist noch nicht alles.«

»Was kommt denn noch?«

»Das Notizbuch war erst der Anfang.«

»Erzähl weiter, Sandra!«, drängt er und trommelt mit den Fingern ungeduldig auf die Armlehne.

Ich bin so ungeduldig wie er. Uns bleibt vielleicht nicht mehr viel Zeit.

»Wie gesagt, Gil sitzt im Dormitorium und schreibt meine Erinnerungen aus Byzanz ab …«

Kapitel 32

Im Dormitorium
21. Dezember 1453
Viertel nach zehn Uhr nachts

… an ihm vorbei kann ich also nicht in die Kirche und zum Versteck des Mandylions gelangen.

Gil hält inne und liest das, was er geschrieben hat, noch einmal durch. Dann steckt er die Feder ins Tintenfass und fährt sich mit beiden Händen über das Gesicht. Er wirkt erschöpft.

Er greift zu einem Krug, der neben ihm auf dem Tisch steht, und schenkt sich so schwungvoll ein, dass der Rotwein über den Rand des Zinnbechers schwappt, in einem Schwall über die Tischplatte rinnt und auf den Boden fließt. Gil schnauft genervt, hält den Becher unter den tropfenden Rand und schiebt mit der gewölbten Hand den Wein hinein. Dann stürzt er ihn in einem Zug hinunter. Aus seinen fahrigen Bewegungen schließe ich, dass es nicht sein erster Becher war. Gil ist dabei, sich zu betrinken.

Was quält dich so, Gil? Meine Erinnerungen an die Schlacht um Byzanz? Oder der Brief deines Großmeisters mit meinem Todesurteil?

Ich ziehe mich zurück, verlasse den Schlafsaal der Mönche und ziehe die Tür leise hinter mir ins Schloss. Dann schleiche ich zur Treppe. Von unten dröhnt noch immer Lionels und Adrians Klopfen zu mir herauf.

Meine Stiefel knirschen auf den Stufen, als ich die Treppe hinunterhusche. Die Ritter haben Steinsplitt auf die Stufen geworfen, damit ich mich nicht unbemerkt an ihnen vorbeischleichen kann. Aber Adrian und Lionel poltern derart laut in der Bibliothek, dass sie mich unmöglich hören können, als ich am Scriptorium und an der Bibliothek vorbei zur nächsten Treppe husche.

»Und wenn sie es doch in der Geheimkammer versteckt hat?«, fragt Lionel unvermittelt.

Ich bleibe stehen und lausche.

Adrian schnauft. »Wir haben doch schon alles durchwühlt.«

»Sie hat die Tür aufgebrochen«, gibt Lionel zu bedenken. »Vielleicht hat sie sich erinnert ...«

Schritte auf den Dielen der Bibliothek. Die beiden gehen offenbar zur Geheimkammer hinüber.

Leise husche ich zur Tür der Bibliothek und luge um ein Bücherregal herum in den Raum. Da sind sie. Ich wage mich noch weiter vor, damit ich sie beobachten kann. Die beiden Mönchsritter knien vor der offenen Tür der Geheimkammer und betrachten das Durcheinander aus Papyrus und Pergament.

»Das perfekte Versteck«, murmelt Lionel, während er mit spitzen Fingern in den von Mäusekot beschmutzten Büchern wühlt.

»Es stinkt.«

»Genau.«

»Und es ist ekelig.«

»Und wie.«

»Sie wirft die allerheiligste Reliquie der Christenheit nicht auf eine stinkende Müllhalde, in der sich die Mäuse tummeln.«

»Sie ist eine Häretikerin, Fra Adrian. Vor sechs Jahren haben die römischen Inquisitoren sie zum Tode auf dem Scheiterhaufen verurteilt. Sie sollte brennen ...«

»... und sie hat gebrannt – beinahe! Ich war auf dem Campo dei Fiori, am Tag des Konklaves. Nach dem Habemus Papam hat der Papst höchstselbst sie vom brennenden Scheiterhaufen geholt.«

Adrian erhebt sich und geht zwei Stufen hinunter. »Sieh mal, die Ikone da drüben …«

»Was ist damit?«, fragt Lionel. Er springt auf und späht über Adrians Schulter hinweg in die dunkle Kammer.

»Sieht auf den ersten Blick byzantinisch aus«, nuschelt Adrian. Er beugt sich vor und zieht die Ikone mit spitzen Fingern zwischen den Pergamenten und Papyri hervor. Dann hält er sie mit ausgestreckten Armen vor sich und betrachtet sie angeekelt. »Mäusekot, bäh!« Er bekreuzigt sich mit fahrigen Bewegungen.

»Sag mir, Fra Adrian: Wieso liegt eine byzantinisch-orthodoxe Ikone Jesu Christi im römisch-katholischen Müll?«

»Keine Ahnung.« Von allen Seiten betrachtet Adrian das Heiligenbild, das offenbar auf eine dicke und schwere Holzplatte gemalt wurde. Vielleicht sind es auch zwei Tafeln, die aufeinandergeleimt wurden – so genau kann ich das nicht sehen. »Die Ikone erinnert mich an die Heiligenbilder in der Kapelle des Großmeisterpalastes auf Rhodos. Oder an die Gemälde in den Kirchen auf Kreta. Derselbe Malstil. Das Blattgold. Die Farben. Das Licht und die Schatten …«

Lionel sieht ihn von der Seite an. »Bist du sicher?«

Adrian zögert und legt den Kopf schief. »Nein.«

»Könnte diese Ikone die Reliquie sein, die wir suchen?«

Adrian schüttelt den Kopf. »Niemand weiß, wie sie aussieht. Seit dem unseligen Kreuzzug von 1204, als die Venezianer Byzanz plünderten, gilt sie als verschollen, sagt Fra Gil. Die Templer brachten das Grabtuch Christi in den Tempel von Paris. Die allerheiligste Reliquie, was auch immer es ist, verschwand damals spurlos aus der Kapelle des Kaiserpalastes.«

»Und sie hat sie gefunden.«

»Es scheint so.«

Lionel pfeift durch die Zähne.

Adrian legt die Ikone zurück auf den Müll.

»Und jetzt?«, fragt Lionel irritiert.

»Alles muss bleiben, wie es war. Wenn sie sich erinnert, wird sie …«

Knirschende Schritte auf den Stufen!

Das ist Gil!

Ich flüchte durch den Gang zur Treppe. Auch die Stufen hinunter zur Küche und zu den Vorratskellern sind mit Splitt bedeckt. Ich schiebe ihn mit der Stiefelspitze zur Seite, bevor ich die Stufen betrete. Dann haste ich zum Portal, das zu den Ställen hinausführt.

Es ist verschlossen.

Kein Riegel, kein Schlüssel. Und keine Chance, die schwere Tür mit Gewalt zu öffnen. Weder von innen noch von außen. Die Abtei ist offenbar im Verteidigungszustand. Fürchtet Gil eine Belagerung durch die Truppen des Papstes? Dann ist auch das Portal des Châtelets verschlossen. Und der Weg hinauf zur Kirche ist mir verwehrt.

Ratlos sehe ich mich um.

Einige Schritte den Gang hinunter liegt die Küche. Dahinter ist das Vorratslager.

Die Abtei ist eine Festung. Jede befestigte Burg hat eine Ausfallpforte, wie die, durch die meine Bravi, Federico und ich Byzanz verlassen konnten, um den Belagerungsturm zu sprengen.

Also los!

Ich trete in den Vorratskeller, ein niedriges Gewölbe aus aufgemauerten Bruchsteinen, das in eine Felshöhle übergeht. Wasser tropft von der zerklüfteten Decke. Ich nestele mein Feuerzeug aus der Silberdose und entzünde den Kerzenstummel, um mich umzusehen.

Keine Kisten und Säcke, also keine Vorräte. Nur ein einsames Weinfass mit einer hölzernen Schöpfkelle entdecke ich zwischen den Säulen. Mit dem Fuß trete ich gegen das Fass. Es ist schätzungsweise halb voll. Ich befestige meine Kerze mit einigen Tropfen Wachs auf einem Sims und hebe den Deckel an. Rotwein. Ich leere eine Schöpfkelle und stille meinen Durst. Dann hänge ich die Kelle wieder ans Fass, schließe den Deckel, löse die Kerze, kratze mit dem Fingernagel das Wachs vom Sims und gehe mit meiner Kerze weiter zu einer Tür am anderen Ende des Kellers.

Sie ist nicht verschlossen. Ich spähe in den Gang dahinter. Er ist aus dem Fels herausgehauen und führt einige Schritte abwärts, bevor er auf einen anderen Gang stößt. Ich muss die Kerze mit der Hand schützen, damit der eisige Windhauch, der von links heraufweht, die Flamme nicht ausbläst. Nach wenigen Schritten verschwindet der felsige Korridor in der Finsternis außerhalb des flackernden Lichtscheins.

Der Duft der Freiheit weht mir entgegen, während ich langsam über den glitschigen Fels hinuntersteige. Tatsächlich, nach wenigen Schritten erreiche ich den Ausgang. Als ich nach draußen blicke, erkenne ich schemenhaft ein verschneites Wäldchen unweit der Abtei.

Endlich! Ein Fluchtweg.

Ich gehe dorthin zurück, wo der Vorratskeller abzweigt, dann gehe ich weiter hinauf. Der Korridor wird enger, niedriger, steiler. Und glitschiger.

Ist das Fledermauskot?

Mein Blick huscht zur Decke.

O Gott! Es sind Tausende. Dicht an dicht hängen sie mit eingefalteten Flügeln regungslos von der Decke. Und ich muss unter ihnen hindurch.

Mein Herz rast, als ich die schmerzenden Schultern anspanne und mich darauf vorbereite, mich sofort auf den Boden zu werfen, sobald ich eine Fledermaus angestupst und aufgeweckt habe.

Doch das Mistvieh reagiert nicht. Kein schrilles Kreischen, kein Flattern, kein Exodus der Massen.

Totenstille.

Ein erneuter Stups mit dem Finger, kräftiger dieses Mal.

Wieder nichts.

Ich nehme all meinen Mut zusammen, packe eine Fledermaus, ziehe sie herunter und werfe sie hinter mir in den Gang.

Immer noch nichts.

Mit hochgezogenen Schultern gehe ich den Gang weiter hinauf und achte darauf, dass der Griff meines Schwertes nicht an den Fledermäusen hängen bleibt.

Der Gang beschreibt eine leichte Biegung nach rechts, dann geht es weiter geradeaus, bis er an einer Treppe vorbeiführt. Sieben Stufen. Dahinter ein Portal. Ich schiebe es auf und betrete ein gewaltiges Treppenhaus. Mit der Kerze in der erhobenen Hand sehe ich mich um. Ich bin im Châtelet. Die gewundene Treppe führt hinauf zur Kirche und zum Dormitorium.

Ich gehe zum Portal hinüber und ruckele daran. Es ist fest verschlossen. Offenbar befürchtet Gil, dass bald die päpstlichen Truppen vor den Toren der Abtei aufmarschieren. Ich schnaube und stoße eine weiße Atemwolke aus. Du warst doch auch dort, Gil! Du weißt doch, dass der Papst keine Galeeren geschickt hat, um uns zu retten!

Wütend wende ich mich um und gehe in den geheimen Gang zurück, der noch hundert Schritte weiter aufwärts führt. Er endet in einem kleinen Raum mit einer Treppe, die zu einer Tür hinaufführt. Sie ist nur angelehnt.

Durch den Spalt kann ich die verschneiten Ruinen sehen. Ich muss mich irgendwo in der Ruine des eingestürzten Turms befinden. Vor mir liegt die Treppe hinunter zur Einsiedlergrotte. Von dort führen Spuren bis hierher.

Der Hashishin?, denke ich beunruhigt. Dann habe ich vorhin also doch nicht von ihm geträumt?

Ich greife über meine Schulter und ziehe mein Schwert.

Dann stoße ich die Tür auf. Sie kracht gegen eine Mauer. Ohne zu zögern, stürme ich hinaus ins Schneegestöber.

Kapitel 33

In den Ruinen der Abtei
21. Dezember 1453
Kurz nach halb elf Uhr nachts

In geduckter Haltung hetze ich in den zertrampelten Spuren hinüber zur Einsiedlergrotte, die unter einer dicken Schneeschicht fast verschwindet.

An dieser Stelle habe ich ein Kreuz auf die kleine Schatzkarte gemalt. Ich blicke mich um. Da ist der Campanile, darunter die Tür mit der Wendeltreppe hinauf zur Kirche, die im wirbelnden Schnee jedoch nicht zu sehen ist. Da sind die hohen Stützmauern. Ich wende mich um und betrachte die eingestürzten Gebäude. Wozu dienten sie?

Als Gästesaal und als Pilgerhospiz!, schießt es mir durch den Kopf. Die Besucher der Abtei waren streng getrennt von den Mönchen, die in der Klausur lebten.

Und wo in diesem Labyrinth aus Schutthalden eingestürzter Mauern und Türme, offener Gewölbe und Treppen, die nirgendwohin führen, ist das Versteck des Mandylions? Ich stecke die Karte ein und mache mich auf die Suche. Ich stochere in finsteren Nischen unterhalb von Treppen, wühle in Geröllhalden, stöbere in Torbögen, in denen im Sommer das Gestrüpp wuchert.

Nichts.

Dann stehe ich am Rand des Abgrunds. Einen Schritt weiter, und ich würde in die Tiefe stürzen. Der Boden des Ossariums war von einer Seite zur anderen aufgerissen. Das Gewölbe über mir war zerborsten. Die Außenwand, die über dem Felssturz aufragte, ist zusammengefallen und in die Tiefe gestürzt, vermutlich als während eines Erdbebens ein Teil des Felsuntergrunds abbrach. Die Trümmer liegen irgendwo dort unten zwischen den Bäumen.

Ich wende mich um. Der dreischiffige kirchenartige Bau war einst das Beinhaus der Mönche. In den tiefen, gewölbten Wandnischen stapelten sich die Knochen und Schädel, die jetzt über den Boden verstreut liegen.

Auf Zehenspitzen stakse ich in großen Schritten über die mit Schnee bedeckten Gebeine hinweg, um nicht auf die dicht an dicht liegenden Schädel und Knochen zu treten. Doch es ist nahezu unmöglich, die Wandnischen zu erreichen, ohne über die festgefrorenen Gerippe zu stolpern und der Länge nach hinzuschlagen.

Ein leises Glockenläuten, ganz weit entfernt, kündigt eine Erinnerung an, die ich jetzt nicht durchleiden will. In die wogende Masse der Gebeine scheint plötzlich Bewegung zu kommen. Hostienbleiche Totenköpfe wenden sich mir zu, um mich anzusehen. Knochenhände strecken sich mir entgegen, um mich festzuhalten. Du warst doch auch dort, Sandra!, höre ich sie flüstern. Wieso sind wir tot, und du lebst noch?

Auf einmal leuchtet mir zwischen den bleichen Schädeln ein im Todeskampf verzerrtes Gesicht entgegen, die blutigen Lippen aufgerissen, die Zähne gefletscht wie bei einem Tier. Durch den Schnee schimmern Hautfetzen und dunkle Haarsträhnen. Entsetzt weiche ich zurück. Es ist Konstantin.

Ich erinnere mich, dass die Türken seinen abgeschlagenen Kopf achtlos auf einen Haufen anderer Köpfe geworfen haben. Sie haben ihn nicht erkannt, weil mein Schwager seine kaiserlichen Insignien weggeworfen hatte, bevor er sich mit seinem Schwert den in die Stadt eindringenden Janitscharen entgegenstellte. Ich erinnere mich, wie sie auf Befehl von Mehmed nach seinen sterblichen Überresten suchten. Ich erinnere mich, wie ich nach meiner Flucht durch die besetzte Stadt mit Galcerán vor diesem Haufen von Köpfen stand und sein Gesicht entdeckte. Wie ich seine kalte Stirn berührte, wie ich seine Lider schloss, wie ich für ihn betete. Und ich erinnere mich, wie Galcerán mich fest in die Arme nahm, als ich weinend zusammenbrach.

Mit Tränen in den Augen starre ich jetzt den Schädel an, der mich an Konstantin erinnert. Nicht dieses Grauen! Das ertrage ich nicht! Ich wende den Blick ab und starre auf die mit bleichen Knochen und Schädeln angefüllte Wandnische, um nicht an die anderen übereinandergeworfenen Leichen in Byzanz denken zu müssen. Männer, Frauen, Kinder, Greise. Mönche, Nonnen, Priester. Drei Tage lang haben die Türken in der Stadt gewütet – geplündert, vergewaltigt, massakriert, gepfählt und angezündet. Selbst Mehmed konnte ihrem Blutrausch nicht Einhalt gebieten.

Drei Tage Apokalypse, als die Todesengel wüteten, drei Tage Hölle.

Schniefend wische ich mir die eisigen Tränen aus dem Gesicht und lege meine Hand auf den Schädel, der mich an Konstantin erinnert. Diese Geste, diese Berührung mit dem Tod, ist auch ein Abschied.

Taumelnd gehe ich weiter zwischen den Knochen und Schädeln hindurch zu einer der Wandnischen. Ein flacher Hügel inmitten der Gebeine hat meine Aufmerksamkeit erregt. Ein kürzlich ausgehobenes Grab? Kein Kreuz, kein Grabstein, aber aufgewühlter Schnee. Wer liegt hier begraben?

Ich starre den Totenhügel an, und mein Herz beginnt zu klopfen. Nein, die Frage lautet nicht: Wer liegt hier begraben? Sie lautet: *Was* liegt hier begraben?

Ich knie mich hin, hebe die Gebeine von dem Grab und fege mit beiden Händen den Schnee zur Seite. Darunter kommt Erde zum Vorschein, frisch aufgewühlt! Das Loch scheint erst vor wenigen Tagen unter den zerborstenen Bodenfliesen des Ossariums ausgehoben worden zu sein.

Ich sehe mich nach einem Werkzeug um, einer Schaufel, einem Brett, aber ich finde nichts. Mit dem Dolch stochere ich in der hart gefrorenen Erde und schiebe die herausgebrochenen Klumpen mit der Hand zur Seite.

Ich muss eine Elle tief graben, als ich plötzlich auf etwas stoße.

Eine kleine Kiste aus Holz. Schon ziemlich vermodert.

Das Mandylion?

Mit vor Aufregung zitternden Fingern grabe ich weiter, stochere mit dem Dolch um die Kiste herum, um sie freizulegen. Ich versuche, sie aus dem Loch zu heben, aber meine Finger rutschen immer wieder ab. Die Schatulle ist festgefroren. Und der Deckel? Er ist verschlossen.

Ich schiebe die Spitze des Dolches unter den Deckel, stoße ihn mit der geballten Faust tiefer in den Spalt und hebele das Schloss auf.

Langsam hebe ich den Deckel an und spähe hinein.

Kapitel 34

Im eingestürzten Ossarium
21. Dezember 1453
Viertel vor elf Uhr nachts

Eine zerlegte Armbrust. Ein Köcher mit zehn Bolzen. Ein Dolch. Ein Beutel mit Goldmünzen. Und ein Siegelring. Ganz unten in der Kiste finde ich zwei blutgetränkte Pergamente.

Mein Versteck für den Notfall. Meine Ausrüstung für eine überstürzte Flucht aus der Abtei.

Ich entzünde meinen Kerzenstummel, stelle ihn auf einige Tropfen Wachs windgeschützt in die Kiste und falte die Schriftstücke auseinander.

Es sind Abschiedsbriefe. Als ich die Namen der beiden Brüder lese, die mir als Bravi viele Jahre lang tapfer dienten, krampft mein Herz sich zusammen. Wieder steigen mir die Tränen in die Augen, und meine Kehle wird eng. Ich hatte geschworen, ihren Eltern diese Briefe zu übergeben. Mit dem verschneiten Ärmel wische ich mir über das Gesicht. Dann falte ich die Briefe wieder zusammen und schiebe sie unter meine Jacke.

Mit der Klinge stochere ich in der Kiste herum, aber sie hat kein Geheimfach und keinen doppelten Boden.

Das Mandylion ist nicht da.

Ich muss erst mal tief durchatmen.

Dann erinnere ich mich an den Siegelring, der neben mir im

Schnee liegt. Ich halte ihn ins Licht der Kerze. Das eingravierte Wappen zeigt einen Löwen, der ein aufgeschlagenes Evangeliar beschützt. Hinter ihm ragt wuchtig eine Säule auf.

Während ich mit dem Finger über das fein ziselierte Wappen streiche, das mir seltsam vertraut ist, muss ich wieder an den Traum denken, in dem der Sterbende mir die Rose gibt: »Nimm sie. Die Rose gehört jetzt dir, wie die Säule. Die ganze Macht und Herrlichkeit von Rom …«

Was hat er damit gemeint? Die Säule gehört zu meinem Wappen. Sie ist das Hoheitszeichen der Colonna, des mächtigsten Familienclans in Rom neben den Orsini. Und die rote Rose? Sie ist das Hoheitszeichen der Orsini …

Ich schüttele den Kopf und versuche zu begreifen, was in jener Kapelle in Byzanz geschehen ist. Zwei Tote. Diniz, der Schwertbruder und Freund von Galcerán, und der Conte Cesare Orsini …

Mir stockt der Atem.

»Ich bin Alessandra Colonna«, sage ich mit fester Stimme und lausche dem Klang meines Namens. Ich muss mich erst wieder daran gewöhnen. »Ich bin Contessa des Patrimonium Petri. Ich regiere ein Lehen der Kirche. Ich kommandiere ein Heer. Ich bin Vikarin Seiner Heiligkeit des Papstes. Ich bin seine Stellvertreterin, seine Gesandte und seine Vertraute.«

»Und Ihr seid die Verteidigerin von Byzanz. Es ist mir eine Ehre, Euch endlich kennenzulernen, Euer Gnaden!«, sagt eine Stimme hinter mir auf Türkçe. »Ich habe lange nach Euch gesucht.«

Kapitel 35

Im eingestürzten Ossarium
21. Dezember 1453
Irgendwann vor elf Uhr nachts

Vor Schreck lasse ich den Siegelring fallen, der im Schnee versinkt. Mit dem Dolch in der Faust wirbele ich herum. Ein Yeniçeri, ganz in Schwarz gekleidet, zieht sein rußgeschwärztes Kilij-Schwert. Er ist der Janitschar, den ich vorhin an meinem Bett gesehen habe.

»Der Padişah wünscht Euch in Istanbul zu sehen, Euer Gnaden. Fatih Mehmed hat mir befohlen, Euch zu ihm zu bringen. Tot oder lebendig.«

Das heiße Gefühl drohender Gefahr pulsiert durch meine Adern. Ich spanne die Muskeln an und mache mich bereit, über die Schulter nach dem Griff meines Schwertes zu greifen.

»Wo ist das Mandil – das Mandylion? Fatih Mehmed will es zurückhaben!«

Das arabische Wort Mandil bedeutet Schleier oder Tuch. Ist das Mandylion ein Tuch? Mit einem nicht von Menschenhand gemalten Abbild Jesu Christi? Was will der Sultan damit? Dasselbe wie der Großmeister!, schießt es mir durch den Kopf. Dasselbe wie der Papst!

Als ich taumelnd aufstehe, bemerke ich aus den Augenwinkeln einen zweiten Schatten, der sich mit einem Schwert in der Hand über die verstreuten Gebeine nähert.

Zwei Yeniçeriler?, frage ich mich verwundert und erschrocken zugleich. Den Kampf gegen zwei Krieger aus der Elitetruppe des Sultans werde ich nicht überleben! Ich bin viel zu schwach für einen Schwertkampf gegen zwei Gegner. Und der Kampfplatz ist durch die festgefrorenen Schädel und schneebedeckten Gebeine lebensgefährlich. Ich werde stürzen. Und dann sterben.

Nein, Sandra, lass dich nicht auf diesen Kampf ein! Du kannst ihn nicht überleben. Lauf, Sandra, lauf!

Lautlos huscht der zweite Yeniçeri näher. Abrupt wende ich mich um, springe über die ausgehobene Grube und renne so schnell ich kann an den Wandnischen vorbei zum Torbogen, durch den ich das Ossarium vorhin betreten habe.

Mit erhobenem Kilij stürzt sich der Yeniçeri auf mich, brüllt »Im Namen Allahs!«, verfehlt mich jedoch mit seinem Schwert und setzt mir nach.

Und der andere? Keine Ahnung. Ich kann ihn nicht hören.

Mein Herz pumpt Eiskristalle durch meine Adern, während ich die Ruinen verlasse und an der Einsiedlergrotte vorbei zur Turmruine hetze. Ich will zum Geheimgang, der durch den Berg zum Wäldchen führt.

Mühsam ändere ich die Richtung, als plötzlich der zweite Yeniçeri aus den Schatten vor mir auftaucht. Aus den Augenwinkeln sehe ich noch, wie er die Hand hebt, um mich aufzuhalten, dann werfe ich mich herum und stürme weiter in Richtung Campanile.

Nur noch wenige Schritte!

Dann fällt mir ein, dass ich vor Stunden, als ich vor dem Hashishin geflohen bin, die Tür von innen verriegelt habe.

Fluchend renne ich weiter.

Diese Pforte ist der einzige Fluchtweg.

Ist sie verschlossen, bin ich tot.

Kapitel 36

Vor dem Portal des Glockenturms
21. Dezember 1453
Kurz vor elf Uhr nachts

Sie ist nur angelehnt.

In vollem Lauf reiße ich sie auf, stürme ins Treppenhaus und werfe mich herum, um sie zu verriegeln. Im letzten Augenblick stößt ein Stiefel in den Spalt zwischen Tür und Rahmen.

Ich wirbele herum und haste die enge Wendeltreppe hinauf zur Kirche. Er folgt mir, vier oder fünf Stufen hinter mir, gerade außerhalb der Reichweite seines Kilij.

Wie lange halte ich noch durch?

Ich bin zu erschöpft, zu schwach.

Abrupt bleibe ich stehen, wende mich mit einer geschmeidigen Bewegung um und reiße den Dolch hoch. Er ist so überrascht, dass er beinahe in meine Klinge hineingerannt wäre.

Ich halte mich an der Wand fest, hebe mein rechtes Knie und trete zu. Mit voller Wucht stoße ich ihm meinen Stiefel ins Gesicht. Es knackt. Seine Nase bricht. Durch den Aufprall verliere ich das Gleichgewicht und falle auf die Stufen. Schmerzhaft bohren sie sich in meinen Rücken.

Der Yeniçeri, dem das Blut aus der Nase schießt, stürzt rückwärts, reißt die Arme hoch und sucht Halt. Doch er rutscht ab. Er poltert mit dem schweren Kettenhemd rückwärts auf die Stufen, prallt hart mit dem Kopf auf und rutscht zwei oder drei Stufen nach unten. Scheppernd bleibt sein Kilij neben ihm liegen. Benommen versucht er sich aufzurichten.

Als ich mich aufrappele, um die Treppe weiter hinaufzuflüchten, frage ich mich, wo der andere Yeniçeri geblieben ist.

Weiter!

Da ist die Tür zum linken Seitenschiff. Im Vorbeihuschen sehe ich, dass sie weder Schloss noch Riegel hat. Ich kann mich in der Kirche also nicht verbarrikadieren. Trotzdem haste ich hinein und blicke mich um.

Schlitternd bleibe ich stehen. Während der Yeniçeri hinter mir schnaufend die Treppe heraufpoltert, sehe ich mich in der Kirche um. Im Altarraum habe ich gegen Galcerán gekämpft. Aber jetzt warten zwei Krieger auf mich.

In die Krypta!

Ich hetze die lange Treppe hinunter zu den Kapellen unterhalb der Kirche.

Da ist die Apsis mit dem Altar! Ich wende mich nach rechts und renne den schmalen Gang entlang, der zu der erleuchteten Kapelle führt, wo Galcerán aufgebahrt ist.

Da ist der Gang, der aus dem Felsen herausgehauen wurde. Er führt unter dem Hauptschiff der Kirche hindurch in die Finsternis.

Während der Yeniçeri hinter mir die Stufen heruntertrampelt, verschwinde ich lautlos in den Schatten des Ganges …

… und erstarre vor Entsetzen.

Kapitel 37

In den Krypten der Abteikirche
21. Dezember 1453
Gegen elf Uhr nachts

Ich stehe vor einer offenen Grabnische. Ist es die, in der ich heute Morgen lebendig begraben wurde?

Ich spähe hinein. Tatsächlich, eine stark verweste Mumie. Lederne Haut, die sich über stark hervortretenden Wangenknochen spannt. Vertrocknete Augenlider. Schütteres, durch die Verwesung rötlich verfärbtes Haar. Neben diesem Leichnam habe ich gelegen.

Mein bestürzter Blick fällt auf die Inschrift auf der Steinplatte, die unterhalb der Gruft an der Wand lehnt.

ALESSANDRA COLONNA ORSINI
FILIA LUCAE D'ASCOLI

NATA ROMAE 2 APRILIS 1415
MORTUA CONSTANTINOPOLI 29 MAII 1453
COMITESSA & VICARIA PAPAE & LEGATA
PONTIFICIS SANCTAE ROMANAE ECCLESIAE

REQUIEM AETERNAM DONA EI, DOMINE.
ET LUX PERPETUA LUCEAT EI.

REQUIESCAT IN PACE.
AMEN.

PER ORDINE DI PAPA NICCOLO V. ♦ DUOMO SANT' EMIDIO, ASCOLI PICENO ♦ 9 SETTEMBRE 1453

Alessandra Colonna Orsini?

Ich war mit Cesare verheiratet? Meinen besten Freund habe ich nach all den Jahren in der Nacht vor der Eroberung geheiratet? Ich kann es nicht fassen! Cesare?

Sein Gesicht taucht plötzlich schemenhaft vor mir auf. So wie er aussah, als wir uns in der Hagia Sophia schworen, uns zu lieben, bis der Tod uns scheidet.

Und jetzt bin ich tot! Gestorben am 29. Mai 1453 bei der Verteidigung von Konstantinopolis.

Nur ein paar Stunden kann ich mit Cesare verheiratet gewesen sein, bevor er in jener blutüberströmten Kapelle von Galcerán enthauptet wurde … in unserer Hochzeitsnacht!

Erschüttert lese ich meinen Namen auf dem Epitaph: Alessandra Colonna Orsini. Tochter von Luca d'Ascoli …

Dann bricht die kalte Wut aus mir hervor.

Gil, du perfider Mistkerl!

Die Schritte des Yeniçeri kommen immer näher. Gleich wird er um die Ecke kommen.

Ich tauche ein in die tiefen Schatten des Ganges hinter mir, in den links und rechts Grabnischen geschlagen sind. Durch die nachtschwarze Finsternis bewege ich mich lautlos vorwärts. Plötzlich greife ich mit der Hand ins Leere. Mit ausgestrecktem Arm taste ich mich vorwärts.

Da, eine Ecke! Ein Gang, der den meinen kreuzt?

Ich folge ihm. Und stoße nach wenigen Schritten wieder auf eine Kreuzung.

Ich befinde mich in einem Labyrinth, das unterhalb der Kirche in den Felsen geschlagen wurde! Wenn ich doch nur sehen könnte, wo ich bin!

Schwer atmend lausche ich den Schritten des Yeniçeri.

Und wo ist der andere? Schon auf der Wendeltreppe des Glockenturms habe ich ihn nicht mehr gehört. Ich spüre ein Prickeln im Nacken, als ob er mich aus der undurchdringlichen Finsternis heraus beobachtet.

Ist er vor mir? Oder hinter mir?

Kapitel 38

In den Krypten der Abteikirche
21. Dezember 1453
Gegen elf Uhr nachts

Ich hätte schwören können, dass ich hinter mir ein Geräusch gehört habe. Ein leises Schlurfen, wie von einem Lederstiefel, der über das unebene Felsgestein des Ganges schleift. Ich horche atemlos und warte darauf, dass sich jemand auf mich stürzt, aber nichts geschieht.

Die Schritte entfernen sich. Geht der Yeniçeri zurück zur Krypta, wo Galcerán aufgebahrt liegt? Was will er dort?

Plötzlich ahne ich es.

Fluchend ziehe ich mich noch weiter in die Finsternis zurück.

Er hat sich eine Kerze vom Altar geholt und leuchtet in die Gänge. Er will mich in die Enge treiben.

Leise ziehe ich mein Schwert und zucke erschrocken zusammen, als die Klinge in der Dunkelheit gegen den Felsen prallt und zu schwingen beginnt. Sofort lege ich meine Finger auf den sirrenden Stahl, der bei der Berührung verstummt.

Der Yeniçeri ist stehen geblieben. Der Kerzenschein verrät mir, wo er ist. »Contessa Alessandra? Kommt jetzt! Der Padişah wartet auf Euch. Alles ist für Euren Empfang vorbereitet.«

Va all'inferno! Und nimm Mehmed gleich mit!

»Ein großartiges Spektakel, glaubt mir. Eure Hinrichtung wird vor der Ayasofya, der Hagia Sophia, stattfinden. Wusstet Ihr, dass die größte Kathedrale der Welt jetzt eine Moschee ist?«

Er kommt immer näher. Das flackernde Licht dringt schon in die Felsnische, in der ich mich verberge.

»In der Apostelkirche werdet Ihr neben Eurem Schwager, Kaiser Konstantin, beigesetzt werden. Mit allen Titeln, die der Papst Euch verliehen hat. Nur eben ohne Kopf.«

Ich muss verschwinden.

Leise weiche ich in die Dunkelheit zurück. Das hallende Echo meiner Schritte auf dem unebenen Felsboden verrät mir, dass ich eine Krypta betrete. Ich wage mich hinein.

Ein leises Kratzen.

War ich das?, denke ich panisch. Ich habe nichts berührt!

Beunruhigt frage ich mich: Wo ist der andere? Lauert er mir in den Schatten dieser Krypta auf?

Ich lausche auf ein Rascheln, ein Klirren, ein Atmen. Aber ich höre nichts als das Rauschen des Blutes in meinen Ohren.

Der Kerzenschein, der auf dem unebenen Boden reflektiert und die nach feuchtem Staub riechende Kapelle in ein diffuses Dämmerlicht taucht, wird immer heller. An der Wand gegenüber erkenne ich ein Fresko mit der Grablegung und der Auferstehung Christi. Hastig sehe ich mich nach einem Fluchtweg um. Es gibt keinen. Nach einem Versteck: nur ein Altar, hinter dem ich mich verbergen könnte.

Niemals, Sandra! So stirbst du nicht! Nicht du!

Zum Kampf bereit, hebe ich mein Schwert über den Kopf, spanne meine Schultern an, suche mir einen sicheren Stand auf dem rutschigen Boden und warte auf ihn. Ich habe einen kleinen Vorteil. Er hat die Kerze in der Hand, die er erst auf den Boden legen muss, bevor er sich mit erhobener Klinge auf mich stürzen kann.

Ich mache einen tiefen Atemzug und schlucke trocken.

Da kommt er!

Meine schweißnassen Hände verkrampfen sich um den Griff des Schwertes.

Plötzlich kann ich Schritte hören, die rasch näher kommen. Der Yeniçeri bleibt stehen und dreht sich um. Sein Schatten huscht über den Boden der Krypta.

Ein erstickter Schrei, ein Scheppern, als ob sein Kilij zu Boden poltert, ein dumpfer Aufprall.

Die Kerze verlischt. Es wird dunkel um mich.

Ich lausche mit angehaltenem Atem.

Ein Rascheln. Ein Kratzen. Dann glimmt knisternd ein Funke im Zunder auf, der den Docht der Altarkerze wieder entzündet. Das Licht drängt die Finsternis zurück in die Nischen und hinter den Altar.

Wie gebannt starre ich zum Eingang der Krypta. Ein Mann taucht auf. Seine blauen Augen funkeln im Licht der Kerze. Sein blondes Haar und sein Bart sind nass vom Schnee.

Er lebt!

»Euer Gnaden?«, spricht er mich an.

Erschöpft lasse ich mein Schwert sinken. Die Spitze prallt gegen den Felsboden der Krypta und bringt die Klinge zum Schwingen. Ich kann es bis in die Schulter spüren. »Ich bin hier!«, murmele ich und sinke müde auf die Knie.

Mit wenigen Schritten ist er neben mir, hockt sich neben mich und umarmt mich ungestüm. »Euer Gnaden! Ich danke Gott, Ihr lebt!«

»Und du!« Eine Woge der Erleichterung reißt mich fast von den Füßen. Ich lehne mich gegen seine Schulter und breche in Tränen aus. »Federico! Wie froh ich bin, dass du mich gefunden hast!«

Kapitel 39

In den Krypten der Abteikirche
21. Dezember 1453
Kurz nach elf Uhr nachts

»Das kann ich mir vorstellen!« Tannhäuser grinst frech und überspielt damit seine Gefühle. Er muss nämlich die Tränen der Rührung wegblinzeln, die plötzlich in seinen Augen funkeln, und seine Stimme klingt heiser und kehlig. »Gott, bin ich froh, dass Ihr noch lebt!«

Ich atme tief durch. »Wie hast du mich gefunden?«

»Ich bin Murat gefolgt.« Er nickt in Richtung des Yeniçeri. »In Mistra hat er sich beim Despoten Demetrios, dem Bruder des Kaisers, nach Euch erkundigt. Bis Rhodos hat er nicht gemerkt, dass ich ihm folge.«

Ich hebe die Augenbrauen. »Du warst auf Rhodos?«

»Ich habe den Großmeister Fra Jean Bonpart de Lastic nach Euch gefragt. Ich dachte, Ihr wolltet zu ihm, um ihn um eine bewaffnete Eskorte nach Rom zu bitten. Euer Rang …«

Ich hebe die Hand, und er bricht ab. »Ist dir jemand von Rhodos gefolgt?«

»Ein Johanniter, meint Ihr?«

»Ja.«

Er schüttelt den Kopf. »Der Großmeister fürchtet einen Angriff von Sultan Uthman al-Mansur. Er zieht seine Ritter aus ganz Europa zusammen. Er hat mich gefragt, ob ich nicht auf Rhodos bleiben will, um die Insel gegen die Mamelucken zu verteidigen. Er wusste, dass ich in Konstantinopolis war.«

»Und die anderen?«

Er schüttelt traurig den Kopf. Also sind alle meine Bravi im Kampf gefallen. »Ich habe den Conte Orsini in der Kapelle des Kaiserpalastes gefunden. Es tut mir leid.«

»Schon gut.«

»Was ist geschehen?«

»Ich weiß es nicht. Ich glaube, Cesare hat Diniz getötet …«

»Den Johanniter?«

Ich nicke. »Vielleicht habe ich ihn auch getötet, ich weiß es nicht mehr. Denn Cesare war schwer verletzt. Er drohte zu verbluten. Ich wollte seine Wunden versorgen, als Galcerán in der Kapelle auftauchte.«

»Der andere Johanniter?«

»Er hat Cesare enthauptet. Und dann …«

»Was dann?«, drängt Tannhäuser.

»Ich weiß es nicht mehr. Wir sind gemeinsam geflohen.«

Tannhäusers Blick kann ich nicht deuten.

»Ich habe das Gedächtnis verloren, Federico«, gestehe ich verzweifelt. »Ich kann mich an nichts mehr erinnern.«

»Ihr Glückliche!«, seufzt er. »Möge die Gnade des Vergessens noch lange anhalten! Wir sind der Hölle entkommen und dem Tod von der Schippe gesprungen.«

Ich nicke. Meine Kehle ist wie zugeschnürt.

»Kommt jetzt, Euer Gnaden. Ich bringe Euch weg von hier!«

»Wohin?«

»Nach Aquila. Zu Kardinal Colonna. Und zum Papst.«

»Aber … ich dachte, der päpstliche Hof residiere in Orvieto.«

»Nicht mehr. Papst Nikolaus will das Weihnachtsfest in Aquila feiern. Seit einigen Tagen ist er mit seinem Tross auf dem Weg dorthin.«

»Wie weit ist Aquila entfernt?«

»Dreißig Meilen nach Westen. Durch die verschneiten Abruzzen.«

»So nah!«, staune ich. »Vier oder fünf Stunden! Sechs, wenn ich mich wieder verirre …«

»Ein gemütlicher Ritt!« Er grinst verschmitzt. »Die beiden werden Augen machen! Wiederauferstanden von den Toten!«

»Wie bitte?«

»Seine Heiligkeit hat Euch schon vor Monaten für tot erklärt, als Kardinal Isidor aus der türkischen Gefangenschaft zurück nach Rom fliehen und dem Papst von der Eroberung von Konstantinopolis berichten konnte. Seine Eminenz hat Euch auf den Mauern kämpfen sehen. Ihr seid in der Schlacht gefallen. Und in der Kirche Santi Apostoli neben dem Palazzo Colonna begraben. Na ja, nicht wirklich. Es gab ja keinen Leichnam. Kardinal Prospero soll dort eine Gedenktafel angebracht haben, die Eure Verdienste um die Kirche angemessen würdigt. Euer Grabmal befindet sich neben dem von Niketas, Eurem ersten Gemahl, Kaiser Konstantins Bruder … Euer Gnaden? Ihr seid bleich wie der Tod! Und Ihr zittert!« Federico packt mich am Arm und hält mich fest.

»Woher weißt du das alles?«, frage ich schwach. Ich habe das Gefühl, jeden Augenblick vor Erschöpfung zusammenzubrechen.

»Ich war heute Morgen in Ascoli. Ich habe Vittorio da Gennazzano getroffen, den Kastellan des Castello Colonna vor den Toren von Rom. Als Contessa des Kirchenstaates residiert Ihr im Castello Colonna.«

Ich nicke.

Keine Erinnerung. Nicht an Vittorio, nicht an das Castello.

»Ich habe ihn zu Kardinal Prospero geschickt. Vittorio ist sofort aufgebrochen. Morgen kann er schon bei Eurem Cousin sein, der mit seinem Gefolge vielleicht schon in Aquila angekommen ist, um dort auf den Papst zu warten«, erklärt Federico. »Geht es wieder? Wir sollten so schnell wie möglich verschwinden. Ihr seid in Lebensgefahr.«

»Ich muss mein Notizbuch holen«, murmele ich mit tonloser Stimme.

»O nein …«

»O doch.« Mein Leben ist in tausend Splitter zerbrochen. Ich brauche jemanden, dem ich vertrauen kann und der mir hilft, die Scherben wieder zusammenzusetzen. In knappen Worten berichte ich Federico, was seit meinem Erwachen heute Morgen geschehen ist. »Ich gehe nicht ohne dieses Büchlein.«

Ich habe keine Hoffnung mehr, das Mandylion heute Nacht zu finden. Und wozu auch? In einigen Tagen werde ich mit Federico und Vittorio und meinen Bravi zurückkehren und es holen. Und ich werde Gil für das, was er mir angetan hat, zur Rechenschaft ziehen. Aber ich gehe nicht ohne mein Notizbuch. Nicht ohne meine Erinnerungen. Nicht ohne den kleinen Rest meines Lebens, der mir noch geblieben ist …

Der Papst hat mich für tot erklärt!, denke ich erschüttert. Er hat mich begraben lassen!

»Also gut«, sagt Federico schließlich. »Ihr holt das Notizbuch. Ich sattele die Pferde. Wir treffen uns bei den Ställen. In fünf Minuten.«

Kapitel 40

Vor dem Portal des Dormitoriums
21. Dezember 1453
Viertel nach elf Uhr nachts

Der Schnee weht mir ins Gesicht, als ich mich gegen das Portal des Dormitoriums lehne, das Ohr gegen das mit Raureif bedeckte Holz presse und lausche. Nichts zu hören.

Lautlos drücke ich die Klinke herunter und schiebe die Tür einen Spaltbreit auf. Dann husche ich die Treppe hinunter, verberge mich in einer Nische und warte ab.

Der Wind drückt die Tür weiter auf. Im flackernden Lichtschein der Stundenkerze auf dem Tisch des Significator Horarium kann ich sehen, wie der Schnee ins Dormitorium wirbelt. Doch niemand poltert zur offenen Tür, um sie wieder zu schließen.

Wo ist Gil? In der Bibliothek bei den anderen? Oder im Weinkeller, um den Krug mit Rotwein aufzufüllen?

Soll er sich doch betrinken!

Ich haste die Stufen hinauf, trete in das Dormitorium und luge um den Vorhang einer Zelle herum.

Der zerbrochene Schlüssel liegt noch immer neben der im eisigen Wind flackernden Stundenkerze.

Da ist mein Notizbuch!

Ich husche zum Tisch hinüber und greife danach. Ich will mich schon abwenden, um wieder zu verschwinden, als ich stutze.

Wo sind die Pergamente geblieben, die Gil vorhin beschrieben hat? Ich blicke mich um. Der Vorhang seiner Zelle ist zurückgezogen. Auf seinem Bett liegen sie nicht.

Warum ich ausgerechnet jetzt das Notizbuch aufschlage? Ich weiß es nicht. Ist es eine Ahnung? Ein Gefühl?

Die Skizze auf der aufgeschlagenen Seite erschüttert mich zutiefst. Und die Tagebucheintragung unter der Zeichnung trifft mich ins Herz.

Nach Atem ringend starre ich den Mann an, den ich am 28. Mai 1453 in Byzanz gezeichnet habe.

Blut rinnt plötzlich über die Seite des Notizbuchs, löst die schwarze Tinte auf und tropft auf den Boden. Das Bild verwischt und verschwindet, während ich mit zitternden Händen Halt suche, gegen die Tischkante taumele und vor Schwäche zu Boden stürze. Hart schlage ich mit dem Kopf auf den Dielen auf. Mit der Wucht einer türkischen Kanonenkugel schießt der Schmerz durch meinen Kopf.

Dann wird es schwarz um mich.

Kapitel 41

Im Dormitorium
21. Dezember 1453
Kurz nach halb zwölf Uhr nachts

Benommen setze ich mich auf. Was ist geschehen? Dann erinnere ich mich an das Notizbuch. Aufgeschlagen liegt es neben mir auf dem Boden.

Vorsichtig betaste ich die Wunde an meinem Kopf und betrachte blinzelnd die Skizze von Gil. Mit dem Finger streiche ich über das glatte Pergament.

Heute habe ich Jibril gesehen. Und alle Erinnerungen an Granada, die ich so gern vergessen wollte, kamen wieder zurück. Und alle Gefühle. Der Hass, die Wut, die Enttäuschung über seinen Verrat, aber auch die Leidenschaft, die uns damals verband. Und die Schuld.

Unter der Zeichnung, die Gil in seiner Rüstung und im schwarzen Habit der Johanniter zeigt, steht sein wirklicher Name:

Jibril ibn Ayman ibn Hafiz al-Assad, Prinz von Granada.

Mit zitternden Fingern klappe ich das Büchlein zu.

Jibril also!

Ich muss so schnell wie möglich verschwinden.

Hastig stecke ich das Notizbuch ein, dann verlasse ich das Dormitorium, ziehe die Tür hinter mir ins Schloss und gehe in die Kirche zurück. Nur ein kurzer Blick in die Krypta!

Mit einer Kerze aus der Kapelle, wo Galcerán aufgebahrt liegt, eile ich in den Gang mit meinem Grab zurück.

Da lehnt mein Grabstein an der Wand!

Tot und begraben!

Mein Herz krampft sich zusammen.

Gil … Jibril, du Verräter, wieso tust du mir das an? Was ist damals zwischen uns geschehen? Wieso mussten Yared und Elija sterben? Was hast du zu tun mit dem Attentat auf meinen Mann und meinen kleinen Sohn in der Alhambra? Ich werde es herausfinden, Jibril, ich werde mich erinnern. Und wenn Yareds und Elijas Blut an deinen Händen klebt, dann gnade dir Gott der Allmächtige!

Entschlossen wende ich mich ab und gehe den Gang entlang zur Krypta, wo der tote Yeniçeri liegt. Vielleicht finde ich in seinen Taschen einen Hinweis auf das Mandylion, das Mehmed zurückhaben wollte, eine Notiz, was dieses Mandil ist, eine Skizze, wie dieses Tuch aussieht, irgendetwas.

Ich gehe um die Ecke – und bleibe erschrocken stehen.

Der Yeniçeri ist verschwunden.

Keine Leiche, kein Blut, kein Schwert.

Hat Federico ihn weggeschafft?

Ich betrete die Krypta und leuchte in alle Nischen. Nichts. Und hinter dem Altar? Auch nichts. Zurück in den Gang!

Ich durchsuche alle Korridore und Krypten, leuchte in Grabnischen und spähe hinter Galceráns Katafalk.

Keine Spur von dem toten Yeniçeri.

Das kann doch nicht sein! War er überhaupt hier? Hat er an meinem Bett gesessen? Oder ist er nur ein Echo aus der Vergangenheit? Eine Erinnerung an etwas, das während meiner Flucht durch Byzanz geschehen ist? Kann ich Wahn und Wirklichkeit nicht mehr unterscheiden? Verliere ich allmählich den Verstand?

Und Federico? Ist er nur eine Ausgeburt meiner panischen Angst?

Die fünf Minuten sind längst um!

Ich muss zu ihm!

Ich verlasse die Krypta und hetze zu den Ruinen. Doch bevor ich den Geheimgang im eingestürzten Turm betrete, wage ich einen Blick ins Ossarium.

Dort drüben, zwischen den Gebeinen, ist das aufgewühlte Grab! Hastig stapfe ich zwischen den Totenschädeln hindurch und bleibe erschrocken stehen. Das Grab sieht aus wie vorher: ein flacher Hügel aus dunkler Erde, deren aufgewühlte Brocken durch den niederrieselnden Schnee schimmern. Auf dem Grab liegen Knochen und Schädel.

Die Holzkiste, die ich vorhin ausgegraben habe, ist verschwunden. Genau so wie die zerlegte Armbrust, der Köcher mit den Bolzen, der Dolch, die Goldmünzen, meine ganze Ausrüstung für die Flucht.

Und der Siegelring mit dem Wappen der Colonna!

Ich habe ihn fallen lassen, als ich den Dolch hob und mich zu dem Yeniçeri umdrehte.

Ich suche ihn im Schnee zwischen den Gebeinen, kann ihn jedoch nirgendwo entdecken. Kein Ring, keine Kiste, keine Spuren im Schnee außer meinen eigenen.

Ich tappe zu der Stelle, wo der Yeniçeri gestanden hat. Ich knie nieder und betrachte die Fußtritte zwischen den Knochen. Sind das meine eigenen Spuren?

Das Gefühl der Verzweiflung wird übermächtig und treibt mir die Tränen in die Augen.

Ich kann mir selbst nicht mehr trauen. Ich erinnere mich an Dinge, die nie geschehen sind.

Habe ich in dem Augenblick, als ich glaubte, Konstantins abgeschlagenen Kopf in dem Haufen von Totenschädeln zu sehen, den Verstand verloren?

Kapitel 42

Im Geheimgang unterhalb der Abtei
21. Dezember 1453
Viertel vor zwölf Uhr nachts

Spinnweben, Staub und muffig feuchte Luft.

Ich zünde die Altarkerze an, die ich aus der Krypta mitgenommen habe, und haste durch den Geheimgang hinunter zum Châtelet. Doch nirgendwo kann ich Schnee entdecken, der von Federicos Stiefeln gefallen sein könnte, als er zu den Ställen hinunterlief. Oder Wachs, das von einer Kerze getropft sein könnte. Nichts.

Hat er einen anderen Weg genommen? Oder …

Nein, nur nicht daran denken!

Weiter! Da vorn hängen die Fledermäuse von der Decke. Ich ducke mich unter ihnen hindurch und renne weiter durch den Gang, bis ich die Abzweigung zum Vorratskeller erreiche.

Der Schein einer Fackel!

Keuchend bleibe ich stehen, lösche die Altarkerze und spähe in den Gang. Die Tür zum Vorratskeller ist nur angelehnt. Durch den Spalt dringt flackernder Lichtschein.

Lautlos husche ich zur Tür und luge durch den Spalt.

Prinz Jibril!

Er lehnt am Weinfass und trinkt Rotwein aus einer Schöpfkelle.

Mein Todesurteil scheint dir ja richtig nahezugehen!, denke ich verbittert.

Leise ziehe ich mich zurück und gehe in den Geheimgang, der in dem kleinen Wäldchen hinter den Ställen endet.

Schneegestöber und Wolfsgeheul.

Ich sehe mich zwischen den Bäumen um, kann aber weder die Pferde entdecken noch Federico. Ich wende mich um zur Abtei. Mit ihren von Schneeflocken umwirbelten Türmen und von Kerzenlicht erleuchteten Fensternischen erinnert das düstere Gemäuer an ein verwunschenes Märchenschloss.

Schwer atmend stapfe ich durch den tiefen verharschten Schnee und flüstere: »Federico?«

Keine Antwort.

Er wird auf der anderen Seite der Ställe auf mich warten – das rede ich mir ein.

Aber ich höre kein Schnauben, kein Stampfen von Hufen, kein Knarren des vor Kälte steifen Sattelzeugs.

Da ist der Pferdestall. Daneben ein Holzschuppen.

Meine schlimmsten Befürchtungen werden wahr. Der Schnee fällt so dicht, dass ich fast nichts sehen kann. Aber eines erkenne ich doch: Federico ist nicht da.

Keine Spuren im Schnee. Weder von Stiefeln noch von Hufeisen. Dafür sehe ich die Spur eines Wolfes, die den tief verschneiten Weg heraufführt und zwischen dem Aedificium und den Ställen hindurch in der Finsternis verschwindet. Da hinten schimmert ein Dickicht.

»Federico!«

Ich gehe weiter und lausche. Aber bis auf den Wind, der in den Bäumen rauscht, ist alles ruhig.

Ich schiebe das Stalltor auf und gehe hinein. Im Stall ist es dunkel und warm. Ich taste mich vorwärts. Ein Ballen Stroh. Über einer Holzwand hängt ein Sattel. Als ich gegen ihn stoße, rutscht der hochgezogene Steigbügel über das Leder und kracht gegen das Holz. Ich zucke zusammen.

»Federico?«

Ich krame mein Feuerzeug hervor, zünde die Altarkerze an und sehe mich um. Drei Pferde gucken neugierig zu mir herüber, alle ohne Sattel und Zaumzeug.

Ich ringe mit den Tränen und muss schlucken.

Federico war nie hier. Ich bin auf mich allein gestellt. Und habe das entsetzliche Gefühl, es allein nicht zu schaffen. Den Berg hinunter. An der Templerkomturei vorbei. Durch den Schneesturm und die tief verschneite Wildnis der Abruzzen. Bis nach Aquila.

Das ist lebensgefährlicher Wahnsinn! Und doch ist es der einzige Ausweg! Ich muss verschwinden, bevor Jibril mich tötet oder ich den Verstand verliere!

Langsam gehe ich zu den Pferden hinüber. Ich weiß nicht, welches das meine ist. Daher entscheide ich mich für einen rassigen Schwarzen. Ich sattele ihn und führe ihn mit der Hand auf den Nüstern aus dem Stall.

Der Wolf, der irgendwo in der Nähe herumstreunt, macht den Hengst unruhig. Er schnaubt, scharrt mit den Hufen, tänzelt ängstlich um mich herum und versucht zu steigen.

»Schscht! Ganz ruhig, mein Kleiner!«

Ich führe ihn über den Hof.

Den Weg ins Tal, kaum mehr als ein zugeschneiter Trampelpfad mit Jibrils, Lionels und Adrians Spuren, muss ich im Schneetreiben und in der Dunkelheit erst suchen. Die Wolken hängen mittlerweile so tief, dass sie wie dichter Nebel zwischen den Bäumen wabern. Das Stapfen durch den verharschten Tiefschnee ist sehr anstrengend, und ich gerate schnell außer Atem, als ich mit dem Hengst am Zügel Schritt für Schritt ins Tal hinabschlittere.

Der Pfad wird schmaler, die Dunkelheit wird tiefer, der Nebel wird dichter. Das Gehen im tiefen Schnee wird immer schwieriger und immer gefährlicher, weil ich die Spuren kaum noch erkennen kann. Angestrengt starre ich durch die wirbelnden Schneeflocken, sodass meine Augen in der Kälte tränen. Sodass ich Dinge sehe, die gar nicht da sind …

Trotz Anspannung und Erschöpfung muss ich an Jibril denken, während ich keuchend durch die Wildnis stapfe und die Abtei hinter mir zurücklasse. An die Skizze von ihm in meinem Notizbuch. Eine sehr lebendige Zeichnung, die zu atmen scheint. Kein Gekritzel, das in wenigen Augenblicken aufs Papier geworfen wurde, sondern eine ausgearbeitete Charakterstudie, für die ich gewiss länger gebraucht habe als eine halbe Stunde. Woran habe ich gedacht, als ich ihn zeichnete?

Haben wir uns danach noch einmal wiedergesehen? Haben wir miteinander gesprochen? Worüber? Über das, was geschehen war? Oder über das, was unvermeidlich geschehen würde – über die Eroberung durch die Türken? Über unsere Hoffnungen und Ängste?

Ich versuche, mir die Szene vorzustellen. Wo ist das gewesen? Wann? Aber da ist keine Erinn…

Mit einem Stöhnen falle ich rücklings in den Schnee. Ich bin ausgeglitten, denn ich habe nicht mehr auf den steil abfallenden Weg geachtet. Ein Stein oder ein abgerissener Ast bohrt sich schmerzhaft in meine Seite.

Fluchend richte ich mich auf und blicke in den mit Bäumen bewachsenen Abgrund. Fast senkrecht fällt der schroffe Felshang neben mir ab in die Tiefe. Ein falscher Schritt …

Ächzend ziehe ich mich am Steigbügel hoch und greife nach dem Zügel.

Der Hengst schüttelt die Mähne und schnaubt. Eine weiße Atemwolke hüllt ihn ein.

Mit einer Wucht, die mir den Atem nimmt, kehrt plötzlich die Erinnerung zurück.

Ein Geräusch lässt mich herumwirbeln.

Bedrohlich langsam kommt Galcerán auf mich zu. In seiner Hand hält er das bluttriefende Schwert, mit dem er gerade Cesare enthauptet hat. Der Kopf meines Mannes liegt vor meinen Füßen. Ich steige über Diniz hinweg, ohne in der Blutlache auszurutschen, und hebe mein Schwert, um mich gegen Galcerán zu wehren.

»Wo ist das Mandylion?«

Ohne zu antworten, packe ich den Griff meines Schwertes mit beiden Händen und halte es über meinen Kopf, die Klinge leicht nach hinten geneigt. La Posta di Falcone – die Wacht des Falken heißt diese Stellung. Ein Hieb kann den Schwertarm des Gegners abtrennen. Oder seinen Kopf.

»Wo ist das Mandylion?« Galcerán knirscht mit den Zähnen.

»Ich habe es.«

Fluchend kommt er noch näher, bereit zum Kampf. Und dann …

Ein Knirschen lässt mich zusammenzucken.

Schritte im verharschten Schnee?

Jibril taucht aus den Schatten hinter Galcerán auf, das Schwert in der Hand, und …

Noch ein Tag …

Kapitel 43

Auf dem verschneiten Weg ins Tal
22. Dezember 1453
Kurz nach Mitternacht

Wieder ein Knirschen von Schritten auf dem gefrorenen Schnee. Dann ein leises Zischen.

Ein Bolzen saust nur wenige Fingerbreit an meinem Ohr vorbei und dringt mit einer solchen Wucht in die Bergkiefer vor mir, dass der Schnee von den zitternden Ästen und Zweigen rutscht.

Ich halte mich am Sattel fest und blicke zurück. Meine Lider brennen, als hätte ich Seife in die Augen bekommen.

Ein schwarzer Schatten kommt langsam näher. Er trägt eine Armbrust, die er gerade wieder lädt und spannt.

Ich kann mich gegen ihn nicht wehren!

Während der nächste Bolzen um Haaresbreite über mich hinwegzischt, schwinge ich mich in den Sattel, beuge mich tief über die Mähne und trabe los. Viel zu schnell pflügen wir durch den knietiefen Schnee. Völliger Irrsinn? Aber ja! Denn der schmale Saumpfad besteht nur noch aus einer niedergetrampelten Spur, die im Schneegestöber zwischen den tiefen Schneeverwehungen kaum noch auszumachen ist. Rechts ragen schemenhaft die Bäume aus dem Nebel, links bricht steil der Fels in die Tiefe.

Ein Fluch weht hinter mir her. Wenn ich nicht schon wieder unter Wahnvorstellungen leide, ist es eine türkische Verwünschung.

Die Panik raubt mir meine Gedanken, meinen Verstand, meine Reflexe. Nur weiter, trotz der Gefahr, einen Bolzen in den Rücken zu bekommen, und dem Risiko, auf dem eisglatten Pfad mit den engen Kurven auszugleiten und in den Abgrund zu stürzen.

Ich kann seine knirschenden Tritte im verharschten Schnee hören – der Yeniçeri folgt mir im Laufschritt. Und laufen können diese Jungs! Und schießen!

Mit eingezogenem Kopf beuge ich mich über den trabenden Hengst, die Schultern angespannt, die erfrorenen Hände in die Zügel verkrallt. Ein Gedanke beherrscht mich: Ich habe keine Chance! Mir bleibt nur die Flucht nach vorn, über diesen schmalen Pfad, ohne Sicht, ohne Hoffnung, dem Verderben entgegen.

Wieder saust ein Bolzen an mir vorbei. Der Yeniçeri scheint mir zu folgen. In diesem Augenblick springt der Hengst erschrocken zur Seite, wirft den Kopf hoch und wiehert panisch.

Ist er getroffen? Ich klopfe seinen Hals ab, kann jedoch keinen Bolzen und kein Blut entdecken. Er ist nicht verwundet. Wahrscheinlich ist er nur ausgerutscht.

Mit zusammengekniffenen Augen starre ich in das dichte Schneegestöber hinter mir: Der Yeniçeri ist stehen geblieben. Er spannt die Armbrust und lädt nach.

Schneller!

Ich treibe den Hengst an, lehne mich weit vor und galoppiere über den verschneiten Pfad, dessen Ränder sich in der Finsternis verlieren. Tannen, Fels und Schneeverwehungen fliegen an mir vorbei, über mir der weiße Himmel, neben mir der schwarze Höllenschlund.

Wie weit ist es noch bis ins Tal? Lionel sagte vorhin, der Abstieg dauere zu Fuß eine Stunde. Ich überschlage rasch: Also eine halbe Stunde im Sattel. Wenn es mir gelingt, ohne einen Bolzen im Rücken bis zur Templerkomturei zu gelangen, kann ich ihm entkommen. Und, wenn ich mich nicht hoffnungslos verirre, bis Aquila gelangen.

Eine Viertelstunde. Höchstens.

Ein rascher Blick über meine Schulter: Er ist immer noch da!

Dann geschieht es! In einer engen Kurve gleitet der Hengst aus, die Hufeisen rutschen über die gefrorenen Eisplatten auf dem unebenen Fels unter dem Schnee, und er gerät ins Stolpern. Er will stehen bleiben und stemmt die Beine in den aufwirbelnden Schnee, doch unser Gewicht trägt ihn weiter vorwärts. Ich zerre an den Zügeln, doch seine Beine verlieren den Halt. Wir schlittern über den Saumpfad, stürzen in den aufwirbelnden Schnee und rutschen in eine Schneeverwehung am Felsabhang.

Der Hengst schreit vor Angst. Und vor Schmerz.

Gerade noch rechtzeitig habe ich mein Bein über seinen Hals geschwungen, sodass es beim Aufprall nicht unter dem Pferd eingeklemmt wurde. Taumelnd rappele ich mich auf und nehme die Zügel. Ich bin unverletzt.

»Na komm schon, mein Kleiner! Steh auf! Es geht weiter!«

Schnaubend kommt er auf die Beine, wobei er beinahe wieder ausgeglitten und gestürzt wäre. Er zittert am ganzen Körper. Erst als ich ihn tätschele, bemerke ich das Blut, das ihm über die Nüstern läuft. Er hat sich beim Sturz am Kopf verletzt.

Wie schlimm ist es?, frage ich mich besorgt. Wird er es schaffen bis ins Tal?

Schritte im Schnee. Sie kommen rasch näher.

Der Yeniçeri ist nur noch eine Wegbiegung entfernt.

Der Schnee fällt jetzt so dicht, dass ich kaum noch etwas sehen kann. Flocken hängen an meinen Wimpern. Die Eiskristalle brennen in meinen Augen, sodass ich blinzeln muss. Nichts als Weiß um mich herum. Aber wenn ich ihn nicht sehen kann, kann er mich auch nicht sehen. Und auch nicht treffen.

Ich greife nach den Zügeln, hetze los und ziehe das verschreckte Pferd im Trab hinter mir her. In den Sattel steigen? Gott bewahre!

Das Laufen im Tiefschnee erschöpft mich nach wenigen Schritten, mein Atem geht keuchend, mein Herz rast.

Die Frage lautet: Werde *ich* es schaffen?

Plötzlich rutscht der Hengst mit einem Huf aus und kommt gefährlich nahe an den Rand des Abgrunds, sodass ich schon fürchte, er würde abstürzen. Doch im letzten Moment findet er mit weit aufgerissenen Augen und bebenden Flanken wieder Halt und trabt weiter hinter mir her.

Der Saumpfad wird immer schmaler. Kaum drei Ellen liegen zwischen dem Felsen rechts und dem Abgrund links.

Der Hengst scheut und weigert sich, weiterzugehen.

Ich zwinge mich zur Ruhe, denn ich weiß, dass sich meine Aufregung und meine Angst auf ihn übertragen haben. »Ganz ruhig, mein Kleiner!«

Ich packe ihn fest am Halfter, doch er weicht mir aus und beginnt rückwärts zu gehen. Dabei setzt er einen seiner Hinterhufe neben den Steig und rutscht ab.

Mit vor Schreck aufgerissenen Augen wirft er den Kopf hoch und wiehert schrill, als er merkt, dass er mit dem Hinterteil ausbricht und keinen Halt mehr findet. Panisch schlägt er nach hinten aus.

Ich zerre am Halfter. »Nun komm schon!«, rede ich ihm mit gepresster Stimme zu.

Mit vor Panik bebenden Flanken bleibt er stehen. Tatsächlich beruhigt er sich wieder etwas, findet sein Gleichgewicht wieder und kommt mit aufgerissenen Augen und flatternden Nüstern einen Schritt auf mich zu. Dann noch einen. Gleich haben wir den Engpass hinter mir erreicht.

»Na siehst du, es geht doch!«

Der Hengst scharrt vorsichtig mit einem Vorderhuf im Schnee und zuckt unruhig mit den Ohren.

»Komm schon, mein Kleiner!«

Der Weg führt einige Schritte aufwärts, und er beginnt mit den Hufen auszugleiten. Die Hufe ratschen über den vereisten Fels unter der verharschten Schneedecke, und er stößt ein verängstigtes Wiehern aus. Mit allen vieren rutschend und strampelnd, versucht er Halt zu finden, doch er gleitet rückwärts weg. Der Schauer von Schnee und Eis, den er lostritt, erschreckt ihn fürchterlich. Er steigt und schlägt mit den Vorderhufen aus. Dabei brechen die Hinterbeine aus, und er kippt schrill wiehernd hintenüber in den Tiefschnee. Er will hochkommen, doch er rutscht mit allen vieren heftig strampelnd noch weiter auf die vereiste Böschung zu.

Mein Herz rast, und ich spüre, wie mir trotz der eisigen Kälte der Schweiß ausbricht. Nein, nicht das!

Ich hetze zu ihm, versuche das Halfter zu greifen, die Zügel, die Mähne, den Steigbügel, den Sattelknauf, irgendetwas, um ihn vor dem Absturz zu bewahren, doch ich schaffe es nicht.

Vor Todesangst schrill wiehernd rutscht er über den Rand des Felssturzes, schlägt verzweifelt mit den Beinen aus, um einen Halt zu finden, aber vergebens. Bei dem Geräusch, das von der Felswand hinter mir zurückgeworfen wird, sträuben sich mir die Nackenhaare. Der Hengst rutscht unaufhaltsam weiter, reißt voller Panik den Kopf hoch und kämpft wie wild.

Die aufgerissenen Augen, die aufgeblähten blutigen Nüstern, das zum Todesschrei aufgerissene Maul, das ist alles, was ich noch wahrnehme. Wie erstarrt sehe ich mit an, wie der Hengst vor meinen Augen abstürzt, mit einem entsetzlichen Schrei, der mir das Blut gefrieren lässt. Er rutscht über den Abhang, überschlägt sich auf der steilen Felsflanke mehrmals, prallt gegen eine Bergkiefer, die durch die Erschütterung den Schnee auf ihn hinunterrieseln lässt, dann bleibt er irgendwo liegen.

Mit zitternden Knien spähe ich in den Abgrund, kann ihn jedoch nirgendwo sehen. Er liegt dort unten zwischen den Bäumen. Ob er noch lebt?

Ein leises gequältes Wiehern.

Ich muss zu ihm!

Auf allen vieren rutsche ich zum Abgrund und blicke nach unten. Ist das steil! Klettern? Unmöglich! Ich würde abrutschen!

Ich richte das Schwert unter meinem Rücken so aus, dass ich wie auf einer Schlittenkufe über den Steilhang nach unten gleiten kann, ohne mir das Rückgrat zu brechen, hebe den Kopf an und lasse los. Immer schneller rutsche ich über den Hang nach unten, überschlage mich ein Mal, zwei Mal, dann pralle ich mit voller Wucht gegen den Rücken des Hengstes, der unter einer wuchtigen Bergkiefer mit weit ausgreifenden Ästen liegen geblieben ist.

Er hebt den Kopf und stößt klägliche Laute aus.

»Ich bin ja da, mein Kleiner!«, beruhige ich ihn. Ich klettere über seine nur noch schwach strampelnden Beine und hocke mich neben seinem Kopf in den Schnee. »Sei ganz ruhig, gleich ist es vorbei.«

Während ich ihm sanft über die blutigen Nüstern streiche, um ihn zu trösten, ziehe ich, ohne dass er es sehen kann, meinen Dolch.

Ein rascher Schnitt durch die Kehle.

Ein letztes Schnaufen, dann brechen seine Augen.

Er ist tot.

Keuchend lasse ich mich in den Schnee sinken.

Ich bin allein. Ohne das Pferd schaffe ich es nicht bis Aquila.

Was jetzt? Mein Blick irrt den steilen Abhang hinauf zum Weg. Wie soll ich da hinaufklettern!

Ich erstarre zu Eis.

Ein schwarzer Schatten beugt sich über den aufgewühlten Schnee der Absturzstelle, richtet sich wieder auf und blickt zu mir herunter.

Der Yeniçeri!

Kapitel 44

Auf dem verschneiten Abhang
22. Dezember 1453
Gegen halb ein Uhr nachts

Hat er mich bemerkt? Wird er herunterkommen, um nachzusehen, ob ich mit dem Pferd abgestürzt bin? Hastig blicke ich mich um nach einem Versteck, nach einer Nische im Felsabhang, einer Baumwurzel, einer Schneeverwehung, einem Dickicht, wo ich mich verbergen kann.

Einige Schritte unter mir liegt ein umgestürzter Bergahorn. Seine knorrigen Wurzeln sind aus der Erde herausgerissen. Wahrscheinlich hat er im Sturm den Halt verloren und ist mit dem Wipfel voran in den Abgrund gekippt. Die erdigen Wurzeln bilden eine kleine Höhle. Dort kann ich hineinkriechen.

Ich rutsche über den Abhang bis hinunter zu dem Wurzelgeflecht, wo ich mich, geschützt vor dem eisigen Wind, schwer atmend in den Schnee sinken lasse und zusammenkauere. Erschöpfung, Verzweiflung und Angst umfangen mich mit einer düsteren Schwere.

Er kommt tatsächlich den Abhang herunter! Neben dem Hengst richtet er sich auf und sieht sich um.

Er sucht mich.

In eine dichte weiße Atemwolke gehüllt, blickt er sich um. Er entdeckt die Schleifspur, die ich hinterlassen habe, als ich nach unten rutschte. Er kniet sich hin und betrachtet sie aufmerksam. Dann hebt er den Blick und späht aufmerksam in meine Richtung. Aber er kann mich nicht sehen, weil meine schwarze Kleidung, die zwischen den dunklen Wurzeln des Bergahorns kaum zu erkennen ist, inzwischen schon mit einer Schicht Schneeflocken bedeckt ist.

Er rutscht noch einen Schritt weiter, dann bleibt er stehen.

»Contessa Alessandra?«

Ich halte den Atem an.

Schlitternd kommt er noch einen Schritt näher, dann rutscht er aus, fällt hin und rappelt sich fluchend wieder auf.

»Contessa Alessandra!«

Er kommt nicht näher. Er hat wohl Angst, in die Tiefe zu stürzen.

Erleichtert atme ich auf, als er schließlich umkehrt und sich den Abhang wieder hinaufkämpft. Beim toten Hengst rastet er kurz, und ich fürchte schon, er entdeckt den Schnitt, mit dem ich das Tier von seinen Qualen erlöst habe. Er würde wissen, dass ich noch lebe. Er würde mir folgen, um mich zu töten.

Aber nein! Der Yeniçeri wendet sich um und keucht den steilen Felshang wieder hinauf zum Weg. Irgendwann verschwindet er hinter einem Dickicht, und ich kann ihn nicht mehr sehen.

Ich atme auf: Ich bin allein.

Erschöpft lehne ich mich gegen die Wurzeln. Ein bisschen Ruhe täte mir gut. Aber ich darf auf keinen Fall einschlafen. Bei dieser Kälte würde ich die Nacht hier draußen nicht überleben.

Mit beiden Händen schiebe ich den Schnee zu mir heran und baue einen kleinen Schneewall um mich herum, der mich vor dem eisigen Wind schützt. Dann kauere ich mich in meiner nassen Kleidung zitternd in meiner Mulde zusammen, entzünde im Windschatten der Schneewand die Altarkerze und krame das Notizbuch aus der Tasche.

Nur ein paar Augenblicke!, verspreche ich mir, während ich schlotternd und mit den Zähnen klappernd auf den heulenden Wind lausche. Nur ein bisschen Ruhe!

Kapitel 45

Auf dem verschneiten Abhang
22. Dezember 1453
Viertel vor ein Uhr nachts

Mit zitternden Fingern blättere ich durch das Notizbuch und lese die ersten Seiten in kodierter Schrift. Die Kreise, Kreuze, Striche und Punkte sind Zeichen des Tifinagh, der Schrift der Tuareg. Woher ich sie kenne? Ich weiß es nicht. Aber offenbar beherrsche ich sie so gut, dass ich meine italienischen Notizen verschlüsselt niederschreiben kann. Ich verstehe nicht alles, denn ich habe nur Stichworte notiert. Aber so viel finde ich heraus:

Im Geheimauftrag von Papst Nikolaus bin ich Ende 1452 zusammen mit Kardinal Isidor, dem offiziellen päpstlichen Kardinallegaten, nach Konstantinopolis gereist. Ich wusste genau, was von meiner Mission abhing: Der Sieg des Christentums im Kampf gegen den vorrückenden Islam. Die Türken standen vor den Toren von Byzanz, der letzten christlichen Bastion im Osten. Der Padişah baute Festungen wie Rumili Hissar rund um die Stadt und drohte, Istanbul, wie er Konstantinopolis nannte, zu belagern und einzunehmen. Die Lage schien aussichtslos zu sein für Kaiser Konstantin. Das einst mächtige Imperium Romanum bestand nur noch aus der Stadt Byzanz. Konstantin war zu schwach, um sich gegen Mehmed zu wehren. Der Kaiser war auf die Hilfe des Papstes angewiesen. Doch der stellte eine Bedingung: Konstantin solle endlich der Kirchenunion zustimmen und sich Nikolaus als dem Oberhaupt der vereinigten katholisch-orthodoxen Kirche unterwerfen. Der Papst sandte mich in geheimer Mission nach Byzanz, um dem Kaiser, meinem Schwager, der vom Padişah und vom Papst gleichermaßen bedrängt wurde, zu diesem verzweifelten Schritt zu überreden.

Eine undankbare Aufgabe!, denke ich, während ich weiterblättere.

Ja, da steht es, unterhalb der Zeichnung des Goldmosaiks von Jesus Christus in der Hagia Sophia, an den Rand des Büchleins hingekritzelt:

9. Dezember 1452. Langer Spaziergang an der Stadtmauer mit Konstantin. Ohne Gefolge. Wir sprachen über die Kirchenunion. Ich denke, er wird zustimmen. Er hat keine andere Wahl, als sich Rom zu unterwerfen. Eine lateinische Messe in der ehrwürdigen Hagia Sophia – noch in diesem Jahr? Ich glaube schon …

Drei Kreuze habe ich auf das Pergament gemalt.

Ich blättere zurück und lese weiter.

Mein erster Erfolg nach Wochen zäher Verhandlungen mit meinem Schwager: Am 12. Dezember 1452 feierten wir gemeinsam eine lateinische Messe in der Hagia Sophia. Das Unionsdekret von Florenz, während des Unionskonzils 1439 von Kaiser und Papst unterzeichnet, wurde von Kardinal Isidor feierlich verlesen. Die Kirchenunion war endlich rechtsgültig vollzogen.

Ein Triumph für mich. Aber er währte nicht lange. Denn Mehmed, der die Vereinigung der Christenheit fürchtete, rüstete zum Krieg.

Während die Stadt sich auf die Belagerung vorbereitete, erfüllte ich den zweiten Geheimauftrag, den ich von Papst Nikolaus erhalten hatte. In Konstantinopolis sollte ich nach alten Handschriften für die neu gegründete Biblioteca Vaticana suchen. Ich sollte das jahrhundertealte Wissen von Byzanz vor der Vernichtung durch die Türken bewahren und unbemerkt nach Italien schaffen, wo sich die geflohenen griechischen Gelehrten in Rom und Florenz versammelten. Eine gewaltige Rettungsaktion lief an: In versiegelten Fässern ließ ich Hunderte kostbare Folianten auf venezianischen und genuesischen Galeeren aus der Stadt schaffen – bis am 6. April 1453 Mehmed sein Purpurzelt vor den Mauern der Stadt aufschlug und die zweiundfünfzigtägige Belagerung begann.

Wieso bin ich nicht geflohen?

Ich blättere noch einmal zu der Seite mit den Zeichnungen der byzantinischen Ikonen von Jesus und Johannes. Am oberen rechten Rand der Seite erkenne ich das verwischte Abbild eines geheimnisvollen Gesichts.

Das Mandylion?

Welche Ähnlichkeit zwischen dem Tuch und den Fresken, obwohl man das sepiafarbene Bild auf dem Linnen kaum erkennen kann! Ich bin so glücklich, dass Konstantin mir die Reliquie gezeigt hat. Ich glaube, so hat er ausgesehen.

Der Yeniçeri sprach vorhin von einem Mandil. Ein Tuch oder Linnen …

Meine Notiz beschreibt tatsächlich das Mandylion!

Es muss in jener Kapelle des Kaiserpalastes aufbewahrt worden sein, in dem Diniz und Galcerán auf Cesare und mich losgingen, um die Reliquie an sich zu reißen.

Cesare und Diniz kämpften miteinander, bis Cesare schwer verletzt zu Boden stürzte. Ich tötete Diniz, der auch verwundet war. Dann preschte Galcerán heran, schlug Cesare den Kopf ab und warf sich auf mich. Und dann …

Ich weiß nicht mehr, was dann geschah.

Nur so viel: Jibril war auch in der blutüberströmten Kapelle.

Dann bin ich mit Galcerán geflohen. Und mit dem Mandylion.

Ich klappe das Büchlein zu und setze mich auf.

Ich muss zurück in die Abtei. Sofort.

Kapitel 46

Auf dem verschneiten Weg ins Tal
22. Dezember 1453
Irgendwann nach ein Uhr nachts

Schwer atmend ziehe ich mich am herabhängenden Gestrüpp hoch und klettere mit letzter Kraft über die Böschung auf den Weg. In den beinahe zugeschneiten Hufttritten des Pferdes falle ich auf den Boden und ringe keuchend nach Atem.

Sobald der Schwindel und der Kopfschmerz nachlassen, setze ich mich auf. Keine Zeit zu verlieren! Wenn Jibril meine Flucht bemerkt, wird es mir kein zweites Mal gelingen, unbemerkt aus der Abtei zu verschwinden.

Ich muss zurück! Zurück in meine ganz private Hölle. Zurück in den Kerker, der aus Angst erbaut ist und aus dem es kein Entkommen gibt. Nur in der Abtei kann ich herausfinden, was geschehen ist.

Bevor ich zurückgehe, untersuche ich die verwehten Spuren. Wohin ist der Yeniçeri gegangen? Den Berg hinauf zur Abtei? Oder hinunter ins Tal, um sein Pferd zu holen und nach Istanbul zurückzukehren? Aber wenn er mich für tot hält, wird er wohl dem Padişah berichten … Ich zögere. Sein Befehl lautete, mich zurückzubringen, tot oder lebendig. Er hat meinen Leichnam nicht. Nach kurzem Zögern füge ich in Gedanken an: *Noch nicht.*

Ich blicke mich aufmerksam um, stopfe mir eine Handvoll

Schnee in den Mund, um das eiskalte Schmelzwasser zu trinken, und stapfe los. Während ich mich in kleinen Schritten mühsam durch den tiefen Schnee bergauf kämpfe, wird mir wieder warm, und das Zittern meines Körpers im eisigen Wind lässt ein wenig nach.

Wie weit mag es wohl sein? Zwei Meilen? Oder drei?

Irgendwann taucht die Abtei zwischen den wirbelnden Flocken auf, ein schwarzer Schattenriss vor dem Hintergrund der hellen Schneewolken.

In den Spuren des Wolfes gehe ich die Treppe hinauf zum Innenhof zwischen Stall und Aedificium. Alles ist unverändert: Die Tür zur Küche und zum Vorratskeller ist geschlossen, das Tor des Pferdestalls ist nur angelehnt.

Ich gelange zu einem Dornengestrüpp, das sich an einer Wehrmauer am Ende des Hofes hochrankt. Hier biegt die Spur des Wolfes ab und folgt der Mauer. Einige Schritte vor mir ist kein Schnee auf der Brüstung, als wäre ein schwerer Gegenstand über die Mauer gestemmt worden.

»Santo Cielo!«, flüstere ich entsetzt und beginne zu laufen.

Da vorn ist eine schmale Treppe, die an der Mauer hinunterführt, hin zum Wäldchen. Ich hetze die Stufen hinunter und bleibe unvermittelt stehen.

Der Wolf, der neben einer Schneeverwehung gelegen hat, springt auf und blickt mich lauernd an. Es ist mein Freund, der Abenteurer.

Als ich näher komme, senkt er den Kopf, legt die Ohren an, klemmt den Schwanz ein und saust mit einem Winseln so schnell in den Schutz des Wäldchens, dass der Schnee unter seinen Pfoten aufspritzt. Hat er ein schlechtes Gewissen?

Neben der Schneeverwehung knie ich mich hin. Mit beiden Händen fege ich den Schnee zur Seite. Darunter liegt etwas Weiches, Dunkles, das unter der Berührung nachgibt.

O Gott, nein!

Ich grabe weiter. Der Schnee fliegt in hohem Bogen zur Seite.

Eine Hand!

Die Zeit zerdehnt sich zur Unendlichkeit, und meine Bewegungen werden immer langsamer und schwerfälliger.

Der Schnee ist plötzlich rot, wie gefrorenes Blut. Mein Herz krampft sich zusammen, und ich ringe nach Atem.

Ein Gesicht taucht auf. Eiskristalle stecken in seinen Augenbrauen, seinen Lidern, seinem Bart, und sein Haar ist verklebt von gefrorenem Blut, das aus einer Wunde an seinem Kopf gequollen ist. Aber ich erkenne ihn trotzdem.

Aufschluchzend schlage ich mir die Hand vor den Mund.

Es ist Federico.

Kapitel 47

Hinter dem Pferdestall
22. Dezember 1453
Viertel nach zwei Uhr nachts

Weinend ziehe ich seinen steifen Körper auf meinen Schoss und wiege ihn hin und her, als ob Federico nur schlafen würde. Meine Tränen vermischen sich mit seinem Blut. Tränen der Trauer um einen Freund, Tränen der Wut, Tränen der Verzweiflung. Das Gefühl der Verlorenheit und der Einsamkeit überwältigt mich.

Und wieder verliere ich mich in der Zeit und nehme um mich herum nichts mehr wahr. Wie lange ich mit Federico auf den Knien im Schnee hocke? Ich weiß es nicht.

Irgendwann lasse ich ihn zu Boden gleiten und durchwühle seine Taschen. Da ist der Beutel mit den Goldmünzen aus der Kiste, die ich im Ossarium ausgegraben habe! Da ist der Dolch! Federico hatte meine Ausrüstung für die Flucht geholt, hatte das Grab wieder zugeschüttet und war zum Stall hinuntergelaufen, um die Pferde zu satteln.

Die zerlegte Armbrust und der Köcher mit den Bolzen fehlen. Der Yeniçeri muss sie mitgenommen haben, nachdem er Federico über die Mauerbrüstung dort oben geworfen hat.

Auch mein Siegelring mit dem Wappen der Colonna ist verschwunden. Vermutlich will der Hashishin den Ring Sultan Mehmed überreichen – als Beweis meines Todes.

Schniefend wische ich mir die eisigen Tränen aus dem Gesicht, schließe Federicos Lider, lege seine steif gefrorenen Hände wie zum Gebet übereinander und schiebe mit den Händen Schnee über seinen Leichnam. Sobald ich den Grabhügel festgeklopft habe, verberge ich ihn unter einer Schicht Dornengestrüpp, das ich hinter mir her zum Grab schleppe. Dann trete ich einen Schritt zurück und spreche ein Gebet.

Ich werde Federicos Leichnam nach Rom bringen, das schwöre ich. Ich werde ihn in der Kirche Santi Apostoli neben dem Palazzo Colonna begraben, in meinem eigenen Grab.

»Sei ganz ruhig, mein Freund«, flüstere ich zum Abschied. »Ich werde deinen Tod rächen.«

Dann kehre ich durch den Geheimgang in die Abtei zurück. Ich lege das Notizbuch auf Jibrils Schreibtisch im Dormitorium, schiebe Galceráns Schwert unter das Bett und krieche erschöpft unter die warme Decke.

Mit der Hand am Griff des Dolches unter meinem Kopfkissen döse ich in der Wärme des Kaminfeuers bald ein …

Kapitel 48

In der Zelle des Abtes
22. Dezember 1453
Gegen halb vier Uhr nachts

… und schrecke auf aus dem tiefen, traumlosen Schlaf, als ich ein leises Knarren höre, das nicht von den knisternden Holzscheiten im Kamin stammen kann. Verschlafen öffne ich die Augen.

Jibril!

Erschrocken zucke ich zusammen und taste nach dem Griff des Dolches.

Wie lange steht er schon dort?

Lässig an einen Bettpfosten gelehnt, blickt er versonnen auf mich herab. Als er merkt, dass ich aufgewacht bin, wendet er sich mit einem gequälten Schnaufen ab, verlässt den Raum und schließt leise die Tür hinter sich.

Was wollte Jibril mitten in der Nacht an meinem Bett?

Sofort setze ich mich auf und sehe mich um.

Da, der zerbrochene Schlüssel liegt wieder auf dem Tisch! Jibril hat die beiden Teile zusammengefügt.

Was willst du mir damit sagen, Jibril? Wohin soll uns dieser Schlüssel führen? In unsere gemeinsame Vergangenheit? Oder in unsere gemeinsame Zukunft auf der Suche nach dem Mandylion?

Du hast es also immer noch nicht gefunden …

Kapitel 49

In der Zelle des Abtes
22. Dezember 1453
Kurz nach sieben Uhr morgens

»Nimm mich zurück!«

Zarte Rosenblätter streicheln mich, während sie sanft wie ein sommerlicher Windhauch in den Gärten der Alhambra an mir herabgleiten und auf dem Bett aus Rosenblüten liegen bleiben. Seufzend rekele ich mich.

Mit einer der duftenden Blüten streichelt er mich voller Hingabe, während er meinen nackten Körper mit seinen Blicken liebkost. Wie ich es genieße, wenn er mit mir spielt, mit meinem Körper, mit meiner Leidenschaft und meiner Lust! Mir wird immer heißer, als ob ich innerlich glühe, und ich winde mich unter ihm. Das gefällt ihm, das sehe ich ihm an. Mit der Rose streichelt er meine Stirn, meine Augenbrauen, meine Nase, meine erwartungsvoll geöffneten Lippen, mein Kinn, dann fährt er spielerisch über meine Brüste und kitzelt meinen Bauchnabel.

Ich stöhne auf vor Lust. Nicht der Haschischrausch bringt mich zum Glühen, sondern Jibril, der meinen Körper ganz und gar beherrscht. Ich schließe die Augen und atme schwer, weil ich weiß, dass ihm das gefällt. Dass ihn das erregt. Leise lachend lässt er die Blüte zwischen meinen Beinen verschwinden.

Ich öffne die Augen wieder und beobachte, wie Jibril sich den Turban vom Kopf zieht und ihn auf den Boden wirft. Dann lässt er die Djellabiya aus indischem Seidenbrokat über seine breiten Schultern gleiten, schlüpft geschmeidig aus den Ärmeln und schleudert die schimmernde Robe in einen blühenden Oleanderbusch. Er ist nackt. Mein Blick umschmeichelt seinen vollendeten Körper, wie das Mondlicht, das auf seiner gebräunten Haut schimmert. Die Nacht ist heiß und schwül.

Durch den nächtlichen Garten weht der Schrei eines Pfaus, der von den Türmen der Alhambra hinter mir widerhallt. Irgendwo singt eine Nachtigall ihr süßes, sehnsuchtsvolles Lied. Und da sind Schritte.

Ein Fackelträger geht durch den Palastgarten und leuchtet zwischen die blühenden Büsche und die Hecken. Hat Yared ihn geschickt, um mich zu suchen und nach dem Liebesspiel in die Gemächer des Sultans zurückzubringen, von wo noch immer das trunkene Gelächter und die feurige Musik der Feier zu mir herüberdringen? Im Garten duftet es nach Sandelholz, Weihrauch und Myrrhe. Nach Lamm in Koriander und gebratenen Täubchen in Mandelmilch. Ich glaube, trotz seiner ausgelassenen Stimmung hat Yared gemerkt, dass Jibril mir in den Garten gefolgt ist. Er weiß ja, was zwischen Jibril und mir ist … *war*. Nach dem langen und gefühlvollen Gespräch mit Yared habe ich Jibril eine Abfuhr erteilt. Yared war glückselig und schwor mir, sich den Wünschen des Sultans zu widersetzen und sich keine zweite Frau zu nehmen. Jibril hat seine Verbannung aus meinem Bett jedoch nicht hingenommen. Offenbar hat er sich entschieden, um mich zu kämpfen.

Den Fackelträger dort drüben hat Yared geschickt, um uns zu beschützen, damit wir bei unserem leidenschaftlichen Spiel nicht von einem Spaziergänger im nächtlichen Garten überrascht werden.

Der Prinz kniet jetzt über meinen Beinen, beugt sich über mich und beginnt im sanften Schein des Mondlichts mit dem Liebesspiel. Er haucht die Rosenblätter von meinen Schenkeln, von meinem Bauch, von meinen Brüsten und aus der kleinen Vertiefung an meiner Kehle, aus der er am liebsten Haschisch leckt. An den Stellen meiner Haut, die nach den parfümierten Blütenblättern duften, küsst er mich und streichelt mich mit seiner Zunge. Begierig atmet er meinen Geruch ein.

»Nimm mich zurück!«, flüstert er mit heiserer Stimme und küsst meine Lippen. »Ich gehöre dir.«

Ich setze mich auf. Jibril kniet zwischen meinen Beinen, legt seinen Finger unter mein Kinn und küsst mich leidenschaftlich, während er noch näher an mich heranrutscht. Im Mondlicht sehe ich, dass er bereit ist. So wie ich. Unsere Sinne, durch unsere hitzige Aussprache vorhin erregt, müssen sich endlich Erleichterung verschaffen. Mit seinen Händen umfasst er meine Schenkel und hebt mich auf seinen Schoß. Gleichzeitig spielt er mit seiner Zunge auf den Knospen meiner Brüste. Er weiß genau, wie ich es mag. Und das Schöne dabei ist, dass er mag, was ich mag.

Mit beiden Händen fahre ich durch sein lockiges Haar und komme seinen wiegenden Hüften entgegen. Schweißtropfen bilden sich an seinen Schläfen. Er zittert unmerklich und atmet sanft und tief. Seinen Namen al-Assad trägt er zu Recht – Jibril ist wild und unbezähmbar wie ein Löwe.

»Ich gehöre dir, meine Prinzessin, nur dir allein!«, flüstert er mit kehliger Stimme und küsst mich gierig auf die Lippen. Seine Zunge gleitet in meinen Mund. »Nimm mich zurück, Al-Iskandra! Ich habe einen Fehler gemacht! Vergib mir! Begnadige mich! Schenk mir mein Leben, nur du allein hast die Macht dazu!«, fleht er mich zwischen den Küssen an. »Ich kann ohne dich nicht leben, mein Herz. Nicht atmen, nicht fühlen, nicht lachen, nicht singen, nicht lieben. Ruf mich aus der Verbannung zurück! Nimm mich zurück!«

Mühelos hebt er mich hoch und lässt mich ganz langsam wieder herab, sodass er sanft in mich hineingleitet. Unsere Körper finden sich, wie immer. Ich biete mich ihm dar, werfe den Kopf zurück und stöhne vor Lust. Die leise Musik, das Plätschern des Wassers in den Becken, das Lied der Nachtigall – alles erregt mich.

»Verlass ihn, meine Prinzessin. Verlass ihn, wenn er sich eine zweite Frau nehmen will, und heirate mich.«

»Nein …«, hauche ich, und während er mit seinen lustvollen Bewegungen beginnt, kann ich vergessen, was geschehen ist. »Ich werde Yared nicht verlassen, trotz allem. Ich liebe ihn. So wie er mich liebt.«

Daran wird auch Jibrils Schwester, die Yared auf Wunsch des Sultans heiraten soll, nichts ändern. Mit seiner Unterwerfung unter den Islam wäre Yared, der mächtige Wesir von Granada, ein Mitglied der königlichen Familie. Und ein möglicher Nachfolger des Sultans, falls Muhammad al-Aysar ein viertes Mal vom Thron gestürzt wird.

Jibril küsst mich innig, während er sanft in mich hineinstößt. »Du willst uns beide, nicht wahr? Deinen Gemahl, der dich auf Händen trägt. Und deinen Geliebten, der alles für dich aufgeben würde. Seine Frau … seinen kleinen Sohn …«

Ich stöhne. »Ich will noch viel mehr als nur euch beide!«

»Was willst du denn noch?«

»Meine Freiheit, Jibril. Sie ist so kostbar wie die Liebe und die Leidenschaft, die ihr beide mir schenkt. Yared lässt mir meine Freiheit. So wie ich ihm seine lasse.«

»In seinem Harem voller williger Gespielinnen, die sein bester Freund Sultan Muhammad ihm ins Bett legt, um seinen Wesir bei Laune zu halten? Mein königlicher Onkel weiß, dass er ohne Yared das Nasridenreich nicht regieren kann. Dass er wieder gestürzt wird und aus Granada vertrieben.«

»Mein Geliebter, dein Harem ist nicht viel kleiner als der meines Mannes. Recht ansehnlich für einen frommen Christen …«

»Mein königlicher Onkel sorgt sehr umsichtig dafür, dass ich keine Zeit für etwas anderes habe als für die Liebe.« Seine Bewegungen werden schneller. »Und dein Gemahl hält mich auf Trab, indem er mich zu deinem Beschützer ernannt hat, zum Beschützer deines Lebens, deiner Würde, deiner Ehre und … du weißt schon.« Er grinst verschmitzt. »Seit meiner Rückkehr aus der Verbannung in Córdoba lässt Yared mich überwachen, weil er fürchtet, ich könnte meinen Onkel stürzen, weil ich selbst Sultan werden will. Zwei meiner Cousins, Sultan Muhammad und Sultan Yusuf, haben unseren Onkel vor einigen Jahren aus der Alhambra vertrieben. Dein Gemahl hat ihm wieder die Stufen zum Thron von Granada hinaufgeholfen.«

»Yared wird niemals dein Wesir sein, Sultan Jibril!«

Seine Zunge gleitet verspielt über meine Lippen, sein warmer Atem streift mein Gesicht. »Nein, denn wenn er sich doch noch entschließt, Muslim zu werden und meine Schwester zu heiraten, kann er selbst Sultan werden. Den mächtigen Familienclans ist ein zum wahren Glauben bekehrter Jude allemal lieber als ein Christ, dessen bester Freund Galcerán ein Verwandter von Kardinal de Borja …«

»Jibril?«

»Ja, meine Prinzessin?«

»Könnten wir den Sturz des Sultans auf morgen verschieben?«

Er lacht leise.

»Jibril!«

»Wie du befiehlst, Sayyida«, flüstert er grinsend und küsst mich ungestüm.

Mit geschlossenen Augen gebe ich mich meinen Gefühlen hin, während er immer schneller wird und wir durch ein Funken sprühendes Feuerwerk der Lust der Erlösung entgegenschweben.

Schwer atmend lasse ich mich auf die Rosenblüten zurücksinken. Er gleitet aus mir heraus und legt sich erschöpft neben mich. Dann nimmt er eine Blüte und liebkost mich damit, während wir eng umschlungen liegen, ohne ein Wort zu sprechen. Ganz leise dringt das fröhliche Gelächter des königlichen Festmahls bis zu uns.

Plötzlich zerreißt ein schriller Schrei das Lied der Nachtigall.

Aus dem Blütenkelch der Rose, mit der Jibril mich streichelt, fließt plötzlich warmes Blut. Es rinnt über meinen Körper und tropft auf die Rosenblätter.

Mit beiden Händen stoße ich Jibril von mir, weil ich das Blut wegwischen will, aber es wird immer mehr. Mein ganzer Körper ist nass vom Blut …

Ein ersticktes Keuchen entringt sich meiner Brust.

Was für ein Schreckenstraum!, denke ich und schrecke hoch.

Ich schlage die Augen auf, und mein Blick fällt auf Jibril.

Er liegt neben mir.

Kapitel 50

In der Zelle des Abtes
22. Dezember 1453
Viertel nach sieben Uhr morgens

Zwischen uns liegt die erfrorene Rose aus dem verwilderten Gärtchen unterhalb des Glockenturms. Er hat sie gepflückt. An den Rändern sind die Blütenblätter welk, und einige haben sich schon aus dem Kelch gelöst und liegen auf dem Kissen verstreut.

Jibrils warmer Atem streichelt mein Gesicht. Er sieht mich an. Unter der Bettdecke hat er ein Bein über meine Hüfte gelegt. Wie ich ist er nackt. Entsetzt weiche ich zurück, doch er beugt sich über mich, streicht mir zärtlich durch das zerwühlte Haar und küsst mich sanft. »Ganz ruhig, mein Herz! Ich bin ja bei dir!« Er legt seine Hand auf meine und schiebt seine Finger zwischen meine – eine sehr intime Geste.

Da bricht mit Gewalt eine Erinnerung in mir auf. Elija, wie er sterbend in meinen Armen liegt … »Mami!« … Neben ihm Yared in seinem Blut, der Dolch des Hashishin noch in seiner Brust. Röchelnd haucht er: »… liebe … dich … Leb wohl!« Dann ist er tot.

Verzweifelt schluchze ich auf.

Jibril nimmt mich in die Arme, wiegt mich sanft und küsst mir die Tränen aus dem Gesicht. »Du hast geträumt, mein Herz. Aber jetzt bist du aufgewacht. Und ich bin bei dir, ganz nah.«

Ich will jetzt nicht weinen.

»Alles wird gut«, tröstet er mich. »Du bist noch schwach, mein Schatz. Ich habe mir solche Sorgen gemacht, als du dich vorhin im Bett hin und her geworfen hast. Du hast seit gestern Nachmittag unruhig geträumt, im Schlaf geschrien und um dich geschlagen! Immer wieder musste ich dich zudecken, weil du die Bettdecke weggestrampelt hattest. Bald wird es dir besser gehen. Das verspreche ich dir.«

Wovon redet er? Wieso glaubt er, ich habe seit gestern Nachmittag geschlafen und geträumt?

»Kommen die Erinnerungen zurück?«

Ich schüttele den Kopf. »Nein.«

»Du wirst dich erinnern, ich verspreche es dir.« Ganz sanft berührt er die Wunde an meinem Kopf. »Sag mal, was hältst du von einem Frühstück im Bett? Du musst hungrig sein. Du hast gestern kaum etwas gegessen, bevor du eingeschlafen bist. Und dann kuscheln wir noch ein bisschen unter der Decke …«

Ich mache einen tiefen Atemzug. »Ich möchte aufstehen.«

Er zögert und gibt sich enttäuscht. »Wie du willst.« Er haucht mir einen Kuss auf die Lippen. »Kann ich dich einen Augenblick allein lassen, mein Schatz? Ich bereite in der Küche das Frühstück vor. Dann komme ich und hole dich.«

»Ist gut.«

»Ruh dich noch ein bisschen aus.« Besorgt streicht er mir eine Strähne aus der Stirn. »Du bist so blass. Und zittrig.«

Du lieber Himmel, Jibril! Hat der Engel der Sanftmut dich berührt? Das ist ja mal ganz was Neues! Was ist mit deiner Wildheit, deinem hitzigen Temperament und deiner Leidenschaft passiert? Sag dem Engel, er soll sie dir zurückgeben. Jetzt sofort.

Jibril haucht mir einen Kuss auf die Lippen und springt aus dem Bett. Er öffnet die Fensterläden. Das blaue Licht der Morgendämmerung ergießt sich in den Raum und drängt die Schatten zurück.

Es schneit immer noch. Fein wie Staub rieseln die Eiskristalle herab, so fein, dass man ein Funkeln erwartet, ein Glitzern, wie von Diamanten.

Mit halb geschlossenen Lidern rekele ich mich ins Kissen, während ich Jibril beobachte, wie er rasch in Hemd, Hosen und Stiefel schlüpft und das Feuer im Kamin schürt. Dann geht er zur Tür und schenkt mir ein Lächeln. »Bin gleich zurück.«

Die Tür lässt er nur angelehnt, sodass ich seine Schritte auf der Treppe hören kann. Der Steinsplitt, der letzte Nacht auf den Stufen lag, ist offenbar verschwunden.

Ich setze mich auf und sehe mich im Zimmer um. Auf dem Tisch liegt immer noch der zerbrochene Schlüssel, den Jibril letzte Nacht zusammengefügt hat. Daneben liegt mein Notizbuch.

Ich springe aus dem Bett, husche zum Tisch und schlage die Seite mit meiner Skizze von Jibril im schwarzen Habit der Johanniter über seiner Rüstung auf. *Heute habe ich Jibril gesehen. Und alle Erinnerungen an Granada, die ich so gern vergessen wollte, kamen wieder zurück. Und alle Gefühle. Der Hass, die Wut, die Enttäuschung über seinen Verrat, aber auch die Leidenschaft, die uns damals verband. Und die Schuld.*

Jibril ibn Ayman ibn Hafiz al-Assad, Prinz von Granada, was ist bloß geschehen? Was hast du zu tun mit Yareds Ermordung im Löwenhof der Alhambra? Und was mit Cesares Tod in jener Kapelle in Byzanz?

Auf der Suche nach anderen Tagebucheintragungen über Jibril blättere ich weiter. Die Seiten sind eng beschrieben. Doch ab dem 29. Mai, dem Tag der Eroberung, bestehen die Aufzeichnungen nur noch aus unzusammenhängenden Sätzen und wirren Gedanken. Meine geistige Zurechnungsfähigkeit scheint während der Plünderung, des Feuersturms und des blutigen Massakers ernsthaft in Gefahr geraten zu sein. An einigen Stellen habe ich mit dem Silberstift so fest aufgedrückt, dass das Pergament eingerissen ist. Die Schrift, an vielen Stellen fast unleserlich, wird immer unsicherer, zittriger, aufgeregter.

Offenbar habe ich nicht erst seit gestern das Gefühl, dass ich den Verstand verliere, denke ich bestürzt. Mein Leben ist in tausend Teile zerbrochen.

Entsetzt lese ich weiter: Szenen von loderndem Feuer und spritzendem Blut, von Gewalt und Tod, die in der finstersten Hölle zu spielen scheinen. Das Gesicht eines Mannes mit blutüberströmtem blassen, beinahe durchscheinenden Gesicht, das mich in meinen Träumen in Angst und Schrecken versetzt – ist es das Abbild auf dem Mandylion? Habe ich das alles wirklich erlebt? Und habe ich das alles wirklich aufgeschrieben? Ich kann mich nicht erinnern …

Ist die düstere Ahnung von drohender Gefahr, die mich immer wieder packt, ein Echo der durchlebten Schrecken? Ist meine Befürchtung, dass etwas Furchtbares geschehen wird, nur eine ungenaue Erinnerung daran, dass schon längst etwas Entsetzliches geschehen ist? Bin ich verrückt?

Meine Finger zittern so sehr, dass ich beim Umblättern beinahe die Seite zerreiße.

Jibril wird mit keinem Wort mehr erwähnt. Wie es scheint, habe ich ihn in der Kapelle des Mandylions, wo Galcerán Cesare tötete, zum letzten Mal gesehen. Bis er mich gestern ins Leben zurückrief, um mich gleich darauf für tot zu erklären und zu begraben.

Mein Herz rast. Ich atme tief durch, um mich zu beruhigen.

Ich werde mich erinnern, Jibril! An jeden Augenblick meines Lebens! Das schwöre ich dir! Und wenn du eine Schuld trägst an Yareds oder Cesares Tod, dann gnade dir Gott der Allmächtige!

Als ich das Buch zuklappen will, stoße ich auf zwei zusammengeklebte Seiten. Ich rieche an dem Buch. Das Pergament riecht noch nach Leim. Ich erinnere mich, dass ich gestern eine Schale mit Knochenleim in der Werkstatt des Scriptoriums gefunden habe. Aber wieso habe ich die beiden Seiten zusammengeklebt?, frage ich mich verwirrt. Was steht dort, dass ich …

Schritte auf der Treppe. Jibril kommt zurück!

Hastig werfe ich das Notizbuch auf den Tisch, eile zurück zum Bett und krieche unter die Bettdecke. Dann tritt er in den Raum …

Kapitel 51

In der Zelle des Abtes
22. Dezember 1453
Kurz nach halb acht Uhr morgens

… und schließt die Tür hinter sich.

»Geht es dir gut?«, fragt er besorgt. »Du siehst so blass aus.«

Ich zwinge mich zu einem erschöpften Lächeln.

»Das Frühstück ist gleich fertig. Ich bringe dich hinunter in die Küche.«

»Ist gut.«

Vor der Reisetruhe mit meinen Sachen bleibt Jibril stehen. Er kniet sich auf den Boden und hebt den Deckel an.

Der Schreck fährt mir in die Glieder, meine Hände und Füße prickeln, und ich bin plötzlich ganz lahm. Meine Kleidung, die ich letzte Nacht in die Truhe gestopft habe, muss noch ganz nass sein vom Schnee …

Jibril holt einen Stapel ordentlich gefalteter Kleidungsstücke aus der Truhe, legt sie sich über den Arm, nimmt die Stiefel heraus und kommt zu mir herüber, nachdem er den Deckel mit einem lässigen Tritt wieder geschlossen hat.

Er reicht mir meine ordentlich gefaltete Unterwäsche, die ich verdattert anstarre. Sie ist frisch gewaschen und duftet noch nach Galceráns Lavendelseife und dem Holzfeuer, vor dem sie getrocknet wurde.

Ich fühle mich, als stünde ich im lodernden Feuer.

Jibril weiß es!, denke ich. Er weiß, dass ich gestern versucht habe zu fliehen!

Und jetzt?

»Komm, ich helfe dir.« Mit Schwung schlägt er die Bettdecke zurück, sodass ich aufstehen und mich ankleiden kann. Unterwäsche, Hemd, Hose, Jacke, Stiefel. Alles sauber, duftend und trocken.

Ich verstehe das nicht. Das kann nicht sein …

Jibril greift von hinten in meine langen Haare. Dabei berühren seine Finger zärtlich meinen Nacken. Wie selbstverständlich flicht er mein Haar zu einem Zopf. Dann haucht er mir einen Kuss in den Nacken. Ich zucke zusammen, denn seine Lippen schlagen Funken aus meiner Haut, seine sanften Berührungen fügen mir Schmerzen zu.

Plötzlich packt er mich von hinten und hebt mich hoch. Mein Kopf liegt an seiner Schulter, als er mich die Treppen hinunter in die Küche trägt. Dort setzt er mich auf eine Holzbank am Tisch vor dem Kamin.

Während er sich um die Kupferpfanne mit dem brutzelnden Gämsenfleisch kümmert, sehe ich mich in der Küche um. Die aufgebrochene und zerlegte Gämse ist verschwunden. Der Tisch ist ordentlich gedeckt: eine brennende Kerze, ein Krug mit Rotwein, Holzteller und Zinnbecher, jedoch kein Besteck. Die Messer … ich wende mich zum Regal an der Wand hinter mir um … sind außer Reichweite.

Mein Cavalier servente fürchtet mich, obwohl ich so viel schwächer bin als er.

Gut zu wissen.

»Pfeffer?«, fragt er, ohne sich zu mir umzudrehen. Seine Schultern sind angespannt, sein Kopf ist leicht geneigt, als lausche er, was ich hinter seinem Rücken treibe.

»Ich hab's gern scharf.«

Er streut reichlich schwarzen Pfeffer über das schmurgelnde Fleisch, dann gießt er einen Becher Wein in die heiße Pfanne, der sofort zu brodeln und zu verdunsten beginnt. Ein verführerischer Duft weht mir um die Nase. Hab ich einen Hunger!

Unruhig rutsche ich auf der Holzbank am Tisch hin und her.

»Jibril?«

Als ich ihn plötzlich mit seinem maurischen Namen anspreche, zuckt er regelrecht zusammen. Er dreht sich nicht zu mir um und klappert mit der Pfanne auf dem Gestell im Feuer, um das Fleisch in der Sauce zu schwenken.

»Lassen wir doch dieses Spiel aus Täuschungen und Lügen und stellen uns dem Kampf, Jibril, offen und ehrlich«, setze ich sofort nach. »Wieso trägst du eigentlich nicht deinen Habit? Du bist ein Johanniter, Prinz Jibril al-Assad … Bitte verzeih! … Fra Gil Alvarez. Du bist ein Mönchsritter, der Armut, Keuschheit und Gehorsam gelobt hat. Die Ordensregeln gebieten, dass du deinen schwarzen Habit mit dem weißen Kreuz niemals ablegst.«

So, jetzt ist es heraus!

Langsam und bedächtig wendet er sich zu mir um, stellt die heiße Kupferpfanne vor mich auf den Tisch und sieht mir in die Augen. Er wirkt traurig. Kein bisschen bedeppert. Oder verlegen. Nein, er wirkt bekümmert über meinen unerwarteten Angriff.

»Ich *war* Johanniter«, presst er hervor. Ich kann nicht anders, ich muss ihn für seine Selbstbeherrschung bewundern – ›der Löwe‹ lässt sich von mir nicht so einfach provozieren. »Ich habe meine Gelübde als Professritter um unserer Liebe willen gebrochen. Ich habe alles aufgegeben – um deinetwillen. Ich habe den Papst und den Großmeister um Dispens gebeten, damit ich den Orden verlassen und dich nach all den Jahren nach meinem Weggang aus Granada heiraten kann. Erinnerst du dich nicht mehr?«

Ich schlucke. Mit dieser Antwort habe ich nun wirklich nicht gerechnet.

»Ich war mit Cesare Orsini verheiratet. Wir haben in der Hagia Sophia geheiratet, am Abend vor der Eroberung.«

Er schüttelt langsam den Kopf. »Nein, mein Schatz. Cesare und du – ihr habt vor drei Jahren in Rom geheiratet, nachdem du nach Yareds und Elijas Tod aus Granada zurückgekehrt warst. Der Papst hat euch beide in San Pietro getraut.«

»Nein …«, flüstere ich.

»Aber ja. Cesare fiel bei der Verteidigung von Konstantinopolis. Eine von Mehmeds Kanonen zerfetzte ihn. Du hast drei Schritte entfernt gestanden und alles mitangesehen. Du warst bedeckt von seinem Blut. Du bist zusammengebrochen.«

»Nein …«

»Du und ich, wir haben am Vorabend der Entscheidungsschlacht geheiratet. Kardinal Isidor, der Legat des Papstes, hat uns in der Hagia Sophia getraut. Erinnerst du dich denn nicht mehr? Dein Schwager, Kaiser Konstantin, war unser Trauzeuge.«

Ich schüttele schwach den Kopf.

Er lügt. Jibril lügt, ganz sicher.

Ich weiß nur nicht, was die Lüge ist. Dass er sich um mich sorgt? Dass er mich liebt? Dass wir verheiratet sind?

»Ich bin dein Gemahl«, sagt er beschwörend. »Nach Niketas, Yared und Cesare hast du mich geheiratet. Ich bin dein vierter …«

»Nein.«

Jibril atmet tief durch. Seine Lippen sind verkniffen, und seine Wangenknochen treten hervor, als knirsche er mit den Zähnen.

»Ich erinnere mich, dass Konstantin den Mann, der mich heiratete, mit Euer Gnaden anredete. An sein Gesicht erinnere ich mich nicht. Aber das war Cesares Titel, und …«

»… und jetzt ist es meiner«, fällt er mir ins Wort. »Durch meine Heirat mit dir bin ich Fürst des Kirchenstaates und Stellvertreter Seiner Heiligkeit des Papstes.«

Ich schlucke.

»Soll das ein Witz sein? Ich finde ihn nicht zum Lachen.«

Er stöhnt auf und verdreht die Augen. »Was ist denn plötzlich in dich gefahren? Als dein Gemahl bin ich Conte des Patri…«

»Nur über meine Leiche.«

Verzweifelt schüttelt Jibril den Kopf. Und als ich ihn dann auch noch sehr resolut wegen meines Grabes in der Krypta der Abteikirche und der Gedenktafel für die Contessa Alessandra Colonna Orsini zur Rede stelle, sieht er mich an, als ob ich den Verstand verloren hätte.

»Da ist kein Grab«, sagt er leise.

»Wie war das?«, fauche ich ihn an.

»Da ist kein …«

»Ich hab es doch gesehen!«

»Wann?«, fragt er lauernd.

»Letzte Nacht.«

»Da hast du in meinen Armen geschlafen. Wie eine Besessene hast du dich im Bett hin und her geworfen und geschrien. Du hattest schreckliche Träume. Ich habe dich festgehalten, damit du dich nicht selbst verletzt, und …«

Ich springe auf.

»He, warte! Wo willst du hin?«

Kapitel 52

Auf der Treppe zu den Krypten der Abteikirche
22. Dezember 1453
Viertel vor acht Uhr morgens

Wie würdest du reagieren, wenn man dir alles wegnimmt, sogar deine Identität? Wenn dein ganzes Leben nur noch ein Haufen Scherben ist, die nicht mehr zusammenpassen?

Jibril folgt mir die Treppe hinunter zur Krypta, wo Galcerán …

Ich bleibe so unvermittelt stehen, dass er mich fast umrennt. Galceráns Leichnam ist verschwunden. Kein geschmückter Katafalk, keine brennenden Altarkerzen für die Totenfeier, kein Johanniterhabit, nichts.

»Hast du deinen Freund heute Nacht begraben?« Ich warte Jibrils Antwort nicht ab, entreiße ihm die flackernde Kerze, die er gerade eben vom Altar geholt hat, sodass das heiße Wachs über meine Hand spritzt, werfe mich herum und stürme zum Gang, der in die aus dem Fels gehauenen Krypten führt.

Da ist die Grabnische.

Verwirrt bleibe ich stehen. Mein Verstand sucht verzweifelt nach einer Erklärung für das, was ich da sehe.

Meine Gruft ist verschlossen.

Der Epitaph mit meinem Namen, der während meiner Flucht vor dem Yeniçeri letzte Nacht an der Felswand lehnte, ist verschwunden.

Jibril tritt neben mich und sieht mich von der Seite an, während ich meine Finger über den rauen Felsrand gleiten lasse. Er sagt kein Wort.

Ich erinnere mich noch genau, wie ich gestern früh meine Hand unter größten Anstrengungen über den Rand dieser Gruft geschoben habe, während er und seine Henkersknechte oben in der Kirche mein Totengebet sangen: *De profundis clamavi ad te Domine.* Ich weiß noch, wie der düstere Gesang mich in Todesangst versetzte, weil ich lebendig begraben werde. Ich spüre noch den Fels unter meinen Fingerspitzen. Ich fühle noch die Kälte dieser Gruft. Ich rieche noch den Gestank der verwesenden Leiche neben mir. Ich schnuppere, kann jedoch nichts riechen außer dem Duft nach heißem Wachs von der Kerze in meiner Hand.

Was geht hier vor?

Mein Blickfeld verengt sich, als ob ich in einen finsteren Tunnel hineinschaue, dann wird mir plötzlich schwarz vor Augen, und ich bin wie gelähmt. Ich habe wieder einen Aussetzer! Ich strecke meine Arme aus, weil ich mich an der Wand festhalten will, verfehle sie jedoch und taumele gegen Jibril, der mich auffängt und in seine Arme schließt.

»Ganz ruhig, mein Schatz. Ich halte dich«, flüstert er und küsst mich zärtlich.

Ich lehne meine Stirn gegen seine Schulter und atme tief durch. Ich zittere vor Wut. Schließlich richte ich mich wieder auf und sehe ihm in die Augen.

»Es gab eine Grabplatte«, sage ich mit bebender Stimme. Ich muss mich zur Ruhe zwingen, bevor ich weitersprechen kann. »Alessandra Colonna Orsini, Tochter von Luca d'Ascoli. Geboren in Rom am 2. April 1415, gestorben in Konstantinopolis am 29. Mai 1453. Contessa, Vikarin des Papstes und Legatin der heiligen römischen Kirche.« Ich räuspere mich, denn meine Stimme droht zu versagen. Meine Kehle ist wie zugeschnürt, und das Atmen fällt mir schwer. »Darunter stand das Requiem aeternam.«

Jibril schüttelt traurig den Kopf. »Nein«, sagt er leise.

»Ich habe sie gesehen.«

»Du hast in meinen Armen geschlafen.« Seine Stimme ist sanft und leise, als wolle er mir nicht wehtun. »Vertrau mir.«

»Wie kann ich jemandem vertrauen, der denkt, ich sei verrückt?«, bricht es aus mir heraus. Am liebsten würde ich meine Worte mit den Fäusten in ihn hineinprügeln. »Und der alles tut, um mich in den Wahnsinn zu treiben?«

Er bricht innerlich zusammen, als habe ich ihn geschlagen. Er lässt mich los, zieht die Schultern hoch, als fürchte er noch einen Angriff, und blickt mich traurig an. »Al-Iskandra …«

Also doch!

Ich bin nicht Adriana, sondern Alessandra! Adriana de Zafra ist nur einer der Namen, unter denen ich reise, wenn ich nicht erkannt werden will. Eine Adriana de Zafra, deren Geleitschreiben von Sultan Muhammad von Granada und König Juan von Kastilien unterzeichnet wurde, gibt es nicht. Alessandra Colonna aber gibt es sehr wohl.

Ich spüre, wie heiße Wut in mir hochsteigt.

Jibril, du Verräter!

Mit aller Kraft schlage ich zu und treffe ihn so hart an der Schläfe, dass er mit erschrocken aufgerissenen Augen zurücktaumelt und gegen die Felswand prallt. Blut rinnt ihm über die Wange. Mein Saphirring hat ihm die Haut aufgerissen.

Santo Cielo, wie gut das tut! Die Wut und der Hass zerfließen in einem wohligen Gefühl der Erleichterung. Mit einem heftigen Ruck ramme ich ihm mein Knie in den Unterleib, sodass er keuchend vor Schmerz an der Wand hinunter zu Boden rutscht und mir dabei den Zorn Allahs androht.

»Tut das weh?«, fauche ich ihm höhnisch entgegen und nehme

ihm den Dolch ab. »Sei unbesorgt, mi cariño, gleich hört der Schmerz auf. Das verspreche ich dir!«

Als ich ihm die scharfe Klinge an die Kehle lege, verstummt er sofort. Und als ich mit der rechten Hand seinen Nacken umfasse, weiten sich seine Augen vor Entsetzen. Er weiß, was ich vorhabe. Der Griff kann tödlich sein. Mit den Fingerspitzen taste ich nach den Halsschlagadern und den Nervensträngen zum Gehirn und drücke entschlossen zu.

Keuchend schlägt Jibril um sich, dann erstarren seine Augen wie die eines Sterbenden, und er sinkt leblos auf den Boden.

Ich stecke eine Hand unter sein offenes Hemd und fühle seinen Herzschlag. Dann stecke ich den Dolch ein und steige über ihn hinweg.

Ich muss Gewissheit haben. Und wenn das bedeutet, dass ich wirklich den Verstand verliere …

Kapitel 53

Auf der Treppe zu den Krypten der Abteikirche
22. Dezember 1453
Kurz vor acht Uhr morgens

Ich haste die Treppe hinauf in die Kirche.

Die Blutspur, die durch das Seitenschiff zum Glockenturm führt, ist verschwunden. Und der Altarraum … Ich spähe zwischen den Säulen hindurch zur Chorapsis. Sie ist aufgeräumt.

Nichts erinnert mehr an meinen Kampf mit Galcerán.

Weiter!

Ich hetze die Stufen hinunter, kann jedoch auch hier keine Blutspritzer entdecken, wo ich dem Yeniçeri mit einem Tritt die Nase gebrochen habe. Am Ende der Wendeltreppe stoße ich die Tür auf und trete hinaus in den Schnee. Eiskristalle wirbeln durch die kalte Luft und stechen mir in die Augen, sodass ich blinzeln muss.

Mit gesenktem Kopf haste ich durch den verharschten Schnee hinüber zur Einsiedlergrotte und achte dabei auf Fußstapfen – meine oder Federicos oder Murats. Doch es gibt keine Spuren mehr. In der Nacht hat es in dicken Flocken geschneit, und der Schnee hat alles zugedeckt.

Die Tür zur Grotte ist fest verschlossen.

Ich trete drei Schritte zurück und werfe mich mit Schwung dagegen – vergeblich. Auch ein Tritt gegen das rostige Schloss kann sie nicht öffnen. Sie ist offenbar am Boden festgefroren.

Ich knie mich in die Schneeverwehung, die wie eine Woge an der niedrigen Tür hochschwappt, und fege mit beiden Händen den Schnee zur Seite. Zwischen dem Felsuntergrund und der aufgequollenen Holztür hat sich eine dicke Schicht Eis gebildet.

Ich setze mich auf meine Fersen und wische mir die Eiskristalle aus der Stirn. Wie es scheint, ist die vereiste Tür seit dem letzten Tauwetter zu Beginn des Winters nicht geöffnet worden.

Wie vom Skorpion gestochen springe ich auf … und muss mich an der Bruchsteinwand der Grotte festhalten, sonst wäre ich gleich wieder in den Schnee gestürzt. Mir ist schwindelig, und ich habe Kopfschmerzen. Und meine Knie zittern, als ich jetzt durch den gefrorenen Tiefschnee zu den Ruinen hinüberstapfe.

Da ist der Torbogen, der ins eingestürzte Ossarium führt.

Unter dem Schnee sind die verstreuten Gebeine der Mönche nur zu erahnen. Keine Spuren, kein durch Knochen und Totenschädel markierter Grabhügel.

Ich atme tief durch, und eine weiße Wolke hüllt mich ein.

Vorsichtig gehe ich zwischen den Gebeinen hindurch zu der Stelle, wo zuvor das Notfallversteck lag, und beginne zu graben. Knochensplitter. Steinsplitt. Erde. Sonst nichts.

Ich krieche einige Ellen weiter und pflüge mit Jibrils Dolch durch die gefrorene schwarze Erde zwischen den Gebeinen.

Aber auch dort ist keine Holzkiste.

Und die zerlegte Armbrust mit dem Köcher voller Bolzen? Und der Beutel voller Goldmünzen? Und mein Siegelring?

Nichts! Nichts habe ich mehr, um mir selbst zu beweisen, dass ich das alles nicht geträumt habe. Die Armbrust hat der Yeniçeri. Während meiner Flucht hat er damit auf mich geschossen. Und die Goldmünzen und den Dolch hatte Federico in seiner Tasche, als ich ihn fand. Er hatte meine Ausrüstung für die Flucht geholt, hatte das Notfallversteck wieder zugeschüttet und war zum Stall geeilt, um die Pferde zu satteln, bevor ich wie verabredet fünf Minuten später mit meinem Notizbuch auftauche.

Mit dem Fuß scharre ich Schnee über den aufgewühlten Boden, dann hetze ich zur Turmruine, reiße die Tür zum Geheimgang auf und suche in meiner Zunderdose nach dem Kerzenstummel, den ich immer bei mir trage.

Er ist nicht da.

Ich stutze. Wo habe ich den denn verloren? Und wann?

Keine Ahnung. Na, egal. Also nicht durch den finsteren Geheimgang. Ich verlasse die Turmruine und gehe zur Wehrmauer hinüber, um in den Abgrund zu spähen. Verschneite Felsen und Gestrüpp. Und etliche Ellen tiefer der Wald, der die Abtei umgibt.

Entschlossen schwinge ich meine Beine über die Mauerbrüstung, springe in die Schneeverwehung auf dem Felshang, rutsche durch die niedrigen Gehölze hindurch und den Abhang hinunter zu einem Wehrgang. Er ersteckt sich von der Turmruine bis zu dem verwilderten Gärtchen unterhalb des Glockenturms.

Kurz darauf erreiche ich keuchend den Hof zwischen den Pferdeställen und dem Aedificium. Da ist das Stalltor!

Ich schiebe es einen Spaltbreit auf, schlüpfe in den dämmerigen Stall und …

… bleibe stehen.

Drei Pferde wenden den Kopf, sehen mich erwartungsvoll an und schnauben. Ganz hinten in den Schatten erkenne ich schemenhaft einen schwarzen Hengst mit einer weißen Blesse.

Das ist doch nicht möglich, rede ich mir ein. Das kann nicht sein.

Mir wird heiß und kalt, während ich weitergehe, um mich zu vergewissern, dass ich nicht fantasiere.

Tatsächlich, drei Pferde in den Boxen, drei Zaumzeuge an der Wand da drüben und drei Sättel dort über den hölzernen Trennwänden.

Den Absturz des Pferdes im dichten Schneetreiben habe ich wohl doch nur geträumt. Genauso wie den Angriff durch Murat. Und die Rettung durch Federico.

Ich traue mich gar nicht, den Stall zu verlassen, um sein Grab zu suchen, aber dann tue ich es doch. Ich muss Gewissheit haben. So oder so.

Ich gehe durch den Hof, stapfe die Treppe an der Mauer hinunter und suche vergeblich nach einem festgeklopften Grabhügel unter einem herangeschleppten Dornengestrüpp.

Je näher ich der Stelle komme, wo ich Federico begraben habe, desto langsamer werden meine Schritte. Schließlich bleibe ich stehen, als ob ich den Rand eines Abgrunds erreicht hätte … Irgendwie stimmt das auch. Bebend stehe ich an einem Abgrund in meinem Verstand, und ich fürchte mich davor, den Halt zu verlieren und ins Bodenlose zu stürzen.

Es gibt kein Grab, keine Schleifspur eines Leichnams im Schnee, überhaupt keine Spuren. Weder von Menschen noch von Wölfen. Nicht auf den Stufen, nicht an der Mauer und nicht zwischen den Bäumen dort drüben.

Verwirrt schüttele ich den Kopf.

Tannhäuser war nie hier. Das ist schon schlimm genug.

Aber was noch viel schlimmer ist: Ich war auch nie hier.

Ich erinnere mich an Dinge, die nie geschehen sind. Ich kann Wahn und Wirklichkeit nicht mehr unterscheiden.

Die Furcht vor der Wahrheit treibt mir die Tränen in die Augen. Ich kann sie nicht mehr zurückhalten und schluchze verzweifelt auf. Dann sinke ich in den Schnee und weine. Ich kann nicht mehr, ich bin am Ende meiner Kräfte.

Gibt es etwas Schrecklicheres als die Erkenntnis, dass du Wahnvorstellungen hast? Dass du Menschen lebendig vor dir siehst, die längst tot sind? Dass du Dinge findest, die nie da waren? Dass du in panischer Angst vor einem Attentäter fliehst, während du im Bett liegst und in den Armen deines Mannes schläfst?

Und noch eine andere Frage treibt mich um: Bin ich vielleicht doch nicht diejenige, die ich zu sein glaube? Aber wenn ich nicht Alessandra Colonna bin, wer bin ich dann?

Eine Tobsüchtige, die, wie die unzusammenhängenden Gedanken und das wirre Gekritzel in meinem Notizbuch beweisen, schon in Byzanz den Verstand verloren hat?

Schluchzend berge ich mein tränennasses Gesicht in den Händen und weine verzweifelt vor mich hin.

Jibril hat recht: Ich bin verrückt.

Kapitel 54

In den Krypten der Abteikirche
22. Dezember 1453
Kurz nach acht Uhr morgens

Mit schweren Schritten, als ob ich durch eine zähe, gefrierende Masse waten würde, gehe ich in die Kirche zurück und die Treppe hinunter zu den Krypten.

Ich muss mit Jibril reden. Er muss mir sagen, was wahr ist und was nicht. Habe ich die ganze Nacht verschlafen? Habe ich das alles nur geträumt, den Yeniçeri an meinem Bett, die Suche nach dem Mandylion, die Verfolgung durch Murat, die Entdeckung meines Grabes, die Rettung durch Federico, die Flucht mit dem Pferd, das in die Tiefe gestürzt ist?

Und davor? Was ist wirklich geschehen? Und was nicht?

Am Ende der Treppe gehe ich um die Ecke und folge dem Gang zu der Grabnische, wo ich …

Unvermittelt bleibe ich stehen.

Jibril! Er liegt auf dem Boden, sein Körper seltsam verrenkt. Die umgekippte Kerze, deren Flamme nicht erloschen ist, wirft ein düsteres Licht auf sein verzerrtes Gesicht. Es ist blutüberströmt.

»Um Gottes willen!« Hastig knie ich mich neben ihn und drehe ihn vorsichtig auf den Rücken.

Er stöhnt vor Schmerz und blinzelt mich blicklos an. Das Blut ist ihm in die Augen getropft.

»Jibril!« Mit dem Ärmel wische ich ihm über das blutnasse Gesicht. Er hat eine Wunde an der rechten Seite des Kopfes.

»… skandra?«, keucht er matt.

»Ich bin hier.«

»Lass mich«, ächzt er heiser und wendet das Gesicht zur Wand, um mich nicht ansehen zu müssen.

»Vergiss es. Dreh dich um. Ich will mir die Wunde ansehen.«

Er schlägt nach mir, aber er ist so schwach, dass er mir nicht wehtun kann. »Lass mich … in Ruhe.«

»Nein«, weise ich ihn resolut zurecht. »Und spiel nicht den sterbenden Helden, sei so gut. Du wirst es überleben.« Ich packe ihn bei den Schultern und drehe ihn wieder auf den Rücken. Er wehrt sich kaum noch. »Ich werde dich verbinden, Jibril. Richte dich auf, damit ich dir dein Hemd ausziehen kann.«

»… skandra …«, nuschelt er, noch ganz benommen von dem Schlag auf seinen Kopf.

Ich hebe seinen Oberkörper an und ziehe ihm sein offenes Hemd über den Kopf, das auf der rechten Schulter ganz nass ist von seinem Blut. Dann helfe ich ihm, damit er sich gegen die Wand lehnen kann. Während ich sein Hemd in Streifen zerreiße, schließt er erschöpft die Augen.

»Sieh mich an!«

Flatternd öffnet er die Lider. Mit der Hand im Nacken hebe ich seinen Kopf leicht an, um die Wunde zu verbinden.

»Jibril?«

»Hmmm …«, brummt er benommen. Er hat einen Schlag auf den Kopf bekommen.

»Erinnerst du dich, was geschehen ist?«

Er schließt matt die Augen und nickt schwach.

»Wer war es, Jibril?«

Er guckt mich an, als habe er mich nicht verstanden.

»Jibril?«

»Hmmm …«
»Wer hat dich niedergeschlagen?«
»Du.«

Kapitel 55

In den Krypten der Abteikirche
22. Dezember 1453
Kurz nach acht Uhr morgens

»Ich?«, frage ich bestürzt.

»Du hast … mich angegriffen.«

»Nein.«

»Du hast … mich niedergeschlagen … und … liegen lassen …«

»Nein, Jibril.«

Oder doch? Ja, ich bin in meinem Zorn auf ihn losgegangen. Ich habe ihn mit meinem Saphirring verletzt. Und ich habe ihn liegen lassen. Aber nein, ich habe nicht versucht, ihn umzubringen. Oder doch?

Ich weiß, dass ich es gekonnt hätte.

Warum lebt er noch?

Weil ich ihn *nicht* töten wollte.

Aber wer dann? Außer uns beiden ist doch niemand in dieser Abtei. Kein Adrian und kein Lionel, kein Murat und kein Federico.

»Du hattest … vorhin … einen Anfall«, stammelt Jibril heiser. »Erinnerst du dich?«

Ich nicke.

»Als du … wieder du selbst warst … bist du auf mich losgegangen.«

»Tut mir leid«, flüstere ich, und mir wird ganz heiß vor Scham. »Ich weiß nicht, was mit mir los ist. Ich glaube …«

»Was?«, haucht er und sieht mich an.

»Ich glaube, ich werde verrückt.«

Als er die Tränen in meinen Augen bemerkt, tastet er nach meiner Hand und drückt sie kraftlos. »Weißt du noch … was wir uns … in der Hagia Sophia … im Angesicht des Todes … geschworen haben? … ›In guten wie in schlechten Zeiten … bis der Tod uns scheidet.‹ … Erinnerst du dich?«

Wieder nicke ich. Aber es ist eine Lüge. Ich erinnere mich nicht.

Ich erinnere mich nur an Szenen, die nie geschehen sind. Und an Szenen, von denen ich wünschte, sie wären nie geschehen. Ich habe nicht eine einzige schöne Erinnerung, die mich tröstet. Doch, es gibt eine: das leidenschaftliche Liebesspiel mit Jibril in den nächtlichen Gärten der Alhambra. Aber selbst diese Erinnerung ertrank im Blut …

»Ich liebe dich von ganzem Herzen, Al-Iskandra«, flüstert er. »Was immer mit dir geschieht, ich werde zu dir stehen.«

Ich kann die Tränen nicht mehr zurückhalten.

Intermezzo 3

In der Zelle des Abtes
22. Dezember 1453
Kurz nach zwei Uhr nachmittags

»Und dann?«, fragt der Kardinal atemlos.

»Ich habe versucht, Jibril die Treppe hinaufzutragen. Aber ich bin unter seinem Gewicht gestolpert, und wir sind mehrere Stufen hinuntergestürzt.«

»Und dann hast du die Trage gebaut.« Er deutet auf das Gestell, das jetzt aufrecht neben dem Bett an der Wand lehnt.

»Genau. Mit einer Axt und einer Säge aus der Werkstatt habe ich eine der schmalen Pritschen im Dormitorium zerlegt. Ohne Beine wurde der leichte Rahmen mit der dünnen Matratze zur Krankentrage, die ich hinter mir herziehen konnte.«

Er nickt versonnen.

»Ich wuchtete Jibril auf das Bettgestell und band ihn mit einem Seil aus der Werkstatt auf der Matratze fest. Ich sprach ihn an, aber er reagierte nicht.«

»Nach dem Sturz war er wahrscheinlich noch immer nicht bei Sinnen«, vermutet der Kardinal.

»Genau.« Ich nicke. »Ich legte mir die Seilschlaufe um, die an der Trage befestigt war, und zog ihn polternd die Stufen hinauf. Ein Schlitten mit Kufen aus den Brettern eines zerlegten Bettes wäre für ihn sicher angenehmer gewesen, aber dafür reichte weder mein handwerkliches Geschick noch die Zeit. Jibril musste so schnell wie möglich

ins warme Bett. Mit aller Kraft hängte ich mich also ins Seil und zog die Trage Stufe für Stufe nach oben in die Kirche. Dann rumpelten wir über die Dielen des Schlafsaals und erreichten endlich das Schlafzimmer des Abtes.«

Der Kardinal runzelt die Stirn und blickt hinüber zum zerwühlten Bett. »Und wieso hast du ihn in dein Bett gelegt?«

»Weil es im Dormitorium keinen Kamin gibt.«

Ein mattes Lächeln umspielt seine Lippen. »Du warst ja wirklich besorgt um ihn.«

Ich nicke. »Jibril von der Trage in mein Bett zu hieven kostete mich ziemlich viel Kraft. Nach mehreren vergeblichen Versuchen, seine Beine auf die Matratze zu legen, um ihn dann unter den Achseln zu packen und hochzuheben, lehnte ich schließlich die Trage, auf zwei Stühle gestützt, wie eine Rampe gegen das Bett. Dann kroch ich über die Matratze und zog Jibril hinter mir her. Er wachte nicht auf, als ich ziemlich grob an ihm herumzerrte, bis er endlich richtig lag. Ich bettete seinen Kopf auf das Kissen und deckte ihn zu. Dann schürte ich das Feuer, damit er nicht fror, und nahm die blutigen Binden von seinem Kopf.«

»Und?«

»Ich war ziemlich erschrocken. Die Wunde sah schlimmer aus, als ich es ihm in der Krypta zugestehen wollte. Die Kopfhaut über der rechten Schläfe klaffte weit auf und blutete noch immer. Als ich die zerfetzte Haut und die verklebten Haare zur Seite schob, konnte ich seinen Schädelknochen schimmern sehen.«

»Dio del Cielo! Wenn ich daran denke, dass du mich als Kind mal verprügelt hast …« Er ringt sich ein mattes Lächeln ab. »Erinnerst du dich noch daran?«

»Nein.«

»Im Garten unseres Palazzos in Rom stehen die Ruinen eines antiken Tempels für Serapis. In diesem hellenistisch-ägyptischen Heiligtum hast du als Kind deine ersten Ausgrabungen als Schatzsucherin ge-

macht. Einen versiegelten Tonkrug voller Schriftrollen mit ägyptischen Hieroglyphen hast du gefunden. Ich wollte ihn mir nur mal ansehen. Ich bin also mitten in der Nacht in dein Zimmer geschlichen …«

»… und ich habe dich verprügelt.«

»Und wie! Dein Vater hat sich furchtbar darüber aufgeregt. Aber dein Großvater, der alte Haudegen, hat nur schallend gelacht. Der Bannerträger der Kirche hat dich in jeder Hinsicht wie einen jungen Mann behandelt – wie einen seiner Bravi in seinem Heer. Und mein Onkel, der Papst, hat in dir immer den Sohn gesehen, den er als Pontifex nicht haben konnte. Jeden Unfug hat er dir mit einem verschwörerischen Augenzwinkern verziehen. Und deine Streiche waren gefürchtet! Weißt du noch, wie du die Marmorstatue des heiligen Dominikus stigmatisiert hast?«

»Nein.«

»Du hast den Messwein aus der Sakristei von San Pietro gestohlen und die Statue des heiligen Dominikus bluten lassen. Es war deine Rache für das, was die dominikanischen Inquisitoren von Santa Maria sopra Minerva dir als Kind angetan haben. Dein Vater war Dominikaner, habe ich dir das schon erzählt? Er war Inquisitor von Rom. Erinnerst du dich, wie du die Mönche im Laterankloster mit den klappernden Gebeinen des Teufelspapstes in Angst und Schrecken versetzt hast?«

Ich schüttele den Kopf. »Nein.«

Ich erinnere mich nicht. Und es fällt mir schwer, all das zu behalten, was Prospero mir erzählt. Ich bin verwirrt … aufgewühlt … bestürzt.

»Wenn die Gebeine von Papst Silvester II., dem Teufelspapst, in seinem Grab rumoren, ist das der Legende nach ein düsteres Omen, dass der regierende Pontifex bald sterben wird. Du lieber Himmel, war das eine Aufregung, nicht nur im Lateran, sondern auch im Vatikan. Du hattest damals ziemlich viel Unsinn im Kopf. Der päpstliche Sekretär, jetzt Kardinal Capranica, hat wegen dir und deinen Streichen ei-

nen Nervenzusammenbruch erlitten. Domenico verdreht heute noch die Augen, wenn ich ihn damit aufziehe. ›Schrecken des Vatikans‹ hat er dich genannt.«

»Ich kann mich nicht erinnern.«

Prospero nickt ernst. Plötzlich wirkt er bekümmert. »Kardinal Domenico Capranica ist dein Freund und Vertrauter.«

Der Vater ein Mönch und Inquisitor, der Großvater ein Conte und Condottiere der Kirche, der Cousin ein Papst … Mir schwirrt der Kopf.

Prospero, der ahnt, was in mir vorgeht, beugt sich vor, ergreift meine Hand und drückt sie. »Es tut mir leid, Sandra. Ich wollte dich nicht noch weiter verwirren. Mir war nicht klar, wie sehr dich das alles aufwühlen muss.«

Ich seufze leise. »Es ist, als ob du in einen Spiegel blickst und nur einen verschwommenen Schatten erkennst. Je näher du herantrittst, desto schärfer wird das Gesicht. Nur dass es eben nicht dein eigenes ist. Es ist das Bild einer Fremden.«

»Bitte entschuldige«, flüstert er bedeppert. »Das ist der reinste Horror.«

»Nur dass es kein Erwachen aus diesem Albtraum gibt. Denn er ist die Wirklichkeit.«

»Sandra, es tut mir so …«

»Schon gut«, winke ich ab.

Prospero betrachtet mich aufmerksam, ohne meine Hand loszulassen. »Geht es wieder?«

Ich schenke ihm ein mattes Lächeln.

»Kannst du weitererzählen?«, fragt er besorgt und deutet auf das Bett, in dem Jibril vorhin gelegen hat – zumindest glaube ich das. »Er wird bald …«

»Es gibt nicht mehr viel zu erzählen«, falle ich ihm ins Wort und hole tief Luft. »Im Dormitorium habe ich Galceráns Satteltaschen geplündert und seine Cotte zerschnitten, das Hemd aus festem Leinen,

das er in Konstantinopolis unter dem wattierten Gambeson und der Rüstung getragen hatte. Dann habe ich Jibrils Wunde mit warmem Wasser ausgewaschen, die Wundränder mit dem Nähzeug aus Galceráns Tasche genäht, die Wunde mit den sauberen Leinenstreifen aus der Cotte verbunden und Jibril einige Schlucke Glühwein eingeflößt, den ich vorher mit dem Haschisch aus Konstantins Fläschchen versetzt hatte, das ich in der Küche gefunden hatte.

Eine Weile habe ich ihn besorgt beobachtet, während er fest schlief, dann habe ich mir einen Stuhl herangezogen, die Beine auf eine der Reisetruhen gelegt und mein Notizbuch aufgeschlagen.«

Prospero beugt sich gespannt vor, die Ellbogen auf die Knie gestützt, die Hände gefaltet.

»Und weiter?«, drängt er und wirft einen raschen Blick zum Fenster. Draußen wird es immer dunkler.

Kapitel 56

In der Zelle des Abtes
22. Dezember 1453
Kurz nach halb neun Uhr morgens

Zwei Seiten des Büchleins sind zusammengeleimt, als würden sie ein Geheimnis bewahren. Ich nestele an den oberen Ecken herum, bis ich mit den Fingerspitzen das Pergament vorsichtig auseinanderreißen kann. Die mit Notizen und Zeichnungen vollgekritzelten Seiten sind nahezu unversehrt. Nur an einigen Stellen klebt die Schraffur des Silberstiftes von der rechten Seite in den Leimflecken auf der linken. Es entsteht ein ungenaues Spiegelbild von … ja, was ist das eigentlich?

Die Skizze ist ein wenig ungelenk, als ob ich das Büchlein in der Hand gehalten hätte, während ich zeichnete.

Es sind Schiffe mit geblähten Segeln. Türkische Galeeren, die über einen Berg zu segeln scheinen …

Darunter hingekritzelt das Datum des denkwürdigen Ereignisses: Sonntag, 22. April 1453.

Reglos sitze ich da, starre auf das Pergament, bis die Striche ineinander verschwimmen. Mit einer Wucht, die mich fast vom Stuhl wirft, kehrt plötzlich die Erinnerung zurück.

Ich weiß noch, es war in der ersten Morgendämmerung, und Konstantin stand neben mir. Einige Schritte weiter drängten sich der Megadux Lukas Notaras und Kardinal Isidor von Kiew, beide bleich wie der Tod, gegen die Brüstung. Entsetzt blickten wir über die Zinnen des Kaiserpalastes und über das Goldene Horn hinweg zu den Bergen.

Tausende von Arbeitern hatten den uns gegenüberliegenden Abhang zu einer Straße eingeebnet, die über die Höhe von Pera verlief, vermutlich von den Ufern des Bosporus bis hinunter zum Goldenen Horn. Mit Öl und Talg geschmierte Holzstämme dienten als Gleitschienen. Ganz leise drang ein Knarren und Quietschen über das Wasser zu uns herüber. Ochsengespanne zogen gewaltige Tragwiegen, auf denen die Schiffe vertäut waren. In jeder Galeere hockten die türkischen Ruderer auf ihren Ruderbänken und bewegten die Riemen im Takt der Trommeln und Trompeten. Fahnen und bunte Wimpel flatterten in der Morgenbrise, und die Segel waren gehisst, als bewegten sich die Schiffe auf hoher See. Offiziere trieben die Männer an den Ochsengespannen an, die die gewaltige Prozession der Schiffe vom Bosporus über die Anhöhe uns gegenüber bis hinunter ins Wasser des Goldenen Horns schleppten.

Ein ungewöhnlicher, aber auch ein erschreckender Anblick: Zwischen den Weinstöcken auf dem Hügelkamm dort drüben tauchte als Erstes ein Schiffsmast mit flatternder türkischer Fahne auf, dann ein ganzes Kriegsschiff – dicht gefolgt vom nächsten Schiffsmast.

Das Triumphgeschrei, als das erste türkische Schiff mit geblähten Segeln und aufspritzender Bugwelle ins Wasser sauste, drang bis zu uns herüber.

Ich blinzelte in die Morgendämmerung. Dort drüben, neben der langen Reihe von Schiffen, die nacheinander mit rasender Geschwindigkeit unter dem fröhlichen Gejohle der Mannschaft den steilen Abhang hinunterrumpelten, saß Mehmed inmitten seines Gefolges auf seinem Hengst und blickte zu uns herüber.

»Sie haben die Sperrkette über das Goldene Horn umgangen«, murmelte Konstantin neben mir mit tonloser Stimme, die der erste Kanonendonner übertönte. »Wie viele sind es?«

Im ersten Tageslicht nahmen die Türken den Dauerbeschuss auf unsere Mauern wieder auf. Die türkischen Kanonen am Romanos-Tor wurden wieder abgefeuert, und der Boden unter uns erbebte unter den wuchtigen Einschlägen in der Stadt. Die Kirchenglocken begannen wieder zu läuten.

Kardinal Isidor raffte seine Purpursoutane, fiel auf die Knie, bekreuzigte sich und begann murmelnd zu beten.

Ich wandte mich um zu Federico Tannhäuser, der wenige Schritte hinter mir stand. Widerwillig musste ich Mehmed Respekt zollen: Die nächtliche Verlegung der türkischen Flotte vom Bosporus ins Goldene Horn war eine strategische Meisterleistung, hervorragend geplant und ausgeführt. Federico zog sein Schwert und schärfte es mit bedächtigen, aber entschlossenen Bewegungen. Ich nickte ihm zu. Mehmeds Flotte musste vernichtet werden, gesprengt und verbrannt.

Der Megadux trat näher und verneigte sich vor dem Basileus. »Es müssen wohl siebzig Schiffe sein, Euer Majestät.«

Von der Wehrmauer unter uns ertönten die ersten entsetzten Schreie der Wachsoldaten, die wie wir vom sonntäglichen Morgengottesdienst zurückkamen. Mit ausgestreckten Armen deuteten sie auf die türkischen Segler, die über das Goldene Horn gemächlich auf uns zu glitten.

»Wenn sie uns vom Hafen aus beschießen, wird Konstantinopolis fallen. Die Seemauern können dem Beschuss nicht standhalten«, prophezeite Konstantin düster. »Wir sind verloren.«

»Der Papst muss endlich eine Flotte venezianischer Galeeren schicken, die die Türken das Fürchten lehrt.« Der Megadux sah mich eindringlich an. Meinen Blickkontakt mit Federico hatte er offenbar bemerkt.

»Ich bin nicht der Papst«, wies ich Lukas Notaras resolut zurecht. »Ich bin nur seine Stellvertreterin.«

»Schade«, murmelte der Megadux trocken und warf Kardinal

Isidor, dem päpstlichen Gesandten, der auf Knien neben uns ins Gebet versunken war, einen abschätzigen Seitenblick zu. »Wirklich schade.«

Blicklos starre ich auf die Silberstiftskizze der Schiffe, noch ganz gefangen in meiner Erinnerung. Irgendetwas macht mich stutzig, aber was? Ich sehe mir die Zeichnung genauer an.

Ja, das ist es: Die Perspektive stimmt nicht.

Auf der Skizze ist im Vordergrund der Turm des Kaiserpalastes zu sehen, auf dem ich stand. Seltsam.

Aber was noch merkwürdiger ist: Der Turm ragt neben einer Kirche auf, die mit einem roten Kreuz markiert ist.

Ein Kreuz?, frage ich mich verwirrt.

Ich nehme die Füße von der Reisetruhe, öffne den Deckel und ziehe die Karte von Konstantinopolis hervor, die ich gestern entdeckt habe. Ich entrolle das zerknickte Pergament und betrachte den Stadtplan, auf dem das Meer, die Berge und die Wehrmauern aus der Perspektive eines fliegenden Vogels zu sehen sind. Da ist die Kuppel der Hagia Sophia, dort das Hippodrom und hier der Blachernen-Palast mit dem Turm, auf dem ich mit Konstantin und den anderen stand, um die Prozession der Schiffe zu beobachten.

Interessant! Es gibt zwei purpurrote Tintenkreuze. Das eine markiert dieselbe Kapelle in unmittelbarer Nähe des Wehrturms des Blachernen-Palastes, das andere eine Kapelle in einem anderen Turm auf der gegenüberliegenden Seite der Stadt. Gehört er zum kaiserlichen Bukoleon-Palast?

Welchen Sinn haben die beiden roten Kreuze? Wer hat sie mit kaiserlicher Purpurtinte gezeichnet? Konstantin? Oder ich? Markieren sie das Versteck eines Schatzes, der vor der Plünderung durch die Türken gerettet werden sollte? Das Mandylion!, schießt es mir durch den Kopf, und ich erschauere. Aber wieso *zwei* Kreuze, die zwei Kapellen in zwei Kaiserpalästen markieren?

Verwirrt lege ich den Stadtplan auf den geschlossenen Truhendeckel und betrachte wieder mein Notizbuch mit der Skizze der Prozession der Schiffe.

Nein, die Perspektive stimmt nicht.

Wer diese Zeichnung gemacht hat, stand weit entfernt, auf der anderen Seite der Stadt. Auf dem Turm der Apostelkirche. Oder auf der Tribüne in der südlichen Kehre des Hippodroms. Oder noch weiter entfernt, auf einer der angebauten Kapellen der Hagia Sophia, die, auf einem Hügel erbaut, die Stadt überragt.

Wieso sollte ich dorthin gehen, um diese Skizze anzufertigen, wenn ich vom Turm des Blachernen-Palastes einen besseren Blick hatte?

Es gibt nur eine Schlussfolgerung.

Ich habe die Schiffe nicht gezeichnet. Ich konnte es gar nicht, weil ich zu der Zeit woanders war: Ich habe mich mit dem Basileus und dem Megadux beraten, wie wir die Flotte vernichten können.

Aber wer war es dann? Mein Blick huscht zu Jibril hinüber, der immer noch fest schläft.

Nein, er kann es auch nicht gewesen sein. Ich hätte ihm niemals mein geheimes Notizbuch anvertraut, damit er darin herumkritzelt.

Und wenn die Skizze nicht schon vor einem halben Jahr entstanden ist, sondern erst letzte Nacht?

Unvermittelt springe ich auf, werfe das Notizbuch auf den Stuhl und haste zum Bett hinüber. In der Werkstatt habe ich einen Reibstein für Farben gesehen. Mit karmesinroten Farbpigmenten auf der rauen Oberfläche, die, wenn man nicht genau hinsieht, als kaiserliche Tinte durchgehen könnten.

Ich nehme Jibrils rechte Hand, drehe sie um und untersuche die Fingerspitzen. Keine roten Tintenflecken, weder auf der Haut noch unter den Fingernägeln. Und die linke Hand? Ich beuge mich über ihn und betrachte die Finger. Auch nichts.

Schnaufend wendet Jibril den Kopf. Habe ich ihn geweckt? Seine Lider flattern. Aber er schläft weiter.

Ich bin verwirrt. Wozu die Skizze, die ich nicht gezeichnet haben kann? Wozu die purpurroten Kreuze? Wozu die zusammengeleimten Seiten?

Ich gehe zum Stuhl zurück, lege die Beine wieder auf die Truhe und schlage das Büchlein auf, um meine Notizen vom 22. April zu lesen. Wie es scheint, habe ich an diesem Sonntag wieder mit Konstantin die Kapelle des Blachernen-Palastes besucht, wo er auf Knien vor dem Bildnis Jesu Christi betete.

Ich blättere zurück zur Zeichnung des Mandylions, die ich kurz nach meiner Ankunft in Byzanz Anfang Dezember 1452 angefertigt hatte: ein schwach sepiafarbenes, nicht von Menschenhand gemachtes Abbild Jesu Christi auf Leinen. Anders als auf dem Grabtuch, das die Templer während des unseligen Kreuzzugs von 1204 bei der Eroberung von Byzanz durch die Venezianer erbeuteten, sind die Augen Jesu auf dem Mandylion geöffnet. Als ob er noch lebte, während sich seine Gesichtszüge ins Tuch brannten …

»Al-Iskandra?« Jibril reißt mich aus meinen Gedanken.

Ich klappe das Büchlein zu, werfe es auf die Truhe und setze mich neben ihn auf den Rand des Bettes. »Wie geht es dir?«

»Kopfschmerzen, Schwindel, Übelkeit …«

»Du hast ordentlich Prügel bezogen.«

»Du hast einen ziemlich harten Schlag drauf. Ich habe Durst.«

»Wasser oder Wein?«

»Mandelmilch mit Haschisch?«

»Und dazu Konfekt aus kandierten Rosenblüten? Oder ein kaltes Sherbet mit Orangenlikör?«

»O ja, bitte.«

Ich lache. »Das muss ich aber erst aus Granada holen.«

»Wasser?«

»Ich hole es aus der Küche.«

Er schließt die Augen und rekelt sich ins Kissen. Als ich aufstehen will, ergreift er plötzlich meine Hand, zieht mich zu sich herunter und küsst mich. »Ana behibek«, flüstert er und streicht mir über das Haar. »Ich liebe dich.«

Ich weiß nicht, was ich antworten soll. Denn ich weiß nicht, was ich für ihn empfinde, nach allem, was in den letzten Stunden geschehen ist … oder eben *nicht* geschehen ist.

Ich brauche Zeit, um nachzudenken. Über mich … über ihn … über uns …

Wieso setzt er mein Herz in Flammen? Und warum schmerzt das Feuer so sehr? Was ist damals in Granada zwischen uns geschehen?

Wundgedacht, ja, das ist das richtige Wort, wundgedacht ist mein Kopf, während ich in die Küche hinunterstapfe, um in einem Topf im Feuer Eiszapfen zu schmelzen und mit einer Handvoll Schnee zu kühlen. Mit einem gefüllten Krug voller erfrischend kaltem Wasser gehe ich wenig später wieder hinauf zur Zelle des Abtes.

Als ich die Tür aufstoße, bleibe ich zu Tode erschrocken stehen. Der Krug entgleitet meinen Händen. Mit einem lauten Krachen zerbirst er auf den Bodendielen.

Das Bett ist leer.

Das zerdrückte Kopfkissen ist ordentlich aufgeschüttelt, das zerwühlte Laken glatt gezogen, die Bettdecke zurückgeschlagen.

Jibril ist verschwunden …

Kapitel 57

In der Zelle des Abtes
22. Dezember 1453
Kurz vor neun Uhr morgens

… und kein Blutfleck auf dem weißen Leinen des Bettzeugs verrät, dass er jemals hier war. Kein Fussel von den Leinenbinden, kein Faden, mit dem ich seine Wunde genäht habe, kein einziges Haar von ihm kann ich finden.

Jibril war nicht hier. Er ist nie hier gewesen.

Habe ich das alles wieder nur geträumt?

Völlig verdattert stehe ich eine Weile vor dem ordentlich gemachten Bett. Und die Trage, die ich aus einem Bett des Dormitoriums gezimmert habe? Auch das Gestell ist nirgendwo zu sehen. Mit weichen Knien lasse ich mich auf den Stuhl sinken, auf dem ich vorhin saß, als ich in meinem Notizbuch las.

Nein, Sandra: Auf dem du *annimmst* vorhin gesessen zu haben, als du *glaubtest*, im Notizbuch gelesen zu haben.

Ist das alles kompliziert und verwirrend!

Ruhig, Sandra, reg dich nicht auf! Mach dich nicht selbst verrückt! Und hab keine Angst!

Mit zitternden Fingern schlage ich das Büchlein auf und suche die zusammengeleimten Seiten mit der Skizze der türkischen Schiffe. Wo sind sie? Ich blättere noch einmal durch das ganze Büchlein.

Die beiden Seiten sind verschwunden. Ich biege das Notizbuch so weit auseinander, dass die Bindung zu brechen droht. Der kurz gespitzte Silberstift, der im Buchrücken steckte, fällt heraus und bleibt auf meinen Knien liegen. Da ist der Schnitt! Die fehlenden Seiten sind mit einer scharfen Klinge herausgeschnitten worden.

Es ist zum Verrücktwerden!

Alles verändert sich, nichts bleibt, was es war.

Wie soll ich damit umgehen?, frage ich mich verzweifelt und blättere durch das Notizbuch. Die letzten Seiten sind weiß und leer. So unbeschrieben wie mein Gedächtnis. So blank wie mein Verstand am Rande des Wahnsinns.

Plötzlich rieseln Eiskristalle über meinen Rücken.

Das ist es! Kurz entschlossen drehe ich das Buch um, sodass die unbeschriebene letzte Seite zur neuen ersten Seite wird. Dann nehme ich den Silberstift und beginne alles aufzuschreiben, was seit meinem Erwachen geschehen ist. Nein, was ich *glaube*, was seit meinem Erwachen geschehen sein könnte …

Verrückt!

Los, Sandra, schreib ab jetzt alles auf, was du tust! Und kämpfe mit deinem Verstand gegen den Wahnsinn an, der dich ja offenbar befallen hat! Und verteidige dieses Büchlein mit deinem Leben, denn es ist alles, was dir noch bleibt.

Denn was auf diesen Seiten beschrieben ist, egal, ob du dich daran erinnerst oder nicht, egal, ob du glaubst oder zweifelst, egal, ob du unter Wahnvorstellungen leidest oder nicht, egal, ob du wirklich verrückt wirst oder nicht, *muss* so geschehen sein. Deine Erinnerungen mögen sich ändern – deine Niederschrift in diesem Büchlein nicht!

Ich bin nicht verrückt, denn ich kann klar denken und vernünftige Entscheidungen treffen. Und trotzdem geschehen immer wieder erschreckende Dinge, die ich mit meinem Verstand nicht begründen kann. Aber ich werde schon noch dahinterkommen, was mit mir geschieht. Ganz sicher.

Das klingt wie eine Aufforderung an mich selbst, den Kampf aufzunehmen. Ja, ich werde kämpfen! Entschlossen klappe ich das Notizbuch zu, stecke den Stift in den Buchrücken und mache mich auf den Weg.

Ich muss Jibril suchen.

Wenn er noch in der Abtei ist, werde ich ihn finden. Und wenn er sie verlassen hat, werde ich seinen Spuren im Schnee folgen.

Entschlossen wuchte ich die Matratze des Bettes hoch, um Galceráns Schwert darunter hervorzuziehen.

Doch es ist nicht mehr da.

Und der Dolch?

Ich sehe in der Ritze hinter dem Kopfkissen nach.

Auch nicht.

Ich bin unbewaffnet. Und allein.

Kapitel 58

In der Zelle des Abtes
22. Dezember 1453
Gegen neun Uhr morgens

Das Knarren einer Tür draußen auf dem Gang schreckt mich auf. Ich wirbele herum, doch alles bleibt still. Jibril?

Ich atme tief durch und sehe mich nach einer Waffe um, mit der ich mich verteidigen kann. Da, der Schürhaken! Ich wiege ihn in der Hand. Gut. Ich husche zur Tür, öffne sie leise und blicke hinaus in den Gang. Alles ist ruhig.

Die Tür zum Dormitorium ist nur angelehnt und knarrt im eisigen Luftzug. Habe ich sie vorhin offen gelassen, als ich Jibril, der verschwunden ist, auf der Trage, die nicht mehr da ist, ins Bett brachte, das jetzt ordentlich gemacht ist? Ich weiß es nicht mehr.

»Jibril?«, rufe ich leise.

Wieso flüstere ich eigentlich?

»Jibril!«, rufe ich laut und deutlich. »Lass den Unsinn. Ich weiß, dass du hier bist. Komm schon, ich tue dir nichts.«

Keine Antwort.

Ich stoße die Tür zum Dormitorium auf und spähe in den Raum. Er ist leer. Langsam gehe ich weiter.

Galceráns Bett.

Ich bleibe stehen. Die Satteltasche, die unter dem Bett lag, ist nicht mehr da.

Vorhin habe ich doch das Nähzeug aus der Tasche geholt. Und die Cotte, die ich zu Leinenbinden zerrissen habe.

Hinter dem Vorhang steht Jibrils Bett.

Das arabische Büchlein auf dem Regalbrett über der Pritsche ist verschwunden, auch sein Brevier. Ich trete ganz nah an das Wandbrett heran und rieche an dem Holz. Ist da nicht ein Hauch von Moschus, Zimt und Pfeffer, wo sein Parfumfläschchen gestanden hat? Ich bin mir nicht sicher …

Die Satteltasche, die unter seinem Bett lag, ist auch verschwunden.

»Jibril!«, rufe ich. »Hör auf damit! Du machst mir keine Angst! Schluss jetzt, du hattest deinen Spaß!«

Keine Antwort, kein leises Lachen, nichts.

Wütend schlage ich mit dem Schürhaken gegen die Bruchsteinwand des Dormitoriums. »Ich bin bewaffnet, Jibril. Und ich meine es ernst. Allmählich werde ich wütend.«

Der Wind treibt den Schnee gegen die Fenster oberhalb des Tisches, wo Jibril gestern mein Notizbuch kopiert hat.

»Na schön, wie du willst, mein Prinz«, murmele ich und gehe an den Zellen der Mönche vorbei zur Tür, die zur Kirche hinüberführt.

Ich öffne sie und blinzele ins dichte Schneetreiben.

Niemand zu sehen.

Dann tauche ich ein in die mystische Dämmerung der Kirche. Kein Licht dringt aus den Treppenschächten, die zu den Krypten hinunterführen. Langsam gehe ich zwischen den Säulen hindurch und trete in das Hauptschiff. Ich bin allein.

Auf halbem Weg zum Altarraum bleibe ich plötzlich stehen. War da nicht ein Knirschen von Schritten, ein Schaben von Leder auf Stein?

Ich lausche angestrengt, doch bis auf das leise Wehen des Windes, der an den Bogenfenstern rüttelt, kann ich nichts mehr hören.

Stufe für Stufe gehe ich hinauf in die Chorapsis mit dem Altar.

»Jibril!« Mein Ruf schallt durch die Kirche. »Komm jetzt, ich bringe dich ins Bett. Du bist schwer verletzt, und du brauchst Ruhe!«

Wieder ein leises Knirschen, das durch die Kirchenschiffe hallt. Und ein schrilles Fiepen.

Unten in den Krypten gibt es Mäuse.

Dann ist es wieder still. Nur das schrille Pfeifen des Windes in den Dachsparren der Kirche ist zu hören.

Das Gefühl der Bedrohung lässt mein Herz pochen, und mein Atem beschleunigt sich. Ich packe den Schürhaken fester und schlage damit gegen den Altar.

Es ist nicht Jibril. Woher ich das weiß? Es ist nur eine Ahnung, wie man sie in höchster Gefahr manchmal hat.

»Murat!«, brülle ich, und der Name hallt in der Kirche wider. »Ich weiß, dass du hier bist.«

Ein Zischen dringt zu mir herüber, gefolgt von einem Sirren. Er hat sein Kilij-Schwert gezogen. Dann kommt er langsam die Treppe im rechten Seitenschiff herauf und schneidet mir den Fluchtweg ab.

Ich sitze in der Falle.

Mit dem Schürhaken kann ich nichts ausrichten gegen sein Schwert. Hastig trete ich zwei oder drei Schritte zurück in die Chorapsis und sehe mich nach einer anderen Waffe um.

Die eisernen Kerzenständer!

Jibril hat die geschmiedeten Leuchter, die mir bis zur Schulter reichen, aufgerichtet und Kerzen auf die langen und spitzen Dornen gesteckt. Ich husche zu einem Kerzenständer, werfe das Wachslicht auf den Boden und packe den Leuchter mit beiden Händen.

Dann drehe ich mich um. Ich hätte schwören können, dass Murat höhnisch grinst, aber nein, er lächelt nicht.

»Der Padişah hat mich vor Euch gewarnt, Euer Gnaden. Ihr seid gefährlich. Wie der Löwe, der ja Euer Wappentier ist.«

Mit einem Ruck, der mich erschrecken soll, reißt er sein Kilij hoch und macht einen schnellen Schritt vorwärts.

Ich halte den schweren Kerzenständer vor mich.

»Fatih Mehmed will Euren Kopf.«

»Den bekommt er aber nicht.«

»Und er will das Mandil haben.«

»Wozu?«

»Fatih Mehmed will nicht nur Padişah der Türken sein, sondern auch Basileus der Griechen. Er ist der Erbe des untergegangenen Imperium Romanum, des römischen Weltreiches.«

»Er bekommt das Mandylion nicht, solange ich lebe.«

Er schnaubt, und eine weiße Atemwolke strömt aus seinen Nasenlöchern. »Der Padişah regiert durch den orthodoxen Patriarchen von Konstantinopolis. Das Symbol dieser Herrschaft, das Mandil mit dem Blut des Propheten Issa, will er um jeden Preis zurückhaben. Also, wo ist es?«

Stumm deute ich auf meine Stirn: Ich weiß es, aber ich verrate es nicht.

Murats Fluch würde Allah erblassen lassen.

In diesem Augenblick drehe ich den Kerzenständer herum und stürme vorwärts, um ihm den Dorn in die Brust zu stoßen.

Überrascht von meinem Angriff, springt Murat behände zurück und reißt sein Kilij hoch.

Ich greife den schweren Leuchter direkt unterhalb der Kerzenhalterung und schleudere die aufgebogenen Eisenstützen mit einer solchen Wucht gegen seine Beine, dass der Yeniçeri mit einem erschrockenen Keuchen rückwärtsstolpert und ins Taumeln gerät.

Jetzt muss es schnell gehen!

Ich setze ihm nach, packe den Leuchter noch fester und prügele auf Murat ein. Er reißt die Arme hoch, um sein Gesicht zu schützen, und taumelt noch ein Stück zurück. An den Altarstufen bleibt er stehen, stellt sich dem Kampf, reißt sein Schwert hoch und lässt es auf mich niedersausen.

Mit einem metallischen Schwingen prallt die Klinge auf den Leuchter und ratscht daran entlang. Noch im selben Augenblick reiße ich den Kerzenständer mit aller Kraft hoch und drehe mich um die eigene Achse, um Murat den Kerzendorn in die Brust zu stoßen.

Ich verfehle ihn nur um Haaresbreite.

Fluchend stolpert der Yeniçeri die Altarstufen hinunter und weicht ins Hauptschiff zurück. Er hat begriffen, dass der Leuchter als Schlag- und Stichwaffe gefährlicher ist als zunächst angenommen. Die Klinge eines Schwertes kann seinem schweren Kettenhemd kaum etwas anhaben – der lange und spitze Kerzendorn dringt jedoch bei einem kräftigen Stoß von vorn mühelos durch die Kettenglieder.

Mit einem Aufschrei geht er wieder auf mich los, hebt das Kilij zum Todesstoß und hetzt mit großen Schritten auf mich zu. Ich rühre mich nicht von der Stelle, lege meine Finger um das kalte, raue Eisen und senke die lange Stange, bis der Dorn beinahe den Boden berührt. Als die Klinge auf mich zusaust, reiße ich den Kerzenständer hoch, um den Schlag abzuwehren. Dann wirbele ich herum, ziehe den Leuchter wie einen Kometenschweif hinter mir her und treffe Murat, der sich, vom Schwung seines eigenen Schwertes mitgerissen, ebenfalls dreht, mit voller Wucht in die Seite. Er taumelt, stürzt und fällt zu Boden.

Schon bin ich über ihm. Ich schlage sein Schwert zur Seite, das polternd auf die Steinfliesen fällt. Ich trete ihn mit dem Fuß auf seiner Brust zu Boden, sodass sein Kopf hart aufschlägt. Und ich stoße ihm, während er noch versucht, sich in seinem schweren Kettenhemd hochzurappeln, den langen Kerzendorn in die Brust. Das Metall kreischt, als das grob geschmiedete Eisen durch die feinen Metallringe schrappt, die sich unter dem Druck verziehen und aufbiegen. Der Dorn prallt auf eine Rippe, rutscht ab und bohrt sich in sein Herz.

Röchelnd sinkt Murat zurück. Noch einmal versucht er, sich aufzurichten, doch der Kerzenständer, den ich mit meinem ganzen Gewicht niederhalte, drückt ihn auf den Boden.

Ein letztes langsames Ausatmen, dann fällt sein Kopf zurück, seine Augen brechen. Er ist tot.

Erschöpft stütze ich mich auf den Leuchter. Als ich ihn schließlich herausziehen will, zucke ich zu Tode erschrocken zusammen.

Hinter mir höre ich ein leises Quietschen, dann ein Knarren.

Das Portal der Kirche wird geöffnet.

Ich wirbele herum.

Zwei Männer. Ihre dunkle Kleidung ist schneebedeckt. Ihre Gesichter kann ich im Dämmerlicht der Kirche nicht erkennen. Sind es Adrian und Lionel, die ihren Schwertbruder Gil suchen?

Mit wenigen Schritten bin ich bei Murats Kilij. Ich reiße das Schwert an mich und hebe es hoch, bereit zum Kampf.

Die beiden kommen langsam näher …

Kapitel 59

In der Abteikirche
22. Dezember 1453
Viertel nach neun Uhr morgens

… und einer der beiden winkt beschwichtigend mit der Hand.

Drohend hebe ich das Schwert.

»Sandra?«, hallt ein Ruf durch die Kirche. Es ist nicht Lionels Stimme, auch nicht die von Adrian. »Sandra, bist du das?«

»Bitte legt das Schwert weg, Euer Gnaden.« Das ist die Stimme des anderen. Er blinzelt zu dem toten Yeniçeri hinüber.

Ich mustere sein von der Kälte gerötetes Gesicht. »Wer seid Ihr?«

»Ich bin Vittorio da Gennazzano, Euer Gnaden. Erkennt Ihr mich denn nicht?« Vorsichtig macht er noch einen Schritt auf mich zu. Dabei lässt er den Türken nicht aus den Augen.

»Stehen bleiben!«, rufe ich. »Alle beide!«

»Sandra! Was ist denn los mit dir?«, fragt der Erste verwirrt, reibt seine vom Frost geröteten Hände und fährt sich mit dem Handrücken über die triefende Nase.

»Ruhe!«, brülle ich ihn an. »Vittorio?«

»Euer Gnaden?«

»Wer bist du?«

»Ich bin Euer Kastellan. Im Castello Colonna in Gennazzano.«

Das hat Federico auch gesagt.

»Wie hast du mich gefunden?«

»Gestern früh habe ich Federico Tannhäuser in Ascoli getroffen. Er hat mir gesagt, dass Ihr noch lebt. Und dass Ihr mit zwei Begleitern, vermutlich Johannitern, auf dem Weg nach Aquila seid. Ich bin sofort zu Seiner Eminenz geritten, Kardinal Colonna.« Er weist auf seinen Begleiter. »Aber in Aquila seid Ihr nicht angekommen. Irgendwo in den Bergen zwischen Ascoli und Aquila wart Ihr verschollen. Deshalb sind wir sofort aufgebrochen, um Euch zu suchen. Wo ist Federico? Ist er bei Euch?«

Wahn oder Wirklichkeit?

Verunsichert lasse ich das Kilij sinken. Aber meine Schultern bleiben angespannt.

Nach allem, was in den letzten Stunden geschehen ist, oder eben *nicht* geschehen ist, wage ich es nicht mehr, mir Hoffnungen zu machen, ich könnte noch gerettet werden. Ich fürchte mich davor, dass ich schon wieder enttäuscht werde …

»Sandra!« Der Kardinal, der kein Zeichen seines hohen Ranges trägt, kommt mit erhobenen Händen langsam auf mich zu. »Wieso erkennst du mich denn nicht?«

Sofort weiche ich einen Schritt zurück.

»Sandra?«

»Wer seid Ihr?«

»Was ist denn in dich gefahren? Ich bin dein Cousin. Prospero Colonna.«

»Der Kardinal?«, frage ich matt. Meine Stimme ist kaum mehr als ein Flüstern.

»Sandra, bitte! Was ist denn mit dir … Geht es dir gut?«

Ein Gefühl der Schwäche überwältigt mich, und ich schüttele den Kopf. Mir ist auf einmal so schwindelig, dass ich mich kaum noch auf den Beinen halten kann. Ich taumele auf ihn zu. Meine Knie zittern, mein Herz pocht, das Blut rauscht in meinen Ohren. Gequält stöhne ich auf.

»O Gott!«, flüstere ich atemlos, als die Hitze in mir hochschießt und meinen Kopf in Flammen setzt. »Ich darf jetzt nicht ohnmächtig werden, bitte nicht, bitte nicht!«

Ich kann nicht mehr. Ich kann schon lange nicht mehr, aber ich wollte es mir nicht eingestehen …

»Um Gottes willen, Sandra!« Der Mann, der behauptet, mein Cousin zu sein, fängt mich auf, bevor ich stürze, und lässt mich behutsam zu Boden gleiten.

Schnee fällt aus seinem Haar auf mich herunter und kühlt meine vom Kampf erhitzte Stirn. Dann verschwimmt sein zutiefst besorgtes Gesicht vor meinen Augen, und es wird finster um mich.

Kapitel 60

In der Zelle des Abtes
22. Dezember 1453
Kurz nach zehn Uhr morgens

Während ich der byzantinischen Melodie lausche, die leise durch den Kaiserpalast weht, streift mein Blick die Gefäße auf dem Tisch neben mir, die Tiegel mit den fein gemahlenen Farbpigmenten in Purpurrot für das heilige Blut und in Lapislazuliblau für die Finsternis der Nacht.

In einer Glasschale liegt ein Ei. Ich schlage es behutsam auf und lasse die warme Flüssigkeit in meine offene Hand rinnen. Das Eiweiß gleitet in langen Fäden durch meine Finger, der Dotter bleibt in meiner gewölbten Handfläche zurück. Ganz vorsichtig greife ich die zarte Haut mit den Fingerspitzen und hebe ihn hoch. Er nimmt die Form eines großen Tropfens an, der jeden Moment zu platzen droht. Mit der Spitze eines Pinsels steche ich durch die Haut, und das Gelb ergießt sich träge in die Schale.

Mit dem Pinsel rühre ich den Dotter um, dann verteile ich mit den feinen Marderhaaren ein wenig von der dickflüssigen Masse auf meine Palette und verrühre das Eigelb mit fein gemahlenen Pigmenten von Lapislazuli und Indigo zu einem bläulichen Mitternachtsschwarz.

Die Nacht des Verrats, die Nacht der Todesangst, die Nacht vor der Kreuzigung muss diese Farbe gehabt haben. Zogen leichte Nebelschwaden zwischen den Olivenbäumen des Garten Getsemani hindurch? Ein bisschen mehr Grau … aber nur ein Hauch. Ja, so ist es gut. Die Farbe scheint jetzt von innen heraus zu leuchten.

Mit dem Fächerpinsel trage ich die nachtschwarze Schattierung auf den hölzernen Malgrund der Ikone auf und erschaffe so den Himmel. Vor dem indigofarbenen Hintergrund wachsen nach und nach die düsteren Schatten der knorrigen Olivenbäume aus der schwarzen Erde.

Da, die weißen Schemen, die zwischen den wuchtigen Bäumen zusammengerollt auf dem Boden liegen, das sind die schlafenden Jünger.

Ich wasche den Pinsel aus. Ein Wirbel aus Bleiweiß tanzt durch das tiefblaue Wasser im Glas.

Und jetzt Jesus. Mit wenigen Pinselstrichen skizziere ich ihn, wie er dort kniet zwischen den Bäumen, vor dem indigofarbenen Hintergrund der Vollmondnacht. Zitternd, betend die Arme zum Gebet zum Allerhöchsten erhoben. In seiner Todesangst fleht er Adonai an, er möge ihn verschonen.

So, jetzt das Purpurrot für den Blutschweiß, der über sein Gesicht rinnt. Und schimmerndes Blattgold für das Strahlen, das ihn umgibt.

Feine Linien aus Weiß und Gold verleihen seinem Gesicht Konturen. Die Wirkung ist erstaunlich. Es sieht aus, als ob das Antlitz Jesu selbst Licht ausstrahlen würde. Geschwungene dunkle Linien umrahmen die mandelförmigen Augen im byzantinischen Stil, ein ockerfarbener Strich markiert die gerade Nase, eine helle Schraffur unter den Augen hebt die Wangen hervor, zwei Linien über den geschwungenen Augenbrauen betonen die Stirn.

Ich trete einen Schritt zurück und betrachte die Ikone auf dem Maltisch. Die Heiligkeit leuchtet zwischen den Falten seines weißen Gewandes hervor.

Ja, das Bild gefällt mir. Es wirkt so … lebendig.

Mit einem Fächerpinsel tupfe ich die winzigen Fetzen von

Blattgold von der schnell trocknenden Ikone und puste sie vorsichtig weg. Einige davon bleiben in den Schatten zwischen den Bäumen hängen. Daraus forme ich die Fackeln der Römer, die sich, geführt vom Verräter Judas, vom Tempelberg aus dem Garten nähern.

Gleich ist es so weit …

So plötzlich, dass ich mich beinahe zu Tode erschrecke, kommt Bewegung in die Szene, und das starre Bild erwacht zum Leben. Jesus richtet sich auf, wendet mir den Rücken zu und blickt zum nahen Tempelberg hinüber, der nur zu erahnen ist. Er bemerkt die Fackeln. Er weiß, was gleich geschehen wird.

Mit einem Mal bin ich mitten in der Szene. Ich sehe das Licht des Vollmonds auf den Blättern und der Rinde der Olivenbäume schimmern, rieche die nebelfeuchte Erde und höre das leise Zirpen der Zikaden.

Zwischen den Bäumen hindurch gehe ich zu Jesus hinüber, der wieder auf Aramäisch betet. »Adonai … Adonai …«

Ganz leise nähere ich mich ihm, um ihn nicht zu erschrecken. Doch er hat mich gehört. Er unterbricht sein Gebet, richtet sich schwankend auf, hält sich am Baum fest, um nicht wieder auf die Knie zu sinken, und wendet sich zu mir um.

Er hat Todesangst, zittert am ganzen Körper, und sein Gesicht ist mit winzigen Blutstropfen bedeckt, die ihm über Stirn und Wangen rinnen. Obwohl ich ihn so gemalt habe, erschreckt mich der Anblick zutiefst.

»Du schläfst nicht«, sagt er so leise, dass ich ihn kaum verstehen kann.

»Nein, Rabbi, ich schlafe nicht. Ich bin wach.«

»Die anderen können nicht einmal eine Stunde mit mir wachen und beten.« Seine Stimme bebt, und seine Hand zittert, als er zu den Jüngern hinüberdeutet, die zwischen den Bäumen schlafen. »Fürchtest du dich?«

»Nein, Rabbi, ich fürchte mich nicht. Soll ich die anderen wecken?«

Kein Ja, kein Nein: »Ich will nicht, dass sie mich so sehen.«

Wortlos ziehe ich mir das Tuch von den Schultern und gebe es ihm.

Seine Augen blitzen im Mondlicht, als er mir dankbar zunickt. Er nimmt mir das Linnen aus der Hand und birgt sein blutüberströmtes Gesicht im Tuch. Tief atmet er ein und aus. Als er mich schließlich wieder ansieht, zeigt er mir das Linnen und hält es mit beiden Händen hoch. Im Licht des Vollmonds kann ich erkennen, dass sich sein Gesicht in den Stoff hineingebrannt hat, sein Schweiß, sein Blut und seine Angst.

Er gibt mir das Tuch mit dem schwach sepiafarbenen Abbild zurück. »Dies ist mein Blut, das Blut des Bundes, das für viele vergossen wird, zur Vergebung der Sünden.« Unruhig blickt er über die Schulter zurück zum Fackelzug der Römer, der schon ganz nahe ist. »Rette dieses Mandylion. Tu es zu meinem Gedächtnis.«

»Ja, Rabbi.«

»Nenn mich nicht so, Alessandra. Du bist Römerin.«

»Ich bin auch Jüdin«, sage ich. »Der jüdische Zweig meiner Familie hat als Hohepriester den Tempel errichtet, der römische Zweig wird den Tempel zerstören und die Menora nach Rom bringen. Und dich.«

»Bete für mich.«

Ich nicke.

Die Römer kommen zwischen den Bäumen hervor, und das flackernde Licht ihrer Fackeln taucht sein verschwitztes Gesicht in einen goldenen Schein. Das Knirschen ihrer Schritte, das Blaken der Feuer, das Knarzen ihrer Lederharnische weckt schließlich die Jünger. Hastig springen sie auf und umringen uns.

Petrus legt seine Hand auf den Griff seines Schwertes.

Mit einer beschwichtigenden Geste tritt Jesus den Römern entgegen, die von Judas in den Garten geführt werden. »Wen sucht ihr?«

»Jesus, den Nazarener.«

»Der bin ich.«

Judas tritt einen Schritt auf den Rabbi zu und bleibt mit gesenktem Gesicht stehen. Es glüht vor Scham. Einer der Bewaffneten versetzt ihm einen Stoß, sodass er auf Jesus zutaumelt und sich an ihm festhalten muss, um nicht zu stürzen. Jesus stützt Judas und umarmt ihn.

»Vergib mir, Rabbi«, fleht Judas und bricht in Tränen aus. »Ich habe es getan.«

»Ich vergebe dir.« Jesus küsst Judas sanft auf die Stirn.

Mit einem zornigen Aufschrei zieht Petrus sein Schwert und stürmt auf einen der Römer los. Ein Tumult entbrennt, ein Kampf auf Leben und Tod.

Jesus wendet sich zu mir um und ruft: »Rette das Mandylion!«

Sofort wirbele ich herum, presse das blutige Linnen an meine Brust und hetze stolpernd zwischen den knorrigen Olivenbäumen hindurch in die Finsternis.

Ein Römer folgt mir, ich kann seine Schritte auf dem sandigen Boden hören, das Knarzen seiner Lederrüstung, das Sirren seines Schwertes, das Keuchen.

Schwerter krachen scheppernd aufeinander, ein schriller Schmerzensschrei ertönt. Irgendjemand ist verletzt. Dann wird es plötzlich ganz still im nächtlichen Garten.

Hinter mir hechelt atemlos der Bewaffnete: »Bleib stehen!«, keucht er, jedoch nicht auf Lateinisch, sondern auf Türkisch. »Gib mir das Mandylion!«

Doch ich wende mich nicht um zu dem Yeniçeri. Und ich bleibe auch nicht stehen. Denn ich fürchte, er wird mich töten, um das Mandylion an sich zu bringen.

Plötzlich kann ich zwei Männer hinter mir hören.

Jetzt wage ich doch einen raschen Blick zurück. Galcerán folgt mir mit wehendem Habit und mit gezücktem Schwert. »Bleib stehen!«, brüllt er auf Katalanisch, während ich in vollem Lauf über Konstantins blutüberströmten Leichnam springe, das Portal aufstoße und hineinhusche.

In der Kapelle erwartet mich Jibril im schwarzen Habit. Er streckt mir die Hand entgegen. »Gib mir das Mandylion!«, fordert er auf Arabisch. »Nein!« Verzweifelt presse ich das Tuch an mich und sehe mich voller Entsetzen nach einem Fluchtweg um, doch es gibt keinen.

Jibril hebt sein Schwert zum Todesstoß, als Murat und Galcerán nacheinander in die Kapelle stürmen und in der Lache von Cesares Blut schlitternd zum Stehen kommen.

Hinter Jibril tritt langsam ein Schatten zwischen den Säulen hervor. Als der Schemen in den düsteren Schein der Kerzen tritt, sehe ich, dass er eine rote Mozzetta über der weißen Soutane trägt.

Ich erkenne ihn. Es ist mein Cousin.

Prospero als Papst!

Entsetzt weiche ich vor ihm zurück, bis ich mit der Schulter gegen eine Marmorwand stoße und nicht weiter fliehen kann. Cesares Leichnam mit dem abgetrennten Kopf liegt zu meinen Füßen. Verzweifelt schluchze ich auf.

Ich muss mich dem Kampf stellen.

Und meine Verfolger, Murat, Galcerán, Jibril und Prospero, kommen näher, immer näher, und dann …

Kapitel 61

In der Zelle des Abtes
22. Dezember 1453
Kurz nach zehn Uhr morgens

… schrecke ich aus dem Schlaf hoch. Ich bin schweißnass, und mein Kopf dröhnt so laut wie die Kirchenglocken von Byzanz, die die türkischen Kanonen übertönen.

»Auferstanden von den Toten.«

Erst jetzt bemerke ich den Kardinal, der mich vom Tisch aus aufmerksam beobachtet. Er hat offenbar meine Reisetruhen durchwühlt. Das Reliquiar des Mandylions, die Abendmahlskelche, die Ikone, die Karte von Konstantinopolis, das Fläschchen mit der Geheimtinte, die Phiole mit dem Haschisch, den zerbrochenen Schlüssel, all das hat er auf dem Tisch ausgebreitet.

Ich spüre, wie die Wut in mir hochsteigt wie bittere Galle. Wie kann er es wagen! Selbst wenn er der ist, der zu sein er behauptet!

Und wieso taucht er ausgerechnet jetzt auf? Wenn ich allein in der Abtei bin. Verletzt. Verwirrt. Verrückt?

Wo ist sein Gefolge? Sein Heer? Seine Bravi? In Rom? Oder in Aquila? Er ist doch wohl nicht ohne Begleitung und ohne Schutz hierhergekommen! Und wo ist eigentlich Vittorio?

Ja, verdammt, ich bin misstrauisch!

Prospero scheint meine Verstimmung nicht zu bemerken. Er zeigt auf die mit Juwelen geschmückte Ikone von Jesus Christus. »Sie ist ganz wundervoll, Sandra! Ein Prachtstück für meine Sammlung! Sie wird einen Ehrenplatz bekommen in meinem Arbeitszimmer, an der Wand gegenüber von meinem Schreibtisch. Und wenn ich Papst bin …« Er mustert mich verwirrt. »Was ist?«

Wortlos schwinge ich meine Beine über die Bettkante, stehe auf und gehe zu ihm hinüber.

»Was ich sagen wollte: Du hast alles getan, um diese Ikone vor der Vernichtung zu bewahren. Du hast dein Leben eingesetzt, um das byzantinische Erbe zu retten. Kardinal Isidor hat uns nach seiner Flucht nach Rom berichtet, was in Byzanz geschehen ist. Durch deinen heldenhaften Kampf auf den Mauern, der in Rom viele Bewunderer gefunden hat, hast du der Dynastie der Colonna sehr viel Ruhm und Ehre gemacht. Mit dir an meiner Seite werden mir im nächsten Konklave keine zwei Stimmen mehr fehlen, sodass ich endlich Pontifex werde. Ich bin sehr stolz auf dich, Sandra. So wie Tommaso.«

Ich hebe die Augenbrauen.

»Papst Nikolaus. Ihr duzt euch. Erinnerst du dich nicht?«, fragt er verwundert.

Ich schüttele den Kopf und lasse mich erschöpft auf den Stuhl fallen.

Prospero hält die Ikone mit beiden Händen vor sich und betrachtet das Funkeln der Edelsteine auf dem gemalten Evangeliar aus Blattgold. »Wie ich glaubt Tommaso, dass das Erbe von Byzanz nicht nur den Griechen gehört, sondern allen Völkern. Byzanz ist nicht Geschichte. Byzanz ist eine Tradition, die weiterleben wird. In Italien. In Florenz und in Rom.« Behutsam legt er das Heiligenbild zurück auf den Tisch. »Neben der Durchsetzung der Kirchenunion hat Tommaso dir noch einen zweiten Auftrag erteilt. In Konstantinopolis solltest du nach alten Handschriften für die neu gegründete Biblioteca Vaticana suchen. Während der ersten Wochen deines Aufenthaltes hast du Schiffsladungen mit Fässern und Kisten voller Bücher, Ikonen und Kirchenschätze nach Italien geschafft. Es war eine gewaltige Rettungsaktion.« Er grinst und nimmt mein Notizbuch vom Tisch, in dem er offenbar gelesen hat. »Du hast Mehmed nicht viel zum Plündern übriggelassen.«

Ich antworte nicht.

Er schlägt das Büchlein auf und zeigt mir den letzten Eintrag. »Hast du das geschrieben?«

Ich nicke.

»Was ist geschehen?«

Die Frage ist nicht, was geschehen ist, sondern was noch geschehen wird.

Ich blicke zum Fenster hinüber. Es schneit wieder in dicken Flocken. Wie spät ist es? Der Schrecken der letzten Stunden hat mir jedes Zeitgefühl geraubt. Wie lange ist Jibril schon fort? Und was hat er vor?

»Ich weiß es nicht«, gebe ich mit erstickter Stimme zu. Das Eingeständnis meiner Schwäche fällt mir schwer, weil ich nicht sicher bin, ob ich ihm trauen kann. »Ich weiß nicht, was mit mir geschieht.«

Bedächtig mustert er die Handschrift in meinem Notizbuch, dann die fünf Tage alte Wunde an meinem Kopf. Er gibt sich einfühlsam.

Als wüsste er, wie ich empfinde!

»Wieso hältst du dich für verrückt?«, fragt er schließlich.

»Ich kann tote Menschen sehen«, quäle ich hervor.

Er hebt die Augenbrauen. »Du meinst den Toten in der Abteikirche, den du eben …?«

»Nein, ich meine Menschen, die schon lange tot sind«, sage ich. »Menschen, mit denen ich eben noch gesprochen habe, verschwinden spurlos, als wären sie nie da gewesen. Gegenstände, die ich eben noch in der Hand gehalten habe, sind plötzlich nicht mehr da. Spuren im Schnee verschwinden. Gräber lösen sich in Luft auf, und die Leichen darin auch. Ach ja, und da sind noch die Skizzen in meinem Notizbuch, die ich nicht gezeichnet haben kann, weil die Perspektive falsch ist.«

Er sieht mich an, als hätte ich den Verstand verloren. Aber vielleicht habe ich das ja wirklich ...

Mit einem Ruck springe ich auf, beuge mich über den Tisch und entwaffne ihn. Mit seinem Dolch in der Hand lasse ich mich wieder in meinen Sessel fallen. Entsetzt beobachtet er, wie ich mir die scharfe Klinge in den linken Unterarm bohre.

Der Schmerz schießt mir bis in die Schulter.

Ich muss mir selbst Schmerzen zufügen, um mir zu beweisen, dass ich noch am Leben bin und dass ich nicht unter Trugbildern leide. Ich habe das frustrierende Gefühl, vieles wieder zu verdrängen und zu vergessen, woran ich mich gerade erst erinnert habe. Die Wahrheit ist zu schrecklich, um sie zu akzeptieren. Das Gefühl, nicht zu wissen, wer du bist und was du getan hast, das Gefühl, dass du keine Macht über das hast, was um dich herum geschieht oder eben *nicht* geschieht, das Gefühl, immer wieder von vorn anzufangen, ist die Hölle.

Er hebt beschwichtigend die Hände. »Bitte, leg den Dolch weg!«, fleht er mich eindringlich an und streckt die Hand danach aus. »Gib ihn mir zurück!«

»Nein!« Ich lege die Klinge vor mir auf den Tisch.

Wenn er nicht der ist, der zu sein er vorgibt, werde ich ihn töten. Und wenn es ihn gar nicht gibt, wie die anderen auch, die ich gesehen und mit denen ich gesprochen habe, dann ist es sowieso egal.

Fröstelnd ziehe ich meine verkrampften Schultern hoch. Mir ist kalt!

»Frierst du?«, fragt er fürsorglich und deutet auf den Kamin, wo ein Feuer prasselt. »Soll ich noch ein Scheit nachlegen?«

»Nein.« Die Kälte kommt von innen, aus der Leere in mir.

»Was ist geschehen?« Mit patriarchalischem Gestus, mit dem er vermutlich seine Verunsicherung überspielen will, deutet er auf die Wunde an der rechten Seite meines Kopfes, den bleifarbenen Bluterguss auf meiner Wange, den verschorften Riss auf meiner Stirn, die anderen Wunden.

Er ist genauso entsetzt wie ich, als ich gestern zum ersten Mal in den Spiegel sah und mich selbst nicht erkannte. Eine Fremde blickte mir aus dem geborstenen Spiegel entgegen.

»Deine Verletzungen … Wie ist das geschehen?«

Ich zögere einen Augenblick. »Das war ich selbst.«

Es ist nur ein Teil der Wahrheit, aber was soll's. Der andere Teil würde zu viele Fragen aufwerfen, die ich nicht beantworten kann. Noch nicht.

Nach einem langen Blick, den ich nicht deuten kann, zieht er das Notizbuch zu sich heran, schlägt es auf und zeigt mir zwei leere Seiten in der Mitte des Büchleins, genau zwischen den Notizen, die ich am Anfang niedergeschrieben habe, und denen, die ich vorhin am Ende des auf den Kopf gestellten Notizbuches gemacht habe. Die beiden Eintragungen nähern sich von vorn und von hinten einander an. Was wird geschehen, wenn die Gegenwart in der Mitte des Büchleins auf die Vergangenheit trifft? Wenn ich mich endlich erinnern kann? Wenn ich begreife, was um mich herum vorgeht? Wenn ich weiß, was meine düsteren Vorahnungen bedeuten?

Ich betrachte die leeren Seiten und nicke.

Ja, so fühle ich mich, denke ich traurig. Wie eine unbeschriebene Seite, irgendwo zwischen der Vergangenheit, die sich mir entzieht, und der Gegenwart, die ebenso wenig greifbar ist. Meine Lebensgeschichte, die gestern erst begann, besteht aus wenigen hastig hingekritzelten Eintragungen in meinem Notizbuch.

»Ich habe gelesen, was du vor wenigen Stunden geschrieben hast. Erzähl mir, was dort *nicht* steht.«

Die kürzeste Lebensgeschichte aller Zeiten. Aber bleibt mir noch so viel Zeit, um sie zu erzählen?

Wieder irrt mein Blick zum Fenster. Wie spät ist es? Wie lange war ich ohnmächtig? Wie viele Stunden sind vergangen, seit Jibril verschwunden ist? Wo sind Lionel und Adrian?

Ich mustere den Mann, der mir gegenübersitzt. Seine mit Ringen geschmückten Finger hält er flach auf dem Tisch, damit ich sie sehen kann. Erst jetzt fällt mir der Siegelring auf. Das Wappen kann ich nicht erkennen.

Langsam atme ich aus. Kann er mir helfen, das Rätsel zu lösen, von dem mein Leben abhängt? Kann ich ihm vertrauen? Oder gehört er zu den Johannitern, die mein Leben bedrohen? Ist er Teil dieser heimtückischen Verschwörung? Soll er mich dazu bringen, dass ich mich erinnere?

Wenn ich mich ihm anvertraue, wenn ich ihm das Geheimnis offenbare, vertraue ich ihm mein Leben an. Die Vorstellung, mein Schicksal in die Hände eines anderen zu legen, den ich nicht kenne, den ich nicht einschätzen kann, dem ich nicht vertrauen kann, ist mir unerträglich. Aber habe ich denn eine Wahl?

Ja, die habe ich: Ich kann ihn töten.

Ich glaube, er spürt, wie aufgewühlt ich bin, denn er bedrängt mich nicht, sondern wartet geduldig ab, bis ich bereit bin, zu erzählen. Meine Hände, die neben dem Dolch auf dem Tisch liegen, lässt er nicht aus den Augen.

Ich atme tief durch. »Ich traue meinen Erinnerungen nicht mehr.«

»Was meinst du damit?«

»Ich traue mir selbst nicht mehr.«

Er nickt versonnen. Er hat also meine Notizen gelesen. Aber offensichtlich nicht verstanden.

»Ich muss von Anfang an erzählen, sonst verstehst du nicht, was in den letzten Tagen in dieser Abtei geschehen ist.«

Er lehnt sich zurück, faltet die Hände vor der Brust und blickt mich auffordernd an. »Ich bin gespannt.«

»Meine Geschichte beginnt mit ihrem Ende.« Ich mache eine kurze Pause. »Mit meinem Tod.«

Wie entsetzt er mich ansieht! Hielt er mich denn nicht auch für tot und begraben?

»Sterben ist wie schlafen. Wie vergessen. Wie ein Flug der Seele in eine andere Wirklichkeit. Es gibt keine Worte, um dieses herrliche Empfinden zu beschreiben. Aber um das Gefühl wiederzugeben, das dich wie ein Schmerz durchzuckt, wenn jemand dich für tot erklärt, obwohl du noch lebst, atmest und fühlst, dafür reicht ein einziges Wort: Hölle.

Kapitel 1.« Ich mache einen tiefen Atemzug, dann tauche ich in meine Erinnerungen ein: »Schlaf, dem Tode nah. Die Finsternis des Vergessens umgibt mich wie ein undurchdringlicher Nebel. Zwei Hände ragen daraus hervor. Blut rinnt von ihnen hinab …«

Kapitel 62

In der Zelle des Abtes
22. Dezember 1453
Viertel nach zwei Uhr nachmittags

»So war es. Genau so.«

Prospero zuckt zusammen. Er nimmt die Füße von der Reisetruhe und setzt sich wieder aufrecht hin. Wie gebannt hat er Stunde um Stunde meiner Erzählung gelauscht, die mit seiner und Vittorios Auftauchen in der Abtei endete. Nur ein Mal ist er ganz leise aufgestanden, ohne mich zu unterbrechen, und hat Holzscheite nachgelegt, bevor das Feuer im Kamin niederbrennen konnte.

Seine Zweifel stehen ihm ins Gesicht geschrieben. Ich fürchte, er glaubt mir nicht. Denkt er, dass Jibril mein Gedächtnis verändert hat? Dass ich zu viel Haschisch genommen habe? Dass ich mich, im Rausch der Glückseligkeit, in eine Scheinwelt flüchte, weil ich die Wirklichkeit nicht mehr ertrage? Dass ich unter den Symptomen einer Überdosis leide: Atemnot, Herzrasen, Panikattacken und Horrorvisionen? Oder dass ich wahnsinnig bin?

Und ich habe nichts, aber auch gar nichts, um ihm zu beweisen, was ich erzählt habe: Jibril ist fort, mit seinem und Galceráns Gepäck. Auch Galceráns Leichnam ist verschwunden, ebenso sein Schwert, der türkische Dolch, den ich Murat aus der Satteltasche gezogen habe, der zerknitterte Zettel mit der griechischen Aufschrift *Mandylion* und *Acheiropoieton*, den vermutlich der Papst geschrieben hat, die Schatzkarte aus dem zerbrochenen Schlüssel, die Briefe der beiden Brüder, die ich ihren Eltern übergeben wollte, und die Geleitschreiben in der Ledermappe. Nichts, nichts, nichts ist mir geblieben, um zu beweisen, dass ich nicht verrückt bin.

Ohne meinen Blick zu erwidern, schenkt Prospero mir Wein ein und schiebt den Zinnbecher über den Tisch.

»Grazie«, sage ich mit heiserer Stimme und trinke einige Schlucke. Warm rinnt der Wein mir durch die Kehle.

Er winkt lässig ab.

Und Jibrils Dolch mit dem weißen Johanniterkreuz am Griff nützt mir auch nichts. Ich kann ihn aus Byzanz mitgebracht haben. Ich kann Diniz damit ermordet haben …

Aber da ist noch etwas, das mir keine Ruhe lässt. Es hat mit dem verschwundenen Kerzenstummel aus meiner Zunderdose zu tun, aber ich kann es nicht genau benennen. Irgendetwas stimmt nicht.

»Prospero, darf ich dich etwas fragen?«

Er nickt.

»Bin ich tot?«

Er kippt fast vom Stuhl. *»Wie bitte?«*

»Habe ich den Sturz vom Turm nicht überlebt? Bin ich tot?«

»Santo Cielo! Wie kommst du denn darauf?«, fragt er entsetzt.

»Es heißt, dass ein Sterbender im Augenblick seines Todes sein ganzes Leben an sich vorüberziehen sieht. Wie ein Rückblick auf das, was man getan hat oder nicht getan hat. Auf die Schuld, die man auf sich geladen hat. Es ist wie ein Jüngstes Gericht.«

Mein Cousin schüttelt langsam den Kopf. »Sandra, das ist …«

»Prospero, bist du nur eine Erinnerung?«

Kapitel 63

In der Zelle des Abtes
22. Dezember 1453
Viertel nach zwei Uhr nachmittags

Bevor Prospero antworten kann, höre ich draußen ein rumpelndes Geräusch. Dann klopft jemand, und die Tür öffnet sich. Es ist Vittorio. »Euer Eminenz? Euer Gnaden?«

Prospero winkt ihn herein. »Und?«

»Die Abtei ist verlassen, Euer Eminenz. Ich habe alles durchsucht. Außer uns ist niemand hier.«

»Hast du den Türken begraben?«

»Wie Ihr befohlen habt, Euer Eminenz.« Vittorio nestelt einen Ring aus der Tasche und gibt ihn mir.

Es ist mein Siegelring mit dem Wappen der Colonna.

»Grazie, Vittorio.« Ich stecke ihn mir an den Finger.

»Di niente.«

»Und Federico?«, fragt Prospero.

»Keine Spur von ihm.«

»Kein Grab?«, frage ich beunruhigt nach.

Vittorio schüttelt traurig den Kopf. »Es tut mir leid.« Er deutet über seine Schulter hinweg zur Tür. »Aber ich habe in einem Geheimgang etwas anderes gefunden.«

»Was?« Mein Herz schlägt auf einmal schneller.

»Etwas, das Eure Frage beantworten kann.« Als ich ihn verwirrt anstarre, sagt er: »Die Frage, ob Ihr tot seid. Vergebt mir, aber ich konnte Euer Gespräch mit Seiner Eminenz draußen im Gang hören.«

»Und?«, frage ich. »Bin ich tot?«

Er verlässt den Raum und kommt mit einer schweren Marmorplatte zurück. Er wuchtet sie neben der Tür auf den Boden.

»Meine Grabplatte!«

Prospero lehnt sich vor, stützt die Ellbogen auf die Knie und liest, weil er kurzsichtig ist, blinzelnd die Inschrift: »Alessandra Colonna Orsini, Tochter von Luca d'Ascoli. Geboren in Rom am 2. April 1415, gestorben in Konstantinopolis am 29. Mai 1453. Contessa, Vikarin des Papstes und Legatin der heiligen römischen Kirche. Und das Requiem aeternam.«

»Also habe ich sie doch gesehen!«, rufe ich erleichtert aus.

Ich bin nicht verrückt!

»Was für eine makabre Inszenierung!« Prospero schüttelt missbilligend den Kopf. »Um deine Frage zu beantworten, Sandra: Du bist nicht tot. Lies die letzte Zeile unter dem Requiem aeternam! ›Per ordine di Papa Niccolo V., Duomo Sant'Emidio, Ascoli Piceno, 9 Settembre 1453.‹ Weißt du, was das bedeutet?«

»Nein.«

»Dass Jibril jemanden nach Ascoli geschickt hat, um diese Gedenktafel aus dem Dom zu stehlen. Und dafür werde ich ihn und jeden, der ihm dabei geholfen hat, exkommunizieren.«

»Ascoli?«, frage ich nach.

»Auf Befehl des Papstes haben sowohl dein Vater, Luca d'Ascoli, als auch du, Alessandra d'Ascoli, im Dom von Ascoli ein Scheingrab mit einer marmornen Gedenktafel, die euch ehrt und die eure Verdienste um die Kirche würdigt. Luca wäre vor vierzehn Jahren beinahe Papst geworden, erinnerst du dich? Dein ›heiliger Vater‹ liegt allerdings in der Kirche Santi Apostoli neben dem Palazzo Colonna in Rom begraben.« Er lächelt matt. »So wie du.«

Kapitel 64

In der Zelle des Abtes
22. Dezember 1453
Kurz vor halb drei Uhr nachmittags

Als Vittorio den Raum verlässt, um sich in der Küche um unser Abendessen zu kümmern, springt Prospero unvermittelt auf, folgt ihm hinaus in den Gang, zieht die Tür hinter sich ins Schloss. Beide tuscheln miteinander.

Was soll das? Warum soll ich nicht hören, was die beiden reden? Wem gilt eigentlich Vittorios Loyalität, ihm oder mir?

»... weiß nicht, ob ich sie davon überzeugen kann, mit uns ...«, flüstert Prospero. »... wird sehr schwierig werden, ihr Vertrauen zu gewinnen. Sie ist sehr misstrauisch, und ...«

Welche Rolle spielt Prospero in diesem Irrsinn? Was hat er vor?

Bevor ich den Gedanken zu Ende gedacht habe, reißt jemand die Tür auf. Prospero stürmt in den Raum und lässt sich wieder in seinen Sessel fallen. »Gämsenbraten in Weinsauce«, sagt er genüsslich und legt die Füße wieder auf die Truhe. »Zum Nachtisch gibt es Marzipan. Ich habe noch ein wenig in meinen Satteltaschen.«

Als hätte er eben mit Vittorio die Speisenfolge für das Abendessen besprochen!

Prospero nimmt unterdessen die Karte von Konstantinopolis vom Tisch, rollt das zerknitterte Pergament auseinander und betrachtet die beiden roten Kreuze. »Die Kapelle des Bukoleon-Palastes und die Kapelle des Blachernen-Palastes. Wo hast du das Mandylion gefunden?«

»Im Blachernen-Palast.«

Prospero nickt versonnen.

Verstohlen mustere ich ihn. Geheimnisvoll blaue Augen mit einem goldenen Ring um die Iris. Sinnlich geschwungene Lippen. Geschmeidige, kraftvoll beherrschte Bewegungen, als kämpfe er regelmäßig mit dem Schwert. Stolze Haltung. Gebieterisches Auftreten. Prospero ist ein sehr gut aussehender Mann Mitte vierzig. Sehen wir uns ähnlich? Wenn ich doch nur einen Spiegel hätte, um uns nebeneinander zu betrachten!

Nichts an ihm erinnert mich an Cesare. Aber das Gesicht meines Mannes kann ich nach wie vor nur als bewegten Schemen erkennen. Die Erinnerung an seinen abgetrennten Kopf ist zu schmerzhaft, als dass ich mich wirklich erinnern *will*.

Prosperos gepflegte Erscheinung und sein ordentlich gestutzter Bart lassen mich darauf schließen, dass er einen Handspiegel in seinem Gepäck hat. Wenn ich den in die Finger bekommen würde, ohne dass er es merkt …

Ich besinne mich. »Wozu zwei Kreuze auf der Schatzkarte?«

Er antwortet nicht, sondern starrt weiter auf die Karte in seiner Hand.

»Erzähl mir von dem Mandylion.«

Prospero lehnt sich in seinem Sessel zurück, wippt mit den Füßen auf der Truhe und beginnt zu erzählen.

»Das Mandylion ist die mächtigste Reliquie der Christenheit. Und sie wäre die berühmteste, wenn sie nicht vor einigen Jahrhunderten verloren gegangen wäre. Die Herkunft ist in Geheimnisse gehüllt, deren Ursprünge aufzuspüren wohl hoffnungslos ist.«

»Wer sagt das?«

»Du.«

»Ich?«

»Du hast die Geschichte des Mandylions erforscht. Im Geheimarchiv des Vatikans. Mithilfe von römischen, griechischen, ägyptischen, syrischen, russischen, deutschen, englischen und isländischen Quellen.«

»Isländisch?«

»Ein isländischer Abt hat einen Bericht über das Mandylion verfasst.«

»Auf Isländisch?«

Prospero verdreht die Augen. »Auf Lateinisch.«

»Und was habe ich nun herausgefunden?«

»Dass das Mandylion als Abbild Jesu im Gegensatz zum Grabtuch noch zu seinen Lebzeiten entstanden sein muss. Die Byzantiner glaubten, die schwach sepiafarbenen Spuren im Tuch wären der Blutschweiß von der Todesangst Jesu im Garten Getsemani vor seiner Festnahme. Evangelium des Lukas, Kapitel zweiundzwanzig.«

Daher also mein Albtraum von der Nacht des Verrats, die einerseits mit der Kreuzigung, andererseits mit einem Kampf auf Leben und Tod in der Kapelle endete?, frage ich mich, während Prospero weiterspricht:

»In diesem Sinne ist das Mandylion, das vor den vier Evangelien entstanden ist, das erste Evangelium – nicht das letzte, als das Tommaso es bezeichnet. Es ist eine Reliquie aus der Zeit vor der Passion. Jesu Augen auf dem Mandylion sind offen, wie bei einem Lebenden. Auf dem Grabtuch sind sie geschlossen, wie bei einem Toten.«

»Wie kam das Tuch von Jerusalem nach Konstantinopolis?«

»Es heißt, einer der Jünger Jesu brachte das Acheiropoieton, ein nicht von Menschenhand gemachtes Abbild Christi, nach der Kreuzigung nach Edessa, wo das Tuch jahrhundertelang aufbewahrt wurde. Als mächtiges Palladion des Reiches gegen die Feinde der Christenheit, als göttlicher Schutz gegen Kriege und

Katastrophen. Seit 525 war das Mandylion in der Hagia Sophia von Edessa. Von Wasser umgeben, mit herrlichen Ornamenten aus Mosaik geschmückt und von einer Kuppel bekrönt, muss diese gewaltige Kathedrale, die die Perser als Weltwunder bezeichneten, so erhaben gewesen sein wie die Hagia Sophia in Konstantinopolis. Vom Chor der Kathedrale aus führten neun Stufen, die die neun Engelschöre symbolisierten, zu einem altarähnlichen Thron, der den himmlischen Thron Christi darstellte. Der größte Schatz der Kathedrale, das allerheiligste Mandylion, wurde in einem Sanktuarium neben der Apsis verwahrt. Nur zwei Mal im Jahr wurde das Mandylion aus seinem Schrein geholt, in einer feierlichen Prozession mit Kerzen, Fächern und Weihrauchgefäßen umhergetragen und auf dem Thron Christi im Chor ausgestellt. Doch trotz dieser aufwändigen Zeremonie war es keinem Gläubigen erlaubt, das göttliche Abbild Christi zu betrachten. Nur der Erzbischof durfte den Schrein öffnen, die allerheiligste Reliquie mit einem Schwamm berühren, um mit dem geweihten Wasser die Gemeinde zu besprengen und zu segnen.«

»Die vollkommene Gottesfurcht.«

»Du sagst es. Die Syrer setzten diese Kathedrale von Edessa und ihr Mysterium, das verborgene Mandylion, dem Jerusalemer Tempel mit der Bundeslade gleich. Denn der einzige Bilderschmuck in der Kathedrale von Edessa waren goldene Statuen von Cherubim – wie in König Salomos Tempel, wo die Cherubim die Bundeslade bewachten. Erinnerst du dich, wie du in Jerusalem den Gottesschrein gefunden hast?«

»*Ich* habe die Bundeslade gefunden?«, staune ich.

»Yared und du. Vor acht Jahren. Im Labyrinth des Tempelbergs.«

Erstaunt sehe ich ihn an.

»Was ist?« Er schüttelt den Kopf. »Du bist Schatzsucherin, Sandra. Das Evangelium des vergessenen Papstes aus Alexandria, der

Gottesschrein in Jerusalem, das Grab des Teufelspapstes mit dem Ring des Salomo in Rom, das Siegel des Imhotep in der Pyramide von Sakkara … Und jetzt das Mandylion aus Byzanz. Du findest immer, wonach du suchst.«

»Dann besteht ja noch Hoffnung«, sage ich matt.

Er lächelt.

»Gibt es auch Schätze, die ich noch nicht gefunden habe?«

»Die verschollene Bibliothek von Alexandria. Seit Jahren willst du nach Timbuktu reisen, um sie dort zu suchen. Das Grab Alexanders des Großen. Die Münzen des Judas. Das Vermächtnis von Jacques de Molay, dem letzten Templer.

Mysteriöse Schätze, die seit Jahrhunderten verloren sind, und uralte Pergamentcodices und antike Papyrusrollen lösen bei dir sofort Anfälle von Schatzsucherfieber aus. Tommaso … Papst Nikolaus … nennt es dein ›unheilbares Leiden‹. Je mehr Staub du aufwirbeln musst, um ein Geheimnis zu erforschen oder um eine besondere Entdeckung zu machen, desto größer der Nervenkitzel und der Spaß, sagst du immer, bevor du dich in eines deiner Abenteuer stürzt, um vergessene Dachkammern und zugemauerte Kellergewölbe voller Spinnweben und Staub, verschlossene Türen in Klosterbibliotheken, geheime Gänge und verborgene Treppen zu erforschen – jedes Mysterium zieht dich unwiderstehlich an! Wenn dein Schatzsucherfieber dich packt, kann dich nichts und niemand mehr aufhalten.«

»Du scheinst recht zu haben«, sage ich leise und denke dabei an Diniz, Galcerán und Jibril in der blutüberströmten Kapelle des Kaiserpalastes. Und an Cesare, meinen Mann, den ich erst wenige Stunden vorher geheiratet habe und der einer Schatzsuche und dem damit verbundenen Kampf auf Leben und Tod zum Opfer fiel.

Ich sehe Prospero in die Augen, die so blau sind wie meine.

Wer bist du? Wieso tauchst du ausgerechnet in dem Augenblick auf, als Jibril spurlos verschwindet? Welches Spiel spielst du? Und welchen Spielzug machst du als Nächstes?

»Was ist?«, fragt er irritiert.

»Ich bin todmüde«, wiegele ich ab und atme tief durch. »Und wie gelangte das Mandylion nach Byzanz?«

»Der Kaiser ließ das Tuch 944 als göttlichen Schutz aus Edessa holen, das damals unter der Herrschaft des Kalifen von Bagdad stand. Am 15. August traf das Palladion des Reiches in einer herrlichen Prozession, als käme der Gottessohn selbst, in der Königin der Städte ein. Ein Chronist beschreibt, wie die allerheiligste Reliquie in einem Schrein unter Freudentränen, Jubelrufen, Psalmen, Hymnen und Gebeten durch die ganze Stadt getragen wurde, wie eine zweite Bundeslade, doch noch kostbarer als diese. Die Byzantiner glaubten, dass durch dieses mächtige Palladion die Stadt Konstantinopolis ebenso heilig, stark und unbesiegbar würde wie Jerusalem. Die Festrede, die damals gehalten wurde und deren Abschrift du im Geheimarchiv des Vatikans gefunden hast, verdeutlicht das: ›O heiliges Bild Jesu Christi, unseres Herrn. Schütze den Basileus, der fromm und gütig über uns Byzantiner herrscht. Behüte seine Kinder, und lass ihre Herrschaft ewig währen. Gewähre Frieden für das Reich, und erhalte die Königin der Städte als stark und uneinnehmbar. Amen.‹« Er wedelt mit der Hand. »Oder so ähnlich.« Dann atmet er tief durch. »Die Krönung der tagelangen festlichen Zeremonien war, als das Mandylion in seinem Schrein abgesetzt wurde …« Prospero deutet auf das Reliquiar zwischen uns auf dem Tisch. »… auf dem kaiserlichen Purpurthron im goldenen Thronsaal des Palastes.«

»Jesus Christus als Kaiser von Byzanz.«

»Und der Basileus – und nicht der Bischof von Rom! – als sein Stellvertreter auf Erden.«

»Aus diesem Grund will der Papst das Mandylion haben«, vermute ich. »Als allerheiligste Reliquie des lebendigen Jesus Christus. Als Legitimation seines Amtes als Oberhaupt der durch die Kirchenunion …«

»… die du in Byzanz gegen den Kaiser durchgesetzt hast …«, ergänzt Prospero selbstgefällig.

»… vereinigten katholisch-orthodoxen Kirche …«

»… die von Portugal bis Indien und von Island bis Äthiopien reicht.«

»Und als mächtiges Palladion der Kirche, die Rom schützen soll wie einst Byzanz.«

Prospero faltet die Hände und lehnt sich in seinem Sessel zurück. »Prägnant formuliert, wie immer.« Seine Augen funkeln, während er neckt: »Wieso glaubst du, du wärst verrückt?«

»Und der Großmeister der Johanniter will das Mandylion des Erlösers aus demselben Grund nach Rhodos bringen. Als Palladion soll es das Reich der Johanniter vor der Eroberung durch Sultan Uthman al-Mansur bewahren.«

»Genau.«

Ich spitze die Lippen und nicke bedächtig. »Und wozu willst *du* die Reliquie haben?«

Jetzt habe ich ihn da, wo ich ihn haben will!

Kapitel 65

In der Zelle des Abtes
22. Dezember 1453
Gegen halb drei Uhr nachmittags

Prospero wirkt überrumpelt, ja sogar erschrocken. Doch er hat sich schnell wieder in der Gewalt. Er setzt sich aufrecht hin, legt die Ellbogen auf die Knie und blickt mich ernst an. »Ich will Papst werden.«

»Prägnant formuliert. Dein Bekenntnis lässt keinen Spielraum für irgendwelche anderen Auslegungen.«

Er lächelt matt. »Du und ich, wir sind uns sehr ähnlich. Dieselbe Leidenschaft, dieselbe Entschlossenheit, dasselbe Temperament.«

»Aber nicht dasselbe Streben nach Macht. Wären wir uns ähnlich, hätte ich Konstantin geheiratet und wäre Kaiserin geworden.«

»Cesare Orsini zu heiraten war eindeutig die bessere Wahl.«

Aha! Jetzt kommen wir der Sache näher!

»Findest du?«, frage ich ihn betont arglos.

»Komm schon, Sandra, lass den Unsinn. So dumm bist du doch gar nicht.«

Ich hebe beide Hände, als ob ich mich ergebe. »Touché.«

»Sag mal, was ist denn plötzlich in dich gefahren?«, fragt er und sieht mich wütend an. »Lass die Spielchen, Sandra, sei so gut. Was ich eben sagen wollte: Mit diesem Bündnis zwischen den Colonna und den Orsini ist dein Hoheitsgebiet größer als das byzantinische

Reich, über das Konstantin herrschte. Es ist so stark, dass der Papst ohne dich und deine Bravi keine Macht in Rom hat. Und so sicher, dass der Papst es vorzieht, auf der Flucht vor irgendwelchen Attentätern im dichtesten Schneetreiben durch dein Hoheitsgebiet zu irren und in Aquila Weihnachten zu feiern, als am warmen Kamin im Vatikan zu bleiben. Ganz ehrlich, die Ehe mit Cesare war, machtpolitisch betrachtet, ein brillanter Schachzug.«

Dazu sage ich besser nichts.

Wenn ich gewusst hätte, dass wir den nächsten Tag vermutlich nicht überleben, hätte ich meinen besten Freund ganz sicher nicht aus machtpolitischen Gründen geheiratet. Vielleicht aus Freundschaft, vielleicht aus Liebe, ich weiß es nicht mehr. Vielleicht habe ich aber auch die Einsamkeit nicht mehr ertragen. Vielleicht wollte ich nur nicht allein sterben, sondern gemeinsam mit ihm.

Ich mustere Prospero. Irgendetwas stimmt nicht. Aber was? Sein plötzliches Auftauchen? Sein Verhalten? Oder ist es ganz einfach die Situation, die mich vorsichtig sein lässt? Misstrauisch. Und aufgewühlt.

Mit dem Finger tippt er auf die Karte von Konstantinopolis. »Das Jahr 1204 – der unselige vierte Kreuzzug der Venezianer, die unter der Führung des Dogen Enrico Dandolo Konstantinopolis eroberten. Die Stadt wurde geplündert, und die frommen christlichen Kreuzfahrer wüteten noch schlimmer als die Türken.« Prospero verzieht das Gesicht. »Wie auch immer! In den Wirren der Eroberung wurde das Grabtuch Christi von den Templern geraubt und nach Frankreich gebracht. Die Urenkelin eines der Templer, die mit Jacques de Molay auf dem Scheiterhaufen starben, hat es vor einigen Monaten dem Herzog von Savoyen vermacht. Und das Mandylion, das in derselben Kirche Santa Maria in Blachernae aufbewahrt wurde, verschwand spurlos. So scheint es jedenfalls.«

»Dramatische Pause.«

Er schmunzelt.

»Du hast jetzt meine volle Aufmerksamkeit.«

Er lacht leise. »Das Mandylion ist also ganz offiziell ›verschwunden‹«, sagt er und malt die Anführungszeichen mit den Fingern in den Luft. »Und trotzdem – höre und staune! – verkauft der byzantinische Kaiser im Jahr 1246 eine Kopie des Mandylions an König Louis den Heiligen von Frankreich. Kannst du mir noch folgen?«

»Mysterien, Rätsel und Geheimnisse fordern mich unwiderstehlich heraus, aber bei Wundern muss ich leider passen.«

Prospero lächelt matt. »Diese Kopie des Mandylions befindet sich in der Sainte-Chapelle in Paris. König Charles hat sie dir vor vier Jahren gezeigt, als du nach deinem Abenteuer auf dem Mont-Saint-Michel nach Rom zurückgekehrt bist und in Paris Station gemacht hast.«

»Interessant.«

»Aber nicht so interessant wie die Tatsache, dass es in Rom noch zwei Kopien gibt. Eine im Lateran, eine im Vatikan. Du kennst beide Kopien schon seit deiner Kindheit. Dein Cousin, Papst Martin, hat sie dir gezeigt, als du acht Jahre alt warst.«

»Ich kann mich nicht erinnern. Wie sieht das Mandylion aus?«

»Eine Skizze, die du während deiner Vorbereitungen für deine diplomatische Mission nach Byzanz im Geheimarchiv des Vatikans gefunden hast, zeigt das elfenbeinfarbene Tuch straff gespannt und von einem rautenförmigen Gitter aus Goldfäden durchzogen, die das Gesicht in der Mitte wie mit einem Heiligenschein umschließen und die an den Seiten in Fransen auslaufen. So wurde das Tuch, auf eine Holzplatte gespannt, vor 1204 aufbewahrt. Das Gesicht Jesu ist nur ganz schwach in sepiafarbenen Schattierungen zu erkennen.« Prospero schlägt mein Notizbuch auf und zeigt mir die Skizze des Mandylions, die ich nach meinem Besuch zusammen mit Konstantin in der Kapelle angefertigt habe. »Die Skizze aus dem Geheimarchiv zeigt eindeutig das Mandylion. Auf der Kopie im Vatikan ist jedoch ein dunkel bronzefarbenes Gesicht mit schulterlangem Haar und geteiltem Bart zu sehen. Das Tuch als Symbol für das Mandylion besteht aus Gold und umrahmt das auf Holz gemalte Gesicht.«

»Keine Ähnlichkeit.«

»Nein, keine.«

»Ich nehme an, der Papst will mein Mandylion …« Prospero hebt die Augenbrauen, als ich die allerheiligste Reliquie der Christenheit mit einem besitzanzeigenden Pronomen schmücke. »… *mein* Mandylion in den Vatikan bringen.«

Seine Lippen zucken, und nur mühsam kann er sich ein selbstgefälliges Lächeln verkneifen.

»Und ich nehme an, du willst *dein* Mandylion …« – Jetzt guckt er aber! – »… in den Palazzo Colonna bringen.«

»Sobald die Kirche wieder fest in der Hand der Colonna ist, wie zu Zeiten, als mein Onkel Papst war, und ich nach dem nächsten Konklave endlich Pontifex bin, werde ich *mein* Mandylion mit in den Vatikan nehmen. Und dort wird es in *meinem* Thronsaal hängen.«

»Oder ist es nicht der Palazzo Colonna, sondern der Palazzo Orsini?«

So, jetzt ist es heraus!

Mit einem Ruck setzt er sich auf. »Hast du den Verstand verloren?«

»Bist du Kardinal Colonna? Oder bist du Kardinal Orsini?«

Latino Orsini ist Cesares Cousin.

Kardinal Latino.

Ich kenne ihn, ich weiß genau, dass ich ihn kenne, aber ich kann mich nicht an sein Gesicht erinnern. Oder ob er mir feindlich gesinnt ist. Er weiß, dass ich Cesare geheiratet habe und nun die Contessa Colonna Orsini bin. Ist diese Ehe in seinem Sinne? Wohl kaum. Denn Cesare ist tot.

Was, wenn Latino sich das Erbe, das Herrschaftsgebiet der Orsini, zurückholen will, das durch Cesares Tod an mich gefallen ist? Seit Jahrzehnten kämpfen die Colonna und die Orsini erbittert um die Macht in Rom und liefern sich immer wieder blutige Straßenschlachten. Was, wenn Latino mich ermorden will? Außer ihm weiß vermutlich niemand in Aquila, dass ich noch lebe. Was, wenn er das Mandylion an sich reißen will?

»Sandra, du …«

Mit Wucht lasse ich meine Faust auf den Tisch niederfahren, sodass das Reliquiar des Mandylions erzittert. Erschrocken zuckt er zusammen.

»Beantworte meine Frage!«, herrsche ich ihn an.

»Ich bin Prospero Colonna«, blafft er zurück. »Dein Cousin.«

»Beweise es!«

»Wie denn?«

»Gib mir deinen Siegelring!«, fordere ich resolut.

Fluchend zieht er den Ring vom Finger und reicht ihn mir.

Tatsächlich, die aufrecht stehende Säule. Das Wappen der Colonna. Das Hoheitszeichen der Orsini ist eine rote Rose.

Ich gebe ihm den Ring zurück.

Im Gegenzug wirft er einen gefalteten Brief auf den Tisch. Das Pergament ist blutgetränkt, das Siegel ist zerbrochen.

»Was ist das?«, fahre ich ihn an.

»Ein Brief, den du mir geschrieben hast.«

Ich greife danach, klappe die steifen Pergamentseiten auf und überfliege die ersten Zeilen. Tatsächlich, das ist meine Handschrift, dieselbe krakelige Schrift wie im Notizbuch:

Prospero,
es ist so weit. Die Zeit des Abschieds ist gekommen …

Mein Abschiedsbrief aus Byzanz? Und mein Testament?

Wessen Blut ist das auf dem Pergament?

Und wer hat ihm dieses Schreiben übergeben?

Unwillig werfe ich den Brief zurück auf den Tisch und fahre mir über die Stirn. Was habe ich geschrieben? Wen habe ich zu meinem Erben bestimmt?

»Wie wäre es mit einer Entschuldigung?«, fragt er aufgebracht. Meinen Ton will der Kardinal, der sich in der Rolle des nächsten Papstes gefällt, offenbar nicht hinnehmen.

»Nein.«

Jetzt schmollt er. »Resolut, wie immer. Temperamentvoll, willensstark und eigensinnig, eben eine Colonna. Erinnerst du dich, wie oft wir uns in den letzten Jahren gestritten haben?«

»Nein.«

»Wenn wir beide aneinandergeraten, kann man unseren Streit im ganzen Palazzo hören. Angelo sagte einmal, ich hätte dich so laut angebrüllt, dass der Audienzsaal von Papst Martin nun Risse in den Wänden hat.«

Ich muss tief durchatmen, um mich zu beruhigen. »Wer ist Angelo?«

»Er war dein Sohn. Mit Konstantins Bruder Niketas«, sagt er erbarmungslos, was mich noch mehr reizt. »Ein Gassenjunge aus Rom, den ihr beide an Sohnes statt angenommen hattet. Angelo wurde vor sechs Jahren ermordet.«

Kein Wort mehr, Sandra!

Ich knirsche mit den Zähnen, aber ich sage nichts mehr.

Also gut, Rückzug!

Mein Sohn ist tot. Ermordet. Wie mein Vater. Wie Yared. Wie Elija. Wie Cesare.

Solange ich mich an solche Ereignisse, die mein Leben in Schutt und Asche legen, nicht erinnern kann, darf ich mich mit ihm nicht anlegen. Er kann mit mir dasselbe tun wie Jibril, und das weiß er genau. Er kann mein Gedächtnis fälschen, er kann mich in die Irre führen, belügen, betrügen und verraten. Und ich kann mich nicht dagegen wehren.

Ich kann nur so tun, als würde ich glauben, dass er der ist, der zu sein er vorgibt. Du täuschst mich, ich täusche dich. Und dann geht das Spiel, dessen Regeln ich mittlerweile beherrsche, in die nächste Runde.

Gibt es denn kein Entkommen aus diesem Albtraum?

Kapitel 66

In der Zelle des Abtes
22. Dezember 1453
Kurz nach halb drei Uhr nachmittags

Prospero springt auf und klopft voller Ungeduld auf die Oberschenkel. »Allora, andiamo. Gehen wir.«

»Wohin?«, frage ich entgeistert und starre auf die Hand, die er mir entgegenstreckt.

»Wir suchen das Mandylion. Na komm schon, Sandra! Es ist bald vorbei!«

»Was meinst du?«

Er sieht mich an. »Jibril kann bald zurückkehren. Dann will ich auf dem Weg nach Aquila sein.«

Ich stehe auf, reiche ihm wortlos seinen Dolch, der die ganze Zeit neben mir auf dem Tisch gelegen hat, und folge ihm, die Hand am Griff von Jibrils Klinge in meinem Gürtel, hinaus in den Gang.

»Wo ist die Bibliothek?« Prospero tritt zur Seite und lässt mir den Vortritt. »Ich würde mir gern die Geheimkammer ansehen.«

Ich gehe die Treppe hinunter. Am Fuß drehe ich mich um und warte auf ihn. »Wieso?«

Er schiebt mich vor sich her durch den Gang mit den Treppenstufen. »Rumpelkammern üben einen unwiderstehlichen Reiz auf dich aus. Ich kann mir vorstellen, dass du das Mandylion dort versteckt hast.«

»Adrian und Lionel haben die Kammer längst durchwühlt.«

Mit sanfter Gewalt stößt er mich in die Bibliothek. Ich gehe einige Schritte weiter, während er an der Tür stehen bleibt und sich umsieht. Ich merke ihm an, dass ihn der Anblick der verwüsteten Bibliothek entsetzt: Hunderte von kostbaren Folianten sind verschwunden. Nur verstaubte Spinnweben hängen in den Regalen.

Sonst nichts.

Doch, da drüben!

Eine Ikone. An der Wand.

Während Prospero die Tür der Geheimkammer öffnet und einen Blick hineinwirft, gehe ich zur Ikone hinüber.

»Was ist?«, fragt Prospero. »Sandra?«

Als ich nicht antworte, folgt er mir. Er bleibt neben mir stehen und betrachtet das Heiligenbild. »Byzantinisch«, meint er. »Ein ganz außergewöhnliches Bild.«

»Die Nacht im Garten Getsemani«, sage ich mit tonloser Stimme. »Evangelium des Lukas, Kapitel zweiundzwanzig.«

Was geht hier vor?

»Sieh dir diesen Jesus an!«, ruft Prospero verzückt aus. »Sein Gesicht sieht aus, als ob es von innen heraus strahlt! Mein Gott, wie schön diese Ikone ist! Wie einzigartig!«

Mir ist plötzlich schwindelig, alles dreht sich um mich. Als zöge eine unsichtbare Kraft mich in eine andere Szene, wie vorhin in meinem Traum.

Ganz weit entfernt kann ich Prospero reden hören. Er wundert sich über den Malstil der Ikone, die aus Kreta oder Rhodos, vielleicht aber auch aus Naxos, Mykonos oder Santorin stammen könnte. Er fragt sich, was ein orthodoxes Heiligenbild in dieser verlassenen Abtei zu suchen hat.

Geschieht das wirklich?, frage ich mich und starre die indigofarbene Nachtszene an. Bin ich wach? Oder träume ich?

Woher kommt dieses Sirren, dieses durchdringende Dröhnen,

das die Luft beben lässt? Und wieso bewegt sich der Boden unter meinen Füßen?

»Sandra? Was ist mit dir?« Prospero legt seinen Arm um meine Schultern und hält mich fest. »Sandra! Um Gottes willen, was hast du denn?« Er schüttelt mich. »Kannst du mich hören? Sag doch was!«

Ich lehne meine schweißnasse Stirn an seine Schulter. Hitze wallt durch meinen Körper, und es fühlt sich an, als stünde ich mitten in einem lodernden Feuer. Meine Haut glüht, und ich zittere am ganzen Körper. Ich bin müde, so müde. Ich bin am Ende meiner Kräfte.

Konstantin legt mir die Hand auf die Schulter. Mit dem Handrücken wischt er sich über das rußgeschwärzte Gesicht. Sein Harnisch ist rot vom Blut und schwarz vom Pulverdampf. Er ist genauso abgekämpft wie ich.

»Geht es wieder?«, fragt Cesare besorgt, als ich mich schwankend aufrichte. Das Donnern der Kanonen und das Dröhnen der Kirchenglocken sirrt so laut in meinen Ohren, dass ich ihn kaum verstehen kann. Cesare zieht den Kampfhandschuh aus und streicht mir zärtlich eine schweißnasse Strähne aus der Stirn. »Ruh dich aus, mein Schatz. Wenigstens eine Stunde. Du bist völlig erschöpft.«

Plötzlich geschieht etwas ohne Vorwarnung: Ich spüre einen reißenden Schmerz, der mir den Atem raubt und der mein Herz rasen lässt, sodass ich fürchte, gleich setzt es aus …

»Vittorio!«, brüllt Prospero mit sich überschlagender Stimme und hält mich mit beiden Armen fest. »Vittorio, komm schnell!«

Cesare umarmt mich und redet beruhigend auf mich ein, und auch Konstantin weicht nicht von meiner Seite.

Ganz leise höre ich Vittorio rufen. Oder ist es Federico? »Euer Eminenz?«

»Komm sofort!«, brüllt Prospero. Oder Cesare? »Die Contessa wird ohnmächtig.«

Kapitel 67

In der Bibliothek
22. Dezember 1453
Viertel vor drei Uhr nachmittags
und
Auf den Mauern von Konstantinopolis
29. Mai 1453
Gegen sechs Uhr morgens

»Nein, ich werde nicht ohnmächtig«, keuche ich und sehe Cesare an, der beide Arme um mich gelegt hat, damit ich nicht zu Boden sinke. »Alles in Ordnung.«

»Sicher?«, fragt er besorgt nach.

Ich nicke schwach. Der Schmerz in meiner Brust ist unerträglich, und mein Herz flattert wie eine aufgescheuchte Taube. »Meine Hochzeitsnacht hatte ich mir anders vorgestellt«, quäle ich hervor.

»Ich auch.« Cesare haucht mir einen Kuss auf die Lippen. Er schmeckt nach Blut und Sprengpulver. »Ich liebe dich.«

»Ich liebe dich auch.« Traurigkeit überwältigt mich.

»Geht es wieder?«

Ich werfe einen Blick über die Mauerbrüstung auf die heranstürmenden Türken. Die Musik der türkischen Pauken und Trompeten und der rhythmische Gesang der anrückenden Janitscharen ist trotz des Glockenläutens und des Kanonendonners leise zu hören. Ich nicke, dann drehe ich mich zu meinen Männern um, die einige Schritte entfernt stehen.

Der Tod hat Einzug gehalten. Er ist hier, ganz nah bei uns, und er hat Mehmeds Gesicht. Nur noch drei meiner Jungs sind am Leben. Federico, Giorgio und Antonio. Bei Cesares Bravi ist es nicht viel anders. Er hat nur noch zwei Gefolgsleute. Ich winke sie heran.

Die fünf Männer bleiben vor mir stehen und sehen mich abwartend an. Auf ihren schweißnassen Gesichtern schimmert die Entschlossenheit, die Feinde mit letzter Kraft noch aufzuhalten, mit dem letzten Herzschlag, mit dem letzten Atemzug noch ums Überleben zu kämpfen. Aber unter dieser Maske sehe ich in ihren glanzlosen geröteten Augen die Todesangst. Sie wissen, dieser Tag ist der letzte.

Mit Donnergetöse, das den Boden unter unseren Füßen schwanken lässt, schlägt wenige Schritte entfernt eine Kanonenkugel in die Mauer. Steinsplitter, Holz und Sand prasseln auf uns nieder. Ein Stein donnert gegen meinen Helm, prallt gegen meine verletzte Schulter und fällt zu Boden. Ein Teil der Mauer bricht in sich zusammen.

Dann ist es plötzlich still.

Angespannt lauschen wir dem Dröhnen der Kirchenglocken, das die Morgenbrise von der Stadt heranweht.

Die türkischen Kanonen schweigen.

Nur der Gesang und die Pauken und Trompeten sind zu hören. Dazu wiehernde Pferde und gebrüllte türkische Befehle. Und Schmerzensschreie.

Ich blicke nach Osten, in das erste zart rosen- und malvenfarbene Licht der Morgendämmerung, das bald zum flammenden Inferno werden wird, und atme tief durch.

Die Sonne geht auf.

Der letzte Tag der Apokalypse bricht an.

»29. Mai 1453, gegen sechs Uhr morgens. Jungs, es ist so weit«, sage ich mit einer Stimme, deren Festigkeit und Ruhe, ja deren Todesmut mich selbst überraschen. Denn mein Herz schmerzt so sehr, dass mir das Sprechen Mühe bereitet. »Seit fünfzig Tagen leben wir im Schatten des Todes. Seit fünfzig Tagen fragen wir uns, wie lange wir noch die Angst, die Erschöpfung, den Hunger, den Durst und den Schmerz ertragen müssen. Und die unerträgliche Hoffnungslosigkeit, weil der Papst uns nicht retten wird. Es ist so weit, meine Freunde. Wir kämpfen seit halb zwei. Wir sind müde. Zweitausend tapfere Verteidiger sind noch übrig. Wie lange können wir den hunderttausend heranrückenden Angreifern noch standhalten?«

»Nur noch Stunden«, murmelt Federico, den Blick wie zum Gebet gesenkt. Dann sieht er mich erschrocken an und nuschelt: »Entschuldigung, ich wollte nicht …«

»Schon gut.« Ich winke ab.

Mein linker Arm fühlt sich an wie tot. Er ist ganz steif von der Verletzung an der Schulter, die ich gestern erlitten habe, als ein Steinsplitter unter meinen Harnisch drang. Von Stunde zu Stunde wird der Schmerz unerträglicher.

»Ihr wisst, ich hasse lange Reden. Ich mache es also kurz. Unterschätzt nicht den Feind. Er hat die bessere Ausrüstung, er ist gut ausgebildet, und er ist ausgeruht. Wir alle haben zu wenig Schlaf gehabt. Einige von uns sind seit zwei Tagen und Nächten auf den Beinen. Viel Glück. Gott sei mit euch.«

»Und mit Euch, Euer Gnaden«, murmelt Cecco, einer von Cesares Bravi. Seine Stimme klingt heiser.

»Noch Fragen?«

Alle schütteln den Kopf.

»Lasst uns beten.« Die Männer neigen die Köpfe. »Herr, beschütze uns …« Ein ohrenbetäubender Kanonendonner übertönt meine Worte. »… wie wir die Menschen beschützen, die wir von Herzen lieben. Wir beten darum, dass wir wohlbehalten wieder nach Hause zurückkehren. Und dass wir unsere Familien wiedersehen. Amen.«

Ein brennendes Gefäß mit Griechischem Feuer zischt über unsere Köpfe hinweg und fällt vor den Wehrmauern in die Reihen der heranrückenden Yeniçeriler. Ein entsetzliches Geschrei übertönt die feurige Marschmusik.

»Vernichten wir sie!«, murmelt Cecco und ballt die Fäuste.

»Gebt uns Euren Segen!«, bittet mich Federico.

»Ich bin kein Priester.«

»Als päpstliche Gesandte seid Ihr die Sonderbevollmächtigte Seiner Heiligkeit im Rang eines Kardinallegaten, Euer Eminenz.«

Ich gebe nach. »Kraft meines Amtes, das Papst Nikolaus mir verliehen hat, spreche ich den Segen über euch.« Es ist die Kurzfassung des Urbi et Orbi: »Der allmächtige Gott erbarme sich euer. Er vergebe euch all eure Sünden. Und er führe euch zum ewigen Leben.«

»Amen.«

Cesare kniet neben den Bravi nieder. Auch er senkt den Kopf, um den Segen zu empfangen. Giovanni Giustiniani, der Kommandeur der Genuesen, folgt seinem Beispiel. Dann auch Don Francisco de Toledo, der Cousin des Kaisers. Nur Konstantin, als Basileus der Stellvertreter Christi auf Erden, bleibt unschlüssig neben mir stehen und verschränkt die Arme hinter seinem Rücken.

»Der barmherzige Gott gewähre euch Gnade und Tröstung. Und Ausdauer in den guten Werken, die ihr verrichtet.«

Alle: »Amen.«

»Der Segen des allmächtigen Gottes, des Vaters, des Sohnes und des Heiligen Geistes, komme auf euch herab und bleibe bei euch allezeit. Bis zur Stunde eures Todes. Amen.«

Alle: »Amen.«

Cesare, Giovanni und Francisco bekreuzigen sich und küssen ihre Fingerspitzen.

Mit dem Daumen male ich allen ein Kreuz auf die Stirn. Dann umarme ich sie herzlich zum Abschied. »Giovanni. Francisco.«

Es gibt Augenblicke, in denen ein Lichtstrahl die Finsternis erhellt. Es sind die Augenblicke, in denen eine schlichte Freundlichkeit, kaum mehr als eine Geste, mit einem so strahlenden Lächeln erwidert wird, dass einem die Tränen in die Augen schießen, mit einem so ehrlichen Dank, dass man weiche Knie bekommt. Es sind die Augenblicke, die mich weitermachen lassen, so schwierig es ist, so finster um mich herum, so hoffnungslos. Der Genuese und der Kastilier nicken mir zu und erheben sich.

»Federico!« Ich winke ihn heran.

»Euer Gnaden?«

Ich ziehe einen Brief unter meinem Harnisch hervor. »Gib diesen Brief Kardinal Prospero.«

»Was ist das?« Er betrachtet das gesiegelte Pergament von allen Seiten.

»Mein Testament. Mein Abschied von meiner Familie. Ich habe den Brief heute Nacht verfasst.« Ich lächele müde. »Nach meiner Hochzeit mit Cesare in der Hagia Sophia.«

»Meinen Glückwunsch, Euer Gnaden. Ich ...«

Ich winke ab. »›Bis der Tod uns scheidet‹, Federico. Cesare und ich, wir werden wohl nicht gemeinsam alt werden. Wir werden diesen Tag nicht überleben.«

»Gott sei Euch gnädig.« Er bekreuzigt sich.

»Gib diesen Brief Kardinal Prospero.«

»Ihr könnt Euch auf mich verlassen.«

»Meine beiden Söhne, die ich sehr geliebt habe, sind tot, Federico. Ich habe keine Erben. Wenn du nach Rom zurückkehrst, wartet dort ein Vermächtnis auf dich. Ein Haus in der Via dei Coronari, gegenüber der Engelsburg. Und eine monatliche Zuwendung, die es dir erlaubt, frei zu entscheiden, ob du dir einen neuen Herrn suchen willst. Oder eine Frau, mit der du eine Familie gründen kannst. Ich weiß, wie sehr du dir ein Kind wünschst.«

So wie ich, füge ich im Stillen hinzu und schlucke.

»Kardinal Prospero würde dich sehr gern in seine Dienste nehmen. Sollte er Papst werden, könnte er dich zum Kommandanten der Engelsburg ernennen.«

Er ringt mit den Tränen und senkt den Blick.

Ich lege ihm die Hand auf die Schulter und schüttele ihn freundschaftlich. »Ich entbinde dich von deinem Treueschwur mir gegenüber.«

»Nein«, muckt er.

»Doch, Federico. Sieh zu, dass du am Leben bleibst. Und sieh zu, dass du glücklich wirst.« Ich umarme ihn ganz fest.

»Danke.« Er schnieft.

»Schon gut, Federico. Und jetzt Schluss, sonst muss ich auch noch weinen. Und diesen Triumph will ich Mehmed nicht gönnen, wenn er meinen abgeschlagenen Kopf betrachtet.«

Mit dem Handrücken wischt er sich die Tränen ab, dann tritt er nach hinten.

Ich gehe zur Mauerbrüstung hinüber und werfe einen Blick auf die näher rückenden türkischen Truppen.

Der Kanonendonner, der seit siebenundvierzig Tagen die Stadt erschüttert hat, ist nun endlich verstummt. Mehmed hatte seine Geschütze auf drei Positionen konzentriert, darunter die Mauer am Blachernen-Palast, die bis gestern unter meinem Kommando stand und die jetzt von den Brüdern Bocchiardi und ihren Genuesen gehalten wird. An drei Stellen sind die äußeren Verteidigungswälle schon zusammengebrochen, sodass Mehmeds Reiterei bis an die innere Mauer vorrücken kann. Es ist keine Frage mehr, ob er durchbrechen wird, sondern nur noch, wann.

Heute.

»Lagebesprechung!«, ruft Konstantin. »Alle Kommandeure zu mir!«

Cesare, Giovanni, Francisco und einige andere Offiziere scharen sich um den Basileus als Oberkommandierenden. Die Bocchiardi – die Brüder Paolo, Antonio und Troilo – und ihre Genuesen sind schon auf der Blachernen-Mauer, Girolamo Minotto und Gabriele Trevisan und ihre Venezianer stehen auf der Seemauer zum Goldenen Horn, der Venezianer Alvise Diedo kommandiert die venezianisch-griechische Flotte im Hafen, Kardinal Isidor verteidigt mit einer Handvoll orthodoxer Priester und Mönche die Akropolis nahe der Hagia Sophia, und ein Kontingent Katalanen widersteht den Türken auf den Seemauern zum Marmarameer.

»Alessandra!« Konstantin winkt mich zu sich.

Ich reiße meinen Blick vom Schlachtfeld los und gehe zu ihnen hinüber.

»Wir sind uns darüber einig, dass sich der entscheidende Angriff gegen die geschwächte Mauer zwischen dem Charisios- und dem Romanos-Tor richten wird, wo wir die Barrikade errichtet haben. Dort hat Mehmed seine stärkste Feuerkraft konzentriert.«

Ich blicke in verkniffene Gesichter. Alle nicken.

»Seit gestern Abend gibt es neun große Breschen in der Außenmauer, einige davon bis zu dreißig Schritt breit. Die errichtete Barrikade aus zusammengenagelten Holzbalken und Steinen aus den Mauerresten, Ästen, Zweigen, Schilf und Erde kann die Türken nicht lange aufhalten. Obwohl wir alle …« Er deutet auf einen schwarz gekleideten Mönch mit Schleierhaube, der einen Korb mit Steinen und Erde an uns vorbeischleppt, und auf einen kleinen Jungen, der mit einem Arm voller Waffen über die Wehrmauer rennt: Armbrüste, Langbogen, Pfeile, Schwerter, Keulen. Über seiner Schulter hängt eine ganze Girlande von scheppernden Helmen. »… obwohl wir alle Tag und Nacht daran arbeiten und die Barrikade inzwischen so hoch ist wie die zuvor eingestürzte Mauer, wird sie irgendwann zusammenbrechen.«

Cesare nickt mit zusammengepressten Lippen.

Ernst blickt Konstantin in die Runde. »Eintausendzweihundertdreiunddreißig Byzantiner, sechshundertachtundneunzig Italiener aus Venedig, Genua, Florenz und Rom und eine Handvoll Ritter aus Aragón, Kastilien und Portugal.« Er deutet auf die beiden Johanniter im schwarzen Habit, die einige Schritte hinter dem kaiserlichen Cousin Francisco de Toledo stehen und uns aufmerksam beobachten. Seit gestern, seit ihr Kommandant Fra Gil Alvarez, in seinem früheren Leben Prinz Jibril al-Assad von Granada, in der Schlacht gefallen ist, kämpfen Fra Galcerán und Fra Diniz unter meinem Kommando.

»Dies ist unsere letzte Lagebesprechung.«

Zustimmendes Gemurmel.

»Giovanni Giustiniani!«

Der Kommandeur der Genuesen, immer noch geschwächt von seiner schweren Verletzung, tritt einen Schritt vor. »Euer Majestät?«

»Auf Eure Position! Haltet die Stellung!«

Er nickt. »Gott schütze Eure Majestät.«

»Und Euch, Giovanni!« Konstantin blickt Cesare und mich an. »Alessandra Colonna und Cesare Orsini! Ihr beide bleibt zusammen bis zum Ende, wie ihr es euch erst vor wenigen Stunden geschworen habt, als ihr euch ewige Treue gelobt habt bis in den Tod. Gemeinsam übernehmt ihr das Kommando auf der Mauer, die den Blachernen-Palast schützt.«

Cesare nickt knapp. Er macht nie viele Worte, wenn er in die Schlacht zieht, um für den Papst zu kämpfen.

Konstantin umarmt ihn herzlich. »Viel Glück, Cesare.«

»Konstantin.« Mein Mann und mein Schwager duzen sich seit gestern Abend.

Mir nickt Konstantin nur zu. Wir haben uns schon um Mitternacht verabschiedet, als er mir sein Hochzeitsgeschenk überreichte. Ein Fläschchen mit vergiftetem Haschisch.

»Was soll ich dir schenken, da du schon alles besitzt? Einen Mann, der dich von Herzen liebt, Glück, Zufriedenheit, Titel,

Macht und Einfluss, Ruhm und Ansehen. Deine Freiheit kann ich dir nicht schenken, die nimmst du dir einfach. Aber einen sanften Tod, um den ich dich beneiden werde, den kann ich dir schenken. Mein Tod wird schrecklich sein. Ich werde die Schlacht um Byzanz nicht überleben. Der Sultan wird den Leichnam des letzten römischen Kaisers schänden und in Stücke hacken.«

Nach einer innigen Umarmung hat er Cesare und mich in unseren Räumen allein gelassen, damit wir in Ruhe unsere Abschiedsbriefe an unsere Familien beenden konnten, an unsere Cousins Latino und Prospero.

In dem roten Samtkästchen lag eine handschriftliche Nachricht von ihm, geschrieben in kaiserlicher Purpurtinte: ›Es wirkt schnell und zuverlässig. Du wirst nichts spüren. Nimm es, falls die Türken in die Stadt eindringen. Mehmed wird dich bis in die Hölle jagen. Leb wohl. Konstantin.‹

»Francisco! Theophilos!« Der Kaiser wendet sich an seine Cousins, den Kastilier und den Byzantiner. »Ihr beide bleibt an meiner Seite. Die Tore zur Stadt werden jetzt verriegelt. Wir können nicht mehr zurück.« Er ringt sich ein müdes Lächeln ab. »Ende der Ansprache. Auf eure Positionen. Wahrscheinlich werden wir uns nicht mehr wiedersehen. Viel Glück!«

Kapitel 68

Auf den Mauern von Konstantinopolis
29. Mai 1453
Kurz nach sechs Uhr morgens

In geduckter Haltung hetzen Cesare und ich mit unseren Bravi und den beiden Johannitern an den Fässern mit Griechischem Feuer, den Bottichen mit heißem Pech und den großen Steinen vorbei und lassen die Barrikade hinter uns zurück, um unseren Kommandoposten auf der Mauer einzunehmen.

Ich blicke über die mit Sandsäcken bewehrte Brüstung nach unten: Unsere Männer, Griechen und Italiener Seite an Seite mit Franzosen, Kastiliern, Portugiesen, Bulgaren, Ungarn, Deutschen, Armeniern, Tscherkessen und sogar einigen Türken, die sich gestern haben taufen lassen, sind durch die Tore der Innenmauer bis zur eingestürzten und durch die Barrikade verstärkten Außenmauer und weiter bis zu dem mit Leichen angefüllten Graben vorgerückt und verteilen sich dort auf einer Länge von tausend Schritten.

Hinter den Kämpfern zügeln die Reiter ihre Pferde. Sie können an der Kampflinie entlanggaloppieren. Die Zugänge zur Stadt sind verriegelt, die Fluchtwege sind abgeschnitten. Die Männer dort unten sind zu allem entschlossen, die Türken aufzuhalten. Entweder werden sie siegen, oder sie werden sterben.

Ihnen stehen Mehmeds Krieger gegenüber: Griechen, Bulgaren, Ungarn und Deutsche, die die Türken auf ihren ausgedehnten Beutezügen gefangen genommen und zum wahren Glauben ›bekehrt‹ haben. Auch sie können der Schlacht, die sich rasch zu einem Gemetzel entwickeln wird, nicht entkommen, denn hinter ihnen stehen die Türken mit ihren Kilij-Schwertern und treiben sie vorwärts in den sicheren Tod im Griechischen Feuer.

Da ist Konstantin, mit Francisco und Theophilos an seiner Seite! Er zieht sein Schwert und blickt hinüber zu Mehmed.

Vor seinem Purpurzelt steigt der junge Padişah auf seinen unruhig tänzelnden Hengst. Vermutlich trägt Mehmed ein golddurchwirktes Gewand, das mit Koranversen bestickt ist.

»Komm weiter!«, ruft Cesare, packt meine Hand und zerrt mich hinter sich her zur Blachernen-Mauer. Vor uns laufen Fra Galcerán und Fra Diniz.

Während ich ihm folge, blicke ich immer wieder über seine Schulter nach vorn zum Goldenen Horn, wo sich türkische, venezianische und genuesische Schiffe auf ihre Kampfpositionen zubewegen.

Keine Spur von der versprochenen päpstlichen Flotte, denke ich verbittert.

Das letzte Mal, dass einem Papst die geballte Faust ins Gesicht gerammt wurde, war während des Attentats von Anagni. Ein Verwandter von mir, Sciarra Colonna, hat Papst Bonifatius derart eine geknallt, dass Seine Heiligkeit rückwärts vom Thron kippte. Sciarras Bravi waren 1303 in die päpstliche Sommerresidenz eingedrungen, hatten den Papst gefangen genommen und aufgefordert, von seinem Amt zurückzutreten. Bonifatius trotzte ihnen, und dem Hitzkopf Sciarra Colonna rutschte die Hand aus.

Der Engel der Sanftmut hat nicht an Sciarras Wiege gestanden. Aber an meiner auch nicht. Denn da stand nach Einschätzung der Inquisitoren, die mich vor sechs Jahren zum Tode auf dem Scheiterhaufen verurteilt haben, Satan höchstselbst, um seine ›geliebte Tochter‹ mit dem Feuer der Hölle zu taufen.

Sollte ich diese Schlacht überleben und nach Rom zurückkehren, kann Papst Nikolaus sich auf was gefasst machen. Den Abdruck meiner Hand wird Tommaso Parentucelli noch drei Tage lang im Spiegel sehen, während er über meine hitzigen Worte nachdenkt: »Kämpfe, Tommaso, oder tritt als Papst zurück! Ernenne Prospero zu deinem Nachfolger! Im ersten Wahlgang des Konklaves vor sechs Jahren hatte Kardinal Colonna zehn von zwölf zur Wahl nötige Stimmen, Kardinal Capranica, der Prospero nach dem zweiten Wahlgang seine Stimmen überschreiben wollte, fünf und du nur drei. Tritt zurück, Tommaso, und lass einen Jüngeren, Stärkeren und Entschlosseneren an die Macht: einen Colonna.«

Cesare und ich stoßen beinahe einen orthodoxen Priester um, der eine Ikone des Pantokrators in die Höhe hält und die umstehenden Griechen segnet. »Steh uns bei, o Herr, damit wir nicht untergehen und …«

»Sturmangriff!«, unterbricht ein entsetzter Aufschrei sein Gebet. »Die Türken kommen!«

Der Priester, dem Gewand nach ein orthodoxer Erzbischof, verstummt und hält die vergoldete Ikone wie einen Harnisch vor die Brust. Ich ziehe meinen Dolch und drücke ihm die Klinge in die Hand. »Verteidigt Euer Leben, Erzbischof, und die Seelen derjenigen, die Euch anvertraut sind!« Ich deute auf Jesus Christus. »*Er* wird es nicht tun!«

Schon will ich mich abwenden, als hinter mir eine gewaltige Explosion die Luft zum Erzittern bringt.

Ich lehne mich über die Brüstung.

Mehmed galoppiert über das Schlachtfeld, springt über Geschütze und Kisten und Körbe mit Munition hinweg und kommt rasend schnell näher. Hitzig brüllt er seine fliehenden Männer an. Konstantin schlägt den Sturmangriff zurück.

Eine dichte Wolke aus Rauch und Staub liegt über dem Schlachtfeld, denn ein Teil der Barrikade aus Holz, Steinen und Erde ist mit Donnergetöse eingestürzt. Der Gefechtslärm macht mich beinahe taub. Nur gedämpft höre ich, dass die Kirchenglocken von Byzanz Sturm läuten, wie Arkebusen krachen, Schwerter scheppernd auf Schilde und Helme prallen, Kettenhemden klirren, lederne Rüstungen knartschen, Pfeile schwirren, Knochen brechen, Fleisch zerreißt. Und über allem liegt der Klang der türkischen Trommeln, Trompeten und Zimbeln, während die Janitscharen auf das Schlachtfeld jagen.

Steine zerschmettern Helme und Schädel, heißes Pech versengt zischend die Haut unter den Rüstungen, Bolzen aus Armbrüsten treffen dumpf auf Rippen, Lanzen und Keulen zertrümmern Hände, Arme und Beine, und das Griechische Feuer verwandelt die Angreifer in menschliche Fackeln.

In diesem höllischen Getöse sind die menschlichen Laute kaum noch zu hören: Befehle, Gebete, Flüche, Weinen, Stöhnen, Schmerzensschreie und das leise Seufzen der Sterbenden, die niemand aus diesem Gemetzel herausbringt.

Ein Banner des Sultans, eben noch siegesgewiss bis zur Mauer getragen, versinkt in einer schwarzen Rauchwolke und geht gleich darauf in einer Ladung Griechischem Feuer in Flammen auf.

Ein Sieg? Niemals!

Wilde Angst befällt die Verteidiger, die sich seit Stunden verzweifelt wehren. Die Angreifer werden mutig zurückgeschlagen, umzingelt und niedergemetzelt. Die Türken wanken. Doch mit Schwert- und Keulenschlägen treiben ihre Offiziere sie zurück in den Kampf.

Mein Blick irrt über die bewegte Szene.

Wo ist Konstantin?

Kapitel 69

Auf den Mauern von Konstantinopolis
29. Mai 1453
Viertel nach sechs Uhr morgens

Verdammt, Sandra!« Cesare muss brüllen, damit ich ihn überhaupt verstehen kann. Er deutet in die Richtung des Kaiserpalastes. »Die Türken stoßen auf unsere Position auf der Blachernen-Mauer vor! Die innere Mauer ist so zerschossen, dass sie jeden Augenblick zusammenbrechen kann. Wir müssen den drei Bocchiardi-Brüdern und ihren Genuesen beistehen.«

»Nein! Du und ich, fünf Bravi und zwei Johanniter. Was sollen wir neun da wohl ausrichten? Die Bocchiardi-Brüder sind erfahrene Kämpfer. Paolo, Antonio und Troilo kommen schon seit gestern Abend ohne uns zurecht. Sieh mal, die Jungs machen wieder einen Ausfall durch die Kerkoporta!«

»Was hast du vor?«, fragt Cesare irritiert.

Ich deute auf das Schlachtgetümmel hinter uns. Giovanni Giustiniani liegt verletzt am Boden. Konstantin kniet neben ihm und redet auf ihn ein. »Ich muss zu ihnen. Giovanni ist schwer verletzt. Siehst du, wie er blutet? Er muss vom Schlachtfeld weggebracht werden, sonst stirbt er.«

»Du willst sein Kommando übernehmen.«

»Es ist sonst niemand mehr da.«

»Das ist purer Wahnsinn!«, wirft Fra Galcerán ein.

»Wenn ich Eure Einschätzung zur Lage oder Eure Meinung

über meinen Geisteszustand hören will, Frater, dann werde ich Euch das wissen lassen«, bringe ich ihn resolut zum Schweigen. »Ansonsten haltet die Klappe, seid so gut!«

Auch Fra Diniz begehrt gegen meine Entscheidung auf. »Aber Fra Galcerán hat recht …«

»Geht mir nicht auf die Nerven, Frater!«, stutze ich ihn zurecht. »*Ich* habe das Kommando!«

Cesares Blick fliegt zu den heranrückenden Yeniçeriler. Der Sultan führt sie bis zum Graben vor der Außenmauer und feuert sie an, sich in den Kampf zu werfen. »Dieser Bastardo del Diavolo meint es ernst. Mehmed schickt die Yeniçeriler in die Schlacht. Er weiß, dass er durchbrechen muss, bevor der Angriff zusammenbricht.«

»Ich meine es auch ernst, Cesare. Kommst du mit?«

»Habe ich denn eine Wahl?«

»Seit gestern Abend nicht mehr.«

Er grinst matt. »Wenn wir nach Rom zurückkehren, kannst du dich auf was gefasst machen, mein Schatz«, droht er mir. »Ich lass mich nämlich von dir scheiden.«

Trotz meiner Anspannung muss ich lachen. »Tust du nicht. Du liebst mich nämlich …«

»Kann ich die Passage mit dem ›lebenslänglich‹ noch mal hören?«, feixt er und tut, als ziehe er eine Scheidung ernsthaft in Betracht.

»… und du tust, was ich dir sage.«

»Jetzt fällt's mir wieder ein! Lautete sie nicht, einander im Leben und im Sterben treu zu bleiben?«

»Na also, es geht doch.« Ich nehme seine Hand und drücke sie. »Ich weiß, warum ich dich geheiratet habe. Komm jetzt!«

In diesem Augenblick stürmen die Yeniçeriler unter ohrenbetäubendem Kampfgeschrei, lauter Musik und einem dichten Hagel von Pfeilen, Wurfspeeren, Steinen und Kanonenkugeln auf die Barrikade zu. Mit Donnergetöse stürzt sie endgültig ein.

Wie Meereswogen branden die Türken auf den wüsten Trümmerhaufen, reißen die Steine und die Erde herunter, zerhacken die Holzbalken und legen ihre Sturmleitern an.

Jetzt aber schnell!

»Fra Galcerán, Fra Diniz, folgt mir!«, kommandiere ich. »Wir haben keine Zeit mehr zu verlieren.«

Kapitel 70

Auf den Mauern von Konstantinopolis
29. Mai 1453
Kurz vor halb sieben Uhr morgens

Kurz darauf habe ich das Tor erreicht, durch das der verletzte Giovanni Giustiniani von seinen Bravi vom Schlachtfeld gebracht wird. Die Genuesen drängen hinter ihm in die Stadt.

»Die Schlacht ist verloren!«, brüllt ein junger Mann, der mich anrempelt, sodass ich gegen Fra Galcerán pralle. »Die Türken sind durchgebrochen! Bringt Euch in Sicherheit!«

Immer mehr Fliehende drängen durch das Tor, das jetzt nicht mehr geschlossen werden kann. Sie wenden sich nach Norden, zum Goldenen Horn.

Sie wollen zu den Schiffen.

»Da kommen wir nicht durch.« Cesare tritt fluchend zur Seite, um die durch das Tor drängenden Männer vorbeizulassen. »Ich begreife es nicht! Nicht mehr lange, und Konstantin steht allein in der ersten Reihe.«

Dann taucht in dem Gewoge der erste Yeniçeri auf, der offenbar während des überstürzten Rückzugs der Genuesen über die Barrikade geklettert ist.

Ich ziehe mein Schwert, schiebe mich durch die fluchenden Genuesen, die mir ungestüm entgegendrängen, und stelle mich ihm in den Weg. »Die Schlacht ist noch nicht verloren. Istanbul heißt immer noch Konstantinopolis. Und der Kaiser heißt nicht Mehmed, sondern Konstantin.«

Die beiden Johanniter entwaffnen den Yeniçeri.

Als ich mich umdrehe, sehe ich Konstantin mit Theophilos und Francisco durch das Tor kommen. Als er mich und Cesare entdeckt, kommt er zu uns herüber. »Gott sei Dank, ihr lebt!«

»Was ist geschehen?«, fragt Cesare.

»Die Türken sind in der Stadt!«, keucht der Kaiser atemlos und schiebt sein Schwert in die Scheide.

»Was?« Cesare wird bleich wie eine Hostie.

»Die Bocchiardi haben vorhin einen Ausfall durch die Kerkoporta gemacht. Offenbar hat einer der Genuesen vergessen, das Tor zu schließen, bevor er in die Stadt zurücklief.«

»Dio del Cielo!«

»Einige Türken bemerkten das offene Tor und stürmten in den dahinter gelegenen Hof und von dort die Treppe hinauf zur Mauer.«

»Das Tor?«, fragt Cesare.

»Ist wieder geschlossen.«

»Die Türken?«

»Sind tot, bis auf fünfzig Yeniçeriler. Aber die Flaggen mit dem kaiserlichen Adler und dem Löwen von San Marco sind verschwunden. Die Standarte des Sultans weht über der Blachernen-Mauer. Mehmed brüllt wie ein Irrer, dass die Stadt eingenommen wurde, und hetzt uns seine Yeniçeriler auf den Hals.«

Cesare ballt die Fäuste und stampft mit dem Fuß auf. »Und jetzt?«

»Ich reite zur Kerkoporta. Ich muss retten, was noch zu retten ist.«

»Ich begleite dich.«

»Dann los.« Konstantin wendet sich zu mir um. »Du übernimmst hier das Kommando über die Italiener und die Byzantiner, die noch nicht zu den Schiffen geflohen sind.« Er legt mir die Hand auf die Schulter, dann zieht er mich an sich und umarmt mich. »Pass auf dich auf, Sandra.«

»Ich halte die Stellung. Bring du mir meinen Ehemann zurück.«

Er schwingt sich in den Sattel seines Pferdes. »Cesare und ich, wir sind bald zurück.«

Ich sehe hinter ihnen her, bis sie im Gewühl der Fliehenden verschwunden sind. Dann wende ich mich um und ziehe mein Schwert, um mich den Türken entgegenzustellen. »Fra Galcerán! Fra Diniz!«

»Vossa Mercè – Euer Gnaden?«

»Seid Ihr bereit, an meiner Seite zu kämpfen?«

Statt einer Antwort ziehen die beiden Fratres ihre Klingen.

Sie haben begriffen, wie ich meine Jungs mag: hart und entschlossen.

»Federico!«

»Euer Gnaden?«

»Öffne das Tor!«

Kapitel 71

Vor den Mauern von Konstantinopolis
29. Mai 1453
Kurz nach halb sieben Uhr morgens

Mit hakenbewehrten Stangen reißen die Yeniçeriler die Sandsäcke aus der Barrikade vor uns und legen Feuer an die Stützbalken. Mit ihrem Schild über den Kopf erhoben, klettern sie darüber hinweg und versuchen, in die Stadt zu gelangen.

Vor dem Graben hinter der Barrikade nehmen die verschwitzten und erschöpften Griechen und Italiener unter meinem Kommando den stundenlangen Kampf wieder auf. Das Tor, durch das Giovanni Giustiniani geflohen ist, steht jetzt offen. Aber kein Italiener und kein Byzantiner flieht jetzt noch vor dem Kampf.

Giovanni hat mit seiner Flucht eine verhängnisvolle Entscheidung getroffen, die das Schicksal von Konstantinopolis besiegelt hat.

Es gibt keine Atempause.

Verzweifelt stemmen wir uns der heranströmenden Flut entgegen. Welle auf Welle branden die Yeniçeriler heran und werfen sich mit einem »Allahu ekber – Gott ist groß!« in einen Kampf auf Leben und Tod, den wir Verteidiger ohne Erbarmen führen. Wie viele Türken ich in diesen Minuten tötete? Keine Ahnung, ich habe nicht mitgezählt. Waren es zehn oder zwölf?

Erbitterter Nahkampf. Immer wieder können wir die Türken

zurückdrängen, doch unser Widerstand wird mühsamer. Ist das das Ende? Nein!

Unbeirrbar führe ich mein Schwert, wie mein Großvater Marcantonio Colonna, der Bannerträger der Kirche und Feldherr des Papstes, es mich gelehrt hat, als ich acht Jahre alt war: »Keinen Schritt zurückweichen, Sandra, hörst du? Schlag zu, na los, du kannst es! Du hast die Kraft, einen Schwertkampf zu überleben! Du bist eine Colonna! Du bist aufrecht, mutig und stark, stolz und unbesiegbar!«, feuerte er mich an, und ich sehe sein Gesicht vor mir, als ich auf die Yeniçeriler einschlage.

Um mich herum nehme ich nur noch verschwitzte Gesichter wahr, vor Entsetzen geweitete Augen, aufgerissene Münder, gefletschte Zähne, Keuchen, Stöhnen und Schreien. Und ein ohrenbetäubendes Sirren aufeinanderprallender Schwerter und Axtklingen.

Es ist ein furchtbares Gemetzel.

Der Lärm wird immer wüster, immer zorniger, und das Schlachtfeld wird zur Hölle. Aber auch dieser Angriff der Türken bricht schon bald in sich zusammen, als die Frauen, Kinder und Greise auf den Zinnen der Innenmauer hinter uns Steine auf die Angreifer herabwerfen. Die »Allahu-ekber!«-Rufe und der verwegene Gesang der Yeniçeriler sind im Geschrei der Kämpfenden bald nicht mehr zu hören.

Kaum mehr als tausend Christen, die seit Wochen keine Ruhe mehr finden, die seit Tagen hungern und die seit Stunden jeder schwer verletzt bis zur völligen Erschöpfung kämpfen, schlagen hunderttausend Muslime zurück. Ein großartiger Erfolg!, denke ich wie berauscht vom Kampf und wische mir das Blut eines Türken aus dem Gesicht. Doch sofort folgt die Ernüchterung, denn plötzlich weht eine türkische Fahne auf der eingestürzten Barrikade vor mir.

Verzweifelt kämpfen wir weiter. Ungestüm und unbeirrbar

schlagen wir mit den Schwertern um uns, stoßen wir mit den Lanzen zu und hauen wir mit den Äxten drein, sodass es uns schließlich gelingt, die mit neuer Kraft herandrängenden Türken aufzuhalten und zurückzuschlagen.

»Sie ziehen sich zurück!«, brüllt Federico. Er zieht sein Schwert aus der Brust eines Kampfgegners und kommt in geduckter Haltung zu mir herüber.

Ein Geschoss mit Griechischem Feuer zerplatzt einige Schritte neben ihm. Sein Waffenrock fängt Feuer und brennt am Saum. Sofort reißt er sich das Gewand vom Leib und schleudert es fort. Dann klettert er über die Leichen zu mir herüber. Ich stolpere über einen toten Yeniçeri, doch er hält mich fest, bevor ich stürze.

Federico Tannhäuser wirft einen raschen Blick über meine Schulter und nickt in Richtung des Tors. »Der Kaiser.«

Ich wende mich um.

Tatsächlich, da kommen Konstantin und Cesare!

Konstantin stapft über einige tote Griechen und Türken hinweg, bleibt neben mir stehen und sieht sich um. »Wie ist die Lage?«

»Uns war nicht langweilig«, keuche ich.

Er lacht. »Das dachte ich mir. Cesare und ich waren auf der Innenmauer. Ungefähr dreißigtausend Krieger bewegen sich auf die eingestürzte Barrikade zu. In wildem Galopp preschen die Steppenkrieger heran. Ihnen folgen in geordneten Reihen mit hoher Marschgewindigkeit weitere Regimenter der Yeniçeriler. Mehmed zieht seine Truppen vor der Barrikade zusammen.«

Ich atme tief durch. »Das ist das Ende.«

Er nickt.

Plötzlich ein Entsetzensschrei. Eine türkische Standarte steht auf der Barrikade.

Von Todesangst ergriffen, wenden selbst die tapfersten Verteidiger sich um und fliehen überstürzt. Eine dichte Traube von schreienden Menschen, die mit ihren Fäusten und ihren Waffen aufeinander einschlagen und sich gegenseitig behindern, verstopft das offene Tor hinter uns. Einige werden zu Tode getrampelt, andere von der Leibgarde des Kaisers, die hinter Konstantin auf das Schlachtfeld drängt, kurzerhand niedergemacht.

Was für ein entsetzliches Gemetzel!

Aber was noch schlimmer ist: Uns ist der Fluchtweg abgeschnitten.

Nur wenige Schritte hinter uns lehnen die ersten Türken mit Mehmeds Schlachtruf »Die Stadt ist unser!« ihre Sturmleitern gegen die Innenmauer.

Konstantin richtet seinen Blick nach vorn, rückt seinen Helm zurecht und zieht entschlossen sein Schwert, um die Yeniçeriler aufzuhalten.

Sein Cousin Theophilos brüllt mit sich überschlagender Stimme, er wolle lieber sterben als sich ergeben, und wirft sich todesmutig in den aussichtslosen Kampf.

»Das Imperium Romanum ist verloren«, sagt Konstantin mit heiserer Stimme und reißt sich die kaiserlichen Insignien von der Rüstung. Er hat Tränen in den Augen. »Es ist vorbei.«

Mit einem Blick, der mich ins Herz trifft, stürzt er sich ins Getümmel, gefolgt von seinem Cousin Francisco und seinem Freund Ioannis. Er schlägt nach rechts, er schlägt nach links, dann ist er verschwunden.

Gelähmt vor Entsetzen beobachte ich, wie die vier nacheinander in der wogenden Menge der Yeniçeriler verschwinden und nicht mehr auftauchen. Wie eine eiskalte Faust legt sich die Trauer um mein Herz, das wieder zu flattern und zu schmerzen beginnt. Ich habe plötzlich das Gefühl, zu ersticken.

Cesare packt mich grob an der Schulter und reißt mich zu sich herum. »Er stirbt, Sandra«, sagt er eindringlich. »Aber du lebst.«

Ich nicke nur.

Wie aus weiter Ferne glaube ich den Triumphschrei zu hören, den Mehmed ausstößt, schrecklicher als die Posaunen des Jüngsten Gerichts. Jubel antwortet ihm. Weiß der Padişah, dass der Basileus tot ist? Weiß Mehmed, dass die Stadt und das Reich nun ihm gehören? Aber woher?

Nein, ich kann keinen klaren Gedanken mehr fassen. Gestern Abend in der Hagia Sophia die Totenmesse für ein sterbendes Weltreich, heute Morgen Konstantins Tod.

In diesem Augenblick geht eine Ära zu Ende. Die Vorherrschaft Roms als Caput Mundi, als Hauptstadt der Welt, und die Vormachtstellung des Christentums über den Islam, der schon bald Italien bedrohen wird. Und was kommt dann? Die Türken vor Venedig? Oder vor Wien? Und dann vor den Mauern von Rom? Tommasos Aussage kommt mir in den Sinn: dass Rom auf den Mauern von Byzanz verteidigt wird.

Die Fahne des Propheten über dem Vatikan, Gott bewahre! Eher errichte ich ein Kreuz in der Moschee in Mekka und erkläre sie damit zur Kathedrale!

»Sandra!« Cesare schüttelt mich.

Die Byzantiner fliehen zum Tor. Viele stürzen in den Graben vor der Innenmauer, schaffen es nicht mehr heraus und werden von den Yeniçeriler niedergemacht, andere werden während ihrer Flucht erschlagen und niedergetrampelt. Eine wirbelnde Masse aus Türken ergießt sich in die Stadt.

Das ist das Ende des tausendjährigen …

»Sandra, verdammt nochmal!«

Taumelnd halte ich mich an Cesare fest. »Wo ist Federico?«, schreie ich. »Er ist verschwunden. Ich muss ihn su…«

»Sandra, komm endlich zur Besinnung! Ich brauche dich!« Cesare packt mich grob an der Hand. »Allora, andiamo! Sandra, jetzt komm endlich!«

»Und wohin?«, frage ich, ganz benommen von der Trauer um Federico.

Auch Fra Galcerán und Fra Diniz sind nirgendwo zu sehen. Sind sie gefallen, wie Federico?

»Wir müssen das Mandylion retten!«

Kapitel 72

Vor den Mauern von Konstantinopolis
29. Mai 1453
Viertel vor sieben Uhr morgens

»Sie öffnen das Tor!«

Ich deute auf das Charisios-Tor, das von innen aufgeschoben wird. Yeniçeriler keuchen über die Toten hinweg zum Tor, um die Stadt zu erstürmen. Andere stolpern zwischen den Gefallenen umher und schlagen ihnen die Köpfe ab. Geier kreisen über dem nach Tod und Blut stinkenden Schlachtfeld. Und auf den Türmen über uns flattern schon etliche Flaggen mit dem Halbmond.

Von überall her kann ich den Gesang der heranrückenden Regimenter hören:

»Allahu ekber, Allahu ekber …«

Kein noch so leises *Kyrie eleison* stemmt sich dem türkischen Vormarsch entgegen.

»Lass uns verschwinden!«, ruft Cesare und winkt mir, ihm zu folgen.

Wir hetzen nicht nach Süden zum Tor, sondern nach Norden, an der Innenmauer entlang, zu einer verlassenen Leiter, über die eben noch einige Türken in die Stadt eindrangen.

Blick nach oben: Kein Verteidiger ist mehr am Leben.

»Du zuerst!«, kommandiert Cesare. Er packt mich bei den Schultern und schiebt mich zur Leiter.

Ich will meinen Dolch ziehen, um mich, wenn ich die Zinnen erreiche, gegen die Angreifer zu wehren, aber da ist keiner. Ich sehe an mir hinunter. Tatsächlich, kein Dolch. Dann fällt mir ein, dass ich ihn dem Erzbischof mit der Ikone in die Hand gedrückt habe. Ob er noch lebt?

»*Allahu ekber, Allahu ekber …*« Sie kommen immer näher.

Auf der schwankenden Leiter erreiche ich die Brüstung und spähe zwischen den Zinnen hindurch auf den Wehrgang. Niemand zu sehen. Ich winke Cesare, mir zu folgen, und klettere auf die Innenmauer. Dort entdecke ich Körbe mit Helmen, eine Kiste mit Schwertern, eine mit Äxten, einen Stapel irdener Gefäße mit Griechischem Feuer, einen Haufen aufgerollter Seile, ein Pulverfass, ein Bündel mit Lunten, eine Kanone mit einem Haufen Kugeln. Dazwischen liegen Tote: eine alte Frau, die den Ladestock der Kanone, mit dem sie sich gegen die Angreifer gewehrt hat, noch fest umklammert. Neben ihr ein Junge von acht oder zehn Jahren, vermutlich ihr Enkel. Einige Schritte weiter liegt ein orthodoxer Mönch im schwarzen Gewand. Sein blutüberströmter Kopf ist bis vor einen Kessel mit siedendem Pech gerollt. Daneben liegt seine schwarze Schleierhaube.

Eine Blutlache ist mit Sand zugeschüttet worden, damit kein Verteidiger ausrutscht und stürzt.

Cesare taucht neben mir auf. Er sagt kein Wort. Er weiß, was Krieg bedeutet. Der Kampf auf dem Schlachtfeld ist seine Berufung und sein Broterwerb. Cesare ist Condottiere des Papstes, einer der erfolgreichsten Feldherren Italiens. Francesco Sforza, Federico da Montefeltro, Cesare Orsini – irgendwann werden die mächtigen Kriegsfürsten mit ihren gewaltigen Heeren Italien unter sich aufteilen. Und Cesare hat die größten Aussichten, sich zum König von Italien zu machen. Sobald Prospero Papst ist …

Er deutet zu einer Treppe, die in einen Hof hinter der Mauer hinabführt. »Wir gehen da runter und dann an der Mauer entlang.«

»Allahu ekber, Allahu ekber …«

Ich folge ihm über den toten Mönch hinweg und die Stufen hinunter in einen Hof. Kurz darauf haben wir die Stelle erreicht, wo unsere Pferde angebunden sind.

Cesares Hengst ist noch da, meiner ist verschwunden.

Ich sehe mich um. »Al-Mansur! Da bist du ja!« Der rassige schwarze Araber steht einige Schritte entfernt und schnaubt. Offenbar hat ein Türke versucht, ihn zu reiten, und ist abgeworfen worden. »Y'allah, Al-Mansur! Komm schon!«

Der edle Hengst ist ein Geschenk von Sultan Muhammad al-Aysar. Sein Stammbaum ist länger als meiner und reicht zurück bis zu dem Gaul, den der Prophet Mohammed ritt, als er Mekka eroberte. Die Zähmung dieses widerspenstigen Kleppers war nicht einfach: Nach wie vor lässt Al-Mansur niemanden außer mir in den Sattel – selbst Prinz Uthman, den jetzigen Sultan von Ägypten, hat er damals in Kairo in hohem Bogen aus dem Sattel geschleudert. Aus purem Trotz reagiert er nur auf arabische Befehle, nicht auf italienische. Oder türkische.

Ich nehme die Zügel und klopfe ihm auf den Hals. Dann schiebe ich den Stiefel in den Steigbügel, ziehe mich am Sattelknauf hoch und schwinge mich in den Sattel.

Wie müde ich bin! Seit mehr als einem Tag und einer Nacht bin ich auf den Beinen und habe fünf Stunden lang bis zur völligen Erschöpfung gekämpft.

Cesare lenkt Il Fiorentino, ein Geschenk von Cosimo de' Medici, neben Al-Mansur. »Ich würde ja zu gern wissen, was du mit deinem Gaul zu beratschlagen hast.«

»Dann lern Arabisch.«

Cesare verdreht die Augen. »Allora, andiamo!«

Ich lächele matt, dann treibe ich Al-Mansur an. »Y'allah!«

Nebeneinander galoppieren wir an der Mauer entlang zum Kaiserpalast.

Kapitel 73

Hinter den Mauern von Konstantinopolis
29. Mai 1453
Kurz vor sieben Uhr morgens

Die Nachricht, dass die Stadt verloren ist, verbreitet sich wie ein Lauffeuer. Plötzlich sind auf der Mauer über uns türkische Standarten zu sehen, und die Byzantiner und Italiener flüchten in Scharen in die Stadt.

»Da sind Troilo und Antonio!«, ruft Cesare und deutet auf zwei Italiener, die sich gerade in den Sattel ihrer Pferde schwingen.

»Sie haben uns gesehen.«

Troilo wendet sein Pferd und trabt auf uns zu. »Euer Gnaden!« Er nickt uns beiden zu.

»Wie ist die Lage?«, fragt Cesare.

»Allahu ekber, Allahu ekber …«

Einen Augenblick lauscht Troilo Bocchiardi dem allgegenwärtigen Gesang, dann wendet er sich Cesare zu: »Die Schlacht ist verloren, Euer Gnaden. In der Stadt herrscht ein heilloses Durcheinander. Niemand hat damit gerechnet, dass die Front so schnell zusammenbricht. Viele Byzantiner flüchten zum Goldenen Horn, um an Bord eines der italienischen Schiffe zu gehen, andere kommen unbewaffnet hierher, weil sie nicht glauben wollen, dass es vorbei ist. Sie werden von den Türken erbarmungslos niedergemacht.«

»Allahu ekber, Allahu ekber …«

»Die Yeniçeriler wirken verwirrt, als könnten sie nicht glauben, dass die zweitausend Bewaffneten, die sich ihnen an der Barrikade entgegengestellt haben, schon unsere ganze Streitmacht waren. Offenbar haben sie ein schwer bewaffnetes und zur Verteidigung entschlossenes Heer erwartet, und nun treffen sie auf Priester und Mönche, Frauen und kleine Kinder. Sie metzeln jeden nieder, der sich ihnen in den Weg stellt.« Er holt tief Luft. »Und der Kaiser?«

»In der Schlacht gefallen.«

»Gott schenke ihm Frieden.«

»Amen.«

»Wer hat die Barrikade gehalten, während Konstantin mit Euch bei uns war?«

Wortlos deutet Cesare auf mich.

Troilo nickt anerkennend. »Ihr macht Eurem Großvater Marcantonio Colonna alle Ehre, Euer Gnaden. Er wäre stolz auf Euch. Das Kriegshandwerk habe ich von der Pike auf bei ihm gelernt, in seinem Heer. Gott hab ihn selig. Und der Teufel auch.« Troilo sieht wieder zu Cesare. »Antonio und ich schlagen uns zum Goldenen Horn durch. Wir hoffen, dort auf einer der Galeeren unterzukommen, vielleicht auf Giovanni Giustinianis Schiff. Als Giovanni erfuhr, dass die Verteidigung zusammengebrochen ist, ließ er das Signal zum Rückzug blasen. Die Genuesen strömen in Scharen zum Hafen – so wie wir mit unseren Bravi. Es geht das Gerücht, dass Alvise Diedo mit seinen venezianischen Schiffen die Sperrkette durchbrechen will, um den türkischen Schiffen im Goldenen Horn zu entkommen.«

»Wo ist Euer Bruder Paolo?«

»Tot.«

»Wann?«

»Gerade eben erst. Ein Schuss hat seinen Kopf zertrümmert.«

»Mein Beileid.«

»Und meinen Glückwunsch zu Eurer Hochzeit. Wir haben vorhin erst davon erfahren, sonst …«

Cesare winkt ab. »Schon gut.«

»Allahu ekber, Allahu ekber …«

»Wollt Ihr Euch uns anschließen?«

Cesare schüttelt den Kopf. »Alessandra und ich segeln auf dem Schiff des Papstes zurück, auf dem wir mit Kardinal Isidor gekommen sind.«

»Dann sehen wir uns in Italien.«

»Auf dem Schlachtfeld?«

Troilo Bocchiardi schüttelt den Kopf. »Ich werde nie mehr gegen Euch kämpfen, Euer Gnaden.«

»Und ich würde gern mit Euch an meiner Seite kämpfen, Troilo. In meinem Heer. Palazzo Orsini, Monte Giordano, Rom. Immer den Wappen mit der roten Rose nach, die über den Durchgängen aufgehängt sind, dann verirrt Ihr Euch nicht in den engen Gassen rund um die Piazza Navona. Im Winter bin ich in Siena. Oder in Florenz.«

»Ich werde Euch schon finden.« Er ringt sich ein müdes Grinsen ab. »Ihr seid immer dort, wo die Kanonen am lautesten donnern. Lebt wohl, Euer Gnaden.«

»Lebt wohl, Troilo … Antonio.« Cesare reicht den beiden die Hand. »Kommt wohlbehalten nach Hause.«

»Allahu ekber, Allahu ekber …«

Antonio Bocchiardi nickt mir zu, dann wenden die beiden Brüder ihr Pferd und galoppieren die Straße hinunter zum Goldenen Horn, von wo aus ihnen die ersten türkischen Landetrupps entgegenkommen, die mit ihren Sturmleitern die Seemauern überwunden haben.

Cesare reißt an Il Fiorentinos Zügeln und wendet sein scheuendes Pferd. »Wir müssen zum Palast, bevor er geplündert wird!«

Kapitel 74

Auf dem Weg zum Kaiserpalast
29. Mai 1453
Gegen sieben Uhr morgens

Mitten durch die Hölle einer sterbenden Stadt galoppieren wir zum Blachernen-Palast. Während die Italiener durch die Reihen der ihnen entgegenstürmenden Türken zu den Schiffen im Hafen fliehen, hetzen die Byzantiner zurück zu ihren Häusern, um ihre Familien zu beschützen. Oder in die Kirchen, um sich dort vor den mordenden Türken zu verstecken und um Rettung zu beten.

In das Chora-Kloster sind die Eroberer schon eingedrungen. Sie haben die Mönche getötet und die Erlöserkirche geplündert.

Ich war vor euch in der Sakristei!, denke ich grimmig und treibe Al-Mansur an. Die beiden kostbaren Abendmahlskelche und die mit Juwelen geschmückte Ikone des Pantokrators bekommt ihr nicht!

Rasch werfe ich einen Blick zurück. Regiment um Regiment der Yeniçeriler marschiert hinter uns in die Stadt ein und schwärmt hinter dem Charisios-Tor nach allen Seiten aus, um sämtliche Pforten der Landmauer zu öffnen oder sich an den Plünderungen zu beteiligen. Die Verteidiger auf der Mauer sitzen plötzlich in der Falle und werden niedergemacht – Priester, Mönche, Frauen, Kinder. Der Widerstand auf der Mauer bricht innerhalb kürzester Zeit zusammen.

Cesare und ich sind gerade noch rechtzeitig entkommen.

Im Hof des Kaiserpalastes mit der Fassade aus rotem Backstein und weißem Marmor springen wir von den Pferden und führen die verschreckten Tiere über die große Freitreppe hinauf in den gewaltigen Marmorsaal, wo sie von den Plünderern nicht so schnell entdeckt werden können.

Es muss gegen sieben Uhr morgens sein, als wir durch die Arkadengänge zu den Gärten hetzen. Trotz der Anspannung und der Erschöpfung beeindruckt mich die grandiose Pracht des ausgedehnten Palastkomplexes, der sich von der Theodosianischen Mauer bis zur Küste des Goldenen Horns erstreckt.

Feuer und Rauch.

Ein Flügel des Palastes brennt, mehrere Gebäude sind unter dem Kanonenbeschuss von heute Nacht zerstört worden.

Die Gärten, in denen noch die Schatten der Nacht hängen, sind menschenleer. Keine Spur von Byzantinern. Aber jede Menge Türken, die durch den leeren Palast hetzen.

Die uns hetzen. Die Treppen hinauf, die Gänge entlang.

Cesare und ich machen einen Umweg durch den Thronsaal.

Niemand zu sehen.

In der Hoffnung, unsere Verfolger abzuschütteln, die mit Armbrüsten und Arkebusen auf uns schießen, verlassen wir den Thronsaal durch das gegenüberliegende Portal.

Die Türken wollen nicht plündern. Sie wollen töten.

Es wird Zeit, dass wir die Harnische mit unserem Wappen ablegen. Auf meinen Kopf hat Mehmed eine hohe Belohnung ausgesetzt.

Die Erschöpfung breitet sich immer schneller in meinem Körper aus. Sie scheint mich zu betäuben. Meine Bewegungen werden immer langsamer. Wieder saust eine Kugel an meinem Kopf vorbei und schlägt vor mir in die Marmorwand. Steinsplitter platzen ab und prasseln zu Boden. Cesare packt mich an der Schulter und zieht mich in einen Seitengang. Rasch blicke ich zurück. Drei Verfolger.

Gegen ihre Armbrüste und Arkebusen können wir uns nicht wehren. Ein Bolzen oder eine Bleikugel kann mühelos den Stahl unserer Rüstungen durchschlagen und tödliche Wunden reißen.

Sie wollen uns in die Enge treiben.

Wir fliehen durch einen langen Gang, dann eine Treppe hinunter, wieder durch einen Saal und einen zweiten Gang entlang. Links und rechts jede Menge Türen in diesem Labyrinth aus aneinandergebauten Palastgebäuden mit Sälen, Kapellen, Kerkern, Waffenarsenalen, Küchen und Vorratskammern. Und mit verborgenen Geheimgängen, die Konstantin uns gezeigt hat.

Irgendwann gelingt es uns, die Türken abzuhängen, weil sie viel Zeit für das umständliche Nachladen ihrer Schusswaffen benötigen. Mit der Angst im Nacken und dem Zischen der Bolzen und dem Pfeifen der Kugeln im Ohr erreichen wir schließlich unsere Räume im Palast von Kaiser Alexios Komnenos.

Niemand hier. Gott sei Dank!

Die Räume sind noch nicht geplündert worden.

Durch die Fenster des Schlafzimmers im obersten Stock des Palastes beobachte ich, wie die venezianischen Galeeren unter dem Kommando von Alviso Diedo gerade die Segel setzen, um zur Sperrkette am Ende der Meeresenge zu entkommen.

Der Raum bietet ein Bild der Verwüstung. Eine Kanonenkugel hat die Außenwand durchschlagen und teilweise einstürzen lassen. Das Bett ist zertrümmert. Hätten Cesare und ich dort unsere Hochzeitsnacht verbracht, wären wir jetzt tot. Die große Steinkugel liegt direkt vor meinem Schreibtisch.

Während Cesare die Tür hinter uns verriegelt, werfe ich in aller Eile meine Beute in eine Tasche. Die vier Folianten aus der kaiserlichen Bibliothek, zwei griechische und zwei arabische Bücher, die ich für mein Buchhandelsunternehmen in Florenz mitnehmen will. Meine Kopisten werden die kostbaren Bücher in den nächsten Monaten abschreiben. Dazu die beiden Abendmahlskelche aus Achat und Gold, die ich gestern Abend auf dem Rückweg von der Hagia Sophia aus dem Chora-Kloster geholt habe. Dann die Ikone Jesu Christi als Weltenherrscher aus der Erlöserkirche. Die Juwelen auf dem mit Blattgold verzierten Evangeliar in Jesu Armen sind ein Vermögen wert. Schließlich die silbernen Reliquiare und das schlichte Leinensäckchen mit den Saphiren.

Am Schluss steht nur noch das purpurrote Samtkästchen mit Konstantins Geschenk auf meinem Schreibtisch.

Cesare, der unsere türkische Ausrüstung aus einer Truhe gezerrt hat – mit Stahlplatten bewehrte Kettenhemden, Chichak-Helme, Kilij-Schwerter und Khanjar-Dolche –, tritt neben mich. »Hast du den Schlüssel zum Reliquienschrein?«

Ich stelle das Fläschchen mit dem vergifteten Haschisch auf den Tisch, ziehe den Schlüssel unter meinem Harnisch hervor und zeige ihn Cesare.

»Nimmst du das Haschisch nicht mit?«, fragt er verwirrt, öffnet das Samtkästchen und liest Konstantins Zeilen.

Ich werfe mein Notizbüchlein in die Tasche. »Nein.«

»Mir zuliebe.«

Ich sehe ihn von der Seite an. Er wirkt traurig. Verzweifelt. »Du wirst nicht sterben, Cesare.«

Er antwortet nicht, sondern starrt unverwandt das Fläschchen an.

»Hast du wieder eine Todesahnung?«, frage ich ihn und lehne mich sanft gegen ihn. Als er taumelt, lege ich meinen Arm um ihn. »Wie letzte Nacht?«

Er nickt, ohne mich anzusehen. Er wirkt plötzlich wie gelähmt. Wie zu Eis erstarrt.

»Wem hast du deinen Abschiedsbrief an Latino anvertraut?«, frage ich leise.

»Konstantin.«

»Du hast gehofft, dass er überlebt.«

Cesare atmet tief durch und drückt mir das Samtkästchen in die Hand. »Konstantin konnte den Gedanken nicht ertragen, dass du zu Tode vergewaltigt oder bei lebendigem Leib gepfählt wirst. Und ich kann es auch nicht. Steck es ein, ich bitte dich.«

Ich umarme ihn und halte ihn fest, um ihn zu trösten. »Du wirst nicht sterben, Cesare. Du bist nur zum Umfallen müde, und deshalb quälen dich düstere Gedanken.«

Er antwortet nicht.

»Cesare?« Ich packe ihn bei den Schultern und schiebe ihn von mir weg. »Komm schon! Ich bring dich von hier weg.«

»Wohin?«, nuschelt er, immer noch benommen von seiner Todesahnung, die ihn schon seit gestern quält. Die Flucht vor den Türken hat ihm seinen Kampfgeist genommen. Er ist es nicht gewöhnt, dass er fliehen muss. Im Gegensatz zu mir. Egal, ob im Labyrinth des Tempelbergs von Jerusalem, in den Sälen der Abbaye du Mont-Saint-Michel oder in den Irrgängen unter der Pyramide von Sakkara.

»Wir müssen das Mandylion retten«, sage ich, um ihn aus seiner Erstarrung zu lösen.

»Und dann?«, fragt er müde.

»Dann segeln wir mit dem nächsten Schiff nach Hause.«

Er nickt langsam. »Keine Expedition dieses Jahr?«

»Versprochen.«

»Nicht nach Timbuktu? Oder Granada? Paris? Venedig? Athen? Jerusalem? Alexandria? Kairo? Mekka?«

»Führe mich nicht in Versuchung!«, necke ich ihn.

Er lächelt müde. »Rom also.«

»Nur wir beide. Ich will mit dir zusammen sein.« Ich küsse ihn zärtlich. »Ich liebe dich.«

Kapitel 75

In Alessandras und Cesares Räumen im Kaiserpalast
29. Mai 1453
Kurz vor halb acht Uhr morgens

Sobald wir die türkischen Rüstungen angelegt haben, die Cesare in den letzten Tagen von gefallenen Yeniçeriler besorgt hat, und ich mein langes Haar unter einem mit einem Turban umwickelten Helm versteckt habe, machen wir uns mit unserer Beute auf den Weg zur Kapelle des Kaiserpalastes. Mit unserer schweren Tasche über der Schulter unterscheiden wir uns nicht von den Eroberern, die in den Palast eindringen, um ihn zu plündern.

Während Cesare und ich mit den Schwertern in der Hand zur Kapelle hetzen, sehen wir uns aufmerksam um.

Plötzlich recke ich meine Hand in die Höhe und bleibe so unvermittelt stehen, dass Cesare mich beinahe umrennt.

Ich luge um die Ecke hinüber zur Kapelle. »Zwei Yeniçeriler bewachen das Portal.«

Cesare stößt einen Fluch aus und drängt sich von hinten gegen mich. »Wir können die Kapelle also nicht betreten, ohne entdeckt zu werden.«

Ich lasse die Tasche von der Schulter gleiten und stelle sie zwischen meine gespreizten Beine. »Die Armbrust.«

Wortlos drückt er mir die Waffe in die Hand.

Ich lege einen Bolzen ein und spanne den Bogen. Dann schiebe ich meine Finger an der Waffe entlang, lege sie an und nehme den ersten Türken ins Visier. Ich ziele auf den Kopf.

Behutsam ziehe ich den Abzug durch.

Ein gedämpfter Laut, ein leichtes Rucken, dann saust der Bolzen los.

Während der erste Yeniçeri lautlos in sich zusammensackt, lade und spanne ich die Armbrust und nehme den zweiten ins Visier, der anscheinend noch nicht begriffen hat, warum der andere plötzlich mit blutüberströmtem Gesicht auf dem Boden liegt. Er kniet sich neben den Toten, beugt sich über ihn und wird so zum leichten Ziel.

Schuss!

Der zweite Yeniçeri bricht lautlos zusammen und bleibt reglos liegen.

Stille.

Ich gebe Cesare die Armbrust zurück, hänge mir die Tasche wieder über die Schulter und renne los.

Das Portal ist nicht verschlossen.

Cesare und ich packen die beiden Toten und schleifen sie in den Narthex der Kapelle. Dann betreten wir das Hauptschiff und hetzen an den Säulen aus grünem Jaspis vorbei. Die Basen bestehen aus weißem Marmor, die Kapitelle sind vergoldet, die Wände der Seitenschiffe mit farbigen Marmorplatten verkleidet. Ich richte den Blick hinauf zur Kuppel der kreuzförmigen Basilika, wo die goldenen Mosaiken im Morgenlicht funkeln.

Die Hagia Sophia mag die größte Kirche der Welt sein, die majestätischste und die ehrfurchtgebietendste, aber diese Kapelle ist noch viel prunkvoller. Dass die venezianischen Kreuzfahrer 1204 angesichts dieser Pracht den Verstand verloren haben und die Schätze nach Venedig schleppten, wundert mich nicht. Das Grabtuch Christi befand sich damals in der nahen Kirche Santa Maria in Blachernae, die 1434 völlig niederbrannte. So wie Cesare und ich drangen die Templer damals in die Kirche ein und rissen das Grabtuch aus seinem Reliquiar. Warum sie das Mandylion nicht auch mit in den Tempel von Paris nahmen? Das Grabtuch war ausgestellt, das Mandylion jedoch nicht. Nur der Kaiser durfte Jesus Christus, dessen Stellvertreter auf Erden er war, von Angesicht zu Angesicht betrachten. Nur der Kaiser gebot über die allerheiligste Reliquie der Christenheit, die als Palladion das Byzantinische Reich schützte.

Ich hetze die Stufen hinauf zur Ikonostasis, reiße den golddurchwirkten Vorhang vor der Königstür zur Seite und betrete das Allerheiligste mit dem Altar. Links von der Apsis steht der Rüsttisch mit Teller und Kelch für die Eucharistie, rechts erkenne ich die Truhen mit den liturgischen Gewändern. Hinter dem Altar in der mit Mosaiken geschmückten Apsis steht der Thron.

Die Tür links führt in das kaiserliche Bad, wo sich der Basileus vor dem Gottesdienst durch Untertauchen rituell reinigte und umkleidete, die Tür rechts führt ins Parakklesion, das kleine Sanktuarium, wo das Mandylion aufbewahrt wird.

An vier goldenen Ketten hängt der kostbare Reliquienschrein aus Gold und funkelnden Juwelen von der Kuppel der düsteren Kapelle herab, die von neun Kerzen erleuchtet wird.

Auf den ersten Blick wirkt der Schrein des Mandylions wie eines jener wuchtigen Weihrauchfässer, die in großen Kathedralen wie Santiago de Compostela von mehreren Mönchen, die sich in die Seile hängen, über den Köpfen der Pilger durch das Hauptschiff bewegt werden, um die Kirche in einen dichten Nebel aus Weihrauch zu hüllen.

Ich stoße das Reliquiar an, und es beginnt zu schwingen.

Ein Rumpeln, das bis in die Kapelle hallt, lässt mich erschrocken zusammenzucken.

»Das Portal«, flüstert Cesare. Er legt einen Bolzen ein und spannt die Armbrust. Dann huscht er zurück ins Allerheiligste und späht durch die Königstür in die Kapelle.

Das Portal zum Kaiserpalast ist unser einziger Fluchtweg.

Mit klopfendem Herzen luge ich ins Allerheiligste. Cesare kniet hinter dem Vorhang und zielt ins Hauptschiff.

»Und?«

»Nichts.« Er springt auf und kommt zu mir zurück. »Wir haben keine Zeit mehr zu verlieren. Jeden Augenblick können die Türken kommen. Das Portal wird nicht mehr bewacht.«

»Kannst du das Reliquiar festhalten, während ich das Schloss aufschließe?«

Cesare legt die Armbrust auf den Boden, stellt sich hinter den goldenen Schrein und hebt ihn ein wenig an. Ich ziehe den Schlüssel, mit dem ich die Ketten vom Reliquiar lösen kann, unter meiner Rüstung hervor.

Wieder ein Rascheln.

Ganz nah.

Wie erstarrt blicke ich über Cesares Schulter zum Allerheiligsten. Dort steht Fra Diniz im zerfetzten blutigen Habit und zieht sein blutrot schimmerndes Schwert. Langsam tritt er in das düstere Parakklesion. Rasch werfe ich Cesare einen raschen Blick zu. »Fra Diniz.«

Mit einer geschmeidigen Bewegung wirbelt Cesare herum und geht auf den Johanniter los, der nur wenige Schritte hinter ihm stehen geblieben ist.

Überrascht taumelt Fra Diniz nach hinten und reißt sein Schwert hoch. Mit einem lauten Scheppern, das durch die Kapelle hallt, prallen die Klingen aufeinander.

Ein wütender Kampf entbrennt, und Cesare gelingt es, Fra Diniz mit wuchtigen Hieben bis zur Marmorwand neben der Tür zurückzudrängen. Der Johanniter blutet an der Schulter, doch mit verbissener Miene verteidigt er sich gegen Cesare, der immer wieder auf ihn einschlägt.

Dann geschieht es – so schnell, dass ich es nicht genau sehen kann: Ein Dolch blitzt auf, und Blut spritzt aus Cesares Hals. Er taumelt, lässt das Schwert fallen, das auf den Marmorboden poltert, und presst eine Hand auf die offene Wunde, aus der das Blut schießt.

Meine Gedanken überschlagen sich. Cesare wird verbluten. Ich muss ihn verbinden. Ich muss einen Druckverband anlegen, sonst stirbt er … Fra Diniz wirft sich auf mich, bevor ich mein Schwert ziehen kann.

Mit dem Kopf schlage ich gegen das hin und her schwingende Reliquiar, dann stürze ich zu Boden und bleibe benommen liegen. Schon ist Fra Diniz über mir und will mir den Todesstoß versetzen. Als er sich unter dem zurückschwingenden Schrein des Mandylions hinwegduckt, ziehe ich meinen Khanjar-Dolch und ramme ihm die lange Klinge so wuchtig in den Hals, dass die Spitze auf der anderen Seite wieder hinausdringt. In einem fingerdicken Strahl spritzt das Blut aus beiden Wunden.

Mit einem erstickten Röcheln kippt Fra Diniz vornüber und bricht über mir zusammen.

Ich ziehe den Khanjar heraus, packe den Sterbenden bei den Schultern und wuchte ihn zur Seite. Ich bin ganz nass von seinem Blut.

Mit einem erstickten Schluchzen springe ich auf, steige über Fra Diniz hinweg, um dessen Kopf sich wie ein Heiligenschein eine schimmernde Blutlache auf dem Marmorboden ausbreitet. Mittendrin liegt ein kleiner Pergamentzettel, der offenbar aus einem Notizbüchlein herausgerissen wurde. Darauf steht in griechischer Schrift das Wort *Mandylion.* Wer hat den Zettel geschrieben? Fra Jean, der Großmeister?

Mit der blutnassen Hand fahre ich mir über die verschwitzte Stirn und stolpere zu Cesare hinüber. Mit der anderen Hand umklammere ich den Khanjar.

So viel Blut!

»Cesare!« Mit zitternden Knien hocke ich mich neben ihn und reiße mir den Turban vom Helm, um ihm einen Druckverband anzulegen.

Ich weiß, es ist zu spät.

»Sandra ...«, haucht er schwach und hebt die Hand.

Meine Augen schwimmen in Tränen. »Sei ganz ruhig, ich bin ...«

Cesare deutet über meine Schulter hinweg.

Wie ein Hieb mit einem scharfen Schwert durchzuckt mich plötzlich die Ahnung einer Gefahr, die hinter mir lauert. Im Allerheiligsten.

Sofort reiße ich den Khanjar hoch, springe auf und wirbele herum. Ein schwarzer Schemen kommt durch das düstere Sanktuarium unaufhaltsam auf mich zu. Auf seiner Brust leuchtet ein weißes Kreuz. In der Hand hält er ein Schwert.

Fra Galcerán.

Mit einem raschen Blick erfasst er die Lage. Blut rinnt über den Marmorboden des Parakklesions. Sein Schwertbruder und Freund Diniz ist tot. Und Cesare liegt im Sterben.

»Ein letztes Gebet, Vossa Mercè. Es ist so weit.« Mit einer kraftvollen Bewegung hebt Fra Galcerán das Schwert über seinen Kopf. Cesare versucht, sich aufzurichten, rutscht in der Blutlache aber immer wieder ab.

Ich lasse den blutigen Dolch fallen und ziehe mein Schwert.

»Wo ist das Mandylion?« Fra Galcerán richtet sein Schwert auf die Brust meines tödlich verwundeten Gemahls. »Gebt es mir, oder er stirbt.«

»Er ist so gut wie tot, wenn ich nicht sofort seine Wunden versorge.« Ich deute auf das Turbantuch, mit dem ich Cesare verbinden wollte. »Seht Ihr nicht, wie das Blut aus ihm herausrinnt?«

Fra Galcerán reagiert nicht.

Also gut, wie du willst.

Ich suche mir einen sicheren Stand auf dem blutnassen Marmorboden, spanne meine schmerzenden Schultern an und hebe mein Schwert über den Kopf.

Mit einem zornigen Aufschrei stürmt Galcerán vorwärts, setzt mit einem Sprung über Cesare hinweg und wirft sich auf mich. Ich weiche ihm aus, stolpere jedoch über den toten Diniz und stürze in die Blutlache.

Dann ist Galcerán über mir und reißt das Schwert hoch zum Todesstoß, als er sich plötzlich mit aufgerissenen Augen umwendet.

»Lass sie in Ruhe!«

Schwankend steht Cesare hinter ihm, zu schwach, um sich auf den Beinen zu halten, zu kraftlos, um das Schwert zu heben, dessen Spitze über den Marmorboden schleift, zu langsam und zu benommen von dem Blutverlust, um sich gegen Fra Galcerán zu wehren. Der wirbelt mit einer geschmeidigen Bewegung herum. Dabei lässt er seine Klinge durch die Luft sausen und schlägt meinem Ehemann mit einem einzigen wuchtigen Hieb den Kopf ab.

Der Schmerz versetzt mir einen Stich ins Herz. Mit einem gequälten Schrei springe ich auf und erwarte Fra Galcerán, der langsam über Cesares Kopf hinwegsteigt und auf mich zukommt. Ich hebe das Schwert.

»Wo ist das Mandylion?«, fragt er mit heiserer Stimme.

Ich packe den Griff meines Schwertes mit beiden Händen und halte die Klinge des Kilij leicht nach hinten geneigt über meinen Kopf. La Posta di Falcone. Ein einziger Hieb, mit aller Kraft von oben herab geführt, kann ihn enthaupten.

Die Schwerter der Yeniçeriler sind tödlich.

»Wo ist das Mandylion?«

Offenbar hält er den hin und her schwingenden Reliquienschrein für ein Weihrauchgefäß.

»Ich habe es.«

Fluchend kommt er näher, bereit zum Kampf. Eine Bewegung hinter ihm lässt mich erschrocken zusammenzucken. Ich blicke über Fra Galceráns Schulter.

Jibril.

Mit dem Schwert in der Hand steht er in der Tür zum Allerheiligsten.

Kapitel 76

In der Kapelle des Blachernen-Palastes
29. Mai 1453
Viertel vor acht Uhr morgens

Er lebt! Ich weiß nicht, was ich nach Yareds Ermordung im Löwenhof der Alhambra noch für ihn empfinden soll. Liebe? Hass? Rachsüchtigen Zorn? Oder habe ich einfach nur eine Todesangst?

Gestern habe ich ihn nach all den Jahren wiedergesehen. All die Erinnerungen, die ich so gern vergessen wollte, stürmten wieder auf mich ein. Und all die Gefühle, die uns leidenschaftlich verbanden und gewaltsam auseinanderrissen: der Hass, die Wut, die Enttäuschung über seinen Verrat an Yared und an mir, aber auch die Liebe und die Leidenschaft.

Was habe ich empfunden, als Fra Galcerán mir gestern sagte, Fra Gil Alvarez sei vermutlich in der Schlacht gefallen. Freude? Trauer? Ich kann es nicht sagen, denn die Nachricht von seinem Tod fühlte sich an wie ein grausamer Stich ins Herz. Und jetzt? Er setzt mein Herz immer noch in Flammen, wenn er in meiner Nähe ist. Und er macht mich traurig.

»Prinz Jibril al-Assad, der Löwe von Granada«, presse ich hervor. »Seine Hoheit gibt uns die Ehre.«

Fra Galcerán senkt sein Schwert und dreht sich offenbar überrascht um. »Gil, du lebst!«

Jibril beachtet ihn nicht. »Al-Iskandra al-Rûmi, sieh an.« Er verneigt sich leicht vor mir. »Stets zu Diensten Ihrer Hoheit. Wie es scheint, brauchst du wieder einen Cavalier servente.« Er deutet auf den toten Cesare. »Denn dir ist offenbar schon wieder ein Ehemann abhanden gekommen. Der dritte, wenn ich keinen verpasst habe. Bewerber gab es ja genug. Sultan Uthman. Kaiser Konstantin. Und mich.«

»Va all'inferno!«, bricht es aus mir hervor.

Er hebt die Augenbrauen. »Du sinnst auf Rache?«

»Ich geleite dich persönlich zu den Stufen, die hinab ins Höllenfeuer führen.«

»Und trittst noch nach.«

»Mit Anlauf.«

»Ich habe einen Fehler gemacht«, sagt er ruhig. »Ich habe mich dafür entschuldigt.«

»Yared ist tot!«, schleudere ich ihm entgegen.

Es fällt ihm schwer, sich zu beherrschen. »Meine Frau und mein kleiner Sohn auch«, blafft er wütend.

»Dafür bin ich nicht verantwortlich.«

Er schnaubt verächtlich. »Nein, *du* nicht.«

Ich schüttele nur den Kopf. Nicht die Liebe eint uns, nicht die Leidenschaft und die Lust, die wir einander schenkten, nicht die hitzige Eifersucht. Es ist der Hass, der uns zusammenschweißt, der Zorn, die Enttäuschung über den Verrat des Geliebten, die Trauer um unsere Liebsten, meinen Mann und meinen Sohn, seine Frau und seinen Sohn, die Verachtung und die schiere Rachsucht.

»Nimm mich zurück!«, sagt er plötzlich, und seine Worte, sanft und fordernd, so wie früher, als wir uns liebten, treffen mich wie ein harter Schlag ins Gesicht.

Fra Galcerán blickt verwirrt von ihm zu mir.

Ich schüttele langsam den Kopf. »Nein, Jibril!«

»Ich liebe dich noch immer.«

Fra Galcerán starrt seinen Freund entsetzt an. »Du hast die Gelübde abgelegt, Gil!«

Jibril lässt mich nicht aus den Augen, während er langsam auf mich zukommt. »Ich gehöre dir, Al-Iskandra, nur dir allein! Nimm mich zurück!«

»Hast du den Verstand verloren?«, ruft Fra Galcerán und hebt sein Schwert, um seinen Freund aufzuhalten. »Du gehörst Gott, Gil, nicht ihr!«

Ich schüttele immer noch den Kopf. »Du bist das größte Rätsel von allen, Jibril.« Einen Augenblick lang kämpfe ich mit den Tränen, als ich an Yared und Elija denke. Und an Cesare, dessen Kopf zu meinen Füßen liegt. Aber dann drängt der Zorn die Verzweiflung und die Traurigkeit zurück. Ja, die Wut tut mir gut. Sie wärmt mich, sie gibt mir Halt, sie hält mich am Leben. »Dich werde ich nie verstehen. Deiner werde ich nie sicher sein.«

Mein Geliebter, der zum Verräter geworden ist, sieht mich unverwandt an. Mit einem Judaskuss auf den Lippen bedroht er mich immer noch mit seinem Schwert.

Absurd? Aber ja!

»Vergib mir!«, fleht er mit samtiger Stimme.

Jibrils Stimme ist warm und weich, wie eine schwere Seidendecke, in die ich mich einmummeln kann, wenn ich vor Einsamkeit friere. Wie habe ich es immer genossen, wenn er mir sein betörendes ›Ana behibek‹ ins Ohr flüsterte, wenn er mich ungestüm liebte und wenn ich seinen glühenden Atem auf meiner Haut spüren konnte, wie warmes Wasser, das an mir herabrinnt, wie die Sonnenstrahlen, die meine Haut streicheln.

Ich atme tief durch. »Was du getan hast, kann ich dir nicht verzeihen, Jibril.«

»Begnadige mich!«

Ich schüttele entschlossen den Kopf. »Nein.«

Jibril scheint innerlich zusammenzubrechen. Mit hochgezogenen Schultern, als hätte ich ihn geschlagen, lässt er seine Klinge sinken, deren Spitze mit einem glockenhellen Klingen über den Marmorboden schrappt.

Hat er denn allen Ernstes gedacht, dass ich ihn zurücknehme? Nach allem, was in Granada geschehen ist?

»Wie kann ich dir meine Treue beweisen?«, fragt er verzweifelt.

»Verschwinde einfach!«, presse ich hervor.

Er starrt mich an.

»Und nimm deinen Freund mit, bevor ich ihn töte, wie er Cesare getötet hat!«

Fra Galcerán blickt fassungslos hin und her.

»Verschwindet, alle beide! Und wagt es nicht, mich noch einmal zu bedrohen. Ihr riskiert die Exkommunikation, alle beide!«

Fra Galceráns Schwert poltert zu Boden. »Nein!«

»Doch!«, versichere ich ihm resolut. »Ihr steht mit einem Bein in der Hölle, Frater. Und die Feuer lodern.«

»Nein!«

»Noch ein Wort, Fra Galcerán, und ich trete nach!«

Meine Entschlossenheit scheint ihn zu überraschen. Damit hat er wohl nicht gerechnet.

Welches Spiel wird hier gespielt? Wer setzt hier wen ash-Shah mat?, frage ich mich und lasse meinen Geliebten und seinen Freund nicht aus den Augen. Jibril spielt mit mir, mit meinen Gefühlen, wie immer. Er verwirrt mich, er betört mich, er verführt mich, wie damals in Granada, als er in mein Bett kam, das noch warm von Yared war. Und Fra Galcerán?

Er wusste, dass Jibril noch lebt. Er wusste, was sein Freund vorhat. Er kennt seinen Text, den er wie aufs Stichwort abspult. Aber mit dem Tod seines Freundes Diniz hat er nicht gerechnet. Und nicht mit mir. Er ist verwirrt. Und hat Angst. Gut zu wissen.

Von draußen dringt leiser Gesang ins Sanktuarium: *»Allahu ekber, Allahu ekber …«*

Die Türken!

Mit einem Aufschrei reißt Fra Galcerán plötzlich sein Schwert hoch und wirft sich auf mich. Doch Jibril prescht vor, packt ihn an der Schulter und reißt ihn mit aller Kraft herum, sodass Fra Galceráns Klinge an mir vorbei mit voller Wucht in den schwingenden Reliquienschrein kracht. Ein Topas löst sich aus der Goldfassung und fällt klimpernd auf den Marmorboden.

»¡Galcerán, por amor de Dios!«, ruft Jibril entsetzt und zerrt seinen Freund von mir und dem Mandylion weg. »Lass sie in Ruhe!«

Schluss jetzt!

»Kraft meines Amtes und meiner Macht, die mir von Papst Nikolaus verliehen worden sind …«

»Al-Iskandra, ich bitte dich!«, fleht Jibril. »Verschone ihn!«

»… exkommuniziere ich dich, Galcerán de Borja y Llançol de Romanì. Ich scheide dich von der Gemeinschaft aller Christen. Und ich verdamme dich …«

»Um Gottes willen!«, stöhnt Jibril. »Ich flehe dich an, hör auf damit!«

»… und ich verstoße dich aus deinem Orden …«

Galcerán schüttelt fassungslos den Kopf. Damit hat er gewiss nicht gerechnet, nachdem ich ihn in Ägypten vor dem Tod am Kreuz bewahrt habe.

»… und weder dein Großmeister noch der Papst können dich jetzt noch retten.«

»O Gott, nein!«, flüstert Galcerán erschüttert.

»Allahu ekber, Allahu ekber …«

Der Gesang der Yeniçeriler ist jetzt ganz deutlich zu hören. Offenbar besetzt ein Regiment den Kaiserpalast. Es wird Zeit für mich. Vermutlich ist Mehmed mit seiner Leibgarde schon hier.

»Verschwindet, alle beide!«

Jibril zögert. »Und du?«

»Ich bringe das Mandylion nach Rom. Ich will nicht …«

Kapitel 77

In der Kapelle des Blachernen-Palastes
29. Mai 1453
Gegen acht Uhr morgens

»… dass es Mehmed in die Hände fällt. Oder Uthman, wenn es ihm und seinen Mamelucken gelingt, Rhodos zu erobern, und die allerheiligste …«

Mit einem zornigen Schrei wirft Galcerán sich auf mich, doch Jibril geht mit unerbittlicher Härte auf ihn los, fängt den Hieb, der gegen mich gerichtet ist, mit seiner Klinge ab, reißt Galcerán herum und drängt ihn ins Allerheiligste zurück, wo ein wüster Kampf entbrennt.

Ehrlich gesagt, weiß ich nicht, was ich davon halten soll. Jibril verteidigt mich gegen seinen besten Freund? Und Galcerán geht auf seinen Schwertbruder los, der ihn und den Orden verraten hat? Nein, Jungs, so nicht! So bekommt ihr das Mandylion nicht!

Ich ziehe mir das Band mit dem Schlüssel über den Kopf, greife mit beiden Händen nach dem schwingenden Reliquiar und halte es an. Dann stoße ich den Schlüssel in das silberne Schloss, öffne den Deckel des Schreins und hebe das Reliquiar mit dem Mandylion heraus. Es ist eine mit Gold und Juwelen verzierte Schatulle aus Rosenholz. Ich hebe den Deckel an und sehe hinein. Darin liegt ein schweres Tuch aus Goldbrokat, das mit Kreuzen bestickt ist. Ich schlage es zurück.

Gefaltetes Leinen.

Der Stoff ist brüchig wie ein antiker Papyrus.

Vorsichtig schiebe ich das Tuch aus Goldbrokat wieder über das Mandylion, schließe die Rosenholzkassette und schiebe sie zu den Büchern und den Abendmahlskelchen in die Tasche.

Ich habe keine Zeit mehr zu verlieren.

Angelockt von dem Lärm, den Jibril und Galcerán im Allerheiligsten machen, kann jederzeit eine Horde Yeniçeriler in die Kapelle eindringen.

Ich hebe alle Waffen auf, die in der blutüberströmten Kapelle herumliegen, zwei Dolche, zwei Schwerter, eine Armbrust und einen Köcher mit Bolzen, schultere die Tasche mit meiner Beute und werfe einen letzten Blick auf Cesares durchscheinend wächsernes Gesicht.

Tränen rinnen mir über die Wangen, Tränen der Trauer und der Wut. Schniefend wende ich mich ab und verlasse das düstere Parakklesion. Das Allerheiligste ist leer. Der Kampflärm dringt jetzt aus der Kapelle.

Ich gehe zur Ikonostasis hinüber und luge durch die Königstür in die Kapelle. Tatsächlich, da vorn, zwischen den Säulen des linken Seitenschiffs, kämpfen die beiden Hitzköpfe gegeneinander. Gut so!

Schwer bepackt eile ich los, springe die Stufen vor der Ikonostasis hinunter und hetze durch die Kapelle. Als ich den Durchgang zum Narthex erreiche, höre ich hinter mir einen Schrei, der mir das Blut in den Adern gefrieren lässt.

Jibril?

Nicht stehen bleiben! Lauf, Sandra, lauf! Dann verschwinde mit Al-Mansur aus der Stadt!

Im Seitenschiff poltert ein Schwert zu Boden. Der Kampf scheint zu Ende zu sein.

»Alessandra?«, ruft Galcerán.

Ich hetze durch den Narthex, wo noch immer die beiden Yeniçeriler liegen, und reiße mit Schwung das Portal auf.

Ein rascher Blick nach draußen genügt: weit und breit kein Yeniçeri in Sicht.

»Alessandra!«, brüllt Galcerán hinter mir her.

Ist Jibril tot?

Während ich durch das Portal eile, kann ich schwere Schritte hinter mir hören.

Galcerán folgt mir.

Und dem Mandylion.

Kapitel 78

Vor der Kapelle des Blachernen-Palastes
29. Mai 1453
Kurz vor halb neun Uhr morgens

»Alessandra!«, brüllt Galcerán hinter mir. »Bleibt stehen!«

Mit der schweren Tasche, die mir bei jedem Schritt gegen den Rücken schlägt, hetze ich über den Hof in den Palast.

Wie spät mag es sein? Acht? Halb neun? Die Schiffe im Goldenen Horn – ob sie die Sperrkette schon durchbrochen haben? Ob sie den türkischen Galeeren schon entkommen konnten?

Ich muss mich beeilen. Notfalls muss ich ins Meer springen und schwimmen. Die Venezianer und Genuesen werden mich an Bord nehmen. Giovanni Giustiniani, Alvise Diedo, Antonio und Troilo Bocchiardi werden mich nicht zwischen den türkischen Schiffen im Wasser treibend zurücklassen. Oder doch?

Ich bin allein, ganz allein.

Aber ich habe einen Vorteil: Ich bin nicht verletzt.

In diesem Augenblick höre ich hinter mir die Explosion einer Arkebuse. Die Kugel pfeift an meinem Helm vorbei und schlägt in die Wand neben mir. Ein Ziegel zerbirst in einer rötlichen Wolke.

Vor Schreck stolpere ich und rutsche auf dem glatten Steinboden aus. Ein Geflecht von Eisenringen verstärkt die ledernen Sohlen der türkischen Stiefel. Auf unbefestigtem Boden bietet es Halt, auf Stein und Marmor ist es jedoch sehr rutschig. Im letzten Augenblick kann ich mich fangen. Eine zweite Kugel zischt über mich hinweg.

Da, das Portal!

Rasch werfe ich einen Blick zurück. Galcerán ist nur wenige Schritte hinter mir. Zwei Türken mit Arkebusen folgen uns. Die Waffen nützen ihnen jedoch nichts, denn das Nachladen dauert zu lange. Auf ihn haben sie geschossen, den Johanniter, nicht auf mich, denn ich sehe ja aus wie ein Yeniçeri.

Ich warte nicht auf Galcerán, sondern hetze weiter durch den Palast. Trotz der Waffen über der Schulter gelingt es mir, die Armbrust zu laden und die Sehne zu spannen.

In vollem Lauf werfe ich mich herum und schreie: »Runter!«

In dem Augenblick, als Galcerán sich zu Boden wirft, ziehe ich den Abzug durch. Der Bolzen trifft. Ich lade nach, ziele und … schieße.

Der Bolzen verletzt den zweiten Türken an der Schulter. Schreiend rutscht er aus und stürzt auf den Steinboden.

Kein Sieg. Nur ein kurzer Aufschub.

Galcerán springt auf und kommt zu mir herüber. »Du hast mir das Leben gerettet«, keucht er.

»Nein.« Ich deute auf seinen Habit. »Du hast meines in Gefahr gebracht. Weißes Kreuz auf schwarzem Grund. Damit bietest du ein gutes Ziel.«

»Du hast sie verfehlt.«

Wortlos lade ich nach und spanne die Armbrust.

»Du hättest auf mich schießen können.«

»Mein Großvater hat mich nicht nur das Kämpfen gelehrt, sondern auch, was Ehre bedeutet. Selbst gegenüber Verrätern wie dir.« Ich richte die gespannte Armbrust kaltblütig auf Galcerán.

Er hebt beide Hände. »Verschwinde!«

»Ich könnte dir …«

Mein Finger krümmt sich um den Abzug. »Und jetzt mach, dass du wegkommst! Du bringst mich nur in Gefahr!«

»Aber du bist Italienerin ...«

»Du irrst, ich bin Tscherkessin. Ich gehöre dem Mameluckensultan. Uthman hat Mehmed ein Regiment seiner Kriegssklaven geliehen, damit er die Christen das Fürchten lehrt. Erst vernichtet Mehmed das Byzantinische Reich, dann zerschlägt Uthman den Johanniterorden, dessen Beutezüge die ägyptische Küste bedrohen, von Syrien bis Libyen. Capisci?«

»Ich hab's verstanden.« Galcerán gibt nicht auf. »Aber du ...«

»Ich meine es ernst! Komm nie wieder in meine Nähe! Das nächste Mal schieße ich! Verlass dich drauf!«

Ich senke die Armbrust, wende mich um und haste weiter durch die Gänge des Palastes in den marmornen Empfangssaal, wo Cesare und ich vorhin unsere Pferde zurückgelassen haben.

Der Saal ist leer.

»Al-Mansur!«, rufe ich. »Y'allah!«

Kein Wiehern, kein Schnauben, nichts.

Galcerán bleibt keuchend neben mir stehen.

»Al-Mansur!« Ich stecke zwei Finger in den Mund und stoße einen schrillen Pfiff aus.

Weder Al-Mansur noch Il Fiorentino sind hier.

Verdammt.

Galcerán sieht mich von der Seite an. »Um noch einmal auf das Thema von eben zurückzukommen ...«

Wie heißt es auf Katalanisch? *Tots els camins porten a Roma.* Alle Wege führen nach Rom.

Aber selbstverständlich willst du bei mir bleiben, Galcerán, nicht wahr? Und beim Mandylion. Wie ich willst du nach Rom. Nur der Papst kann deine Exkommunikation aufheben. Nur er kann dafür sorgen, dass du dem Höllenfeuer entkommst, in das ich dich gestoßen habe. Du musst mich und das Mandylion retten.

Hat Jibril dir nicht gesagt, dass ich ein rachsüchtiges Biest bin? Das Massaker an meinen Ehemännern werde ich niemals vergeben. Jibril nicht, und dir auch nicht, Galcerán. Niemals.

»Also gut«, lenke ich schließlich ein.

Da guckt er!

»Kleine Planänderung. Tausche zwei Pferde gegen einen Ritter.«

»Ein guter Handel«, versichert er mir – erleichtert, wie mir scheint.

»Für dich, aber nicht für mich«, stutze ich seine Selbstgefälligkeit auf ein erträgliches Maß. »Aber ich stelle die Bedingungen. Regel eins: Du hältst fünf Schritte Abstand und kommst mir nicht zu nahe, nicht beim Kämpfen, nicht beim Essen, nicht beim Schlafen. Regel zwei: Du hältst dich immer in meiner Sichtweite. Ich will jederzeit wissen, wo du bist. Regel drei: Du legst deinen Habit ab. Wenn du dich an Regel eins, zwei und drei hältst, erschieße ich dich nicht.«

»Ich darf den Habit nicht ablegen«, wendet er ein. »Die Ordensregel gebietet mir …«

»Du bist kein Johanniter mehr, schon vergessen? Du bist nicht einmal mehr ein Christ.«

Er stößt einen katalanischen Fluch aus.

»Regel vier: Hör auf zu quasseln. Tu einfach, was ich dir sage, und wir kommen sehr gut miteinander aus. Capisci?«

Er verdreht die Augen, gibt aber schließlich nach und legt den schwarzen Wappenrock mit dem weißen Zackenkreuz der Johanniter ab. Er faltet ihn zusammen und schiebt ihn über seinem Herzen unter die Rüstung. Die Ordensregel bleibt somit gewahrt.

Ich schultere die schwere Tasche.

»So, und jetzt komm endlich! Mein Schiff nach Venedig setzt schon die Segel.«

Kapitel 79

Vor dem Blachernen-Palast
29. Mai 1453
Viertel vor neun Uhr morgens

Galcerán und ich verlassen den Kaiserpalast und wenden uns nach Nordosten, zum Goldenen Horn.

Die Paläste an der Straße zur Seemauer werden geplündert, die Straßen sind rot von Blut, der Weg zum Hafen ist mit Leichen gepflastert. Männer, Frauen und Kinder werden auf offener Straße vergewaltigt oder gepfählt. Die Kirchen werden geplündert, die Ikonen zertrümmert, die Reliquien geschändet, die Evangeliare verbrannt.

Mit dem treuen Al-Mansur wäre ich, tief über die wehende Mähne gebeugt, einfach durch das wüste Gemetzel hindurchgaloppiert. Aber so?

Wir müssen das Gassengewirr hinter den Palästen durchqueren.

Die Wohnbezirke abseits der großen Prachtstraßen sind seit dem unseligen Kreuzzug von 1204 und der Plünderung und Brandschatzung durch die christlichen Kreuzfahrer ziemlich heruntergekommen. Viele der einsturzgefährdeten Ziegelhäuser stehen so dicht beisammen, dass kein Tageslicht in die Gassen fällt. Es ist ein Labyrinth, das mich an Venedigs Corti, Campielli, Calli und finstere Sottopòrteghi erinnert.

Kurz darauf keuchen wir die Treppen zur Brüstung der Seemauer hinauf und spähen über die Zinnen auf das im Morgenlicht glitzernde Wasser des Goldenen Horns.

Vor der zerschossenen Mauer liegen etliche türkische Schiffe an den Molen vertäut. Türkische Soldaten gehen an Land, preschen johlend zu den offenen Seetoren vor und stürmen in die Stadt, um Konstantinopolis, das ab sofort Istanbul heißen wird, zu plündern und niederzubrennen.

Und die venezianischen und genuesischen Galeeren?

»Sie segeln auf die Sperrkette zu!«, ruft Galcerán neben mir. »Siehst du das?« Er deutet nach rechts: »Die Venezianer springen von den Schiffen auf die Flöße, auf denen die Kette befestigt ist. Sie hauen so lange drauf, bis sie bricht! Da, siehst du?«

Bebend vor Zorn und Enttäuschung beobachte ich, wie kurz darauf ein Schiff nach dem anderen in den Bosporus hinaussegelt. Ohne uns.

Fluchend schlage ich mit der Faust auf die Zinne. Mit Al-Mansur und Il Fiorentino hätte ich es geschafft. Über die türkische Pontonbrücke über das Goldene Horn, im Galopp mitten durch die heranrückenden Türken, dann den Hügel hinauf, über den Mehmed seine Schiffe ins Goldene Horn hinabsausen ließ, dann durch die Weinberge bis zum Bosporus. Dort wäre ich zu den Galeeren hinübergeschwommen, die erst hinter der Sperrkette langsam Fahrt aufgenommen hätten, um noch jemanden an Bord zu nehmen. Drei Meilen. Höchstens. Ich hätte es schaffen können. Mit den Pferden. Aber so?

»Und jetzt?«, fragt Galcerán.

»Kannst du schwimmen?«

Mit verkniffenem Gesicht starrt er auf die Leichen von Christen und Muslimen, die zu Hunderten unter uns im Wasser treiben. Auf den Molen unterhalb der Seemauer stehen noch Tausende, die verzweifelt weinend den italienischen Galeeren nachwinken. »Nein. Wieso?«

»Du lebst auf einer Insel und kannst nicht schwimmen?«, staune ich. »Ich dachte, ihr Professritter müsstet ein Jahr lang Dienst auf den Galeeren des Ordens leisten. Du weißt schon: eure Beutezüge im östlichen Mittelmeer. Ein bisschen ›Schiffe versenken‹ spielen. Und ein bisschen ›Mamelucken ärgern‹. Mich wundert's nicht, wenn Uthman euch auf Rhodos mal ordentlich auf die Finger hauen will.«

»Ist die Ansprache urbi et orbi beendet?«

Ganz schön frech, der Kerl! »Ist sie.«

»Und? Was hast du jetzt vor?«

Ich deute das Goldene Horn entlang zum offenen Meer. »Bei der türkischen Festung Rumili Hissar ist der Bosporus nur eine halbe Meile breit. Wir schwimmen rüber nach Asien. Dann schlagen wir uns durch die türkisch besetzten Gebiete bis nach Ägypten durch. Sultan Uthman wird mir helfen. Von Akkon segeln wir nach Hause.«

»Rhodos liegt näher. Aber ich kann nicht schwimmen.«

Rhodos? Vergiss es!

»Aber rudern kannst du?«, frage ich nach.

Er nickt.

»Na also.«

»Und wo …«

»Im Hafen des Bukoleon-Palastes liegen Boote.«

»Türkische Schiffe suchen das Marmarameer ab«, protestiert er, »und der Hafen liegt auf der anderen Seite der Stadt.«

»Stimmt beides.«

»Das sind drei Meilen!«

»Eher vier. Eine Stunde, wenn wir mit unserer Beute nicht aufgehalten werden. Drei oder vier Stunden, wenn wir uns mit den Türken herumschlagen müssen.«

»Das ist Wahnsinn!«

»Habe ich dich gebeten, mich zu begleiten? Ich bin vor dir in

Rom, verlass dich drauf!« Ich schultere die Tasche mit dem Mandylion und dränge mich an ihm vorbei. »Leb wohl, Galcerán. Soll ich den Papst von dir grüßen?«

Capisci? O ja, ich denke, du hast mich verstanden!

Er flucht derart wüst auf Katalanisch, dass es seinen Cousin Roderic de Borja y Llançol vor Lachen vom Stuhl gehauen hätte, und stampft wütend mit dem Fuß auf. Wenn Rodrigo Borgia eine seiner Anwandlungen hat, hat er genauso viel Temperament wie Galcerán.

»He, warte doch mal!«, brüllt er hinter mir her, während ich schon die Treppe hinunterhetze.

Ein stures Pack, diese Katalanen!

Kapitel 80

In den Straßen von Konstantinopolis
29. Mai 1453
Viertel nach neun Uhr morgens

Hinein in die Hölle! Mitten durch das Fegefeuer aus Vergewaltigungen, Plünderungen und blutigen Gemetzeln! Was Galcerán und ich auf dem Weg zur Apostelkirche erleben, ist ein Kaleidoskop des Bösen: eingestürzte Ruinen, brennende Trümmer, zerschmetterte Leichen, halb unter dem Schutt begraben, vergewaltigte Frauen, die Kehle durchgeschnitten, kleine Kinder, nackt und blutverschmiert, ihre zarten Körper zerhackt wie Brennholz fürs Höllenfeuer, Männer, Frauen, Kinder, Greise, alle tot, alle verstümmelt. Auch vor Priestern und Mönchen haben die Mörder nicht Halt gemacht. Vor einer Kirche stapeln sich die Leichen zu einem Scheiterhaufen, der mit brennenden Ikonen und Büchern entzündet wird.

Die Wut über diese Grausamkeiten treibt mich zur Raserei – Galcerán kann kaum noch Schritt halten mit mir. Während wir durch die brennende Stadt hetzen, nimmt ein Plan Gestalt an. Irrsinnig? Ja! Völlig absurd, ja geradezu albern. Und deshalb diskutiere ich ihn auch nicht mit Galcerán. Der fragt mich nur wieder, ob ich noch bei Trost bin.

Los, Sandra! Das Herz der Hölle ist in der Hagia Sophia!

Intermezzo 4

In der Zelle des Abtes
22. Dezember 1453
Kurz nach vier Uhr nachmittags

Wie in Watte gepackt, so fühle ich mich. Die Hände, die sich sanft unter meine Schultern und meine Knie schieben, und die Arme, die mich festhalten, kann ich kaum spüren. An wessen Schulter liegt mein Kopf?

Ich will etwas sagen, aber ich bringe nichts heraus, nur ein ersticktes Stöhnen. Als ob mein Herz dem Druck nicht mehr standhält. Den seelischen Qualen. Dem körperlichen Leiden. Der Angst. Der Hoffnungslosigkeit. Als ob es, gefoltert und misshandelt, verzweifelt aufseufzt.

Habe ich Schmerzen? Ja? Nein? Ich kann es nicht sagen.

»Sei ganz ruhig, Sandra!«, flüstert der Mann, den ich nicht kenne, mit einschmeichelnder, besänftigender Stimme, die mich jedoch, anstatt mich zu beruhigen, in Angst und Schrecken versetzt.

Wer ist er? Prospero? Oder Latino?

Dann kann ich plötzlich etwas Weiches um mich herum spüren. Ein Bett, ein Kissen, eine Decke. Wie warm! Wie kuschelig! Wie angenehm!

Aber ich will nicht schlafen.

Doch Prospero – oder Latino? – deckt mich zu und stopft die Bettdecke um mich herum fest.

Ein leichter Duft nach Lavendel, süß und doch bitter, überdeckt den metallischen Geruch des Blutes, der aus dem Kissen aufsteigt.

Nein, lass mich!, schreie ich, so laut ich kann.

Ich will nicht wieder stumm sein, nicht wieder starr, nicht wieder hilflos ausgeliefert.

»Sandra, bitte! Du darfst dich nicht wehren!« Prospero – oder Latino? – hält mir ein Fläschchen an die Lippen und zwingt mich, irgendetwas zu schlucken. Ein Pulver.

Es schmeckt … ja, wie schmeckt es? Bitter wie das Leben. Süß wie die Liebe. Und sanft wie der Tod.

Wie ein greller Schrei tobt der Gedanke an den Tod in meinem Kopf. Ich will den Schrei herauslassen, aber ich kann nicht. Ich will um mich schlagen, aber auch das kann ich nicht, weil er mich festhält.

Nein, bitte, ich will nicht wieder sterben.

Ich will nicht wieder in der Finsternis schweben, gefangen zwischen Leben und Tod.

Dann wird es wieder schwarz um mich, als ob sich langsam ein undurchdringlicher Nebel auf mich herabsenkt. Als ob es finster wird in mir, in meinem Herzen und in meinem Verstand.

»Ganz ruhig, Sandra.« Prospero – oder Latino? – streicht mir sanft über das Haar. »Bald ist es vorbei.«

Eiskalter Schweiß rinnt mir über das Gesicht …

Kapitel 81

In den Straßen von Konstantinopolis
29. Mai 1453
Gegen halb zwei Uhr nachmittags

... als Galcerán und ich uns schließlich der Hagia Sophia nähern. Mitten auf der Straße bleibt er stehen, um zu Atem zu kommen. Ich lege meine Hand auf seine Schulter und stütze mich auf ihn.

Die Stadt, die aussieht, als habe ein Wirbelsturm oder eine Feuersbrunst in ihr gewütet, die stinkt, als wäre sie ein Massengrab, liegt hinter uns. Vier Stunden haben wir vom Goldenen Horn bis hierher gebraucht, vorbei an der Apostelkirche, am Pantokrator-Kloster, unter dem Valens-Aquädukt hindurch, über den Bazar bis zur Akropolis am Marmarameer.

»Wir brauchen einen Brunnen!«, krächzt Galcerán. »Wir müssen trinken.« Keuchend lässt er sich an der Gartenmauer des Patriarchats nieder und lehnt sich erschöpft dagegen. Er blickt hoch zu den Geiern, die über uns kreisen. »Und wir müssen uns ausruhen.«

Dann packt er meine schmerzende Hand und zieht mich neben sich auf den sonnendurchglühten Boden. »Lass mich deinen Arm ansehen.« Galcerán zieht meinen steifen Arm auf seinen Schoß. Als ich unwillig die Hand fortziehen will, klemmt er sie sich zwischen seine Beine und hält sie fest. »Halt bitte still.« Er schiebt den Ärmel meines Kettenhemdes hoch. »Kein Blut. Kein Zeichen einer Infektion. Tut es weh?«

»Der Arm ist steif. Wie ein morscher Ast.«

»Beantworte meine Frage!«

»Ich bin zu müde, um irgendetwas zu spüren.«

»Ich möchte mir die Schulter ansehen. Der Steinsplitter, der dich gestern verwun…«

»Nein«, wehre ich müde ab.

Galcerán nestelt an den Schnallen meines Kettenhemdes herum, bis ich ihm auf die Finger haue.

»Ich habe Nein gesagt, verdammt noch mal!«

»Weißt du eigentlich, warum wir beide so gut miteinander auskommen?«, fragt er aufgekratzt, und seine Augen blitzen.

»Du wirst es mir bestimmt gleich sagen«, knirsche ich.

»Mach ich.«

Diese Borgia, ein renitentes Pack, allesamt! Galcerán und Roderic, Seiner Eminenz Neffe, sind aus demselben Holz geschnitzt: katalanische Korkeiche. Außen weich wie Kork, innen hart wie Kernholz.

»Leg los. Du hast meine volle Aufmerksamkeit.«

»Weil wir beide eigensinnig sind. Mag sein, dass du uns Katalanen für widerspenstig hältst. Aber den Stolz und die Herrschsucht habt ihr Römer erfunden.«

»Autsch.«

»Gleich noch eine?«, droht er mir zum Spaß, mir noch eine zu verpassen.

Ich winke müde ab. »Ich habe keine Lust, mit dir zu streiten, wenn ich weiß, dass du gewinnen wirst.«

»Kann ich mir jetzt deine Schulter ansehen?«

»Vielleicht später.«

»Wann?«, beharrt er.

Ich stöhne auf und beuge meinen Oberkörper nach vorn. Er legt mir die Hand in den Nacken und streichelt mich mit seinem Daumen.

»Besser?«, fragt er besorgt.

»Nein.«

»Ich sehe mich mal um, ob ich einen Brunnen finden kann. Wir haben seit Stunden nichts getrunken.«

»In Ordnung.« Ich gebe ihm die Wasserflasche, die an meinem Gürtel hängt.

»Ruh dich aus. Ich bin gleich zurück.«

Ermattet lehne ich mich gegen die warme Mauer des Patriarchats. Seit zweiunddreißig Stunden bin ich jetzt auf den Beinen, ohne zu schlafen, ohne zu essen, ohne zu trinken und ohne mir einzugestehen, dass ich am Ende meiner Kräfte bin.

Seit vier Stunden sind Galcerán und ich auf der Flucht vor den Türken, die selbst die ersten Anzeichen der Erschöpfung zeigen. Die Massaker auf offener Straße sind beendet. Die Plünderer, die sich in Palästen, Kirchen und Klöstern ausgetobt haben, machen jetzt Gefangene: Sie erschlagen die Alten und verschleppen die Jungen als Sklaven. Junge Frauen werden an ihren Haaren aus den Häusern gezerrt und auf offener Straße vergewaltigt, weinende Kinder werden ihren Eltern entrissen, die vor ihren Augen hingeschlachtet werden, schreiende Säuglinge werden aus den Fenstern geschleudert. Unter den Türken kommt es immer wieder zu Prügeleien um die schönsten Mädchen – manche von ihnen enden tödlich. Nicht nur für die Opfer, sondern auch für die Täter. Trotz meiner türkischen Yeniçeri-Rüstung bin ich als Frau erkannt worden. Das erste Mal konnte ich mich mit einer Sturzflut arabischer Flüche als Tscherkessin, als Kriegssklavin von Sultan Uthman, herausreden. Das zweite Mal musste Galcerán mich vor der Vergewaltigung durch sechs Türken retten.

Das war auf der Akropolis. Nachdem wir Kardinal Isidor gefunden hatten. Der päpstliche Legat Isidor von Kiew hatte seinen prächtigen Kardinalsornat gegen die schlichte Kleidung eines sterbenden Byzantiners eingetauscht und war von seinem Kommandoposten geflohen. Als wir seinen ›Leichnam‹ schließlich fanden, hatten die Türken ihm den Kopf abgeschnitten. Ich bete von ganzem Herzen, dass Isidor es wohlbehalten bis nach Rom schafft, und ich hoffe, dass er dem Papst eine Lektion erteilt.

Irgendwann – ich weiß nicht, wie viel Zeit vergangen ist – kommt Galcerán zurück.

»Schläfst du?«, fragt er, als er sich schließlich neben mich auf den Boden hockt.

Ich richte mich auf. »Bin wohl eingeschlafen«, nuschele ich verlegen.

Er gibt mir meine Wasserflasche zurück. »Ich musste bis zur Cisterna Basilica laufen, um Wasser zu finden.«

»Wieso?« Ich setze die Flasche an die Lippen und trinke gierig in großen Schlucken.

»Das Wasser aus den Brunnen wollte ich nicht trinken.«

»Leichen?«

Er nickt. »Viele junge Frauen haben sich ertränkt, um ihrem Schicksal zu entgehen …« Er verstummt.

Ich lege ihm die Hand auf den Arm. »Danke.«

»Jetzt sind wir quitt.« Er sieht mich lange an. »Dass du mir Cesares Tod niemals vergeben kannst, weiß ich.«

Ich trinke meine Flasche leer und hänge sie mir wieder an den Gürtel. Ächzend stemme ich mich hoch. »Komm jetzt!« Ich beiße die Zähne zusammen vor Schmerz. »Wir müssen in Bewegung bleiben.«

Galcerán springt auf und reicht mir die Hand, um mir auf die Beine zu helfen.

»Und wohin jetzt?«

Kapitel 82

Vor der Hagia Sophia
29. Mai 1453
Kurz nach halb zwei Uhr nachmittags

Alte Kastanienbäume säumen die Prachtstraße, auf der sich die Flüchtenden zur Hagia Sophia schieben, um dort Schutz zu suchen. Orthodoxe Priester im Brokatgewand mit brennenden Kerzen in den Händen winken die Gläubigen zum Gebet in die Kathedrale, deren purpurrote Fassade im grellen Licht dieses heißen Tages zu glühen scheint.

Galcerán und ich lassen uns von der wogenden Menge mitreißen und stolpern, von hinten geschoben, von vorn gestoßen, zum Atrium der Hagia Sophia.

Als ein Mönch mit einem zornigen Aufschrei auf mich losgeht und mit den Fäusten auf mich einprügelt, sodass ich stürze und beinahe zu Tode getrampelt werde, muss Galcerán mich wieder einmal retten. Er reißt mir den Helm herunter, sodass meine langen Haare herabfallen, zieht mir seinen schwarzen Habit über den Kopf, packt meine Hand und zerrt mich hinter sich her zum Atrium.

»Nicht da lang!«

Er bleibt stehen und dreht sich zu mir um.

Ich deute zur Orea Porta an der Südseite der wuchtig über uns aufragenden Kathedrale. »Der Eingang, der dem Kaiser und seinem Gefolge vorbehalten ist. Er ist unverschlossen.«

Die Orea Porta, die Schöne Pforte, ist ein von außen unscheinbarer Seiteneingang, der in die Vorhalle der Krieger aus schön geädertem Marmor in Rosa, Grau und Weiß führt.

Nach dem Zeremonienbuch des byzantinischen Hofes legte der Kaiser auf jenem Tisch dort drüben Krone und Schwert ab. Und seine Leibgarde wartete hier, bis er aus dem Gottesdienst zurückkehrte. Über der Tür zum Narthex, der Vorhalle der Hagia Sophia, prangt das Mosaik der Maria mit Kind zusammen mit Kaiser Konstantin, der ihr Konstantinopolis überreicht, und Kaiser Justinian, der ihr die Hagia Sophia darbietet.

Die gewaltige Vorhalle aus Marmor und Goldmosaiken hat neun Türen, durch die die Fliehenden in die Basilika strömen. Das mittlere Portal ist das höchste. Es ist dem Kaiser vorbehalten, und daher jetzt geschlossen. Die Palastwachen, die hier jahrhundertelang standen, haben den Marmorboden vor der Kaisertür eingedrückt und abgewetzt.

Galcerán folgt mir durch die erste Tür auf der rechten Seite in die Krönungskirche der byzantinischen Kaiser. Säulenarkaden trennen die Seitenschiffe vom großen Kuppelraum. Über uns erhebt sich die große Galerie, die die Kathedrale auf drei Seiten umschließt und die nur die Apsis mit dem Altarraum und der Ikonostasis freilässt. Darüber schwebt schwerelos die goldglänzende Kuppel der Hagia Sophia, die von Lichtstrahlen getragen zu werden scheint.

Was für ein Anblick!

Kein Wunder, dass Kaiser Justinian bei ihrer Einweihung vor fast einem Jahrtausend voller Stolz ausrief: ›Ruhm und Ehre dem Allerhöchsten, der mich für würdig hielt, ein solches Werk zu vollenden! König Salomo, ich habe dich und deinen Tempel übertroffen!‹

Wer dieses Gotteshaus betritt, soll die himmlische Herrlichkeit erahnen. Die Pracht, die glitzernden Goldmosaiken, der schimmernde Marmor und die Strahlen des Lichts überwältigen die Gläubigen seit neunhundert Jahren. Die Kathedrale ist ein Abbild des Himmels, so wie das Byzantinische Reich ein Abbild des Reiches Gottes war.

Doch heute kann ich beim besten Willen keinen Frieden empfinden, keinen Trost, kein Heil.

Tausende suchen Zuflucht in der größten Kathedrale der Welt. Die Messe wird gefeiert, wobei ich nicht sagen kann, ob sie katholisch oder orthodox ist. Links beten die Menschen auf Lateinisch, rechts auf Griechisch.

Verbittert denke ich an die Kirchenunion, zu der ich Konstantin überredet habe. Und was tut Papst Nikolaus? Nichts. Und die anderen? Francesco Foscari, der Doge von Venedig? Pietro di Campofregoso, der Doge von Genua? Alfonso von Aragón? Juan von Kastilien? Charles von Frankreich? Henry von England? Der deutsche Kaiser Friedrich? Ich balle die Fäuste. Nicht einmal Konstantins Bruder, mein ›geliebter Schwager‹ Demetrios Palaiologos, Despot von Morea und der größte Träumer von allen, rührt einen Finger, um uns zu retten. O nein, Demetrios, dieser Möchtegern-Kaiser, hat sich sogar mit Mehmed verbündet, damit er nicht gestürzt wird wie sein Bruder Konstantin. Dieser Mistkerl!

Galcerán kniet neben mir nieder, bekreuzigt sich andächtig, dann nickt er mir zu. Wir stehen wieder auf, und ich folge ihm durch die betende Menge und einen schmalen Durchgang durch einen Strebepfeiler bis zur Kaisertür. Mit dem Rücken drängen wir uns dagegen, damit wir von den Hereindrängenden nicht umgerannt und totgetrampelt werden.

Als ich über die Köpfe hinweg zum verwaisten Kaiserthron vor der Ikonostasis blicke, muss ich an meine Hochzeit gestern Abend mit Cesare denken, und die Trauer treibt mir heiße Tränen in die Augen.

»Machst du deinen Frieden mit Gott?« Galcerán blickt mich von der Seite an.

Ich schüttele den Kopf.

»Weinst du?«

Ich beiße mir auf die Lippen und antworte nicht.

»Du solltest dich hinlegen, Alessandra. Du bist bleich wie der Tod. Komm, ich bringe dich …«

In diesem Augenblick ertönt ein Schrei.

»Gott steh uns bei! Die Türken stürmen die allerheiligste Hagia Sophia!«

Kapitel 83

In der Hagia Sophia
29. Mai 1453
Kurz vor zwei Uhr nachmittags

»Schließt die Tore!«, brüllt Galcerán neben mir.

Zu spät! Ein wilder Schreck fährt mir in die Knochen, als ich begreife, dass das Schlimmste eingetreten ist: Wir sitzen in der Falle.

Die ersten Türken stürmen durch die Portale in die Basilika. Griechen, Italiener und Katalanen weichen schreiend und mit erhobenen Händen vor ihnen zurück zum Altar, wo der Priester unbeirrt weiter die Messe liest, bis er unter den Hieben eines Schwertes zusammenbricht.

»Wir müssen sofort verschwinden!« Galcerán packt mich grob am Arm. »Wie kommen wir hier heraus?«

»Durch die Kaisertür.« Taumelnd richte ich mich auf und deute auf die wuchtige Tür hinter uns. »Sie ist nicht verschlossen.«

»Wir müssen durch die heranstürmenden Türken?«

»Ja.«

»Wohin?«

Ich zeige nach oben, während ich mir seinen schwarzen Habit vom Leib reiße, ihn in meine Tasche stopfe und wieder zum türkischen Yeniçeri werde. »Auf die Galerie!«

Galcerán zerrt das gewaltige Portal einen Spaltbreit auf, schiebt mich hindurch und lässt die Kaisertür hinter uns ins Schloss fallen. Während wir durch den Narthex hetzen, kann ich hören, wie das Tor, das aus Holz und Bronze besteht, von innen verriegelt wird. Die Gläubigen verbarrikadieren sich in der Kirche, in der letzten christlichen Bastion in der eroberten Stadt.

Ich packe Galcerán am Ärmel und ziehe ihn durch die heranstürmenden Türken hinter mir her zur Treppe rechts von uns und weiter zur schmalen Rampe, die zur Kaiserinnenloge hinaufführt.

Während wir zur Empore hinaufhetzen, höre ich die Äxte der Türken, die gegen die Tore der Basilika krachen, die türkischen Befehle und die entsetzten Schreie der Christen.

Und noch etwas anderes dringt an mein Ohr: Pauken und Trompeten und türkischer Gesang.

»Allahu ekber, Allahu ekber …«

Ist Sultan Mehmed in der Nähe?

»Schließ das Portal hinter uns!«, befehle ich Galcerán, als wir auf die Empore hinausstürmen, wo sich der Thron der Kaiserin befindet.

Die breite Empore aus weißem Marmor unter einem goldglitzernden Gewölbe führt an drei Wänden der Basilika entlang: im Norden, im Süden und im Westen.

Ich blicke über die Marmorbrüstung und das halbrunde Schmuckgitter nach unten in die Basilika: Die Tore werden aufgebrochen. Die Gläubigen schreien, als die Türken hereinstürmen und Blut über den Marmorboden spritzt.

Während die einen johlend die Kirchenschätze plündern, Priestergewänder anzünden, Bücher zerfetzen, Reliquiare zerschlagen, die Ikonostasis umwerfen und zerhacken und den Altar schänden, treiben die anderen die Griechen, Katalanen und Italiener zusammen, fesseln sie und schleppen sie unter Schlägen und Fußtritten als Sklaven aus der Kirche.

Die verzweifelten Gebete weichen nach und nach dem Lärm

der Plünderung. Geweihte Gefäße aus Gold und Silber, mit Perlen und Juwelen besetzt, poltern über den Marmorboden. Prächtige Brokatgewänder werden zerfetzt, Schreine, Kreuze, Kerzenleuchter und Ikonen werden zertrümmert. Nur der Kaiserthron vor der Ikonostasis wird verschont.

»*Allahu ekber, Allahu ekber* …« Das anrückende Regiment muss jetzt das Atrium der Hagia Sophia erreicht haben.

Wo steckt Mehmed?

Galcerán taucht neben mir auf. »Das Portal ist verriegelt.«

Ich deute auf die Loge der Kaiserin. »Dann komm!«

Er folgt mir in die tonnengewölbte Halle, deren große Bogenfenster auf das Atrium hinabblicken. Ich gehe die niedrige Stufe hinauf, lehne mich gegen die Marmorbrüstung des Fensters und spähe durch die welligen und mit Luftblasen durchsetzten Scheiben, die das Licht um den Thron der Kaiserin zum Glitzern bringen, hinunter in den Hof.

Dem Lärm ist unvermittelt die Stille gefolgt. Ja, jetzt herrscht ein tiefes Schweigen. Kein Schweigen aus Respekt oder Verehrung, sondern aus Sprachlosigkeit, die aus Angst und Schrecken geboren wird.

Ich presse meine Stirn gegen die kühle Scheibe.

Da ist er!

Inmitten seines Gefolges, das sich tief vor ihm verneigt, steigt Mehmed im Atrium von seinem Pferd. Die hohen Würdenträger seines Reiches huldigen ihm, als wäre er der Kaiser von Byzanz.

Rasch formiert sich der Zug der Paşas und Wesire und setzt sich hinter Mehmed in Richtung Hauptportal in Bewegung. Einige Gesichter erkenne ich wieder. Halil Paşa, der oberste Wesir des Sultans, und Zaganos Paşa.

»Was tut er denn jetzt?«, fragt Galcerán und presst die Nase gegen die Scheibe.

Vor der Hagia Sophia kniet der junge Sultan nieder, nimmt

eine Handvoll Staub und streut sie sich zum Zeichen seiner Demut über den Turban. Dann erhebt er sich wieder, wischt sich die staubigen Hände an seinem golddurchwirkten Gewand ab, auf dem der Name Gottes mit Purpurfäden gestickt ist, und geht zum Hauptportal, das sich direkt unter uns befindet.

Hat er das Zeremonienbuch der byzantinischen Kaiser gelesen?, frage ich mich grimmig. Bei Prozessionen macht der Basileus immer wieder Halt, wechselt die Kleider aus Purpur, Gold und Juwelen, entzündet Kerzen und betet in Kirchen. Hinter ihm drängt sich die winkende Menge, die sich kein Wort, keine Geste, kein Lächeln entgehen lassen will, das den Menschen hinter der goldglänzenden Ikone des Basileus verrät.

Auch dem glorreichen Sieger Fatih Mehmed folgt die Menge auf seinem Triumphzug durch die eroberte Stadt. Doch sie schwenkt keine Fähnchen und Blumenkränze, sondern Lanzen und bluttriefende Schwerter, und ihr Gesang verbreitet Angst und Schrecken. Keine niedlichen Rotznasen flitzen herbei und werfen ihm fröhlich singend Blumensträuße zu, wie Konstantin.

»Mehmed betritt die Hagia Sophia«, nuschelt Galcerán, der seine Nase noch immer an der Scheibe plattdrückt, um einen Blick auf den Eroberer zu erhaschen.

»Se la montagna non va da Maometto, Maometto va alla montagna. Wenn der Berg nicht zum Propheten kommt, muss der Prophet zum Berg gehen. Oder der Sultan zur Hagia Sophia.«

Mein irrsinniger Plan geht auf!

Galcerán hebt die Augenbrauen. Mein triumphierendes Lächeln irritiert ihn. Er weiß von nichts.

Wortlos nehme ich die Armbrust von der Schulter, lade sie und spanne den Bogen.

Galcerán stemmt die Arme in die Seiten. »Was hast du vor?«

»Wonach sieht es denn aus?«

Kapitel 84

In der Hagia Sophia
29. Mai 1453
Gegen zwei Uhr nachmittags

»Das ist nicht dein Ernst!« Er schüttelt den Kopf.

»Du weißt gar nicht, *wie* ernst es mir damit ist! Ich werde diesen Bastardo del Diavolo töten. Und jetzt geh mir aus dem Weg!« Mit der Tasche über der Schulter und der Armbrust im Anschlag dränge ich mich an ihm vorbei.

»Warte!«, ruft er hinter mir her, dann folgt er mir zur Brüstung vor dem Thron der Kaiserin und sieht neben mir hinunter ins Kirchenschiff.

Da ist er!

»Komm mit!« Schon hetze ich über die Galerie zur anderen Seite der Basilika.

Nach wenigen Schritten erhebt sich vor uns eine weiße Marmorschranke mit zwei als Relief ausgeführten Scheintüren, die den Durchgang in der Mitte flankieren. Das linke Marmorportal führt der Legende nach in die Hölle, das rechte in den Himmel.

Galcerán folgt mir durch den Durchgang in die Nische mit dem berühmten Mosaik von Jesus Christus als Weltenherrscher. Ich halte es für das schönste Bild der Hagia Sophia, wenngleich zwei Drittel des Mosaiks zerstört und mit hässlichem, grauem Gipsmörtel aufgefüllt sind.

Seine Züge am Tag des Jüngsten Gerichts sind so … lebendig.

Wie auf dem Mandylion, denke ich und ziehe den Schulterriemen meiner Tasche, der mir ständig über mein Kettenhemd abrutscht, wieder hoch.

Unter den Marmorfliesen gegenüber dem Mosaik befindet sich das Grab jenes anderen Eroberers von Byzanz, des venezianischen Dogen Enrico Dandolo, der, siebenundneunzig Jahre alt und fast blind, den unseligen Kreuzzug von 1204 anführte und Balduin von Flandern zum ersten lateinischen Kaiser von Byzanz machte. Erst die Dynastie der Palaiologoi, deren letzter Basileus Konstantin war, vertrieb die lateinischen Herrscher aus Konstantinopolis und setzte wieder griechische ein.

Immer wieder spähe ich unter den mit Mosaiken verzierten Gewölbebögen hindurch und über die Marmorbalustrade hinweg nach unten, während ich zum Ende der Galerie hetze. Die weite Plattform liegt oberhalb der Altarapsis mit dem Allerheiligsten hinter der umgestürzten Ikonostasis. Die prächtige Ikonenwand ist kaum mehr als ein wüster Trümmerhaufen aus zerbrochenen Silberrahmen und zerhackten Ikonen.

Mit dem Rücken zum Goldmosaik mit der Jungfrau Maria mit Jesus auf ihrem Schoß, zu ihrer Rechten Kaiser Ioannis Komnenos, zu ihrer Linken Kaiserin Irene, stelle ich die Tasche mit dem Mandylion neben eine Säule. Dann knie ich mich auf den Boden und lege die gespannte und geladene Armbrust auf die Marmorbrüstung vor mir.

Es ist so weit, Mehmed! Sprich dein letztes Gebet! Mach deinen Frieden mit Allah!

Ich lege meinen Finger an den Abzug.

Kapitel 85

In der Hagia Sophia
29. Mai 1453
Kurz nach zwei Uhr nachmittags

Starr vor Anspannung hockt Galcerán sich neben mich. Ich kann spüren, dass er zittert.

»Schaffst du das?«, flüstert er mit bebender Stimme.

Ich antworte nicht. Kleine Schweißperlen bilden sich auf meiner Stirn. Ich atme langsam aus und schließe die Augen.

Ich bin so müde! Und so erschöpft!

Schritte hallen durch die Basilika. Sofort öffne ich die Augen wieder.

Inmitten seiner Yeniçeriler kommt Mehmed direkt unter mir auf den Kaiserthron zu. Neben einem Bewaffneten, der mit seiner Axt auf den Marmorboden vor dem Altar einhackt, bleibt er stehen und gebietet ihm Einhalt. Der Mann sagt etwas, das ich nicht verstehen kann. Offenbar missfällt es Mehmed, denn er zieht sein Schwert und streckt den Mann nieder. In einer Spur aus Blut wird er aus der Kathedrale geschleift.

Ein Imam aus Mehmeds Gefolge geht zur Kanzel hinüber, während aus irgendwelchen dunklen Nischen mehrere orthodoxe Priester kommen und sich dem siegreichen Sultan zu Füßen werfen. Mehmed steigt einfach über sie hinweg und geht zu Konstantins Thron hinüber.

»Schieß doch endlich!«, zischt Galcerán.

»Noch nicht.«

»Worauf wartest du?«

»Galcerán, ich bin päpstliche Gesandte. Ich kann mir vieles erlauben, aber nicht alles.«

Galcerán sieht mich fragend an.

»Der Papst reißt mir den Kopf ab, wenn ich in einer Kathedrale töte. Selbst wenn es ein Muslim ist.«

In der Hagia Sophia wird es plötzlich ganz still, als der Imam auf der Kanzel mit laut widerhallender Stimme die Schahada anstimmt: ›Ashadu an la ilaha illa-llah, wa Muhammadan rasulullah. Es gibt keinen Gott außer Allah, und Mohammed ist der Gesandte Gottes.‹

»Was sagt er noch?«, flüstert Galcerán neben mir, während der Imam unter uns seinen Text abspult.

»Sei doch still!«

Galcerán schnauft. »Was sagt er noch?«, wiederholt er seine Frage.

Ein echt stures Pack, diese Katalanen!

»Im Namen Allahs, des allbarmherzigen und mitfühlenden, erklärt der Imam die Hagia Sophia zur Moschee«, murmele ich, ohne den Blick von Mehmed in meinem Visier zu wenden. Der Sultan bleibt mit seinem Gefolge vor dem Altar stehen, keine zwanzig Schritte von mir entfernt. Halil Paşa und Zaganos Paşa stehen direkt neben ihm.

Mehmed fährt sich mit den Händen über das Gesicht. Er will beten.

»Allahu akbar«, spricht Mehmed leise den Takbir, während er die Hände zu seinen Schultern hebt. Darauf folgt die Fatiha, die erste Sure des Korans: »Bism'Allahi ar-rahmani ar-rahím. Im Namen Allahs, des Barmherzigen, des Herrschers am Tage des Gerichts. Möge er dich auf den rechten Weg des Glaubens führen. Auf den Pfad derer, denen er gnädig ist, nicht derer, denen er zürnt, und nicht auf den Weg der Irrenden.«

Von draußen dringt der Schrei eines kleinen Kindes in die Stille, bricht sich zwischen den Säulen und Kuppeln und hallt durch die Basilika, in der nur ein leises Rascheln zu hören ist, als die Gläubigen zum Gebet niederknien.

»Jetzt schieß doch endlich!«, drängt Galcerán.

»Noch nicht.«

»Aber jetzt …«

»Sei still! Verdammt noch mal!«, fauche ich ihn an. Endlich gibt er Ruhe.

Durch das Visier beobachte ich Mehmed. Er ist nicht groß, ja sogar kleiner als ich, aber sehr kräftig. Durchdringende Augen unter gewölbten Brauen und eine prägnante Nase verleihen seinem Gesicht etwas von einem Raubvogel. Er gibt sich würdevoll, gebieterisch, doch seine Gesten und sein Gehabe wirken unsicher. Hat er seinen triumphalen Sieg über Konstantinopolis, das Erreichen seines Lebensziels im Alter von nur einundzwanzig Jahren, mit einigen Bechern Wein gefeiert? Ja, ich glaube, er ist tatsächlich nicht nur ein wenig beduselt.

Mehmed der Säufer, sieh mal einer an.

Ich spitze die Lippen und ziele nicht mehr auf sein Herz, sondern auf seinen Kopf. Es muss sehr schnell gehen, denn ich habe nur einen Schuss. Bevor ich die Armbrust nachladen und spannen kann, geht er unter der Galerie in Deckung und hetzt seine Yeniçeriler auf mich. Meine linke Schulter, wo mir ein Steinsplitter unter die Rüstung gedrungen ist, schmerzt unerträglich, doch meine Hände zittern nicht. Jetzt nicht mehr.

Während ich konzentriert hinunterstarre, schiebt sich plötzlich Konstantins Gesicht vor das von Mehmed. Mein Finger krümmt sich um den Abzug.

Noch nicht, Sandra, noch nicht!

Meine Schulter- und Armmuskeln entspannen sich, die Waffe bewegt sich keinen Fingerbreit.

Noch nicht, Sandra! Warte ab, bis er sich aufrichtet und ein besseres Ziel bietet.

Mehmed richtet sich auf und blickt hinauf zur Kuppel über uns. Einen furchtbaren Augenblick lang habe ich das Gefühl, dass er mich, seinen Todesengel, sieht. Dass er mich erkennt. Dass er gleich einen warnenden Schrei ausstößt und mir seine Yeniçeriler auf den Hals hetzt.

Doch nichts geschieht. Er beugt sich wieder vor, die Stirn auf den Marmorfliesen vor dem Kaiserthron, und beginnt die nächste Raka'a, den nächsten Gebetsabschnitt: stehen, niederknien, sich verneigen.

Schließlich richtet er sich wieder auf, wendet den Kopf zuerst nach rechts, spricht »Friede sei mit dir!«, dann nach links und wiederholt den Gruß.

»Amen«, hallt es durch die Kathedrale, die nun eine Moschee ist.

Mehmed richtet sich schwankend auf und fährt sich mit den Händen über das Gesicht.

Ja, ich glaube, er ist tatsächlich betrunken.

Es ist so weit.

Das Visier meiner Armbrust umschließt sein Gesicht. Mein Finger krümmt sich und findet den Druckpunkt.

Ich halte den Atem an.

Mehmed dreht sich zur Seite und spricht mit seinem Wesir Halil Paşa.

Ein Leben gegen das von Tausenden.

Gott, hilf mir! Schenk mir die Kraft und den Willen!

Dann ziehe ich durch, und der Bolzen zischt über die Balustrade hinweg auf Mehmed zu.

Doch genau in diesem Augenblick beugt er sich vor.

Der Schuss geht fehl. Der Bolzen dringt in den Marmorboden hinter ihm.

»Déu meu!« Galcerán bekreuzigt sich.

Zuerst herrscht Stille, doch dann bricht ein Aufschrei des Entsetzens los. Die Offiziere, die Mehmed umgeben, sehen sich entsetzt in der Basilika um. Dann werde ich entdeckt.

Wieder spanne ich die Armbrust, ziele, schieße …

… und treffe.

Kapitel 86

In der Hagia Sophia
29. Mai 1453
Viertel nach zwei Uhr nachmittags

»Ets magnífica«, nuschelt Galcerán neben mir und haut mit der Faust gegen den Marmor.

Mehmed schreit auf, mehr vor Überraschung als vor Schmerz. Er fasst sich an den linken Oberarm und blickt zu mir hoch. »Contessa Alessandra?«, ruft er zu mir herauf. »Es ist mir eine Ehre, deine Bekanntschaft zu machen.«

»Die Freude ist allein auf deiner Seite«, brülle ich zurück und gebe Galcerán, der sich hinter der Balustrade verborgen hält, die Armbrust. »Nachladen!«, flüstere ich.

Mehmeds Lachen hallt durch die Basilika. »Du Biest.«

»Wen zitierst du, Sultan Mehmed?«, rufe ich hinunter, um Zeit zu gewinnen. »Sultan Uthman oder Sultan Muhammad?«

Seine Antwort übertönt das Knarren beim Spannen der Armbrust:

»Keiner von beiden würde dich als Biest bezeichnen, Alessandra Paşa.« Er verzieht belustigt die Lippen wegen des männlichen Titels, den er mir verliehen hat. »Muhammad al-Aysar schätzte dich, die Gemahlin seines Wesirs, als Vertraute. Und Uthman al-Mansur hatte feuchte Träume, bis du ihn endlich in dein Bett gelassen hast.« Er grinst anzüglich. »Komm herunter, Alessandra Paşa, ich will dich kennenlernen. Ich will wissen, wer die Frau ist, die mir die Köpfe meiner Yeniçeriler mit einer Kanone vor die Füße schießt. Und der es mit ihren Bewaffneten gelungen ist, die Engelsburg in Rom zu erobern, die als uneinnehmbar gilt. Ich will wissen, warum meine illustren Amtskollegen so fasziniert sind von dir. Warum Alfonso von Aragón dich als einzigen Mann im Vatikan bezeichnet. Und wieso du Konstantin und Nikolaus um den Finger wickeln kannst. Komm herunter, Alessandra Paşa, lass uns reden. Von Heerführer zu Heerführer, von Fürst zu Fürst, von Mensch zu Mensch.«

»Fertig!«, wispert Galcerán und drückt mir die geladene und gespannte Armbrust gegen das Knie.

Ich richte mich auf, sodass Mehmed meine bluttriefende türkische Rüstung erkennen kann, lehne mich gegen die Marmorbalustrade, lege an und nehme ihn kaltblütig ins Visier.

Mehmed springt zurück, damit die Yeniçeriler seiner Leibgarde einen schützenden Kordon um ihn bilden können. »Ergreift sie! Bringt sie mir!«, kreischt er mit sich überschlagender Stimme. »Tot oder lebendig!«

Kapitel 87

In der Hagia Sophia
29. Mai 1453
Irgendwann nach zwei Uhr nachmittags

»Deckung!«, brüllt Galcerán, als ein Schuss über mich hinwegzischt.

Ich ducke mich hinter die Marmorbalustrade und behalte die Bewaffneten im Auge, die die Rampe heraufgekommen sind und nun mit der Armbrust im Anschlag auf der anderen Seite der Basilika am Thron der Kaiserin vorbeihuschen.

Yeniçeriler.

Ich schultere die Tasche mit dem Mandylion, renne um die halbrunde Balustrade herum und schlittere über die offene Galerie hinter einen mit Goldmosaiken verzierten Gewölbepfeiler. Mein Kettenhemd kracht gegen eine graue Marmorplatte.

Galcerán folgt mir, wirft sich der Länge nach neben mich und prallt mit voller Wucht gegen die Säule hinter mir. Fluchend richtet er sich auf und kriecht zu mir herüber. »Komm jetzt! Wir müssen hier raus!« Als ich nicht antworte, brummt er: »Alessandra Paşa, ich glaub's ja nicht!«

Ich luge die Galerie entlang zur Marmorschranke mit den Türen, die in den Himmel und in die Hölle führen. Diesen engen Durchgang müssen sie passieren, bevor sie zu uns herüberkommen. Neben der Marmorschranke glitzert das Mosaik Jesu Christi mit Maria und Johannes. Vom Täufer kann ich nur die linke Schulter erkennen. »Hast du gesehen, wie viele es sind?«

»Fünf oder sechs. Aber da wo die herkommen, sind noch ein paar mehr.«

»Geschätzte hunderttausend.«

»Und ich hielt zweitausend gegen hunderttausend schon für absoluten Irrsinn. Aber wir zwei ...«

»Ich schieße, du lädst nach«, entscheide ich. »Wie viele Bolzen haben wir noch?«

»Vier.«

»Wir müssen verschwinden.«

»Sag ich ja.« Galcerán blickt sich um und deutet auf das gewaltige Bogenfenster hinter uns. »Da ist eine Tür.«

»Wo?«

»Neben dem Fenster.«

»Wohin führt sie?«

»Kann ich nicht sagen.«

»Auf die Dächer rund um die Altarapsis?«

»Vermutlich.«

»Wir brauchen ein Seil.«

»Und wo ...?«

»Unter dem Mosaik von Maria mit dem Kind und Kaiser Ioannis und Kaiserin Irene steht ein Arbeitstisch für die Restauratoren. Siehst du ihn?«

Er wendet sich um. »Ja, ich sehe ihn. Da ist ein Haufen Werkzeug. Mörtelbecher, Spachtel, Pinsel ...«

»Auch ein Seil?«

Er lehnt sich weiter vor und späht unter den Tisch, der von ihm aus gesehen von einer Säule verdeckt wird. »Ja, ich glaube, da ist eins.«

»Großartig. Ist eine Weile her, dass ich mich von einer Kathedrale abgeseilt habe.«

Mit Wucht prallt ein Bolzen in das Fenster hinter uns. Eine Scheibe zerbricht. Die Scherben prasseln auf den Marmorboden.

Galcerán packt mich an der Schulter und reißt mich zurück. »Gib mir Deckung, ich hole das Seil. Wir treffen uns an der Tür.«

»Vergiss das Seil.«

»Aber wie …«

»Du bleibst bei mir.«

»Aber …«

»Galcerán, verdammt noch mal!«

»Schon gut, wie du willst, Alessandra Paşa.« Wieder blickt er zum Fenster hinter uns. »Und wenn die Tür verschlossen ist?«

Kapitel 88

In der Hagia Sophia
29. Mai 1453
Kurz vor halb drei Uhr nachmittags

Ich antworte nicht, sondern starre zur Marmorbalustrade, durch die gerade eben schon der zweite Yeniçeri gehuscht ist. Sie trennen sich. Der eine verschwindet in der Nische links vor mir mit dem Christus-Mosaik und dem Grab des Dogen Enrico Dandolo, der andere kriecht rechts vor mir an der Balustrade entlang und bleibt hinter dem Gewölbepfeiler in Deckung. Unten in der Basilika ist es so still, dass ich die beiden hören kann.

Sie kommen immer näher.

Nur noch vier Bolzen für mindestens sechs Angreifer. Und das Laden und Spannen der Armbrust dauert viel zu lange.

Galcerán und ich sitzen in der Falle.

Da, ein Schatten!

Der Türke in der Nische huscht vor dem Fenster vorbei. Dabei gleitet sein Schatten über den glänzenden Marmorboden.

Ich lege an und warte ab.

»Und jetzt?«, fragt Galcerán.

»Zieh dich bis zum Bogenfenster zurück, aber bleib in Deckung. Die Tür zum Dach liegt genau in ihrer Schusslinie.«

»Und du?«

»Ich komme gleich nach.«

»Was hast du vor?«

»Tu, was ich dir sage. Los jetzt.«

»Soll ich die Tasche nehmen?«

Ich nicke. »Und jetzt verschwinde endlich! Sie kommen!«

Galcerán springt auf, schultert die schwere Tasche mit unserer Ausrüstung und hetzt zum Bogenfenster. Dort wartet er auf mich.

Zwei Bolzen zischen an mir vorbei und prallen gegen das Fenster hinter mir. Noch eine Scheibe zerbirst, die Scherben fallen klirrend auf den Boden.

Da ist einer!

Ich ziehe den Abzug durch, und ein Bolzen streckt den Yeniçeri nieder.

Und der andere?

Ich lege wieder an und warte.

Der Schatten kriecht über den Boden. Er kommt näher, die gespannte Armbrust im Anschlag.

Irgendwann muss er um den Gewölbepfeiler herumkommen.

Ganz ruhig, Sandra. Gleich ist es so weit.

Jetzt!

Ich drücke ab. Der Yeniçeri keucht vor Schmerz und lässt die Waffe fallen.

Nichts wie weg!

Galcerán steht schon vor der Tür und versucht sie zu öffnen. Sie ist verschlossen.

Ich stoße ihn zur Seite. Dann weiche ich drei Schritte zurück, nehme Anlauf und trete gegen das Portal. »So machen wir das in Rom!«

Kapitel 89

Auf dem Dach der Hagia Sophia
29. Mai 1453
Gegen halb drei Uhr nachmittags

Zwei Bolzen verfehlen uns nur um Haaresbreite.

»Andiamo!« Ich packe Galcerán an der Schulter und zerre ihn durch die Tür auf das Dach der Hagia Sophia. Dann springen wir nebeneinander auf das gewölbte Bleidach und ziehen den Kopf ein.

Ich blicke mich um.

Und jetzt?

Noch drei Schüsse werden auf uns abgefeuert, ein Bolzen schlägt direkt neben meiner Schulter in das Metalldach.

Wir blicken über die Bleiplatten hinweg nach unten zur Straße und beobachten den Strom der ankommenden Türken, die aus allen Gassen quellen. Wie eine Flutwelle, die sich zur Hagia Sophia ergießt.

»Das sind mehr als tausend! Wie kommen wir da runter?«, fragt Galcerán. Er kriecht zwei Schritte nach vorn und schaut nach unten.

»Gar nicht.« Ich wende mich um und sehe nach oben. Über mir ragt das Gewirr der Dächer und Halbkuppeln der Apsis auf. Darüber schwebt die große Kuppel. Der Anblick der gestuften Dächer erinnert mich ein wenig an meinen Aufstieg auf die Pyramide des Cheops in Gize. »Himmelwärts strebend …«

Wieder knallt ein Bolzen zwischen meinen Beinen ins Bleidach.

»Sie kommen«, warnt mich Galcerán unnötigerweise.

»Und wir verschwinden.« Ich springe auf. »Y'allah.«

»Wohin?«

»Da lang!« Ich deute auf das Schrägdach fünf Ellen über uns.

»Über das Dach?«

»Hab ich dir schon erzählt, wie ich in Florenz von Brunelleschis Domkuppel gesprungen bin?«

»Nein.«

»Ich erzähle es dir, während du mich über das Marmarameer ruderst. Der Hafen des Bukoleon-Palastes ist eine halbe Meile entfernt.«

Galcerán springt auf, schultert die Tasche und kommt zu mir herüber. »Du willst ein Boot stehlen.«

Er beugt sich vor und verschränkt seine Hände, sodass ich meinen Fuß hineinsetzen kann. Dann hebt er mich hoch.

»*Kapern* heißt das. Ich will ein Boot kapern«, doziere ich, während ich aufs Dach klettere, mich umdrehe und ihm die Tasche abnehme.

Ächzend folgt er mir. »Und dann?«

»Kommt aufs Boot an.«

Galcerán nimmt mir die Tasche ab. »Soll heißen?«

»Ruderboot – wir rudern auf die asiatische Seite«, erkläre ich, während ich zur Wölbung der Kuppel über der Galerie hinüberlaufe. Die Yeniçeriler sind jetzt direkt unter uns – vermutlich können sie unsere Schritte auf dem Bleidach hören. »Segelboot – wir segeln den geflohenen Schiffen nach. Mit einem schnellen Boot können wir sie bei acht bis zehn Knoten Fahrt in wenigen Stunden einholen. Der Wind steht günstig.«

»Warum kapern wir nicht gleich eine türkische Galeere?«, frotzelt Galcerán.

»Wenn du die Mannschaft anheuerst.«

Er verdreht die Augen. »Ich kann rudern. Kannst du segeln?«

Mit meinen türkischen Stiefeln schlittere ich auf ein abschüssiges Dach zu, das sich genau über einem der großen Bogenfenster der Galerie wölbt. Wenn ich nicht achtgebe, rutsche ich aus und stürze in die Tiefe. »Ja, ich kann segeln.«

Galcerán hebt die Augenbrauen, während er mich beobachtet, als ich mit kleinen Schritten und beiden Händen an der Wand einen Mauervorsprung umrunde.

Er bleibt dicht hinter mir.

Er steigt über eine Regenrinne, wirft einen Blick zurück, ob wir verfolgt werden, stapft dann um den Vorsprung herum und folgt mir über das gewölbte Dach der Südgalerie.

Jetzt habe ich den zweiten Mauervorsprung erreicht. Das Schrägdach davor endet oberhalb der Kuppel des Baptisteriums. Von dort können wir auf das Dach des Anbaus springen und dann in den Hof, der von Büchern übersät ist. Die Folianten wurden aus den Fenstern des Palastes vor mir geschleudert.

Galcerán bleibt neben mir stehen und späht über den Rand nach unten. »Der Innenhof unter uns. Gehört der zum Palast des Patriarchen von Konstantinopolis?«

»Die Bücher stammen aus seiner Bibliothek.«

»Kein Türke weit und breit.«

»Siehst du die Fahne, die vor dem Portal der Residenz weht? Der Palast des Patriarchen ist längst geplündert.«

»Und verlassen. Die Fahne bedeutet, dass dort nichts mehr zu holen ist.«

»Genau.«

»Dann los.«

In diesem Augenblick ertönt eine donnernde Explosion. Ich wirbele herum. Die Yeniçeriler folgen uns über das Dach. Ein zweiter Schuss kracht.

»Sie haben Arkebusen!«, keucht Galcerán, während wir über das Schrägdach stolpern und nebeneinander auf das Kuppeldach der Taufkapelle springen.

Blick nach oben: Mit ihren Stiefeln, die so rutschig sind wie meine, versuchen die Türken, einen festen Stand auf dem Bleidach vor dem ersten Mauervorsprung zu finden, um die Arkebusen nachzuladen und erneut auf uns anzulegen.

Galcerán und ich hasten über die mit Bleiplatten belegte Kuppel auf die andere Seite des Baptisteriums. Doch die flache Wölbung bietet uns keine Deckung vor den Schüssen, denn die Türken stehen schräg über uns.

Kugeln prasseln auf das Bleidach, als wir hinunter auf das Dach des Anbaus springen und von dort in den Innenhof des Patriarchats.

»Und jetzt?«

Ich deute nach Süden. »Zum Bukoleon-Palast. Da lang!«

Von oben blitzt wieder Mündungsfeuer auf.

»Deckung!«, brüllt Galcerán und zerrt mich hinter sich her durch den mit Kastanienbäumen bepflanzten Hof. Plötzlich stößt er einen Schrei aus.

»Was ist denn?«

Mit schmerzverzerrtem Gesicht deutet er auf seine Seite. »Ich bin getroffen worden.«

»Verdammt!«

Er knirscht mit den Zähnen und tastet nach der Wunde unter seiner Rüstung. Als er die Finger wieder hervorzieht, sind sie blutig. Entsetzen flackert in seinem Blick. »Alessandra?«

»Was ist?«

»Bitte lass mich nicht zurück.«

Kapitel 90

Im Hof des Patriarchats von Konstantinopolis
29. Mai 1453
Kurz nach halb drei Uhr nachmittags

»Ich helf dir. Leg deinen Arm um mich und stütz dich auf mich. Wir lassen die Waffen von Diniz und Cesare hier und nehmen nur die Tasche mit dem Mandylion mit.«

Schüsse hallen durch den Innenhof. Die Ziegelmauer des Patriarchats wird getroffen, rote Steinsplitter spritzen durch die Luft.

»Und jetzt komm, Galcerán. Wir bleiben zusammen.«

Der erste Gebetsruf von der Hagia Sophia lässt mich zusammenzucken:

»Allahu akbar! Allaaaaaaahu akbaaaaaaarrrrr!«

Während die Yeniçeriler über uns über das Bleidach poltern, hetze ich mit Galcerán, der sich auf mich stützt, über den Hof des Patriarchats zu einem Tor, das zur Orea Porta führt, zum Portal des Kaisers, durch das wir vorhin die Hagia Sophia betreten haben. Galcerán keucht vor Schmerz, und ich kann ihn in seiner schweren Rüstung kaum noch halten.

Wenn wir stürzen … Wenn ich es nicht schaffe, ihn wieder auf die Beine zu bekommen …

Nein, nicht daran denken! Weiter!

»Ashadu an la ilaha illa-llaaaaaaah …«

Ich drücke mich in eine an der Mauer emporrankende Kletterrose, öffne das Tor einen Spaltbreit und luge hinaus in den Vorhof vor der Orea Porta.

»Yeniçeriler?« Ein Schuss vom Dach übertönt Galcerans Frage beinahe.

Ich luge um die Ecke. »Niemand zu sehen.«

»Ashadu an na Muhammadan rasulu-llaaaaaaah …«

»Lass uns gehen!«, drängt Galcerán hinter mir. Seine Stimme klingt gepresst. Ich glaube, er hat starke Schmerzen. Ich muss mir seine Wunde ansehen und sie verbinden. Und ihm ein wenig von dem Haschisch geben, das Konstantin mir letzte Nacht als Hochzeitsgeschenk überreicht hat.

»Hayya ala as-salat, hayya ala al-falaaaaaah …«

Ich stoße das Tor auf und lege mir Galceráns Arm über die Schulter. Wie blass er ist! Er scheint schwerer verletzt zu sein, als zunächst angenommen. »Komm jetzt.«

Halb schleppe, halb ziehe ich ihn über die unebenen Bodenplatten des Hofes vor der Orea Porta. Rechts von uns ragt die unscheinbare Fassade der Hagia Sophia in den blauen Himmel.

»Da vorn ist ein Brunnen.«

Erschöpft lehnen wir uns gegen die marmorne Einfassung und tauchen unsere leeren Wasserflaschen in das Wasser. Während wir in großen Schlucken trinken, beobachte ich das Tor des Patriarchats. Galcerán taumelt. Er muss sich am Brunnen festhalten. Seine Rüstung ist blutverschmiert.

Wir füllen unsere Flaschen, hängen sie an unsere Gürtel und brechen wieder auf. Wir haben keine Zeit zu verlieren.

An einem Beet mit blühenden Rosen vorbei hasten wir zur Mauer des Atriums. Von dort ist es nicht mehr weit bis zu der Brücke, die über die Prachtstraße zum Bukoleon-Palast hinüberführt. Und von dort bis zum Hafen ist es nur noch …

»Alessandra Paşa?«

Ich zucke zusammen.

Nein, nur das nicht!

»Alessandra Paşa!«

Langsam drehe ich mich um.

Sultan Mehmed. Hoch zu Ross, umringt von seiner Leibgarde.

Hinter ihm stürmt gerade eine Handvoll Yeniçeriler mit Arkebusen durch das Portal des Patriarchats. Sie bleiben stehen und legen auf uns an.

Kapitel 91

Vor dem Atrium der Hagia Sophia
29. Mai 1453
Viertel vor drei Uhr nachmittags

Lässig deutet Mehmed auf den Bukoleon-Palast hinter mir. »Ich wollte nach dem Gebet zu meinem Palast hinüberreiten, um mich zu erfrischen und ein wenig auszuruhen. Willst du mich nicht begleiten? Als mein Gast, selbstverständlich, nicht als meine Gefangene. Ich achte deinen Status als Gesandte des Papstes.«

Ich lasse Galcerán los und trete einen Schritt vor. »Du bist sehr großzügig.«

Ungeduldig gebietet Mehmed den Yeniçeriler, die Arkebusen zu senken. »Du nimmst meine Einladung also an?«

Ich werfe einen kurzen Blick zu Galcerán. Der starrt mich mit vor Schreck aufgerissenen Augen an. Mehmeds Hengst beginnt unruhig zu tänzeln.

»Nein, es tut mir leid, Mehmed. Aber ich habe heute Abend schon etwas anderes vor. Ich wollte ein wenig auf dem Marmarameer segeln.«

In diesem Augenblick wirbele ich herum und stürme an Galcerán vorbei.

»Lauf um dein Leben!«

Intermezzo 5

In der Zelle des Abtes
22. Dezember 1453
Kurz nach acht Uhr abends

Benommen, ja berauscht drehe ich mich auf die Seite und presse mein Gesicht in das nach Blut riechende Kissen.

Jibrils Blut, denke ich, während ich gegen die Erschöpfung ankämpfe.

Blinzelnd öffne ich schließlich die Augen. Das Kaminfeuer ist heruntergebrannt, die Asche glüht nur noch. Im Raum ist es finster wie in Dantes Inferno.

Ich richte mich auf und sehe mich in der Zelle des Abtes um.

Wo ist Prospero?

Erschöpft lasse ich mich zurücksinken und schließe wieder die Augen.

Kapitel 92

Auf dem Weg zur Cisterna Basilica
29. Mai 1453
Viertel vor drei Uhr nachmittags

»Wo willst du hin?«, fragt Galcerán, während er schweißüberströmt hinter mir her hechelt.

Befehle werden gebrüllt, Hufe trappeln. Dann fällt ein Schuss aus einer Arkebuse.

»Zur Cisterna Basilica«, keuche ich und deute nach vorn. »Dort werden wir uns verstecken und die Nacht verbringen.«

Ich versuche meine Gedanken zu sammeln, um einen Plan zu machen. Aber ich schaffe es nicht – ich muss immer nur an die Flucht denken. Wie weit ist es noch bis zum ›versunkenen Palast‹? Sind wir dort in Sicherheit? Ich habe Mehmed gegenüber angedeutet, dass ich ein Boot kapern will, um zu entkommen. Er wird die Häfen zum Marmarameer überwachen lassen. Dort brauche ich mich mit Galcerán also nicht blicken zu lassen.

Die Türken folgen uns auf ihren Pferden und holen schnell auf. Links von uns liegen die Gärten des Patriarchats. Die blühenden Blumenbeete sind mit zerfetzten Büchern und zerbrochenen Ikonen übersät, dazwischen liegt ein Priester in schwarzem Ornat mit langem weißen Bart. Er sieht aus wie ein gefallener Engel. Vor uns erstreckt sich eine Prachtstraße mit alten Kastanien, das Pflaster ist überströmt von Blut. Ein türkisches Regiment marschiert mit klingendem Spiel und flatternden Fahnen auf uns zu.

Schlitternd wende ich mich nach links und hetze, gefolgt von Galcerán, die Straße zwischen der Hagia Sophia und der Hagia Irene entlang. Die Gläubigen haben sich in der Kirche verbarrikadiert, doch die Türken haben die Bronzetore aufgebrochen und schleppen ihre Gefangenen aus der Kirche. Viele der jungen Mädchen und hübschen Jungen werden dabei fast zu Tode gezerrt, weil ein hitziger Streit um sie entbrennt. Trotz des Tumults kann ich hören, dass der Priester die Messe unbeirrt fortsetzt. Doch plötzlich erstirbt sein verzweifeltes *Kyrie eleison* in einem schrillen Schrei.

Wir lassen die Hagia Irene hinter uns und keuchen weiter. Mein Atem geht schwer, die Wunde macht mir zu schaffen. Wie mag es Galcerán gehen?

Wir rennen an der Westseite der Hagia Sophia entlang, zurück zum Atrium. Damit rechnet Mehmed gewiss nicht.

Hundertfünfzig Schritte noch bis zur Cisterna Basilica, höchstens.

Galcerán bleibt zurück, seine Fußtritte werden leiser. Also werde ich langsamer, bis er zu mir aufschließt, fasse ihn am Arm und ziehe ihn so grob hinter mir her, dass er um ein Haar gestolpert und gestürzt wäre.

Die Reiter sind nur noch wenige Schritte hinter uns.

Ich laufe so schnell ich kann. Ich schreie. Vor Todesangst?

Mit einem Ruck ziehe ich Galcerán von der Straße weg zu einer Mauer. Dann springen wir durch eine Lorbeerhecke hindurch in den Garten der Ruine einer antiken Basilika und hetzen zum Eingang der Zisterne hinüber.

Das Hufgetrappel hinter uns wird lauter, das Geschrei auch. Unsere Verfolger haben bemerkt, dass wir uns ins Gebüsch geschlagen haben.

Gebrüllte Befehle. Einige der Verfolger galoppieren weiter und suchen ein Portal, um in den Garten einzudringen, andere springen von den Pferden und klettern uns nach.

Da vorn ist der Einsturz!

Ich beuge mich über das tiefe Loch, das zum schwarz glitzernden Wasser hinabführt. Ein kühler Lufthauch weht mir entgegen.

Die antike Cisterna Basilica liegt, wie der Name sagt, unter einer antiken Basilika. Das unterirdische Reservoir, ein Auffangbecken für Regenwasser, das Kaiser Justinian errichten ließ, versorgt den Kaiserpalast über ein System von Leitungen mit Wasser. Zwölf Reihen von Säulen mit korinthischen Kapitellen, insgesamt über dreihundert, tragen das hohe Ziegelgewölbe, an dem silbern die Wellen reflektieren, wie das Wasser der Canali und Rii unter den Brücken von Venedig. Die hellen Querstreifen an den zwanzig Ellen hohen Säulen markieren den einstigen Wasserpegel der Zisterne. Jetzt, im Mai, ist sie fast leer.

Bei einem Erdbeben stürzte ein Teil der Basilika ein und zerschlug das Gewölbe der Zisterne. Die Trümmer fielen ins Wasserbecken und bilden jetzt eine Rampe aus Steinen und Erde, die bis zur Wasseroberfläche des ›versunkenen Palastes‹ hinabführt. Gal-cerán hat hier vorhin unsere Wasserflaschen aufgefüllt.

Mit eingezogenem Kopf rutschen wir die steile Rampe aus Steinsplittern hinunter und bleiben vor dem kristallklaren Wasser stehen.

Einige Schritte weiter liegt ein mit Algen bewachsenes kleines Ruderboot vertäut. Es sieht aus wie das Ruderboot des greisen Charon, der die Verstorbenen für einen Obolus über den Totenfluss Styx setzte, damit sie ins Reich der Toten gelangen konnten, in den Hades. O ja, Dante Alighieri hätte an diesem finsteren Ort seine helle Freude gehabt, denn selbst mit mir geht die Fantasie durch. Nun, vermutlich werden mit dem Boot die Karpfen gefangen, die mit einem glucksenden Laut immer wieder an die glitzernde Oberfläche kommen. Hinter dem Boot verschwinden die Säulen in der Finsternis.

Ich wate durch das Wasser, werfe die Tasche ins Boot und stoße es an, damit es von der Rampe wegtreibt.

Sehr gut! In dem Dämmerlicht in der Zisterne ist die Tasche nicht mehr zu sehen.

Ich schwimme los. Galcerán folgt mir mit hektisch paddelnden Bewegungen. Beide verstecken wir uns hinter der ersten Säule.

Ich wage einen Blick um die Säule herum.

Niemand zu sehen.

Oben wiehert ein Pferd. Sättel knarren, Rüstungen klirren, Schwertscheiden zischen.

Ich lausche auf Schritte, die die Trümmerhalde herunterkommen, auf losgetretene Steine, die den steilen Hang herabrollen, auf ein Keuchen. Aber alles bleibt still. Bis auf das ständige, weit entfernte Rauschen der Wasserzuläufe am anderen Ende, das die gewaltige Zisterne mit einem fast überirdischen Sphärenklang erfüllt. Das schräg einfallende Tageslicht, das zur imposanten Architektur zu gehören scheint, vermittelt den Eindruck, in einem Palast im Himmel zu sein. Durch das Spiegelbild der Decke auf der glatten Wasseroberfläche wirkt die gewaltige Zisterne doppelt so hoch.

Das Wasser ist so kühl, dass ich zu zittern beginne. Ich drehe mich zu Galcerán um. Er beißt die Zähne zusammen und hält sich mit verkrampften Schultern an der Säule fest.

»Alles klar?«, frage ich ihn besorgt.

»Ich kann nicht schwimmen«, presst er hervor und sieht sich unruhig in der Zisterne um, die aussieht wie eine venezianische Kathedrale bei Acqua Alta …

Ich besinne mich.

»Aber *ich* kann schwimmen.« Mit den Zehenspitzen taste ich nach der Säulenbasis, um mich darauf abzustützen, während ich meine türkische Rüstung ablege. Durch das bewegte Wasser blickt der umgedrehte Kopf einer Medusa zu mir herauf. Die griechische

Mythengestalt konnte mit ihrem Blick Menschen in Stein verwandeln.

Es ist nicht leicht, alle Lederschnallen der Rüstung im Wasser zu öffnen und mir das schwere Kettenhemd über die Schulter zu hängen, während ich auf dem vorgereckten Kinn der Medusa balanciere. Mit dem Schwertgurt schnalle ich das Kettenhemd an der Säule fest, damit es nicht in der Tiefe versinkt. Den Helm befestige ich obendrauf. Mit einem metallischen Ratschen sinkt er langsam an der Säule nach unten, bis der Kopf der Medusa ihn aufhält.

»Und jetzt du, Galcerán! Stell dich auf den Kopf der Medusa und halt dich an der Säule fest!«

Mit zitternden Händen nestele ich an Galceráns Rüstung herum, die sehr viel schwieriger abzulegen ist als das Kettenhemd eines Yeniçeri. Zuerst die Pauldrons, die mit Lederschnallen befestigten Schulterpanzer, danach das Corselet, die Brustplatte aus Stahl mit dem Zackenkreuz des Johanniterordens über dem Herzen, anschließend die Rückenplatte. Das Wasser um ihn herum färbt sich schon blutrot, als ich ihn endlich aus seiner Rüstung herausgeschält habe. Auch das wattierte Gambeson, das er darunter trägt, und die zusammengeschnallten Stahlpanzer befestige ich an der Säule der Medusa.

Seine Zähne klappern. Dann lege ich meinen Arm um ihn und ziehe ihn, der nur noch mit der Cotte und den engen Hosen bekleidet ist, hinter mir her durch das Wasser in die Finsternis der Zisterne.

Fische flitzen durch das Wasser. Ich glaube, es sind Karpfen. Aber so genau kann ich das nicht sehen, weil es immer dunkler wird, je weiter wir uns vom Einsturz entfernen.

Das Ende der Zisterne kann ich nicht erkennen, weil die Säulenreihen hinter mir in die absolute Finsternis führen. Wie unheimlich!, denke ich schaudernd, und mir fällt das Labyrinth unter dem Tempelberg in Jerusalem ein, wo ich nach der Bundeslade gesucht habe.

Rückwärts schwimmend ziehe ich Galcerán hinter mir her. Plötzlich dringt ein Ruf in die Finsternis.

»Galcerán?«, flüstere ich.

Er antwortet nicht. Ist er im eiskalten Wasser ohnmächtig geworden?

»Galcerán!«

Wieder nichts.

Das Echo der türkischen Befehle hallt durch die unterirdische Zisterne und bricht sich an den Säulen und der gewölbten Decke.

Etwa hundert Schritte entfernt rutscht ein Türke die Trümmerhalde herunter und blickt sich in der Zisterne um.

Mit Galcerán im Arm verhalte ich mich ganz still, um keine Geräusche und keine Wellen zu verursachen, die uns verraten könnten.

Atemlos spähe ich zwischen den Säulen hindurch und beobachte den Türken, der sein Kilij in die Scheide zurückschiebt und neugierig den umgedrehten Medusenkopf unter der Wasseroberfläche betrachtet.

Und wenn er die festgeschnallten Rüstungen bemerkt? Oder die Wellen, die gegen die Säulen plätschern?

Eine Taube flattert durch den klaffenden Durchbruch und dreht eine weite Runde durch die Zisterne. Ihr knatternder Flügelschlag hallt über das Wasser.

Ich seufze erleichtert auf. Die Taube lenkt den Türken ab.

Zwar kann ich Tauben ebenso wenig ausstehen wie Fledermäuse oder Ratten, aber diesmal bin ich ihr richtig dankbar!

Doch dann beobachte ich, wie ein zweiter Türke über das Geröll herunterrutscht. Auch er sieht sich mit schräg gestelltem Kopf das Medusenhaupt an. Dann entdeckt er das Boot, das etliche Ellen weiter auf dem Wasser schaukelt.

Der zweite Türke, offenbar ein Offizier, deutet darauf und redet auf den ersten ein. Der nickt, fuchtelt in meine Richtung und antwortet. Nach kurzem Palaver verschwinden die beiden wieder nach oben.

Wahrscheinlich werden sie denken: Das Boot ist noch da, also sind Galcerán und ich nicht hier.

Und falls die beiden die Tasche bemerkt haben sollten, haben sie sie wahrscheinlich für die Ausrüstung des Fischers gehalten, der hier unten Karpfen angelt.

Ich atme auf und schwimme tiefer in die Finsternis hinein. Galcerán ziehe ich wieder hinter mir her.

Die Plattform am Ende der Zisterne bemerke ich erst, als ich mit der Schulter dagegenstoße.

»Galcerán?«

Nichts. Nicht einmal ein Röcheln.

Ich lasse ihn im Wasser treiben, stemme mich an der Plattform hoch, ziehe das rechte Knie an und klettere hinauf. Mein Körper ist steif vor Kälte. Zitternd knie ich mich hin, taste nach Galceráns Schulter und ziehe ihn zu mir heran. Dann packe ich ihn unter den Achseln, wuchte ihn mit letzter Kraft aus dem Wasser und lege ihn auf den Boden. Keuchend vor Erschöpfung sinke ich neben ihn.

Galcerán stöhnt leise auf.

Ich brauche Licht. Ein rascher Blick zurück zum Einsturz. Kein Türke.

Mit klammen Fingern nestele ich das Feuerzeug aus meiner mit Korken und Wachs wasserdicht versiegelten Zunderdose, schlage einen Funken in den feucht gewordenen Zunder und entfache den Kerzenstummel, den ich immer bei mir trage. Es wird hell um mich herum, und ich kann den runden Wasserzulauf vom Valens-Aquädukt erkennen, der …

Kapitel 93

In der Zelle des Abtes
22. Dezember 1453
Gegen halb neun Uhr abends

Ich schrecke hoch.

»Der Kerzenstummel!«, keuche ich atemlos und sehe mich verstört in der dunklen Zelle des Abtes um. Die Asche im Kamin ist verglüht. Es ist dunkel. Ich bin allein.

Erschöpft lasse ich mich ins Kissen zurücksinken. Mein Herz pocht wie wild, mein Kopf schmerzt, und mein Körper ist schweißnass, als wäre ich gerade erst aus dem kalten Wasser der Zisterne gestiegen.

Ich schnaufe tief durch.

Der Kerzenstummel kommt mir wieder in den Sinn. Aber wieso? Ich denke angestrengt nach. Warum beunruhigt mich die verlorene Kerze so sehr? Als wäre der Stummel das Einzige, was in den letzten Stunden spurlos verschwunden ist. Abgesehen von Jibril und Galcerán …

Wenn all das, was ich in den letzten Stunden erlebt habe, nie geschehen ist, dann müsste ich den Kerzenstummel noch in meiner Zunderdose haben. Vernünftig? Ja. Nur – dass er eben nicht da ist.

Aber wo habe ich ihn verloren?

Nein, irgendetwas stimmt nicht. Aber ich komm schon noch dahinter.

Ich fröstele, denn es ist kalt im Schlafzimmer, und die Bettdecke, die Prospero vorhin über mich breitete, habe ich längst weggestrampelt.

Wo ist eigentlich Prospero? Sucht er das Mandylion?

Was meinte er damit, als er vorhin sagte, ich solle ruhig sein, bald sei alles vorbei?

Mit einem Ruck schwinge ich die Beine über die Bettkante. Sofort wird mir schwindelig.

Was hat er mir vorhin eingeflößt, dass mein Kopf derart dröhnt? Und wie lange habe ich eigentlich geschlafen?

Mein Blick huscht zum Fenster. Draußen ist es finstere Nacht, und ein böiger Wind treibt den Schnee gegen die gefrorenen Fensterscheiben, die schon fast zugeschneit sind.

Ich stehe auf. Sofort muss ich mich am Bettpfosten festhalten, bevor ich mit der erloschenen Kerze vom Nachttisch zu den Stühlen und Truhen hinübertaumele.

Ein Windstoß rüttelt am Fenster, als ich die Kerze entzünde.

Auf dem Tisch liegt noch immer der Brief, den Federico Prospero gegeben hat. Mein Abschiedsbrief und mein Testament. Ich falte die blutgetränkten Pergamentseiten auseinander und lese die Zeilen an meinen Cousin:

Prospero,
es ist so weit. Die Zeit des Abschieds ist gekommen. Die Stadt wird in den nächsten Stunden fallen, und ich mit ihr. Wenn Du diese Zeilen liest, bin ich tot …

Ja, diesen Brief habe ich in meiner Hochzeitsnacht geschrieben und am nächsten Morgen auf der Stadtmauer Federico in die Hand gedrückt, damit er ihn Prospero übergibt.

In Ascoli hat Federico das Schreiben Vittorio gegeben, damit er es zu Prospero nach Aquila mitnimmt. Ist es möglich, dass Latino diese Zeilen in die Finger bekommen hat? Offen gestanden, ich weiß es nicht.

Aber wieso sollte Vittorio mich an die Orsini verraten?

Ich schüttele langsam den Kopf.

Habe ich Prospero Unrecht getan? Ist er am Ende doch derjenige, der zu sein er vorgibt? Mein Cousin.

Kardinal Colonna, der nächste Papst.

Ich springe auf, mein Schwindel ist auf einmal verschwunden. Ich haste zur Tür und reiße sie ungestüm auf.

»Prospero?«, rufe ich und lausche.

Der eisige Wind heult durch die Abtei.

»Prospero!«

Nichts.

Vermutlich sucht er das Mandylion.

»Vittorio?«

Die Stille in der Abtei ist beinahe unheimlich.

Seltsam, denke ich, dass es gar nicht nach Gämsenbraten in Weinsauce duftet. Wollte Vittorio nicht das Abendessen vorbereiten? Und hat Prospero nicht etwas von Florentiner Marzipankonfekt in seinen Satteltaschen erzählt?

Ich schließe die Tür und gehe zum Tisch zurück, um im Kerzenschein meinen Brief an Prospero zu lesen.

Kapitel 94

In der Zelle des Abtes
22. Dezember 1453
Viertel vor neun Uhr abends

Prospero,
es ist so weit. Die Zeit des Abschieds ist gekommen. Die Stadt wird in den nächsten Stunden fallen, und ich mit ihr. Wenn Du diese Zeilen liest, bin ich tot.

Ich habe keine Angst, verletzt zu werden oder zu sterben. Aber ich fürchte mich davor, zu versagen und die Menschen, die mir ihr Leben anvertraut haben, zu enttäuschen und im Stich zu lassen.

In diesem schweren Augenblick trauere ich um alle, die ich in den letzten Jahren verloren habe. Niketas und Angelo, Yared und Elija. Ich weine um sie. Und ich weine um mich selbst, die ich zwei Söhne und zwei Ehemänner zu Grabe getragen habe. Den dritten werde ich, so Gott will, nicht mehr begraben müssen.

Vor wenigen Stunden habe ich Cesare geheiratet. Er hat mich darum gebeten, und ich habe nach all den Jahren endlich nachgegeben. Nicht weil ich an seiner Seite auf Liebe, Glück und Lebensfreude hoffe, sondern weil ich, wie er, nicht allein sterben will, sondern mit meinem treuen Freund an meiner Seite, dem besten, den ich jemals finden konnte. Cesare hat mich niemals im Stich gelassen, obwohl er enttäuscht war, als ich mit Niketas in Florenz zusammenlebte und, nach seinem tragischen Tod, Yared nach Granada folgte. Cesare hat immer treu zu mir gestanden, in guten wie in schlechten Zeiten, in Glück und Unglück, auch als vor sechs Jahren mein Scheiterhaufen brannte, hat er sich zu mir bekannt. Und selbst mein Liebesabenteuer mit Uthman hat er mir vergeben.

Cesare und ich, wir werden zusammenbleiben bis zu unserem letzten Herzschlag und unserem letzten Atemzug. Keiner muss den anderen begraben und die verwelkten Blumen vom Grab fegen, keiner muss um den anderen trauern. Damit bin ich zufrieden. Aber glaub ja nicht, dass ich in den letzten Stunden vor meinem Tod bescheiden geworden bin! Nein. Ich bin so selbstsüchtig wie immer. Ich könnte es nicht ertragen, nach Niketas und Yared, die ich beide sehr geliebt habe, auch noch Cesare zu verlieren und um ihn trauern zu müssen. Nein, Prospero, ich will nicht, dass mir wieder alles fortgerissen wird, was mein Leben ausgemacht hat. Die Hoffnung, die Sehnsucht, die Leidenschaft und die Liebe. Und die ausgelassene Freude und der Spaß, die ich mit meinen beiden Ehemännern hatte. Nein, ich will nie wieder einen Menschen so sehr vermissen, dass ich mich in den Schlaf weinen muss. Und ich will nie mehr daran denken, dass ich meine Söhne nicht aufwachsen sehen konnte, weil Angelo mit achtzehn starb und Elija mit zehn. Der Gedanke, dass ich nichts hinterlassen werde und dass ich nach meinem Vater die Letzte bin, ist nur schwer zu ertragen.

Als ich vor einigen Stunden Jibril traf, der nach seiner Flucht aus Granada die Gelübde abgelegt hat und Professritter im Johanniterorden geworden ist, habe ich begriffen, was ich alles verloren habe. Was er durch seinen Verrat und den Mord an Yared und Elija angerichtet hat. Jibril hat mir das Herz herausgerissen, bei lebendigem Leib.

Schon bevor ich gestern meinen Geliebten wiedersah, habe

ich darüber nachgedacht, ob ich wieder ein Kind adoptieren soll, einen kleinen Jungen, um ihn wie Angelo und Elija an Sohnes statt anzunehmen. Ich habe mit Cesare darüber gesprochen, und er hat zugestimmt, weil er weiß, dass ich ihm keine Kinder schenken kann. Wie ich braucht er einen Erben. Aber am Ende blieb zu wenig Zeit, um durch die Gassen um den Kaiserpalast zu streifen und ein Kind zu suchen, denn der Kampf gegen Mehmed hielt uns beide Tag und Nacht in Atem.

So ist es nun. Ich habe keinen Erben. Aber ich habe einen Cousin, der immer wie ein älterer Bruder für mich war.

Es tut mir leid, dass wir uns in den letzten Jahren so oft gestritten haben, weil Du Angelo gegen mich aufgehetzt hast, als er beschloss, wie mein Vater Mönch zu werden. Es tut mir leid, dass ich nicht öfter für Dich da war, als Du mich gebraucht hast. Und es tut mir leid, dass wir im erbitterten Streit auseinandergegangen sind. Ich kann mich beim besten Willen nicht erinnern, worum es eigentlich ging. Aber ich vermute, dass wir wieder einmal wegen einer Nichtigkeit aneinandergeraten sind.

Vergib mir, Prospero, so wie ich Dir vergebe. Vergib mir meinen Stolz, meinen Eigensinn und mein ungestümes Temperament. Ich wollte Dir niemals wehtun.

Ich wünsche Dir ein Leben ohne Leiden. Ich wünsche Dir so viel Liebe, wie ich in meinem Leben hatte. So viel Hoffnung. So viele Träume. Und so viel Glück. Und ich wünsche Dir einen Freund, der deine Hand hält, bis zum Ende.

Mögen alle Deine Wünsche in Erfüllung gehen, so wie in meinem Leben alle meine Träume wahr geworden sind.

So, genug der Worte, denen nun Taten folgen müssen. Mir bleibt nicht mehr viel Zeit. Ich muss zurück auf meinen Posten auf der Mauer. Mehmeds Kanonen donnern schon wieder.

Es ist jetzt ein Uhr dreißig morgens, aber das Mündungsfeuer der türkischen Kanonen macht die Nacht zum Tag. Die Stadt wird heute fallen, und ich mit ihr. Mehmed wird mich nicht am Leben lassen.

Mit dem beigefügten Testament, datiert auf die frühen Morgenstunden dieses 29. Mai 1453, bezeugt durch Cesare als mein Gemahl, ernenne ich Dich zu meinem Erben. Und Tommaso zu meinem Testamentsvollstrecker.

Prospero, bitte erfülle mir einen letzten Wunsch:

Werde Papst.

Und halte mein Andenken in Ehren.

Leb wohl.

Alessandra Colonna Orsini

P. S. Bestimmt zuckst Du jetzt zusammen …
Ich habe mich auch noch nicht daran gewöhnt!
Aber es ist mein Wunsch, dass dieser Name
auf meinem Grabstein steht.

Kapitel 95

In der Zelle des Abtes
22. Dezember 1453
Kurz vor neun Uhr abends

Erschüttert lasse ich die mit Blut getränkten Pergamentseiten sinken und starre blicklos darauf. Dann werfe ich sie auf den Tisch und springe so ungestüm auf, dass der Stuhl über die Bodendielen poltert.

Ich muss sofort mit Prospero reden!

Wir müssen das Mandylion suchen. Und wir müssen verschwinden, bevor Jibril mit Adrian und Lionel und einer Meute schwer bewaffneter Johanniter zurückkehrt, denen Prospero, Vittorio und ich nicht standhalten können.

Mit einem beklommenen Gefühl, als lege sich eine eisige Hand um mein Herz, mache ich mich im flackernden Licht der Kerze auf die Suche.

Durch den Gang fegt ein eisiger Wind, als stünde irgendwo eine Tür offen. Ich spähe ins Dormitorium. Im Zwielicht, das durch die zugefrorenen Fenster in den Saal sickert, sehen die zurückgezogenen Vorhänge der offenen Mönchszellen aus wie eine Prozession weiß gekleideter Mönche, die zur Komplet in die Kirche gehen. Die Tür zur Kirche ist geschlossen.

Niemand hier.

Ich gehe die Treppe hinunter und rufe: »Prospero?«

Nichts.

»Prospero! Vittorio!«

Wieder nichts.

Also zur Bibliothek! Ich stoße die Tür auf und betrete den dunklen Raum.

Die Tür zur Geheimkammer ist geschlossen. Die Ikone, vor der ich vorhin zusammengebrochen bin, hängt noch immer an der Wand.

Alles ist unverändert.

Weiter ins Scriptorium!

Nichts.

Die Werkstatt!

Nichts, nichts, nichts.

Das Werkzeug, das oberhalb der Werkbank an der Wand befestigt ist, scheint vollständig zu sein. Nicht einmal die Spinnweben sind weggefegt worden. Nein, Prospero war niemals hier, um sich ein Werkzeug zu holen, mit dem er das Versteck des Mandylions aufbrechen konnte.

Wo steckt er bloß?

Gerade will ich mich abwenden, da fällt mein Blick auf die Schale mit eingetrocknetem braunen Knochenleim für das Binden von Büchern. Und da ist der Reibstein für Farben. In der rauen Oberfläche des Steins schimmern noch feine karmesinrote Pigmente.

Ich stutze.

Wieso? Ich weiß es nicht. Es ist nur so ein Gefühl ...

Auf dem Tisch gegenüber der Werkbank stehen etliche Schalen mit gemahlenen Farbpigmenten, die offenbar hier in dieser Werkstatt gerieben wurden. Die Farben schimmern jedoch nicht in Rot, sondern in allen Schattierungen von Blau.

Mitternachtsblau. Lapislazuli. Indigo. Schwarz.

Zwischen den Tiegeln glitzert ein winziger Fetzen Blattgold auf der Arbeitsplatte, auf der offenbar vor wenigen Tagen noch gearbeitet wurde. Der Staub ist weggefegt, und die Staubflocken liegen auf dem Boden.

Das Atmen fällt mir plötzlich schwer, während mein Blick zwischen Arbeitstisch und Werkbank hin und her fliegt.

Blattgold, Farben und Leim.

Habe ich hier gearbeitet?

Einer plötzlichen Eingebung folgend, mache ich mich auf die Suche nach einer zerbrochenen Eierschale. Ich finde sie in dem Korb mit Feuerholz, unter einer Schicht von Kaminanzündern. Das Eiweiß, das beim Trennen vom Eidotter in der Schale zurückblieb, ist längst eingetrocknet.

Verwirrt lege ich die beiden Hälften der Eierschale neben die Farbtiegel auf den Arbeitstisch.

Ich habe also mit Farben, Blattgold und Leim gearbeitet.

Dann stimmt mein Traum? Dass ich die Ikone von der Nacht des Verrats gemalt habe?

Und zwar Stunden *vor* Galceráns Verrat.

Ich atme tief durch. Und was bedeutet das nun?

Kapitel 96

In der Werkstatt
22. Dezember 1453
Kurz nach neun Uhr abends

Ich muss die Ikone untersuchen. Vielleicht verrät sie das Versteck des Mandylions.

In wenigen Schritten bin ich bei der Tür und reiße sie ungestüm auf.

»Prospero? Wo steckst du?«

Kein Getuschel, kein Geräusch.

Graben Prospero und Vittorio das Ossarium um? Haben sie mein Notfallversteck gefunden und suchen weiter?

Ich blicke zurück zur Werkbank: Wieso haben sie dann keine Schaufel mitgenommen? Der Boden zwischen den Knochen und Schädeln ist gefroren …

Eine bange Ahnung befällt mich.

Nein, nicht das! Bitte nicht schon wieder!

Ich eile den Gang entlang zur Bibliothek, schlittere auf den unebenen Steinplatten um die Ecke und hetze die Treppe hinunter.

Das Portal zu den Ställen ist nur angelehnt, daher der eisige Wind, der durch die Gänge fegt, und daher die Schneeverwehung auf der Schwelle.

Ich werfe einen Blick hinaus ins Schneetreiben.

Niemand zu sehen.

Weiter zur Küche: Ich renne den Gang entlang und bleibe im Eingang stehen.

Die Küche ist kalt, dunkel und verlassen. Kein Kaminfeuer, keine glühende Asche, kein duftender Gämsenbraten in der Kupferpfanne, kein gedeckter Tisch, kein Wein, kein Vittorio.

Und kein Gepäck von Prospero und Vittorio. Keine Satteltaschen mit Proviant, keine Kleidung, keine Mäntel.

Als wären sie nie …

Nein, Sandra, nicht weiter! Das kann nicht sein!

Auf dem Absatz mache ich kehrt, hetze zur offenen Tür, reiße sie auf, stapfe durch den knietiefen Schnee und gehe in den Stall, dessen Tor sperrangelweit offen steht und im böigen Wind hin und her schwingt.

Ich hetze bis zur letzten Pferdebox, um ganz sicherzugehen, dass ich mich nicht täusche.

Das kann nicht sein!

Die drei Pferde sind verschwunden, das von Jibril, das von Galcerán und meines, das letzte Nacht ersetzt wurde, nachdem der schwarze Hengst abgestürzt war. Und ein viertes und fünftes Pferd, auf denen Prospero und Vittorio geritten sind, waren niemals hier. Kein Sattel, kein Halfter, kein Futter, keine Pferdeäpfel, kein Stroh. Es riecht nicht einmal nach Pferd. Der Stall ist so sauber wie der päpstliche Audienzsaal im Palazzo Colonna.

»Prospero? Vittorio?«, rufe ich. Und dann: »Jibril!«

Keine Antwort.

Sie sind verschwunden, denke ich verzweifelt. Oder waren sie niemals hier? Habe ich das alles nur geträumt?

O Gott, lass mich aufwachen! Ich ertrage das nicht länger!

Dann schießt mir ein Gedanke durch den Kopf: mein Notizbuch!

Kapitel 97

Im Stall
22. Dezember 1453
Kurz nach neun Uhr abends

Ich laufe hinüber ins Aedificium, verriegele die Tür hinter mir und hetze, zwei Stufen auf einmal nehmend, hinauf ins Schlafzimmer des Abtes.

Als ich heute Morgen aus meinem Albtraum der Nacht des Verrats erwachte, beobachtete Prospero mich vom Tisch aus. Er hatte meine Reisetruhen durchwühlt und meine Beute auf dem Tisch ausgebreitet: die Abendmahlskelche und die Ikone aus dem Chora-Kloster, das Reliquiar des Mandylions, die Karte von Konstantinopolis, die Phiole mit dem vergifteten Haschisch, das Fläschchen mit der Geheimtinte, den zerbrochenen Schlüssel.

Bis auf meinen Abschiedsbrief und mein Testament ist der Tisch jetzt leer.

Ein rascher Blick in die Truhen zeigt mir: Alles ist noch da. Dann ein Blick über die Schulter zur Tür: Da lehnt auch meine Grabplatte an der Wand. Alessandra Colonna Orsini, gefallen in Konstantinopolis am 29. Mai 1453.

Ich springe auf und nehme meinen Abschiedsbrief vom Tisch. ›Prospero, es ist so weit … Wenn Du diese Zeilen liest, bin ich tot …‹

Was für eine makabre Inszenierung!

Prospero war hier! Er muss hier gewesen sein! Aber wo ist er jetzt? Um Gottes willen! Was ist geschehen, während ich ohnmächtig war?

Ich lasse mich auf einen Stuhl fallen, greife nach dem Notizbuch, drehe es um und schlage die letzten Seiten auf.

Der letzte Eintrag vor den leeren Seiten in der Mitte des Buches, wo die Vergangenheit auf die Gegenwart trifft, lautet:

Ich bin nicht verrückt, denn ich kann klar denken und vernünftige Entscheidungen treffen. Und trotzdem geschehen immer wieder erschreckende Dinge, die ich mit meinem Verstand nicht begründen kann. Aber ich werde schon noch dahinterkommen, was mit mir geschieht.

Kurz entschlossen ziehe ich den Silberstift aus dem Buchrücken und schreibe alles auf, was seit meinem Erwachen vorhin geschehen ist. Nein, Sandra! Was du *glaubst,* das geschehen sein könnte. Und was du *vermutest,* das in jener Nacht von Galceráns Verrat passiert sein könnte … die Ikone an der Wand der Bibliothek … die Farben, das Blattgold, das Ei und der Leim in der Werkstatt … der Kampf mit Galcerán auf dem Glockenturm … der Sturz …

Dann klappe ich das Büchlein zu, stecke den Silberstift in den Buchrücken und gehe hinunter in die Bibliothek.

Kapitel 98

In der Bibliothek
22. Dezember 1453
Viertel vor zehn Uhr abends

Mit der flackernden Kerze in der Hand trete ich vor die Ikone.

Die Nacht des Verrats.

Byzantinisch, hat Prospero vorhin vermutet. Aus Kreta oder Rhodos. Vielleicht aber auch aus Naxos, Mykonos oder Santorin.

All diese Inseln liegen entlang unseres Fluchtwegs, den Galcerán auf der Innenseite des Einbandes ganz hinten in seinem Brevier skizziert hat. Die Linie führt von Konstantinopolis mitten durch türkisch besetztes Gebiet, weiter über Thessaloniki nach Athen, dann nach Mistra, wo Konstantins Bruder Demetrios als Despot herrscht, dann an Naxos, Mykonos und Santorin vorbei nach Ephesos, an der türkischen Küste entlang nach Süden und an Rhodos vorbei nach Kreta.

Chios!, schießt es mir durch den Kopf.

Ja, Galcerán und ich waren auf der Insel Chios, ganz sicher. Ich erinnere mich, dass jemand mir erzählt hat, Giovanni Giustiniani sei dort wenige Tage nach dem Fall von Konstantinopolis seinen schweren Verletzungen erlegen. Ich weiß noch, dass ich dachte, seine überstürzte Flucht zum Hafen habe den dramatischen Zusammenbruch der Verteidigung heraufbeschworen.

Chios also!

Die Teile des Mosaiks fügen sich immer weiter zusammen. Aber es ergibt noch kein vollständiges Bild. Erst muss ich das Rätsel dieser Ikone entschlüsseln.

Ich nehme sie von der Wand, klemme sie mir unter den Arm und gehe damit hinüber in die Werkstatt, um auf dem Arbeitstisch Platz zu schaffen.

Auf der Ikone liegt kein Staub. Sie hat keine Stockflecken, und der Firnis ist noch nicht nachgedunkelt. Keine Risse, keine Kratzer, kein abblätterndes Blattgold. Die Ikone ist also erst vor Kurzem gemalt worden!

Ich halte das Bild schräg ins Licht der Kerze.

Die Ikone, die aus einem zwei Finger dicken Holzbrett besteht, ist mit Tempera-Farben gemalt worden, mit Eigelb und Wasser als Bindemittel, aber ohne Öl. Dafür sprechen die Tiefe und Durchsichtigkeit der Farben und auch ihre strahlende Leuchtkraft. Aber auch die Technik, mit kurzen Strichen und mit spitzen Marderhaarpinseln zu schraffieren. Und dazu der sanfte, matte Schimmer, ähnlich dem einer Eierschale, der besonders bei den dunklen Farben hervorsticht: Umbra für die Erde, Indigo für den Himmel und Schwarz aus verkohltem Elfenbein für die Schatten zwischen den Bäumen des Gartens Getsemani.

Die Gesichter sind in Auripigment ausgeführt, einer giftigen Farbe, die mit dem Arsen verwandt ist.

Ich runzele die Stirn. Ist das eine Vorsichtsmaßnahme, um die Ikone zu schützen? Die obere Malschicht mit dem Rätsel? Oder die untere mit der Lösung des Rätsels?

Ich halte das Bild noch ein bisschen schräger, sodass sich das Licht der Kerze auf der Oberfläche spiegelt.

Jetzt sehe ich es! Schemenhaft schimmert die untere Malschicht durch die obere hindurch. In der Mitte des Bildes, unterhalb von Jesus Christus, der den Judaskuss erwartet, breitet sich eine glatte

Fläche aus, die fast den gesamten Malgrund einnimmt: das ursprüngliche Bild unter der Übermalung.

Die Ikone ist also ein Palimpsest. Wie spannend!

Aber noch viel spannender ist meine Vermutung, dass die Übermalung der Ikone ein Geheimnis verbirgt.

Es ist wie immer bei mir: Herzklopfen, Zittern, fiebrige Ungeduld. Mein Schatzsucherfieber packt mich.

Auf der Werkbank sehe ich mich nach einem geeigneten Lösungsmittel um, aber dort finde ich nichts. Mit einer Handvoll Schleifsand und einem Lappen gehe ich schließlich zum Arbeitstisch zurück.

Mit energischen Bewegungen beginne ich, in der unteren rechten Ecke die oberste Malschicht abzukratzen.

Tatsächlich, unter der Erde von Getsemani erscheint ein Buchstabe in Goldschrift: ein Lambda, ein griechisches L.

Ich reibe vorsichtig weiter. Ein Delta, ein D.

Meine Hände zittern so stark, dass ich kaum noch den Lappen mit dem Schmirgelsand festhalten kann.

Ein M.

My. Alpha. Ny. Delta. Eta. Lambda …

Dann habe ich das ganze Wort freigelegt:

Μανδηλιον.

Kapitel 99

In der Werkstatt
22. Dezember 1453
Kurz vor zehn Uhr abends

Zitternd vor Aufregung starre ich auf den griechischen Schriftzug: Mandylion.

Jetzt aber vorsichtig, sonst schmirgele ich nicht nur das obere Bild, sondern auch das untere bis zum Holzgrund ab.

Nach und nach taucht unter dem Schleifsand und dem mittlerweile indigoblauen Lappen ein anderes Bild auf. Das Mandylion, wie Prospero es mir anhand der Skizze aus dem Geheimarchiv des Vatikans beschrieben hat. Und wie ich es in der Kapelle des Blachernen-Palastes während des Besuches mit Konstantin in mein Notizbuch skizziert habe.

Die Ikone zeigt das schwach sepiafarbene Antlitz Jesu Christi auf einem elfenbeinfarbenen Linnen, das von einem byzantinischen Kaiser mit Purpurornat und Krone an zwei Ecken in die Höhe gehalten wird.

Fragen über Fragen.

Woher stammt diese Ikone? Von der Insel Chios? Wieso habe ich sie übermalt? Um Galcerán zu verwirren? Ist dieses Ikonenpalimpsest eine Schatzkarte?

Denk nach!

Also: Die Ikone zeigt das Mandylion. Sie wurde mit der Szene des Verrats durch Judas übermalt. Interessanterweise, *bevor* Galcerán seinen Verrat an mir begangen hat. Denn danach bin ich gestorben und wiederauferstanden von den Toten.

Ich muss tief durchatmen, um mich zu beruhigen.

Ist dieses Ikonenpalimpsest eine verborgene Schatzkarte, die zum Mandylion führt?

Wohl kaum: Wer einen Schatz versteckt, zeichnet doch keine Schatzkarte, damit er gefunden wird. Es sei denn …

… es sei denn, er rechnet damit, dass er verraten wird und dass er einen erbitterten Kampf um den Schatz vielleicht nicht überlebt.

Dio mio! Diese Schatzkarte ist gar nicht für mich bestimmt, auch nicht für Galcerán oder Jibril, sondern für jemanden, der mich in dieser Abtei sucht, weil ihm ein Schäfer berichtet hat, dass er mich lebend gesehen hat. Der mich nur noch tot findet. Und der meine Gedanken so genau kennt, dass er die rätselhafte Karte entschlüsseln kann.

Prospero.

Und der zerbrochene Schlüssel mit der kleinen Karte der Abtei im hohlen Schaft? Das Kreuz verweist auf die Einsiedlergrotte – nicht auf das Versteck des Mandylions, wie ich zunächst angenommen habe, sondern auf die lederne Dokumentenmappe mit meinen Geleitschreiben. Prospero kennt die Namen, unter denen ich reise. Mein Cousin wird die richtigen Schlüsse ziehen, selbst wenn er meinen Leichnam nicht findet, weil er längst verscharrt ist.

Ein Spiel nach meinen Regeln! Wenn ich diese Regeln doch nur verstehen könnte!

Die Ikone zeigt auf der unteren Malschicht das Mandylion als Tuch. Und auf der oberen die Nacht des Verrats, in der das Linnen entstand, als Jesus sein Gesicht ins Tuch drückte.

Aber wie verweist diese Ikone auf das Versteck des Mandylions?

Ich starre das Bild an. Dann lasse ich meinen Blick über die Tiegel mit Farbpigmenten und Leim, über die Pinsel und Spachtel, über den Blattgoldflitter und den indigofarbenen Schleifsand gleiten.

Ich bin ratlos. Habe ich eine verborgene Botschaft in der oberen Malschicht übersehen, die ich nun zerstört habe? Oder liegt der Hinweis in der Abbildung des Mandylions in den Händen des Kaisers verborgen?

Ich starre auf die Ikone, bis mir die Augen tränen. Aber ich kann nichts erkennen.

Ich habe etwas übersehen, etwas Wichtiges und Entscheidendes. Etwas, das mit dem hohlen Schlüssel in Zusammenhang steht? Oder etwas, das mit dieser Ikone zu tun hat?

Ich *muss* etwas übersehen haben.

Aber was?

Kapitel 100

In der Zelle des Abtes
22. Dezember 1453
Gegen elf Uhr nachts

Todmüde klappe ich das Notizbuch zu, stecke den Silberstift wieder in den Buchrücken und schiebe meinen gefalteten Abschiedsbrief und das darin eingeklappte Testament zwischen die Seiten.

Auch die Niederschrift meiner Gedanken über die Ikone als Schatzkarte hat mir keine neuen Erkenntnisse über das Versteck des Mandylions gebracht.

Ich richte mich auf und recke meine verspannten Glieder, die schmerzen von der Kälte in der Zelle des Abtes. Der Kamin ist schon seit Stunden erloschen, und ich friere erbärmlich. Ich habe keinen Hinweis gefunden, wohin Prospero und Vittorio verschwunden sein könnten, keine Spuren im Schnee, nichts.

Wie spät ist es? Wie lange sind die beiden schon fort?

Den Gedanken, ins Bett zu kriechen und mir die Decke über den Kopf zu ziehen, verwerfe ich schnell. Ich brauche endlich etwas zu essen und zu trinken, und ich muss mich aufwärmen.

Ein heißes Bad, unten in der Küche? Warum eigentlich nicht?

Wahrscheinlich muss ich erst einmal Holz hacken.

Ich lege mein Notizbuch mit den Briefen auf den Tisch und gehe hinunter in die Küche, um die Axt zu holen, die dort an der Wand hängt.

Die Kerze wird mir nichts nützen im Schneesturm, daher lasse ich sie auf dem Küchentisch zurück. Dann entriegele ich das Portal. Ich lasse es offen, nachdem ich mit hochgezogenen Schultern in die Nacht hinausgetreten bin. Ich weiß, dass das Brennholz in einer Hütte hinter dem Stall lagert. Letzte Nacht bin ich daran vorbeigelaufen, als ich nach Federico suchte.

Der böige Wind erfasst meine Haare, wirbelt sie hoch und peitscht sie mir ins Gesicht, als ich um den Stall herumstapfe und mit ausgestreckter Hand an der Mauer entlangtaste.

In der Nähe heult ein Wolf.

Da ist der Schuppen mit dem Holz.

Mit gesenktem Kopf stemme ich mich gegen den Wind und gehe auf die offene Tür zu, die immer wieder gegen die Bretterwand knallt. Ich zögere. Irgendetwas stimmt nicht.

War die Tür vorhin, als ich Prospero und Vittorio suchte, nicht fest verschlossen? Ich kann mich nicht genau erinnern.

Komm schon, Sandra! Es ist kalt hier draußen!

Meine Finger schließen sich um den Griff der Axt, während ich langsam auf den Schuppen zugehe. An der Tür bleibe ich stehen und starre in die undurchdringliche Finsternis. Nichts zu sehen. Mit ausgestrecktem Arm taste ich mich vorwärts. Ich kann nichts fühlen. Wo ist das Holz?

Ich strecke meine Hand noch weiter aus. Plötzlich fühle ich etwas Kaltes, Hartes, Feuchtes.

Erschrocken ziehe ich die Finger zurück. Etwas Gefrorenes klebt an den Fingerspitzen. Ich reibe sie aneinander. Was ist das? Das ist doch kein Harz vom Holz, oder doch?

Wenn ich doch nur eine Kerze hätte!

Geh weiter, Sandra, einen Schritt noch!

Ja, da ist ein Stapel mit aufgeschichteten Scheiten, die Kanten scharf und gesplittert, die Seiten rau. Ich taste höher, zum oberen Ende des Stapels, der mir bis zur Schulter reicht. Gott sei Dank, es sind noch genügend Scheite vorhanden, sodass ich nicht erst Holz hacken muss.

Ich stecke mir die Axt in den Gürtel und hole sechs Holzscheite vom Stapel herunter. Mehr kann ich nicht tragen und mit dem Kinn festhalten. Die schweren Scheite vor die Brust gepresst, drehe ich mich um und gehe langsam zurück.

Plötzlich stolpere ich.

Was ist das?

Ich haste zurück zur Tür und lasse die Holzscheite in den Schnee fallen, dann gehe ich mit der Axt in der Hand zurück in den Schuppen. Ich knie mich auf den Boden und taste über den Boden. Holzspäne … Sägemehl … und …

… ein Stiefel?

Ich taste weiter. Eine Hose, ein Gürtel, eine Jacke …

Ein Toter!

Schaudernd packe ich den Körper, der teilweise schon hart gefroren ist, bei den Schultern, schleife ihn aus dem Schuppen und lasse ihn neben den Holzscheiten in den Schnee gleiten.

Mit einer Handvoll Schnee wische ich das gefrorene Blut aus dem Gesicht. Die Lippen sind wie zu einem stummen Schrei geöffnet, die Lider sind an den Augäpfeln festgefroren.

Mir bleibt das Herz stehen.

Es ist Vittorio.

Kapitel 101

Vor dem Holzschuppen
22. Dezember 1453
Kurz nach elf Uhr nachts

Entsetzt packe ich die Axt mit beiden Händen und springe auf. Und Prospero?

»Prospero?« Der Wind reißt mir den Schrei von den Lippen. »Prospero!«

Keine Antwort. Lebt er noch? Oder liegt auch er im Schuppen? Ich taumele hinein und taste mit beiden Händen über den gefrorenen Boden.

Nein, er ist nicht hier.

»Jibril?«, schreie ich, als ich wieder vor der Hütte stehe. »Jibril, ich weiß, dass du dich irgendwo versteckst! Komm schon, zeig dich!« Der Schnee weht mir ins Gesicht. Meine Augen brennen von den Schneeflocken. »Jibril!«

Nein, er ist auch nicht hier. Ich bin allein. Mit Vittorio.

Was ist geschehen, während ich ohnmächtig auf dem Bett lag? Warum hat Prospero mir am Nachmittag ein Schlafmittel eingeflößt, um mich ruhigzustellen? Wieso hat er gesagt, dass es nicht mehr lange dauert? *Was* ist bald vorbei? Und *was*, zur Hölle, hat er vor?

Es hat einen Kampf gegeben. Ja, so muss es gewesen sein. Vittorio wurde getötet. Und Prospero konnte entkommen. Ohne das Mandylion. Und ohne mich.

Ein kluger Schachzug, Jibril! Ich balle die Fäuste. Wie sieht dein nächster Spielzug aus, um mich ash-Shah mat zu setzen? Und mit welcher Figur?

Kapitel 102

In der Küche
22. Dezember 1453
Kurz vor Mitternacht

Es muss schon bald Mitternacht sein, als ich, nachdem ich Vittorio im Tiefschnee begraben habe, endlich meine nassen Kleider ablege, sie zum Trocknen vor das prasselnde Feuer hänge und in den Bottich mit heißem Wasser steige.

Die Hitze schmerzt fast unerträglich an meinen erfrorenen Füßen, doch mit zusammengebissenen Zähnen und verkniffenem Gesicht lasse ich mich ins Wasser gleiten, tauche bis zum Kinn unter, ziehe die Beine an und lehne meinen Kopf gegen die Wand des Bottichs, den ich vorhin im Vorratskeller entdeckt und in die Küche gezogen habe.

Sobald ich mich an die Schmerzen gewöhnt habe, die das dampfend heiße Wasser in meinem erfrorenen Körper hervorruft, tauche ich auch den Kopf unter. Als ich prustend wieder hochkomme, fühle ich mich besser. Auch ohne Seife.

Ich muss das Blut abwaschen, meines, das von Galcerán, von Jibril, von Vittorio, auch den Pulverdampf von der Schlacht, den Schweiß von der Flucht, das Grauen, die Raserei, die Todesangst. Und die schrecklichen Erinnerungen. Es ist, als versuchte ich, unter dieser dicken Schicht aus Blut und Schweiß und Dreck den Menschen zu befreien, der ich einst war. Und den Menschen zu befreien, der in diesem Kerker des Geistes gefangen ist, den Jibril um mich herum errichtet hat.

Ich lehne den Kopf zurück, schließe die Augen und lausche dem leisen Gluckern des Wassers, das bei jeder Bewegung gegen den Rand des Bottichs schwappt.

Das sanfte Plätschern ruft Erinnerungen an sprudelndes Wasser hervor, das im Sonnenlicht gleißt und glitzert. An Elija, der in den Gärten der Alhambra ausgelassen herumtollt und einen Drachen steigen lässt. An Yared mit seinem Sekretär und Freund Benyamin im Myrtenhof. Und an Jibril, bekleidet mit einer Djellabiya aus granatapfelrotem Brokat und einem weißen Turban. Seine honigfarbenen Locken kringeln sich darunter hervor. Wir besteigen gemeinsam den Alcazaba, einen der höchsten Berge in der Sierra Nevada östlich von Granada.

Wenn ich mich an die Frau einst in Granada erinnere, dann kommt es mir vor, als sei nicht ich das gewesen, die Jibril liebte und begehrte, sondern eine andere, die ich einmal sehr gut kannte und die mir in den letzten Monaten fremd geworden ist. So wie Jibril. Wer war die Frau in Granada? War das ich? Und die Frau in Byzanz? War das auch ich?

Wie soll ich es mit all diesen schrecklichen Erinnerungen schaffen, wieder die zu werden, die ich einmal gewesen bin, vor vielen Jahren in Rom und Florenz? Wie soll es mir gelingen, dorthin zurückzukehren, woher ich einst kam, und noch einmal ganz von vorn anzufangen? Ohne Niketas, ohne Yared, ohne Cesare. Ohne die Menschen, die ich geliebt habe. Ohne Angelo und ohne Elija.

Es gibt ein arabisches Sprichwort: Das Leben besteht aus zwei Teilen – die Vergangenheit ist nichts als ein Traum, die Zukunft nur ein Wunsch.

Die Zukunft ist tot, untergegangen in einem blutigen Gemetzel. Und mit ihr und meinen Söhnen starben die Hoffnung und die Sehnsucht. Und die Vergangenheit? Sie ist in tausend Scherben zerbrochen. Viele Erinnerungssplitter fehlen noch – die schönen, die friedlichen, die glücklichen …

Wie soll ich weiterleben? Wie soll ich …

Erschrocken zucke ich zusammen.

Was war das?

Leise setze ich mich auf und lausche.

War das der Wind?

Es dauert eine Weile, bis ich begreife, was ich da höre.

Es sind Glöckchen. Ihr Klingen wird rasch lauter.

Jetzt kann ich auch das Schnauben von Pferden hören.

Jemand nähert sich der Abtei!

Kapitel 103

In der Küche
22. Dezember 1453
Kurz vor Mitternacht

Ist es Prospero?

Mit einem Satz springe ich aus dem Bottich und kleide mich vor dem Kaminfeuer rasch an. Dann hetze ich hinauf in die Zelle des Abtes und spähe aus dem Fenster, das unter meinem Atem beschlägt.

Die Scheibe ist mit Eisblumen und Schnee bedeckt, sodass ich kaum etwas erkennen kann. Nur so viel: Prospero ist es nicht.

Zehn, fünfzehn, nein, noch mehr, vielleicht zwanzig Reiter kommen nacheinander die Wege herauf zur Terrasse vor dem Portal des Châtelets. Helme und Harnische schimmern matt im Schein ihrer Fackeln. Schwerter blitzen auf, als sie gezogen werden, Armbrüste knarren in der kalten Luft, als sie gespannt und geladen werden.

Ich wringe mir die nassen Haare aus und blicke nach unten. Was geht hier vor? Zu wem gehören die Bravi, die kein Wappen auf der schwarzen Kleidung tragen?

»Alessandra!«, schallt es zu mir hoch. »Seid Ihr hier?«

Vorsichtig luge ich durch die Eisblumen.

Ich traue meinen Augen nicht. Ein weißes Brokatgewand unter einer roten Mozzetta mit Hermelinbesatz, die im dichten Schneetreiben kaum zu erkennen ist. Weiße Handschuhe und eine rote Kappe.

»Alessandra! Öffnet das Tor, seid so gut!«

Ich muss schlucken.

Der Reiter dort unten, inmitten der Venezianergarde des Vatikans … das ist der Papst!

Der letzte Tag …

Kapitel 104

In der Zelle des Abtes
23. Dezember 1453, der vierte Advent
Kurz nach Mitternacht

Der Papst!

Ich muss mich an der Wand der Fensternische festhalten, um nicht zu Boden zu sinken, denn ich zittere plötzlich am ganzen Körper. Vor Erleichterung? Oder vor Erschöpfung? Ich kann es nicht sagen. So lange habe ich dieses erlösende Gefühl herbeigesehnt, so lange habe ich auf den Mauern von Byzanz auf Rettung durch den Papst gehofft, dass die gewaltsam aufgestauten Gefühle mit einem Mal aus mir hervorbrechen und ich mit zuckenden Schultern zu weinen beginne. Tränen rinnen mir über das Gesicht, während ich schluchzend an Prosperos Worte denke, bald sei alles vorbei.

Jetzt ist es endlich so weit.

»Alessandra?«

Das Herz klopft mir bis zum Hals. Meine Knie zittern, und ich kann mich kaum noch auf den Beinen halten.

Prospero lebt. Er ist wohlauf. Er ist nach Aquila geritten, um Hilfe zu holen. Mit einem Ruck richte ich mich auf und wische mir die Tränen aus dem Gesicht. Das kann nicht sein! Nach Aquila? Im Schneesturm durch die verschneiten Abruzzen?

Die Ernüchterung trifft mich wie ein Schlag in den Unterleib, und mir wird übel.

Ich lehne meine Stirn gegen die gefrorene Scheibe.

»Alessandra!«

Prospero ist nicht nach Aquila geritten.

Prospero ist tot.

Ein stechender Schmerz durchzuckt mein Herz, und das Atmen fällt mir schwer. Wie gelähmt von der Traurigkeit, die mich plötzlich niederdrückt, starre ich nach unten, wo im Schneegestöber die schwer bewaffnete Eskorte des Papstes von den Pferden springt.

»Um Gottes willen, Alessandra!«, ruft der Papst ungeduldig. »Öffnet das Tor!«

Ich atme tief durch.

Prospero ist tot, denke ich beklommen. Genauso tot wie meine Hoffnung auf Rettung.

»Dum spiro spero«, habe ich zu Konstantin gesagt. »Solange ich atme, hoffe ich.« Doch Glaube, Hoffnung und Gottvertrauen helfen mir jetzt nicht mehr.

Solange ich atme, kämpfe ich.

Entschlossen gehe ich zum Tisch hinüber und stecke das Notizbuch mit meinem Abschiedsbrief und meinem Testament ein. Dann packe ich Jibrils Dolch mit dem Johanniterkreuz auf dem Heft.

Ja, ich werde kämpfen!

Kapitel 105

Auf der Treppe des Châtelets
23. Dezember 1453
Kurz nach Mitternacht

Mit angespannten Schultern, in der einen Hand die Kerze, in der anderen den Dolch, gehe ich die Treppe hinunter zum Portal des Châtelets. Auf den Stufen hinter mir stelle ich das flackernde Licht ab, entriegele das schwere Tor und ziehe es mit beiden Händen auf. Jibrils Dolch verberge ich hinter dem rechten Torflügel.

Die Ritter sind von den Pferden gestiegen, die bereits in den Stall geführt werden, und warten angespannt darauf, dass sie eingelassen werden. Die eisige Luft ist erfüllt vom Stampfen und Schnauben der Pferde und vom Klirren und Rasseln der Waffen.

Seine Heiligkeit sitzt noch im Sattel und blickt mir erwartungsvoll entgegen, während ich langsam die Stufen hinuntergehe, um ihm vom Pferd zu helfen.

Ich verziehe die Lippen zu einem angedeuteten Lächeln.

Dann stecke ich den Dolch in den Gürtel, knie nieder und ergreife Zügel und Steigbügel. Seine Heiligkeit wirkt unsicher, und ich merke ihm an, dass ihm dieses Zeremoniell genauso fremd ist wie mir. Ich kann mich nicht erinnern, dass ich jemals vor einem Papst gekniet habe – nicht vor meinem Cousin Papst Martin, nicht vor meinen engen Freunden Papst Eugenius und Papst Nikolaus.

»Vostra Santità!«, begrüße ich ihn betont formell, nehme seine rechte Hand und küsse den schlichten Goldring ohne Papstwappen, ohne Tiara und ohne gekreuzte Schlüssel. Auf Knien blicke ich zu ihm auf. Schneeflocken liegen auf seinen Augenbrauen.

Wer ist er?

Er hilft mir auf und umarmt mich. »Euer Gnaden.«

»Euer Eminenz.« Ich trete einen Schritt zurück. »Ich bin päpstlicher Legat mit Sondervollmacht, entsandt zu Seiner Majestät dem Kaiser von Byzanz, um die Kirchenunion durchzusetzen, die 1439 in Florenz geschlossen wurde«, betone ich. »Die korrekte Anrede lautet also: Vostra Illustrissima e Reverendissima Eminenza. Aber wie Ihr wisst, hasse ich die Rituale der Macht. Die Anrede Euer Eminenz reicht völlig aus.«

Er ringt um Fassung. Und um eine würdevolle Haltung. Beides fällt ihm offensichtlich schwer.

Der Papstornat ist echt, denke ich, aber der Papst unter Samt, Seide, Goldbrokat und Hermelin ist es nicht.

»Ich bin sehr glücklich, dass Ihr noch lebt, Euer Eminenz!«, sagt er. Wahrscheinlich will er mich versöhnlich stimmen.

»Ich auch«, antworte ich trocken. Ich balle die Faust und stoße sie ihm mit aller Gewalt ins Gesicht.

Er taumelt und fällt in den Schnee.

Die Ritter greifen zu ihren Schwertern, doch der Papst hebt beschwichtigend die Hand. »Lasst sie! Sie ist nicht sie selbst!«

Ich verschränke die Arme hinter dem Rücken, sodass der Johanniterdolch in meinem Gürtel gut sichtbar ist.

Benommen rappelt der falsche Papst sich auf und klopft sich den Schnee vom Ornat. Die linke Seite seines Gesichts ist rot angelaufen, und aus einem Riss rinnt Blut. Mit dem Handrücken wischt er es ab. »Dann habt Ihr mich also erkannt«, nuschelt er mit schmerzhaft verzogenen Lippen. Er legt mir vertraulich den Arm um die Schulter und schiebt mich zum Portal des Châtelets.

Die Ritter seiner Eskorte folgen uns mit der Hand am Schwertgriff. »Kardinal Colonna hat mir vor wenigen Stunden gesagt, Ihr hättet Euer Gedächtnis verloren.«

»Das stimmt.«

»Aber Ihr wisst offenbar, wer ich bin.«

Nein, das weiß ich nicht. Trotzdem nicke ich.

»Dann kehrt Eure Erinnerung also zurück?«

»Ich habe Prospero erkannt«, lüge ich.

Er nickt versonnen. »Ja, in der Tat.«

Du hast niemals mit Prospero gesprochen!

»Wie geht es ihm?«, setze ich nach.

»Kardinal Colonna ist auf dem Weg nach Aquila«, antwortet er ausweichend.

»Ist er schwer verletzt?«

Er zögert einen Herzschlag lang. *Zu* lang. Mir wird angst und bange um Prospero.

»Ich habe Vittorio da Gennazzano gefunden«, sage ich unvermittelt. »Er ist tot.«

»Nein, Seine Eminenz ist wohlauf«, versichert er mir hastig.

Sieh mal einer an! Keine Nachfrage, wer eigentlich Vittorio war? Oder wer ihn getötet hat? Oder wieso? Na, wie du willst!

Ich gebe mich erleichtert, obwohl ich viel zu angespannt bin, um irgendwelche Gefühle zu empfinden.

Zwei Fackelträger aus dem päpstlichen Gefolge gehen vor uns die Treppen des Châtelets hinauf, um uns zu leuchten. Dass sie die Fackeln in der linken Hand tragen, um die rechte für einen Angriff auf mich frei zu haben, entgeht mir nicht.

Während ich den Papst hinauf zur Kirche geleite, greife ich im Vorübergehen nach der Kerze auf den Stufen. Ich lösche sie und verstaue sie in meiner Zunderdose. Ich brauche sie ganz sicher noch.

Unterdessen parliert Seine Scheinheiligkeit ganz munter von

dem Tag, an dem er erfuhr, dass ich in Byzanz gefallen wäre. »Die Nachricht vom Fall von Konstantinopolis erreichte Venedig am 29. Juni. Am nächsten Morgen sandte mir der Doge eine Nachricht, die am 8. Juli bei mir eintraf. Ich war entsetzt. Ich hatte nicht damit gerechnet, dass es dem Sultan gelingen würde, Byzanz zu erobern.«

Während wir die steile Treppe hinaufgehen, bemerke ich im Fackelschein zum ersten Mal das Wappen in der Felsnische oberhalb der Treppe. Neben einem verblichenen Fresko des heiligen Benedikt prangt mein Wappen. Nicht das Hoheitszeichen der Colonna. Nein: der Löwe, der das Evangelium beschützt.

»Habt Ihr deshalb keine Flotte zu unserer Rettung geschickt?«, frage ich verbittert. Ich weiß, er kann nichts dafür, denn er ist ja nicht Tommaso Parentucelli, aber ich kann nicht anders. Der Schmerz sitzt einfach zu tief.

»Ich habe eine Flotte venezianischer Galeeren entsandt!«, verteidigt er sich und gibt sich beleidigt. »Die Schiffe lagen vor der Insel Chios vor Anker, um auf günstigen Wind zu warten, als die aus Byzanz flüchtenden genuesischen Schiffe unter dem Kommando von Giovanni Giustiniani und Alvise Diedo heransegelten und dem Admiral mitteilten, Byzanz sei schon vor Tagen gefallen.«

Wir verlassen das Treppenhaus des Châtelets und treten hinaus ins Schneetreiben. Die steile Treppe unterhalb der bogenförmigen Strebepfeiler, die hinaufführt zur Kirche, ist knietief verschneit. Einige Ritter drängen sich an uns vorbei und räumen mit ihren Stiefeln die Stufen frei.

»Ich war auf Chios«, gestehe ich und versuche, mein im Wind herumwirbelndes nasses Haar zu bändigen.

Er sieht mich von der Seite an. Er wirkt verunsichert. »Am 30. September habe ich eine Bulle erlassen, die die Könige und Fürsten zu einem Kreuzzug …«

»Und ich bin so nahe an Rhodos vorbeigesegelt, dass Seine Exzellenz der Großmeister das Segel meines Schiffes schon am Horizont sehen konnte«, falle ich ihm ins Wort. »Wieso habt ihr Johanniter eigentlich eure Schiffe vor der türkischen und ägyptischen Küste nicht nach Byzanz geschickt, um uns zu retten?«

So, jetzt ist es heraus!

Zuerst ist er sprachlos. Doch dann besinnt er sich. »Kardinal Colonna hatte recht. Die Strapazen der wochenlangen Schlacht um Byzanz und der monatelangen Flucht durch den Orient waren zu viel für Euch. Ihr habt den Verstand verloren.«

»Ha!«

Wir haben die Terrasse vor dem Kirchenportal erreicht. Zwei Ritter mit gezücktem Schwert halten es auf, damit wir die Basilika betreten können.

Jetzt wird es gefährlich.

»Euer Gna…«

»Euer Eminenz!«

Er stöhnt auf. »Also schön, Euer Emi…«

»Woher kommt ihr?«, unterbreche ich ihn. Ich zeige auf sein Gefolge, das uns in weitem Kreis umringt und mich nicht aus den Augen lässt. »Wo liegt die nächste Burg der Johanniter? In Teramo? Oder in Atri?«

»Ich bin der Papst«, erwidert er in scharfem Ton. Er rafft seinen Pontifikalornat und lässt sich auf dem von zwei Rittern herbeigeschleppten Stuhl aus dem Altarraum nieder.

»Und ich bin seine Stellvertreterin«, entgegne ich noch ein wenig schärfer. »Seid Ihr Kommandant in Atri? Oder in Teramo? Oder in Aquila, das auf meinem Hoheitsgebiet liegt? Hat der Großprior von Rom Euch und Eure Henkersknechte in diese Abtei geschickt? Auf Befehl des Großmeisters Fra Jean, der mich mit seiner letzten Taubenpost zum Tode verurteilt hat?«

»Ich bin der Papst!« Er schlägt mit der Faust auf die Armlehne. Er ist wütend, weil er nicht Herr der Lage ist.

»Der Großmeister wird Euch den Kopf abreißen, wenn es Euch und Euren Henkersknechten nicht gelingt, das Versteck der Reliquie zu finden und sie nach Rhodos zu bringen.«

Er schüttelt den Kopf, als sei ich nicht ganz bei Trost. »Wovon sprecht Ihr, Euer Gna…«

»Euer Eminenz!«

Er verdreht die Augen und ballt die Fäuste auf den Armlehnen. »Ihr stellt meine Geduld auf eine harte …«

»Und Ihr geht mir auf die Nerven mit Eurem patriarchalischem Gehabe«, fauche ich ihn an. »Wer den Papst spielt, sollte das vatikanische Zeremoniell beherrschen. Denn nur wer die Regeln kennt, kann sich souverän darüber hinwegsetzen! Und diese Souveränität fehlt Euch, Euer *Scheinheiligkeit*.«

»Ihr geht zu weit!« Drohend hebt er den Finger.

»Ich gehe noch gar nicht weit genug!«, übertöne ich ihn.

»Contessa Colonna Orsini, ich werde Euch exkommuni…«

»Oder ich Euch!«, falle ich ihm ins Wort.

Sofort verstummt er. Jibril hat ihn offenbar darüber aufgeklärt, wie weit meine Generalvollmacht reicht.

»Ich verhandele nur mit Fra Gil Alvarez über die Herausgabe der Reliquie.«

Rasch blicke ich über die Schulter zum Portal. Vier Johanniter mit der Hand am Schwert versperren mir den Fluchtweg hinunter zum Châtelet.

Der falsche Papst, der meinen Blick bemerkt hat, lehnt sich auf seinem Stuhl zurück. Seine Augen blitzen im Fackelschein. »Dann wisst Ihr, wo …?«

»Ich habe sie!«, behaupte ich kühn. »Und wo steckt Jibril al-Assad? Ich will mit dem Kommandanten reden! Sofort!«

Kapitel 106

In der Abteikirche
23. Dezember 1453
Kurz nach Mitternacht

»Ich bin hier.«

Eine imposante Gestalt im schwarzen Johanniterhabit taucht aus den Schatten des Seitenschiffs auf. Jibril hat die Abtei eben durch den Geheimgang betreten, um auf der Wendeltreppe des Glockenturms auf sein Stichwort zu warten. Er hat damit gerechnet, dass ich …

»Lasst uns allein!«, kommandiert er und scheucht den falschen Papst nebst Gefolge aus der Basilika.

Adrian und Lionel, die hinter ihm durch die Tür des Turms kommen, bleiben sichernd hinter ihm stehen, die Hand am Schwertgriff. Lionels Narbe, die quer über sein Gesicht reicht, leuchtet weiß in seinem vor Zorn geröteten Gesicht.

Jibril wendet sich zu ihnen um. »Ich will allein mit ihr reden.«

»Aber sie ist gefähr…«

Jibril sagt nur ein Wort: *»Raus!«*

Mit finsterem Blick folgen Lionel und Adrian ihren Schwertbrüdern hinaus ins Schneegestöber.

Ohne mich anzusehen, geht Jibril an mir vorbei zum geschlossenen Portal und verriegelt es. Mit beiden Händen am Portal abgestützt, wendet er mir den Rücken zu. Er scheint auf etwas zu warten. Dass ich ihn niederschlage? Dass ich durch die unbewachte Tür zum Glockenturm zu entkommen versuche?

Schließlich dreht er sich zu mir um. »Wie geht es dir?«, fragt er auf al-Arabiyya.

Langsam atme ich aus.

Er will nicht, dass wir belauscht werden. Daher sprechen wir Arabisch.

»Mir geht's auch nicht gut«, gesteht er leise.

»Die Wunde an deinem Kopf?« Ich deute auf die Kopfhaut über der rechten Schläfe, die immer noch weit offen klafft, obwohl ich sie mit etlichen Stichen genäht habe. Warum trägt Jibril keinen Verband?

Er schüttelt den Kopf. »Du hast sie gut versorgt.« Er stößt sich vom Portal ab und kommt zu mir herüber. »Die Wunde an meinem Herzen schmerzt mehr. Ich wünschte, du würdest meine Schmerzen lindern.«

»Wie?«

Er bleibt vor mir stehen, ergreift meine Hand und legt sie auf seine Brust. Ich kann seinen Herzschlag spüren. »Vergib mir.«

»Nein.«

»Begnadige mich.«

»Nein.«

»Dann hör dir meine Beichte an, bevor du mir den Todesstoß versetzt.«

»Jibril, ich …«

»Mein Gewissen ist wund«, unterbricht er mich leise, und seine Stimme bebt. »Der Großmeister hat mir befohlen, das Mandylion von Byzanz nach Rhodos zu holen. Nach meiner Flucht aus Granada ist der Orden mein ganzes Leben. Er hat mir Schutz gewährt, als mein königlicher Onkel mir nach dem Leben trachtete. Er hat mich versorgt, als ich nichts mehr besaß als mein Leben. Er hat mich aufgenommen wie einen Freund, wie einen Bruder.

Ich habe dem Großmeister Gehorsam gelobt. Doch Fra Jean untersteht dem Papst. Und der hat dir befohlen, das Mandylion nach Rom zu bringen. Wem also schulde ich Treue?«

»Dem Papst.«

Er nickt traurig. »Rhodos wird von Sultan Uthman bedroht. Siegt er, wie Sultan Mehmed in Konstantinopolis, werden wir alles verlieren. Und so enden wie die Templer. Nach dem Fall von Konstantinopolis wäre die Eroberung von Rhodos eine Katastrophe. Der Todesstoß für den Johanniterorden. Nach meiner Flucht aus Granada ist Rhodos meine Heimat. Ich bin dort glücklich, trotz allem, was in Granada geschehen ist. Wem also schulde ich Treue?«

Ich zögere. »Dem Großmeister.«

»Das dachte ich auch.« Er nickt versonnen. »Bis ich dich in der Kapelle des Blachernen-Palastes traf. Mein Schwertbruder Diniz lag in seinem Blut, mein bester Freund Galcerán bedrohte dich mit seinem Schwert, um das Mandylion zu bekommen. Und plötzlich habe ich alles in Frage gestellt. Ich liebe dich noch immer. Erinnerst du dich, was ich dir in der Kapelle gesagt habe?«

»Du sagtest: Ich gehöre dir, Al-Iskandra. Nur dir allein. Nimm mich zurück. Wie kann ich dir meine Treue beweisen?«

Jibril nickt. »Du erinnerst dich also.« Er atmet tief durch. »Ich würde gern vergessen, was in Byzanz geschehen ist. Aber ich kann es nicht. Dass Galcerán Cesare getötet hat, tut mir leid. Ich wollte dir nie wehtun.«

Er fährt sich mit dem Handrücken über die Stirn, als könne er so den Schmerz in seinem Kopf lindern. Er wirkt genauso erschöpft wie ich. Genauso hoffnungslos. Genauso verzweifelt.

»Weißt du, ich war bei deiner Hochzeit in der Hagia Sophia. Ich habe in der letzten Reihe gestanden und zugesehen, wie du Cesare geheiratest hast, deinen besten Freund, und nicht mich, deinen Geliebten. Ich habe gesehen, wie du ihn geküsst hast, und ich habe mir gewünscht, ich wäre er und alles wäre wieder so wie damals in Granada, bevor Adriana und mein Sohn und Yared und dein Sohn starben. Ich habe dir viel Glück gewünscht mit Cesare, eine Liebe ohne Leiden, wie du sie noch nie hattest, nicht mit Niketas, nicht mit Yared, nicht mit mir. Ich wollte dir niemals wehtun. Ich liebe dich von ganzem Herzen, Al-Iskandra.« Er macht eine Pause, bevor er weiterspricht. »Wem also schulde ich Treue?«

Ich ringe mit den Tränen. »Was du getan hast, kann ich dir nicht vergeben, Jibril. Du hast mir Yared genommen. Du hast mir bei lebendigem Leib das Herz herausgerissen. Es blutet noch immer. Und es wird niemals heilen.« Ich zeige ihm den Saphirring an meinem Finger. Das Licht der Fackeln spiegelt sich darin. Ich zitiere den eingravierten Text: »›Leg mich wie ein Siegel an dein Herz! Denn stark wie der Tod ist die Liebe, wie die Feuergluten der Hölle ihre Leidenschaft. Nichts vermag ihr Lodern auszulöschen.‹«

»›Mächtige Wasser können sie nicht löschen, und Ströme schwemmen sie nicht fort. Doch wenn einer alles für sie geben wollte, würde man ihn nur verachten.‹ König Salomos Lied der Liebe.«

»Du trägst Yareds Rubinring noch immer.«

»Ja.«

»Du hast kein Recht auf diesen Ring.«

»Er ist ein Symbol meiner Liebe. Und meiner Schuld.«

»Er ist ein Symbol meiner Liebe zu Yared. Und meiner Schuld, dass ich ihn mit dir, seinem Mörder, betrogen habe. Gib ihn mir zurück.«

Er zieht den Ring vom Finger und lässt ihn in meine offene Hand fallen. Ich schiebe ihn zu meinem Saphirring.

»Sag mir, wie ich meine Schuld sühnen kann.«

»Ich kann dir nicht vergeben, Jibril.«

In seinen Augen schimmern Tränen. »Yared hat den Befehl gegeben, mich zu töten. Das Gemetzel an Adriana und meinem kleinen Sohn in meinem Palast in Granada war seine blutige Rache«, presst er mit heiserer Stimme hervor. Jibril ringt mit den Tränen eines Vaters, der seinen kleinen Sohn blutüberströmt in den Armen hielt. »Antar war erst sechs Jahre alt!«

Ich erinnere mich an den niedlichen Jungen, der mit Elija durch die Gärten der Alhambra tobte. Unsere beiden Söhne spielten zusammen, ließen ihre selbst gebauten Segelboote auf den Wasserbecken fahren und hauten in den Rosenbeeten mit wildem Geschrei ihre Holzschwerter gegeneinander. Muhammad beobachtete die beiden oft vom Fenster seines Arbeitszimmers aus und lächelte dabei wehmütig. Der Sultan hatte drei Töchter, die er innig liebte und denen er jeden Wunsch von den Augen ablas, aber er hatte keinen Sohn. Antar und Elija wussten genau, wie sie Muhammad um den Finger wickeln konnten, um zu bekommen, was sie wollten, und das nutzten die beiden Lausebengel schamlos aus.

Ich schüttele traurig den Kopf. »Yared trägt keine Schuld an dem Tod deiner Liebsten. Dein Onkel hat den Befehl gegeben, dich hinzurichten, weil du versucht hast, ihn zu stürzen. Sein Wesir hat stundenlang auf den Sultan eingeredet, um dich vor dem Tod zu bewahren. Yared und Muhammad haben erbittert gestritten. Und während sie sich noch anbrüllten, drangen die Hashishin in deinen Palast ein, um dich in die Alhambra zu bringen, wo du hingerichtet werden solltest. Im Myrtenhof.«

»Yared hat versucht, mir das Leben zu retten?«, fragt er ungläubig.

»Und wie hast du es ihm gedankt? Du hast ihn zum Tode verurteilt«, entgegne ich verbittert. »Du hast fünf Hashishin geschickt, die Yared im Löwenhof ermordet haben. Und Elija.« Ich kann die Tränen nicht mehr zurückhalten. »Selbst wenn du geglaubt hättest, Yared hätte deinen Tod befohlen, aus welchen Gründen auch immer: aus Zorn über deinen Verrat am Sultan, aus Eifersucht, aus Angst … Wie konntest du Elija töten? Er war erst zehn Jahre alt.«

Wie ich Elijas kleinen Körper in meinen Armen gehalten habe, während er »Mami … Mami!« schluchzend starb – das hat eine Wunde in meinem Herzen hinterlassen, die niemals heilen wird. Neben mir lag Yared in seinem Blut, der Dolch des Hashishin ragte noch aus seiner Brust. Mit einem erstickten Röcheln hauchte er sein Leben aus, während ich seine Hand hielt. »… liebe … dich … Leb wohl!«

Sultan Muhammad, fassungslos über Jibrils Rache und Yareds Tod, nahm mich in die Arme, um mich zu trösten und mir die Tränen und die Blutspritzer meines Mannes und meines Sohnes aus dem Gesicht zu wischen.

Seit jenem Tag, seit meiner Rückkehr nach Rom, quälen mich zwei Träume. Daran erinnere ich mich wieder. Eine lichtdurchflutete Vision von inniger Liebe, von Zufriedenheit und Glück an Yareds Seite. Und ein düsterer Albtraum von Gewalt und Tod. Beide Träume, in denen Jibril vorkommt, sind auf gleiche Weise schmerzhaft. Denn beide lassen mich mitten in der Nacht zitternd und allein zurück. Mit einem erfrorenen Herzen. Und Tränen in den Augen.

Dass Jibril dasselbe erlitten hat wie ich, denselben Schmerz, denselben Kummer, denselben Zorn, kann mich nicht besänftigen oder trösten.

»Es tut mir so leid«, murmelt Jibril. »Wie musst du mich hassen.«

»Ich hasse dich nicht, Jibril«, quäle ich hervor.

Er hebt die Augenbrauen. »Was empfindest du noch für mich?«

Ja, was?

»Wie nennst du das Gefühl, wenn Liebe zu Hass wird? Wenn Respekt und Anerkennung zu Verachtung werden? Wenn Ruhe zu Unruhe wird, und Geborgenheit zu Angst? Wenn Glück zu Unglück und Leid wird, und Lebensfreude zu Trauer und verzweifelter Einsamkeit? Und wenn du selbst zu jemand anderem wirst, und der, den du geliebt hast, zu einem Fremden? Wie nennst du dieses schmerzhafte Ziehen im Herzen?«

Er birgt sein Gesicht in den Händen und schnauft.

»Wie nennst du es, wenn dir bei lebendigem Leib das Herz herausgerissen wird? Wenn du nicht mehr atmen kannst? Nicht mehr hoffen, nicht mehr sehnen, nicht mehr lieben? Wenn du kein Gefühl mehr in dir spüren kannst außer der Trauer und dem Schmerz? Wenn du nachts aufwachst, und das Bett neben dir ist leer? Wie nennst du es, wenn du dich mit jeder Faser deines Körpers nach dem Liebsten sehnst? Nach seinem Lächeln, nach dem Funkeln in seinen Augen, nach seiner Lebensfreude, nach seinem schallenden Gelächter, das man überall in der Alhambra hören konnte, nach seiner zärtlichen Liebe, nach seiner ungestümen Leidenschaft, nach seiner Ungeduld, wenn nicht alles nach seinem Willen geschah, nach seinen Frotzeleien, die mich in Rage bringen konnten. Wie nennst du es, wenn dir der Streit fehlt, und die Versöhnung? Wie nennst du es, wenn dir seine Liebe fehlt, seine Leidenschaft, seine Zärtlichkeit, ja sogar seine Eifersucht dir gegenüber?«

Jibril sieht nicht auf.

»Wie fühlst du dich, wenn du einen Menschen verlierst, der dein Leben inspiriert? Den Ehemann, den besten Freund, den Geliebten?«

Als ich nicht weiterspreche, sieht Jibril mich endlich an. »Sag du es mir.«

»Für dieses Gefühl gibt es keinen Namen. Es ist ein langsames Sterben, ein innerer Tod. Es ist Einsamkeit. Mit Yared habe ich auch dich verloren.«

»Du hast mich geliebt.«

Ich zögere, doch schließlich nicke ich. »Du hast mich getröstet, als ich wütend und enttäuscht war, weil Yared ernsthaft über eine zweite Ehe nachzudenken schien. Wäre er auf Wunsch des Sultans zum Islam konvertiert, wäre die Ehe mit deiner Schwester die einzig rechtlich bindende gewesen.

Meine Heirat mit Yared war weder aus christlicher noch aus jüdischer Sicht rechtmäßig. Kein Priester und kein Rabbi hätte uns seinen Segen gegeben. Yared war meine Liebe, für die ich alles aufgegeben habe, meinen Titel, meinen Namen, meine Heimat, meine Freunde, mein Ansehen, alles. Ich bin ihm nach Granada gefolgt, weil er als Jude nicht mit mir in Rom leben wollte. Yareds Ehe mit deiner Schwester als rechtmäßige Gemahlin hätte aus mir eine Konkubine gemacht, eine Geliebte, eine Hure.«

»Yared hat sich Muhammad widersetzt. Er hat sich zu dir und deiner Liebe bekannt. Und der Sultan hat getobt, wie damals, als Yared ihm gestand, dass er dich in Rom geheiratet hat.«

»Ich rechne dir hoch an, dass du in dieser schweren Zeit zu mir gestanden hast. Was zwischen uns war, Jibril, war mehr als nur eine flüchtige Leidenschaft, um Yared wehzutun oder Muhammad in Rage zu bringen. Die Tage und Nächte mit dir habe ich genossen. Ich mochte es, wie du mich gestreichelt hast. Und wie du mich ungestüm geliebt hast. Ich mochte es, wie du meinen Namen ausgesprochen hast, als sei er ein Liebesgedicht. Ich kann mich immer noch nicht an alles erinnern, was zwischen uns war, aber es gibt auch Dinge, die ich niemals vergessen werde.«

»Das ist die schönste Liebeserklärung, die ich je gehört habe«, sagt er gerührt. »Na ja, abgesehen von dem, was du über Yared gesagt hast.«

Ich antworte nicht. Wenn du redest, dann muss deine Rede besser sein, als dein Schweigen gewesen wäre, heißt es auf Arabisch.

»Ich kann ihn dir nicht zurückgeben«, sagt er leise.

»Nein, das kannst du nicht.«

»Lass mich dich trösten.«

»Ich will nicht getröstet werden.«

»Doch, das willst du. Du willst nicht mehr einsam sein. Du erträgst diese Hoffnungslosigkeit nicht mehr. Du sehnst dich nach Liebe und Geborgenheit. Deshalb hast du Cesare geheiratet. Ich habe vorhin deinen Abschiedsbrief gelesen. Er hat mein Herz berührt. Du willst nicht allein sterben.«

Ich schluchze verzweifelt auf.

»Erinnerst du dich an deine Worte? ›Vor wenigen Stunden habe ich Cesare geheiratet. Er hat mich darum gebeten, und ich habe nach all den Jahren endlich nachgegeben. Nicht weil ich an seiner Seite auf Liebe, Glück und Lebensfreude hoffe, sondern weil ich, wie er, nicht allein sterben will, sondern mit meinem treuen Freund an meiner Seite, dem besten, den ich jemals finden konnte.‹«

Ich wende mich ab, berge mein Gesicht in den Händen und weine mit zuckenden Schultern.

Jibril lehnt sich von hinten gegen mich, legt seine Arme um mich, presst sein Gesicht an meines und hält mich fest. »Du bist nicht allein.« Er küsst mich zärtlich in den Nacken. Sein warmer Atem streichelt meine Haut.

Es darf nicht sein. Ich darf dieses sehnende Gefühl nicht zulassen.

»Lass mich, Jibril.«

»Schlag mich, aber schick mich nicht fort.«

»Hör auf damit, Jibril, ich bitte dich! Ich kann nicht mehr. Ich habe keine Kraft mehr.«

»Das Spiel ist zu Ende. Du hast gewonnen. Und ich habe verloren. Gegen den Papst, gegen den Großmeister und gegen dich. Der Sieger gewinnt alles. Das Mandylion gehört dir.«

Ich wische mir die Tränen ab und drehe mich zu ihm um.

Er streicht mir eine nasse Strähne aus der Stirn. »Wenn du mich nicht als Geliebten willst, dann wenigstens als Freund.«

»Wovon redest du …?«

»Der Großmeister hat mir den Befehl gegeben, dich zu töten

und das Mandylion nach Rhodos zu bringen. Die gescheiterte Geheimoperation in Byzanz musste vertuscht werden. Dieses gemeine Spiel hier in der Abtei war die einzige Möglichkeit, dich zu retten. Ich war so erschrocken, als ich dich im Schnee fand, nicht tot und nicht lebendig. Ich musste dich aus der Ohnmacht retten, bevor du stirbst. Und ich war bestürzt, dass du dich an nichts erinnern konntest. Ich musste dich dazu bringen, das Versteck des Mandylions zu finden und danach zu entkommen. Ich hätte mich von dir niederschlagen lassen, um deine Flucht zu decken. Ich wäre dir nach Rom gefolgt. Das war die einzige Möglichkeit, dir zu beweisen, dass ich dich noch immer liebe. Dass ich alles für dich aufgeben würde. Wenn nicht als dein Geliebter, so doch als dein Freund. Ich wollte mich dem Papst zu Füßen werfen und ihn um einen Dispens bitten, den Orden verlassen zu dürfen. Das ist die einzige Möglichkeit, mich selbst zu retten. Ich kann niemals zurückkehren nach Rhodos.«

»Fra Jean wird dir deinen Verrat nicht vergeben.«

»Deshalb meine aufwändige Inszenierung. Um dem Großmeister zu beweisen, dass ich alles versucht habe, um dich in die Knie zu zwingen, dass ich aber gescheitert bin. Weil du viel stärker bist als ich.«

»Und deshalb Fra Lionel und Fra Adrian. Als Zeugen, um deine Versuche zu rechtfertigen. Und um sicherzugehen, dass du auf dem Weg nach Rhodos nicht einfach verschwindest.«

Jibril nickt ernst. »Ich habe Angst, dass Fra Jean nicht nur eine Taube nach Rom geschickt hat, mit dem Befehl an mich, dich zu töten, sondern dass er noch eine zweite geschickt hat, mit dem Befehl, auch mich zu töten und das Mandylion nach Rhodos zu bringen.«

Er zieht einen stark verkohlten Zettel aus der Tasche und zeigt ihn mir. Die winzige Schrift ist nicht mehr zu lesen. Ich halte das Papier gegen das Licht der Fackeln, die die Eskorte des Papstes in den Halterungen an den Säulen der Basilika befestigt hat. Ich erkenne ein Wasserzeichen. Ein achtstrahliges Zackenkreuz. Wortlos gebe ich Jibril den Zettel zurück.

»Außer uns beiden weiß niemand, was in Byzanz geschehen ist«, sagt er, während er ihn zusammenfaltet und in die Tasche steckt. »Sobald du das Mandylion gefunden hast, bin ich tot. Es sei denn, du gewährst mir Schutz am sichersten Ort der Welt.«

Ich hebe die Augenbrauen.

»Im Palazzo Colonna.« Er lächelt matt. »Friedrich von Tannhausen, genannt Federico Tannhäuser, war dir sehr dankbar, dass du ihm in deinem Palazzo Schutz vor dem deutschen Kaiser gewährt hast. Erinnerst du dich?«

»Nein.«

»Am 19. März 1452 wurde Friedrich III. von Papst Nikolaus zum Kaiser des Heiligen Römischen Reiches Deutscher Nation gekrönt. Einen Tag später hast du Seine Majestät im Palazzo Colonna empfangen, im Audienzsaal von Papst Martin, auf den Stufen des Papstthrons, wo seit deiner Kindheit dein angestammter Platz ist. Der Kaiser forderte die Herausgabe des Freiherrn von Tannhausen, mit dem er sich irgendwann einmal gestritten hat, warum, weiß ich nicht. Jedenfalls hast du dich geweigert, Federico Tannhäuser auszuliefern. Was Seine Majestät ziemlich in Wut gebracht hat. Woraufhin du ihn hast wissen lassen, dass er überall römisch-deutscher Kaiser ist – nur eben nicht in Rom. Das Abendessen im Palazzo Colonna im Beisein von Kardinal Prospero, unserem nächsten Papst, verlief … Wie soll ich sagen? … in gespannter Atmosphäre, nachdem du Friedrich gegenüber zum Ausdruck gebracht hattest, wen du für den rechtmäßigen Nachfolger der römischen Kaiser hältst: deinen Schwager Konstantin. Auch der Großmeister war damals dein Gast. Fra Jean erzählte mir, dass Papst Nikolaus sich stündlich über die Laune Seiner Majestät berichten ließ. Wie sagte Seine Heiligkeit zu Seiner Exzellenz? Eher geht Rom unter, bevor du ein einziges Mal nachgibst. Siehst du, deshalb bin ich im Palazzo Colonna sicher. Und deshalb bitte ich dich um deinen Schutz. So wie Federico Tannhäuser dich um Asyl gebeten hat.«

»Vertraue auf Allah – aber binde dein Kamel an«, zitiere ich ein arabisches Sprichwort.

Jibril lacht leise. »Und fälle nicht den Baum, der dir in der Wüste Schatten spendet.«

»Ich denke, du weißt, was ich von meinen Bravi erwarte.«

»Du gewährst deinen Männern Schutz und garantierst ihnen Straffreiheit, egal, was sie getan haben, ob sie ein Brot gestohlen, eine Frau vergewaltigt oder ihren Bruder ermordet haben. Du versorgst sie mit Verpflegung, Kleidung und Waffen und bietest ihnen eine Unterkunft im Palazzo Colonna. Als Gegenleistung erwartest du unbedingten Gehorsam. Deine Bravi wissen, dass ihr Schicksal von deinem abhängt, und deshalb schützen sie dich mit ihrem Leben. Aber sie wissen auch, dass du keinen Verrat duldest. Wer dich enttäuscht, weil er erneut straffällig wird, kann seine Sachen packen. Wer dich verrät, wird gerichtet. Vom Henker oder von dir.«

»Das ist wahr.«

»Aber nicht vom Kaiser. Oder vom Regenten von Rom als Stellvertreter des Papstes. Oder vom Großmeister der Johanniter.«

»Auch das ist wahr.«

»Die Regeln sind ja auch denkbar einfach.«

Ich nicke versonnen. »Woher stammt eigentlich der Pontifikalornat? Im Gegensatz zu deiner Papstattrappe aus Pappmaché ist er echt.«

»Der Kommandant von Atri hat mit seinen Rittern den Papsttross überfallen, der auf dem Weg von Orvieto nach Aquila war.«

Ich schnaufe. »Du bist gerissen.«

»Ich kann mich erinnern, dass du Überraschungen liebst. In Granada ist es mir immer wieder gelungen, dich zu faszinieren.«

»Wie geht es unserem geliebten Papst?«

»Vermutlich sitzt er in Aquila am prasselnden Kaminfeuer und fragt sich, warum er nicht in Rom geblieben ist, um im Vatikan Weihnachten zu feiern. Seit du nicht mehr für Recht und Ordnung sorgst, ist er nicht einmal mehr in deinem Hoheitsgebiet sicher vor Verschwörern, die ihn stürzen wollen.«

»Du gottverfluchter …«

»Willst du Prospero etwa nicht zu seinem Nachfolger machen? Hast du nicht schon beim letzten Konklave Bündnisse mit einigen Kardinälen geschlossen, um deinem Cousin Stimmen zu kaufen? Um sicherzustellen, dass die katholisch-orthodoxe Kirche, die von Portugal bis Indien und von Island bis Äthiopien reicht, nun wieder vom Palazzo Colonna aus regiert wird? Und du nennst *mich* gerissen?«

»Und wie geht es Prospero?«

»Er ist auf dem Weg nach Aquila. Er ist unversehrt.«

»Im Gegensatz zu Vittorio.«

»Sein Tod war nicht beabsichtigt, das musst du mir glauben. Prospero und Vittorio sollten in die Flucht geschlagen werden. Vittorio war dir treu ergeben. Er wollte dein Leben mit seinem schützen und hat sich auf einen Kampf mit Fra Lionel eingelassen. Den hat er verloren. Fra Adrian hatte jedoch zu viel Respekt vor Prospero, als dass er es gewagt hätte, ihn ernsthaft zu verletzen. Es tut mir leid um deinen Kastellan.«

Ich schüttele den Kopf.

In diesem Augenblick pocht jemand an das Kirchenportal.

»Sie denken, wir verhandeln über das Mandylion«, murmelt Jibril und blickt kurz hinüber zum verriegelten Portal. »Hast du es eigentlich gefunden?«

Wortlos reiche ich ihm mein Notizbuch.

Jibril blättert durch die letzten Seiten und stößt auf meinen Abschiedsbrief und mein Testament. Er nimmt die gefalteten Pergamente heraus und steckt sie hinten ins Büchlein. Dann überfliegt er, was ich seit meinem Erwachen vorhin über die Ikone geschrieben habe. »Die Ikone als Schatzkarte. Darauf wäre ich nie gekommen. Und Galcerán wohl auch nicht. Er hat versucht, dir den Schlüssel abzunehmen.«

»Die Hinweise waren für Prospero gedacht.«

Er nickt versonnen und gibt mir das Notizbuch zurück. »Und wie geht es jetzt weiter?«

»Sag du es mir. Es ist dein Plan.«

Er deutet über die Schulter zum Kirchentor. »Das Portal ist verriegelt. Die Tür zum Glockenturm steht offen. Der Geheimgang wird nicht bewacht. Im Stall wartet Al-Mansur auf dich. Ich beschäftige sie, während du das Mandylion holst und verschwindest.«

»Al-Mansur?«, frage ich ungläubig.

»Ein kleines Versöhnungsgeschenk.« Er lächelt. »Ich habe ihn gefunden. Er war vor dem Bukoleon-Palast angebunden. Mehmed hatte ihn als Beute für sich beansprucht, ohne zu wissen, worauf er sich einlässt. Ich glaube, Al-Mansur freut sich, dich wiederzusehen. Mit mir hatte er nicht so viel Spaß wie mit dir.«

»Jibril …«

»Schon gut. Ich weiß, wie sehr du dieses widerspenstige Mistvieh ins Herz geschlossen hast. Und ich ahne, wie sehr dich sein Verlust geschmerzt hat. Ihn dir zurückzubringen war mir all die Stürze und Huftritte wert. Der eigensinnige Gaul hat einfach keine Manieren.«

Ich weiß nicht, was ich sagen soll. Zum Dank umarme ich Jibril. Dann trete ich einen Schritt zurück. »Und jetzt?«

»Schlag mich nieder.«

»Jibril …«

»Nun mach schon. Ich hab es verdient, oder nicht?« Er grinst schief und deutet auf die klaffende Wunde an seiner rechten

Schläfe. »Wenn es dir nichts ausmacht, könntest du vielleicht die andere Seite nehmen?«

Ich seufze. »Also gut. Dreh dich um!« Ich lege eine Hand in seinen Nacken. Die Finger berühren die Stellen, wo die Nervenstränge und die Halsschlagadern verlaufen. Dann drücke ich entschlossen zu.

Jibril stößt einen Schrei aus und sinkt zu Boden.

Ich entwaffne ihn, hänge mir seinen Schwertgurt über die Schulter und laufe los, während hinter mir mit wuchtigen Schlägen, die donnernd in der Basilika widerhallen, gegen das Portal gepoltert wird.

Kapitel 107

Vor der Turmruine
23. Dezember 1453
Gegen halb ein Uhr nachts

Sobald ich in den Schatten der Turmruine verschwunden bin, bleibe ich stehen und lausche.

Nur noch ganz leise kann ich das Poltern der Ritter gegen das Kirchenportal hören.

Hastig entzünde ich die Kerze aus meiner Zunderdose, dann betrete ich den Geheimgang, der zum Stall hinunterführt, und ziehe die Tür hinter mir zu. Wie in einer Höhle weht mir ein Schwall feuchter und muffiger Luft entgegen.

Ich hetze den langen Gang hinunter und verriegele unterwegs das Tor, das ins hohe Treppengewölbe des Châtelets führt. Da vorn hängen wieder die Fledermäuse von der Decke. Und da hinten führt die Tür in den Vorratskeller. Schließlich bleibe ich keuchend stehen und luge um die Ecke in den höhlenartigen Gang, der nach links zum Keller führt.

Kein Lichtschimmer.

Ich gehe in den Vorratskeller und verriegele das Tor hinter mir. Dann haste ich durch den Gang zu der Tür, die zum Stall hinausführt. Sie ist noch immer verschlossen.

Weiter!

Ich haste hinauf zur Werkstatt, bleibe mit pochendem Herzen stehen und lausche.

Das Hämmern gegen das Kirchenportal hat aufgehört.

Das ist nicht gut.

Weiter!

Keuchend hetze ich hinauf in das Dormitorium, spähe in den verlassenen Schlafsaal, flitze ans andere Ende und verriegele die Tür zur Kirche.

Aus der Basilika kann ich leise Stimmen hören. Liegt Jibril noch ohnmächtig am Boden? Verfolgen sie mich schon?

Das Aedificium ist abgeriegelt. Wenn sie die Portale aufbrechen, höre ich sie.

Die Verteidigung ist vorbereitet. Jetzt kommt die Flucht.

Ich eile wieder hinunter zur Tür, die zum Hof vor dem Stall führt, entriegele sie und blinzele hinaus ins Schneetreiben.

Weit und breit kein schwarzer Habit.

Mit wenigen Schritten husche ich durch den zertrampelten Tiefschnee und verschwinde im Stall.

Tatsächlich! Al-Mansur steht in der ersten Pferdebox hinter der Stalltür. Er hebt den Kopf und schnaubt, als er mich sieht.

»Merhaba! Wâsh râk – wie geht es dir?« Ich umarme ihn stürmisch und klopfe ihm auf den Hals. Dann nehme ich die Zügel. »Y'allah imshi! Komm jetzt!«

Ich führe Al-Mansur aus dem Stall und schließe das Tor. Ein kurzer Blick in die Satteltaschen: genug Proviant für einen langen Ritt – Salami, Pecorino, ein Laib Brot, ein Stück Gämsenfleisch, zwei Küchenmesser, eine Flasche mit Wasser, eine Wolldecke. Auf der rechten Seite des Sattels hängen eine Armbrust und ein Köcher voller Bolzen. Jibril hat wirklich an alles gedacht. Als Cavalier servente ist er eigentlich ganz passabel. Und als Freund?

Ich setze den Fuß in den Steigbügel und schwinge mich in den Sattel. »Y'allah imshi!«

Im Trab pflügt Al-Mansur durch den zertrampelten Schnee im Hof. Beim Holzschuppen hinter dem Stall wenden wir uns nach rechts zum Weg, der zur alten Templerkomturei hinunterführt. Dort halte ich mich abseits der Spuren, die den Berg heraufkommen. Al-Mansur hinterlässt im knietiefen Schnee Huftritte, die eindeutig ins Tal hinabführen.

Ein Schenkeldruck, und Al-Mansur beschleunigt zu einem schnellen Trab. Ich habe keine Zeit zu verlieren.

Nach etwa dreihundert Schritten springe ich ab und lande in den Spuren, die den Berg hinaufführen, sodass ich keine neuen Fußstapfen im Schnee hinterlasse. Al-Mansur dreht sich nicht zu mir um und trabt weiter, er kennt das schon aus Granada: Reiter springt ab, Pferd trabt weiter, Reiter verschwindet, Pferd wartet, Reiter stößt einen Pfiff aus, Pferd kommt, Reiter steigt wieder auf.

An dem tief herabhängenden Ast einer Bergkiefer ziehe ich mich an der steilen Böschung hoch, dann stemme ich das Knie über die verschneite Abbruchkante und krieche auf allen vieren weiter. Ein kurzer Blick nach unten genügt: Ich habe keine Spuren im Schnee hinterlassen.

Sehr gut. Jetzt zurück zur Abtei!

Kapitel 108

Neben dem Stall
23. Dezember 1453
Kurz nach halb ein Uhr nachts

An die Stallwand gelehnt, luge ich um die Ecke in den Hof. Noch immer kein Johanniter zu sehen.

Mit Jibrils Schwert in der Hand laufe ich über den Hof zur Tür. Sie ist nur angelehnt. Bevor ich sie hinter mir schließe, bleibe ich stehen, halte den Atem an und lausche.

Kein Poltern, kein Trampeln, kein Schreien. Und der unebene Steinboden im Gang ist trocken und sauber. Kein Ritter hat unter den Absätzen seiner Reitstiefel Schnee hereingeschleppt.

Ich schiebe das Schwert zurück in die Scheide, verriegele die Tür, entzünde die Kerze aus meiner Zunderdose, stürme hinauf in die Werkstatt und werfe einen Blick aus dem Fenster.

Sechs oder sieben Johanniter eilen mit wehendem Wappenrock die Treppen zum Stall hinunter. Wenn sie merken, dass Al-Mansurs Pferdestand leer ist, werden sie den Hufspuren ins Tal folgen, und ich habe …

In diesem Augenblick dröhnt ein dumpfes Hämmern durch das Aedificium.

Beeil dich, Sandra, du musst das Mandylion finden und so schnell wie möglich verschwinden.

Dann poltern die Ritter auch gegen die Tür zum Dormitorium. »Na los! Schlagt die Tür ein!«

Sie kommen von zwei Seiten. Sie wollen mich in die Enge treiben.

Hastig überfliege ich meine letzten Überlegungen zum Ikonenpalimpsest als Schatzkarte, die Prospero zum Versteck des Mandylions führen sollte. Dann sehe ich mir die mit Schmirgelsand abgeschliffene Ikone auf dem Arbeitstisch an. Das Bild zeigt den Basileus, der das Linnen mit dem Gesicht Jesu Christi mit beiden Händen hält. In der rechten unteren Ecke der Ikone glitzert die griechische Inschrift: Mandylion.

Langsam schüttele ich den Kopf.

Ich starre die Ikone an, bis mir die Augen tränen. Ich weiß, es gibt einen Hinweis, aber ich sehe ihn nicht. Wieso habe ich die Ikone übermalt? Um Galcerán zu verwirren? Wieso stelle ich ein Ikonenpalimpsest her, eine Ikone über der Ikone, wenn sich unter der Übermalung keine geheime Botschaft verbirgt? Kein Rätsel, das gelöst werden muss. Und kein Symbol, das entschlüsselt werden muss.

»Alessandra Colonna!«

Das wütende Gebrüll vor der Tür zum Geheimgang wird immer lauter. Und vor dem Portal zur Kirche kracht es mit einem Mal so laut, dass mir angst und bange wird.

Mit zitternden Händen drehe ich die Ikone um und betrachte die Rückseite der Holztafel. Keine Inschrift, kein Zeichen, nichts. Nicht einmal in Tifinagh, der Schrift der Tuareg, die außer mir niemand entziffern kann. Und am zwei Finger dicken Rand? Auch nichts.

Mit aller Kraft schlage ich die Ikone gegen die Werkbank. Sie zerbricht in zwei Teile. Kein Hohlraum – kein Mandylion.

»Brecht die Tür auf!«

Ratlos halte ich die beiden Teile der zerborstenen Holztafel in der Hand. Die Ikone besteht aus einer Tafel. Die Grundierung ist eine Schicht aus Gips. Mein Blick schweift über die Tiegel mit den geriebenen Farbpigmenten … über den Blattgoldflitter auf dem Arbeitstisch … die beiden Eierschalenhälften … die Marderhaarpinsel … den verklebten Spachtel … den Topf mit angetrocknetem Knochenleim … den Reibstein mit den …

Halt!

Der Knochenleim! Wozu habe ich den Leim benutzt?

Nicht für diese Ikone.

Verwirrt sehe ich mich in der Werkstatt um, aber ich kann nichts entdecken, wofür ich den Leim benötigt haben könnte. Ich wühle in dem Korb mit den Kaminanzündern herum, wo ich zuvor die Eierschalen gefunden habe. Mit beiden Händen hebe ich die Holzsplitter heraus und werfe sie auf den Boden.

Mir stockt der Atem.

Flache Späne, die nicht entstehen, wenn Brennholz mit der Axt zu groben Scheiten zerhackt wird, sondern wenn eine Holztafel mit einem scharfen Stemmeisen bearbeitet wird. Mein Blick fällt auf die Werkbank. Tatsächlich, da ist ein Klopfholz. Und ein Stecheisen. Mit Schlägen des hölzernen Klopfhammers auf das vertikal auf die Tafel angesetzte Stecheisen könnten die flachen Späne aus dem Holz herausgehauen worden sein.

Ich habe eine Vertiefung in eine Holzplatte gegraben!

Keine Bodendiele und keine Türzarge, so viel ist sicher. Denn die Arbeiten habe ich in aller Eile hier in der Werkstatt durchgeführt. Die Späne liegen in diesem Korb verborgen, damit Galcerán sie nicht entdeckt, wenn er in der Abtei das Unterste zuoberst kehrt, um das Mandylion zu finden. Er hat ja sogar den Altar zur Seite geschoben …

Der Boden einer der Reisetruhen?

Nein!

Die Ikone? Mein Blick fällt auf die zerborstene Holztafel. Die Ikone! Ja, das ist es!

»Alessandra Colonna! Ergebt Euch! Öffnet das Portal!«

Ein donnerndes Krachen ist aus dem Kellergewölbe zu hören. Von oben dröhnen Schläge, Metall auf Metall. Und ein wüstes Geschrei.

Unruhig fingere ich durch mein Notizbuch, ohne das Gekritzel wirklich zu lesen. Die Schatzkarte sollte Prospero zum Versteck führen. Irgendetwas, das er gesagt hat, treibt mich um. Aber was war das?

Wir gingen in die Bibliothek, weil Prospero sich die Geheimkammer ansehen wollte. Ich fragte ihn, wieso. Und er antwortete, dass derartige Rumpelkammern einen unwiderstehlichen Reiz auf mich ausüben. Und dass er glaube, ich könnte das Mandylion dort versteckt haben.

Die Ikone in der Geheimkammer!, schießt es mir durch den Kopf. Das ist des Rätsels Lösung!

Die Ikone des Verrats weist Prospero den Weg. Ich bin von Galcerán verraten worden. Ich bin tot. In der Malschicht unter dem Verrat des Judas liegt das Bild des Mandylions verborgen. Eine Ikone unter der Ikone! Nein, eine Ikone *in* der Ikone, eine Christus-Ikone mit verleimtem Geheimversteck als Reliquiar für das Mandylion!

Das ist so genial, dass es schon verrückt ist.

Ich stecke mein Notizbuch ein, nehme die Kerze, haste in die Bibliothek und reiße die Tür zur Geheimkammer auf.

Da ist sie!

Die goldglänzende Ikone liegt zwischen den zerfledderten Folianten. Ich gehe die drei Stufen hinunter, hocke mich hin, beuge mich mit ausgestrecktem Arm vor und ziehe das Tafelbild mit spitzen Fingern aus dem stinkenden Unrat. Fiepend flüchten zwei Mäuse durch die raschelnden Papyrusrollen und Pergamente in den hinteren Teil dieser grauenvollen Höhle.

Ich richte mich auf, gehe mit pochendem Herzen die Stufen wieder hinauf und betrachte die Ikone, die mit Mäusekot bedeckt ist und furchtbar stinkt. Tatsächlich, das Bild besteht aus zwei aufeinandergeleimten Holztafeln. Ich reiße ein Stück Pergament ab, das an der Rückseite der Ikone klebt.

Wieder ein Krachen. Als ob Holz unter den Schlägen einer Axt birst und splittert.

Mit der Ikone gehe ich in die Werkstatt zurück. Ich lege sie auf die Werkbank, greife zu Klopfholz und Stecheisen, setze die messerscharfe Klinge des Eisens an und schlage zu.

Knackend lösen sich die beiden Tafeln.

Noch mal.

Der Spalt wird größer.

Noch mal.

Das Stecheisen dringt tief in die Ikone ein. Mit einem Ruck hebele ich die verleimten Tafeln auseinander.

Erschrocken halte ich die Luft an.

Das kann doch nicht sein!

Es gibt ein Geheimversteck in der Ikone – aber es ist leer.

Kapitel 109

In der Werkstatt
23. Dezember 1453
Kurz vor ein Uhr nachts

Ein gewaltes Donnern lässt das Aedificium in den Grundfesten erbeben.

»Brecht durch die Tür!«

Aufgewühlt werfe ich das Werkzeug auf den Tisch. Und jetzt?

Mir bleibt keine Zeit mehr. Ich muss verschwinden. Sofort.

Einen Augenblick noch! Warum ist das Geheimversteck leer? Warum liegt die leere Ikone in der Geheimkammer begraben? Damit Galcerán sie findet? Aber wo ist das Mandylion denn nun versteckt?

War mein Analogieschluss falsch? Eine Ikone in der Ikone. Ein Christusbild als Reliquiar für das Mandylion.

Die Erkenntnis trifft mich wie ein Schlag. Mein Herz beginnt zu rasen, und meine Knie zittern.

Dio mio!

Da hätte selbst Prospero nicht nachgesehen! Und dabei hielt er das mit Blattgold und Juwelen geschmückte Reliquiar doch in der Hand!

Ich schiebe das Stecheisen in meinen Gürtel, verlasse die Werkstatt und hetze die Treppe hoch, dem Kampf entgegen. Ein rascher Blick ins Dormitorium beweist: Das Holz der Tür splittert unter den Äxten der Johanniter. Noch ein paar Schläge, und sie brechen durch.

Nur weg von hier!

Ich reiße die Tür zur Zelle des Abtes auf, werfe den Deckel der Reisetruhe hoch und greife nach der Ikone aus dem Chora-Kloster, die Prospero für seine Ikonensammlung haben wollte.

Das Mandylion war die ganze Zeit hier!

Trotz meiner Anspannung kann ich mir ein Lächeln nicht verkneifen. Ich habe es nicht einen Augenblick lang aus den Augen gelassen, während Galcerán die ganze Abtei danach abgesucht hat.

Die kostbare Ikone mit Jesus Christus als Pantokrator im Kaiserornat, der das mit Juwelen geschmückte Evangelium im Arm hält, besteht aus nur einer Holztafel. Sie ist drei Finger dick, der Länge und Breite nach gespalten und wieder zusammengeleimt. Als wäre die jahrhundertealte morsche Ikone während der Flucht zerbrochen.

Befindet sich in dem verleimten Spalt zwischen Vorder- und Rückseite das Versteck des Mandylions?

Keine Zeit mehr!

Im Dormitorium splittert Holz. Sie brechen durch.

Ich nehme die Ikone, hetze zur Treppe und flüchte hinunter in die Werkstatt.

Rasch verriegele ich die Tür.

Dann wuchte ich den schweren Reibstein davor und verkante ihn so mit dem Amboss, dass die Tür nicht so leicht und schnell zu öffnen ist.

Während über meinem Kopf Reitstiefel über die knarzenden Bodendielen trampeln, Schwerter gezogen und Befehle gebrüllt werden, verkeile ich die Ikone auf der Werkbank und setze das Stecheisen an, um den verleimten Spalt aufzustemmen. Ein Schlag, und das Holz knistert und kracht. Noch einer, und die Ikone zerbirst in zwei Teile.

Wie den Deckel eines kostbaren Reliquiars hebe ich das Bild

Jesu Christi an. In der Vertiefung darunter, die so groß ist wie zwei Handflächen, liegt ein gefaltetes Linnen.

Das Mandylion.

Mit allen Anzeichen meines Schatzsucherfiebers nehme ich es heraus und falte das brüchige und an einigen Stellen zerschlissene Linnen auseinander.

Kapitel 110

In der Werkstatt
23. Dezember 1453
Gegen ein Uhr nachts

Mit der offenen Hand schiebe ich ein wenig Schnee vom Fenstersims in einen leeren Farbtiegel und schmelze und erhitze ihn über der Flamme der Kerze. Über dieses Wasserbad stelle ich die Schale mit Knochenleim und rühre ihn mit dem Spachtel so lange um, bis er geschmeidig wird. Dann streiche ich den Leim auf die gespaltene Holztafel, lege die beiden Teile der Ikone passgenau aufeinander und beschwere sie mit dem Holzklopfer.

Während der Leim in der Kälte der Werkstatt schnell abkühlt, greife ich mir das Seil, das aufgerollt unter der Werkbank liegt, und haste damit zum Fenster.

Aus dem Kellergewölbe ertönt ein Krachen. Auch dort sind sie jetzt durchgebrochen.

Nur noch Augenblicke …

Ich blicke nach unten.

Die Wege, die nach rechts zum Stall hinabführen, sind verlassen. Sechs oder sieben Johanniter sind vorhin dort hinuntergestürmt. Ich vermute, sie folgen Al-Mansurs Spuren. Irgendwann werden sie feststellen, dass der Hengst keinen Reiter hat. Dann werden sie umkehren, weil sie keine Fußtritte von mir finden können. Die anderen Johanniter erstürmen gerade das Aedificium, um mich in die Enge zu treiben.

Los, Sandra!

Ich öffne das Fenster und spähe hinunter, während ich das Seil an der Verstrebung festknote. Dort unten ist der Felsvorsprung, der wie die knorrige Wurzel einer Eiche aus dem massiven Mauerwerk herauswächst. Darunter sind die treppenartigen Rampen – nach links zur Terrasse vor dem Châtelet, nach rechts zum Stall. Ich werfe das Seil hinab. Dann hole ich die Ikone von der Werkbank und schiebe sie mir unter die Jacke. So schnell ich kann, klettere ich auf den Fenstersims, rutsche auf Knien rückwärts durch das Fenster und lasse mich an der Außenwand hinunter.

Als ich fünf oder sechs Ellen unterhalb des Fensters bin, höre ich, wie eine Axt in die Tür der Werkstatt kracht.

Im dichten Schneetreiben blinzele ich nach oben. Wie lange wird es dauern, bis sie mich entdecken?

Über mir wird das Fenster der Abtzelle geöffnet. Ein Gesicht taucht auf und blickt zu mir herunter. »Da ist sie! Eine Armbrust, na los, nun macht schon!«

Schneller, Sandra!

Schmerzhaft heiß rutscht das Tau durch meine Finger, während ich mich so schnell wie möglich abseile. Dann spüre ich die verschneite Felsnase unter meinen Füßen.

Weiter!

Etliche Ellen tiefer springe ich in den tiefen Schnee, wende mich um und renne die Stufen hinunter zum Weg, der ins Tal führt.

Ein schriller Pfiff genügt.

Schon höre ich ein leises Wiehern.

Da kommt Al-Mansur auch schon angetrabt!

Meine Verfolger kommen immer näher. »Da ist sie! Lasst sie nicht entkommen!«

Wo ist Jibril? Noch in der Abteikirche? Oder schon im Stall, um mir zu folgen? Ich kann ihn nirgendwo entdecken.

Ich stopfe die Ikone in die Satteltasche, ergreife die Zügel, schiebe den Stiefel in den Steigbügel und schwinge mich in den Sattel. Dann wende ich Al-Mansur in Richtung Tal.

Plötzlich ein dumpfer Knall. Der Bolzen einer Armbrust zischt über mich hinweg und dringt in den tiefen Schnee.

Al-Mansur reißt erschrocken den Kopf hoch, doch ich halte die Zügel straff.

»Y'allah imshi!« Ich beuge mich über seine mit Schnee bedeckte Mähne und flüstere ihm ins Ohr: »Dein berühmter Vorfahr, der Hengst Al-Buraq, konnte fliegen. Der Prophet Mohammed ist auf ihm in den Himmel geritten. Los, Al-Mansur, dann zeig mir mal, ob auch du fliegen kannst!«

Kapitel 111

Auf dem verschneiten Weg ins Tal
23. Dezember 1453
Kurz nach ein Uhr nachts

Der schneidend kalte Wind treibt mir den Schnee ins Gesicht, und meine Haut fühlt sich an, als würde sie mit einem Dolch zerschnitten.

Mit gesenktem Kopf galoppiere ich den verschneiten Pfad entlang, der wegen der Huftritte der Pferde trotz der Dunkelheit gut zu erkennen ist.

Ungefähr dreißig Meilen.

Vier Stunden. Vielleicht fünf.

Im Morgengrauen bin ich dort. Weihnachten am Kamin in Aquila. Eine festlich gedeckte Tafel, ein Becher Glühwein, ein warmes Bett. Und Frieden auf Erden.

Bald habe ich die Stelle erreicht, wo letzte Nacht der schwarze Hengst in den Tod stürzte. War das wirklich erst gestern?

Trotz der Anspannung, der Erschöpfung und der Schmerzen in meinen Gliedern genieße ich den wilden Ritt durch Nacht und Wind und Schnee. Felsen und Gestrüpp fliegen rasch an mir vorbei, während ich mich immer wieder im Sattel umdrehe und über die Schulter spähe, ob ich verfolgt werde.

Wie winzige Glühwürmchen tanzen die Fackeln der Reiter weit hinter mir.

Gott sei Dank! Sie sind viel zu weit entfernt.

Wo ist eigentlich Jibril? Noch in der Abtei? Wie geht es ihm?

Irgendwann ist es finster hinter mir. Das Licht der Fackeln ist verschwunden. Was aber nicht bedeutet, dass die Johanniter aufgegeben haben.

Die nächtliche Landschaft verändert sich. Die knorrigen, gedrungenen Bergkiefern, die sich vor dem eisigen Sturm ducken, weichen einem dichten Wäldchen aus Ulmen und Buchen. Der Fels rechts von mir ragt an manchen Stellen senkrecht in den Himmel hinauf, der Abgrund links vom Weg stürzt hinab bis in die Tiefen der Hölle. Das Tal ist in Finsternis getaucht.

Da! Zwischen den Ästen der Ahornbäume schimmert ein Licht!

Die Templerkomturei?

Der Weg wird immer schmaler und steiler. Und der Schneefall immer dichter. Nebel wabert den Steilhang herauf und bleibt in den Ästen der Bergulmen hängen. Der Fels unter dem Schnee ist gefroren.

»Nicht so schnell, Al-Mansur!«

Schneller Trab. Es ist einfach zu gefährlich. Dann nur noch langsamer Trab.

Plötzlich taucht ein schwarzer Schatten vor mir auf.

Ein Johanniter auf einem schwarzen Pferd kommt mir entgegen.

Schon will ich an ihm vorbeipreschen, um zu entkommen, doch da erkenne ich ihn.

»Jibril!«

Ich zügele Al-Mansur.

»Bist du aufgehalten worden?«, scherzt er. Dann wird er ernst. »Hast du das Mandylion?«

Wortlos klopfe ich auf die Satteltasche mit der Ikone.

Seine Augen blitzen, und er lächelt.

Kapitel 112

Auf dem verschneiten Weg ins Tal
23. Dezember 1453
Gegen halb zwei Uhr nachts

Das Licht, das ich vorhin für die Templerkomturei hielt, ist verschwunden. Im Schneegestöber kann ich nur schwer abschätzen, wie weit es noch ist bis ins Tal.

Eine Meile? Oder zwei? Nicht mehr weit jedenfalls.

Jibril hält sich dicht hinter mir und dreht sich immer wieder unruhig um, ob wir verfolgt werden.

Doch hinter uns ist kein Lichtschein zu sehen.

Plötzlich werden einige Pferdelängen vor uns Fackeln entzündet.

Die Johanniter!

Erschrocken zügele ich den scheuenden Al-Mansur.

Sieben Johanniter auf ihren Schlachtrössern blockieren in einer langen Reihe den Weg ins Tal, eine Fackel in der linken, das Schwert in der rechten Hand. Fünf andere knien vor ihnen im Schnee und zielen mit ihrer Armbrust auf mich.

Geschwind sehe ich mich nach einem Fluchtweg um. Doch es gibt keinen: rechts die Felswand, links der Abgrund.

Als ich höre, dass Jibril sein Schwert zieht, drehe ich mich um, und ich erkenne auch die Fackeln hinter uns.

Alles umsonst, denke ich verbittert.

Ich blicke wieder nach vorn. Der Kommandant von Atri lenkt

sein Pferd auf mich zu. Er hat den Pontifikalornat abgelegt und trägt jetzt wieder den schwarzen Habit der Johanniter.

»Euer Eminenz!« Seine Stimme trieft vor Hohn. »Übergebt uns jetzt die Reliquie!«

Ich blicke zu Jibril, der sein Pferd neben Al-Mansur gelenkt hat. Er wirkt traurig.

Dieser gottverfluchte ...

»Es tut mir leid«, sagt er.

Zitternd vor Verachtung und Zorn schüttele ich langsam den Kopf. »Mir auch.«

Heiße Tränen steigen mir in die Augen. Die Kehle wird mir eng, und ich muss schlucken.

Ja, ich bin maßlos enttäuscht. Weniger von Jibril, mit dessen Verrat ich rechnen musste, als von mir selbst. Wie konnte ich ihm nur vertrauen! Wie konnte ich nur meinen Gefühlen für ihn glauben!

Sandra, du bist bescheuert! Gib's zu! Du hast dich wieder Herz über Verstand in Jibril verliebt! Gesteh's dir ein, auch wenn's schwerfällt! Und was tut er? Er reißt dir wieder bei lebendigem Leib das Herz heraus! Sandra, ganz ehrlich, du verdienst es doch nicht besser!

»Gib mir das Mandylion!«, fordert Jibril mit gepresster Stimme. Als ich nicht gehorche, richtet er die Spitze seines Schwertes auf meine Kehle. Der scharfe Stahl ritzt in meine Haut, als Al-Mansur sich unruhig nach vorn bewegt. Ich spüre, wie das warme Blut über meine eiskalte Haut rinnt und in den Kragen tropft. Ich will schon unter die Jacke fassen, doch dann lasse ich es.

Ich darf es nicht tun. Ich muss ...

Jibril drückt noch stärker zu. »Das Mandylion!«

»Gegen mein Leben und meine Freiheit!«

»Du bist nicht in der Position, um Forderungen zu stellen!«

»Nimm dein Schwert herunter, Jibril!«

»Sobald du mir das Mandylion übergibst! Al-Iskandra, ich meine es ernst.«

Ich stoße einen arabischen Fluch aus. »In meiner Satteltasche.«

»Keine Heldentaten, hörst du?«, warnt er mich.

Ich sehe zu den Johannitern hinüber, die mich aufmerksam beobachten. Langsam schlüpfe ich mit dem Reitstiefel aus dem rechten Steigbügel und ziehe das Bein an, um abzusteigen, doch Jibril hebt die Hand.

»Du bleibst im Sattel, hast du mich verstanden?«

Verwundert blicke ich ihn an. Was soll das? Ich verstehe nicht, was er …

»Das Mandylion!«, wiederholt er in gebieterischem Ton und streckt mir die linke Hand entgegen.

Ich lehne mich im Sattel zurück und taste mit der linken Hand nach der Schnalle der Satteltasche. Dann schlage ich die lederne Klappe hoch und ziehe die Ikone hervor.

Als ich ihm die geleimte Holztafel gebe, runzelt er die Stirn. Er scheint nicht zu bemerken, dass ich wieder die Zügel ergriffen und meinen Stiefel zurück in den Steigbügel geschoben habe. Ich spanne die Schultern an.

Zwei Meilen bis ins Tal. Höchstens.

»Es lag die ganze Zeit zusammengefaltet in einer Vertiefung zwischen den beiden Teilen der Tafel«, erkläre ich, und es ist nicht einmal gelogen.

Jibril betrachtet die mit Juwelen geschmückte Ikone und schüttelt sie sogar, doch er kann nicht sicher sein, dass das Reliquiar wirklich das Mandylion enthält.

Gespannt beobachte ich ihn.

Und was jetzt, Jibril?

Er schiebt sein Schwert in die Scheide. Dann zieht er seinen Dolch und stochert damit in dem verleimten Spalt herum, um die Ikone aufzubrechen.

Der Kommandant von Atri, der drei Schritte vor uns sein Pferd gezügelt hat, zieht entsetzt die Luft ein. »Fra Gil …«

Jibril setzt sich die Ikone auf den linken Oberschenkel, stößt die Klinge von oben in den Spalt und versucht, die Rückseite der Holztafel wegzuhebeln. Mit einem trockenen Krachen zerbirst das Holz, ein handgroßes Stück bricht ab und fällt zu Boden.

Meine Hände verkrampfen sich um die Zügel. Ich halte den Atem an.

Jibril starrt in die Vertiefung. Dann sieht er auf, lässt den Blick über den Kommandanten von Atri gleiten und schaut schließlich mich an. »Es tut mir leid.«

Unvermittelt richtet er sich im Sattel auf und schleudert die Ikone in den aufgewühlten Schnee vor den Johannitern.

Der Kommandant von Atri springt vom Pferd, um die Ikone an sich zu reißen. Währenddessen beugt Jibril sich tief über die Mähne seines Pferdes und ruft auf Arabisch: »Y'allah imshi, Al-Mansur! Komm jetzt, Al-Iskandra, rette dein Leben!«

Kapitel 113

Auf dem verschneiten Weg ins Tal
23. Dezember 1453
Viertel vor zwei Uhr nachts

Aus dem Stand treibe ich Al-Mansur in den Galopp und setze mit einem gewaltigen Sprung über den erschrockenen Kommandanten hinweg, der im Schnee liegt und die Ikone an die Brust presst. Dann halte ich direkt auf die Johanniter zu und breche durch die geschlossene Reihe von sieben bewaffneten Reitern, die viel zu überrascht sind, um sich mir in den Weg zu stellen.

Jibril hält sich eine Pferdelänge hinter mir, als ich, tief über die wehende Mähne gebeugt, den abschüssigen Weg entlanggaloppiere.

»Haltet sie auf, alle beide!«, brüllt der Kommandant. »Sie dürfen nicht entkommen!«

Ich treibe Al-Mansur noch weiter an und werfe einen Blick zurück. Fackeln lodern zwischen den Buchen und Ulmen. Schnell sehe ich wieder nach vorn und konzentriere mich auf die Schneeverwehungen am Rand des Weges. Bald erreichen wir eine Kurve. Noch einmal blicke ich zurück. Die Lichter hinter uns sind verschwunden.

Jibril schließt zu mir auf. »Wo ist das Mandylion?«, keucht er. »Es war nicht in der Ikone!«

Ich lache nur.

»Was hast du vor?«, brüllt er.

»Wonach sieht es denn aus?«

»Nach einem gemütlichen Ritt jedenfalls nicht!« Jibril flucht. »Hinter uns sind wieder die Fackeln zu sehen. Sie folgen uns.«

Mit gesenktem Kopf tief über die Mähne geduckt, um den herabhängenden Zweigen auszuweichen, presche ich über den Weg, der allmählich flacher und weiter wird und durch einen dichten Wald führt. Bald haben wir das Tal erreicht.

Jibril stößt plötzlich einen Schmerzensschrei aus.

»Was ist?«, brülle ich.

»… bin getroffen!«, presst er hervor.

»Wo?«

»Rechte Schulter.«

»Geht's?«

Er knirscht mit den Zähnen und stößt einen wüsten Fluch aus. Vermutlich zieht er sich gerade den Bolzen aus der Schulter.

»Geht's?«, wiederhole ich meine Frage.

»Und wenn nicht?«

»Lasse ich dich zurück.«

»Dann geht's doch«, knirscht er.

»Na also.« Ich blicke wieder nach vorn.

In diesem Augenblick gleitet Al-Mansur auf dem Eis unter der Schneeschicht aus und gerät ins Schlingern. Erschrocken wiehert er auf und reißt den Kopf hoch. Ich ziehe sachte an den Zügeln und lenke ihn zurück auf den tief verschneiten Weg.

Als ich mich vorbeuge, um Al-Mansur beruhigend auf den Hals zu klopfen, schwirrt plötzlich ein Bolzen über mich hinweg.

Unsere Verfolger sind schon ganz nah.

Plötzlich erkenne ich auch vor uns eine Gruppe von Reitern mit Fackeln. Dreißig oder vierzig Bewaffnete, vielleicht noch mehr. Der Schnee brennt in meinen vor Wind und Kälte tränenden Augen, sodass ich durch den glitzernden Tränenschleier nicht genau erkennen kann, wer uns da in schnellem Trab entgegenkommt. Waffen blitzen auf. Schwerter und Hellebarden.

Noch mehr Johanniter?

Wo kommen die denn her?

Der Zorn lässt mich meine panische Todesangst vergessen.

Im Galopp beuge ich mich nach hinten, schnalle die Armbrust los und lege sie quer über meine Schenkel. Dann fummele ich den Köcher mit den Bolzen los und hänge ihn mir um. Das Laden und Spannen der Armbrust mit erfrorenen, gefühllosen Händen ist eine echte Herausforderung.

Mit einem Ruck ziehe ich den Spannhebel nach hinten, lasse ihn in den Hebelverschluss mit der Spannfeder einrasten und klappe das Visier hoch. Nicht, weil es mir bei Nacht und Nebel etwas nützen würde. Sondern, weil es mir Sicherheit gibt, dass ich meinen Gegner treffen kann. Ich lege mir den Schaft gegen die rechte Schulter und wende mich im Galopp um.

»Runter!«

Jibril wirft sich über den Hals seines Pferdes, als ich über ihn hinwegschieße.

Mit einem trockenen Knall schnappt die Bogensehne, und der Bolzen zischt los.

Nachladen!

Während ich den nächsten Bolzen aus dem Köcher ziehe und einlege, blicke ich nach vorn.

Die Gruppe der uns entgegenkommenden Reiter ist jetzt sehr viel näher. Fünfzig Bewaffnete in Helm und Harnisch mit Waffen, die im Fackelschein funkeln.

Dio mio, aiutami! Mein Gott, hilf mir!

Spannen!

Wieder drehe ich mich im Sattel um und brülle: *»Runter!«*

Jibril zieht den Kopf ein und lehnt sich zur Seite, damit ich über ihn hinwegschießen kann.

Schaft gegen die Schulter, Finger an den Abzug und …

… Schuss!

Der Bolzen flitzt über Jibrils Schulter hinweg und verschwindet im Schneegestöber. Ob ich getroffen habe? Weiß ich nicht. Denn ich sehe schon wieder nach vorn.

Wir reiten den Bewaffneten geradewegs in die Arme! Es gibt keine Möglichkeit, ihnen auszuweichen!

Ich will schon wieder nachladen, als ein Bolzen durch mein wehendes Haar zischt. Von vorn!

Einer der Reiter hat sein Pferd gezügelt und die Armbrust auf mich gerichtet – die anderen halten sich hinter ihm. »Sandra!«, brüllt er und spannt schon wieder. »Bist du das?«

Mein langes Haar, das im Schneesturm hinter mir herweht, hat mich verraten.

»Prospero?«

Er hat Hilfe geholt!, denke ich erleichtert.

»Kopf runter, Sandra!« Der Kardinal im silbernen Harnisch legt an, zielt an mir vorbei und schießt.

Der Bolzen zischt an meiner Schulter vorbei.

Dann ein Schrei!

Erschrocken wende ich mich um.

Jibril ist getroffen. Der Bolzen ragt aus seiner Brust. Er versucht, den kurzen Schaft herauszuziehen, aber seine Hand rutscht immer wieder ab von dem blutigen Holz.

Mit einem erstickten Röcheln kippt er nach hinten aus dem Sattel und stürzt in den Schnee.

Kapitel 114

Auf dem verschneiten Weg ins Tal
23. Dezember 1453
Kurz vor zwei Uhr nachts

Ungestüm zerre ich an Al-Mansurs Zügeln, bis der Hengst rutschend zum Stehen kommt, schwinge mein rechtes Bein über seinen Hals, springe noch im Trab ab, lasse mich in den tiefen Schnee fallen, rappele mich sofort hoch und hetze zurück zu Jibril, der in verkrümmter Haltung im Schnee liegt.

Neben ihm knie ich mich in den Schnee. »Jibril!«

»… skandra … hilf … mir …« Röchelnd tastet er nach dem Bolzen. Auf dem schwarzen Habit bildet sich unterhalb des weißen Johanniterkreuzes ein großer Blutfleck.

Ich nehme seine Hand. »Lass den Bolzen stecken! Wenn du ihn herausziehst, wirst du verbluten!«

Jibril schließt die Augen und nickt schwach.

Prospero kniet sich neben mich und betrachtet den Schwerverletzten. »Ist das Jibril?«

»Ja.«

»Ich dachte, er verfolgt dich.«

»Nein, er hat nicht versucht, mich zu töten. Er hat mir sogar das Leben gerettet.«

»Es tut mir so leid.«

»Schon gut. Hilf mir, ihn aufzurichten. Sonst erstickt er an seinem Blut. Die Lunge ist getroffen.«

Ein Bewaffneter mit Helm und Harnisch hockt sich hinter Jibril in den Schnee und packt ihn unter den Achseln und richtet ihn auf. Als ich ihn fragend ansehe, nimmt er seinen Helm ab und wirft ihn neben sich in den Schnee. »Prospero hat mir gesagt, du hättest das Gedächtnis verloren.«

Ich nicke.

Er streckt mir die Hand entgegen. »Kardinal Ludovico Scarampo, Camerlengo der Kirche, Regent von Rom und Leibarzt Seiner Heiligkeit. Wir beide sind seit Jahren eng befreundet. Für dich bin ich Ludovico.«

Endlich einmal jemand, der mir sagt, wer er ist. Und wie er zu mir steht.

»Kannst du Jibril retten?«

»Wenn du es wünschst.«

Ich ergreife Jibrils kalte Hand und drücke sie ermunternd. Mitleid und Trauer schnüren mir die Kehle zu, und ich muss schlucken. »Ja, das will ich. Rette ihn!«

Kardinal Scarampo richtet sich auf und ruft: »Meinen Medikamentenkasten! Il più presto possibile!«

Um uns herum brandet ein Tumult auf, als die Eskorte des Papstes mit Schwertern und Hellebarden die herangeloppierenden Johanniter aufhält. Waffen scheppern, Pferde wiehern und schnauben, Sattelzeug knarzt, und Schnee spritzt auf.

Flatternd öffnet Jibril die Lider und blinzelt mich durch die Schneeflocken auf seinen Wimpern an. »… skandra …«, haucht er.

Ich drücke seine Hand. »Ich bin bei dir.«

Ein weißer Papstornat taucht neben mir auf, während Kardinal Scarampo seine Medikamententruhe öffnet und Prospero einen aufgerollten Wundverband in die Hand drückt.

Der Kommandant von Atri kniet demütig im Schnee und küsst den vorgestreckten Reitstiefel des Papstes. Ich kann nicht alles verstehen, was Tommaso Parentucelli ihm zu sagen hat, aber so viel ist sicher: Seine Heiligkeit tobt vor Zorn.

Nachdem er den Johanniter mit scharfen Worten zurechtgewiesen hat, kommt er mit gerafftem Ornat zu mir herübergestapft. Steifbeinig kniet er sich neben mich in den Schnee und schließt mich herzlich in seine Arme. »Alessandra!«

»Tommaso!« Erschöpft lehne ich meinen Kopf an seine Schulter.

»Ich bin so glücklich, dass du lebst!« Er wiegt mich sanft hin und her. »Ich habe geweint, als Prospero mir erzählt hat, dass er dich in der Abtei gesehen hat.«

»Wieso bist du hier?«, nuschele ich in den roten Samt der Mozzetta.

»Mein Tross ist kurz vor Aquila von einem Trupp Bewaffneter überfallen worden, um meinen Pontifikalornat und meine Mitra zu erbeuten. Wir sind den Spuren gefolgt und haben Prospero getroffen, der uns im Schneesturm entgegenkam. Auf dem Höhenweg oberhalb des Lago di Provvidenza, stell dir vor! Als wäre es göttliche Vorsehung! Prospero hat mir gesagt, was in der Abtei geschehen ist.«

»Ich habe das Mandylion gerettet.«

Tommaso Parentucelli lässt mich los, und ich ziehe das gefaltete Linnen hervor. Ich habe das Mandylion unter meinem Hemd getragen, seit ich die leere Ikone in der Werkstatt wieder mit Leim versiegelt hatte.

Plötzlich herrscht eine tiefe Stille. Ein Kardinal, den ich nicht erkenne, tritt neben den Papst und bekreuzigt sich. Ist es Alonso de Borja? Und der hochgewachsene junge Mann an seiner Seite, ist das sein Neffe Rodrigo, Galceráns Cousin?

Kardinal Orsini – ihn erkenne ich sofort! – kommt zu mir herüber, rafft die Purpursoutane, hockt sich neben mich in den Schnee und legt mir die Hand auf die Schulter. »Ich trauere mit dir um Cesare!«

»Danke, Latino.«

»Contessa Colonna Orsini.« Er lächelt matt. »Ich wollte es nicht glauben, als Kardinal Isidor mir erzählte, dass du Cesare nach all den Jahren doch noch geheiratet hast.«

Latino deutet hinüber zu Isidor von Kiew, der mir freundschaftlich zunickt. Das letzte Mal haben wir uns in der Nacht vor der Eroberung gesehen, als er Cesare und mich in der Hagia Sophia getraut hat.

»Deine Ehe mit Cesare ist ein Zeichen der Versöhnung zwischen den Colonna und den Orsini«, murmelt Latino, und er wirkt gerührt, denn seine Lippen sind verkniffen, während er tief durchatmet. »Prospero und ich, wir haben uns die Hand gereicht, vereint in der Trauer um einen großartigen Menschen. Cesare wird uns allen unvergessen bleiben.«

Ich nicke, dann wende ich mich beklommen ab und beobachte Papst Nikolaus, der mit leuchtenden Augen im Schnee hockt und das Mandylion auf seinen Knien auseinanderfaltet, um das Antlitz Jesu Christi zu betrachten. Andächtig bekreuzigt er sich, faltet die Hände und flüstert gerührt: »Das letzte Evangelium! Von Gott selbst mit seinem Blut erschaffen …«

Prospero schiebt Latino zur Seite und legt mir die Hand auf die Schulter. »Sandra?«

Ich drehe mich zu ihm um. »Was ist?«

Prospero deutet auf Jibril, der mich mit flatternden Lidern anblinzelt.

Ludovico Scarampo hat den schwarzen Habit geöffnet und das Leinenhemd zerrissen, sodass seine blutüberströmte Brust mit dem Bolzen offen liegt. Drei Finger breit weiter links, und Prospero hätte sein Herz getroffen.

Ich nehme Jibrils Hand und drücke sie.

Jibril stöhnt auf, als Ludovico den Bolzen herauszieht und die Wunde sofort mit einem Verband abdeckt, bevor das Blut hervorsprudeln kann.

»Sei vorsichtig, Ludovico! Prinz Jibril al-Assad steht als mein Bravo unter meinem Schutz.«

»Er wird durchkommen«, versichert Ludovico, und ich atme erleichtert auf. »Mit wem legst du dich dieses Mal an? Mit dem Sultan von Granada?«

»Mit dem Großmeister der Johanniter.«

Ludovico nickt. »Wenn du Unterstützung brauchst, lass es mich wissen.«

»Das mache ich, danke.«

»Dann vergibst du mir?«, flüstert Jibril. Blut rinnt ihm aus dem Mundwinkel, und das Sprechen fällt ihm schwer.

Mit dem Saum meines Ärmels wische ich das Blut von seinen Lippen. »Ich vergebe dir, Jibril.«

Tränen funkeln in seinen Augen. »Ana behibek!«, flüstert er mit einem erstickten Gurgeln und spielt dabei mit dem Saphirring und dem Rubinring an meinem Finger.

Auch ich kann die Tränen nicht mehr zurückhalten. »Ich liebe dich auch.«

Versöhnung ist Glückseligkeit, eines der schönsten Gefühle auf der Welt. Aber noch schöner ist das Gefühl, wenn du nicht mehr allein bist, nicht mehr so verzweifelt einsam, sondern wenn du einen Freund hast, der zu dir steht, einen Menschen, der dich von Herzen liebt und der dein Leben bereichert.

Einen Menschen wie Jibril.

Dramatis Personae

Alessandra Colonna
(Alessandra d'Ascoli oder Al-Iskandra al-Rûmi) Contessa des Patrimonium Petri und Vertraute des Papstes. Erster Ehemann: Niketas IV. Evangelos, Metropolit und Erzbischof von Athen, Ziehbruder des byzantinischen Kaisers. Zweiter Ehemann: Yared al-Gharnati, Wesir des Sultans von Granada. Dritter Ehemann: Cesare Orsini, Conte des Kirchenstaates und Condottiere des Papstes.

Alonso de Borja*
(Alonso Borgia – 1378–1458) Kardinal. Nach dem Tod von Papst Nikolaus V. im Jahr 1455 zum Papst Calixtus III. gewählt. Onkel von Rodrigo Borgia.

Cesare Orsini
Conte des Patrimonium Petri, Condottiere der Kirche und Alessandras Gemahl.

Federico Tannhäuser
(Friedrich von Tannhausen) Befehlshaber von Alessandras Leibwache.

Fra Gil Alvarez
(Jibril ibn Ayman ibn Hafiz al-Gharnati oder Jibril al-Assad, ›der Löwe‹) Maurischer Mönchsritter des Johanniterordens von Rhodos.

Fra Diniz
Portugiesischer Mönchsritter des Johanniterordens von Rhodos.

Fra Galcerán de Borja y Llançol de Romanì
Aragonesischer Mönchsritter des Johanniterordens von Rhodos.

Fra Adrian d'Ivrea
Italienischer Mönchsritter des Johanniterordens von Rhodos.

Fra Lionel de Châtillon
Französischer Mönchsritter des Johanniterordens von Rhodos.

Fra Jean Bonpart de Lastic*
Großmeister des Johanniterordens von Rhodos (1437–1454).

Isidor von Kiew*
(auch: Isidor von Thessaloniki oder Isidor von Moskau – 1380/1390–1463) Kardinal und päpstlicher Legat.

Konstantin XI. Dragases Palaiologos*
(1404–1453) Letzter byzantinischer Kaiser, Alessandras ›geliebter Schwager‹, Ziehbruder von Niketas.

Latino Orsini*
(1411–1477) Kardinal, Cousin von Cesare Orsini.

Ludovico Scarampo*
(1402–1465) Kardinal, Camerlengo und Regent von Rom.

Mehmed II.*
(1432–1481) Sultan oder Padişah des Osmanischen Reiches (1444, 1451–1481). Fatih Sultan Mehmed eroberte am 29. Mai 1453 Konstantinopolis.

Muhammad IX.*
(Abu Abdallah al-Aysar al-Ghalib Muhammad IX. as-Saghir ben Nasr, 1396–1453) Sultan der Nasridendynastie von Granada 1419–1427, 1430–1431, 1432–1445, 1448–1453.

Murat
Yeniçeri (Janitschar) von Sultan Mehmed.

Nikolaus V.*
(1397–1455) Tommaso Parentucelli, Humanist und Papst (1447–1455).

Prospero Colonna*
(1409–1463) Kardinal, Neffe von Papst Martin und Alessandras Cousin.

Roderic de Borja y Llançol*
(Rodrigo Borgia 1431–1503) Papst Alexander VI. (1492–1503). Neffe von Alonso de Borja. Vater von Lucrezia und Cesare Borgia.

Der Johanniterorden*
(heute mit vollem Titel: Souveräner Ritter- und Hospitalorden vom heiligen Johannes von Jerusalem, von Rhodos und von Malta) Römisch-katholischer Mönchsritterorden (ursprünglich: Hospitalorden oder Johanniterorden). Der Orden ist heute eine souveräne nichtstaatliche Organisation, die dem Völkerrecht unterliegt. Der Orden vom Spital des heiligen Johannes zu Jerusalem

(Johanniter oder Hospitaliter) wurde 1048 gegründet. Er ging aus einem Pilgerspital hervor, das Johannes dem Täufer geweiht war. Nach der Vertreibung aus dem Heiligen Land 1291 wurde der Sitz des Ordens von Jerusalem nach Zypern, 1309 nach Rhodos und nach der Eroberung der Insel durch die Osmanen schließlich 1530 nach Malta verlegt. Seitdem heißt der Orden Malteserorden.

*Die mit einem * gekennzeichneten Personen sind historisch.*

Glossar

Aedificium	Das Aedificium (lat. Gebäude) ist ein großer Gebäudekomplex innerhalb der Abtei. Im Erdgeschoss befinden sich der Keller für Vorräte und Wein (mit dem Zugang zum Geheimgang) sowie die Küche. Im ersten Stock liegen das Scriptorium mit der Bibliothek und der Geheimkammer sowie eine Werkstatt. Im zweiten Stock befinden sich das Dormitorium und die Zelle des Abtes.
Basileus	Titel des Kaisers des Byzantinischen Reiches.
Brevier	Buch mit Texten für die Feier der Stundengebete.
Cavalier servente	(ital. dienender Kavalier) Ein adliger Galan, der einer adligen Dame (in Genua, Venedig, Florenz und Rom) während der Abwesenheit des Gemahls bei gesellschaftlichen Anlässen als Begleiter oder Beschützer diente. Er wurde aus dem engsten Familien- oder Freundeskreis gewählt.
Châtelet	Kastell, Burg, befestigter Teil der Abtei.

Cisterna Basilica	Die unterirdische Zisterne nahe der Hagia Sophia heißt heute Yerebatan Sarayi.
Dormitorium	Schlafsaal.
Ikonostasis	Eine mit Ikonen geschmückte Wand mit drei Türen (die mittlere ist die Königstür) trennt in einer orthodoxen Kirche das Kirchenschiff vom Altarraum, dem Allerheiligsten.
Krypta	Kapelle oder Grabstätte unter der Kirche.
Narthex	Vorhalle einer Kirche, die durch offene Bögen oder Portale mit dem Kirchenschiff verbunden ist.
Ossarium	Beinhaus, Knochenhaus, Friedhof der Mönche.
Padişah	Titel des Sultans des Osmanischen Reiches.
Palimpsest	Antike oder mittelalterliche Seite oder Rolle eines Manuskripts aus Papyrus oder Pergament, die durch Waschen oder Schaben gereinigt und danach neu beschrieben wurde. Ein Ikonenpalimpsest ist in vergleichbarem Sinne eine übermalte Ikone, deren verborgene ältere Malschichten durch Entfernen der neueren Übermalung rekonstruiert werden können.
Palladion	In der griechischen und römischen Mythologie ist ein Palladion (grch.) oder Palladium

(lat.) ein Bildnis (Ikone oder Statue einer Gottheit), das als mystisches Hoheitszeichen die Sicherheit einer Stadt oder eines Reiches garantierte. Das ursprüngliche Palladion war eine Statue der Göttin Pallas Athene, die Odysseus während der Schlacht um Troja erbeutete, und die Aeneas an den Ort brachte, wo später Rom gegründet wurde.

Parakklesion — Seitenkapelle einer orthodoxen Kirche.

Scriptorium — Schreibsaal, Kopierwerkstatt.

Yeniçeri
Yeniçeriler — Janitscharen (türk. Neue Truppe). Eine Elitetruppe von zölibatär lebenden Kriegern, die aus unterworfenen christlichen Völkern schon als Knaben zwangsrekrutiert und zur Erziehung, Ausbildung und Islamisierung ins Osmanische Reich gebracht wurden. Die Janitscharen bildeten die Leibwache des Sultans.

»Dübell gelingt es großartig, den Zeitgeist lebendig werden zu lassen.« WESTFALEN-POST

Richard Dübell
DIE ERBIN DER TEUFELSBIBEL
Historischer Roman
816 Seiten
ISBN 978-3-404-16605-3

1648: Dreißig Jahre Krieg haben Europa an den Rand des Untergangs gebracht. Die Menschen sind verroht, Tag für Tag brennen unschuldige Männer, Frauen und Kinder auf den Scheiterhaufen. Auch das Schicksal von Agnes und ihrer Tochter Alexandra scheint besiegelt, als sie in Würzburg in die Fänge eines Hexenjägers geraten. Doch dieser bietet ihnen einen Handel an: Bringen sie ihm die Teufelsbibel, wird er die Anklage fallen lassen. Alexandra muss sich entscheiden. Lässt sie zu, dass ihre Lieben den Feuertod sterben? Oder stiehlt sie die gefährliche Handschrift aus der Obhut ihrer eigenen Familie?

Bastei Lübbe Taschenbuch

»Es werden Zeiten kommen, die alles verändern – und ihr, meine Kinder, werdet die Bürde tragen müssen!«

Michael Peinkofer
DAS BUCH VON ASCALON
Historischer Roman
ISBN 978-3-7857-2432-3

Köln, 1096. Unzählige Kreuzfahrer nutzen die Stadt als Durchgangsstation. Immer wieder gibt es Übergriffe gegen die jüdische Bevölkerung. Schließlich wird der Kaufmann Isaac beauftragt, den wertvollsten Besitz der Gemeinde zurück ins Gelobte Land zu bringen: das *Buch von Ascalon*. Zusammen mit seiner Tochter Chaya macht er sich auf den gefährlichen Weg. Dabei begegnen sie dem jungen Dieb Con, der um eine große Verschwörung gegen den englischen Thron weiß, und einem armenischen Gelehrten, der ganz eigene Ziele mit dem mysteriösen Buch verfolgt. In Jerusalem soll sich ihrer aller Schicksal erfüllen ...

Lübbe Hardcover

Er steht in den Diensten des Königs – und verliebt sich ausgerechnet in dessen Frau

Simon X. Rost
WIE EIN FALKE
IM STURM
Historischer Roman
432 Seiten
ISBN 978-3-404-16067-9

Ditho steht vor einem Scherbenhaufen. Sein Vater ist tot, ein Widersacher brennt ihm die Burg nieder und will ihn hängen lassen. Hilfe naht von unerwarteter Seite: Friedrich Barbarossa, Anwärter auf den Königsthron, nimmt den jungen Adligen in seine Dienste. Er soll einen Meuchelmörder aufspüren, der König Konrad auf dem Gewissen hat und nun auch Barbarossa nach dem Leben trachtet ...

„Spannende Handlungsbögen, interessante und bunte Charaktere, eine Portion Respektlosigkeit der Obrigkeit gegenüber und eine Prise angenehmen Humors ... ein gelungener Debütroman" HISTO-COUCH.DE über *Der fliegende Mönch*

Bastei Lübbe Taschenbuch